WOLFGANG SCHREYER
& PAUL SCHREYER

DIE LEGENDE

ROMAN

DAS NEUE BERLIN

Für Ingrid

INHALT

SCHWARZER DIENSTAG

GEORGE W. BUSH:

Manches prägt sich uns so tief ein, dass man viel später noch genau weiß, wie der Tag verlief, an dem es passiert ist. Etwas hatte mich geweckt an jenem Morgen, ich rieb mir die Augen und sah zur Uhr: kurz vor sechs. Sonst stehe ich Punkt 5 Uhr 30 auf. So früh aus dem Bett, das hört sich heldisch an, ist aber bloß ein Akt der Vernunft. Wer hart arbeitet, der sollte den Schlafrhythmus ebenso einhalten wie den Tagesplan. Denn Nachtruhe hat der Körper so nötig wie die Seele das Gebet.

Schuld war das Dinner mit Jeb und seinem Gefolge, bei dem es später als elf geworden war. Dabei wird nach zehn bloß noch Stuss geredet, wie unser Dad zu sagen pflegt. Doch nette Gastgeber stößt man ja nicht vor den Kopf.

Jetzt, in der völligen Stille des kleinen Strandhotels am Golf von Mexiko, rief ich mir ins Gedächtnis, was wir gestern erörtert hatten. Neben meinem Bildungsgesetz und Problemen des Staates Florida, den mein Bruder im zweiten Anlauf erobert hatte, wohl auch das afghanische Ärgernis. Also der fällige Bruch mit den Taliban, diesen vermeintlichen Partnern im Ölgeschäft; beschlossen schon seit August, doch immer noch aufgeschoben, nicht perfekt. Bereits bei der Pipeline durch ihr Land hatten die Burschen zu hoch gepokert und den Start blockiert. Und letzten Sonntag fielen sie ganz aus der Rolle, indem sie den General Massud umbrachten – als Chef der Nordallianz und Integrationsfigur dort ein wichtiger Mann. Sein Tod machte die Gegner der Taliban offenbar führerlos ... Das ging zu weit, so was darf man nicht hinnehmen. Mit Strolchen ist eben kein Staat zu machen.

Ob das wirklich zur Sprache kam im Speiseraum des Colony Beach & Tennis Resort? Heute, vier Jahre nach den Ereignissen, bin ich dessen nicht mehr sicher. In puncto Außenpolitik hielt ich mich gern bedeckt, obschon mir dieser Teil der Materie keineswegs fremd war: vitale Interessen wie die historische Bindung an den Nahen Osten und dessen Energiequellen. Da war ich stets kompetent gewesen; und das wird keinen wundern, der meinen Berufsweg und den meines Vaters kennt.

Eher Drittrangiges blieb von dem Abend in mir haften, etwa die Klagen von Vertretern der Landkreise Hernando und Sarasota. Diese Lokalgrößen nämlich fühlten sich arg unterschätzt durch ihre Kollegen von den strahlenden Atlantikstränden. Am Bädergürtel von St.Augustine bis Miami Beach rümpfte man angeblich die Nase über sie, hielt die Bewohner der Westküste Floridas, so hinter all den Sümpfen und Seen, für Deppen oder Hinterwäldler.

Zwar hatte Danny Shaw, mein Topberater, ihnen gleich gesagt, sie könnten doch stolz sein auf Männer wie Edison, der hier bei ihnen – und zwar in Fort Myers – immerhin die Glühbirne erfunden hatte. Mit seinem Hang zur Präzision, der mich gelegentlich nervt, sprach Danny von „Kohlenfadenlampe". Doch das war 120 Jahre her, es schien sie nicht zu stärken ... Seht, derlei merkt man sich, während anderes einem entgleitet. So ist der Mensch nun mal beschaffen.

Also ich erfrischte mich und schlüpfte in meine Shorts, das schäbige T-Shirt und die alten Turnschuhe, wie jeden Morgen. Das war weder Geiz noch neue Armut, sondern altes Ritual. Ein Sinn fürs Schlichte, den man sich erst mal bewahren muss nach soviel Zeit an der Spitze, erst von Texas und nun der ganzen Union. Außerhalb der Darstellungspflicht, des würdigen Auftretens im Amt, sind Prunk und Glanz mir stets ein Graus. Mir genügt es, wenn der Steward mein persönliches Kopfkissen immer dorthin mitnimmt, wo ich laut Programm nächtigen muss. Laura neckt mich manchmal deswegen, wie es Ehefrauen tun, aber das ist mein einziger Luxus.

Draußen umfing mich ein würziger Hauch, der Eindruck von Windstille bei hoher Luftfeuchtigkeit. Die Sonne ging eben erst auf jenseits der Sarasota Bay, die Longboat Key vom Festland trennt. Im Zwielicht von Morgendämmerung und Hotelbeleuchtung entdeckte ich vorn am Swimmingpool Ed Jackson, das Haupt meiner Leibwache. Ein großer hagerer Mann von Mitte vierzig, zehn Jahre jünger als ich, aber väterlich um mich besorgt. Er hatte etwas von der stillen, doch sprungbereiten Haltung des Filmstars Clint Eastwood, den man aus solchen Rollen kennt. Nach meiner Erinnerung sah er trotz seiner ruhigen Korrektheit diesmal so finster aus, dass mich ein leises Unbehagen überkam. Ich schob es weg und fragte, was ihn denn bedrücke.

„Die Polizei vom Festland hat uns gewarnt, schon vor zwei Stunden, als ich noch schlief, Mr. President. Es könnte Ihnen ein Anschlag drohen – von nahöstlichen Tätern."

„Ach so ... Der tausendste Tipp des Monats?"

„Der Hinweis war nicht anonym, Sir."

„Wir sind alle in Gottes Hand, Ed."

„Hinzu kommt: vor zwanzig Minuten – ich war noch nicht im Dienst – fuhr ein Fernsehteam vor, berief sich auf mich und sagte, es sei vereinbart, dass Sie nach dem Jogging Zeit hätten für ein kurzes Interview am Pool. Die Torwache hat Ari Fleischer geweckt und, da von ihm keine Bestätigung kam, die Leute weggeschickt. Die sollten sich vom Pressebüro einen Termin geben lassen."

„Okay. Was ist denn falsch daran?"

„Die kannten meinen Namen ..."

„Ed, Sie sind halt prominent."

„Aber die Typen wirkten arabisch, Sir, einer der vier war bärtig. Gut möglich, daß ihre Videokamera eine Bombe enthielt."

Das klang lachhaft. Jackson stockte, und ich schaffte es nicht, ihn mit einem Scherz aufzulockern. Leise, als brauche dieser Unsinn höchste Diskretion, fuhr er fort: „Auf genau die Art, Mr. President, kam vorgestern der General Massud um. Durch ein Selbstmordkommando, getarnt als Fernsehteam ... Würden Sie den Lauf vielleicht verschieben, Sir, bis es richtig hell geworden ist?"

Er meinte es ja gut. Ihm zuliebe ging ich auf eine schnelle Tasse Kaffee an die Poolbar und biss auch in ein Sandwich. Dies war Florida, nicht Afghanistan. Und nicht Kuweit, wo acht Jahre zuvor, im April 1993, Terroristen tatsächlich versucht hatten, meinen Dad zu ermorden: mit einer Sprengladung, montiert auf einem Toyota Land Cruiser des irakischen Geheimdienstes. Die Rache Saddams für den verlorenen Golfkrieg! Das Ding sollte per Funk gezündet werden, wenn der Staatsgast mit dem Emir vorbeifuhr. Dies misslang nur, weil der Toyota kontrolliert wurde, nachdem er einen Blechschaden verursacht hatte.

Unser Secret Service, die CIA und das FBI schickten damals

Ermittler nach Kuweit; man fand die Täterschaft Bagdads hinreichend belegt.

Das ging mir durch den Kopf, während ich an der Poolbar verharrte, in Jacksons düsterem Schutz. Wieder einmal wirkte er, als sei er von einer Casting-Agentur ausgewählt worden: baumlang, sehnig, mit kantigem Gesicht. Könnten wir ihn oder sein Ebenbild an jeder Straßenecke aufstellen, würde das mögliche Attentäter todsicher einschüchtern; da rutschte jedem Feind doch das Herz in die Hose.

Dem Saddam Hussein übrigens hatte man damals das Bombenlegen gründlich verleidet. Zwar zögerte mein Amtsvorgänger, er strich auch die meisten Ziele, die man ihm für eine angemessene Reaktion vorschlug. Doch schließlich rang er sich dazu durch, den Start von Marschflugkörpern zu genehmigen. Ein Dutzend davon jagten im Zentrum Bagdads den Sitz des Geheimdienstes Muhabarat in die Luft. Ein paar Raketen gingen freilich daneben, wobei auch eine berühmte Künstlerin der arabischen Welt starb, die gegenüber dem Muhabarat wohnte. Wegen dieser doch recht begrenzten Aktion war meine Familie verstimmt gewesen. Der Schlag fiel absichtlich des Nachts, am letzten Juni-Wochenende 1993, als sich nur einige Geheimdienstler im Gebäude aufhielten ... Aber immerhin, er hatte allem irakischen Terrorismus gegen Amerikaner ein deftiges Ende gesetzt.

Doch nun lief ich los, vorbei an den Tennisplätzen, in die warme Brise, die sanft hereinkam vom Meer, hin zu den Palmen; gefolgt von Jacksons Männern. Wie schön, den Tag aktiv zu beginnen! Zu der Zeit spürte ich noch nicht mein Knie, das mich heute zwingt, die Sportart zu wechseln – Gewichte zu stemmen oder aufs Fahrrad zu steigen. Nichts Elitäres jedenfalls wie Surfen oder Tennis; das schätzt eher mein Herausforderer, der frustrierte Senator.

Einer von denen bärtig! Da lag ihr Fehler, dachte ich, so kommt man bei uns nicht weit. Frisch rasiert, gut gelaunt. William Taft, ein strammer Republikaner, war der letzte Präsident mit Bart gewesen. Nach einer Amtszeit – so um 1912 oder 1913 – abgelöst durch Woodrow Wilson, Demokrat, glattrasiert, zwei Amtszeiten. Bärte trug seitdem der Feind: Kaiser Wilhelm, Adolf Hitler, Josef Stalin, Fidel Castro, Ho-chi-Minh, Osama bin Laden ... Bärte sind out, ein TV-Journalist sollte das wohl wissen.

EDWARD JACKSON:

Ich bin über die „Robben“ von Fort Bragg zum Personenschutz des Weißen Hauses gelangt. Für mich ein Wendepunkt, auch eine Ehre, plötzlich Mitglied des Secret Service zu sein. Mein erster Einsatz dort galt einem Mann, der nach dem Massensterben von Marinesoldaten im Libanon Ronald Reagan zur Rede stellen wollte, im Oktober 1983. Auf einem Golfplatz in Georgia hatte er sich herangepirscht. Kein Attentäter, doch immerhin bewaffnet. Während man den Präsidenten in die gepanzerte Limousine zog, schoss der Kerl aus seiner Pistole ins Gras ... Schließlich gelang es mir, mit ihm zu reden. Einer der 278 Marines, die diese riesige Autobombe zerfetzt hatte, war sein Sohn. Ich bin selbst Kampfschwimmer im Auslandsdienst gewesen und konnte ihn verstehen. Nach zwei Stunden ergab er sich.

Das unblutige Ende gefiel Reagan. Er war da bereits 72 und hatte noch genug von dem verrückten John Hinckley, dessen Kugel ihn zu Beginn seiner Amtszeit schwer verletzt hatte. Nicht jeder Präsident ist überhaupt so alt geworden. Ich hab mir die Opfer und ihre Todesumstände gemerkt, mag man auch finden, dies sei makaber. Abraham Lincoln etwa starb mit 56 in diesem Washingtoner Theater von der Hand des Schauspielers Booth, eines fanatischen Südstaatlers. William McKinley – mit 58 in Buffalo erschossen von dem Anarchisten Leon Czolgosz. John F. Kennedy ist 46 geworden, sein Bruder Bob bloß 43 – nun, das weiß jeder. George W. Bush war, hundert Jahre nach McKinleys Tod, gerade 55. Und er hatte mich nicht ernst genommen.

An jenem Dienstag im September sah ich ihm nach, wie er, gedeckt durch meine Crew, das Hotelgelände verließ und zwischen den Palmen verschwand. Ich kenne mein Unvermögen, Sachverhalte einem Laien angemessen darzulegen, also in jeder Situation plausibel zu sein. Außerhalb der Regeln von Meldung, Befehl und Bestätigung fehlen mir schon mal die Worte. Anders Bushs übrige Begleitung! Es umgeben ihn Leute, die alles bestens zu sagen wissen. Überzeugend sein, nur so kommt man ins Weiße Haus. Außer als Bodyguard; der soll ja weniger reden als handeln.

Aber tat ich das an diesem Morgen? In mir saß tiefer Verdruss. Gut, die Laufstrecke schien sicher: zwei Meilen durch die Golfgründe des Clubs Serenoa (was wohl „die Heitere“ heißt) und in Strandnähe zurück. Longboat Key war halbwegs überschaubar, ein schmales Korallenriff, elf Meilen lang, geteilt durch die Straße Nr.789, den Gulf of Mexico Drive. Auf dem Hoteldach hatten wir ein paar Luftabwehrraketen. Es fehlte bloß das übliche Kriegsschiff, die Seeseite blieb offen, was mir als altem Froschmann nicht gefiel. Auf der Vieques-Insel bei Puerto Rico hatte ich gelernt, wie man an fremden Küsten Fuß fasst.

Aus der Zeit ist mein bisschen Spanisch. Der Präsident freilich spricht es fließend. Das kam ihm im Wahlkampf stets zugute; bereits in Midland, Westtexas, hat es ihm genützt. *Arbusto* hieß seine Bohrfirma dort – Busch auf spanisch. Uns, seine Leibwache, nennt er gern *Guarda de espalda*: Schutz des Rückens. Ein stolzes Wort, weil es bedeutet, in jeder anderen Richtung wisse ein Mann sich selbst zu wehren. Das ist natürlich geprahlt, ganz absurd. Die kleinkalibrigen Kugeln, die Robert Kennedy töteten, kamen zum Beispiel von vorn, aus anderthalb Meter Entfernung. Und vor Bomben, die Selbstmörder in Kameras verstecken, schützt einen letztlich gar nichts.

Das Dumme war, mein Vize hatte versagt. Von dem Mord an General Massud hatte er ebenso wie ich gehört, doch der Tathergang dort schärfte sein Misstrauen nicht. Als ich begriff, welche Gefahr von dem TV-Team ausging, das hier frech vorgefahren war, da hatte ich befohlen, nach dem schäbigen weißen Kleinbus der Burschen zu fahnden. Bis jetzt ohne Resultat. Zuletzt war das klapprige Ding bei Jungle Gardens an der Strandpromenade von Sarasota gesehen worden, also auf dem Festland.

Verdammt, warum hatte die Torwache den Insassen zwar den Zutritt verwehrt, sie aber unbehelligt ziehen lassen? Ihr Auftritt war doch verdächtig genug! Und das örtliche FBI-Büro war wenig hilfreich. Es fand zunächst nur heraus, wer die Polizei von Sarasota mitten in der Nacht vor einem möglichen Attentat gewarnt hatte: ein Anwohner der 25. Straße namens Rahman – was mir längst gemeldet worden war. Bei diesem Sudanesen war am Vorabend überraschend ein Mann erschienen, der sich Halef nannte. Dem traute Rahman einen Anschlag zu, weil er früher Drohungen gegen Bush junior ausgestoßen hatte und sein Kommen widersprüchlich erklärte ... Dass der Präsident in der Gegend sein und auf Longboat Key übernachten würde, war durch die Medien landesweit bekannt.

Auf dessen Rückkehr wartend, blieb mir nur, die Gefährdungsstufe anzuheben. Inzwischen verhörten das FBI und zwei meiner Leute diesen Rahman. Dazu einen weiteren Moslem, der Jusuf hieß und einen Friseursalon betrieb. Den stürmte man und nahm ihn fest, aber seine Auskünfte enttäuschten. Er gab zu, Halef zu kennen, der wie Rahman Sudanese sei, und zwar Kämpfer der „Volksbefreiungsarmee" SPLA; von der hatten wir noch nie gehört. Ob der Mann Mitglied des TV-Teams war oder einen weißen Kleinbus fuhr, das blieb offen.

All dies führte uns kaum weiter, und mein Ärger wuchs. Der Südwesten Floridas mit seinen Sümpfen und flachen Seen, den Nationalparks, militärischen Sperrzonen und den vielen privaten Landebahnen erschien mir ohnehin recht undurchsichtig. Dieses Milieu, ließ es mich wirklich damals schon stutzen? Ich weiß nicht mehr, es ist zu lange her. Vielleicht aber entstand in mir doch etwas, das bei uns Anfangsverdacht heißt und mehr ein Gefühl ist, ein Geruch. Die klebrige Schwüle, das zwielichtige Umfeld von kleinen Flugschulen, gegen die Ermittlungen der Rauschgiftbehörde DEA liefen – oder auch nicht! Dazu die Mangrovenküste, der Verleih von Speedbooten, geeignet zum Schmuggel, an der Küstenwacht vorbei ... Es roch nach Affären, Kokain und Korruption.

Gar nicht falsch, dieser Eindruck. Fanden wir doch bald heraus, dass ein gewisser Mohammed Atta zeitgleich mit anderen Arabern (Saudis, Tunesier oder Ägypter) an der Flugschule bei Venice, 20 Meilen südlich von Sarasota, monatelang trainiert hatte. Und dass er am 7. September im Holiday Inn auf Longboat Key gewesen war, nur zwei Meilen weg vom Colony Beach Resort. Welch ein Zufall! Drei Augenzeugen haben es uns bestätigt, doch im Moment sagte der Name Atta mir noch nichts. Der 7. September übrigens war der Tag, an dem bekannt wurde, dass George W. Bush hier übernachten werde, um dann in jener Grundschule von Sarasota aufzutreten.

Gegen 7 Uhr 10 langte der Präsident wieder an, ziemlich verschwitzt; es war eben viel wärmer als daheim. Nun würde er duschen, richtig frühstücken und sich dem Tagesbericht der CIA widmen. Seine Amtsvorgänger hatten sich meist schriftlich unterrichten lassen, er aber ist ein Mann des gesprochenen Wortes. Gut 30 Minuten braucht Geheimdienstdirektor Tenet, wegen all der Zwischenfragen, sonst für den Rapport. Da jedoch Tenet zuhaus geblieben war, nahm ich an, Daniel Shaw werde den Präsidenten ins Bild setzen: der Topberater, die rechte Hand oder das Superhirn, wie wir ihn gern nennen. Als einem der Unentbehrlichen verwischen sich ihm leicht Ressortgrenzen; im Grunde meint er, für beinah alles zuständig zu sein. Der Präsident schätzt seinen Witz, die Unterhaltsamkeit und das enorme Gedächtnis. Shaw ist bekannt dafür, unglaubliche Mengen an Material speichern zu können und die Hauptpunkte stets parat zu haben. Ein 50-Seiten-Papier präsentiert er einem in drei Minuten. So bleibt ihm oft noch Zeit, seinen Vortrag – falls erwünscht – durch Scherze aufzulokkern. Aus der Berichterstattung wird Geplauder.

Deshalb wunderte es mich, daß Shaw herauskam, um mit mir zu reden. „Captain“, sagte er tief und klangvoll, „ich höre, Sie haben die Sicherheitsstufe erhöht, wegen eines angeblichen Attentatsversuchs?“

„Ganz recht, Sir. Wir ermitteln noch. Die Indizien sind ernst.“

„Also keine Paranoia?“ Er stupste mich an wie im Spaß, doch mit eben der Anmaßung, die seinem Rang entspricht. Je näher einer vom Stab dem Präsidenten steht, desto mehr lockt es ihn, das zu zeigen.

„Wohl kaum“, sagte ich. „Wir vernehmen gerade ein paar Sudanesen, die Kontakt haben zu einer Gruppe, die sich SPLA nennt. Offenbar linke Moslems, Fundamentalisten.“

„Ach wo! Das sind bloß Animisten."

„Bitte, Sir?" Ich argwöhnte, er mache sich lustig über mich.

„Der Animist, wissen Sie, glaubt an die Beseeltheit der Natur", sagte er in jenem Ton höflich verdeckter Überlegenheit, der ihn oft unausstehlich macht. „Pantheismus, Captain – eine primitive Form des Christentums ..." Er lauschte dem Klang seiner Stimme nach. Die Pause legte er wohl ein, damit man ihn besser begriff. „Kurzum, die ostafrikanische SPLA bekämpft das islamistische Regime in Khartum, und das heißt auch al-Qaida."

„Trotzdem, diese Leute sind suspekt."

„Liegt das hier für sudanesische Freiheitskämpfer nicht ein bisschen weit vom Schuss?"

„Wenn sie gegen Khartum und al-Qaida sind, dann könnten sie ja bei uns trainiert haben, Sir. In einem der Militärlager, wie damals die Exil-Kubaner."

„Na, na ... Das ist doch längst Geschichte."

„Das hat in Florida durchaus Tradition."

„Die Spur ist kalt, mein Freund", sagte er, und es klang wie ein Befehl. „Besser, Sie lassen die Brüder laufen und vergessen das Ganze."

Damit ging er zurück ins Haus. Das zeigte ihn wieder mal als Rüpel; nur stützt seine Arroganz sich meistens auf profunde Kenntnis. Er hatte ein so entlegenes Grüppchen wie die SPLA gleich einzuordnen gewusst – ich nicht.

Man unterschätzt Shaw leicht auf den ersten Blick. Es stimmt, er wirkt wenig vorteilhaft mit seinen Pausbacken, dem kleinen Mund und der Körperfülle. Ein wandelnder Schwamm. Und doch geht etwas von ihm aus, das Andrew Card, der Stabschef des Weißen Hauses, einmal „charismatische Doppelbödigkeit" genannt hat. Was auch immer das heißen soll, Fakt ist, Shaw weiß meistens etwas mehr, und er hat die Gabe, es im rechten Moment vorzubringen.

Meine Aufgabe war es jetzt, den Weg zu sichern, den der Konvoi schwarzer Limousinen ab 8 Uhr 30 nehmen würde: südostwärts über den Gulf of Mexico Drive, zwei Brücken, den John-Ringling-Damm und die Main Street von Sarasota, dann nordwärts ab in den Washington Boulevard. Dort, wo es abzubiegen galt, standen Streckenposten, die mit mir Funkverbindung hielten.

Das Ziel lag, knapp neun Meilen weg, rechts vom Highway 301 an der 27. Straße: die Emma E. Booker Elementary School. Wir hatten uns das nette Bauwerk gestern gründlich angesehen. Gemäß der aktuellen Gefährdungsstufe stellte ich sicher, dass Ortspolizei die ganze Route in beiden Fahrtrichtungen sperren und unsere Kolonne durch ein Dutzend ihrer Motorräder und Wagen mit laufendem Rotlicht decken würde. Shaw hatte mich aufgehalten, es war höchste Zeit.

DANIEL SHAW:

In unserem Kalender, der den Monat vor den Tag rückt, heißt das Datum 11. September schlicht 9–11. Erst später fiel mir die düstere Symbolik, die zweite Bedeutung der Zahlenfolge ein: 911 nämlich ist, landesweit in den USA, die Notfallnummer der Polizei.

Zu der Stunde, mit der mein Erinnern an den Schicksalstag beginnt, saß ich George W. Bush im Heck der gepanzerten Limousine schräg gegenüber. Er trug zum dunklen Anzug ein hellblaues Hemd mit rotem Schlips, rot ist die Farbe der Republikaner, hatte die Beine lang ausgestreckt, sah auf die blitzblanken Schuhe und schnitt zu seiner Entspannung gelegentlich Grimassen. Das verjüngte ihn in meinen Augen, ließ ihn koboldhaft erscheinen und führte zurück in die siebziger Jahre, als es mir noch erlaubt gewesen war, ihn Dabjah zu nennen.

Auf einem Bahnsteig in Washington sind wir uns erstmals begegnet; im Auftrag seines Vaters sollte ich ihm den Autoschlüssel bringen. Er war 27, gut vier Jahre älter als ich, und sah fabelhaft aus in dieser Fliegerjacke der Nationalgarde, den Cowboystiefeln und Blue Jeans. Ich stand sofort in seinem Bann und hielt ihn für einen geborenen Führer, trotz all der Schwächen, die zu verbergen ihm gar nicht in den Sinn kam. Was ihm damals fehlte, war eine Vision, ein Lebensplan. Da hatte er nicht die geringste ernsthafte Idee. Ein verdammt hübscher Kerl aus reichem Haus. Hinter der so männlich-tatkräftigen Erscheinung saß kein Kern. Er schien bloß darauf aus, sich zu amüsieren ... Und noch heute ist er häufig impulsiv und neigt dazu, etwas ins Komische zu ziehen – stets mit einem schnellen Spruch zur Hand. Es fällt ihm schwer, einem Wortgefecht oder wirklichem Streit aus dem Weg zu gehen.

Dabei strahlt er, außer lausbübischem Charme, zum Glück noch eins aus: nicht arrogant zu sein. Den Hauch von Volksnähe – das einfache Volk ist ihm in Wahrheit ziemlich fremd; die Aura des lustigen Burschen von nebenan. Sein Bruder Jeb, an sich der kühlere Kopf, ähnelt mir von Temperament und Statur her mehr. Seit langem bin ich ein Adlatus der Familie und weiß, wovon ich rede. Floridas fähiger Gouverneur heißt eigentlich John Ellis Bush – aus den drei Anfangsbuchstaben entstand Jeb, sein Spitzname.

Wir Amerikaner lieben halt Abkürzungen. In dem Punkt schlagen wir die pingeligen Briten und sogar die pedantischen Deutschen. Es muss der ganze Stolz, die letzte Leidenschaft zumal unserer Amtsträger sein. CENTCOM etwa heißt bei uns das Zentralkommando der Streitkräfte, NORAD ist die Luftabwehr, FAA die zivile Flugaufsicht und NSC der Nationale Sicherheitsrat. Das sind nur ein paar Kürzel von hundert, die wir im Dienst verwenden. POTUS ist das Kennwort für den Boss (President of the United States) und FLOTUS (First Lady ...) das für seine Frau. Im Ernstfall spart das tüchtig Zeit. Der Ernstfall selber heißt DEFCON 3: Alarm fürs Militär weltweit.

An jenem Herbstabend in Washington, als George W. Bush erstmals vor mir stand, war sein Vater noch nicht POTUS, auch kein Vize, sondern bloß Vorsitzender der Republikaner – eher Generalsekretär als Parteichef. Und ich ging ihm dabei zur Hand, war sein junger Mann. In der Familie nannten sie ihn Poppy, während sein Ältester allgemein Dabjah hieß: das texanische Kürzel für Dabbelju gleich W.

Poppy war Botschafter bei den Vereinten Nationen gewesen und zeitweilig ohne Staatsamt. Zu dem schwer beschädigten Nixon ging er sachte auf Distanz. Damals litt er unter dem traurigen Handicap, als Schwächling zu gelten. Die Medien zeigten ihn nie so energisch, wie er wirklich war. Er hatte mit flotten Jacketts, anderen Brillen, ja sogar mit Kontaktlinsen versucht, den Mangel zu beheben – umsonst. Dabei sah er ganz gut aus, es lag nur an seiner engen, leicht quäkenden Stimme. Das Übel scheint weit verbreitet zu sein: bei Stress verkrampfen die Stimmbänder, man spricht höher als sonst. Das wirkt kraftlos, man wird als Weichei wahrgenommen. Poppy hatte Sprachlehrer und Stimmberater konsultiert. Der Sprechtrainerin Lilyan Wilder hatte er pro Unterrichtsstunde tausend Dollar gezahlt, damit sie ihm helfe, doch sie war an ihrer Aufgabe gescheitert ... An mir gefiel ihm die sonore Tonlage, der Stimmumfang, nach dem er so strebte.

Allerdings, mir fehlte jeder vergleichbare Hintergrund. Ich war im Mittleren Westen aufgewachsen, mit fünf Geschwistern, und hatte zwar Geschichte studiert, doch an keiner Efeu-Universität, wie die Elite. Weder in Yale, noch in Princeton oder an der Harvard Business School, von der Dabjah sagte, dass es eine Berufsschule für den Kapitalismus sei. Ich ging sogar ohne Abschluss weg, aber was heißt das schon? Um 1972 trug mir die Lust auf Politik, der Spaß am Entwerfen von Wahlkampagnen den Vorsitz ein im Komitee Republikanischer Studenten. Dort brachte ich laut *Washington Post* dem Nachwuchs der Grand Old Party die „ultimativ schmutzigen Tricks“ bei. Das ist natürlich boshaft formuliert. Gemeint war ein Stil, der die Wähler erreicht. Das empfahl mich der Parteiführung; so kam ich ins Blickfeld der Bushs.

Der Abbruch des Studiums, auf Grund blanker Not, hat mir an sich kaum geschadet. Auch ohne akademischen Grad hat mich die Uni Texas später zum Dozenten bestellt. Und zwar an ihrer Lyndon B. Johnson School of Public Affairs: Öffentliche Angelegenheiten sind mein Fach. Anders säße ich wohl kaum in Hillary Clintons früherem Büro im Westflügel des Weißen Hauses, zweiter Stock, mit kurzem Weg zum Boss.

Jetzt, auf der Fahrt zu dem Frühtermin in dieser Grundschule, sprachen wir beide nicht viel. Der Zweck war Routine, Werbung für das jüngst verabschiedete Gesetzwerk zum Verbessern der Erziehung. Bush wollte sich von Zweitklässlern vorlesen lassen, ein bisschen mit den Lehrern plaudern und der Presse etwas über die Zukunftschancen der Kinder sagen. Es ging um Bilder für die

Abendnachrichten, die ihn als Landesvater zeigten; dann weiter zum nächsten Termin. Ein Stück Alltagsarbeit, Normalität, obwohl es mir schwer fiel, gelassen zu sein.

Denn es bedrückte mich schon, wie er wahrgenommen wurde, nach acht Monaten im Amt. Für die Umfragewerte war ich zuständig, und sie brachen weg. Es fehlte das Rezept, ein rettender Ruck wie so oft, wenn die Dinge erst mal anfangen, zu schleifen. Zumal er als plötzlich mächtigster Mann der Welt gar nicht sehen wollte, dass seine Präsidentschaft flopte. Nun häuften sich freche Bemerkungen. „George W. Bush ist zu beneiden“, hatte ein TV-Moderator neulich gesagt. „Man mag ihn, ohne viel über ihn zu wissen.“ Und dies war noch bei weitem der freundlichste Spruch.

Begonnen hatte das schon am 20. Januar, dem Tag der Amtseinführung, als haufenweise Demonstranten die Kolonne stoppten und er der Eierwürfe wegen gar nicht aussteigen konnte, um das letzte Stück zu Fuß zurückzulegen, wie sämtliche Präsidenten vor ihm. Wütende Proteste wegen der hier in Florida angeblich gefälschten Wahl! Dann verlor er die republikanische Mehrheit im Senat, es fiel ihm schwer, Gesetze durchzubringen; auch konnte er seine Richter nicht ernennen. Und sein Bonus schrumpfte, die Zustimmung sank im Mai auf 53 Prozent, bis September auf 45 Prozent. Speziell die Ostküstenpresse schoss sich auf ihn ein. Instinktiv spürte er, wie manches schief ging, und wich öfter nach Camp David aus, ja sogar auf seine Ranch in Texas. So dass die *Washington Post* ihm vorwarf, er habe bisher 42 Prozent seiner Amtszeit außerhalb verbracht, was heißen sollte: im Urlaub.

Und wenig half es ihm, sich im Fernsehen als Farmer zu zeigen, der Gürteltiere aushob und den Reportern sagte, er erledige dort sehr viel, man könne per Fax und Telefon auch vier Flugstunden fern von Washington durchaus das Land regieren. „Ich arbeite an einigen Initiativen, Sie werden schon sehen“, hatte er recht matt erklärt; „ich werde Entscheidungen treffen, wir geben sie später bekannt ...“ Schade, im Wahlkampf wäre ihm das nie passiert! Endlich aber spürte er doch etwas, das er als gehässigen Ton in den Medien begriff, und hatte den Stab gefragt: „Seht ihr denn einfach bloß zu, wie die liberalen Scheißer uns nervös machen wollen?“

Ich fühlte mich gedrängt, und wenigstens hierzu war mir manches eingefallen. Zum Beispiel hatte ich mir die Korrespondenten angeschaut, die uns zu solchen Anlässen begleiten durften, und etliche von der Liste entfernt. Obgleich das eigentlich Sache von Karen Hughes war, der Topberaterin für Medienfragen. Im Fall der *Post,* die zur Schärfe neigt, führte das zu einem Wechsel im Ressort Innenpolitik. Dadurch kam eine 36jährige Reporterin namens Brenda Delano zum Zuge, der ich helfen wollte, sich vor ihren Chefs aufzubauen.

Ein heikles Manöver; eben dieses Blatt war mit Vorsicht zu behandeln. Doch ich fand heraus, dass ihr schärfster Konkurrent dort sich selbst ein Bein gestellt hatte, als er einmal dazu beitrug, am Kriegsruhm von Bush senior zu kratzen. Gewiss, das lag etwas zurück, doch wir ließen die *Post* wissen, dieser Mann sei uns im Pressekorps nicht mehr willkommen. Er war durch Frau Delano ersetzt worden, die mit anderen Journalisten in dem *Best Western* bei Jungle Gardens abgestiegen war. (Die Hotelkette hatte zwei Häuser an der Strandpromenade von Sarasota. Daß ich wusste, in welchem davon sie wohnte, sprach für ein persönliches Interesse, wie ich mir gern eingestand.)

Im Luftstrom der Klimadüse fröstelnd, spähte ich hinaus. Als die City Hall zurückfiel und wir von der Main Street abbogen in den Washington Boulevard, rief Dan Bartlett, der Kommunikationschef, aus einem der Wagen vor uns an. In ruhigem Ton meldete er einen Flugzeugabsturz auf WTC 1, also den nördlichen Turm des World Trade Center. Mein Mund wurde trocken, etwas in mir spannte sich. Es entstand ein leichtes Schwindelgefühl, so als hätte ich ein schwach euphorisierendes Narkotikum genommen. Mir fielen sofort etliche Vorwarnungen ein, die uns im Hinblick auf Gebäude von hohem Symbolwert in Washington und auch im unteren Manhattan erreicht hatten; darunter ein Text der CIA von Anfang August. Danach konnte dies, auch wenn Bartlett nichts dergleichen anzunehmen schien, ein terroristischer Anschlag sein.

Der Präsident freilich blieb auf seinen Termin fixiert. Ihn regte die Nachricht gar nicht sonderlich auf. Er glaubte offenbar, es handele sich um ein Privatflugzeug und um technisches oder menschliches Versagen. Nach meiner Erinnerung fragte er – wie sein Vater ein ehemaliger Militärpilot – ziemlich arglos, ob schlechtes Wetter dem Unglück zugrunde liege.

„Schwerlich", erwiderte ich. „Über der Ostküste wolkenloser Himmel."

„Dann hat der Pilot versagt", murmelte er. „Vielleicht ein Herzinfarkt ... Welch ein Malheur! Hoffentlich bloß eine Sportmaschine."

Ich schüttelte den Kopf und beugte mich vor, in dem Gefühl, dass ich ihm helfen musste, das mögliche Ausmaß des Vorgangs zu begreifen. Und dass wir uns, falls meine Befürchtung zutraf, von jetzt an in ganz bestimmten Bahnen bewegten, die zu verlassen unmöglich war, selbst wenn wir das gewollt hätten.

BRENDA DELANO:

Die Booker Elementary School wirkt sauber und fotogen, auch in der Schwüle des Hochsommers. Ein niedriges Gebäude mit Flaggenmast, weißem Portal und säulengestütztem schrägem Dach. Unter den Kolonnaden warteten mit mir gut hundert Medienvertreter auf die Ankunft des Präsidenten. Doch nur ein Drittel von uns war mit ihm angereist, in seiner Boeing 747 Air Force One, die tags zuvor von Andrews bei Washington gestartet war und jetzt drei Meilen nordwärts auf dem Flugplatz Sarasota-Bradenton stand. Wegen der Nähe zum Flugplatz hatte man diese Schule gewählt.

Das Pressekorps des Weißen Hauses, die Créme de la créme, und erstmals ich dabei. Wie schön für mich, gleich neben dem Kameramann des regierungstreuen Senders *Fox News* zu stehen. Nur war ich nicht naiv genug, dies meiner Arbeit für das Boulevardblatt *New York Post* und dann für das *Boston Magazine* zuzuschreiben. Oder dem Benjamin-Franklin-Preis für den besten Artikel des Jahres, der mich in Washington empfohlen hatte. Die Zeitungen, die mich druckten, waren namhafter geworden, das schon; doch kaum jemand kannte mich hier. Der Mann, der eigentlich an meiner Stelle sein sollte, hatte mich bis zuletzt faktisch ausgebremst.

Was ihn jäh aus dem Rennen warf, war ein längst vergessener Text. Darin hatte er den letzten Kriegseinsatz von Bush senior arg entzaubert. Dessen dreisitzigen Torpedobomber (namens „Rächer") hatte die Flak einer Insel südlich von Japan erwischt. Poppy Bush, wie er bei Insidern heißt, war damals erst 20 gewesen. Kein Wunder, wenn der Junge in Panik geriet, hastig ausstieg und auch die Reißleine zu früh zog. Er rettete sich am Fallschirm, verletzt durch das eigene Leitwerk. Es traf ihn an der Stirn; die Wunde war bei seiner Trauung mit Barbara Pierce im Januar 1945 noch nicht ganz verheilt.

Bush hatte nun immer gesagt, das Flugzeug habe gebrannt. Deshalb sei von ihm nicht versucht worden, auf dem Meer niederzugehen, wie an sich üblich. Die Maschine war so gebaut, dass sie sich über Wasser hielt, bis ihr Schlauchboot seeklar war – für seine wohl verletzten Bordkameraden die letzte Chance. Sie kamen nämlich nicht heraus, während Poppy niederschwebte und ein eigenes U-Boot ihn glücklich aufnahm. Die übrigen Flieger der Staffel taten sich schwer, das Feuer an Bord der „Rächer" zu bestätigen. Fünfzig Jahre nach dem Absturz leugneten zwei Überlebende die Rauchentwicklung ganz.

Die Story war, gut belegt, in der *New York Post* erschienen, als Bush senior nicht mehr und Bush junior noch nicht an der Macht war. Sie widersprach einer Darstellung, die der Altpräsident zum Schutz seines Kriegsruhms hatte schreiben lassen. (Immerhin hatte die Navy ihm das Fliegerverdienstkreuz Erster Klasse für den umstrittenen Einsatz verliehen.) Dieser Bericht, von ihm inspiriert, sollte die Wogen glätten, nachdem Zweifel aufgekommen waren. Ein Versuch, der nun so ziemlich gescheitert war. Man sagt den Bushs ein Elefantengedächtnis nach. Die Familie verzieh dem Autor der Story selbst sieben Jahre später nicht ... Und bloß deshalb stand ich hier.

Ehe der Konvoi kurz vor neun mit flackerndem Rot- und Blaulicht in die 27. Straße einbog, lief das Gerücht um, es sei ein Flugzeug in das World Trade Center gestürzt. Das erregte viele von uns mehr als die Ankunft des Präsidenten. Als der nun seinem Wagen flott entstieg, umringten ihn ein paar Gehilfen, die ich vom Hinflug her kannte: sein Stabschef Andrew Card etwa und der Kommunikationsleiter Dan Bartlett. Captain Deborah Loewer, die Chefin des Lageraums daheim, fiel durch ihre schmucke Marineuniform auf.

Flüchtig sah ich auch Daniel Shaw im Profil, das runde Gesicht des Topberaters. Am Vortag hatte er mich im Flugzeug scheinbar beiläufig, in Wahrheit aufmerksam begrüßt, als neu in dem erlauchten Kreis. Er wirkte dabei so angeregt, als verspreche er sich viel von mir und meiner Arbeit. Sehr gewitzt gab er einem das Gefühl, hier willkommen zu sein. Jetzt hörte ich ihn auf Fragen nach dem Absturz sagen, der Präsident werde sich später dazu äußern.

Ohne jede Hast erreichten die Gäste das fünfköpfige Empfangskomitee der Schule. Die Direktorin bat sie hinein. Wir drängten nach in einen Klassenraum, der uns kaum alle fasste. Vor den zwei Dutzend Kindern nahm Bush neben der Klassenlehrerin, einer Farbigen namens Sandra Kay Daniels, auf dem Podium Platz, wohlwollend und souverän. Er sah erstaunlich gut aus für sein Alter. Über ihm stand an der Tafel: „Lesen macht ein Land groß!"

Jetzt nahm er das Lehrbuch mit der Story über eine kleine Ziege zur Hand, aus dem ihm die Kinder vorlasen, und zwar im Chor. Ein Stück las er auch selber; dann lobte er ihre Leistung: Wären sie nicht noch so klein, würde man glauben, sie gingen schon in die sechste Klasse. Kein Mensch nahm ihm die Übertreibung krumm.

Nach fünf Minuten trat Andrew Card ein, beugte sich über Bush und raunte ihm etwas zu. Wie man bald erfuhr, war es der Satz: „Ein zweites Flugzeug hat die Türme getroffen, Amerika wird angegriffen!" Neben mir stand Ann Compton für die *ABC News*, sie fand den Auftritt so wichtig, dass sie die Zeit aufschrieb: 9 Uhr 7.

Als nächstes hielt Ari Fleischer, da er nicht durchkam zu Bush, für ihn einen Zettel hoch, auf dem in großen Lettern stand: SAGEN SIE NOCH NICHTS. Verfasst wohl in Sorge vor einem Lapsus. Für verbale Pannen war Bush ebenso wie sein Vater bekannt. Er nickte zustimmend, und die Kinder fuhren fort in ihrem Text. Erst als sie fertig waren, weitere acht Minuten später, verließ der Präsident mit freundlichen Abschiedsworten den Raum.

Das Programm komplett abzuspulen entsprach kaum der Situation. Die Erklärung des Pressesprechers, Bush habe die Kinder nicht ängstigen wollen, leuchtete keinem ein. Für sein Zögern dort in der Schule hat man ihn später getadelt, doch ohne Versuch, es zu deuten.

Am besten hat mir Daniel Shaw die Schlüsselszene des Tages erklärt, Bushs Passivität, sein Trödeln im Klassenraum. Als später an Bord von Air Force One Gelegenheit war, ihn darauf anzusprechen, da meinte er: „Wir alle sind Zeugen eines enormen Vorgangs geworden – der Verwandlung des Bildungspräsidenten, als der er nach seinen eigenen Worten angetreten ist, in den Kriegspräsidenten oder Feldherrn Bush."

„Als solcher hätte er aber handeln müssen."

„Das kommt schon noch, Frau Delano. Wissen Sie, jede Metamorphose braucht Zeit."

Kein äußerlich anziehender Mann, doch präsent und blitzgescheit, dazu versehen mit einer schönen Stimme. Sie klang tief wie bei Kissinger, dem Fossil – halb gebieterisch, halb beruhigend erinnerte sie an die Bässe einer Orgel. Töne, die Vertrauen schaffen (in Gott, die Regierung oder einfach in männliches Handeln); manchmal geht sowas einem ja durch und durch, es kann sogar erotisch stimulieren ... Woher bei ihm nur immer mein Gefühl, dass er etwas Wichtiges vor mir verbarg? Es hing mit seinem Hautgout zusammen, der bekannten Durchtriebenheit. Er kam aus der unteren Mittelschicht wie einst Richard Nixon und stand im selben Ruf, die Öffentlichkeit trickreich und bedenkenlos täuschen zu können. Ihm einmal auf die Schliche kommen – welch eine Herausforderung.

DANIEL SHAW:

Flink hatte Bartlett, der übrigens erst 30 war, seine Nachrichtenmittel in ein freies Klassenzimmer verlegt. Wir starrten auf den

Bildschirm, wo das zweite Flugzeug um den Nordturm des World Trade Center kurvte, der vom ersten Einschlag her wüst qualmte. Uns allen stockte der Atem, als der zweite Angreifer sich nach scharfer Linkskurve in den Südturm bohrte – live, um 9 Uhr 3 ... Diese Filmsequenz mit dem verheerenden Feuerball ist seitdem endlos wiederholt und dem Gedächtnis der Welt eingeprägt worden.

Die Maschine (eine Boeing 767, betankt für einen Transkontinentalflug) war da schon längst als entführt gemeldet. Nun schlug sie mit ihrer Spannweite von 48 Metern die Hälfte der tragenden Pfeiler in dieser Außenwand weg. Und das 16 Etagen tiefer, daher noch vernichtender als der erste Angreifer, der 18 Minuten zuvor den Nordturm etwa in Höhe des 96. Stocks gerammt hatte. Und wiederum schoss der Treibstoff, rund 34 Tonnen Kerosin, mit Fluggeschwindigkeit heraus, zu Tropfen zerstäubt: ein zündfähiges Gemisch, das durch den Funkenflug all der Metallsplitter und Kurzschlüsse sofort detonierte. Die Wucht der Explosion trieb Wrackteile zur anderen Seite des Turms hinaus.

Auch rein optisch, fern der Tragödie, wirkte der Crash entsetzlich. Dennoch, bei aller Beklemmung, fragte ich mich am Bildschirm: Dieser 18-Minuten-Abstand zwischen beiden Einschlägen, war der etwa gewollt? Offenbar entsprach das der Frist, die das New Yorker Fernsehen brauchte, um vor Ort zu sein. Während es vom Treffer in den Nordturm nur Amateurfotos gab, war der Anflug auf den Südturm gleich mehrfach professionell gefilmt worden, mitsamt dem grausigen Feuerball; so als wünschten die Täter eine weltweite Verbreitung des Schreckens.

Gewiss, das hätte mich nicht beschäftigen sollen. Angesichts des Unglücks wirkt diese Erwägung befremdlich; doch die Regeln der Medien, das war nun einmal meine Welt. Dabei stand fest, ich musste mich jetzt um den Präsidenten kümmern. Wie nahm er das auf, was Andy Card ihm soeben gemeldet hatte, brach er die Leserei ab, mit was für Worten und in welcher Haltung ging er weg?

Da er nicht herauskam, ging ich in dem Gefühl, gebraucht zu werden, hinein in die Versammlung. Noch etwas anderes freilich zog mich hin: der Wunsch, Brenda Delano zu sehen. Wie reagierte sie auf das Ereignis? Ich gab es auf, mir vorzumachen, dass sie nicht mehr als ein hübscher Anblick für mich sei, und quetschte mich durch die hinteren Reihen, ohne sie zu finden.

Schwer zu sagen, was mich so tief beeindruckt hatte. Das meiste von dem, was Frauen in unseren Augen verführerisch macht, schien ihr ja zu fehlen. Sie hatte weder das üppige, lockend getönte Haar, das viele Models schmückt, noch deren große Augen, schwellende Lippen oder vollen Busen, den optischen Auslöser Nummer eins. Höchstens ihre langen Beine entsprachen dem Klischee. Sie war sogar ein bisschen größer als ich; womöglich schon deshalb Gegenstand meiner Bewunderung.

Der erste Schritt zur Kontrolle eines Zustands ist der Versuch, ihn zu beschreiben. Große Mädchen, sofern auch schlank und gescheit, haben mich oft gereizt. Soweit die Grunderkenntnis. Tags zuvor, als wir zwei uns im Flugzeug kurz gegenüberstanden - durch dessen Gerüttel und Leute, die vorbeidrängten, einander näher gerückt -, kam etwas Unwägbares hinzu. Da war mir nämlich, als benutze Brenda kein Parfüm. Statt der üblichen Aromen ging ein feiner Duft von ihr aus, nach dem es mich seitdem verlangte. Der Augenblick der Wahrheit! Ja, ich war süchtig nach diesem Hauch, der dem Duft von frischgebackenem Brot ähnelte. Deshalb hätte ich gern neben ihr gestanden und erlebt, wie solch schier unfassbare Dinge auf sie wirkten.

Fünfzig Jahre, so fand ich neuerdings, sind ein dummes Alter. Man ist zu jung, um weise zu sein, aber zu alt, um mit Entschuldigungen durchzukommen. Gerade alt genug, um Herzbeschwerden zu haben, aber noch zu jung, um es zuzugeben. Erfahren genug, um Narren zu erkennen (auch in sich selbst), doch längst nicht alt genug, um sie entweder zu ertragen oder zu besiegen ... Na gut, ich wollt´s von ihr wissen, salopp gesagt. Und ich sah dafür auch Chancen.

Was konnte ich ihr bieten? Einiges durchaus. Sie schrieb, das hatte ein Anruf ergeben, an einem Sachtext über die Bushs. Es würde, falls es denn erschien, das fünfte oder sechste nichtautorisierte Buch über die Familie sein, seit aus der mit Beginn des Jahres endgültig eine Dynastie geworden war. Und da konnte ich mit

Details dienen, die manch anderer auch kannte, aber niemand ihr erzählen würde, außer mir. Eine handvoll Storys, hilfreich für ein Buch im Marktgedränge all der Titel – über ihn!

Das Bild, das er vorn auf dem Podium bot, war schwach; und leider wurde es aufgezeichnet. Ein Ronald Reagan hätte bessere Figur gemacht. Als Laienspieler schaffte Bush es bloß, still sitzen zu bleiben, lethargisch. Dann straffte er sich und fragte die Kinder, ob sie denn mehr Zeit mit Büchern als vorm Fernseher verbrächten? Die kleinen Heuchler bejahten das. Er nickte fahrig, zögerte das Ende hinaus, anstatt sich mit dem, was passiert war, knapp zu entschuldigen und aktiv zu werden.

Dabei war er immer schlagfertig gewesen, ein Frontmann eben, der Lauteste und Selbstsicherste in seiner Sippe. Er konnte fast jeden mitreißen; nur wusste man bei ihm nie, wo er tatsächlich stand. Das muss kein Nachteil sein in der Politik. Ich mag Spieler, die mit wenig Substanz viel erreichen. Es ist wie im Profisport, Tennis zum Beispiel – ich bin sein Coach. Spieler dürfen ausrasten oder Schwächen zeigen, Trainer nicht. Was ich brauche, ist egal. Brenda Delano muss warten. Es geht darum, was er braucht. Gefragt sind Inhalte für ein glattes Gefäß! Er wirkte überfordert, man sah ihm den Horror vacui, die Angst vor dem nächsten Schritt an.

Bob Woodward, das Schlachtross der *Washington Post*, hat mich in seinem vorletzten Buch „Amateurhistoriker" genannt. Recht vorlaut, denn im Leben unserer Präsidenten kenne ich mich ziemlich aus. Im Stillen verglich ich Bush in dieser Klemme mit Franklin D. Roosevelt an dessen erstem Tag im Amt. Der war, nach eigenem Bekunden, eher als sonst erwacht. Er frühstückte im Bett und kleidete sich mit Hilfe des Kammerdieners an. Der führte ihn ins Arbeitszimmer, FDR blieb allein. Die Wände waren kahl, Herbert Hoover hatte die Bilder entfernt. Auf der polierten Tischplatte lag gar nichts. Roosevelt zog die Schubfächer auf, sie waren sämtlich leer. Er fand keine Klingel, saß wie erstarrt – ein Invalide, der an Krücken ging, im Zentrum der Macht. Ein gelähmter Präsident inmitten der Krise, in tiefster Depression! Ihm war, als könne er sich nicht rühren, und so ohne Führung zerfiel das Land, Menschen drängten ins Weiße Haus, Gangster ... Das eigene Stöhnen und seine Helfer, die herbei eilten, brachten ihn in die Wirklichkeit zurück.

Dabjah stellte sich jetzt nichts dergleichen vor, er hatte gar nicht soviel Phantasie. Doch vielleicht kam ihm ein anderer Gedanke? Schließlich hatte Jackson ihm genau wie mir gesagt, die Leibwache habe in der Frühe ein Selbstmord-Attentat auf ihn vereitelt. Inzwischen wusste er, dass zwei Verkehrsflugzeuge zu Selbstmord-Bombern geworden waren. Sollte er da einen Zusammenhang vermuten, in dem Anschlag auf ihn selber den missglückten Start der Serie sehen? War es das, was er da plaudernd überspielte? Intelligenz besteht im raschen Erfassen und Verknüpfen von Kausalreihen; und bei einfacher Sachlage war er in dem Punkt flink.

Endlich stand er auf und lächelte in die Kameras. Sein Lob klang herzlich: „Großartige Leser, bin beeindruckt ... Bleibt in der Schule und seid gute Bürger!" Er winkte in die Klasse und gab den Lehrern die Hand. Sein Assistent für Volksbildung nahm neben der Schulleiterin auf dem Podium Platz; sie wollten noch Fachfragen erörtern.

Kaum hatte die Tür sich hinter ihm geschlossen, da fluchte er kräftig. Wie weggeblasen war sein nervöser Charme. Im Kommunikationsraum führte er drei oder vier Ferngespräche, hörbar unter Druck. Er war der Presse draußen noch ein Statement schuldig, und während wir – ohne die üblichen Redenschreiber – ihm einen Text aufsetzten, hörte ich ihn mit Condi Rice sprechen, der Nationalen Sicherheitsberaterin, wobei er sagte: „Amerika wird angegriffen, wir befinden uns im Krieg!"

Offenbar fragte sie, mit wem man im Krieg sei, denn er entgegnete: „Mit dem Ausland", und legte auf ... Dabjah in Rage! Verbale Schnitzer blieben da kaum aus. Doch es sollte sich bald zeigen, dass die Antwort gar so falsch nicht war. Noch ehe der Tag sich neigte, wurde es zum Problem des Nationalen Sicherheitsrats, den Feind geographisch zu orten und die Reihenfolge der Länder festzulegen, in denen nach ihm zu fahnden sei.

Punkt 9 Uhr 30 trat Bush in der Schulbibliothek mit folgenden Worten vor die Presse: „Meine Damen und Herren, dies ist ein schwieriger Augenblick für Amerika." Die Stimme klang belegt, er räusperte sie frei. „Leider muss ich zurück nach Washington gehen nach diesen Anmerkungen ... Ich möchte den Leuten hier an der Booker Grundschule für ihre Gastfreundschaft danken. Heute haben wir eine nationale Tragödie erlebt. Zwei Flugzeuge sind in das World Trade Center gestürzt in einem anscheinend terroristischen Angriff auf unser Land." Seine Arme gingen rauf und runter, eine Art Hauen und Stechen, von verschluckten Silben sprachlich eingedunkelt.

„Ich habe", fuhr er etwas unsicher, doch mit erhobener Stimme fort, „mit dem Vizepräsidenten, dem Gouverneur von New York sowie dem FBI-Direktor gesprochen und verfügt, dass sämtliche Hilfsquellen der Bundesregierung den Opfern und ihren Familien offenstehen – und dass eine umfassende Ermittlung durchgeführt wird, um jene Leute zu jagen und zur Strecke zu bringen, die diese Tat verübt haben. Der Terrorismus gegen unser Land wird keinen Bestand haben! Und jetzt, bitte schließen Sie sich mir an zu einem Moment des Schweigens. Möge Gott die Opfer schützen, ihre Familien und Amerika ... Ich danke Ihnen sehr."

Bush hatte einiges von dem, was wir für ihn notiert hatten, weggelassen oder durcheinander gebracht; der Kernsatz aber war von ihm. Mit dem Wort „das wird keinen Bestand haben" griff er auf eine Formel zurück, die sein Vater elf Jahre zuvor auf dem Rasen des Weißen Hauses benutzt hatte, als man sich vom Einmarsch der Iraker in Kuweit düpiert und provoziert fühlte. Dieser Augenblick galt parteiintern wie auch in der Familie als Gipfel seiner Präsidentschaft, zeigte er doch Bush senior kampfentschlossen. Unser Land liebt und verehrt starke Führer, hinter denen es fest zusammensteht, komme was wolle.

„Warum ich gerade diesen Satz wählte", sagte Dabjah tags darauf zu einem Journalisten, der sich an den alten Text erinnerte. „Also ich weiß nicht warum. Wir haben ja keineswegs rumgesessen und an Wörtern gefeilt. Vielleicht war es ein Echo der Vergangenheit ... Ich hab mich einfach hingestellt und gesprochen. Ich will Ihnen was sagen", schloss er lässig, „das war meine direkte Reaktion aus dem Bauch heraus."

Meine eigene Reaktion, mehr vom Kopf her als vom Bauch, war gleichfalls patriotisch. Man musste ja kaum noch dramatisieren. Amerika wurde angegriffen, da war auch der Boss in Gefahr. Es galt, auf dieser Welle zu reiten. Ich suchte nach Ed Jackson, um ihm das beizubringen. Der würde durch sein Gehabe, durch augenfällige Schutzmaßnahmen jedem zeigen, wie bedroht man jetzt war. In dieser Lage konnten die Medien sich nur noch fest um den Präsidenten scharen. Es gab dazu keine Alternative. Seit einer halben Stunde sah ich unseren Weg: hin zu einem Punkt in der öffentlichen Meinung, an dem uns der Sieg sicher war; die klassische Win-win-Option.

EDWARD JACKSON:

Unmittelbar vor dem Aufbruch des Konvois wandte sich Daniel Shaw erneut an mich. Gut zwei Stunden nach unserem Wortwechsel am Pool des Strandhotels kam er mir nochmal in die Quere. „Ich denke, Ed", sagte er, „Sie sind sich bewusst, wie gefährdet der Präsident jetzt ist."

„Davon gehe ich schon etwas länger aus als Sie", erinnerte ich ihn, gereizt durch seine Schnoddrigkeit.

„Und, wie sehen Ihre Sicherheitsregeln nunmehr aus?"

Es verschlug mir glatt die Sprache. Diese Anmaßung! Er war keineswegs mein Vorgesetzter. Auch wirkten die New Yorker Schrekkensbilder in mir nach. Ich hatte eben erst den Sturz der zweiten Boeing 767 in den Südturm des WTC miterlebt – wie sie, von Westen kommend, in scharfer Linkskurve dessen Südwand anflog. Ganz hatte sie die Kurve nicht gekriegt, daher die Wand nicht zentral getroffen, sondern nach rechts versetzt, so daß mehr die Ecke des Turms litt, als die Trümmer tangential weiterflogen, zur Ostwand hinaus. Die orangeroten Feuerbälle, das war der explodierende Treibstoffnebel, von dem hoffentlich das meiste außerhalb des Bauwerks verpuffte ... „Die Sicherheitsregeln?", fragte ich etwas atemlos. „Der Präsident hätte längst weg sein sollen! Wir alle sehen, da läuft eine Anschlagsserie, und lassen uns einfach Zeit, bieten seelenruhig den Tätern ein Ziel ..."

„Was zum Teufel für ein Ziel?"

„Diese Schule, jetzt der Konvoi, dann die Air Force One am Boden ... Ich höre, Sir, es sind zur Zeit mehr als tausend Flugzeuge über Florida in der Luft! Wer garantiert, dass sich nicht eins davon hier auf uns stürzt?"

Ich meinte, das müsse ihm den Mund stopfen, doch er sagte dreist: „Nicht nervös werden, Captain. Sie haben doch Jagdschutz angefordert? Ausgezeichnet - mehr kann im Moment keiner tun. Oder doch: an Ihrer Stelle würde ich das Gepäck des Pressekorps auf dem Flugplatz gründlich checken. Es sind doch Hunde dabei, die Sprengstoff riechen können?"

„Selbstverständlich. Nur verzögert das den Start noch mehr."

„Machen Sie's trotzdem. Und zählen Sie unsere Gäste bitte durch. Es muss absolut klar sein, dass keiner von denen fehlt; also absichtlich zurückbleibt."

„Weshalb sollte einer nicht mitfliegen wollen?"

„Ich muss wohl kaum noch deutlicher werden."

„Aye aye, Sir. Ist das Ihrerseits jetzt keine Paranoia?"

„Wie meinen Sie das, mein Freund?"

„Nun, es wäre neu, unserer Presse zu misstrauen."

„Wer zurückbleibt, ist verdächtig! Das gilt durchaus auch für die Medienheinis." Mit dieser Grobheit wandte er sich ab und stieg in das Auto des Präsidenten.

Endlich fuhr die Kolonne los, gefolgt von den Taxis und Mietwagen des Pressekorps. Beim Anblick der Fahrzeugschlange war mir gar nicht wohl. Als wir, auf halbem Weg zum Airport, die Desoto Road kreuzten, kam die nächste Hiobspost. Um 9 Uhr 37 hatte ein Verkehrsflugzeug (vom selben Typ wie die zwei anderen) sich auf das Pentagon gestürzt und eine Bresche in den Flügel 5 geschlagen! Wahrhaftig ein schwarzer Tag für mein Land. Es schien unglaublich, der Horror von New York griff bis nach Washington. Das war eine neue Dimension.

Über die nackte Meldung hinaus ließ sich nichts erfahren. Arabische Halunken - wer sonst kam infrage? Wie hatten die es geschafft, in die bestbewachte Zone des Landes einzudringen, in den Luftraum der Hauptstadt? Und im Verteidigungsministerium das meistgeschützte Objekt zu treffen! Und zwar 80 Minuten nach der ersten mysteriösen Kursabweichung und 50 Minuten nach dem Einschlag in den Nordturm des World Trade Center, als die Luftabwehr NORAD längst gewarnt und tätig sein musste.

Das bedeutete, die Routine – das in Entführungsfällen übliche Zusammenspiel von den FAA-Fluglotsen und NORAD, also der Air Force – hatte in unbegreiflicher Weise versagt. Und auch meine Behörde war verstrickt. Dem Secret Service unterstand schließlich die 113. Fliegerstaffel der Nationalgarde mit ihren F-16 *Falcon* Jägern; ein paar davon ständig alarmbereit. Unsere Basis Andrews, nur zwölf Meilen weg vom Pentagon, hatte den Himmel über Washington zu schützen. Deshalb gab es offene Leitungen zwischen der zivilen Flugaufsicht FAA und dem Secret Service, ein Abkommen zum freien Nachrichtenfluss im Notfall. Damit die Jäger außerhalb der militärischen Befehlskette direkt von Andrews zum Schutz der Hauptstadt aufsteigen konnten. Wo waren sie geblieben?

Am Boden, wie sich herausstellen sollte! Während die Air Force von ihrem Stützpunkt Langley immerhin drei F-16 losgeschickt hatte. Aber Langley AFB lag bei Hampton, 130 Meilen weg. Die drei Falcons waren noch 12 Minuten von Washington entfernt gewesen, als das Pentagon getroffen wurde.

Da stimmte etwas nicht. Doch zum Grübeln blieb keine Zeit, denn schon erreichten wir den Sarasota-Bradenton Airport. Ein provinzieller Terminal, schräg gegenüber dem Ringling Museum und einer Ausstellung von Oldtimern, von der alte Schlager herüber hallten. (Dieser John Ringling, mit dem sie´s hier so hatten, war wohl ein Gründer des Zirkus Barnum & Ringling gewesen; oft stützt sich Lokalstolz auf solche Dinge.) Der Flugplatz hatte drei einander kreuzende Rollbahnen, gerade lang genug für den Start unseres Jumbojets. Dahinter stand die C-141 Starlifter, das Frachtflugzeug, bereit, die Limousinen des Weißen Hauses aufzunehmen. Kein Hauch regte sich; die Luft über dem Beton waberte.

Den blassblauen Himmel kerbten zwei Kondensstreifen, und in das Türenschlagen mischte sich der Klang von Evergreens. In der sengenden Sonne stieg der Präsident die Gangway hinauf. Oben machte er kehrt und winkte wie üblich für das Abschiedsfoto. Ich war nicht so gelassen wie er. Vor einer Dreiviertelstunde hatten wir Jäger angefordert, vom Stützpunkt Homestead 180 Meilen südostwärts, weil das der nächste war, doch peinlicherweise blieben sie aus! Ich reklamierte das, während meine Leute die Namen der eintreffenden Reporter von der Liste abhakten. Die dumme Zählerei, von Shaw verlangt, wurde zur närrischen Identifizierung. Und die Hunde beschnüffelten das Gepäck! (Wir führten sie mit, um Räume, die Bush betreten würde, auf Sprengstoff zu testen.) Den Abflug, an dem seine Sicherheit hing, schob das nur hinaus.

Inzwischen hieß es, die FAA habe landesweit sämtliche Starts gestoppt und alle Flugzeuge zur Landung aufgefordert. Aber noch waren für einige Zeit Tausende in der Luft. Eine sportliche Dame, Anfang dreißig und neu im Team, gesellte sich zu mir. Sie fischte nach Informationen, und da es noch keine gab, blieb sie erwartungsvoll stehen. Auf dem Hinflug, fiel mir ein, hatte sie alle möglichen Details zu Air Force One erfragt; dabei ging es ihr mehr um Geschichten zum Flugzeug als um dessen Technik.

Über den Gepäckstücken sah ich Shaw, den wandelnden Schwamm, mit mehreren Stabsmitgliedern reden. Wie ein dicker Hund, der überall seine Duftmarke setzt, lief er zwischen ihnen umher. Jetzt sprach er mit dem Stabschef, sie blickten beide her, dann kam Andrew Card auf mich zu. „Wo bleibt der Jagdschutz?“ fragte er streng. Sonst ein höflicher Mann und stets diskret, störte es ihn nicht, dass die Reporterin – beutegeil noch neben mir – dies offenkundig mitbekam.

„Den habe ich gerade in Homestead angemahnt.“

„Vergessen Sie Homestead“, sagte Card, hob die vorspringende Nase und reckte sich, denn er ist einen Kopf kleiner als ich. „Captain Loewer hat schon mit Ellington Kontakt!“

Deborah Loewer, Chefin des Lageraums im Weißen Haus, nahm wohl an, sie habe als Marineoffizier besseren Zugriff als wir. „Ellington ist vier- bis fünfmal so weit weg, Sir.“

„Aber dort sind sie startbereit“, bellte Card. „Es gibt eine dringliche Warnung ... Danach sind wir hier ein Ziel!“

„Das ist längst klar. Wer warnt denn da neuerdings?“

„Fragen Sie Shaw! Ein Funkspruch, eben abgehört, darin der

Satz: ‚Angel ist als nächstes dran.' Genügt Ihnen das? Es kam durch den CIA-Kanal."

Angel war der Deckname von Air Force One. Der anonyme Feind schien den internen Code zu kennen; so wie die suspekte TV-Crew in der Frühe gewusst hatte, dass ich Jackson hieß. Sehr seltsam! Es ließ, falls es stimmte, an Insider denken ... Ellington übrigens lag im südlichen Texas: ein Stützpunkt der Texas Air National Guard, bei der Bush junior einst gedient hatte. Über dem Golf von Mexiko war er damals Streife geflogen. Vielleicht war es gar nicht Loewers, sondern seine Idee, dass die alten Kumpel ihn nun beschützen sollten.

Als einer der Letzten stieg ich ein und schnallte mich an. Während das Flugzeug die bordeigenen Gangways schnurrend einzog und die Triebwerke fauchen ließ, kamen mir Zweifel an der Echtheit jener Meldung. Sie wirkte zu frisch! So schnell waren der Nationale Abhördienst und die CIA sonst doch nicht. Sollte Shaw sie frisiert oder gar erfunden haben, um die reale Bedrohung dick zu unterstreichen? Es würde morgen in der Zeitung stehen, dass die Täter es auch auf *Angel* abgesehen hatten.

Die Maschine hob endlich ab. Als sie über den Manatee River wegzog, kam die böse Nachricht, der WTC-Südturm sei eingestürzt. Damit hatte keiner von uns gerechnet. Die beiden Türme waren, da sie unweit von drei Großflughäfen standen, bei ihrer Errichtung Mitte der 70er Jahre vorsorglich für den Fall solch eines Crashs ausgelegt worden. Sie mussten dem Winddruck eines Hurrikans ebenso standhalten wie dem Einschlag des damals größten Verkehrsflugzeugs. Folglich hatte man den möglichen Aufprall einer Boeing 707 bei ihrer Statik bedacht. Der Typ Boeing 767, der beide Türme tatsächlich rammte, war rund zehn Tonnen leichter als eine vollgetankte 707. Und das Gewicht der Angreifer, je 140 Tonnen, verhielt sich zur Masse eines Turms – weit über eine Million Tonnen Stahl und Beton – wie eine Taube zur Air Force One ... Wie also konnte das sein? Der zuerst gerammte Nordturm hielt sich übrigens doppelt so lange. Ihm war nicht mal die riesige Lastwagenbombe, die al-Qaida-Halunken 1993 in seiner Tiefgarage gezündet hatten, zum Verhängnis geworden. Kurz vor halb elf freilich brach auch er zusammen ... Man hat uns dann erklärt, warum die Türme trotzdem kollabierten. Schuld soll das Feuer gewesen sein.

Dabei hatte ihr Schöpfer, der japanische Architekt Yamasaki, sehr auf Brandschutz geachtet, das Skelett gut ummantelt und verbindlich gesagt, es sei einsturzsicher. Wie es hieß, litt er selbst unter Höhenangst und wollte es niemandem zumuten, 400 Meter über der Erde zwischen sich und dem Abgrund bloß Glas zu wissen. Schon das bewog ihn, die Fassade zu stärken. Seine massiven Außenpfeiler, dicht stehend und fest vernetzt, konnten unter dem Druck von Orkanböen ganz oben um fünf Meter frei in jeder Richtung schwingen. Auch einen Flugzeugabsturz sollte die Struktur glatt schlucken und federnd verkraften.

Leider hat der Mann sich geirrt, und mit ihm all die Fachleute der Bauaufsicht. Der Aufprall mit Tempo 600 zerriss das Metall von Maschine und Turm in faustgroße Stücke, wie man fand, und der Treibstoff aus den Flügeltanks explodierte auch nicht restlos. Ein Schwall von Kerosin lief offenbar in tiefere Etagen, Polster und Teppiche saugten die Gischt auf und standen gleichfalls bald in Flammen. Für die Menschen in den Büros oft ein sekundenschneller Tod. Manche konnten sich über keine Treppe mehr abwärts retten, sie sprangen verzweifelt ins Nichts. Und das Stahlskelett der Türme – nun, die Glut zermürbte es, bis es nicht mehr trug. Das Symbol unserer Wirtschaftskraft sank in den Staub. Es war der größte Gebäudeeinsturz der Geschichte, mit dem schwersten Verlust an Menschenleben in unserem Land seit dem Bürgerkrieg.

Bushs erste Weisung an mich vorn in seiner Suite war: „Bringt die First Lady und meine Töchter in Sicherheit."

„Das geschieht schon, Mr. President", sagte ich. Mein Chef Brian Stafford, der Direktor des Secret Service, hatte in der Hauptstadt alles Nötige veranlasst. In seinem gedehnten Südstaatenslang versprach er uns auch Jagdschutz; er mache der Air Force Dampf ... Das meldete ich Bush und dachte dabei an Linda, meine eigene Frau. Sie diente gleichfalls dem Weißen Haus – als rechte Hand von Frank Norris, dem Nationalen Koordinator für Antiterrorpolitik. Inzwischen schien sie mir daheim genauso gefährdet zu sein wie wir. Denn nun, neun Minuten nach dem Abheben, hörten wir: Noch eine Maschine, auch sie entführt, sei beim Anflug auf Washington über Pennsylvania abgestürzt. Das vierte Opfer! Die Serie ging weiter. Das Pentagon, so hieß es, habe DEFCON 3 erklärt, die bisher höchste Alarmstufe für unsere Streitkräfte. Das war seit dem Jom-Kippur-Krieg von 1973 nicht mehr passiert.

„Wir sind im Krieg", hörte ich Bush zum Vizepräsidenten sagen, der aus dem Bunker des Weißen Hauses mit ihm sprach; er wies Cheney an, die Führung des Kongresses ins Bild zu setzen. Uns, die wir das mitgekriegt hatten, rief er zu: „Okay, Jungs, wir nehmen das in die Hand. Dafür werden wir bezahlt. Sobald feststeht, wer das war, werden die mich erst richtig kennenlernen! Dafür wird uns jemand büßen."

Der Himmel draußen wurde dunkelblau, feine Eiskristalle wuchsen auf dem Plexiglas. Mangels Eskorte zog Colonel Mark Tillman, der Chefpilot, das Flugzeug mit winselnden Turbinen schneller hoch als sonst. Er flog Kreise, da man ihm noch kein Ziel genannt hatte. Erst in Gipfelhöhe, nahe bei 40.000 Fuß, würden wir sicher sein. Und während der Horizont absank, als löse man sich von der Erde, war Dick Cheney erneut in der Leitung. Er warnte den Präsidenten vor einer raschen Heimkehr, dann bat er ihn, die Air Force zum Abschuss von entführten Verkehrsmaschinen zu ermächtigen, die zur Waffe des Feindes geworden seien.

„Ganz klar", sagte Bush sofort. Er war auf dem Kriegspfad. Es fiel ihm überhaupt nicht schwer, bittere Entscheidungen zu fällen. „Wir kriegen raus, wer das war", sagte er zu seinem Vize. „Und dann treten wir denen in den Arsch."

BRENDA DELANO:

Der Rumpf erbebte, das Heulen wurde schrill. Auf meiner Seite kippte der Horizont weg, er wich glasiger Leere. Rüttelnd schraubte die Maschine sich empor, als sei sie in einen Strudel geraten, der hochschleudert, statt hinabzusaugen. Fern von uns geschah Unglaubliches. In Manhattan brach der Südturm des WTC zusammen. Rauch aus dem Pentagon zog über Washington. Und eine vierte 767, wohl dem Capitol oder dem Weißen Haus zugedacht, zerschellte weit vom Ziel ... Das Klirren ebbte ab, unser Flugzeug schien hoch genug, fuhr aber fort zu kreisen. Es hieß, man warte auf Jagdschutz.

Die Situation des Pressekorps war paradox. Man hatte uns strikt verboten, zu telefonieren, und den Entzug des Handys angedroht. Nur, was hätten wir denn melden können? Fünfzig Schritte vor uns, im Bug, wurden Entschlüsse gefasst, und wir kriegten davon nichts mit. Hier im Heck der Maschine war man, bis auf die Bildschirme, von allem abgeschnitten. In einer Endlosschleife wiederholten die Sender den Einschlag im Südturm, nun dessen grässliches Zusammensacken. Die Kommentare rauschten an mir vorbei. Den Gurt durften wir lösen, uns jedoch kaum vom Platz rühren. Anders als auf dem Hinflug schien schon der Gang tabu, der auf Backbord am Konferenzraum vorbei zur Küche und zum Haupteingang führt.

Mein Nachbar, Don Taylor von der *Herald Tribune*, versuchte es dennoch. Kein Ängstlicher – ein ausgebuffter Kerl, auf Pflege seines Rufs bedacht. „Vorn spielt die Musik", raunte er mir verschwörerisch zu.

Ich stand auf und folgte ihm, doch nahe der Küchentür wurde er gestoppt. „Würden Sie bitte etwas lauter reden?", bat er den jungen Mann, der ihn aufhielt, höflich-impertinent. „Ich habe Masern gehabt und höre schlecht."

„Halten Sie sich an die Regeln!", wurde ihm, mit einem Stich ins Hysterische, erwidert. „Wer die Regeln kennt, kann mitspielen, ist kein Außenseiter, Sir. Sie wollen doch dazugehören?" Das klang grimmig. Da wurde einem der Ausschluss angedroht.

Taylor kehrte um, ich mit ihm. Zurück ging es bergab. So wurde uns das Gefälle vom Bug zum Heck verdeutlicht. Vorn hockten die Macher, hinten die Schreiber. Das Prinzip der freien Welt: Platz für jeden, und jeder auf seinem Platz. Doch womöglich legte man uns lahm, weil man vorn ratlos war.

„Herr Jesus, sind die nervös", sagte Taylor zu mir. „So ein aufgeblasener Wicht! Wissen Sie überhaupt, wer das war?"

„Offenbar ein Stabsmitglied."

„Ja, das allerletzte. Blake Gottesman heißt der Kerl, ist persönlicher Assistent und verantwortlich für Dabjahs Kopfkissen." Er sagte Dabjah, um familiäres Vertrautsein anzudeuten, oder weil er den Präsidenten nicht ganz ernst nahm.

Wir setzten uns wieder hin und sahen den Südturm erneut kollabieren. Vielleicht, um sich als standfest zu beweisen, probierte Taylor es mit Artigkeiten. So pries er meine Haltung gegenüber Daniel Shaw, sprach von meinem „mediterranen Teint" und gab vor, bemerkt zu haben, dass der Topberater von mir recht angetan wäre. Er habe einen Blick dafür. Und dies sei etwas, worin er mit Shaw übereinstimme.

„Sie müssen nicht flirten, Don", sagte ich, „auch wenn wir uns langweilen, hier in Geiselhaft der Regierung."

„Tolle Schlagzeile, Brenda: Georgie Dabjah und die vierzig Geiseln ..." Er fuhr fort, amüsant zu sein, auch zu schmeicheln, bis ich ein Manuskript hervorzog und ihn um Ruhe bat.

Ganz abgesehen von unserer trüben Rolle, der Impotenz des Pressekorps derzeit, mein Problem lag tiefer; und es endete auch nicht mit diesem Flug. Fakt war, ich durfte nicht Dinge schreiben, die alle schrieben - mein Blatt war elitär. Wie aber anders sein, wenn alle stets dasselbe erlebten? Ein bisschen baute ich auf meine Stilkunst: Nicht dass Lied, die Sängerin ist´s, die zählt ... Nur, ein wenig Text muss schon sein.

Ach, das war kein Trost. Mein Text, letzten Abend skizziert, lockte mich nicht. Wieviele Leute hatten dieses Flugzeug schon beschrieben? Trockener Stoff! Air Force One hieß es eigentlich bloß, wenn der Präsident an Bord war. Das hatte der lange Captain vom Secret Service mir enthüllt. Seine übrigen Angaben waren so aufregend gewesen wie eine Schlaftablette. Wer wollte denn wissen, dass die Maschine auf den 370 Quadratmetern ihrer Decks neben den 23 Mann Besatzung reichlich 70 Passagiere aufnehmen und sie mit 2000 Mahlzeiten füttern konnte? Dass es hier 85 Telefone, 19 Bildschirme und ganze 238 Meilen Kabel gab, doppelt soviel wie in der Normalversion dieses Typs? Dazu ein Krankenzimmer mit Arzt und Operationsbesteck. Ferner den Schild gegen elektromagnetische Impulse (was auch immer das sein mochte) bei Atomblitzen, viel

Elektronik zum Stören fremden Radars und Leuchtkörper zur Täuschung hitzesuchender Raketen, damit sie das Triebwerk verfehlten. Der perfekte Schutz! Nur gegen einen Rammstoß half das nichts.

Wie unsere Bomber B-2 oder B-52 konnte die 747 im Fliegen tanken, daher tagelang oben bleiben. Die Tragflächen bargen Reservewasser, Stromgeneratoren und eine zweite Klimaanlage. Im Ernstfall spulte sie eine endlose Antenne ab, um auch mit der Flotte getauchter U-Boote Fühlung zu halten. George W. Bush und sein Stab konnten jeden auf der Welt erreichen, sogar die 18 Geheimsatelliten. Sie meldeten ihm unablässig, wo der Feind stand (sofern der nicht al-Qaida hieß).

Ja, und dann war auch noch der „Fußball" an Bord, der legendäre Handkoffer mit den Codes für das nukleare Arsenal, dessen Start auf Funkbefehl. Ein Major der Air Force trug ihn hier stets dem Präsidenten nach, um das Symbol der Allmacht, oder die Büchse der Pandora, bei jeder Landung einem Offizier der Army zu übergeben. Ordnung muss sein. Der Major, wie die übrige Crew, sie alle sind sorgsam ausgewählt unter Männern mit erstklassigem Dienstzeugnis. Höchster Sicherheitsstandard ist Trumpf, vom Zustand der Rollbahn bis zur Güte der Lebensmittel. Die werden verdeckt eingekauft, konspirativ, was Giftanschläge vereitelt.

Da hatte ich bienenfleißig letzten Abend folgendes notiert: *Ein „Fliegendes Oval Office" existiert schon seit 58 Jahren. Damals, im Kriegswinter 1943, flog Franklin D. Roosevelt mit einer Boeing 314 Clipper über die Azoren nach Casablanca, wo er mit Winston Churchill beschloss, bis zur bedingungslosen Kapitulation der Achsenmächte zu fechten. Dieser Clipper, eine Art Flugboot, hat danach noch Harry S. Truman und Dwight D. Eisenhower gedient. Unser 35. Präsident, John F. Kennedy, stieg 1962 in eine Boeing 707–320B um. Auf ihn geht das Bild des Riesenvogels zurück: die meterhohen Lettern „United States of America" am Rumpf und das Sternenbanner im Leitwerk. An jenem tragischen 22. November 1963 flog die 707 ihn nach Dallas – und seinen Leichnam von dort weg. Auf dem Rückflug wurde Lyndon B. Johnson als nächster Präsident vereidigt. Auch dessen fünf Nachfolger (Nixon, Ford, Carter, Reagan und Bush sen.) haben die Maschine noch benutzt, zu der 1972 ein Zwilling für den Vizepräsi-*

denten kam. In diesem Zwilling kehrte Richard M. Nixon („Ich bin kein Schurke") nach seinem Amtsverzicht zornig heim nach Kalifornien. Auf halber Strecke hörte die Crew, Gerald Ford sei das neue Staatsoberhaupt – sie änderte prompt ihren Rufnamen für den Funkverkehr in „Sam" (special air mission). Erst 1990 hat George Bush sen. den Typ durch die 747 ersetzt; bis 2010 soll die Dienst tun. Als er das letzte Mal von Bord ging, da ahnte er keineswegs, dass acht Jahre später sein Ältester das schmucke Büro direkt unter dem Cockpit nutzen würde, in dem der Präsident, gestützt auf höchstens drei Berater, unterwegs seine Entschlüsse fasst. Falls auf Reisen etwas zu entscheiden ist ...

Keine schlechte Eröffnung. Nun musste der Knüller folgen. Eine Zeit lang suchte ich nach dem Absprung in die Gegenwart, probierte Sätze aus und fand, es passe keiner: die Kluft war zu tief, der Bruch zwischen gestern und heute. In dieser Lage und an diesem Ort war Ernst angesagt, beides triefte von Dramatik und Bedeutsamkeit. Vorn die Akteure mit all dem Kommandogerät und dem Panorama ihres weltweiten Überblicks, hinten wir armen Chronisten. Allein schon das Informationsgefälle war spannend, aufregend, einmalig; die Situation ließ sich kaum noch toppen. Wer sie richtig einfing, war Medienstar. Wo aber blieb mein Gefühl für das Unwiderbringliche, die daraus entspringende Lust, das Geschehen einzusaugen, es zu filtern, in meinen Geist zu tauchen, um es leuchten zu lassen in den Augen der Leserschaft? Es ihr völlig neu zu erzählen! Meine Lethargie war beklemmend. Hier untätig zu sein, sprachlos, das war die Bankrotterklärung des Reporters.

Mein Nachbar hatte sich entfernt, jetzt kam er zurück und sagte: „Wissen Sie, Brenda, woran mich das erinnert? An den Spruch dieses Hollywood-Moguls: ‚Macht mir einen Film, der mit einem Erdbeben beginnt und sich dann langsam steigert.' Das Erdbeben ist da, für den Rest sorgt Dabjah. Und zwar nicht ohne uns."

„Es sieht aber gar nicht danach aus."

„Warten Sie ab! Was immer er tun wird, wir schreiben es ihm hoch. Sein Stab kapiert, dass er uns braucht. Ein Lernprozess wie in der Grundschule, das war mein Eindruck eben vorn." Taylor lachte durch die Nase, selbstherrlich, wie im Besitz dunkler Geheimnisse. Es klang, als falle es ihm schwer, die ganz für sich zu behalten.

„Was hat er vor – ein paar Marschflugkörper nach Afghanistan?"

„O nein, das wäre entschieden clintonesk."

Ich vermerkte das neue Adjektiv. Es bedeutete Scheu oder Zögerlichkeit, schwaches Handeln im Stil des Amtsvorgängers. Nach dem Desaster in Somalia hatte Bill Clinton es vermieden, das Leben seiner Soldaten irgendwo im Ausland aufs Spiel zu setzen. Clintonesk, das hieß zaghaft draußen und liederlich daheim, wo das Oval Office dank seiner Praktikantin im Spott der Presse zum Oral Office geworden war.

„Also es heißt", tuschelte Taylor, „er hat gesagt: ‚Na, ich schieße doch keine scheißteure Rakete auf ein lausiges Zehndollarzelt, das leer ist, um dann ein Kamel am Arsch zu treffen!' – Nun, Brenda, wie bin ich zu Ihnen?"

„Danke, Don! Klingt nach Texas." Wenn man millionenteure Rakete und Hintern schrieb statt Arsch, war der *Post* das Zitat wohl recht. Ich stand auf, um selber nach so etwas zu fischen. Doch schon im Gang verließ mich der Mut. Ein Mann des Secret Service blockierte mit verschränkten Armen den Weg nach vorn, wo ein absurdes Misstrauen zu wuchern schien. Wie war denn Taylor durchgekommen? Neben der Abwärtstreppe zum Frachtdeck befand sich der hintere Waschraum; ich wich dorthin aus. Das erinnerte mich peinlich an meinen ersten Tag in Washington, als es mir im Capitol gerade mal geglückt war, die Damentoilette zu finden. Taylors Sentenz war wohl auch nur von hier.

Jetzt stand der Horizont unter uns still, ein violetter Strich; also kreisten wir nicht mehr. Beim Blick in den Spiegel fiel mir Daniel Shaw ein: weich, glatt und schillernd. Hinter der Stirnglatze das Superhirn und die satte, suggestive Stimme. Sollte das, was ich da sah, wirklich ein Ziel seiner Wünsche sein? Ich fand mich niemals hübsch. Der ungeschminkte Mund, die kühne Nase und die kleinen Augen gaben dem Bild fast etwas Männliches. Dieses Gesicht, ein Objekt seiner Betörung? Doch vielleicht reichten ihm ja schmale Hüften schon. Mein Gespür für Schwingungen verriet, er hatte vor, rein beruflich eine Nähe zu schaffen, der ein physischer

Kontakt folgen sollte; so wie die Frucht vom Baum fällt, nach dem Gesetz der Schwerkraft. Nun ja, warum nicht? Bushs Topberater ist auch bloß ein Mann. Don Taylor, der Teufelskerl, würde kaum zögern, auf Karen Hughes zuzugehen, Bushs Medienchefin, falls etwas für ihn dabei heraussprang. Was Taylor kann, das konnte ich auch.

Im Fensteroval erschien silbrig glänzend ein Jagdflugzeug. Ich bückte mich und entdeckte ein zweites darüber. Die Eskorte war endlich da, bestimmt rahmte sie uns ein – je zwei „Falken" auf Backbord und Steuerbord. Und als habe das die Verkrampfung gelöst, sperrte niemand mehr den Gang! Stab und Crew wirkten versöhnt, sie schienen wieder so leutselig wie auf dem Hinflug zu sein.

Im Konferenzraum, der das Zentrum des Rumpfes einnahm, sprachen Fleischer, Shaw, Bartlett und zwei andere mit einer Schar meiner Kollegen. Mit den flinkesten und umtriebigsten, dem Dutzend, das sich für federführend hielt. Der alerte Taylor war auch dabei. Sie alle hockten auf der enormen Eckcouch, die sich über die ganze Seiten- und Rückwand zog, und mühten sich, den Stab auszuquetschen. Statt einer Pressekonferenz – zwangloses Geplauder wie auf einer Party.

Alle redeten durcheinander, man verstand kein Wort. Doch dann löste sich Daniel Shaw von seinen Gesprächspartnern und kam zur Tür. „Das nennt man Gruppentherapie", sagte er leise und schob mich am Ellbogen nahe der Treppe zum Cockpit auf Steuerbord in ein Büro. Es gab nur drei First-Class-Sessel und einen Tisch. Ohne dass wir uns setzten, erklärte er mir auf meine Frage Bushs Zögern im Klassenraum mit dessen stiller Wandlung vom Bildungs- zum Kriegspräsidenten. Einen besseren als ihn gebe es nicht.

„Was macht Sie da so sicher?" fragte ich.

„Nun, ich hoffe, Sie stimmen mir zu", bemerkte er lässig, während ein mitfühlendes, leicht zweideutiges Lächeln sich Zeit nahm, sein rundes Pokerface zu beleben. „Denn ich weiß, Frau Delano, Sie widmen sich ihm ganz speziell. Und so ist es Ihnen ja auch nicht neu, wie er vor vielen Jahren sein Alkoholproblem erledigt hat ... Die eigene Sucht zu überwinden", fügte er gedämpft, fast komplizenhaft hinzu, „scheint mir das Schwerste im Leben überhaupt. Wer so was von heute auf morgen schafft, und zwar ohne ärztlichen Beistand, der hat auch Mumm genug, jetzt das Land zu führen."

Er sprach eher werbend als autoritär, in einem Ton, der durchaus Widerspruch vertragen hätte, ohne an Schwung zu verlieren. Und der mir den heimlichen Wunsch nach Themenwechsel signalisierte. Doch es kam nicht dazu, Shaw wurde durch Gottesman abgerufen. „Bis später", hörte ich ihn im Weggehen sagen. „In gut einer Stunde landen wir."

„Schon?" fragte ich verblüfft. Das konnte doch kaum sein. „Doch – erst mal in Barksdale ..." Er verschwand im Gang zum Allerheiligsten, der Präsidentensuite im Bug.

Hinten erwartete mich Don Taylor. „Na, was läuft?" drängte er. „Überfällt Danny Shaw Afghanistan?"

„Keine Ahnung." Ich setzte mich, bereit, mit ihm zu reden, ohne viel zu sagen. Shaws Laudatio auf den Präsidenten klang in mir nach. Dessen Leben – sollte das die Brücke sein, die er zu mir schlagen wollte? „Barksdale, Don ... Wissen Sie, wo das ist?"

„Bei Shreveport, in Louisiana. Warum?"

„Weil das unser Ziel ist, anstelle von Andrews."

„Herr Jesus", stöhnte Taylor. „Das Narrenschiff legt an, im Land der Sklavenhalter? Ahnen Sie wozu, Brenda? Na, die schmeißen uns raus, wollen unter sich sein heute!"

„Das hat Shaw nicht gesagt."

„Ich bin überzeugt, dass die das planen. Deren Getue eben täuscht mich nicht ... Und wie kommt man weg von da? Der ganze Flugbetrieb liegt still."

„Es gibt ja noch Busse und Bahnen."

„Das ist die Lösung", sagte Taylor überraschend friedlich. „Mit Ihnen im Schlafwagen – einen schöneren Heimweg gibt es für mich nicht."

LINDA JACKSON:

Es begann für mich an einem der schönen Spätsommertage Washingtons, wenn die Sonne klar, der Seewind leicht und die Luft am Rock Creek Park, hinter dem wir wohnen, noch erquickend ist. Das Thermometer meines Autos zeigte 21 Grad an, und die Welt war noch heil. Dann kam die erste Radiomeldung aus New York. Und auf der Massachusetts Avenue, die von Nordwesten hereinführt in die City, erwischte mich der Anruf meines Chefs. „Bis klar ist, was dahintersteckt", sagte er, „gehen wir erst mal vom Schlimmsten aus."

„Gut, Frank ... Ich alarmiere die TNT."

Frank Norris war ein ruppiger Vorgesetzter. Einmal gereizt, konnte er zum knallharten Mistkerl werden – breit, jeden plattzumachen, der ihm in die Quere kam. Ich gehörte zu den wenigen, die er respektierte. Er hatte sich als Beamter unter Clinton bis in den Nationalen Sicherheitsrat hochgedient. Dort leitete er die Untergruppe TNT (Transnationale Bedrohung) und war wegen seiner Effizienz als einer von zwei Gruppenchefs von den Bush-Leuten übernommen worden, doch sie wurden mit ihm nicht froh. Sie nannten ihn den Terror-Zampano, so ging er ihnen auf die Nerven. Nicht nur, dass Frank sich weigerte, an all ihren Sitzungen teilzunehmen – er missachtete auch gern den Dienstweg, sandte seinen Kollegen kränkende E-Mails und verstieß notfalls gegen sämtliche Regeln.

Sein zweiter Anruf kam gleich nach der nächsten Schreckensmeldung von den Twin Towers. Ich hatte den Sheridan Circle vor mir, als er sagte: „Jetzt wissen wir wenigstens, woran wir sind, Linda. Holen Sie mich am *St.Regis* ab! Die verdammten Idioten haben mich hier zugeparkt ..."

Ich bog rechts ab und hielt vor der Brücke über den Rock Creek, der am Watergate-Komplex in den Potomac fließt. Aber Frank fügte kaum noch etwas hinzu. Das Hotel St. Regis lag auf meinem Weg, drei Häuserblocks vorm Weißen Haus. Ich wusste, er hatte dort mit George Tenet gefrühstückt, der um diese Zeit ausnahmsweise einmal frei hatte, weil George W. Bush, dem er sonst berichten musste, abwesend war. Dort also hatte Frank die Nachricht vom Angriff auf das World Trade Center erreicht. Aber nicht wirklich überrascht, wie ihm anzumerken war. Er hatte so etwas längst kommen sehen. All seine Warnungen, man hatte sie im Nationalen Sicherheitsrat und anderswo im Weißen Haus beharrlich überhört.

Weshalb schreibe ich das nachträglich auf, vier Jahre später? Um Zeugnis abzulegen, als Chronistin. Doch, ich traue mir zu, den Ablauf aus meiner Sicht ganz unparteiisch zu schildern; und sei es nur für unsere zwei Kinder. Mein Mann, obwohl den Dingen wesentlich näher, hätte sich ähnliches nie gestattet. Edward war viel bescheidener, weniger überzeugt von sich, dafür weit umsichtiger und geduldiger als ich. Er hielt sich selbst für nicht besonders wichtig. So mußte das wohl sein, da es ihm oblag, dem Präsidenten fast hautnah zu dienen und für dessen Unversehrtheit zu bürgen ... Ich wüsste auch keinen, der das vom Charakter her besser gekonnt hätte als er.

Für die nüchterne Wissenschaft, der ich mich verschrieben habe, mag das recht romantisch klingen; zumal nach über zwanzig Ehejahren. Das liegt an meinen Wurzeln. Ich bin Physikerin, komme aber aus einem winzigen Kaff im südlichen Tennessee, dem Land der vielen Berge und Seen, des Kropfes und – bis in die 60er Jahre – auch der Petroleumlampen. Das Holzhaus mit seinen Sprossenfenstern, gusseisernen Öfen und rankenden Rosen auf der Veranda gehört ebenso zum Bild meiner Kindheit wie der Geruch von Herbstfeuern, gerupften Gänsen oder eingelegten Gurken. Das Kaff liegt in der Mitte von Nirgendwo, im 19. Jahrhundert: halbwegs zwischen Winchester und Chattanooga. (Der erste Ortsname erinnert an Waffen, der zweite an die Musik, mit der wir die Welt ganz ähnlich tränken; sanfter, doch gleichfalls unaufhaltsam.)

Edward und ich, wir sind uns Ende der 70er Jahre begegnet. Den militärischen Teil meiner Ausbildung übernahmen die „Robben“, und Ed war eine davon. Da lernten zwei krasse Außenseiter einander kennen. Er nämlich – drei Jahre jünger als ich – stammt aus Pennsylvania, einem Dorf namens Manheim. Seine Sippe, das sind Amish-Leute, ursprünglich Deutsche; eine friedliebende Schar von

Sonderlingen, die den technischen Fortschritt verschmäht und um ihres Seelenheils willen das Auto, den Kühlschrank und selbst das Telefon ignoriert. Es geht halt bei ihnen auch so. Und natürlich sind Wehrdienst und Militär für sie schlicht Teufelswerk.

Mit dieser Überlieferung hat Ed gebrochen, als er daheim wegging, weil das Nachbardorf zur Touristen-Attraktion verkam. Er, der eigentlich Hansler hieß, hat sich nach seinem Weggang Jackson genannt – und ist mit dem Schwung des Überläufers bis zu den Kampfschwimmern und ins Weiße Haus gelangt. Doch was er selbst kaum wahrnahm: unter der Haut wirkte die Tradition in ihm nach. Von Ed ging immer etwas Defensives aus; anders wäre aus uns kein Paar geworden. Ein Hauch von Sanftmut und Zurückhaltung, verknüpft mit der Abneigung, in heiklen Dingen deutlich zu werden.

So blendend er aussah in seiner Uniform, nie konnte er fordernd oder gar verletzend sein. Und immer fiel es ihm schwer, über sich selbst zu sprechen. Gelegentlich machte ihn das schon mal zu einem schwierigen Partner. Wenn man nicht weiß, was er sich wünscht, kann man schlecht tun, was er möchte oder braucht ... Aber bei ihm fühlte man sich stets geborgen. So empfanden es auch seine Chefs: Reagan, der alte Bush, Clinton und dann Bush junior, sie alle haben seine Verlässlichkeit geschätzt. Vier symbiotische Beziehungen! Denn egal, ob der Präsident da nur Mittelmaß war oder mehr, Ed hat sie sämtlich verehrt. Er braucht immer einen, zu dem er aufsehen kann. Das muss ein Teil seiner Herkunft oder seines Lebensplans sein.

Beruflich habe ich ihn überholt, schon früher, im Laboratorium Lawrence Livermore, dem Forschungsplatz mancher Berühmtheit, als Expertin für radioaktive Strahlung und deren Gesundheitsfolgen. Mitte der 80er Jahre kam dort die bizarre Befürchtung auf, ein Feind könne uns winzige Kernwaffen ins Land schmuggeln und sie im Safe eines angemieteten Büros parken, zusammen mit einem Telefon, das dann den Zünder aktiviert. „Bei Anruf Genozid", raunten damals Geheimdienstler. Anfangs trauten sie es Rotchina, später dann arabischen Schurken zu, Reagans Projekt zur Raketenabwehr derart zu unterlaufen. Wir hatten das Ding „Nucy" getauft, das Pentagon sprach von „Fenster der Verwundbarkeit", bei der CIA hieß es poetisch „Allahs Träne". Das zeigte makabre Phantasie, verwirklicht aber hat man die Idee so wenig wie Reagans grandiosen Weltraumplan – bis jetzt.

Frank Norris, der Antiterror-Papst, wurde auf mich aufmerksam, als ich auf Fachtagungen solche Spekulationen zurückwies. Meine schlichten Begründungen gefielen ihm. Unter Clinton stieg er auf zum Haupt der Terrorismusbekämpfung: Koordinator zur Abwehr transnationaler Bedrohung – so heißt das Amt, pompös und korrekt. Seine Stunde schlug, als zwei Islamisten am 26. Februar 1993 eine 1500-Pfund-Autobombe in der Tiefgarage unter dem WTC-Nordturm zündeten – hoffend, der werde einstürzen. Sie hatten übrigens damals noch ein Sprengstoffproblem. An Dynamit, Trinitrotoluol oder gar Plastiksprengstoff fehlte es ihnen offenbar. Ihr dilettantisches Zeug (ein Gemisch von Chemikalien wie Bleinitrat, Magnesium und Salpetersäure) detonierte mittags, es gab sechs Tote und mehr als tausend Verletzte, der Turm aber hielt stand.

Kurz danach holte mich Frank ins Weiße Haus, besser gesagt in das Eisenhower-Gebäude gleich neben dem Westflügel. Bis zum Zweiten Weltkrieg hieß es Old Executive Building und hatte zwei wichtige Ministerien beherbergt: das Verteidigungs- und das Außenministerium. Dort also sollte ich ihm helfen, das Risiko einer nuklearen, chemischen oder biologischen Bedrohung einzuschätzen und, wenn möglich, zu minimieren. Tatsächlich hatten wir es nur mit konventionellen Anschlägen zu tun. Ich bin seitdem fast am selben Ort tätig wie mein Mann, doch dienstlich begegnen wir uns nie.

An jenem Dienstag allerdings saß Ed nicht mal früh im Auto neben mir, weil der Präsident im Süden war. Bush trat dort „in einem Kindergarten" auf, wie mein Chef gesagt hatte; nicht etwa irrtümlich, sondern boshaft. Das konnte ihm auch keiner verdenken. Da Bush unser Wirken beharrlich übersah, reagierte Frank halt mit Geringschätzung. Anders als Ed neigte er nie dazu, jemanden schon von Amts wegen zu respektieren. Vielmehr hielt er das neue Staatsoberhaupt für ein Leichtgewicht, von der Außenpolitik total überfordert. Schuld daran war in seinen Augen auch Dr.Condoleezza Rice, die talentierte Nationale Sicherheitsberaterin: als Pianistin und Stanford-Politologin namhaft, passable Rußland-Kennerin, in puncto Naher Osten leider eine Null.

Als ich vorm Hotel in der zweiten Reihe hielt, war von George Tenet, dem fülligen Spross griechischer Einwanderer, schon nichts mehr zu sehen. Seine Leibwächter hatten ihn wohl herausgeholt. Mein Chef lief, das Handy am Ohr, hurtig auf mich zu. Er stand unter Strom. „Die Twin Towers", schnaubte er beim Einsteigen. „Typisch: der Doppelschlag! Das ist die Handschrift bin Ladens."

Er musste es ja wissen. Die entsprechende Erfahrung lag gut drei Jahre zurück. Damals, am 7. August 1998, dem achten Jahrestag der Ankunft von US-Truppen in Saudi-Arabien, waren zeitgleich zwei gewaltige Autobomben vor den US-Botschaften in Dar-es-Salam, Tansania, und im 440 Meilen entfernten kenianischen Nairobi detoniert. Je eine Tonne militärischer Sprengstoff, per Schiff aus Pakistan herbeigeschafft; eine logistische Meisterleistung. Dazu, mit 260 Toten und schweren Zerstörungen, ein Gipfel im Aufschwung des Terrorismus.

Damals glänzte Frank darin, die sehr komplexe Arbeit der Bergungsteams, des State Departments und dreier Geheimdienste aufeinander abzustimmen. Hinter dem kühl geplanten Simultanangriff sah er – und mit ihm bald der ganze Westen – die Hand des zu der Zeit 41jährigen saudischen Multimillionärs Osama bin Laden. Schon das Datum sprach für dessen Täterschaft. War es doch bin Ladens erklärtes Ziel, fremde Truppen von der arabischen Halbinsel zu vertreiben, um so die heiligsten Stätten des Islam vor Ungläubigen zu schützen. Er hatte Israel, dem „kleinen Satan", seinen Heiligen Krieg erklärt; und den wollte er auch ins Land des „großen Satans" tragen, worunter er uns verstand, die USA.

Jetzt war es wohl soweit; der doppelte Paukenschlag kündigte das an! Wir erreichten den Lafayette Square, und ich bog in die Zufahrt zum Westflügel ein. Ein Mann des TNT-Teams empfing uns atemlos: Condi Rice sei im Büro des Vizepräsidenten, beide hätten schon nach ihm, Frank Norris, verlangt.

Was folgte, lässt sich schwer beschreiben, weil vieles gleichzeitig geschah. Ein Schwall von Hektik ergoss sich über uns. Inmitten der hyperaktiven Szene blieb Frank seinem Grundsatz treu: Lass niemals zu, dass sie dich schwitzen sehen. Ihm half sein Talent, lästige Regeln zu missachten. Er verschmähte den Lift und fegte durchs Weiße Haus, als treibe ihn ein Turbolader an. Ein halbes Dutzend Personenschützer wachten in Cheneys Vorzimmer, bereit zum Umzug in das Notfall-Lagezentrum des Präsidenten tief unter dem Ostflügel, denn man fürchtete weitere Luftangriffe. (Die Presse schrieb dann, zwei Leute vom Secret Service hätten Cheney hochgehievt und in den Bunker bugsiert, doch das war falsch; der Vizepräsident ist kein Mann, der mit sich umspringen lässt.)

In Wahrheit saß er wuchtig an seinem Schreibtisch, lauernd. Condi Rice, die „stählerne Magnolie“, stand hochgewachsen, in damenhaft perfekter Haltung, neben ihm; einen Hauch von Verstörung im Gesicht. Besorgt zu sein, das schien in diesem Moment ein weibliches Privileg. Dick Cheney nämlich – ein schwerer, kahlwerdender Sechziger, der schon drei oder vier Herzinfarkte hinter sich hatte – strahlte Unerschütterlichkeit aus. Er trug sein mattes, wissendes Lächeln zur Schau, als wollte er sagen: Wer an der Spitze überleben will, der muss vor allem standfest sein. „Nun, Mr. Norris“, fragte er, den Kopf, Sanftmut heuchelnd, ein wenig schief gelegt, „welche unserer Stellen hat denn da versagt?“

Die beiden mochten sich nicht, und es war fesselnd zu sehen, wie zwei Kraftprotze trotz ihres gemeinsamen Macho-Prinzips „Nerven behalten“ fast die Contenance verloren. Für Frank war die Frage provokativ, wie ein Guss Wasser ins Gesicht, da es ihm ja oblag, in Sachen Terrorismus alle Dienste zu vernetzen. Außerdem, gerade hier hatte man doch seine Empfehlungen sämtlich ignoriert! Er versuchte, Ruhe zu bewahren und langsam zu sprechen, doch der Vizepräsident unterbrach ihn mit dem Schwergewicht des Älteren und Ranghöheren. Cheneys Fülle wirkte kompakt, sie schwappte nicht über die Kontur hinweg und gab ihm Schutz. So in solides Fett verpackt, war er bereits unter Gerald Ford Stabschef des Weißen Hauses und unter Bush senior Verteidigungsminister gewesen; und schließlich hatte er Halliburton geführt, das größte Serviceunternehmen der Ölbranche. Da hielt er sich mit einigem Recht für ein ganz anderes Kaliber.

„Der Secret Service rät uns, in den Luftschutzraum zu gehen", warf Condi Rice ein, peinlich berührt von dem Streit. „Frank, Sie sind der Krisenmanager, was empfehlen Sie?"

„Nur zu, ab in den Bunker", grunzte der und atmete durch. Jetzt wirkte Frank wie ein Boxer, der seinen Mundschutz herausnimmt, um ihn für die nächste Runde wieder einzusetzen. „Kann sein, wir sind ein Ziel, also räumen wir den Laden ... Aber jetzt muss ich die Chefs aller Behörden auf den Bildschirm kriegen, speziell die Flugaufsicht." Er sah sich nach mir um. „Linda, Sie machen mir das!"

Während der Vizepräsident wortlos Papiere zusammenraffte, was den Umzug in Gang setzte, lief ich treppab zum Lageraum im Erdgeschoß des Westflügels – gefolgt von Frank, Rice und Hadley, ihrem Stellvertreter. Brian Stafford, der Leiter des Secret Service, schloss sich uns mit ein paar Gehilfen an. Die übrigen begleiteten Dick Cheney in das Souterrain des Ostflügels, wo die Creme des Hauses in Deckung ging.

Unten, gleich neben dem Hauptsaal, liegt ein kleines, abhörsicheres Videozentrum, mit dunklem Holz getäfelt: für den Rest des Tages mein Arbeitsplatz. Es hat Direktleitungen zur Flugaufsicht FAA und zu NORAD, dem Luftverteidigungssystem. Während des Kalten Krieges erbaut gegen angreifende Sowjetbomber und Raketen, zeigte das leider Schwächen angesichts der neuen Bedrohung. Irrtümlich wurden anfangs elf Flugzeuge als entführt gemeldet.

Die Routineprozedur lief an, und das vertrieb jegliche Furcht aus den Köpfen. Auf den Monitoren sah man, wie Minister und Direktoren ihre Studios erreichten: Donald Rumsfeld im Pentagon und George Tenet bei der CIA. Andere schienen unauffindbar – Colin Powell war in Peru, der Justizminister in Milwaukee, der Vorsitzende der Vereinigten Stabschefs, unser oberster Militär, schwebte über dem Atlantik. Statt ihrer füllten die Mienen der Stellvertreter die Bildschirme. Bob Mueller, das Haupt des FBI, war zwar präsent, aber keine große Hilfe, da auf seinem Posten völlig neu. Auch Sliney, der Operationschef der FAA, hatte sein Amt erst am Vortag übernommen. Fast sah es so aus, als habe der anonyme Feind den Moment des Wechsels listig abgepasst. Dennoch, dieses Videozentrum sprach für unsere Alarmbereitschaft, Schlagkraft und Macht.

Die FAA meldete ein entführtes Verkehrsflugzeug, das sich rasch näherte. Frank drang auf Jagdschutz für Washington und für die Air Force One des Präsidenten. Bush selber ließ er durch Stafford und Cheney bitten, nicht heimzukehren, sondern an einem sicheren, möglichst auch geheimen Ort abzuwarten, bis „der Staub sich hier gelegt hat". Er meinte damit den dumpfen Einschlag, zwei Meilen südlich von uns, ins Pentagon ... Immerhin, Rumsfelds Kopf blieb auf dem Monitor, ihn hatte es also nicht erwischt. Sogar sein Vize, Paul Wolfowitz, war munter, denn ich hörte ihn sagen: „Wir brauchen eine Botschaft gegen die Panik draußen! Man muss die Leute beruhigen, damit sie nicht flüchten und die Straßen verstopfen. Jemand sollte aus dem Weißen Haus kommen und ihnen versichern, dass wir den Luftraum beherrschen!"

„Pardon, Paul", erwiderte Frank, „hier sind bloß noch wir, es ist keine Presse mehr auf dem Gelände. Der Präsident wird, wenn er in Barksdale landet, schon das Nötige sagen ..."

So bürstete er Wolfowitz ab. Und wirklich, er genoss es, das sah man ihm an. Seit Condi Rice ihm in der Videorunde den Vorsitz überlassen hatte, der eigentlich ihr zustand, wuchs Frank über sich selbst hinaus. Er stand an der Stirnseite des Konferenztischs, unter dem Siegel des Präsidenten, und war der Größte. „Winkt in die Kamera, wenn ihr sprechen wollt", rief er den hohen Tieren zu, während die Nationale Sicherheitsberaterin stumm neben ihm saß. „Und schaltet euer Mikro aus, wenn ihr nicht mehr sprecht ..." Es schien ein Höhepunkt seiner Laufbahn, alles hörte auf ihn. Er schwamm lustvoll wie ein Wal in den Wellen des Ozeans. „Und falls ihr mich vertraulich sprechen wollt, ruft auf der roten Leitung an."

Längst war das Weiße Haus leer, bis auf Cheneys Crew im Bunker unter dem Ostflügel und Franks Team im Erdgeschoß des Westflügels. Der Draht zwischen beiden Zentren, die nun das Geschehen steuerten, musste gewiss bald glühen. Die Evakuierung war das Werk des Secret Service. Jenseits des Zauns hatten Staffords Männer ganze Straßenzüge gesperrt – freies Schussfeld für ihre

Maschinengewehre. Einmal in Fahrt, gingen sie so weit, uns ABC-Schutzkleidung aufzudrängen, die keiner brauchte. Sie hatten auch dem Personal des Präsidentenpaars Beine gemacht („Lauft, lauft! Wer Absatzschuhe trägt, zieht sie aus!“) und die Leute im Eisenhower Building in den Keller geschickt ... Da endlich nahte die Erlösung: eine Jagdstaffel aus Langley zog dröhnend über uns hinweg. Warum um Gottes willen denn erst jetzt?

„State Department, bitte kommen“, rief Frank neben mir; er hatte das Jackett abgelegt und den Schlips gelockert. Für den fehlenden Colin Powell erschien der polierte Glatzkopf seines Vizes Richard Armitage groß im Bild. Ihm legte Frank dringend nahe, über die Direktleitung zur Vermeidung nuklearer Konflikte Moskau zu informieren, „bevor man sich dort wegen DEFCON 3 in die Hose macht“. Er sprach so drastisch, um sicherzustellen, dass sein Rat befolgt wurde, unverzüglich.

Am Rande passierten auch Pannen. Als sein Kontakt zum Bunker litt, weil am anderen Ende jemand nuschelte oder den Hörer auflegte, da fragte er den Leiter dort: „Welches Arschloch nimmt bloß deine Anrufe entgegen?“ – „Das war der Vizepräsident“, wurde ihm erwidert; und ich hatte den Eindruck, dies mache Frank gar nichts aus.

Inzwischen war Präsident Bush auf dem Stützpunkt Barksdale in Louisiana eingetroffen, zu einer Erklärung an die Nation. Sie wurde aufgezeichnet und sicherheitshalber erst gegen halb eins gesendet, als er von Barksdale schon wieder aufgestiegen war. Drei Stunden nach seiner ersten Reaktion, der knappen Ansprache von Sarasota, äußerte Bush nun mit doppelt oder dreimal soviel Wörtern nahezu das gleiche.

Wir sahen ihn auf fünf Monitoren, über die zeitgleich die Berichterstattung der größten TV-Sender lief. Der Präsident war blass, er wirkte eher schwunglos. Ein großer Redner ist er nie gewesen. Wieder einmal fiel mir auf, dass er gestanzte Wendungen einer lebendigen Sprache vorzog. Banalität brachte ihn offenkundig niemals in Verlegenheit. Und das lag nicht nur an den Redenschreibern. Ed hatte mir erzählt, dass Bush Ausdrücke wie „Selbstbestimmung“ oder „unser Kampf für die Freiheit“ auch im persönlichen Gespräch benutzte. Wenn er nicht gerade scherzte, bestimmten die Floskeln seiner Wahlkämpfe, die Schablonen der Diplomatie seinen Stil. Da blieb er arg unter seinem Niveau.

Wie zur Bestätigung meines Vorurteils nannte er die Angreifer diesmal „gesichtslose Feiglinge". Dann hörte ich ihn sagen: „Die Vereinigten Staaten werden diejenigen, welche für diese feigen Anschläge verantwortlich sind, zur Strecke bringen und bestrafen." Die Täter hatten, wie sich herausstellen sollte, mehr Menschen in den Tod gerissen als das große Erdbeben von San Francisco anno 1906 – aber eben auch sich selbst; es schien mir verfehlt, ihnen Feigheit zu unterstellen ... Doch immerhin, der Schluss klang besser: „Die Entschlusskraft unserer großen Nation wird hier getestet. Und es täusche sich keiner: Wir werden der Welt zeigen, dass wir die Prüfung bestehen."

Doch ich greife vor. Noch ehe nämlich um 9 Uhr 59 der WTC-Südturm kollabierte, hatte Frank sich mit Bob Mueller angelegt, dem neuen FBI-Direktor. Der Mann war vorher Staatsanwalt gewesen, er wusste nichts. Er hatte keine Vorstellung davon, wie Terrorismus funktioniert, und keinen Dunst vom Nahen Osten. Wie war er in das Amt gelangt, zu einer Zeit, da dort ein Mann von Format sitzen sollte?

Frank war bitter enttäuscht. Aber dann hatte Mueller plötzlich etwas mitzuteilen, das sein Terrorspezialist nicht der Videokonferenz preisgeben durfte. Frank ging also hinaus und hörte den Mann auf der abhörsicheren Leitung sagen: „Wir haben die Passagierlisten der Fluglinien. Und etliche Namen darauf sind bei uns gespeichert. Das sind al-Qaida-Leute."

Frank war baff. Er atmete durch und fragte: „Wie zum Teufel sind die dann an Bord gelangt?"

Darauf murmelte Muellers Mann etwas von Versäumnissen der CIA – einem Mangel an Informations- und Datenaustausch. Aber Tatsache blieb, einige der Täter (die genaue Zahl stand noch aus) hatten beim Einchecken Namen genannt, die das FBI im Computer hatte, als gesuchte al-Qaida-Aktivisten. Und schon kurz vor zehn wurde man dort fündig, keine volle Stunde nach dem Anschlag Nummer zwei ... In meinen Augen war das grotesk. Ich nahm mir vor, darüber mit Ed zu sprechen, wenn er in der Air Force One nach Washington zurückkam.

BRENDA DELANO:

Auf Barksdale Air Force Base ließ sich alles scheußlich an. Flirrende Hitze über dem Rollfeld. Die Baracken am Ende sahen aus, als habe man sie mit Milchkakao getüncht. Fallschirmjäger, schwer bewaffnet, umstellten uns mit ihren Schützenpanzern. In der trostlosen Lage des Pressekorps wirkten sie auf mich wie bösartige Marsmenschen.

Wir durften das Flugzeug über die hintere Gangway verlassen, doch erst, nachdem der Präsident mit seinem Stab in einem Humvee-Geländewagen losgerollt war, eskortiert von Jeeps, randvoll mit finsteren Kriegern. Das Militär lief auf zu großer Form. Über uns lärmte der Jagdschutz, ganze sechs Maschinen. Es stank nach Abgasen, die Mittagssonne stach ohne Erbarmen. Ich floh mit dem Kaffeebecher und den Sandwichs, die man uns spendiert hatte, in den Schutz des mächtigen Rumpfes.

„Das sieht ja aus, als hätten die Dabjah verhaftet“, sagte Don Taylor, der mir kaum von der Seite wich. „Wären wir im Süden, würde ich glauben, dies sei ein Militärputsch.“ Er hatte mal aus Bogotá oder Caracas berichtet und kannte sich aus.

„Sie wissen doch, so was kommt nicht vor bei uns.“

„Sind Sie da auch sicher, Brenda?“

„Schon. Weil es hierzulande keine US-Botschaft gibt.“

Er lachte höflich zu dem alten Witz. Der Pressesprecher strebte gleichfalls in den Schatten. Leicht zögernd, gegen die Sonne blinzelnd, gesellte er sich zu uns. Es war bisher kein guter Tag für ihn. Card hatte den farblosen Mann wohl eher als Aufseher zurückgelassen. Er kam, um das Verbot zu erneuern, kein Handy zu benutzen und damit zu enthüllen, wo der Präsident sich befand. Aalglatt legte er uns den Sinn der Zwischenlandung dar: Bush habe gespürt, an solch einem Tag dürfe er nicht endlos schweigen; von ihm werde ein klares Wort verlangt.

„Ach kommen Sie, Ari", sagte Taylor, erwärmt von ein paar Bierchen. „Dazu hättet ihr nicht landen müssen. Er kann sich auch von Bord aus ans Volk wenden, Bartlett macht's möglich."

„Die Übertragungsqualität wäre keinesfalls perfekt."

„Das ganze ist doch grotesk", nörgelte Ben Rather, ein adrett gekleideter Herr, der das *Wall Street Journal* vertrat. „In Sarasota, wo jeder wusste, Bush ist da, war er praktisch unbeschützt. Und hier, wo ihn kein Mensch vermuten kann, bietet man Panzer auf, zu seiner Sicherheit." Er zupfte an seinem Querbinder und schloss: „Das nenne ich absurd!"

Ari Fleischer freilich verstand sein Geschäft, er nahm die Brille ab, rieb sich die Augen und wechselte souverän das Thema. „Wir hören gerade", sagte er bedeutungsvoll, „ein schnellfliegendes Objekt, äh, nicht identifiziert, hält Kurs auf Waco. Und das heißt doch, Kurs auf Crawford, auf die Farm!"

Alle merkten auf. Wir wussten inzwischen, Bushs Farm lag keine 200 Meilen hinter Barksdale – bei Waco, der durch das blutige Sektendrama bekannten Stadt in Osttexas. „Eine fliegende Untertasse?" höhnte Taylor.

Doch Fleischer hielt stand. Flink wie ein orientalischer Basarhändler warf er uns weitere Fetzen hin, in die man sich prompt verbiss. Dabei wirkte er erschöpft, man hatte ihn vorzeitig geweckt (eines nichtgemeldeten TV-Teams wegen, wie es hieß). Er fühlte sich nicht wohl in seiner Haut, seine Eloquenz schien Pose – als sollte sie eine quälende Lähmung verbergen. Aber sein Job war es halt, jedem Schritt George W. Bushs Beifall zu sichern. „Zur Zeit sind nur noch achthundert Flugzeuge über den Staaten in der Luft", sagte er, „doch wir haben ein Problem in Alaska. Es scheint, äh, dass eine Boeing 747 der Korean Airlines entführt worden ist; NORAD ist an der Sache dran."

„Das war's?", fragte Taylor. „Mehr kommt nicht? Ihre News sind so prickelnd wie ein Eimer trockener Tapetenkleister."

„Was wollen Sie denn hören?", schnappte Fleischer. „Sie sagen immer, Don, Ihre Waffe sei das Florett, und jetzt sehe ich Sie mit dem Holzhammer."

„Das klingt naiver als ein Pressesprecher sein darf."

„Uns allen setzt die Hitze zu, das halte ich Ihnen zugute. Wer aber sein eigenes Wohlbefinden über das des Landes stellt, der bewegt sich außerhalb der Nation!“

Der Streit amüsierte mich. Alles Phrasen! Oder spielte Taylor sich für mich so auf? Und Fleischer? Dessen Taktik reichte offenbar von plattem Stuss und standhaftem Leugnen bis zum Vernebeln und listigem Verschleiern. In seinem Mund wurde Politik zur Posse.

„Vorhin beim Start“, rief Taylor ihm zu, „da drohte Bush ein Anschlag auf das Flugzeug, und jetzt auf seine Farm? Es ist doch klar, dass Sie uns Schnee erzählen.“

„Wenn das für Sie so klar ist, dann sind Sie weiter als ich“, sagte Fleischer pikiert. „Und bitte, vergessen wir nicht, es geht um ein grauenhaftes und epochales Ereignis, da ist solch ein Zank völlig unangemessen, einfach nur schlechter Stil!“ Damit ließ er uns stehen, um sich weniger respektlosen Leuten zu widmen.

„Da geht er hin, der Stilpapst“, grunzte Taylor. „Serviert nun Fox News sein Zeug. Aber das kennt schon jeder, es gehört ja zum Märchenschatz der Nation ...“ Bei diesen Worten ging mir auf, er hatte sich einen Schwips angetrunken. Da er ständig schwatzte, redete er viel Unsinn, vermischt mit gescheiten Bemerkungen. Ich fischte darin nach Informationen, es gab im Moment nichts Besseres zu tun.

Bushs Farm, so ließ er mich wissen, sei riesig – 650 Hektar groß. Und Crawford ein 700-Einwohner-Nest am Ende der Welt, dem sogar ein Gehweg fehle. Der bloße Name schon löse beim Pressekorps Hustenreiz aus. Sie alle hatten den staubigen Ort gerade erst hassen gelernt. Der einzige See weit und breit lag hinter dem Zaun und war Privatbesitz von Bush. Welch ein Abstieg zu früher! Die Clintons in den Urlaub zu begleiten, das hieß noch, am Strand von Martha's Vineyard – berühmt seit den Kennedys – eine schöne Zeit zu haben. Selbst Bush senior habe sich in Kennebunkport, an der romantischen Küste von Maine, auch nobel gezeigt, köstliche Hummer am Meer, obgleich er im Grunde ein Geizhals sei. In Crawford hingegen – dürres Buschland mit Mückenschwärmen und Nachttemperaturen um 28 Grad – hausten die Reporter sechs Meilen weg von der Ranch in einer stickigen Turnhalle. Und statt, wie am fernen Atlantik, französische Küche zu genießen, mampften sie einen „Bushburger“ in der Coffee Station, der einzigen Kneipe des Kaffs.

„Das ist Ihnen noch erspart geblieben, für diesmal, Brenda. Man hat uns übrigens kaum vorgelassen, wir hingen den halben Tag am Telefon, schwitzend und gramgebeugt, um von Dabjahs Gehilfen irgendwas zu hören, das sich als Nachricht betrachten ließ ... Und dann hängt er an die Ferien noch weitere zwei Wochen an – den ganzen August bis zum Labour Day! Der längste Urlaub seit Eisenhowers Tagen.“

„Ich denke mal, er hat seine Gründe gehabt.“

„Gewiss doch. Ari sprach immer von ‚Arbeitsurlaub‘. Dabjah selbst ist aufrichtig gewesen.“ Taylor ahmte den Texas-Slang nach: „Meine Freunde von der Presse, ich will Sie alle bloß daran erinnern, dass ich es schätze, durch Gottes freie Natur zu wandern und nach den Kühen zu schauen. Einem guten Zuhörer, wie ich es bin, kann´s dann passieren, dass sie mit ihm reden.“

„Das soll er gesagt haben?“

„Vor uns allen, und gewundert hat´s keinen. Wissen Sie, Brenda, das ist der Idioten-Faktor. Dafür kann er nichts, da ist er erblich belastet.“

„Idioten-Faktor?“

„So heißt das bei uns. Seine Sprachprobleme. Unter Stress dummes Zeug. Mit ‚´nem silbernen Fuß im Mund geboren‘, wie jemand von ihm gesagt hat. Also dafür kann er nichts. Als man Poppy im Wahlkampf gefragt hat, wie lange er noch herumziehen werde, da kam die Antwort: ‚Bis mir die Unterhosen ausgehen‘. Und als wer nachhakte: ‚Muss früh ins Bett, hat der Arzt gesagt. Muss Hände schütteln, mich konzentrieren, das hat er gesagt ...‘ Na das zeigt uns doch, wie zermürbend Wahlkampf ist.“

Von den Baracken her rollte ein Bus, er hielt im Schatten der Tragfläche – leer bis auf Blake Gottesman (das Kopfkissen) und Captain Loewer in ihrer Marineuniform. Die zwei stiegen aus und befahlen der Crew, unser Gepäck zu entladen. Das konnte nur heißen, Taylor behielt recht, man bootete uns aus! O Gott, hier in der Wildnis, 30 Busstunden weg von Washington.

Fleischer sprang wie ein Hirtenhund umher, der die Herde beisammen hält. Der Protest ging an ihm vorbei, er war ja ein Zwangscharakter, der alles im Blick und unter Kontrolle haben will. Am liebsten würde er wohl als Assistent einer Fernsehshow Schilder schwenken, auf denen „lachen!“ oder „Applaus!“ stand. Er war es auch gewesen, der in Sarasota für Bush die Weisung „Sagen Sie noch nichts“ hochgehalten hatte. Entnervt folgten ihm die ersten von uns zum Bus.

Anders Gottesman, der kurz mit Ann Compton und Ben Rather gesprochen hatte. Nun kam er auf mich zu, und ich glaubte zu spüren, dass durch seinen Ernst, der den Ereignissen geschuldet war, etwas verstohlen Heiteres lugte, ein Funke Lebenslust, kaum passend zu unserer miesen Situation. „Für Sie gilt das nicht“, teilte er mir mit. „Ein paar von Ihnen dürfen bleiben. Gehen Sie unauffällig zur Gangway zwo, klar?“ Er schien stolz auf seine Rolle, dem Agenten einer Castingagentur ähnlich, der kühl seine Wahl trifft und Schicksal spielt.

Unter dem Heck versammelten sich Compton, Rather und noch drei weitere Reporter. Man blickte den übrigen nach – der Bus nahm sie auf – und gratulierte einander. „Wir sind die Elite“, hielt einer von uns ironisch fest. „Dabjahs Humankapital in den Medien.“

Oben war nun sehr viel Platz, jeder hatte seinen eigenen Bildschirm. Die TV-Sender berichteten pausenlos über das Flugverbot und andere Sicherheitsschritte. Ankommende Transatlantikmaschinen wurden auf kleine kanadische Flugplätze umgelenkt, wo es zu riskantem Gedränge kam. Man sah, wie Terminals schlossen und Landesgrenzen dichtgemacht wurden. Ebenso die Brücken und Tunnelverbindungen nach Manhattan. Weltweit stellten US-Konsulate und sonstige Behörden den Publikumsverkehr ein. Die Skyline von New York City verdunkelte Qualm. Ann Compton meinte, all das erinnere sie an den schrecklichen Film *Apocalypse Now*; ihr sei, als höre sie Marlon Brando stammeln: „Das Grauen, das Grauen ...“

Jemand sagte: „Die dritte Welt hat die Kanonen umgedreht und zur Abwechslung mal auf die erste gezielt.“

Ich sah mich nach dem Sprecher um und entdeckte Ben Rather. Woher seine Schärfe? Vielleicht nahm ihn all das so mit, weil sein Blatt, das *Journal*, direkt gegenüber dem WTC saß ... Erst jetzt fiel mir auf, dass er weit jünger war als Taylor, allenfalls so alt wie ich. Sein altmodisch korrektes Outfit hatte das verdeckt. Er trug zur braunen Fliege ein Seidenhemd und einen ockerfarbenen Glencheckanzug, was ihn sanft abhob von den Kollegen in ihren blauen oder grauen Blazern. Seine glänzenden Lederslipper sahen aus wie von *Old England*, Manhattan. Eigentlich hätte man ihm zweifarbiges Schuhwerk gewünscht, dazu das kecke Einstecktaschentuch und die goldenen Manschettenknöpfe eines Herrn der 50er Jahre. Sein breit vorgestülpter Mund, flankiert von Wangenwülsten, glich einem Froschmaul; er war nicht gerade eine Zierde für Air Force One. Aber der scharfe Witz, den er ganz beiläufig auf andere wie auch auf die eigene Person richtete, versöhnte mit seiner Erscheinung.

Beim Start tuschelte er mir zu: „Wer weiß, wo es nun mit ihm hingeht. Er verkriecht sich! Dass er nichts im Kopf hat, war ja klar. Jetzt weiß man auch, er hat keinen Mumm ..."

Das wunderte mich doch. Solch einen Geist hatte ich hier nicht vermutet. Manch einer schien Bush, der ja ein lockerer Typ war, zu verabscheuen. Vielleicht lag der Schlüssel in den Wochen von Crawford, in dem Martyrium, das er der Presse auferlegt hatte, sechs Meilen vor seiner Ranch. Doch mich sollte das nicht kümmern, ich würde mir allein ein Bild machen von ihm. Gestänker war bloß ein Ventil, die Kehrseite des üblichen Untertons von Huldigung, der sich bei Hofberichterstattern einschleicht. Uns ist nichts heilig, meint der Reporter, jeder kann entwürdigt werden; aber besser ohne mich. Sachlichkeit des Urteils war mein schönster Besitz.

Am Stand der Mittagssonne merkten wir, dass es gewiss nicht heimwärts ging. Ein Nordkurs, leicht zu Ost, lag an. Draußen auf dem Gang vorm Konferenzraum, irgendwo über Arkansas, fand ich Daniel Shaw und fragte ihn nach dem Ziel. „Offutt bei Omaha, Nebraska", sagte er mit seiner angenehm vollen Stimme und rückte mir näher, um sie nicht heben zu müssen. „Ein halbes Stündchen noch, dann sind wir da."

„Und was wird der Präsident dort tun?"

„Die Nachrichtenmittel des Stützpunktes nutzen. Es sind die besten landesweit; dort sitzt das Strategische Bomberkommando."

„Wozu nutzen? Bitte erklären Sie mir das."

„Ich nehme an, zu einer Videokonferenz mit Cheney, Rumsfeld, Tenet und so weiter."

„Die raten ihm wohl von der Heimkehr ab?"

Er nickte anerkennend, als hätte ich ganz ohne sein Zutun ein Geheimnis der Staatsführung ergründet. „So ist es, Frau Delano ... Es muss auch nachgetankt werden."

Er sagte noch mehr, es klang ganz unverfänglich. Falls hier, wie unter Nixon üblich, ein Tonband gelaufen wäre, es hätte ihm nicht schaden können. Dennoch schwang eine höchst persönliche Botschaft mit. Er sah mir fest in die Augen, ein ziemlich selbstbewußter, erotisch aufgeladener Blick. Ich spürte, Shaw wollte mich haben, und stellte mir vor, dass er irgendwo am Rande der Hauptstadt ein teures Haus mit Swimmingpool und einer Ehefrau hatte, welche die Mutter von zwei oder drei schon halbwegs erwachsenen Kindern war. Und dass er wie ein Mafiapate diese Frau strikt trennte von der übrigen Weiblichkeit, zumal des Weißen Hauses – seinem mutmaßlichen Jagdrevier, wo ein kleiner Flirt kaum auffiel, denn er stand ja nie im vollen Rampenlicht. Ein Familientyp wohl auch, der jeder Flamme von vornherein sagte, dass er sich niemals scheiden lassen werde.

„Wie komme ich zu dem Glück, noch an Bord zu sein?"

Das liebenswürdige Lächeln ließ sich Zeit, sein rundes Pokerface zu glätten. Es wirkte gewinnend, ja sogar mitfühlend, und das passte zu ihm. Hatte er nicht, für Bushs letzten Wahlkampf, den Spruch vom *mitfühlenden Konservativismus* geprägt? „Es stimmt, wir mussten uns beschränken, also eine Auswahl treffen ..." Er hielt sich weiter bedeckt, räumte nur Offenkundiges gern ein. „Na immerhin, die *Post* ist uns schon wichtig."

„Wie schön für mich."

„Sie verkennen doch nicht das Gewicht Ihres Blattes?"

Da ich darauf nichts erwiderte, trat er dichter an mich heran als nötig, um zu fragen: „Waren Sie denn in Sarasota gut untergebracht?"

Ihm ging wohl der Gesprächsstoff aus. Mitfühlender Konservativer, dachte es in mir, ist das eigentlich kein Widerspruch – in der Art von vegetarischer Kannibale? Contradictio in adjecto war der Fachausdruck gewesen, einst im Seminar für formale Logik. Wie auch immer, wollte ich die Chance nutzen, die sich mir so deutlich bot, musste ich ihm schleunigst helfen. „Ach, ich bin da nicht verwöhnt. Zur Zeit ist *Day's Inn* mein Quartier."

Shaw schwieg, er kaute an dem Köder – dabei, dies zu deuten. Das Hotel, knapp Mittelklasse, doch groß genug, lag nur drei Blocks weg vom Schatzamt, das an den Ostflügel grenzt; leicht erreichbar für ihn, selbst zu Fuß. Sein weiches Dutzendgesicht würde verschwinden im Strom der Fremden, die täglich aus Touristenbussen quollen. Und das hieß doch, nichts zu riskieren, das für ihn bedenklich werden konnte. Genuss ohne Reue, Danny! Ich bot ihm den perfekten Seitensprung.

„Ist das hinter dem Franklin Park?"

„Ja, an der Ecke K-Street und Zwölfter."

Ziemlich flink näherten wir uns dem Rubicon. Shaw hatte sich zwar nicht verbal, doch in Mimik und Körpersprache arg entblößt. Wie stand er da, wenn ich ihm jetzt noch einen Korb gab? Er verlor sein Gesicht, und das verzieh er mir dann nie. Also sagte ich: „Das Restaurant ist auch ganz nett, wir könnten da ja mal zusammen essen."

Seine Augen weiteten sich. „Klingt nicht übel", brachte er hervor. „Fast als wollten Sie meinen Part spielen."

„Die Idee der Gleichheit hab ich aus Ihren Texten."

„Fein, dass Sie die ernst nehmen. Also das machen wir unbedingt! Nur was das Lokal betrifft, da fällt mir sicher noch was Besseres ein ..." Shaw berührte meine Hand, schüchtern wie ein Schüler und dankbar für das bisschen Hautkontakt. Dann zwinkerte er mir zu, mit dem Fortschritt zufrieden. Ich fand, vorerst sei alles gesagt. Er freilich zögerte, als falle es ihm schwer, zu gehen. Doch plötzlich ließ er mich los und trollte sich nach vorn, weil vom Heck her jemand kam.

Es war Ben Rather. „Gibt's was Neues?", fragte er.

„Und ob", sagte ich leicht überdreht, bestrebt, meinen Ton zu dämpfen. „Das Narrenschiff landet bei Omaha, im Hauptquartier des Bomberkommandos. Ahnen Sie, was das soll?“

„Na klar: Das Imperium schlägt zurück! Und es wird auch Zeit, Brenda. Washington und New York haben den Notstand ausgerufen. Und stellen Sie sich vor, der Bürgermeister lässt Manhattan südlich der Canal Street räumen. Denn eben ist ihm auch noch das World Trade Center Nummer sieben eingestürzt – dieser Bau vor dem Nordturm mit seinen eigenen Büros und der Außenstelle des Secret Service ...“

Wir gingen in die Kabine zurück, und Rather, das Froschmaul, brachte mir die üble Lage der New Yorker Wertpapierhändler nahe. Die Wall Street, als deren Anwalt er sich wohl an Bord begriff, funktionierte kaum ohne das WTC. Durch dessen Schaltstellen liefen etliche Glasfaserkabel zur Börse. „Wie sollen die Makler da ihre Buchungen machen?“ fragte er mich ratlos.

„Keine Ahnung, Ben. Wen interessiert das jetzt?“

Er hörte gar nicht hin. „Da hängen Milliarden von Dollar nun einfach in der Luft“, klagte er. „Wir hatten das Problem schon einmal vor acht Jahren, bei der Kellerbombe unterm Nordturm. Damals hat Bill Clinton selber dem Chef der Feuerwehr befohlen, dass die wichtigsten Finanzleute rasch zurückdurften in die Türme.“

„Diese Möglichkeit besteht wohl diesmal nicht“, warf ich ein, um seinen Redefluss zu stoppen – ohne meinen Zynismus zu bemerken. Ich war es nämlich, die jetzt nicht zuhörte; völlig mit mir selbst beschäftigt. Kein Wunder auch nach dem Smalltalk mit Shaw. Schließlich war ich dabei, den Pfad der Tugend aus rein beruflichen Gründen zu verlassen. Eine Chance, die sich den fünf restlichen Kollegen hier an Bord nicht bot.

DANIEL SHAW:

Halb in Trance, wie von einem Zauberstab berührt, kehrte ich ein bisschen taumelnd, die Gangwände streifend, auf meinen Platz im Bug zurück. Arg betört von dem Duft dieser Frau, ihrem wunderbaren Brotgeruch; und natürlich von der Aussicht, die sie mir eröffnet hatte. Zwar verstohlen, doch ohne Anflug von Koketterie. Eher geschäftsmäßig, wie mir nicht entgangen war, doch was hieß das schon? Es verschärfte nur den Reiz.

Vorn ertappte ich mich dabei, ihren Namen zu murmeln. Brenda Delano, die weichen Konsonanten und warmen Vokale. Womöglich blieb sie, selbst wenn man sie auf dem Laken hatte, ein lockendes, nie ganz lösbares Rätsel aus lieblicher Scheu, Aufgewecktheit und jähen Ausbrüchen kecker, erfrischender Energie. Wenn sie den Blick hob, die schmalen Augen glitzernd, wusste man nie genau, was kam. Eben noch wahrgenommen als lernfähig, als bemühte Elevin, drehte sie plötzlich den Spieß um und stach einen ins Herz. Mir war bewusst, dass ich mit diesem Bild weniger sie als mich selbst beschrieb, die eigene Schwäche. Meine Anfälligkeit für Verzauberung, elend und ärgerlich; gefolgt von zwanghaftem Begehren: die Fixierung eben auf ein neues Weib. In wessen Natur das freilich liegt, der muss kein schwärmerischer Jüngling mehr sein, um in Romantik zu versinken und übersteigertes Verliebtsein zu entwickeln. Das geschah mir auch mit fünfzig, in langsam wachsenden Abständen, immer wieder. Und in solch einem Zustand verdunkeln sich mir oft alle übrigen Bereiche – riskant an einem Gefahrentag wie diesem, der gänzlich anderes verlangt: rasche Bestandsaufnahme und kontrolliertes Handeln.

Ich kämpfte also, auf einem der drei First-Class-Sessel direkt hinter der Suite des Präsidenten, gegen ein köstliches Pulsieren an, bewirkt von Emotionen, die mich überschwemmten. Vermutlich ein Cocktail aus Neurotransmittern, Botenstoffen wie Adrenalin, Testosteron oder den Endorphinen, die wohl die wahren Glücksbringer sind. Doch das Reduzieren des Glücksgefühls auf physiologische Abläufe, die es erzeugten, rettete mich nicht. Vergebens sagte ich mir, dass all dies bloß Einbildung sei, Sinnestäuschung, ein Spiel meiner Phantasie. Der Brotduft zum Beispiel ließ sich gewiss rein chemisch deuten und im Labor oder schlicht im Backofen fabrizieren. Doch was nützte mir dieser Gedanke? Überhaupt nichts. Denn in der Liebe, wer weiß das nicht, ist die Einbildung Wirklichkeit.

An einem Druckwechsel in den Ohren merkte ich, das Flugzeug begann mit dem Abstieg. Das zog mich aus meiner Versunkenheit, es half mir zurück in die verzwickte Realität. Übrigens irrte Brenda sich, wenn sie glaubte, für unser Abenteuer seien wir angewiesen auf ein drittrangiges Hotel, weil sie mich für verheiratet hielt. Von meinem Familienstand – geschieden – wusste sie natürlich nichts. Die Klatschpresse pflegt uns Stabsmitglieder zu verschonen, aus dem ihr eigenen Respekt vor dem höchsten Staatsamt. Für ehrbare Blätter aber ist das Privatleben von Beratern meist tabu.

Nicht jedoch die Karriere. Wenn Brenda nun im Archiv der *Post* nach mir forschte – und ich nahm an, das plane sie längst –, dann wartete prickelnde Lektüre auf sie. Die Liste meiner Fouls war lang, beginnend mit den frühen 70er Jahren, meinem Weg zum Vorsitz im Komitee Republikanischer Studenten. Also das „Register ultimativ schmutziger Tricks", wie ihr Blatt es naserümpfend genannt hatte. Ach, die Jugendsünden!

Mein erster Streich schon hatte es in sich. Da hatte ich nämlich, noch keine 20, im Wahlkampfbüro unserer Gegner einen Stoß Briefbögen stibitzt und darauf Freibier, kaltes Büfett und nette Mädchen versprochen, um diese Einladung schwungvoll unter die Hippies und Penner der Stadt zu bringen. Prompt tauchten ein paar hundert Asoziale beim Treff der Demokraten auf – wütend auf diese Partei, die glatt ihre Zusagen brach! Kein Bier, kein Weib, kein Imbiss: der Ruf des Gegners war ruiniert. Da muss man erst mal drauf kommen, Leute. Ein Schlag unter die Gürtellinie, ich weiß, doch letztlich zählt nur der Erfolg. Jeder fängt mal klein an und heckt Sachen aus, an die er sich später, seriös geworden, nicht mehr so gern erinnern lässt.

Die Story, und anderes in der Art, dürfte Brenda eher erheitern als befremden; dazu hatte sie gewiss das Format. Außerdem, sie liebte mich ja nicht. In dem Punkt hegte ich keine Illusionen. Was sie in meiner Gegenwart empfand, das konnte, zwischen Bewunderung und Frösteln, nur ein Erschauern vor meinem Rang, meiner Nähe zum Präsidenten sein. Die Macht selber zog sie an: mein Einfluss, mein Wissen, der ganze Insiderkram, nach dem sie gierte, den eigenen Aufstieg im Sinn. Das, so sagte ich mir, ist das Agreement – faktisch die Geschäftsgrundlage.

Doch dies sollte mich nicht länger beschäftigen. Es wurde wirklich Zeit, nach Dabjah zu schauen. Ich musste ihn auf das vorbereiten, was ihn in Offutt vielleicht erwartete. Folglich stand ich auf und trat am Arztraum vorbei in das Büro des Präsidenten, fand aber dort nur Card, Loewer und Fleischer vor. „Er hat sich hingelegt“, sagte der Stabschef. Ich überhörte den mahnenden Unterton, klopfte an und hatte das Dreieck des Schlafgemachs vor mir, das unmittelbar in der Bugspitze liegt.

Dabjah, ausgestreckt auf dem Bett rechts – das linke war der First Lady zugedacht –, nickte mir kurz zu. „Was gibts?“, fragte er ungehalten. Neben seinem Kopf blinkte im Fensteroval das Silberband eines Flusses, vermutlich des Missouri, auf dessen Westufer Omaha liegt; ein Bahnknotenpunkt im Mittleren Westen an der Grenze von Nebraska zu Iowa.

„Ich fürchte, Mr. President“, sagte ich behutsam, „das Landen hier ist keine so gute Idee.“

„Was haben Sie gegen Offutt?

„Es ist schon die zweite Station, Sir, und es hält Sie weiter von der Hauptstadt fern. Das könnte heißen, im Eindruck der Öffentlichkeit schwach zu erscheinen. Nach meinem Gefühl spielt jede Stunde Ihrer Abwesenheit bloß Gegnern in die Hände. Man wird sagen, in Krisenzeiten seien die Staatschefs stets in das Weiße Haus zurückgekehrt, von Abraham Lincoln im Bürgerkrieg bis zu Johnson nach dem Mord an Kennedy ...“

Ich wollte hinzufügen, dass bisher noch kein Präsident sich habe überreden lassen, aus Sicherheitsgründen dem Amtssitz fernzubleiben, seit die Briten anno 1814 das Weiße Haus verwüstet hatten. Doch Bush unterbrach: „Verschonen Sie mich mit der Historie, Danny, das weiß ich ganz gut selber. Es passt mir auch nicht, dass Cheney und Rumsfeld sich dermaßen sperren – angespitzt wohl von Norris, dem verdammten Terrorpapst.“

„Ich bezweifle, dass der Vizepräsident sich benutzen lässt, von einem Untergebenen wie Frank Norris.“

Bush richtete sich auf, sah mich scharf an und glitt in die

Schuhe. „Noch etwas?“, fragte er streng. „Passt Ihnen was an Offutt nicht?“

„Allerdings, Sir. Zum Beispiel, dass auf dem Militärgelände gerade die Führung des Fiduciary Trust versammelt ist. Der Milliardärsclub mit Anne Tatlock an der Spitze, die sonst im World Trade Center sitzt, und Warren Buffet, dem zweitreichsten Mann der Welt. Auf einundvierzig Milliarden wird der geschätzt. Er wohnt hier ganz in der Nähe und nimmt da unten an einer Konferenz teil, ein bisschen gewürzt mit Show-Einlagen ... Das Jahrestreffen der Investoren.“

„Verschwenden Sie nicht meine Zeit. Ich kenne den Knilch überhaupt nicht. Was schert es mich, wenn der da mal seine Puppen tanzen lässt?“ Es klang, als ärgere es ihn, dass da wer saß, der zweitausendmal reicher war als er selbst, der zwanzigfache Millionär.

„Ich gebe nur zu bedenken, Mr. President, wir sollten jeden Anschein eines Kontaktes zu dem Tatlock-Buffet-Clan meiden. Die linken Kolumnisten könnten sonst einen Zusammenhang konstruieren zwischen dieser illustren Versammlung und Ihrer Landung im selben Moment.“

Bush massierte seine Schläfen, die ersten Spuren von Grau. Er schnitt Grimassen, dachte nach. Dass er mein Argument nicht gleich wegwischte, war ein gutes Zeichen. Es stimmt keineswegs, wenn man von ihm sagt, er sei beratungsresistent: er braucht bloß Zeit, um die Dinge abzuwägen. – „Na immerhin“, brummte er schließlich, „tagt da ja nicht Carlyle.“

„Und auch nicht Halliburton. Das wäre dem Vizepräsidenten wohl kaum recht.“

„Schnallen Sie sich an“, befahl er, und ich fand, es sei besser, Dick Cheney aus dem Spiel zu lassen, bevor Bush anfing, mir den leisen Hinweis zu verübeln. Sein stets wacher Instinkt sträubt sich gegen jeden Versuch, ihn sanft zu beeinflussen.

Der Boden vibrierte unter mir, dumpf polternd fuhr das Bugrad aus. Ich setzte mich auf den Platz neben der Trennwand zum Bad, der einen Haltegurt hat. Ganz traf meine Beschreibung des Jahrestreffens in Offutt vielleicht nicht zu. Nach der knappen Information, auf die ich mich stützte, schien es, zumindest am Rande, auch eine Wohltätigkeitssause zu sein, bei der Geld gespendet wurde für den Jugendclub, das Theater und das Heimatmuseum von Omaha. Doch unter solchem Mantel ließ sich immer viel verbergen.

„Da Sie Carlyle erwähnt haben, Sir – die Gruppe tagt übrigens auch gerade. Deren Anlegerkonferenz läuft, wie man hört, in Washington. Ein Dinner im *Ritz Carlton*, mit internationalen Repräsentanten und Investoren."

„Worauf zum Teufel wollen Sie hinaus?"

„Vorhin kam aus dem *Ritz* folgendes Detail: Die Sitzung wurde gegen neun Uhr unterbrochen, alle starrten auf den Bildschirm. Und als das zweite Flugzeug den Südturm rammte, da nahm ein Teilnehmer diskret sein Namensschild ab vom Revers und verließ still das Haus. Ahnen Sie, Sir, wer das gewesen ist? Shafiq bin Laden, ein Bruder von Osama."

„Hat der nicht ein Dutzend Brüder?"

„Kann sein. Ich will damit nur sagen, wir sollten irgendwelchen Hirngespinsten möglichst schon im Vorfeld die Nahrung entziehen. Damit später auch nicht der Schatten eines Verdachts ..."

„Danny, wovon reden Sie eigentlich?"

Das Flugzeug landete weich, Colonel Tillman verstand sein Handwerk. Draußen flitzten Flaggen, Tankwagen und verbunkerte Hangars vorbei. „Ich spreche von dem absurden Argwohn, Mr. President, Sie könnten an einem Tag wie heute das Plazet der Hochfinanz für Ihre Schritte suchen. Gemeint sind närrische Verschwörungstheorien, die manche Leute ersinnen und in die Welt setzen, um Geld und Einfluss zu gewinnen ... Wie damals bei dem Mordanschlag auf Reagan, als linke Halunken auf die Idee kamen, den Vizepräsidenten da hineinzuziehen – Ihren Vater."

„Widerlich." Jetzt fiel mir auf, dass Bushs Augen gerötet waren. Die Maschine rollte aus, man hörte, wie der Hauptausgang geöffnet wurde. Vor den Fenstern zeichnete sich die Eskorte ab, sie war noch prächtiger als die von Barksdale. Großer Militärbahnhof! Das Strategic Air Command ließ sich nicht lumpen, auch wenn seine Glanzzeit vorbei war – die Ära unter General Curtis LeMay, der im Kalten Krieg gern das Atomschwert seiner B-52-Flotte gezückt hatte.

Es klopfte, Andrew Card schob seine Nase herein und meldete: „Die Gangway ist unten, Sir. Alles bereit zur Sitzung des Nationalen Sicherheitsrats! In fünf Minuten soll die Videoschaltung beginnen."

„Die beginnt, wenn ich komme", erwiderte der Präsident unwirsch. Er traf keine Anstalten, aufzustehen. Man sah ihm an, er rang mit einem Entschluss. Card hob die Brauen, befremdet wich er zurück. „Was hat er denn?" fragte Bush.

„Ihm fehlt bloß eine Erklärung."

„Er kriegt keine. Sehen Sie mal, Danny, ständig kommen Leute, um mir zu erklären, was sie tun wollen, und warum. Ich muss das nicht, mein Lieber. Ich schulde keinem eine Erklärung." Lausbübisch fügte er hinzu: „Das ist ein Vorzug meines Amtes. Eben deshalb bin ich Präsident geworden. Dieser erfreuliche Aspekt scheint mir die ganze Mühe wert."

Fein, dachte ich, dass er sich entspannt! Doch dann sagte er: „Holen Sie mir Jackson her. Den will ich, wenn´s Ihnen recht ist, mal unter vier Augen."

Ich traf den Captain am Ausstieg und schickte ihn nach vorn. Mit seinem gestutzten Haar von der Farbe eines Rasierpinsels und der steifen Haltung missfiel er mir. Er strahlte Beschränktheit aus, edle Einfalt und Nibelungentreue; alles Tugenden aus Deutschland ... War seine Hilfe jetzt mehr wert als mein Rat?

Ein Schwall Hitze drang über die Gangway in den Rumpf. Ich setzte mich hin, stumm vor Ärger. Dabjah: welch Gipfel an Selbstzufriedenheit in dieser Situation! Wohl wahr – uns, seinem Stab, schuldete er keinerlei Erklärung. Aber der Öffentlichkeit, dem amerikanischen Volk? Nicht gleich zwar, nur letzten Endes doch. Und da hatte er in puncto Carlyle bald ein Imageproblem am Hals.

Das fiel natürlich in mein Ressort. Während er also mit seinem Leibwächter sprach, zerbrach ich mir den Kopf. Der Großinvestor Carlyle Group, im Nahen Osten stets repräsentiert vom alten Bush, wurde für dessen Sohn zum Handicap, weil bei den Saudis jetzt was aus dem Ruder lief. Übrigens hatte Carlyle (benannt nach dem New Yorker Hotel, in dem der Global Player 1987 gegründet worden war) seinen Stammsitz in Washington; törichterweise auf halbem Weg zwischen Capitol und Weißem Haus. Der Ort, an dem das Haus Saud und das Haus Bush seit Jahren ihr größtes Rad drehten. Ein Konglomerat, ein Finanzgebilde, dessen Vermögen in der Zeit von null auf 18 oder 20 Milliarden klettern konnte! Wie eine Fata Morgana war Carlyle mit arabischen Petrodollar plus amerikanischem Reichtum und Sachverstand zu der wohl weltweit größten Holdinggesellschaft im Rüstungssektor aufgestiegen. Ihr Zugang zu US-Regierungsaufträgen, zumal aus dem Pentagon, war der Clou. Das lief auf eine Lizenz zum Gelddrucken hinaus. Falls diese Verstrickung hochkam, nagte das an Dabjahs Ruf, der volksnahe Selfmademan zu sein, den seine Schlichtheit liebenswert macht.

Blieb er nicht dennoch zu beneiden? Ganz gewiss. Wenn es mir an seiner Stelle auch schwer geworden wäre, mich meiner Traumfrau zu nähern. Wohl hatten unsere Chefs, von Kennedy bis Clinton, es öfter geschafft, solche Früchte zu pflücken. Aber zu welchem Preis! Mich nämlich schreckte da keine Amtsenthebung; mir musste auch kein Frank Sinatra im Bund mit der Mafia zu meinem Glück verhelfen. Ich hielt es selber in der Hand ... Und dieser Trost ließ mich allen Verdruss nun fast vergessen.

EDWARD JACKSON:

Wir langten um zehn vor drei auf Offutt Air Force Base an. Für die rund 600 Meilen von Barksdale hatten wir gut eine Stunde gebraucht. Nach Washington war es von hier aus beinah doppelt so weit. Entsprechend zeitraubend würde der Rückflug sein, falls es am selben Tag dazu noch kam. Unser Land ist in der Tat riesengroß.

Gleich nach der Landung rief mich der Präsident zu sich. Er war in der Schlafkabine allein und ließ mich auf seine nette Art an dem winzigen Tisch Platz nehmen. Anscheinend stellte sich ihm die Frage, ob er überhaupt aussteigen oder sofort nach dem Auftanken weiterfliegen solle. Ganz überraschend sagte er mir, er habe unterwegs Linda auf dem Monitor gesehen, wie sie im Lagerraum des Weißen Hauses hinter Frank Norris saß; da sei ihm bewusst geworden, welch wichtige Rolle sie beim Krisenmanagment spiele, als rechte Hand des TNT-Papstes. „Was hält Ihre Frau denn so von dem?“, schloss er verblüffend unverblümt.

„Sie schätzt ihn sehr“, erwiderte ich ebenso offen, erfreut, dass er Linda wiedererkannt hatte (sein Personengedächtnis ist freilich enorm). „Nicht unbedingt Norris´ Umgangsformen, aber die Kompetenz, den umfassenden Sachverstand und seine Durchsetzungskraft.“

„Glauben Sie, Ed, er steckt dahinter, wenn man mir dauernd in den Ohren liegt, einstweilen zu bleiben, wo ich bin? Setzt er sich da gegen Dick Cheney durch – oder sollte es umgekehrt sein?“

„Das kann ich nicht beurteilen, Sir.“ Er fragte sich also, wer da versuche, seine Rückkehr weiter hinauszuschieben, als es vielleicht nötig war. Da er wandte sich wohl an mich, weil er in mir den Leibwächter sah, der dem möglichen Gerangel an der Spitze ganz entrückt und nur seinem Wohlergehen verpflichtet war. Es tat mir ehrlich leid, ihn zu enttäuschen. „Auch der Secret Service, auch Brian Stafford meint, derzeit sei Washington noch unsicher.“

„Fünf Stunden nach dem letzten Rums?“ fragte er. „Na ja – hundertprozentige Sicherheit gibt es so wenig wie hundertprozentigen Alkohol.“

Ich fand den Vergleich unpassend und äußerte mich nicht.

Der Präsident wechselte das Thema. „Sie erinnern sich an das Attentat auf Reagan, gleich zu Beginn der Amtszeit?“

„Nicht aus eigener Anschauung, Sir. Das war zwei Jahre vor meiner Zeit.“

„Kommen Sie, Ed, nicht immer so bescheiden. Sie führen doch da Buch, Ihr schwarzes Hobby ist bekannt.“

„Nun, der Anschlag fand im März 1981 am frühen Nachmittag vor dem *Washington Hilton* statt. Ein Narr namens John Hinckley junior schoss Reagan in die Brust, das Projektil drang fast bis ans Herz. Der Präsident verlor anderthalb Liter Blut, sein linker Lungenlappen fiel zusammen, weil Luft zwischen das Rippen- und das Lungenfell trat ... Eine starke Nadel ohne Narkose zwischen die Rippen zum Absaugen von Blut und Luft, das hat ihn gerade noch gerettet. Ein Polizist und der Pressesprecher wurden gleichfalls schwer verletzt."

„Was wissen Sie über das Tatmotiv?"

„Ja, das war seltsam. Der Mann wollte Jody Foster imponieren. Seit dem Film *Taxi Driver* schwärmte er für sie. Wegen mangelnder Zurechnungsfähigkeit hat man ihn später freigesprochen."

„Und was hatte der Vizepräsident damit zu tun?"

„Nichts, Sir. Ihr Vater kam mit der Air Force Two sofort von Texas nach Washington. Er hat sich absolut würdig verhalten; im Unterschied zu Haig, dem Außenminister. Der brachte alle gegen sich auf, weil er, echt verfassungswidrig, das Kommando an sich riss."

„Wieso ist dann versucht worden, ihn zu belasten?"

„Ihr Bruder Neil war mit den Hinkleys bekannt, Sir. Ein paar Reportern hat das genügt, zu spekulieren. So wie früher mal behauptet worden war, an Kennedys Tod sei Johnson schuld gewesen. Nach dem Schema: wem nützt es? Die übliche Weisheit ist ja, ganz primitiv, dass den Vizepräsidenten stets nur eine Kugel von der Präsidentschaft trennt."

Bush schnitt ein Gesicht, als amüsiere ihn die These. „Das war alles?" brummte er. „Gut, dazu später mehr. Jetzt wollen wir erst mal sehen, was hier anliegt. Auf geht´s!"

Er hatte sich also doch für Offutt entschieden. Ich begleitete ihn hinab zum Rollfeld, wo man vor ihm salutierte. Für sein Interesse an einem Vorgang, der zwanzig Jahre zurücklag, bot sich mir nur die Erklärung: Meine Meldung vom frühen Morgen, es habe ihm selber ein Anschlag gedroht, ging ihm nach. Er hatte das nicht ernst genommen, trotzdem, es ließ ihn nicht mehr los. Übrigens war ich froh, dass er mir Zeit ließ, mich in Sachen Hinckley kundig zu machen. In meinem Laptop waren die Einzelheiten auch dieses Falls gespeichert.

Unser Konvoi passierte das Sicherheitstor vor dem Hauptquartier der Fernbomberflotte. Der Rest des Pressekorps musste diesmal im Flugzeug bleiben. Dadurch frustriert, sagte die Korrespondentin Ann Compton hinterher, der Präsident habe sich „in seinem Bau verkrochen". Andere Reporter schrieben, er sei „in der Versenkung verschwunden". Stets war die Rede von einer unterirdischen

Festung, gewappnet sogar gegen Atomschläge. Das unterstellt eine Ängstlichkeit, die dem Militärpiloten Oberleutnant Bush völlig fremd ist. Leider liegt unseren Medien oft mehr am Unterhaltungswert einer Nachricht als an deren sachlichem Gehalt.

In Wahrheit nämlich betrat er statt des gepanzerten Kommandozentrums mit seiner Begleitung ein simples Bauwerk, das wie der Kopf eines Aufzugsschachts wirkte. Von dort aus leitete er ab 3 Uhr 10 per Videoschaltung die erste Sitzung des Nationalen Sicherheitsrats in der gegenwärtigen Krise. CIA-Direktor George Tenet legte ihm dar, mit ziemlicher Gewissheit stecke Bin Ladens al-Qaida hinter den Anschlägen. Dies sei die einzige transnationale Terrorgruppe, die das Zeug habe zu einer derart vielfältigen, vernichtenden und gut abgestimmten Großaktion.

Auch Frank Norris kam zu Worte, und ich sah schräg hinter ihm das Profil meiner Frau. Schade, dass sie mich nicht gleichfalls sehen konnte. Ihr Chef ging knallhart die Ereignisse durch – vier Flugzeugabstürze und das verheerende Ausmaß der Crashs; gefolgt vom Schließen der Grenzen, Sperren der Häfen, dem DEFCON-3-Alarm der Streitkräfte, dem Umzug sämtlicher Behörden in ihre Bunker sowie der Arbeit der Bergungstruppen am Pentagon und im südlichen Manhattan.

Der Präsident fing an, sich zu ärgern. Das meiste war ihm gar nicht neu. Wie zum Teufel, wollte er wissen, waren die Täter eigentlich ins Land gelangt und hatten Flugtickets gelöst unter ihren echten Namen, wenn der Geheimdienst zumindest zwei der wichtigsten längst enttarnt hatte? Er schien mit den Auskünften recht unzufrieden. „George, spitz die Ohren!“, hörte ich ihn zu Tenet sagen. Jedem von uns ging auf, dass die CIA ihre Erkenntnisse dem FBI und der Einwanderungsbehörde nicht pünktlich übermittelt hatte, von den Flughäfen ganz zu schweigen.

Bush wollte den Luftverkehr wieder aufgenommen sehen. Tenet wandte ein, erst müsse klar sein, wie die Täter durch die Kontrollen auf den Flughäfen gelangt wären. Das schien mir ein Versuch, das Problem zu verlagern, um von der Geheimdienstpanne abzulenken. Solange in den Computern der Fluglinien kein Name eines Terrorverdächtigen gespeichert war, blieb die Kontrolle lückenhaft, wenn nicht unwirksam. Es sah übrigens für mich so aus, als habe das FBI seine Täterliste, die es da stolz präsentierte, aus den arabisch klingenden Namen der Flüge zusammengestellt. Wie war man sonst damit so flink zur Hand? Das folgte freilich nicht unbedingt den Regeln der kriminalistischen Logik.

Endlich riss dem Präsidenten die Geduld. „Morgen ab zwölf Uhr mittags wird wieder geflogen", ordnete er an. Doch es sollte noch drei Tage dauern, bis der zivile Luftverkehr halbwegs in Gang kam.

An die Wortmeldungen so wichtiger Ratsmitglieder wie Condoleezza Rice, Colin Powells Stellvertreter Armitage und Donald Rumsfeld erinnere ich mich kaum. Vielleicht hielten die drei sich zurück. Rumsfeld sagte heftig blinzelnd, der Himmel über den Staaten sei leergefegt bis auf rund 120 Abfangjäger, die über den Städten kreisten. Richard Cheney allerdings beschwor den Präsidenten, vorerst zu bleiben, wo er war; darin unterstützt von Brian Stafford, meinem Chef.

„Dick, versuchen Sie nicht, mich aufzuhalten", rief Bush; es klang fast wie ein Satz aus einem Western. „Keine Diskussion! Sobald aufgetankt ist, fliege ich zurück."

Dies leitete das Ende der Videokonferenz und unseren Aufbruch ein. Um 4 Uhr 33 hob Air Force One ab, begleitet von zwei F-15-Jägern und einer F-16. In meinem Dienstabteil klappte ich den Laptop auf und ging die Details der Hinckley-Affäre durch. Bush hatte meine Faktensammlung humorvoll „schwarzes Hobby" genannt, aber es ist doch mehr, nämlich Lehrstoff für den Personenschutz. Auf diese Daten stütze ich mich bei der Schulung junger Kollegen, die ihren Sinn für Bedrohungslagen schärfen soll, indem sie ihnen zeigt, welche Fehler früher gemacht worden sind.

Das Attentat vom 30. März 1981 war kein Ruhmesblatt für den Secret Service gewesen. Niemand von uns hatte sich schnell genug dazwischengeworfen, als John W. Hinckley um sich schoss und nach Reagan auch noch einen Polizisten sowie den Pressesprecher Brady traf. Und zwar in den Kopf, wie hier stand; so dass es einer fünfstündigen Gehirnoperation bedurfte, ihn am Leben zu erhalten. Doch was für eins! Brady saß seitdem im Rollstuhl, er war zum Pflegefall geworden.

Was nicht dastand, fiel mir noch selbst ein: Ronald Reagans Beliebtheit nahm kräftig zu, weil er sich mannhaft zeigte, durchaus filmreif. Tapfer lehnte er es ab, sich in die Klinik tragen zu lassen. Es ging ihm gegen den Strich, im Fernsehen hilflos zu erscheinen; das hätte nicht zu seinem Bild eines Oberkommandierenden gepasst. Zu den Ärzten sagte er, sie seien doch hoffentlich Republikaner, und zu Nancy, seiner Frau: „Liebling, ich habe vergessen, mich zu ducken." So etwas mögen die Leute. Wer so spricht als Schwerverletzter, dem fliegen mit Recht die Herzen zu.

Ganz anders erging es seinem Vize, obgleich der untadelig reagiert hatte. Las ich den folgenden Text richtig, so brach dessen Popularität jäh ein – wegen der Freundschaft seines dritten Sohns, Neil Bush, mit Scott Hinckley, dem Bruder des verrückten Schützen. Neil, jung verheiratet, arbeitete damals in Denver für die Standard Oil Company, wo Scott Hinckley Direktor im Unternehmen seines Vaters war, der Vanderbilt Energy Corporation. Die zwei Ehepaare wollten am 31. März gemeinsam zu Abend essen ... So entstand der absurde Verdacht.

Unglaublich, was mein Bildschirm dazu wiedergab. Da hatte doch Neils Gattin Sharon tatsächlich der Presse gesagt, die sich nun auf sie stürzte: „Soweit ich weiß, sind die Hinckleys eine sehr nette Familie; sie haben viel Geld für den Wahlkampf meines Schwiegervaters gespendet ..." Zwar hatte der sofort erklärt, nie größere Summen von dem Hinckley-Clan empfangen zu haben. Bloß eine bescheidene Spende von Hinckley senior gab er zu, die schon lange zurücklag. Neil hingegen, damals erst 26, war so naiv, zu äußern, er suche trotz allem die Bekanntschaft des Alten: „Er ist im Ölgeschäft tätig, ich könnte gewiss etwas von Mr. Hinckley lernen."

Man stelle sich den Schrecken im Stab des Vizepräsidenten vor! Das FBI hatte natürlich den Hintergrund der Bluttat untersucht. Es ging auch, pflichtgemäß, den Kontakten der Familie Bush zu den Hinckleys nach. Doch das Ergebnis der Recherche fehlte in meinem Text. Es hieß dort nur, der Schlussbericht sei gesperrt, mit Rücksicht auf die Privatsphäre der Beteiligten. Aha, zur Verschlusssache gestempelt! Zusammen mit dem Freispruch für den Schützen war das genau der Stoff, nach dem die Asphaltpresse immer lechzt. Sie erging sich in üblen Spekulationen, als auch noch hochkam, dass Hinckleys Ölfirma eine Strafzahlung von zwei Millionen Dollar befürchtete, weil sie gegen Preiskontrollen verstoßen hatte ...

Niemand, der Bush senior kennt, konnte ernsthaft glauben, dieser Gentleman habe da auch nur indirekt seine Hand im Spiel gehabt. Doch von solchen Unterstellungen bleibt immer etwas hängen. Eigentlich war anzunehmen, dass nach zwanzig Jahren kein Hahn mehr danach krähte. Nur, woher dann plötzlich die Neugier des Präsidenten?

Er rief mich erst nach vorn, als wir uns schon Chicago näherten. Entgegen meiner Erwartung kam er auf die Sache nicht zurück. Ich hatte den Eindruck, er besinne sich inzwischen selbst darauf soweit, dass ihm der familiäre Bezug daran peinlich war. Bush hatte weder Fragen noch Weisungen für mich, eher wollte er ein wenig plaudern. Er ist ein geselliger Typ, der sich gern im Gespräch über Zweitrangiges entspannt.

Diesmal beklagte er spielerisch, dass seine Wahlheimat Texas so oft in einem Atem mit Bluttaten genannt werde. Waco sei ja nur ein Beispiel von vielen. Er wusste, dass Lee Harvey Oswald, der Kennedy-Attentäter, ebenso aus Texas stammte wie Jack Ruby, der Oswald-Mörder, oder auch Chapman, der Mörder des berühmten John Lennon, sowie Whitman, der vom Turm der Universität aus vierzig Menschen abgeknallt hatte ... Und Hinckley, hätte ich gern ergänzt, gleichfalls ein Texaner; ließ es jedoch sein.

Der Präsident meinte, das habe nichts mit dem Bundesstaat selbst zu tun, es sei bloß mieses Gerede. Ich versuchte, ihm zu widersprechen. Das gelingt mir oft besser als Shaw oder Card. Mir überlegen zu sein, das muss er keinem beweisen, es steht für mich sowieso fest. Ihm war klar, dass ich zum Privatbesitz von Schusswaffen sowie in Sachen Todesstrafe nicht seiner Meinung bin, er hörte es mich aber ungern wiederholen. Also schwieg ich, bis er es merkte. „Heraus damit, Ed“, sagte er mit einer jähen Kopfbewegung. „Was haben Sie auf dem Herzen?“

Es ist dieser offene Blick, direkt in die Augen, und es sind seine Antennen, die ich an ihm schätze. Sein Spürsinn für Stimmungen, für Ungesagtes. „Mr. President, der Anschlagsversuch heute früh im Hotel, der geht mir nicht aus dem Kopf."

„Ich denke, das FBI ist an der Sache dran."

„Das würde ich gern im Auge behalten."

„Tun Sie´s, wenn Ihnen dann besser ist", brummte er gutmütig. „Reden Sie mit Stafford oder nehmen Sie sich frei, wenn wir das hier erst mal hinter uns haben."

„Vielen Dank, Sir", sagte ich in dem Wunsch, ihn auf diesen Satz festzulegen. „Ich werde mich also darum kümmern."

GEORGE W. BUSH:

Als Ed Jackson weg war, blieb ich absichtlich allein und döste für den Rest des Fluges vor mich hin. Schließlich galt es, Kraft zu sammeln für das, was mich daheim erwartete. Mir ist, als ob irgendwann tief unten im Nachmittagslicht die Waldhänge und Schluchten der Appalachen vorbeigezogen sind. Und mehrmals, das sei eingeräumt, sehnte ich mich nach der Stille, nach dem Gottesreich der Natur bei Crawford; an der Seite von Laura, meiner Frau, und mit den beiden Töchtern.

Cool sein und Führungsstärke zeigen! Der Erwartungsdruck war hoch, stand ich doch plötzlich im Zentrum des Weltgeschehens. Wie ein Spitzensportler, ein Superstar, auf den sie alle schauen. Gewiss, es bringt einem nichts, in sich hineinzuhorchen und sich womöglich auch noch zu bedauern. Man soll nicht grübeln (sagte die Schweizer Mutter zu ihrem Sohn, als der sie fragte, ob hinter den Bergen noch mehr Menschen sind). Grübeln schwächt, es macht verwundbar, man handelt besser aus dem Bauch heraus. Wenn man versucht, am Kabinettstisch oder im Fernsehen den Leuten etwas zu beweisen, geht das leicht nach hinten los.

Früher war es mir meist geglückt, überzogene Ansprüche abzuwehren, manchmal mit einem Scherz. Zum Auftakt des letzten Wahlkampfs zum Beispiel flog ich in einer gecharterten Boeing 727; Danny Shaw hatte hundert Reporter hineingestopft und auf den Rumpf *Great Expectations* pinseln lassen: Große Erwartungen.

Das schmeckte mir nicht, gleich nach dem Start griff ich zum Mikrofon und rief meinen Gästen zu: „Achtung, hier spricht der Kandidat. Bitte verstauen Sie Ihre Erwartungen nicht in den Fächern über Ihrem Kopf, sonst könnten die unterwegs herunterfallen und wen verletzen – vor allem mich." Da wich der Druck, die Luft war raus.

Diesmal ging so etwas nicht. Und welche Last lag da auf meinen Schultern, auf der Brust! Ein Ziehen, ein Unbehagen, dumpf spürbar überm Herzen; seit Offutt strahle es bis in den linken Arm. Weshalb zum Teufel tat ich mir das an?

Wider Willen, verdammt noch mal, grübelte ich nun doch. Die Frage, weshalb einzelne Männer dergleichen immer wieder auf sich nehmen, hatte sich mir noch nie gestellt. Warum drängt es sie, in die Politik zu gehen, in diese Schlangengrube giftiger Bisse und erschöpfender Leiden? Rätselhaft, dachte ich. Vielleicht war die Antwort der Schlüssel zur Menschheitsgeschichte überhaupt. Weshalb blieb mein Daddy nicht im Ölgeschäft, bei seiner Familie? Weshalb blieb der Kardinal Richelieu nicht nur Priester, und Benjamin Disraeli nicht einfach Romancier? Warum wurde aus Winston Churchill kein Chefredakteur oder General, wo er das Talent zu beidem hatte? Es heißt, sie seien eben stolz und ehrgeizig gewesen; doch das erklärt mir zu wenig. Sie alle hätten ihren Stolz auch anders platzieren und ruhiger leben können, oft sogar länger. Mir schien es jetzt, als seien diese Männer, bewusst oder unbewusst, dem Ruf einer höheren Macht gefolgt ... Ja, meine Freunde, die Jungfrau von Orleans steht da nicht allein.

Manch einer mag darüber lächeln, doch richtig ist, dass der methodistische Glaube mein Denken und Handeln prägt. Ich habe nie gezögert, meine religiösen Ansichten in die Arena des Tageskampfes zu tragen; für den ist die Bibel ein nützliches Handbuch. Seit Billy Graham, ein guter Freund der Familie, mir geholfen hat, mein Leben wieder auf den Pfad des Christentums zu lenken, lese ich die Bibel alle zwei Jahre ganz durch und schöpfe daraus Einsicht, frische Kraft. Einer der Gründe für meinen Entschluss, als Präsident zu kandidieren, war die biblische Unterweisung, die mir zuteil geworden ist.

Nehmt nur die berühmten *Sprüche Salomos*. Ein Kernsatz daraus lautet: „Wo keine Offenbarung ist, da wird das Volk wild und wüst; aber wohl dem, der auf die Weisung achtet.“ Genau davon ging ich aus, bereits als Gouverneur. Im Einklang mit der Heiligen Schrift hatte meine Botschaft bisher denn auch gelautet: Unsere Gerechtigkeit soll freundlich, unser Urteil soll gnädig sein; hinter unserem Eifer muss auch die Liebe stehen!

Doch als nun hier in Air Force One die Fernsehbilder der Vernichtung erneut herabflimmerten auf mich, da fiel mir meine erste Rede als Oberhaupt von Texas ein. Vor der Kulisse bedrohlich wachsenden Verbrechertums hatte ich unter dem Beifall meiner Zuhörer gesagt: „In unserem Staat fassen wir die Kriminellen hart an. Wenn ein Gangster sein Lager bei uns aufschlagen will, dann haben wir für ihn schon ein Endlager parat, in das wir ihn stecken können.“

Na, das war jetzt auch kein Trost. Erst mal mussten wir sie haben! Auf dem Bildschirm wechselten in greller Wiederholung die Schreckensszenen von der Ostküste ab mit den Zeichen der wehrhaften Stärke meiner Administration. Mehrfach war Donald Rumsfeld zu sehen, der Verteidigungsminister, zäh und schlau, wie er in seinem beschädigten Amtssitz die Sanitäter ansporne. Das hätte ihn zwar nicht beschäftigen müssen, es kam aber sicher gut an.

Wurde das Pentagon gezeigt, lief abseits der rauchenden Trümmer zweimal ein Bursche durchs Bild – nur schattenhaft, ganz kurz, so wie früher Alfred Hitchcock durch seine eigenen Filme spaziert war. Es handelte sich um Paul Wolfowitz, Rumsfelds Vize, seinen militärischen Visionär. Die Militärpläne für den Nahen Osten, die dort im Schubfach lagen, gingen wesentlich auf ihn zurück. Er blickte betreten drein, doch hinter seiner Bestürzung lag eine Art von Genugtuung. Ich jedenfalls kannte und durchschaute ihn; in Wahrheit rieb er sich die Hände. Die Tragödie dieses Tages war wohl eine Steilvorlage für ihn.

Wo eigentlich blieb Dick Cheney? Im Hintergrund, wie üblich. Er hält sich gern bedeckt. Knapp fünf Jahre älter als ich ist er, hat auch zwei Töchter, und ich mag ihn, diesen Kerl, der unheimlich wegstecken kann und aussieht, als hätte er sich noch nie im Leben eine Mahlzeit verkniffen. Übrigens keine Leuchte der Wissenschaft. Sein Stipendium für Yale gab er schon im zweiten Studienjahr auf. Sein Vater ist kleiner Beamter im Landwirtschaftsamt von Wyoming gewesen. Dort hat Dick auch den Abschluss nachgeholt, in Politologie, wofür es in Yale nicht gereicht hat bei ihm. All das ist mir ziemlich nahe. „Politik ist vor allem Kommunikation", sagte er gern. Und zur Bestätigung kommuniziert Dick unentwegt. Sein Handy ist immer auf Empfang. Er redet, bis er glaubt, alle sind auf seiner Seite. Dann redet er weiter, denn es soll ja auch so bleiben.

Warum ging mir Dick jetzt gar nicht aus dem Sinn? Etwa, weil er fünf Jahre zuvor mit der Idee gespielt hatte, gegen Clinton anzutreten? Ich wusste von Shaw, dass Dick seinen Traum, Präsident zu werden, nur aus zwei Gründen aufgegeben hatte: Es schreckten ihn die Mühsal des Spendensammelns für die Wahlkampagne und der Röntgenblick der Presse auf sein Leben. Ein Kandidat muss sich halt stellen. Stattdessen war er ausgewichen, von der Spitze des Pentagons weg in die freie Wirtschaft. Vorstandschef von Halliburton war er geworden, hatte die Firma zum weltgrößten Ausrüster der Ölindustrie gemacht, ihren Profit verdreifacht und nach vier Jahren selber einen Bonus von 34 Millionen kassiert – dazu an die 400.000 Aktienoptionen, von denen er auch nach seiner Rückkehr in den Staatsdienst, an meiner Seite, nicht lassen mochte ... Hut ab vor diesem Mann, hatte Don Rumsfeld mal von ihm gesagt, und Helm auf!

Es war Dons ätzender Witz gewesen und sein Hang zur Intrige, die meinem Dad so missfielen; der hatte ihn nie geschätzt ... Dick und Don, ein seltsames Paar. Kaum zu fassen, dass ein Schwergewicht wie Dick durchweg in Don Rumsfelds schrägem Schatten aufgestiegen war. Klein hatte Dick angefangen, ohne Hintergrund und Netzwerk, Respekt! Nachdem Don, noch von Nixon bestellt, Büroleiter für Armenpflege geworden war – ein ‚Scheißjob' für ihn –, hatte er Dick als Gehilfen engagiert und galt seitdem als sein Mentor. Als Don dann Berater wurde im Weißen Haus, nahm er Dick als Junior Berater mit, und so immer weiter. Machte Gerald Ford Don zu seinem Stabschef, avancierte Dick zum Stellvertreter. Und als Don ins Pentagon einzog, erbte Dick dessen Posten: mit 34

Stabschef, bis ihn 1977 der erste Herzanfall erwischte. Dann Kongressmann von Wyoming, ganz rechts.

Heute hing Dicks Leben an seinem vierfachen koronaren Bypass. Und ich wusste, der schwere Eingriff am Herzen hatte ihn reizbar und positionsbewußt gemacht. Wenn ihn nur eine Kugel, die mir galt, von der Präsidentschaft schied, so trennte ihn andererseits vielleicht bloß ein weiterer Infarkt vom Grab. Das freilich scherte ihn nicht. Dick trieb keinen Sport, er war ein Fall von psychosomatischer Gesundheit, einzig das Amt gab ihm Kraft. Doch leider fand er es weniger bedeutend, als er gehofft hatte. Ein Vizepräsident hat keine Hausmacht, nur seinen Stab, er ist ein Minister ohne Portefeuille. Mein Dad hat sich als Vize oft wie ein Frühstücksdirektor gefühlt. Deshalb ließ Dick nun den alten Draht zu Don tüchtig spielen. Und er zog Strippen zur CIA, deren Berichte er geradezu verschlang, wie es hieß – um überall mitreden zu können. Er sah einfach nicht, wo die Grenzen lagen, welche die Verfassung ihm zog. Er war halt ein Alphatier: kein Mann mit der Seele eines Vize, das war sein Problem – und meines.

Zum Teufel, das wurde langsam lästig. Eine echt multiple Persönlichkeit. Wieso eigentlich fühlte ich mich in Dicks Gesellschaft dennoch wohl? Zweimal hatte man ihn wegen Trunkenheit am Steuer festgenommen, so etwas verbindet und ist als Jugendsünde eher amüsant. Doch nun dämmerte mir, hinter der Maske sanfter Loyalität brodelte bei ihm ein Ehrgeiz, genährt von starken Überzeugungen. Als Mann des Mittleren Westens war er im Kongress einer der fünf radikalsten Konservativen gewesen. Immer hatte er für den freien, völlig unkontrollierten Erwerb von Handfeuerwaffen gestimmt; und beharrlich gegen Abtreibungen, gegen Homosexuelle, gegen Sozialprogramme zur Minderheitenförderung und Gleichberechtigung (selbst gegen den Aufruf zur Freilassung von Nelson Mandela). Wo es kein Kurs des Mitfühlens mehr war, ging mir das zu weit. Damit schuf man sich außerhalb des Bibelgürtels ja kaum Freunde.

Was mich jedoch weit mehr störte: Ein Teil der Presse schrieb, in Sachen nationaler Sicherheit sei Dick als einstiger Verteidigungsminister voll kompetent – nicht etwa ich, der „außenpolitisch unerfahrene Gouverneur von Texas“. Das tat schon weh. Ein Körnchen Wahrheit schien auch dran; vielleicht von Dick gestreut? Vermutlich wurmte es ihn, in dieser Regierung nur der Begrüßungsaugust zu sein. Ja, es zog ihn an die Hebel, für Stunden wenigstens auf meinen Stuhl. So fing es an ... Finito, sonst lief es hinaus auf eine Ko-Präsidentschaft, bei der er mir und Laura gerade noch erlaubt hätte, das Lincoln-Schlafzimmer zu benutzen. Wenn Dick so tickte, musste man ihn stoppen, ihm ganz schlicht raten, nach Hause zu gehen und mal in der Verfassung zu lesen. Die kannte er doch höchstens flüchtig, bis auf den 25. Verfassungszusatz, der erst in Kraft tritt, wenn der Boss ausfällt und der Vize an dessen Platz rückt.

Ich gebe zu, gegen Ende des Fluges döste ich weg. Mein Denken trübte sich, es verlor den Zusammenhang durch die ganze Belastung. Mir kam die Idee eines grossen Revirements. Mal klar Schiff machen! Personalwünsche des Präsidenten ließ der Capitol Hill doch meist passieren. Umgaben mich nicht zu viele Leute, die schon unter Ford, Reagan und unter meinem Dad gedient hatten? Sie hatten graue Gesichter gekriegt von ihrem Gerangel und all den Skandalen, in die sie verwickelt waren, bis hin zum Korruptionsverdacht ... Als Kind hatte es mich noch erstaunt, zu hören, dass die Staatschefs von Mexiko sich ernorm zu bereichern pflegten; und das Volk ließ es ihnen durchgehen, weil man dort unten lässig sagt: Wer nicht mal für sich selbst zu sorgen weiß, wie soll der dann das Land führen? Bizarr, der Gedanke, für mich damals.

Zuletzt bildete ich mir ein, durch das Summen der Triebwerke Danny Shaw flüstern zu hören: „Fiduciary Trust, der Milliardärsclub, Halliburton und Carlyle, das Dinner im *Ritz Carlton* heute ... Nur kein Kontakt, um den Anschein zu meiden, wir suchten das Plazet der Hochfinanz.“ Welch ein Gezeter! Das hörte sich doch bescheuert an. Das Kabinett übrigens, man konnte es kaum umbilden, nicht schon nach acht Monaten; da legte der Senat sich quer. Und dann, wer sollte es auch machen? Es war meine Stärke, zu delegieren, die Besten ins Boot zu holen. Aus dem eigenen Lager freilich sollten sie schon sein; selbst das sicherte nie restlos ihre Folgsamkeit. Die Frage war also: Wer salutiert und hört auf mich?

Mit wem kann ich noch in dieser Krise? Wer drängt sich vor und bescheißt mich? Was ist mit Leuten wie Norris, die unter Clinton hochgekommen sind?

Das fragte ich mich, verwirrt durch die eigene Sprunghaftigkeit. Sogar die lausige Hinckley-Affäre stieß mir wieder auf. Der Kerl war bloß das schwarze Schaf eines durchaus achtbaren Clans gewesen; mehr schien mir nicht dahinter. Ähnlich wie mein Bruder Neil, der ließ damals auch kein Fettnäpfchen aus. Ein lieber Mensch, hatte sich als Kind immer erboten, den Hof zu fegen, damit man ihm die schlechten Schulnoten verzieh. Doch er konnte kaum den Hund an der Leine ausführen und mit demselben Tier zurückkommen.

O Boy, Neil! Dieser zweite Skandal in Denver, acht Jahre nach der Hinckley-Sache, gab ihm dann den Rest. Die Silverado-Finanzaffäre mit der Sparkassenpleite, da stand er als Betrüger da. Die Sparkassenaufsicht bescheinigte ihm in ihrem gestelzten Stil ein „ethisches Unvermögen" – irgend so eine Hühnerkacke ... Klar, wenn du der Sohn des Präsidenten bist, geben sie dir beinah jeden Kredit. Aber den musst du dann auch bedienen. Und Neil machte ziemlich alles falsch. Unser Dad sah im Lafayette Park vorm Weißen Haus Demonstranten mit Schildern, auf denen stand: „Bringt Neil Bush hinter Gitter!"

Dad weinte, es brach ihm das Herz, als er erleben musste, wie sein Drittgeborener in den Medien zerfetzt wurde. Das war schlimm, das war übel. Typisch Neil, dass er seine Fernsehauftritte sogar noch genoß. Er sah sein Bild auch gern in der Zeitung. Und jedes Mal, wenn er mit Reportern sprach, ritt er sich tiefer in die Scheiße. Dad warnte ihn vor noch mehr Interviews, es half nichts. Da ließ Dad, der selbst nicht hart sein kann, mich auf ihn los. Ich sagte ihm: „Wenn du dein Gesicht wahren willst, Brüderchen, lass die untere Hälfte zu." Da endlich begriff er, was auf dem Spiel stand, der gute Name Bush nämlich, und hielt fortan den Mund. Es geht wohl in jeder Familie mal drunter und drüber.

Mir fiel es zum Glück niemals schwer, meine Geldprobleme zu lösen. Als die Texas Rangers plötzlich zu haben waren, im Frühjahr 1989, da biss ich wie ein Pitbull in das Hosenbein der großen

Chance. Frontmann und Eigner des Baseballteams wurde ich, mit gerade mal einer halben Million – keine zwei Prozent der Kaufsumme. Neun Jahre darauf, als ich den Verein abstieß, da lag mein Anteil schon bei zwölf Prozent, und ich machte einen Schnitt von 15 Millionen ... Jeb hat den Trick dann in Florida kopiert, mit dem Jaguar Footballteam; das Geld lieh ihm die Sun Bank, in deren Verwaltungsrat er saß.

Früher, wisst ihr, bin ich selbst kein Kind von Traurigkeit gewesen. Zum Beispiel als frisch gebackener Leutnant damals auf der Luftwaffenbasis Moody. Die Pinienwälder bei Valdosta in Georgia, im blauen Triumph TR-6 Cabriolet unter den immergrünen Nadeln. Und an der Theke des Offiziersclubs, die Girls aus der ganzen Stadt kamen hin. Im Rausch hielt ich mich schon mal für Casanova und glaubte, ich sei ein Geschenk des Himmels an die Frauen. Wir Kampfpiloten hoben öfter senkrecht ab, das stimmt, trotz mancher Übertreibung hinterher.

Da erzählt man sich doch, ich hätte mir manchmal die Uniform vom Leib gerissen und zu Hits aus der Jukebox (Songs wie „White Lightning" oder „Yellow Rose of Texas") nackt auf dem Tresen getanzt. Mir fehlt daran jede Erinnerung, Leute. Ich meine, so was wüsste man doch noch. Weshalb hätte ich das tun sollen, wo die Uniform mir prächtig stand? Ich hab das Gerücht nie ernst genommen – Danny Shaw aber schon. Ihn bedrückte es schwer im vorletzten Wahlkampf, weil es hieß, dass ein Foto existiert davon. Vielleicht hat Danny es aufgekauft, sein Budget ließ das locker zu, und es würde ihm, mag er gedacht haben, den Job bei mir sichern bis zum Schluss der zweiten Amtszeit.

Kurzum, ich hab mir die Hörner abgestoßen. Anders wäre nie der Mann aus mir geworden, der sein Weib niemals anlügt. Und auch kein wiedergeborener Christ, dem Billy Graham ein Senfkorn in die Seele pflanzte. Mittlerweile kann ich Abstinenz und eheliche Treue nur jedermann empfehlen. Beides ergibt eine feste Verankerung in der Welt. Was meine Ehe harmonisch macht: Ich rede viel, Laura hört gern zu. Liebe heißt nicht unbedingt, einander anzuschauen, sondern in dieselbe Richtung zu sehen. Und die Liebe einer einzigen Frau ist genau das, was ein Staatsmann braucht, der das Land führen muß und den es ja mögen und wählen soll. Sobald jetzt das Gröbste hinter uns lag, würde ich mit Laura auf den Truman-Balkon treten oder draußen im Rosengarten vor die Kameras. So verschmolz erst das Amtliche mit dem Privaten zum festen Amalgam. Und es blieb die Erkenntnis, dass neben jeder braven Frau ein guter Mann und hinter jedem Präsidenten, so Gott will, ein gütiger Mensch steht.

Irgendwann fuhr ich aus dem Halbschlaf und merkte, das Flugzeug stand. Von der Tür her sagte Deborah Loewer: „Wir sind da, Sir. Der Marinestab meldet, die Atlantikflotte hat Norfolk verlassen, ihre Flugzeugträger und Kreuzer nähern sich New York."

„Sehr schön", sagte ich, bestrebt, munter zu sein.

„Allerdings, Mr. President, der Kommandeur handelt da auf eigene Faust. Es gab keinen Befehl vom Marinestab."

„Das ist schon okay, Captain. Der Mann scheint auf Draht."

„Sie billigen seine Entscheidung, Sir?"

„Na klar! Die beste Idee der Navy seit der Seeschlacht von Midway." Ich stand auf, sicher, den Ton zu treffen, der not tat. Ein Oberbefehlshaber muss spüren, ob die Truppe Lob oder Tadel braucht. Und jetzt war Ermutigung angesagt.

DANIEL SHAW:

Kurz vor sieben Uhr abends erreichten wir Andrews Air Force Base. Der Ort liegt zehn Meilen östlich des Potomac am Highway 4, der vom Kapitolhügel an die Chesapeake Bay führt. Ich war eingenickt und wurde von der Landung überrascht, so dass es mir misslang, Brenda Delano noch mal allein zu sehen. Auffälliges wollte ich vermeiden, im Presssekorps wird gern geklatscht. Immerhin, ich wusste nun, wo sie zu finden sein würde und dass dies lohnend war.

Während ein Kleinbus der Luftwaffe das Häuflein Reporter aufnahm und durch die Vorstadt Anacostia heimfuhr, stieg der Präsident mit uns, seinem Stab, hurtig in den großen Helicopter Marine One. Der hob sogleich ab, und anders als sonst begleiteten ihn vier oder fünf Hubschrauber desselben Typs: eine der

Vorsichtsmaßregeln dieses Tages. Über dem Capital Beltway löste der Schwarm sich auf, gewiss um den unsichtbaren Feind noch mehr zu verwirren. Wir zogen über den Lady Bird Johnson Park am rechten Flussufer hinweg, wo schräg unter uns – noch leicht qualmend – das Fünfeck des Pentagons lag. Aus der Luft, zumal in der sinkenden Sonne, hat es mich oft an ein Spinnennetz erinnert. An der Westfront ahnte man die Bresche. Nach einer kühnen Schleife über das Lincoln Memorial bis zum Watergate Hotel setzte Marine One auf dem Rasen an der Südseite des Weißen Hauses auf.

Wie man jetzt erst sah, hatten ein Awacs-Radarflugzeug und mehrere Falcon-Jäger uns beschützt. Zwei der F-16 eskortierten auch das Flugzeug, mit dem Colin Powell aus Peru in Andrews eintraf. Für ihn stand dort kein Hubschrauber bereit, so dass er in seinem Konvoi erst 40 Minuten später an seinem Amtssitz vorfuhr. *Vive la differance*, hätte ein Diplomat dazu gesagt.

Ohne seine Residenz im Ostflügel aufzusuchen, bestellte Dabjah bei Karen Hughes, der Medienberaterin, eine Fünf-Minuten-Rede. Mit der wollte er um 8 Uhr 30, also zur besten Sendezeit, erneut vor die Nation treten. Als Essenz aus der Videokonferenz von Offutt hatte Michael Gerson, sein Hauptredenschreiber, bereits einen Text verzapft, der in dem Satz gipfelte, dies sei nicht nur ein Akt des Terrorismus, sondern ein Akt des Krieges gewesen.

„Nehmen Sie das raus", fuhr Bush die stattliche Dame an. „Bloß nicht die Leute noch mehr ängstigen! Es geht mir darum, ihnen erst einmal Ruhe und Zuversicht zu geben, klar? Dass dies Krieg ist, hab ich schon ein paar Mal gesagt." Erneut bewies er Gespür: Dauerlärm ermüdet. Auch beim *Allegro con fuoco* darf man nicht ständig auf die Pauke hauen.

Hughes rief nach dem Autor, damit er sein Zeug aufpoliere. Und während Gerson, studierter Theologe, ans Werk ging, gestützt auf mich, ließ Bush sich frische Sachen bringen und duschte im Bad des Oval Office. Dort hatte in den 90er Jahren, zur Zeit seines Dads, eine schwarzbraune Figur gewacht – drei Fuß hoch, geschnitzt aus Mahagoni: Ein Geschenk von Mocambiques Staatschef, als derbes Symbol negroider Liebeslust und Zeugungskraft. Über dessen Männlichkeit, die sich stolz erhob, hatte Bush senior

Toilettenpapier gesteckt, eigens um Damen zu erschrecken, die das Bad aufsuchten. Die Statue war weg, wo mochte sie sein? Doch weshalb fragte ich mich das? Es war weiß Gott nicht der Moment für Themen wie Sex, Fruchtbarkeit oder Schrullen des Altpräsidenten.

Die Vereinigten Staaten, hatte Gerson notiert, würden keinen Unterschied machen zwischen denen, die Terrorakte planten, und jenen, welche die Akteure bei sich duldeten oder gar ermunterten. Mir klang das zu schwammig, ich schlug „beherbergen" vor. Und Dabjah, erfrischt zurück, griff das freudig auf. Gemeinsam mit Condi Rice, die nun zu uns stieß, straffte er den Text, bis der Kernsatz lautete: „Wir unterscheiden nicht zwischen denen, die diese Taten geplant haben, und denen, die ihnen Unterschlupf geben."

Das ging als Bush-Doktrin so in die Geschichte ein. Und es wurde verfasst, ohne dass der Vizepräsident oder die Minister für Äußeres und für Verteidigung dazu gehört worden wären. Dabei war es doch ein schwerwiegender Beschluss zur weltweiten Verfolgung der Terroristen sowie all ihrer Unterstützer und Geldgeber! Nur die Nationale Sicherheitsberaterin hatte ihn gebilligt, und das reichte kaum, zumal sie leicht auf jeden Kurs einschwenkte, den der Präsident vorgab. Ich war ein bisschen mit daran schuld, wenn Cheney, Powell und Rumsfeld sich nun übergangen fühlten.

Dirigiert von Dan Bartlett, dem jungen Kommunikationschef, trug Bush vom Oval Office aus dies der ganzen Nation in sieben Minuten vor. „Keiner von uns wird diesen Tag vergessen", hörte ich ihn sagen, und er wirkte staatsmännisch, selbstsicherer als bei seinen zwei früheren Reden aus Sarasota und Barksdale. „Doch wir werden nicht ruhen, um die Freiheit und alles, was gut und gerecht ist in der Welt, zu verteidigen."

Das war nicht gerade umwerfend neu. Einmal verhaspelte er sich auch, stocherte in der Erzählspur und wich auf Floskeln aus, obwohl er, lebhaft zwinkernd, den Text vom Teleprompter ablas. Dennoch blieb es, live gesendet, eine respektable Leistung. Im Grunde freilich sagte er: Liebe Mitbürger, vergesst den Bildungspräsidenten, den mitfühlenden Konservativen, die Wettervorhersage war falsch, ein Hurrikan zieht auf, tut mir Leid.

Danach stiegen wir ins Notfall-Lagezentrum unter dem Ostflügel hinab. Bush hatte diesen Bunker noch nie zuvor betreten. Und nun, gegen Ende des verworrenen und strapaziösen Tages, leitete er hier eine erweiterte Sitzung des Nationalen Sicherheitsrates. Erweitert – sonst hätte ich nicht dabei sein dürfen. Da die Ratsmitglieder in mir den Eindringling sahen, zuständig bloß für Medienstrategie und Quotenzählerei, hielt ich mich zurück. Topberater des Präsidenten, der Titel ist inoffiziell. Ich stehe für sein Image und die Wiederwahl, das hat für ihn Vorrang: deshalb Top. Den übrigen galt ich als Spin-Doctor oder Boulevard-Terrier, besser sie nahmen mich gar nicht wahr. Übrigens kam bei der Sache wenig heraus.

Als erster legte sich Don Rumsfeld quer, indem er betonte, das Völkerrecht billige Gewalt nur zur Abwehr eines gegenwärtig drohenden Angriffs, nicht als Vergeltung; die heiße es gar nicht gut. Seine Experten meinten, nachträglich ... Weiter kam er nicht, weil Bush der Kragen platzte. „Mir ist schnurz, was Ihre Experten meinen", rief er zornig. „Wir werden irgendwen da in den Hintern treten, und zwar schnell!"

Den schmalen Rumsfeld bremste das keineswegs. Niemand konnte so facettenreich Überlegenheit ausstrahlen, derart brillant, spitzfindig oder auch rüde sein wie er. An seiner Nonchalance glitt jeder Einwurf ab. Er überhäufte das Kriegskabinett mit bohrenden Fragen, die er sorgsam notiert hatte und in nörgelndem Ton vortrug. Was eigentlich sind unsere Ziele? Welche Beweise brauchen wir, um vor den Augen der Welt al-Qaida zu zerstören? Wie schnell, bitte, soll es denn gehen? Die Streitkräfte brauchen für echte Feldzüge, und sei es auch bloß gegen Afghanistan, sechzig Tage Vorbereitungszeit!

Die Runde war baff. Der Gedanke, bis zum 11. November zu warten – auf unseren Händen zu sitzen, wie Cheney sagte – erschien ungeheuerlich. Je länger man stillhielt, desto mehr schwand die Zustimmung der Sympathisanten. Der Präsident lockerte seinen Schlips. Er musste nur in die Gesichter schauen, um zu ahnen, dass die Beratung ein Flop war. Ich sah, seine Nerven begannen zu flattern. Für Machtspielchen hatte er kein Verständnis. Der Chef des Pentagon trat nicht zum ersten Mal als Störenfried auf! Er löste kein Problem, er war das Problem.

Rumsfeld vertuschte das mit einem Scherz. Er lachte, setzte seinen Witz als Waffe ein. Alle starrten auf ihn, wie um herauszufinden, ob ihn das Lachen Mühe koste. Und ich sah mein Vorurteil bestätigt, dass man am Kabinettstisch, ja selbst als Präsident, nur etwa soviel Grips braucht, wie nötig ist, um Anwalt oder Arzt zu sein. Mehr nämlich hilft an der Spitze gar nicht weiter. Viel wichtiger sind Charisma, Rhetorik, Dreistigkeit, sowie Hausmacht und das Netz im Hintergrund. Daran fehlt es hier den meisten. Oh, clever sind sie alle, wie wären sie sonst an ihren Platz gelangt? Aber Rumsfeld ist auch noch intellektuell, das macht ihn unausstehlich. Die anderen sind ihm nicht gewachsen, in keiner Weise, das lässt er sie spüren. „Der größte anzunehmende Pentagonchef", hatte *Newsweek* süffisant notiert, „sieht sich von Dilettanten regelrecht umstellt." Das macht ihn einsam, rücksichtslos. Wenn ihm frühmorgens im Bett etwas einfällt, ist auch für seinen Stab die Nacht vorbei. So wird man gefürchtet, nicht geliebt.

Colin Powell, durch den endlosen Flug von Peru herauf geschwächt, sagte lakonisch: „Wir sollten neben Afghanistan auch Pakistan klarmachen, dass es jetzt Farbe bekennen muss." Der Außenminister, acht Stunden ohne Telefon und E-Mail-Anschluß in der Luft, war sich zeitweilig so vorgekommen wie ein staatenloser Tramp. Gestützt auf seinen Vize, den kahlköpfigen Vietnam-Veteranen Richard Armitage, wurde er mit Bush, der sich jenem Krieg entzogen hatte, niemals warm. Übrigens nahm er sich gern zurück und wirkte dann so würdig wie einer der drei Weisen aus dem Morgenland (der Mohr aus dem Krippenspiel). Um das Magische zu erhalten, brauchte er allerdings Distanz. Nie gab er viel von sich preis; über sein Privatleben war wenig bekannt. Mir hatte er kürzlich anvertraut, er liebe seinen Hund, weil er bei ihm sicher sei, dass der nicht mit der Presse rede.

Mein Blick schweifte zu Condi Rice, einen Hauch dunkler noch als Powell und die Klügste hier im Kreis. Sie saß dem Vizepräsidenten gegenüber, apart und glamourös, den Kopf schräg zur Seite geneigt in unbewusster Nachahmung von Cheneys Kopfhaltung. Von ihm ging das übliche Kraftfeld aus. Doch seine Welt war eine Scheibe, in deren Mitte er saß, zwei Zentner fleischgewordene

Durchtriebenheit, während der Rest sich um ihn drehte. Er schwieg sich aus, ergrimmt, weil Bush, vorzeitig heimgekehrt, sich weiter über ihn hinwegzusetzen schien. Ich kannte seine Art abzuwarten, bis alle ihr Pulver verschossen hatten. Schließlich äußerte er in bedeutungsschwerem Ton, dass Afghanistan zwar so groß wie Texas sei und 26 Millionen Menschen habe, jedoch kaum eine Infrastruktur. Da falle es sehr schwer, etwas zu finden, das man angreifen könne.

Man sah es der hübschen Rice an, dass dies für sie kein erhellender Beitrag war; nur die Höflichkeit verbot es ihr, das auszusprechen. Stattdessen sagte CIA-Direktor Tenet: „Trotzdem, al-Qaida muß ausgeräuchert werden. Und der Wirt, die Taliban, gleich mit! Die und al-Qaida sind praktisch ein und dasselbe."

Der vierschrötige Armitage, ein Absolvent der Marine-Akademie, baute verquaste Sätze, obwohl es von ihm doch hieß, er scheue das Kauderwelsch der Diplomatie. Müdigkeit schlich sich ein. Es war, als drehe man sich im Kreis.

Nun erklärte der schneidige TNT-Chef Frank Norris, hinter den Taliban stecke der pakistanische Geheimdienst ISI. Und dessen Haupt, der General Ahmad, halte sich zufällig gerade im Land auf – zu Besuchen im State Department und sogar in Langley. (Armitage und Tenet nickten zögernd.) Das sei unerträglich, fuhr Norris fort. Ahmad werbe überall um Verständnis für so üble Gesellen wie den Mullah Omar, diesen Taliban-Anführer.

„Der Kerl muss sich entscheiden", rief Bush, genervt durch Norris' Art, noch weitere arabische Namen anzufügen, die sich keiner merken konnte. „Wer nicht für uns ist, der ist gegen uns!" Mit diesem Satz, der Furore machte, fasste er richtig Tritt in der Spur von Ronald Reagan. Dessen diesbezügliche Aussprüche hatten oft an einen Mythos appelliert und die Western-Szenerie heraufbeschworen: Hier er selbst und Amerika als Sheriff, dort die anrückenden Verbrecherbande ... Mag das alte Europa auch darüber lächeln, für uns ist das ein Bild von emotionaler Kraft.

„Sir", sagte Tenet, „es ist ja nicht nur Pakistan. Der Feind operiert auf vier Kontinenten! Wir haben ein Sechzig-Länder-Problem."

„Schießen wir sie der Reihe nach ab", befahl der Präsident.

Damit schien vorerst alles gesagt. Die Sitzung wurde vertagt. Das Navy-Personal der Kantine des Weißen Hauses erschien im Bunker, um Sandwiches und Soft Drinks anzubieten. „Wir sind die ganze Nacht für Sie da“, sagte der Chefsteward. Er wusste nicht, dass man bereits auseinander ging. Die Stimmung war klamm.

Im Vorraum sprach mich Frank Norris an. Unwillkürlich sah ich nach der Ausbeulung seines Jacketts. Er zählte zu den wenigen Zivilisten, denen erlaubt worden war, im Weißen Haus bewaffnet zu sein. Die 9-mm-Pistole galt hausintern als „sein letztes Argument“.

„Stellen Sie sich vor“, hörte ich ihn wie von weither sagen, während ich Condi Rice nachblickte, versunken in das Bild ihres graziösen Gangs und des helmartig frisierten Haars, „im Pentagon reden sie über den Irak.“

„Über den Irak?“

„Eben. Afghanistan ist ihnen suspekt, aber zum Irak liegt alles fertig vor. Wolfowitz glaubt, der Anschlag heute sei ohne eine Militärmacht vom Kaliber des Irak gar nicht denkbar. Folglich muss der dahinterstecken.“

„Ist da was dran?“ fragte ich zerstreut. Weshalb kam Norris zu mir? Er hatte auf seinem Marsch durch die Instanzen mehr Leute verprellt, als ihm recht sein konnte. Wir waren beide halbe Außenseiter, wir stellten die Autoritäten in Frage, doch mehr verband uns nicht.

„Überhaupt nichts“, tuschelte er. „Saddam hat seine Lektion gelernt. Für ihn steht zuviel auf dem Spiel. Aber Rumsfeld und sein Vize, die ganze Bande will die Krise nutzen, um ihren Irak-Plan durchzuziehen. Das ist auch der Grund, weshalb Rumsfeld vorhin geklungen hat, als wäre er Pazifist ... Saddam gegen uns, Danny, das wär die absurdeste Variante des David-Goliath-Modells.“

Er sagte noch mehr, die linke Hand steckte ihm wie angeklebt in der Hosentasche, die rechte schaufelte Luft. Ich schwieg; es strengte mich an, ihm zuzuhören. Dunkel dämmerte mir, dass Wolfowitz schon früher, im März oder April, auf den Irak gezeigt hatte; damals im Hinblick auf US-Opfer im Ausland wie die zwei afrikanischen Botschaften oder den Zerstörer „Cole“ ... Doch meine Gedanken waren ganz woanders.

„Der Präsident ist auf dem Kriegspfad", setzte Norris nach. „Das gefällt mir. Nur – eine Landkarte hat er eigentlich nicht."

„Frank, was wollen Sie von mir?"

„Unterstützung. Sonst schlittern wir in die Sache hinein. Sie haben das Ohr des Präsidenten – etwas, worauf ich seit Monaten vergebens hoffe. Ihnen hört er doch zu, also sagen Sie ihm bitte, dass Saddam ein Bandit, aber kein Selbstmörder ist."

„Mal sehen, was sich tun lässt", erwiderte ich, bestrebt, ihn loszuwerden. Keinesfalls wollte ich mich benutzen lassen und mein bisschen Einfluss riskieren für das Rauhbein Norris, den Workaholic, der noch nie etwas für mich getan hatte. Und der lieber starb, als einen Moment lang seine närrische Arbeit ruhen zu lassen. Immerhin, er gab nun meinen Ärmel frei, ich konnte also gehen, ohne dass er zur Waffe griff.

Verspätet folgte ich der Crew des Präsidenten zum Lift. Wenn mir der Anschluss da verlorenging, was machte das aus? Sehr wenig. Die anderen weilten durchaus nicht in der Welt, in der ich mich seit Stunden schon befand: Brendas Welt.

Jäh wurde mir klar, jene abwegigen Gedanken, die mich seit der Landung plagten – von der Figur im Bad des Oval Office bis zur Figur der Nationalen Sicherheitsberaterin –, all das ging auf meine Sehnsucht nach ihr zurück; eine dunkle Unterströmung, ein Sog von lange nicht mehr gespürter Kraft. Ein schmallippiges und gleichwohl reizendes Lächeln würde sie mir schenken, falls ich ihr dies je gestand.

Das freilich hatte ich keineswegs vor. Mein Erfahrungsschatz war, rein statistisch, eher gering. Ein Frauenheld bin ich nie gewesen. Aber eines wusste ich als Psychologe doch: Sie wollen in der Regel gar nicht angefleht, umschmeichelt oder romantisch umschwärmt, sondern halt genommen werden, wenn es schließlich soweit ist ... Etwas an dieser Vorstellung steigerte in mir den Reiz zur Lust, oder doch den Vorgeschmack von Lust. Sie mögen unseren Zugriff, sagte ich mir. Davor erschauern sie, und das erst gibt ihrem Geneigtsein den letzten wollüstigen Kick.

Beim Verlassen des Lifts rief ich die Auskunft an und gab dann die Nummer ihres Hotels ein. Doch als das *Day's Inn* sich meldete, hieß es, der Gast sei nicht im Haus. Konnte es sein, dass sie in der *Post* hockte, an ihrem dummen Report? Dort nachzufragen, das ließ ich bleiben, um keine Klatschspur zu legen. Also nannte ich dem *Inn*-Empfang für Frau Delano meine Handynummer, mit der Bitte um Rückruf, jederzeit.

Im Korridor zur Residenz stand Dabja, umringt von Condi Rice, Armitage und Stafford. Der Secret-Service-Chef drängte den Präsidenten, mit der ganzen Familie die Nacht im Bunker zu verbringen; noch sei nicht alles restlos unter Kontrolle. Doch Dabjah ging darauf nicht ein, freundlich schüttelte er den Kopf. Der schwere Tag lag hinter ihm, er wirkte erleichtert, ganz souverän. So aufgekratzt war er, dass er den hässlichen Armitage nach dessen Rekord im Bankdrücken fragte. Und Powells Vize – ein Kraftmeier mit abnorm gewölbtem Brustkorb und Unterarmen dick wie Kaminholzscheite, für sein zwanghaftes Gewichtheben bekannt – prahlte tatsächlich, er stemme immer noch 330 Pfund, und zwar sechsmal hintereinander. Früher, in seiner Glanzzeit bei den Marines, seien es 440 Pfund gewesen.

„Bei mir sind's bloß 205", klagte Bush. „Aber ist das nicht das Beste, was ein Präsident je geschafft hat?"

„Da bin ich sicher, Sir!" Armitage nahm Haltung an.

„Bis auf Teddy Roosevelt vielleicht", sagte Rice.

Das Geplauder entlastete mich, zeigte es doch, dass auch andere nicht ganz auf der Höhe des Geschehens waren. Doch solch ein Männlichkeitskult stieß ja auch ab. Das State Department schien in der Hand von Ledernacken. In seiner obsessiven Härte erinnerte mich dieser Betonkopf an den verstorbenen J. Edgar Hoover, der über jeden, der ihm unterkam, Akten anzulegen und in dessen Privataffären zu schnüffeln pflegte, um unerbittlich Missetäter zu jagen: Linke, Rote, Schwule, Lesben, Ehebrecher – selbst vom Range der Kennedys. Ausgerechnet Hoover! Der war auch so einer gewesen, der im Chefsessel des FBI den Stählernen gab, um dafür nachts dann in Schwulenbars zu tanzen, in Frauenkleidern, wie man hörte.

Schon wieder schweifte ich ab, in unerwünschte Richtung. Zum Glück riß Armitage sich los, denn jetzt ging sein Handy. Es meldete sich passenderweise mit einer Tonfolge, wie sie in Filmen über den Bürgerkrieg die Kavallerie des Generals Lee zum Angriff treibt ... Mein Handy aber schwieg.

Nun verabschiedete sich Condi Rice. Sie hatte ein Apartment im *Watergate*, nur neun Blocks weg vom Weißen Haus, Bush aber ließ sie nicht ziehen. Nobel bot er ihr sein Gästezimmer an, und ich sah, wie dankbar sie dies akzeptierte. Vier Jahre jünger als ich, war sie wohl die Einsamste hier. Ihre Mutter war schon lange tot, ihr Vater im letzten Jahr verstorben, und selbst hatte sie niemanden. Es schien, als seien der Präsident und die First Lady dabei, ihr die Familie zu ersetzen.

Beim Abschied streifte auch mich ein Zipfel seiner Huld. Damit ich unangefochten heimkam nach Georgetown, wies er Stafford an, mich durch die Fahrbereitschaft zu chauffieren. Der Secret-Service-Direktor tat ein Übriges, er informierte seine Postenkette im und außer Haus; auch setzte er mich auf die Liste der Personen, die befugt waren, das Gebäude zu verlassen und tags darauf auch wieder zu betreten ... Die Datierung schien unsicher, denn es ging schon auf Mitternacht, doch die Summe all der Schritte zum Schutz des Weißen Hauses war imposant.

Bevor Bush sich in die Privaträume zurückzog, trat er auf mich zu, drückte fest meine Hand, was aus dem Rahmen fiel, und trug mir auf, folgenden Text festzuhalten: „Jetzt hat die Nation das Böse gesehen, das Allerschlimmste des menschlichen Wesens. Das zwingt uns einen Kreuzzug auf, den Kampf des Guten gegen das Böse. Denn heute fand das Pearl Harbor des 21. Jahrhunderts statt."

Das sprach er mir für sein Tagebuch auf Band, und ich fragte ihn, ob die Formulierung endgültig sei. Etwas missfiel mir nämlich, ohne dass ich merkte, was. Und solch ein Wort hat Gewicht, es ist ja keine Privatnotiz, sondern gelangt einmal ins Nationalarchiv: als Aufzeichnung des Präsidenten, egal ob diktiert oder von eigener Hand, die ein Bundesgesetz zum öffentlichen Besitz erklärt hat.

„Was ist denn falsch daran?" fragte er.

„Nun, Sir, es könnte das Wort ‚Kreuzzug' sein. Der Ausdruck ist historisch belastet. Die arabische Welt würde vielleicht glauben, wir setzten sie pauschal mit dem Bösen gleich."

Das war zuviel für ihn, er hatte genug debattiert und sagte darauf bloß: „Schön, Danny, zerbrechen wir uns jetzt nicht mehr den Kopf. Ich werde morgen darüber nachdenken lassen."

Der Jeep, der mich heimbringen sollte, parkte vor der Nordfront des Eisenhower Building. Die Stille im Stadtkern, dem Machtzentrum der Welt, wirkte gespenstisch. Ein Stück weiter, an der Ecke 17. Straße / Pennsylvania Avenue, stand ein Humvee, bestückt mit einem Maschinengewehr vom Kaliber .50, also ein halber Zoll, wie der Fahrer mir sagte. Wir passierten zwei oder drei Sperren und rollten durch völlig leere Straßen.

Hinter der George Washington Universität, nahe der U-Bahnstation Foggy Bottom, stoppten wir und sahen jenseits des Potomac noch immer Rauch aufsteigen, geisterhaft angestrahlt von Scheinwerfern, eigens montiert für die Aufräumarbeiten. Über uns dröhnender Flugzeuglärm; da zog wohl der Awacs-Späher seine Kreise.

Als wir die Brücke über den Rock Creek hinter uns hatten, ließ ich das letzte Stück des Tonbands noch mal laufen. Und da ging mir auf, es war nicht das Wort „Kreuzzug" gewesen, das mich gestört hatte. Das konnte man dämpfen, besser ganz zurücknehmen und mit der Rage entschuldigen, in der es gesagt worden war ... Nein, ärger noch klang „Pearl Harbor" – zu griffig, um korrigierbar zu sein, wenn es erstmal nach draußen drang. Der Vergleich lag zu sehr auf der Hand, und für jeden, der da Bescheid wusste, war er wirklich fatal.

DER VERDACHT

LINDA JACKSON:

Kurz nach halb drei fuhr ich aus dem Schlaf. Ein Poltern in der Diele unseres Hauses – weit hinter dem Rock Creek Park im stillen Nordwesten der Hauptstadt – hatte mich geweckt. Es klang, als falle da ein Hocker um. Das konnte nur Ed sein, mein Mann, der endlich nach Hause kam. Wegen der unterschiedlichen Dienstzeiten hat jeder von uns sein eigenes Schlafzimmer. Sonst höre ich ihn nie, wenn er verspätet kommt, so leise bewegt er sich. Rücksichtnahme liegt tief in seiner Natur. Diesmal jedoch, nach 20 Stunden aufreibendem Dienst, war er so fertig, dass ihm die übliche Heimkehr misslang.

Betrübt, mich gestört zu haben, nannte er als Grund der Verspätung einen letzten Alarm für den Secret Service. Gegen Mitternacht schien es, als steuere ein nicht identifiziertes Flugobjekt das Weiße Haus an. Gedrängt von Stafford, hatte Ed die Bushs geweckt und sie durch den langen Tunnel in den Bunker geleitet, zu Card, Rice und ein paar anderen. Der Präsident trug dabei, protokollarisch unbekümmert, Shorts und T-Shirt, also sein Joggingzeug. Die First Lady war im Morgenrock gewesen, ohne ihre Kontaktlinsen, doch mit den unvermeidlichen Zigaretten. Ihre beiden Hunde kläfften herum, was das Närrische des Fehlalarms noch unterstrich. Das verirrte Flugzeug ging auf dem Washington National Airport nieder, der eigentlich geschlossen war. Und obgleich Stafford dringlich empfahl, den Rest der Nacht im Bunker zu verbringen, hatte Bush sich geweigert; ihm missfiel das schmale Luftschutzbett.

Ein Misston im Nachhall des schrecklichen Tages. Ed schien erleichtert, als er sagte, er habe mich in Offutt auf dem Monitor neben Norris erblickt und sich um meine Sicherheit gesorgt. Das Weiße Haus wäre doch das Ziel jenes vierten entführten Flugzeugs gewesen, das dank des Widerstands der Passagiere, soweit man wisse, bei Shanksville zerschellt sei. Dabei umarmte er mich, duschte dann rasch und legte sich hin. Er hat die robusten Nerven eines Frontsoldaten und war vermutlich wie Napoleon I. fähig, auch bei fernem Gefechtslärm einzuschlafen. Ich aber lag von da an wach und dachte nach: Über unsere Ehe, die etwa so alt war wie die des Präsidenten, und die mir glücklicher zu sein schien als die der Bushs. Die bestand schon seit 24 Jahren, doch war es auch ein so starkes Gefühl, das sie trug?

Beinah ein jeder mochte Laura Bush, sie war nett, nicht dominant, nie schob sie sich in den Vordergrund. Lehrerin und Bibliothekarin war sie gewesen, vor ihrer Heirat, und kümmerte sich auch jetzt noch hier und da um Projekte zur Volksbildung. Das musste wohl sein, es machte sich ganz gut. Seit nämlich Kennedys elegante Jaqueline vor 40 Jahren das Weiße Haus stilsicher in den alten Zustand versetzt hatte, indem sie das Inventar der banausischen Vorgänger Truman und Eisenhower entfernte und dafür etwa Jeffersons wuchtigen Schreibtisch (gebaut aus den Eichenplanken einer britischen Fregatte) vom Keller hoch ins Oval Office schaffen ließ; seit Jackie also aus dem Amtssitz ihres Mannes ein Museum machte und Führungen zuließ, die sogar das Fernsehen übertrug, brauchte jede First Lady ein Anliegen, das sie zierte. Nur, Laura wirkte bei ihren Auftritten zu unbeteiligt. Die leitete sie oft mit demselben Scherz ein: George W. habe ihr vor der Hochzeit versichert, dass sie nie werde öffentlich reden müssen („soviel zu Versprechungen von Politikern"); doch das Echo hielt sich in Grenzen.

Da sprang einfach kein Funke über. Es fehlte der Widerschein irgendeiner Leidenschaft. Im ersten Ehejahrzehnt hatte sie zweifellos unter den Exzessen und der Reizbarkeit ihres Mannes gelitten. Und als Bush dann um 1986 ein anderer wurde, der nicht bloß dem Alkohol entsagte, sondern auch das Rauchen und Tabakkauen restlos aufgab, von Drogen ganz zu schweigen, da rauchte sie heftiger denn je, bis heute. Wahrlich kein gutes Zeichen; es deutete an, dass sie Probleme hatte – vermutlich solche aus der Partnerschaft. Ed hatte mir erzählt, der Secret Service begleite sie häufig nach Georgetown, wo sie in den teuren Läden der Wisconsin Avenue nach Schmuck, Garderobe und Antiquitäten suchte ... Lesen, rauchen und einkaufen, so sah kein erfülltes Leben aus.

Aber immerhin, die Ehe funktionierte; politische Korrektheit war ein fester Kitt. Von einem religiösen Präsidenten erwartete das Land natürlich, dass er ein tadelloses Leben führte und einen so hohen Wert wie die Familie intakt und in Ehren hielt. Ein bisschen tat die First Lady mir schon Leid. Ich selbst war soviel besser dran, mit meinem spannenden Beruf und diesem zärtlich-liebevollen Mann! Es gab so vieles, auf das ich mich freuen konnte. Zum Beispiel auf die Wochenenden am Meer, den kleinen Bungalow dort und das Segeln in der Bay, wo man, falls die Zeit einmal dazu reichte, im Schutz der vorgelagerten Inseln und Bänke auf dem Intracoastal Waterway bis hinab nach Florida gelangte. Auch als Seemann war Ed fabelhaft. Wie hatte ich ihn entbehrt, wochenlang, während er die Bushs auf ihrer Ranch beschützte, gut vier Flugstunden weg von hier. Und mich zurückließ in einem Haus, das ohne die Kinder und durch sein Fehlen riesig geworden war. Aber auch mit der Rückkehr, vor neun Tagen zum Labour Day, kam Ed kaum zur Ruhe; wir hatten wenig voneinander gehabt.

Trotz seines halbierten Schlafs, pünktlich zum Frühstück stand er auf und setzte sich an den Tisch, um mir die ersten Tröstungen des Tages zu bieten. „Ich denke, wir haben es hinter uns", sagte er im Kaffeeduft, der durch die Küche zog. „Die haben sich doch total verausgabt. Das ist ihr größter Coup bisher gewesen ... Weit gefächert, wie die fünf Finger einer Hand."

Während die Eier brutzelten und das Brot im Toaster hochsprang, begriff ich allmählich, die Zahl fünf ergab sich für ihn, weil er von einem mysteriösen Erstschlag ausging: Dem Versuch eines Attentats auf Bush, unten auf Longboat Key, den die Medien noch gar nicht erwähnt hatten. Ed nannte das den „Enthauptungsschlag", und der habe ebenso sein Ziel verfehlt wie das zuletzt gekaperte Flugzeug, das über Pennsylvania abgestürzt war. Welch düsterer Akkord: Zuerst der Präsident, dann die Twin Towers, das Pentagon und schließlich das Weiße Haus! Der hätte Amerika noch furchtbarer erschüttert ... Die fünf-Finger-Hypothese erschien Ed wohl glaubwürdig schon dank der Symmetrie: Stoß eins und fünf gingen ja daneben; er war halt ein deutscher Pedant.

Ich äußerte Zweifel. Enthauptung, gewiss, das galt als Taktik unseres Militärs, seit General Patton einst in der Normandie seinen Jagdbombern befohlen hatte, auch die Stabsquartiere der deutschen Wehrmacht zu knacken. Brachten fanatische Moslems inzwischen Ähnliches ins Spiel? Durchaus möglich. Was die Methoden betraf, so wurden nach aller Erfahrung in jedem längeren Konflikt die Feinde einander gleich, egal wie sehr ihre Grundsätze sich weiterhin unterschieden – die Werte, für die sie ursprünglich ins Feld gezogen waren.

„So ist es gewesen", beharrte Ed. „Auf genau dieselbe Art kam vor drei Tagen General Massud um, der Chef der Nordallianz in Afghanistan. Durch ein Selbstmordkommando, getarnt als Fernsehteam. Die Bombe war in der Kamera versteckt ... Und bloß, weil ich noch nicht unten war, sind die Kerle davongekommen."

„Du hättest sie also festgenommen?"

„Ja sicher! Das stank doch zum Himmel"

„Nur gut, dass es vor deinem Dienstantritt geschah."

„Was redest du denn, Linda!"

„Nun, wenn es wirklich Selbstmordtäter gewesen sind, wie diese vier Piloten, dann hätten sie bei deinem Zugriff wohl ihr Ding gezündet."

Ed schwieg, er strich über sein borstiges, sandhelles Haar, und ich sah, der Gedanke war ihm völlig neu. Man musste ihn gern haben für soviel Selbstlosigkeit, doch seine Naivität machte ihn auch verletzlich. Welch ein Mangel an Phantasie! „Erst denken, dann handeln, nächstes Mal", bat ich ihn. „Du musst kein Held sein, Ed! Wir lieben uns doch, oder?"

„Das weißt du ja", erwiderte er betreten. „Aber der Secret Service steht sowieso dumm da, mit seiner Jagdabwehr. Die hat auf Andrews einfach den Arsch nicht hochgekriegt, sonst wäre das Pentagon noch heil." O Boy! Da biss er knirschend in den Toast, der starke Mann, ich sah den Muskel an seiner Wange und dankte Gott, dass er gestern früh auf Longboat Key zu spät gekommen war. „Du bist mir wichtiger als das Pentagon", sagte ich, gab ihm einen Kuss auf die Stirn und ging zu meinem Honda, der im Carport stand. Ed hatte den ganzen Tag frei, ich leider nicht. Er wollte sich über die Vorgänge in Sarasota informieren, nach dem Verbleib der mutmaßlichen Attentäter forschen. Die hielt er für „Animisten", was auch immer das war. Der Präsident habe ihm da freie Hand gelassen, hatte er mir stolz erzählt.

Warum eigentlich notiere ich das? Weil es der Anfang vom

Ende unseres Idylls gewesen ist? Ed sagte mir später, es sei das erste Mal gewesen, dass ihn ein Vorgefühl von Unheil beschlichen habe. Zum ersten Mal ahnte er ein kommendes Verhängnis ... Weshalb also, wo doch jede Erinnerung quält, eine immer die nächste nach sich zieht und dir zuletzt doch bloß dämmert, dass sich die Wahrheit unglaublich schwer fassen lässt – die als Heilmittel gilt, auch wo sie tatsächlich das Übel ist – und dass alles zusammengenommen dennoch im Vergessen mündet. Außer vielleicht, wenn unsere Kinder das hier einmal lesen.

Ich entsinne mich, wenigstens scheint es mir so, dass dieser Mittwoch fast so strahlend wie der Dienstag war. Doch der Eindruck täuschte, es ging kein Wind, klebrige Schwüle hing in der Luft. Ich ließ das Schiebedach aufschnurren, die Sonne strömte durch den Smog auf mich hernieder. Und dabei mag mir eingefallen sein, dass Washington ein Platz war, an dem fremde Diplomaten einstmals Aufgeld kriegten, wegen der nasskalten Winter und des schwülen Sommerklimas. Das rührt vom Golfstrom her und all den Gewässern ringsum. Übrigens war, vor gut 200 Jahren, unser eigenes Regierungspersonal beim Umzug von Philadelphia nach hier nur 54 Mann stark gewesen, und sämtliche Akten hatten in zwölf Kisten gepasst. Nun ja, der Fortschritt hatte seinen Preis, die Beamtenschaft wuchs auf der ganzen Welt. Sie vermehrte sich durch Zellteilung, nach dem Parkinson-Gesetz.

Im wuchtigen viktorianischen Bau des Eisenhower Building empfing Frank Norris mich reichlich finster. Es erbitterte ihn, dass der Blick unserer Oberen sich bereits von al-Qaida weg auf Saddam Hussein zu richten schien. Statt Afghanistan jetzt den Irak bestrafen, den seit zehn Jahren schon, in den sogenannten Flugverbotszonen, sporadisch Luftschläge trafen?

„Totaler Quatsch“, schimpfte er. „Sitzen im Pentagon denn lauter Flaschen? Uns zur Vergeltung den Irak vorzuknöpfen, das ist so, als wären wir damals nach Japans Angriff auf Pearl Harbor in Mexiko einmarschiert! Ich hab erst gedacht, Rumsfeld und Wolfowitz machen Spaß. Aber die Burschen meinen es ernst, verdammt noch mal!“

„Was meint denn der Präsident?“

„Der wiegt sein Haupt und hört den beiden zu."

„Und was sagt die Armee?"

„Die schweigt zum Glück. Shelton und Franks halten sich bedeckt. Die ziehen da nicht richtig mit. Neuauflage des Golfkriegs, das lockte sie schon; aber da braucht man sieben Monate für den Aufmarsch, wie beim letzten Mal."

Die zwei Generäle kannte ich nur von weitem. Hugh Shelton, der in seinen Springerstiefeln jeden überragte, galt als ein Fan des Preußengenerals von Clausewitz. Er war Vorsitzender der Vereinigten Stabschefs, das hörte sich toll an, doch seine Befugnis endete bei Beratung, Überwachung und Kommunikation. Der 56jährige Tommy Franks schien wichtiger zu sein. Als Chef des CENTCOM in Tampa, Florida, unterstanden ihm die Bereiche Naher Osten, Süd- und Zentralasien nebst dem Horn von Afrika. Ein forscher Texaner, 1,90 Meter lang, leicht erregbar, zu Ausbrüchen neigend. Rumsfeld hatte freilich klargestellt, dass er der Boss von beiden war. Die Befehlskette mit Bush an der Spitze lief laut Gesetz eindeutig über ihn. Trotz ihrer vier Sterne auf der Schulter, sie hatten zu parieren.

„Jaja, Saddams Regime ist terroristisch", giftete Norris. „Der hat damals auf den alten Bush gezielt, bei dessen Triumphzug durch Kuweit, mitsamt seiner Gattin, zwei Söhnen und der Schwiegertochter Laura. Aber seit wann übt man Blutrache, wenn gar kein Blut geflossen ist? Außerdem, das ist verjährt, ist acht Jahre her. Mein Gott, diese Narren!"

Ich sagte nichts. Mein Chef erinnerte sich lückenhaft. Es stimmte gar nicht, der Anschlag, von Saddam inspiriert, war durchaus gesühnt worden. Weil ein Mordkomplott gegen einen Expräsidenten, selbst wenn es fehlschlägt, als Angriff auf die USA gilt, musste Bill Clinton damals handeln. Als Antwort auf die knapp fünf Zentner Sprengstoff, die für Bush senior und sein Gefolge bestimmt gewesen waren, hatte Clinton – über das Verhältnismäßige hinaus – zwei Dutzend Marschflugkörper des Nachts auf den Sitz des irakischen Geheimdienstes im Zentrum Bagdads losgelassen. Und überdies dem Finsterling gedroht, weitere Terrortaten würden zur Pulverisierung auch der übrigen Regierungsgebäude führen. Saddam hatte kapiert und seitdem auf alles verzichtet, was sein Regime so massiv hätte gefährden können. Unseres Wissens gab es keinerlei Kontakt zwischen ihm und al-Qaida; es fehlte jeder Hinweis auf terroristische Umtriebe des Iraks.

„Wohin bringt uns das?“ fragte Norris mich grimmig. „Wenn wir dem Terrorismus jeder Art pauschal den Krieg erklären, was ist dann mit linken Rebellen, mit Rechtsextremisten und den Drogenbaronen im kolumbianischen Dschungel?“

„Ich fürchte, Frank, Kolumbien ist jetzt kein Thema.“

„Ich sag Ihnen was: wir machen es zum Thema“, rief er. „Terrorismus, das ist doch überhaupt kein Feind, sondern eine Strategie – die infame Waffe der Zwerge, aus dem Hinterhalt!“

Ich merkte, es war zwecklos, ihm zu widersprechen. Er war viel zu aufgebracht. Und obgleich er es als TNT-Papst hätte besser wissen müssen, war sein Urteil wiederum unscharf, gar nicht ganz durchdacht. Terrorismus – die Waffe der Schwachen? Wir, als nunmehr stärkste Weltmacht, bedienten uns der Waffe auch. Nicht nur unsere Marschflugkörper, von Kreuzern oder U-Booten gestartet, sorgten für Respekt rund um das Arabische Meer. Auch Agenten hatten wir losgeschickt zu Sondereinsätzen, zu Sabotageakten von Chile bis zum Iran, ja sogar zu Mordanschlägen auf Castro und störende Leute anderswo. Wohl auch noch, nachdem Präsident Ford im Februar 1976 die Durchführungsverordnung Nr. 11905 erlassen hatte, besser bekannt als Attentatsverbot, mit dem Kernsatz: „Kein Angestellter der US-Regierung soll sich an politischen Attentaten oder an Verschwörungen dazu beteiligen.“ Fords Weisung kam ja nicht grundlos; sie folgte den peinlichen Anhörungen vor dem Kongress, die übles Tun der CIA ans Licht gebracht hatten.

In den nächsten Stunden gingen wir, häufig unterbrochen durch Anrufe aus Ministerien, die uns verbleibenden Möglichkeiten durch. Norris hoffte, endlich bei Bush zum Zug zu kommen und dort seine Vorschläge zu unterbreiten. Seit der Amtseinführung des Präsidenten war ihm noch nie erlaubt worden, dem die komplexe Materie nahezubringen ... Wie trug er was am besten vor?

„Ich hab´s schon über diesen Shaw versucht“, stöhnte er. „Aber der Mistkerl hat mir kaum zugehört.“

„Das ist auch gar nicht sein Ressort."

„Der hat doch überall die Finger drin."

Inzwischen versprachen wir uns mehr vom Einsatz der Predator-Drohnen, ferngelenkte Luftaufklärer, prinzipiell fähig, die al-Qaida-Führung in den afghanischen Bergen aufzuspüren, ohne dass man beim Abschuss der Maschine das Leben (oder schlimmer noch: die Freiheit) eines Piloten riskierte. Man konnte die Flugzeuge bewaffnen und vielleicht – vom Bildschirm aus – sogar Bin Laden erwischen. Für den, sagte Norris, habe der Präsident die Ford-Weisung nämlich aufgehoben. Bringt mir den Kopf, tot oder lebend, so laute die Parole. Die zweite Option sahen wir in einer Stärkung der Nordallianz: Druck auf die Taliban, um sie zu zwingen, den Tätern jede Unterstützung zu entziehen oder sie, im besten Fall, uns auszuliefern.

All das wirkte auf mich arg improvisiert, wenn nicht illusorisch. Von bürokratischen Skrupeln geplagt, hatte die CIA sich bisher dem Waffensystem *Predator* („Räuber") verweigert; solch ein Apparat zur Ferntötung war ihr angeblich nicht geheuer. Ein weiteres Problem, das uns beschäftigen musste, lag in Fragen der Flugsicherheit, wenn der zivile Luftverkehr nun wieder in Gang kam. In einer Atempause fragte ich Norris nach den Animisten. Das sei eine christliche Minderheit im Sudan, sagte er, ihr bewaffneter Arm heiße SPLA, was auch immer dieses Kürzel bezeichne. „Das sind Leute, die gelegentlich Aufträge ausführen", fügte er hinzu. „Fragen Sie mal Harry Brown. Ich glaube, der hat denen zu einem Trainingscamp verholfen, irgendwo im Süden, Florida oder Nevada."

Als Chef der CIA-Abteilung für Terrorismusbekämpfung war Brown einer unserer Partner. Ich wusste von ihm nur, dass er dabei war, Agenten für den Einsatz in Afghanistan anzuheuern, zu schulen und dort einzuschleusen. Ein ebenso rastloser Mann wie der fast gleichaltrige Shaw, der ihm verblüffend ähnlich sah. Im Secret Service wurde gescherzt, die zwei seien Zwillinge oder gar ein und dieselbe Person, vom Geheimdienst strategisch platziert – dicht am Präsidenten.

„Das passt nicht", sagte ich. „Die SPLA soll gestern früh versucht haben, an Bush heranzukommen, und zwar mit einer Bombe."

„Ist mir neu", brummte Norris. „Vermutlich ein Gerücht aus der Küche von Shaw."

„Weshalb sollte der so was erfinden?"

„Na, man hält Bush jetzt doch den Irrflug von gestern vor – da ist Shaw echt gefordert in seinem Job, ihn zu verkaufen. Es bieten sich Bedrohungsstorys an, Anschläge auf Bush privat oder auf sein Flugzeug ... Für mich ist das bloß heiße Luft."

Ich konnte Norris nicht folgen, mir kam das verwirrend vor. Der Fernsehtrupp war doch real gewesen, ebenso das Verschwinden, seine Unauffindbarkeit. Das ließ mir keine Ruhe. Ed ist keiner, der einem Phantom nachjagt! Am Nachmittag, in einer Kaffeepause, rief ich auf der geschützten Leitung in Langley an und ließ mir Harry Brown geben. Der aber, sonst ein munterer Typ, blieb einsilbig, ziemlich defensiv. Um ihn aus der Reserve zu locken, sagte ich: „Der Präsident wünscht, dass mein Mann der Sache nachgeht."

„So, wünscht er das?"

„Allerdings. Das verstehen Sie doch, Harry? Hätte Ihnen jemand ans Leder gewollt, würden Sie wohl auch wissen wollen, wer dahinter steckt."

„Das ist richtig, Linda ..."

„Ja, also? Was ist los mit der SPLA?"

„Dazu kann ich Ihnen nur sagen: eher negativ. Diese Leute stehen in der Regel schon auf unserer Seite."

Das alles klang recht vage, doch mehr war bei ihm leider nicht zu holen. „Ich meine, das FBI nimmt sich des Falles bereits an", erklärte er abschließend. „Der Secret Service kriegt selbstverständlich meinen Bericht, sobald das FBI-Protokoll mir vorliegt."

„Danke, Harry, das beruhigt", sagte ich und legte auf. Doch dies war gelogen; sein Zögern hatte mich neugierig gemacht. Was bedeutete das denn? Bedeutete es überhaupt etwas? Vermutlich wahrte er nur seine Kompetenzen. Es gab öfter solche Grenzscharmützel zwischen unserer TNT und seinem Amt ... Die Idee, den Eröffnungszug verpatzt zu haben, kam mir nicht.

BRENDA DELANO:

Mein Ressortchef, der Leitende Redakteur für Innenpolitik, rief mich in seinen Glaskasten. Vor ihm lag der Artikel, den ich letzte Nacht noch abgeliefert hatte. Arthur Quinlan war ein hagerer, früh ergrauter, etwas kopflastiger Herr von Mitte vierzig, der so aussah, wie ich mir den Gouverneur einer Karibikinsel vorstellte; nämlich als dürren Mann, der dem Corona Club angehört, dessen Zweck es ist, zu Ehren der Queen alljährlich ein Dinner in London zu geben. Wegen seiner noblen Gesten und des britischen Akzents hieß er hausintern Lord Quinlan.

„Sehr hübsch!" Er wies auf den Stuhl vor seinem Schreibtisch, und ich setzte mich brav, um sein Urteil zu hören. „Erfrischend neu, das Narrenschiff aus Ihrer Sicht. Der Boss reist in einer Blase, umringt von stets derselben Meute. Ihr Leute seid wie Sportreporter, immer dabei, nie mittendrin. Ihr wartet, witzelt, werdet gefüttert, langweilt euch, seid frustriert und fühlt euch doch ganz wichtig, weil ihr das, was ihr verkauft, für das Weltgeschehen haltet. So entsteht eine eigene Realität etwas außerhalb der Wirklichkeit, nennen wir sie einmal Bushland. Das ist wie der Betriebsausflug einer Werbeagentur, Bush und Partner, Markenname und Kampagne sind eins ... Ja, sehr hübsch!"

Ich spürte den Unterton, mein Herz klopfte. Er zitierte aus meinem Text, vermischt mit seiner Bewertung. Es war mein erster nennenswerter Beitrag für die *Post*, und obgleich Quinlan fair wirkte, war ich nervös. „Und was gefällt Ihnen nicht?"

„Ein einziger Satz, Brenda. Und ich wette, Sie kennen ihn."

„Lassen Sie mich raten, Sir ... Dass Air Force One ausgerechnet über Tampa kreist, wo das CENTCOM schon den Gegenschlag plant?"

„Ach, das ist doch schön symbolisch. Nein, so unsensibel sind wir nicht. Aber dann kommt das Wort eines Kollegen: ‚Die dritte Welt hat die Kanonen umgedreht und diesmal auf die erste gezielt.' Das hat also einer gesagt von den fünf, die außer Ihnen noch an Bord gewesen sind. Den Namen behalten Sie lieber für sich?"

„Ja, natürlich."

„Sehen Sie! Weil es nicht druckreif ist."

„Unpatriotisch?"

„Total daneben in der Atmosphäre jetzt."

„Sie hatten mir eingeschärft, originell zu sein."

„Ja, aber das geht zu weit. Alles hat seine Grenzen."

„Die habe ich eben mal ausloten wollen."

„Grenzen lotet man nicht aus", sagte er in seinem Oxford-Ton. „Die respektiert man oder überschreitet sie. Also trennen Sie sich von dem Satz?"

„Okay, Sir." Ich stand auf und fuhr hinab ins Archiv. In solch einem Streit, falls es überhaupt einer war, siegt man nicht. Auch schien der Satz mir unwichtig, ein Mosaikstein, der etwas von der Stimmung spiegelt, mehr nicht. Und Quinlan hatte mich doch eher geschont, als er mir recht väterlich die Grenzen zeigte, was ja auch seine Aufgabe war. Sein affektierter Stil – nun, es war erst unser zweites Gespräch, ich würde mich daran gewöhnen.

Im Lift allerdings merkte ich, der Satz war mir doch lieb gewesen. Nicht bloß ein Gewürzkorn zum Abrunden des Geschmacks, oder um zu provozieren. Ich hatte gleich gespürt, dass dies aus dem Rahmen fiel. Denn es sagte aus, dass Terrorismus irgendetwas zu tun hatte mit Armut und Unterentwicklung in der Dritten Welt und deren Ausbeutung durch die Erste. Der spottbillige Kaffee oder die Bananen aus Guatemala, viel preiswerter als kalifornisches Obst; die Hungerlöhne der Pflücker dort unten.

Mir ging auf, Quinlans Sicht war zweigeteilt – wir hier drinnen und ihr da draußen. Letzte Woche in der Redaktionskonferenz – der ersten, an der ich teilnahm – hatte er bestechend klar, mit all seiner Brillanz gesagt, die Trennung zwischen Arm und Reich oder zwischen Nord und Süd sei nötig, um geistig Balance zu wahren und „emotionalen Schmerz zu vermeiden, da jeder Mensch sich immer nur an seinesgleichen misst."

An dieser Stelle wohl war ihm mein Feixen aufgefallen, so dass er mich anschließend in sein Büro bat. Den Dialog hatte mein kleines Diktaphon gespeichert, und er ging so: „Liebe Frau Delano, was lässt Sie eigentlich so skeptisch gucken?"

„Skeptisch? Wann?"

„Eben bei der Besprechung. Sie saßen da und haben gelächelt, mehrfach."

„Sicher hat mich etwas amüsiert. War es irritierend?"

Ja, falls es mir gegolten haben sollte. Es wirkte so, als machten Sie sich lustig über mich."

„Oh, keineswegs Sir. Das ist mein normaler Gesichtsausdruck bei Vorträgen. Übrigens können Sie mich Brenda nennen ..."

Ich hatte noch angefügt, dass Schmerzvermeidung zwar löblich sei, aber meiner Meinung nach auch zum Verzicht auf Leidenschaft, auf große Gefühle führe. Und das hatte ihm offenbar gereicht. Er spürte natürlich, dass ich ihn nicht nur auf die Schippe nahm, dass es mir auch Ernst damit war, steckte es jedoch kommentarlos weg ... Wehret den Anfängen, dachte ich. Man darf Chefs nie glauben lassen, sie könnten einen ducken, weil man wehrlos sei. Eher noch ging es an, sie auf taktvolle Art in Frage zu stellen. Nicht etwa die Mutigen, sondern die Schwächlinge wurden von ihnen zuerst gefeuert – falls sie selber Format hatten.

Unten setzte ich mich an den Computer. Bis weit in die 70er Jahre bestand das Hausarchiv aus Papier, drei Meilen Aktenordner, der Rest war digital erfasst und sortiert. Es ging mir um Beiträge zu dem frühen Bush junior, speziell um den spannenden Moment seines Wandels vom Playboy zum disziplinierten, verantwortungsbewußten Mann. Ein erstaunliches Phänomen. Mit 40, also in der Lebensmitte, ging ihm auf, dass niemand Chef sein und andere lenken kann, der sich selbst nicht im Griff hat. Sein Charakterbild gewann mit dem gestrigen Tag an Bedeutung. Der Kriegspräsident! Das verlangte nach Neubewertung seines Lebenswegs, nach einem plausiblen Porträt von ihm.

Und da war eine Unklarheit, vergleichbar der Kriegsstory seines Dad, von der es auch zwei Versionen gab. Der Junior nämlich erzählte gern, vor 15 Jahren, bei einem Strandspaziergang in Kennebunkport, dem Sommersitz des Clans, habe ihn der Evangelist Billy Graham als alter Freund der Familie gefragt, ob er denn „mit Gott im Reinen" sei. Bushs Antwort war gewesen, seit langem gehe er in der Methodistenkirche von Midland, Westtexas, zur Messe, und habe selber sogar schon in der Sonntagsschule unterrichtet ...

Da freilich hielt der berühmte Prediger inne und legte ihm eine Hand auf die Schulter: „Du hast meine Frage nicht beantwortet, mein Sohn", versetzte er streng. „Hast du den Frieden und das Einverständnis mit Gott, das nur durch unseren Herrn Jesus Christus kommen kann?"

Nun aber, so ging der Bericht, hatte Bush ihm gesenkten Hauptes gestanden, er sei „nicht immer mit dem Herzen dabei gewesen", ihn bedrücke das Gefühl, es fehle etwas in seinem Leben. Und Graham sprach: „In diesem Leben ohne Gott zu sein, das heißt, furchtbar einsam sein. Wenn es eines gibt, von dem ich wünsche, dass du es mit zurück nach Texas nimmst, dann dies: Gott liebt dich, George, und Gott nimmt Anteil an dir. Um dein Leben wieder in die Hand Jesu Christi zu geben, musst du jenen Dämon verstoßen, damit du ein neuer Mensch werden kannst. Gib ihn Ihm, George, Er wird diese Last annehmen und dich davon befreien." So hatte Graham dem Junior das Senfkorn eingepflanzt.

Doch der Dämon Alkohol, den Bush bald wirklich bezwang – ein enormer Willensakt –, entstieg auch einer wirtschaftlichen Talfahrt. So wie die Oberschicht Englands einst ihre Söhne nach Indien geschickt hatte, damit aus ihnen Kaufherren oder Gouverneure wurden, und zwar halbwegs aus eigener Kraft, so sandte unsere Ostküsten-Elite ab 1946 ihre Sprösslinge nach Texas, das da noch arg einem Dritte-Welt-Staat glich. Hollywoods Filmwerk „Giganten" fiel mir dazu sein. Es hatte das Wagnis strahlend überhöht, den Schritt von der Sphäre alten Reichtums im Nordosten (Bilder in sattem Grün, Anthrazit und Neonweiß) in die Zone der Armut (Erdtöne aus Wüstensand, Lehmbraun und Ziegelrot), das Feld des riskanten Starts.

Die Bushs, Vater und Sohn, hatten beide den Aufbruch gewagt, im Abstand von 25 Jahren. Doch während der Vater eintraf, als das Öl zu sprudeln begann, kam der Sohn zu spät. Seine Bohrungen blieben meist trocken, so dass es bald von ihm hieß, er finde einen Liter Öl nicht mal im Supermarkt. Und der Preisverfall des Rohöls in den 80er Jahren gab nicht nur ihm den Rest: die National Bank of Midland brach zusammen, Vermögen verdampften, aus Millionären wurden Bettler. Zwar hatte er die Pleite dank Verschmelzung seiner bankrotten *Arbusto* mit der Firma Spectrum 7 – sowie, als auch der die Luft ausging, dank ihrer Übernahme durch Harken Energy – geschäftlich überlebt. Dennoch, seine Karriere als selbständiger Ölmann war zu Ende. Der Junior sah sich als Versager, knapp gerettet von Leuten, die kühl in den Namen Bush investierten. In dieser Misere fing er an, exzessiv zu trinken, um den Schmerz zu lindern, anstatt sich mit der Bitte um Kraft an Gott zu wenden. So stellte Bush es selber dar, in seiner Schrift *A Charge to Keep,* New York 1999 (Ghostwriter: Karen Hughes). Und mehrmals noch suchte der Dämon ihn heim, denn Grahams Senfkorn brauchte Zeit zum Wachsen. Zuletzt würgte ihn der Teufel in Colorado Springs, einer Hochburg evangelischer Fundamentalisten. Von einer Geburtstagsfete erwachte er mit einem gewaltigen Kater und empfand im Spiegel Abscheu vor sich selbst. Er hatte mit seinem auch vom Pech geplagten Bruder Neil, der eigens von Denver herbeigeeilt war, und ein paar anderen viele Flaschen des 60-Dollar-Weins Silver Oak Cabernet geleert. Nun fiel er in die Knie, brach in Tränen aus und flehte Gott an, ihn zu retten, bevor er sich zu Tode soff. Zurück in Midland, sagte er seiner Frau, die Trinkerei liege hinter ihm. Das Großartige des Versprechens dämpfte sein Scherz, die horrende Rechnung für die Zeche sei an ihn gegangen, deshalb habe er Schluss gemacht, für immer.

Verhielt es sich wirklich so? Es gab ja noch eine Story. Danach zog zur selben Zeit ein militanter Evangelist namens Blessit durch das gebeutelte Texas; ein religiöser Haudegen, der ein zentnerschweres, zwölf Fuß hohes Kreuz durch 60 Länder gekarrt und sich lautstark Gehör verschafft hatte. Er war damit sogar ins Guinnes-Buch der Rekorde gelangt. „Das ist der Heiland auf Rädern", riefen ihm Kinder nach. Seine feurigen Reden, vom Lokalsender übertragen, zogen die Menge magisch an. Als Sohn des Vizepräsidenten der USA zögerte George W. zwar, sich unters Volk zu mischen; die schrille Vulgarität solcher Meetings stieß ihn ab. Er lauschte dem Eiferer jedoch im Radio und traf ihn tags darauf im *Best Western* von Midland, wo der fromme Pilger abgestiegen war. Dieses Haus wurde, wie Blessit in sein Tagebuch schrieb, zum Ort der Umkehr und Läuterung für Bush. Der Missionar las ihm aus den Evangelien des Lukas, Johannes und Markus vor, bis Bush in einem erhebenden Moment körperlicher Berührung spontan seine Sünden bereute und Jesus zu seinem Erlöser erklärte.

Wer hatte den Sohn des Vizepräsidenten nun zu Christus geführt, der Reverend Billy Graham oder jener rustikale Gottesmann? Die Datierung schien unsicher, doch beide Begegnungen fielen in das Frühjahr 1986 und waren durch Zeugen verbürgt. Im Grunde konnte es mir gleich sein, wer da geholfen und die Wunderheilung letztlich bewirkt hatte. In seiner Seelennot war Bush offen für jedweden Zuspruch gewesen, ja, es hatte ihn danach verlangt. Und ich begriff auch, weshalb er Blessit dem Publikum verschwieg, hing dem doch der Staub der Straße an, der strenge Geruch eines Wanderpredigers oder Bettelmönchs. Graham aber war landesweit der wohl prominenteste Seelsorger und Fernsehpastor. Sein respektabler Name hatte in der Wählerschaft einen ganz anderen Klang.

Der Blick auf die Wähler, natürlich. Glaubensdinge vom Geschäft zu trennen, das schafft kein Politiker bei uns. Ich las alles, was da vom Bildschirm flimmerte, und kam zu dem Schluss, die „Wiedergeburt“ sei echt. Bush war kein Heuchler à la Elmer Gantry (ohne das Buch zu kennen, hatte ich doch den Film noch im Kopf, mit Burt Lancaster in der Titelrolle). Aus einem Kotzbrocken, der in seiner Pilotenjacke, Pennyslippern oder Cowboystiefeln umherlief, wüst fluchte, Tabak kaute und den Saft in Pappbecher spie wie ein rotärschiger Texasboy, der es den Yankees mal so richtig zeigt und ihnen auf die aristokratischen Nerven geht – aus diesem Rüpel also war ein solider Familienvater, ein rundum achtbarer Mann geworden. Wenn es ihm sein politischer Ehrgeiz auch schwer machte, den Elmer-Gantry-Effekt gänzlich zu vermeiden: das Odium penetranter Scheinheiligkeit und Frömmelei. Das liberale Amerika hielt ihn für bigott, die konservative Mehrheit stand fest zu seiner Wiedergeburt. Gewiss vereinte er beides, Machtstreben und den Geist des Christentums. Europas Kreuzritter hatten das ja auch geschafft.

Ich druckte mir etliche Texte aus und hatte plötzlich genug von Bush. Dafür fiel mir sein Topberater wieder ein. Zweimal hatte ich versucht, ihn unter der Nummer zu erreichen, die mit der Notiz

„bitte um Rückruf jederzeit“ in mein Hotelfach gelangt war. Doch es meldete sich keiner, und ich dachte mir, dass das „jederzeit“ wohl nicht für die Dienstzeit galt. Schwerlich durfte er sein Handy im Oval Office klingeln lassen, wo es die Vorgesetzten bestimmt verdross. Und so wichtig der Mann für mich auch war, offen gesagt, ich wurde es leid, ihm nachzulaufen.

Stattdessen gab ich das Stichwort „Shaw, Daniel“ dem Rechner ein und hatte rasch eine Kurzfassung seiner Vita vor mir. Er war in der studentischen Parteijugend der Republikaner aufgestiegen und hatte vor 20 Jahren in Austin eine eigene Firma gegründet, die Werbeagentur *Magic Consult*, die sowohl den Tabakkonzern Reynolds als auch rechte Kandidaten für den Senat und das Repräsentantenhaus beriet. Seit Politiker sich mühten, die Raucherei einzuschränken – sie aus öffentlichen Gebäuden, vom Arbeitsplatz und sogar aus Lokalen zu verbannen –, lag darin der Keim eines Interessenkonflikts, was ihm „unangenehm gewesen“ sei, wie Shaw in einem Gespräch mit CBS zugab, das drei Jahre zurücklag. Da erst verkaufte er das blühende Geschäft für knapp vier Millionen, um sich ganz George W. Bushs Wiederwahl zum Gouverneur von Texas zu widmen. Es hieß, der habe ihn zu diesem Schritt gedrängt; er sei der einzige, der wisse, wo die christlich-konservative, an traditionellen Werten orientierte Klientel der Republikaner zu finden sei – nicht bloß an den Stadträndern, den *suburbs* oder Vorstädten, sondern mehr noch in den *exurbs*.

Aha, *Magic Consult* hatte neben dem Wählerpotentials des Bibelgürtels die exurbs entdeckt! So nennt man seit ein paar Jahren jene Flecken an Highway-Kreuzungen, die in den 90ern erst auf der Suche kleiner Leute nach billigem Wohnraum rund um die Tankstelle, den Supermarkt und das Schnellrestaurant entstanden sind, irgendwo auf dem flachen Land. Die Demokraten hatten solche Nester hochnäsig übersehen, inzwischen tat es ihnen Leid. Shaw nämlich, mit seinem seismografischen Gespür für Stimmungen, folgte der Entwicklung. Er trug die Nester laufend ein in sein riesiges Kartenwerk, eine Art Luftbild-Atlas sozialer Befindlichkeit, die Topographie des Starrsinns – der Verkrustung ethischer Werte oder Vorurteile, in deren Kenntnis man Wahlen gewann.

Und dann hatte er sogar noch ein Lehrbuch verfasst, gleichfalls „Magic Consult“ genannt. Eine Fibel der Verkaufskultur und Werbekunst. Sein Vorwort berief sich auf Standardwerke der Branche wie „Die heimlichen Verführer“ oder „Hässlichkeit verkauft sich schlecht“, es versprach Propagandatips vom Feinsten. Dannys Charme, Vitalität und Erfindungsgabe waren bewundernswert. Bei ihm lernte man, sein „bestes Ich“ zu präsentieren, tückische Fragen abzuwehren und das Wenige, was man zu sagen oder zu bieten hatte, prächtig zu verpacken.

Wirklich, Danny machte Gold aus Wind. Er schuf eine Welt, in der es weder Risse noch Widersprüche gab, erst recht keine Konfrontationen, sondern nur Kraft, Klarheit und Harmonie. Schon die Einleitung nötigte mir Respekt ab. Darin verwarf er irreführende Werbung, die niemals nachhaltig sei. Das Publikum scheue schrille und falsche Signale. Vier Reizwörter, paarweise vorangestellt, leiteten das Seminar ein. Wertvoll, so hieß es bei ihm, seien „Tamtam“ (flottes Eigenlob) und „Hype“ (kühnes Schildern von etwas Künftigem). Bedenklich hingegen fand er „Buhei“ (Lärm um nichts) und „Ballyhoo“ (Dummenfang durch pure Schmeichelei).

All das schien durch Beispiele belegt. Der Schleichwerbung galt ein Extralob. Insgesamt, so sein Resümee, müsse dem Menschen ein Produktname rund zwanzigmal begegnen, ehe der in ihm hafte und auch nur seine Neugier wecke. Das hieß teure Medienpräsenz, es kostete Millionen. „Mit Geld bist du ein Drache, ohne – ein Wurm“, so wurde ein weiser Chinese zitiert. Ob es nun galt, ein Parfüm oder einen Politiker vorzustellen, stets ging es ums Punkten im ultimativ grandiosem Stil.

Eine entlarvende Lektüre, halb prickelnd, halb befremdend. Streckenweise ließ sie ihn schrumpfen in meinen Augen, machte sich Danny zum Scharlatan. Wie konnte ein ernsthafter und weitblickender Mann derart zum Schaumschläger werden? Da hatte etwa zum Punkt „Hype“ ein Wettstreit unter den jungen Leuten seines Büros den Vorschlag erbracht, Moskau schlankweg Sibirien abzukaufen – so wie anno 1867 dem Zaren für Alaska 7,2 Millionen Dollar gezahlt worden seien (wohl eine Milliarde nach heutigem Geld). Der Deal, als gutes Geschäft für beide Seiten, versprach den Anschluß Sibiriens nebst dessen Erhebung zum 51. bis 60. Bundesstaat der USA; so wie Alaska, 92 Jahre nach dem Kauf, von Präsident Eisenhower zum 49. Bundesstaat erklärt worden war ... Bei aller Nonchalance, ja Absurdität – ein Fakt wie Russlands Nationalstolz blieb außen vor – das klang doch bestechend nach großem Wurf, es hatte Schwung und Schmiß.

Was waren dagegen seine Jugendsünden, von der *Post* gallig „ultimativ schmutzige Tricks" genannt? Kindereien, Lichtjahre her. Es gab Hinweise auf sein frühes Gebaren im Aktenteil des Archivs – kaum lohnend, darin zu stochern. Das lag hinter ihm, anderes jedoch nicht. In den 80er Jahren etwa schlug *Magic Consult* Alarm, der Bürochef hatte eine Wanze entdeckt und warf den Texas-Demokraten schnöde Lauschangriffe vor. Das machte Schlagzeilen, und die Republikaner, traditionell in der Minderheit, gewannen die Wahlen zum Kongress. Dann aber gab das FBI bekannt, die Wanze sei erst kurz zuvor mit frischer Batterie installiert worden. Seitdem hieß es von Shaw, wie vor ihm schon von Nixon, er beschäftige Klempner.

Manches hörte sich übel an. Als George W. Bush sich um den Posten des Gouverneurs von Texas bewarb, gegen die Amtsinhaberin Ann Richards, begann man in Austin zu munkeln, sie umgebe sich mit Linken, Schwulen und Lesben – sei sie etwa selber lesbisch? Wie das Gerücht aufkam, wurde nie geklärt. „Danny Shaw hinterlässt keine Fingerabdrücke", teilte der Bildschirm mir mit. Sein Verhalten schien ganz das alte, er hatte das Muster bloß perfektioniert.

Zwei Jahre darauf, im Vorwahlkampf gegen Bushs republikanischen Rivalen, den Senator John McCain, setzte erneut Geflüster ein. Anonyme Flyer, an die Autos von Kirchgängern geklemmt, und obskure Anrufer in Talkshows fragten: Hat der Senator, fünf Jahre lang Gefangener des Vietcong, dem nicht Geheimnisse verraten? Gab es Gehirnwäsche bei ihm? Ist er überhaupt noch psychisch stabil? Hat seine Frau kein Alkoholproblem? Ist das dunkle Girl auf dem Familienbild die Frucht seines Umgangs mit einer schwarzen Nutte? McCain widerlegte das alles, doch die Hetze ging weiter.

Zuletzt standen die zwei Rivalen im Fernsehen dicht beieinander, nach ihrer Schlammschlacht peinlich berührt. Auch McCain hatte schließlich losgelegt und eine alte Autorität mit dem Satz zitiert: „Das einzige, was von der Trunksucht heilt, ist die religiöse Sucht." Ihm wurde die Nähe unerträglich, er wandte sich ab. Da sagte Bush begütigend zu ihm: „Das ist Politik, John." – „Nicht alles ist Politik", zischte der. Doch da irrte der Senator. So war Politik, und nicht John, sondern George hatte durch Tiefschläge gesiegt. Das ging an die Substanz der Demokratie, es sollte eigentlich nicht sein! Und wie stets, wenn ich Hässliches als real begriff, Perverses als unausweichlich hinnahm, war es, als werde mein Denken maskulin.

Nun langte ich doch wieder bei Bush an, dem Macho, der Zentralfigur hier. Alle Wege führten zu ihm, selbst im Souterrain der *Post.* Als er noch Gouverneur von Texas gewesen war, hing ihm der Ruf an, ein Faulpelz zu sein. Jemand von der *New York Times* ging dem nach, las ich: der *Times*-Mann wünschte Einsicht in Bushs Terminkalender, wobei er sich auf den Freedom of Information Act berief, ein Gesetz von 1966, das jedem Einblick in Papiere und Dateien der Behörden verspricht. Und so kam heraus, der Gouverneur saß nur von neun bis fünf im Büro, minus zwei Stunden Mittagspause; und für das Aktenstudium von Todesurteilen reichten ihm 15 Minuten. Es lag ihm auch völlig fern, irgendwen zu begnadigen, so dass er bald „der Henker von Texas" hieß.

Zahn um Zahn, dachte etwas in mir, Auge um Auge, und die Welt wird blind. Aber immerhin, welch ein großartiges Land, das so frei ist, den Bürgern Einblick in die Praxis der Führer zu gewähren! Diese Ambivalenz warf einen um.

Und der Schritt vom Faulpelz zum Staatschef und Superman verblüffte glatt. Die zweite große Wandlung! Ich war doch dabei gewesen, gestern in Sarasota. Fesselnd, die Brüche seiner Vita – was für ein Stoff für mich.

Da ging mein Handy, ich hielt es ans Ohr. „Tut mir sehr leid, Frau Delano", hörte ich jemand leise sagen und erkannte Daniel Shaw. „Heute wird's nichts mehr mit uns."

„Woher haben Sie denn meine Nummer?"

„Sie waren so nett, mich anzurufen, das hat mein Gerät gespeichert.“ Seine Stimme nahm an Wohlklang zu, an weicher, bestechender Fülle. „Bitte warten Sie morgen nach der Elf-Uhr-Pressekonferenz unten in der Kantine auf mich, da könnten wir dann ...“ Wie um mich zu schonen, sprach er nicht weiter; doch es erübrigte sich auch, den Satz zu beenden.

„Na schön, Herr Shaw“, sagte ich, knipste aus und spürte das Adrenalin. Die Rätsel des Weißen Hauses, das Geheimnis um Bush, und Shaw dazu der Schlüssel! Wer ein Handy besaß, das fähig war, Anrufer zu enttarnen, die ihm gar nichts hinterlassen hatten, der musste zu großen Dingen – Enthüllungen jeder Art – imstande sein.

DANIEL SHAW:

An jenem Nachmittag kamen David Frum und Michael Gerson in mein Büro; Gerson wieder mal mit falsch geknüpftem Schlips, der ihm bis zum Schritt hinabhing. Sie bastelten an einem Redetext, den wünschten sie mit mir abzustimmen, damit sie dann sagen konnten, ich billigte ihr Zeug. Ich hab die beiden – als Hausdichter ein Wurmfortsatz der Entourage – nie gemocht und fühlte mich gestört. Es kam mir vor wie Zeitverschwendung. Sie entwickelten missionarischen Eifer und saugten jeden Einfall, den man ihnen zuwarf, auf wie ein Schwamm – um den hinterher gründlich auszuwringen, so dass ihre Endfassung kaum noch was davon enthielt.

Gut, zugegeben, ich war nicht ganz bei der Sache. Brendas Art, geschäftsmäßig „Herr Shaw“ und „na schön“ zu sagen, ließ mich befürchten, sie könne in einer festen Beziehung leben und meine Annäherung scheuen. Das wäre sogar normal gewesen, wieso kam mir das jetzt erst in den Sinn? Weil ihr Verhalten gestern im Flugzeug dagegen sprach, natürlich; die Flirtbereitschaft, kaum getarnt ... Hatte sie mich nicht sogar zum Essen in ihr Hotel locken wollen? Junge, das war ein gutes Zeichen.

Anscheinend gingen meine Besucher von drei oder vier Punkten aus, die Karen Hughes ihnen gesteckt hatte; und zwar als Tips des Präsidenten, von ihm selbst per Hand entworfen, was ziemlich aus dem Rahmen fiel. Die Kernsätze waren: „Ein gesichtsloser Feind hat uns den Krieg erklärt. Dies ist ein Feind, der wegläuft und sich verbirgt, doch das wird ihm nicht gelingen. Ein Feind, der glaubt, sein Versteck sei sicher, aber das wird es kaum auf ewig sein. Kein Feind von der Sorte, die wir kennen – doch Amerika wird sich darauf einstellen."

Peng, das war griffig, holzschnittartig, fast perfekt. Dabjah fand nun in Stil und Ton die rechte Haltung zum Geschehen; was gab es da noch groß zu tüfteln? Für jene Länder, die al-Qaida Unterschlupf boten, fiel Frum die Formel „Achse des Hasses" ein. Und Gerson toppte dies noch mit „Achse des Bösen"; das klang wuchtiger, ganz nach Altem Testament. Rhetorisch schlau ein Rückgriff auf „das Reich des Bösen", womit Ronald Reagan die Sowjetunion gemeint hatte. Die zwei brauchten mich doch gar nicht.

Ich fing an, mich zu langweilen, und merkte, dass auf meinem Schreibblock statt des üblichen Gekritzels ein Menüzettel entstand: Champagner zum Start und lauwarmer Hummersalat, dazu passend Riesling halbtrocken aus Rheinhessen in Deutschland. Gefolgt von Taubenbrüstchen auf Artischocken nebst Gänseleber; das ging mit chilenischem Rosé, Santa Digna Cabernet Sauvignon zum Beispiel ... Ich bin Feinschmecker, und die Kost aus der Kantine, wie tags zuvor in Air Force One, hatte mich wieder mal enttäuscht.

Mit halbem Ohr hörte ich David Frum sagen: „Die Feinde der Freiheit greifen Amerika an, weil wir die Heimat und Festung der Freiheit sind. Dieser Kampf hat zu einer Zeit und auf eine Art begonnen, die von anderen abhing. Er wird in einer Weise und zu einer Zeit enden, die wir bestimmen ..."

Ich nickte ihm zu, das klang doch ganz schlüssig, es traf auch den Stil des Präsidenten. Vor mir auf dem Blatt stand jetzt: Sorbet Marc de Champagne – das war in Ordnung, für die zwei waren meine Kürzel unleserlich, mir freilich lief das Wasser im Mund zusammen. Und nun ging mir auf, was ich da schrieb: die Abfolge eines Kerzenschein-Dinners, eines Liebesmahls mit Brenda im *Magic Moments*, dem kleinen Gourmetlokal um die Ecke, fast vor meiner Haustür in Georgetown. Der Chefkoch hieß Klaus-Uwe, ein Zauberer aus Germany, es lohnte, sich den schwierigen Vornamen zu merken und ihn damit anzureden. Selbst die Musik ließ er mich wählen, sein Vorrat an altem, melodischem Swing war enorm.

Frum hob die Stimme, als hätte er mein Zerstreutsein bemerkt. Doch es schien nur seine Apotheose zu sein, die Verklärung zum Schluss: „Gottes Zeichen sind nicht immer die, welche wir erwarten. In solchen Tragödien wie Pearl Harbor und Ground Zero lernen wir, dass seine Wege unerforschlich sind. Unsere Einigkeit entspringt der Trauer, unserer Entschlossenheit und der festen Gewissheit, das Böse zu besiegen. Und die Front der Völker gegen den Terror reicht nun um die ganze Welt."

Er pausierte und lauschte seinen Worten nach, die ihn wohl selbst ergriffen. Das lag zwischen Streitschrift und Bibel, die Ära moralischen Ungestüms und pastoralen Feuers brach an. Gerson fragte: „Irgendwelche Einwände, Danny?"

„Nur einen, Freunde. Ihr habt den Fettnapf ‚Kreuzzug' ja vermieden, aber ‚Pearl Harbor', das ist auch einer."

„Haben Sie mit Pearl Harbor ein Problem?"

„Ja, und mir scheint, es sollte auch für euch eins sein."

„Der Vergleich drängt sich doch auf, die Hinterhältigkeit, die Zahl der Opfer! Der Präsident selbst hat ihn gezogen."

„Der weiß es halt nicht besser. Aber von uns erwartet er, dass wir im Bilde sind. Ich frage mich da, wisst ihr nicht, was ihr schreibt, oder schreibt ihr nicht, was ihr wisst?"

Sie schwiegen verdattert, ganz perplex, so dass es nötig war, fortzufahren: „Ihr zwei Jungs kennt also das Buch von Robert Stinnett nicht? Es ist seit Wochen auf dem Markt."

„Muss man das kennen?" schnappte Frum.

„Es wäre wünschenswert. Falls man die Augen nicht schließen und es bei dem Schmöker der Frau Wohlstetter belassen will, den Don Rumsfeld jedem schenkt, der ihm über den Weg läuft. Stinnett bringt alles ins Wanken, was wir bisher geglaubt haben. Die *Times* und das *Wall Street Journal* haben ihm das attestiert. Die Annahme, Japan hätte uns damals überrascht, ist falsch. Ich weiß, es sind sechshundert Seiten – lest es trotzdem."

„Wie sollen wir das schaffen, Danny?" fragte Gerson. „Alle Welt zieht den Vergleich, nicht bloß Bush. Und dieser Text muss heute stehen."

„Okay, dann war's das eben. Ich wasche meine Hände in Unschuld, Leute."

Sie rafften ihren Kram zusammen und schlichen zurück in ihr Kabuff, wo Papier entstand, doch kein Impuls. Dort beteten sie lautstark nach, was ihnen vorgesagt wurde. Unfassbar, ihr Verzicht! Sie lehrten, aber sie lernten nicht, und es machte ihnen gar nichts aus, ahnungslos zu sein. Dabei hatten sie, anders als ich, doch ihre Abschlüsse und Diplome in Jura oder Theologie ...

Wer hier, so dicht an der Spitze, nicht auf dem Laufenden blieb, der glich aufs Haar einem gottverdammten Arzt, der bei seinem Kenntnisstand von 1970 verharrt, weil er es ablehnt, sich fortzubilden. Dem neue Daten auf seinem Fachgebiet schnurz sind, weshalb er dann lieber eine Therapie, eine vielleicht lebensrettende Operation verpatzt.

Aber so sind sie eben, so sind die Zeiten! Kaum zu ändern; jedenfalls nicht von mir. Um wieder Tritt zu fassen, versuchte ich, zwischen all den irren Telefonaten mir den Abend im *Magic Moment* vorzustellen. Einmal war ich mit Jennifer dort gewesen, der letzten Flamme, einer Praktikantin von der Howard University. Und wie wir da die Sektgläser hoben, ließ Klaus-Uwe, als besonderen Clou, synchron die Sinatra-CD los, und aus seinen Boxen, raffiniert verteilt, kam uns Frankie-Boy zu Ohren, der ganz lässig sang: „I get no kick from champagne, the alcohol it doesn't move me at all ..." Das war der Kontrapunkt – ironisch, heiter, nett serviert, so wie der Klecks Preiselbeeren zum Hirsch. Er hatte alles, wunderschön arrangiert; nur die angesagten, gerade aktuellen Hits gab's bei ihm nicht. Von da an lief es wie am Schnürchen, das volle Programm.

Jennifer – sie hatte im Wahlkampf Plakate geklebt und Post eingetütet, ein Job bei Karen Hughes war ihr Lohn. Auch so ein androgyner Typ, bloß zu jung für mich, noch unreif, wenn auch ganz gescheit. Die Basis für Gespräche war zu schmal. Und es ist ja keine Kunst, mit Twens zu schlafen; da gibt es nie ein Erektionsproblem.

Obschon mit Arbeit überhäuft, stellte sich mir zwischendurch doch hartnäckig die Frage: Was macht eigentlich Mädchen so attraktiv, deren Weiblichkeit mich nicht erschlägt, weil ihre Reize dezent beschaffen sind? Es kann mit meiner Zeit im Highschool-Internat zusammenhängen – kein nobles wie Dabjahs Andover, eher die billige Volksausgabe –, wo ich mich, ohne wirklich homosexuell zu sein, öfter in hübsche Jungs verguckt habe. Ich bin schon damals pummelig gewesen, für jene Mitschüler nicht interessant, die beutehungrig durch den Schlafsaal zogen und einem die Decke wegrissen. Und es hatte mich schon gewurmt, dass es keinen lockte, sich an mir zu vergreifen. Ihr Ziel war meist ein anderes, so ein blonder Jüngling namens Colin (mit hoher, effeminierter Stimme und makellosem Teint) hatte es ihnen angetan; auch mir.

Suchte ich unbewusst Colin, meine Jugendliebe, in jedem Weib? Na, das sollte mich jetzt nicht beschäftigen; lieber hielt ich mich bei Brenda auf. Ich glaubte, sie schon neben mir zu sehen im *Magic*, die Wangen gerötet von zuviel Wein und Kerzenlicht. Die Brüste im Ausschnitt wie Tennisbälle, bestrebt aufzusteigen, mir entgegen. Mokka, Petit fours und Sherry Fino Manzanilla runden das Mahl ab, dazu der Evergreen aus Klaus-Uwes reicher Sammlung. Etwa „I Never Promised You a Rose Garden", als Kontrapunkt, denn genau den würde ich verschenken, Rosen ihr zu Füßen, allein für die Nähe, den Hauch ihres Lächelns, den hypnotischen Duft nach frischem Brot.

Unmöglich, bis morgen noch zu warten. Seit 30 Stunden hatten wir uns nicht gesehen. Es war auch falsch, sie erst nach der Pressekonferenz zu treffen. Sie ging da zum ersten Mal hin, die Spielregeln waren ihr fremd. Der Ressortleiter mochte sie eingeweiht haben (ihr Vorgänger wohl kaum, den hatten wir abserviert), doch Feinheiten erfuhr sie nur durch mich. Ein Pressefreund war Dabjah nie gewesen. Wie giftig er werden konnte, das hatte ich im 88er Wahlkampf seines Vaters erlebt, wo er Fragen, die ihm missfielen, oft grob beantwortet hatte. „Kein Kommentar, Arschloch" oder „geht mir weg mit eurer Scheiße", das konnte man durchaus von ihm hören. So unflätig wurde er längst nicht mehr; sein Argwohn aber, man wolle ihn hereinlegen, war geblieben. Anders als die Präsidenten vor ihm – sein Dad hatte gern nett parliert, Bill Clinton gar südlichen Charme versprüht – stellte er sich nur sorgsam präpariert dem Pressekorps. Die Hausreporter mussten ihre Fragen vorher einreichen, Ari Fleischer wählte die passenden aus, und nur die Korrespondenten, von denen sie kamen, wurden dann von ihm aufgerufen; der Rest hatte keine Chance. „Man betrachtet uns wie Moskitos bei einem Nudistentreffen", hatte da einer jüngst gestöhnt ... Darauf wollte ich Brenda vorbereiten.

Gegen sechs schickte ich ihr eine SMS mit der Bitte, mich um sieben an der Südwestecke des kleinen Franklin Parks zu erwarten. Der Treffpunkt lag näher an ihrem Hotel als zum Weißen Haus, und auch von der *Post* (1150 15. Straße), falls sie noch dort sein sollte, war er gut erreichbar. Ihre Bestätigung auf dem Display, ließ ich das Auto stehen, um Parkprobleme zu vermeiden, passierte die einschüchternden Sperren auf der Pennsylvania Avenue und wandte mich nach rechts, am Schatzamt vorbei; es war gleichfalls beschützt.

Kaum eine halbe Meile, höchstens acht Minuten, die Bewegung tat mir gut. Immerhin war es recht unüblich, hier zu Fuß zu sein. Ein bisschen fühlte ich mich verjüngt, wie ein Bursche, der zum Rendezvous geht – und es stimmte ja auch. Früher hatte ich die Rituale der Verabredung eher gehasst, denn ich verstelle mich nicht gern, und die ganze strategische Planung, dieses Herumtaktieren, das war halt nichts für mich. Ich wollte ich selber sein, authentisch, und wurde meistens übersehen. Das hatte sich allmählich erst geändert, mit meinem Aufstieg im Beruf. Der Erfolg, das beste Parfüm des Mannes. Nur ein Sieger wird geliebt.

Vor einem Pornokino links in der 14. Straße lungerten Farbige, es erinnerte mich daran, dass die halbe Einwohnerschaft Washingtons noch immer farbig ist. Ursprünglich markierte die 16. Straße, die Stadt von Nord nach Süd bis zum Lafayette Platz halbierend, die Westgrenze des Gettodistrikts. Ich bewegte mich schon auf historisch schwarzem Grund ... Brenda war noch nicht da, natürlich. Es war ja Brauch, dass ein Mädchen zu spät kam, um sich kostbar zu machen. Ich ging ein Stück hinein in den Park und spürte meine Stimmung kippen. Auf zwei Bänken lümmelten sich Farbige, die Beine in zerschlissenen Jeans weit von sich gestreckt. Ich schlug um sie einen Bogen, ihr öliger Blick verhieß nichts

Gutes. Rissige, fadenscheinige Burschen, völlig zu, besoffen oder bekifft. Und dabei fiel mir ein, dass dies hier im Landesmaßstab auch die Hauptstadt der Gewaltdelikte ist. Seit langem führt das gloriose Washington zum Beispiel die Mordstatistik an. Ein närrischer Bummel im Abendlicht durch die Nachtseite der City, ins Herz der Verwahrlosung, vielleicht auch riskant.

Da endlich sah ich sie kommen, weit hinten auf dem Pfad, der diagonal durch das grüne Rechteck führt. Und wieder wechselte für mich das Bild, es glitt ins Wundersame. Brenda unter Ahorn und Akazien im letzten Sonnenschein, ohne Mappe oder Handtasche, in einem leichten, honigfarbenen Kleid. Hurtig strebte ich ihr entgegen, beglückt von ihrem graziösen Gang. Leuchtend wie ein Herbstblatt – welch eine Frau! Das Dürftige des Parks, die stumme Bedrohung durch das Schäbige, die Haltlosigkeit auf den Bänken verschwand. Der dumme, bedenkliche Spaziergang wurde zum Ausflug ins Reich der Märchen. Ja, der kurze Weg zu ihr setzte verschüttete Empfindungen frei. Mir wurde wieder bewusst, dass ich eigentlich kein Mensch bin, der nur in Zahlen denkt, dem messbarer Erfolg allein wichtig ist. Brendas Anblick rührte an mein Herz, öffnete es für das warm pulsierende Leben ringsum, für all den Reichtum und die Schönheit unserer Welt. Die Drogensüchtigen versanken, sie kamen mir aus dem Blick. Diese laue Luft der Hoffnung, strahlender Erwartung, zieh sie tief in deine Lungen! Wer nicht genießt, der ist töricht, der vergeudet sein Leben und wird selbst ungenießbar.

In diesem Moment – ja, mir scheint, das ist genau der Augenblick gewesen – beschloss ich, diese Frau zu erobern und mich niemals mehr von ihr zu trennen. Dies sollte für immer sein. Es war ein Rausch, ein jünglingshaft romantischer Impuls, gewiss; doch auch eine Sehnsucht von bezwingender Kraft. In Brenda und an ihrer Seite wollte ich Menschen begegnen, die keine Geschäfte machen wollten, die nicht dem Diktat des Tempos, der Nützlichkeit, der Produktivität und Effizienz unterworfen sind: ein Totalitarismus, ärger fast als jeder staatliche; ein repressiver Zwang, der auch demokratische Politik letztlich nur hektischer und ärmer macht, sie auf das Quietschen von Machtmechanismen und grässlichen Druck reduziert ... All dem nun entfliehen, mit ihr! – Im Nachhinein, dies sei hinzugesetzt, wohl der traurigste Entschluss meiner Laufbahn, meiner unsteten Reise durch das Leben. Ganz aufrichtig und doch nutzlos. Weil er sich als so flüchtig, so schwer zu bewahren erwies, dass er im Grunde unwahr gewesen sein muss.

„Hallo, wie ich mich freue!" rief ich ihr entgegen. „Fein, dass Sie gekommen sind ..." Weiß Gott keine clevere Eröffnung. Damit gab ich zuviel preis, doch ich schaffte es nicht, gelassen zu sein.

„Ihr erster Vorschlag war ein Flop, nicht wahr? Sie und ich in der Kantine, das kriegen alle mit."

„Na und, wen kümmert das? Da sehe ich Sie morgen außerdem. Nein, ich will Ihnen raten, nur eine einzige Frage zu stellen. Und auf die sollten wir uns einigen, damit Fleischer sie durchlässt und er Sie überhaupt aufruft."

„Aha ..." Sie blieb verblüfft stehen. „Der Stab wacht nicht nur über die Antworten, er sorgt auch gleich für die Fragen?"

„Tja, Frau Delano, wenn Sie´s so ausdrücken, klingt es auch für mich nicht gut."

Achselzuckend ging sie weiter. „Da wir uns schon heimlich treffen, könnten Sie mich auch Brenda nennen."

„Gern! Wenn Sie Danny zu mir sagen." Ich steuerte eine Parkbank an, und wir setzten uns wie zwei Teenager, die sich unschlüssig sind darüber, wieviel Abstand schicklich ist.

„Also, Danny, ihr zensiert im Ernst die Fragen?"

Halb betäubt von ihrem Duft, hörte ich mich leise sagen: „Es ist sogar noch schlimmer. Stellen Sie sich vor, unter euch Presseleuten sind immer ein oder zwei Stichwortgeber zugange, die Bush exakt nach dem fragen, was er selber loswerden will. Kein Mensch merkt was davon. Das wird perfekt inszeniert."

„Und welche Rolle in dem Stück ist mir jetzt zugedacht?"

„Gar keine. Damit haben Sie nichts zu tun ... Wo ist übrigens Ihre Handtasche?"

„Zuhaus geblieben. Ich wollte vermeiden, dass Sie befürchten, darin könnte ein Tonband laufen."

„Sehr beruhigend, Brenda, und professionell. Wunderbar, mit Ihnen zu plaudern. Sie nehmen mir gleich die größte Sorge ab."

„Ach, kommen Sie! Ich ahne doch, wie das so ist bei Hofe."

„Wie ist es denn aus Ihrer Sicht?"

„Man passt auf wie in einer Schlangengrube."

„Hm –. Kennen Sie schon den Text Ihrer Frage?"

„Natürlich: Wann fliegt der Präsident nach New York, an den Einsturzort, um es nicht Rudolph Giuliani allein zu überlassen, all die Opfer zu betrauern und den Rettungstrupps die Hand zu reichen?"

„Gut gefragt, doch ich rate ab. Bush zögert nämlich; diese Woche wohl noch nicht. Morgen hat er eine Konferenzschaltung mit Giuliani und dem Gouverneur, die kommt groß im Fernsehen. Das war für uns die zweitbeste Lösung."

Sie wandte sich mir zu, musterte mich kurz – die Augen klein und braun wie Dabjahs Blick – und fragte: „Was würden Sie tun, Danny, wenn jemand Sie hier im Park erkennt?"

„Nun, dem sage ich, er irre sich; ich sei Harry Brown."

„Wer ist Harry Brown?"

„Antiterrorchef der CIA. Er sieht mir höllisch ähnlich."

„Und das hilft, meinen Sie."

„Es schreckt zumindest ab. Niemand kann uns unterscheiden. Nicht mal Sie, Brenda, da wir uns erst so wenig kennen."

Vergebens hoffte ich auf eine muntere Antwort. Brenda zog die Unterlippe ein und schwieg, ein wenig düster. Es sah aus, als überlege sie, ob es der Mühe wert sei, einen Mann wie mich von seinem Doppelgänger zu unterscheiden. Am Rande des Parks begann Gewusel und Geschrei, Halbstarke balgten sich, und ich sah verstohlen zur Uhr. Die Zeit lief ab, ich musste noch mal zurück ins Büro.

„Die Hoheit über Ihre Frage also haben einzig Sie", setzte ich neu an. „Ich lege Ihnen da nichts in den Mund, bitte Sie bloß, die Worte Ground Zero, Kreuzfahrer und Pearl Harbor zu meiden. Sie sehen, die Liste der Tabus ist kurz."

„Die ersten zwei sind klar, aber wieso denn Pearl Harbor?"

„Darüber morgen mehr. Halten Sie sich einfach dran, Brenda. Es bleibt bei der Kantine; reservieren Sie den Nachbarplatz für mich. Dafür drücke ich Ihnen bei Fleischer beide Daumen." Ich riss mich los und stand auf. „Bitte entschuldigen Sie mich jetzt, wir haben die Jungs vom FBI im Haus. Sie quetschen jeden aus, um zu begreifen, wie das passieren konnte gestern."

Der Abschied nahm mich fast so mit wie zuvor ihr Erscheinen. Extra flüchtig winkte ich ihr nach, sie erwiderte den Gruß, ließ mich sehnsuchtsvoll zurück. Ich lief wie blind hinein in das Zwielicht von Dämmerung und Parkbeleuchtung. Ein seltsam krauses Geplauder, dachte ich. Wenn man es glattzieht, so bleibt übrig, dass wir die Vornamen benutzen, mehr nicht. Doch um so flammender, dem Abendhimmel gleich, unendlich weit gespannt, war mein Erwartungshorizont.

EDWARD JACKSON:

Am Donnerstag, den 13. September, lud der Präsident die Korrespondenten nach seinem Pressegespräch ins Oval Office, zu der Konferenzschaltung mit New Yorks Oberbürgermeister und dem Gouverneur des Staates New York.

Der Raum fasste kaum all die Leute aus dem Pressesaal, aber das Land sollte sehen, wie Bush den Rettungstrupps Mut zusprach. Auf mich wirkte er unruhig, fast schuldbewußt, weil er da nur im Fernsehen erschien und nicht selbst hinkam nach Manhattan. Sein Gefühl sagte ihm wohl, dass der Schritt unvermeidlich sei; und je früher er ihn tue, um so besser. Daher ließ er sich am Schluss von Giuliani doch einladen, Ground Zero am Freitag persönlich aufzusuchen. „Viel lieber käme ich unter friedlichen Umständen zu Ihnen", sagte er. „Doch es muss mir erlaubt sein, den Bürgern Ihrer tüchtigen Stadt zu danken, sie zu umarmen, mit ihnen zu beten und zu weinen."

Nach meinem Eindruck hält George W. Bush von Reportern, auch wenn sie bei ihm akkreditiert sind, weit weniger als jene drei Amtsvorgänger, denen zu dienen ich die Ehre hatte. Er lässt sie selten an sich heran, und die Auftritte geraten ihm, salopp gesagt, dann oft zur reinen Abwehrschlacht. Nun aber wich er vom Üblichen ab und erlaubte sogar spontane Fragen. Nach dem Rückzug der TV-Kameras hatte sich die Meute ziemlich an ihn herangedrängt, und der Pressesprecher gab auch der schlanken Frau das Wort, die mir in Air Force One als neu und wissbegierig aufgefallen war. Sie hatte es nicht nach vorn geschafft, war aber so groß, dass Ari Fleischer sie wahrnahm.

„Mr. President", begann sie, „können Sie uns sagen, an was für Gebete Sie denken und wem Ihr persönliches Mitgefühl gilt, wenn Sie morgen am Schauplatz der Katastrophe sein werden?"

„An mich persönlich denke ich dann nicht", sagte Bush, und ein Schwanken in seiner Stimme verriet mir, dass er mit Emotionen kämpfte. „Ich denke an die Angehörigen der Opfer, an die Kinder ..." Er wandte sich ab, Tränen im Auge. „Ich bin zwar jemand, der eine Pflicht erfüllen muss", fuhr er fort, wieder halbwegs gefasst. „Und das habe ich auch vor. Aber dieses Land wird nicht eher ruhen, als bis wir uns und andere von der furchtbaren Tragödie, die über Amerika gekommen ist, erlöst haben."

Mit feuchten Augen beendete Bush das Gespräch, und die Reporter trollten sich. Ich hatte, mit Ausnahme seines Vaters, noch nie einen amtierenden Präsidenten weinen sehen. Er hatte zwar nicht so dicht am Wasser gebaut wie der zart besaitete Senior, diesmal freilich überwältigte es ihn doch.

Abends erklärte mir Linda, eben das, was mir als Schwäche erschienen sei, mache ihn nur sympathisch. „Wer sagt denn, dass es sich für ihn nicht schickt, vor aller Augen zu weinen?", fragte sie. „Bisher hat Bush auf das Unglück richtig reagiert, kam aber in den Medien viel zu matt rüber; fast marionettenhaft in seinen Ansprachen. Aber als er dort bei euch stand und weinte, da hat jeder gespürt, das Menschliche geht bei ihm über die präsidiale Distanziertheit und Disziplin. Ich meine, das bringt ihn der Nation näher."

„Morgen fliege ich nach New York, vor seinem Auftritt dort. Mal sehen, ob wir Ground Zero dafür gesichert kriegen."

„Das schafft ihr schon, Ed."

„Nimm's nicht so leicht! Es liegen etliche Drohungen vor, gegen die Bosse von American Airlines und United Airlines. Verwandte der Opfer bemängeln die Sicherheitsregeln bei den vier entführten Maschinen. Und wenn sie den Präsidenten der Fluglinien nicht kriegen, könnte es ihnen einfallen, sich an den Präsidenten der USA zu halten."

„Mir macht etwas anderes Sorgen", sagte Linda, diesmal nicht bereit, meine Befürchtungen zu teilen. „Letzte Nacht, im Lagezentrum, tigerte Bush eine Zeit lang ganz allein umher. Auf uns wirkte das, als suche er rastlos und zwanghaft nach etwas, das er tun konnte. Schließlich rief er Frank Norris, mich und Harry Brown zu sich herein, schloss selber die Tür und sagte irgendwie gepresst, mit gesenkter Stimme: ‚Seht mal, ich weiß, ihr habt eine Menge Arbeit. Trotzdem möchte ich, dass ihr wirklich alles noch mal durchgeht, ja? Prüft mir bitte, ob Saddam das getan hat.' – Norris war baff, er hat gestottert: ‚Aber, Sir, das war al-Qaida!' Darauf der Präsident: ‚Jaja, das ist klar. Aber checkt mir, ob Saddam da irgendwie beteiligt war. Checkt einfach alles durch, Leute! Ich will auch das kleinste Detail erfahren.' – Also Norris glaubt, Wolfowitz hat ihm das eingeredet. Der wollte schon immer reingehen in den Irak, um Saddam den Rest zu geben."

„Und Brown war dabei, Linda? Dieser Typ von der CIA, der was mit Trainingscamps in Florida zu tun hat?"

Bei all unserer Harmonie, in der nächsten Viertelstunde, bis zum Schlafengehen, redeten wir auf komische Art aneinander vorbei. Sie folgte Norris auf der Spur von al-Qaida, ich ging mit Bushs Einverständnis der Spur jener Kerle nach, die auf Longboat Key – als Fernsehteam getarnt und in Kenntnis meines Namens – versucht hatten, dicht an ihn heranzukommen. Und obgleich dies beides wohl zusammenhing, war es doch zweierlei, und so trennten sich diesmal unsere Wege. Immerhin, auf ganz unterschiedlichen Fährten waren Linda und ich zur selben Zeit an Harry Brown gelangt.

Über den musste sie mir gar nicht viel erzählen, ihn kannte ich von früher. Anfang der 80er Jahre nämlich war Brown mir auf der Insel Vieques bei Puerto Rico begegnet, wo er dem Training von Kampfschwimmern zusah; ein feister Beobachter, durchweg kulant und kompetent. Er sprach fließend Spanisch und zählte zur Karibik-Sektion der CIA. Damals mochte er um die 30 gewesen sein, das runde Dutzendgesicht, über dem sich das Haar bereits lichtete, wirkte wie bei einem, der zu lange in der Sonne gelegen oder sich dem Rum ergeben hat. El Salvador, Honduras und Panama lagen hinter ihm – aber nichts Gefährliches, er hatte dort im Stab der CIA-Residenten zum Botschaftspersonal gehört. Außer von linken Guerrilleros konnte ihm gar nichts passieren. Etwas verquer war seine Art, knallharte Sachen mit weicher Stimme zu sagen, scheißfreundlich. Wenn er anfing zu sprechen, wusste man bei ihm nie, was kam.

An seiner Seite hielt sich ein dünner Mann namens Hyde, viel älter als er und wir. An ihn erinnere ich mich bestens, er war die markantere Figur. Bei uns hieß er Spiderman, Spinnenmann. Er hatte jede Menge Froschmann-Tricks auf Lager, damit kam er in der Crew gut an. Und noch besser mit seinen Geschichten. Wir schätzten ihn wegen der Dinger, die er gedreht hatte. Wenn er von riskanten Einsätzen sprach, verzog sich sein Gesicht oft wie bei einem, der eine schlechte Auster verzehrt hat. Ein paar seiner Storys blieben bei mir haften, wie man sich Bizarres eben merkt. Das lag zwar auch damals schon 20 Jahre zurück, trotzdem, jetzt vorm Einschlafen kam manches davon wieder hoch in mir.

So hatte Hyde – und Brown bekräftigte das durch sein träges Nicken – nach unserem Schiffbruch an der kubanischen Schweinebucht ein Jahr später, also 1962, auf der Nordseite der Zuckerinsel mitten im Hafen von Matanzas Feuer auf einem Russenschiff gelegt, und einem zweiten außenbords eine Haftladung verpasst, die ein mannshohes Loch in den Bug gerissen hatte. Ein dritter Coup allerdings – da schnitt Hyde wieder die Austern-Fratze – ging nachträglich schief, ganz ohne sein Verschulden übrigens.

Wenn mich nicht alles täuscht, handelte es sich dabei um 14.000 Sack Zucker auf dem britischen Frachter „Streatham Hill", den die Sowjets gechartert hatten. Das Schiff war vor Puerto Rico aufgelaufen und kam ins Dock, der Zucker wurde entladen, auf der Pier von San Juan gestapelt, und Spiderman hatte ihn in einem flotten Handstreich hoffnungslos vergällt. Er tränkte ihn mit einem Saft, der als harte chemische Keule galt, und machte daraus einen Haufen Sondermüll. Heute würde mich das wundern, damals fanden wir's okay. Als aber John F. Kennedy eines Morgens im CIA-Rapport darauf stieß, ordnete er an, die Sache zu bereinigen – sonst drohe Vergeltung, ein chemischer Sabotagekrieg. Ihm lag noch die Schweinebucht im Magen, das Desaster hatte der Geheimdienst ihm ja eingebrockt.

Dunkle Stunden für Spiderman! Süß machen ließ sich der Zucker nicht wieder, also musste er verhindern, dass der Leningrad erreichte. Zunächst stoppte Hyde das Beladen der reparierten „Streatham Hill" durch einen rasch entfachten Brand. Dann besorgte er sich – im Namen des auf Kuba enteigneten Plantagenbesitzers – vom Gericht einen Pfändungsbeschluß auf kubanisches Staatseigentum; der ehemalige Besitzer saß in Miami, er spielte mit. Doch vergebens, denn der Kreml protestierte beim State Department: die Kauforder habe „ab Havanna" gelautet, es sei kein kubanischer, sondern russischer Zucker gewesen. So blieb nichts übrig, als den Verkauf der 14.000 Sack „zur Deckung der Lagergebühren" vorzutäuschen. Langley erwarb den verdorbenen Zucker selbst. „Manch kleineren Dienst hätte das wohl ruiniert", merkte Brown dazu an. Und noch lange prozessierte Moskau vorm Internationalen Gerichtshof um eine weitere Million Dollar, weil mittlerweile der Weltzuckerpreis auf 13 Cents für das Pfund gestiegen war.

An dem Punkt riss der Faden, ich schlief ein. Doch vorzeitig, von Träumen geplagt, fuhr ich wieder hoch, entsann mich der Affäre und wusste plötzlich, die hatte sich während meines „Robben"-Trainings auf Vieques peinlich wiederholt, faustdick und folgenschwer ... Weil Harry Brown darin vorkam, erhob ich mich lautlos, klappte den Laptop auf, der mir als Merkbuch dient, und zog nach kurzem Herumtasten den Fall „Jupiter" ans Licht.

Jupiter, so heißt ein Eiland an der Atlantikküste Floridas rund 25 Meilen nördlich von Palm Beach. Die Familie Bush hat dort ein Sommerhaus, und zufällig sitzt auf dem Inselchen auch eine Company namens CSA (was Continental Shelf Associates Inc. bedeutet). Ein Spezialist für Umweltfragen, 1970 gegründet und konzentriert auf ein Geschäftsfeld, das uns „Robben" nahe war: Meeresforschung und Unterwassertechnik. Zu den Kunden der Firma zählte mein Speicher Ölriesen wie Exxon und Pennzoil, ferner unser

Verteidigungsministerium. Das bediente die CSA, im Rahmen streng vertraulicher Projekte, mit abgefeimten Tauchrobotern.

Ich traute meinen Augen nicht, als ich las, dass zu den Gründern der Firma auch Hyde gehört hatte, der Spiderman, während Brown zeitweilig Geschäftsführer war. Hyde wurden Taucheinsätze und Schnellboot-Attacken rund um Kuba, vor der libanesischen Mittelmeerküste sowie auf dem Mekong in Südvietnam bescheinigt. Für sein Alter war das toll. Beim Kampfschwimmen muss schließlich jede Bewegung sitzen. Der Froschmann muss viel Respekt vor den Gewalten der Natur haben, aber jeden Gedanken an Tod und Gefahr soweit ausblenden, dass er die Selbstkontrolle nicht verliert. Und das heißt eben, auch psychisch stets topfit zu sein. Allen persönlichen Kleinkram drückt man weg, damit einem das nicht in die Quere kommt.

Wieder mal verblüffte mich die Fülle der Fakten, die mir auf ein paar Tastenklicks hin entgegensprang. Gar kein geheimes Material – alles längst veröffentlicht. Die Story spielte zur Zeit des blutigen Bürgerkriegs in Nikaragua. Dort hatten die Sandinisten 1979 unseren Freund Somoza verjagt, und die CIA half den Anhängern des gestürzten Diktators, das Regime der Linken, die nach Havanna und Moskau schielten, dauerhaft zu schwächen. Als „Contras" bekannt, kämpften im rechten Widerstand bis zu 15.000 Mann. Zu ihrer Unterstützung brachten wir Waffen und andere Hilfsgüter ins Land, sprengten dort auch Treibstoff- und Vorratslager in die Luft, bis das herauskam und dem Kongress in Washington 1982 die Sache zu brenzlig wurde; mit dem „Boland Amendment" wollte er sie stoppen.

Erstmals begriff ich den Hintergrund und die Logik des sogenannten Iran-Contra-Skandals, der die Regierung Reagan monatelang gelähmt hatte. Der Kongress strich ihr schlankweg sämtliche Gelder für das Contra-Programm! Nur deshalb schoben dann Beamte aus dem zweiten Glied, aus meiner Sicht Patrioten, heimlich und illegal Waffenverkäufe in den uns feindlichen Iran an – bloß um mit dem Erlös die Contras weiterhin zu finanzieren.

Da gab es bereits Durststrecken, und dazu hatte Hyde – inzwischen längst pensioniert – dem Sender CNN gesagt: „Anfang 83 haben wir noch versucht, die Pipeline im Meer zu kappen, an der die Sowjets und die Mexikaner vom Pazifik aus ihr Öl einfüllten. Hat nicht geklappt, okay? Dann, im Januar 84, sollte ich den Contras auf die Sprünge helfen, na vielen Dank, Geld gab's ja keins mehr! So saß ich eines Nachts vor meinem Gin, und da kam mir die Erleuchtung: kleine Minen, he, das war die Lösung! Schön, wenn wer Pech hatte, den hat's vielleicht erwischt, aber an sich sind die Dinger so lütt gewesen, dass sie bloß beschädigten. Ist ja Quatsch, gleich zu versenken. Wir haben damit Corinto vermint, den einzigen Hafen, der für sie zählte. Und schon konnten sie ihr Zeug nicht mehr verschiffen, das Obst und so, um an harte Währung zu kommen. Und wir haben Lloyds in London gesteckt, dass da Minen sind und ihre Versicherungsnehmer sich lieber fernhalten sollen – und, na ja, es hat funktioniert."

O Gott – Harry Brown hätte kaum derart schwadroniert. So etwas sprach doch kein Profi einem Reporter aufs Band! Ja, es ist immer traurig, zu erleben, wie ein guter Mann, ein alter Kamerad zum Schwätzer wird. Wo übrigens war Dirty Harry, wie er damals bei uns hieß, wohl abgeblieben? Es schien, als verliere sich Browns Spur zwischen den Textzeilen meines kleinen Computers. Und das konnte eigentlich nicht sein, wo er doch Antiterrorchef der CIA geworden war.

Ich drückte auf dem Tastenfeld herum, und es kam noch ärger. Die Sandinisten, las ich, brachten den Fall vor den Internationalen Gerichtshof in Den Haag, sie siegten 1986 sogar mit ihrer Klage. Und obgleich mein Land den Schuldspruch gar nicht anerkannte – seit wann erhebt man sich dort über Amerika? –, brach es die Aktionen ab, nach außen hin. Anscheinend gab CIA-Direktor William Casey, der führende Kopf des Contra-Programms, diese Seeabenteuer von nun an in private Hände. Für ihn, den früheren Wallstreet-Anwalt und Vorsitzenden der Börsenaufsicht, lag das bestimmt nahe. Man konnte es ihm kaum verdenken, wenn er sich mühte, den Roten halt auf andere Weise entgegenzutreten.

Im selben Jahr 1986 entstand bei der zivilen Firma CSA auf Jupiter Island ein paramilitärischer Zweig – genannt ANV, was *Acta Non Verba* oder „Taten, nicht Worte" heißt. Gemeint war eine Art von Gegenterror im maritimen Bereich, manchmal auch an Land, was meinem Bildschirmtext zufolge Dinge wie lautloses Töten einschloss. Na, das war ein dicker Hund. Aus tiefster Brust dankte ich meinem Schöpfer, nicht mehr dabei gewesen zu sein, als brave Kampfschwimmer zu Angestellten der ANV wurden; faktisch Teilzeit-Terroristen auf dem freien Markt.

Und es fiel mir wieder ein, dass vier von uns im Herbst 1983 vor Grenadas Südküste ertrunken waren, unter dem Kommando von General Schwarzkopf, dieses erprobten Haudegens deutscher Herkunft. Und zwar bei der Landung auf der Antilleninsel, die Präsident Reagan zur Rettung unserer Studenten dort vor linken Halunken befohlen hatte. Was etwas völlig anderes ist als heimliches Minenlegen und Sabotageakte außerhalb von Befehl und Gesetz.

Der ANV-Club, so stand es hier, habe dann, um den Kongress nicht weiter zu verärgern und dessen „Boland II Zusatz" Rechnung zu tragen, vornehmlich Ausländer angeheuert, Leute aus Kuba und Korea, aus Südostasien und selbst aus Haiti – Boatpeople als Gastarbeiter! Na vielen Dank, Prost Mahlzeit, konnte ich bloß sagen. Es fehlte nur noch der Sudan mit seinen Freiheitskämpfern von der SPLA; von denen freilich stand nichts da. So geht ein Handwerk vor die Hunde, dachte ich, und einer Elite – wie es die „Robben" nun mal sind – droht der Abstieg: ein Tauchgang in die Grauzone beginnender Kriminalität. Das mochte selbst Brown zuviel geworden sein, so dass er die ANV verlassen hatte, um Terrorfahnder zu werden, deren Boss sogar.

Vorübergehend drängte sich mir das Bild einer Gratwanderung auf, Dirty Harry auf dem Hochseil, sturzgefährdet. Ein Seitenwechsel schien es ja nicht unbedingt zu sein, Brown diente nach wie vor der CIA. Jedes Ding hat mindestens zwei Seiten, und zweifellos, die Grenze zwischen Angriff und Abwehr verschwimmt auch in Sachen Terrorismus; dort vielleicht erst recht. Im Grunde ist die Grenze ziemlich fließend, wo gekämpft wird; das hat bereits der preußische General Carl von Clausewitz erkannt. Vor zwölf Jahren, bei seinem Abschied vom Amt, hatte mir Ronald Reagan dessen Werk „Vom Kriege" mit einer persönlichen Widmung geschenkt.

In ruhigeren Tagen wollte ich mich wieder einmal vertiefen in das Buch. Kein ganz leichter Text, doch so klar geschrieben, dass jeder amerikanische Offizier imstande sein sollte, ihn mit Gewinn zu lesen.

Während ich Eier in die Pfanne schlug, fühlte ich, wie ein Gedanke kam und sich mir trotzdem wieder entzog. Irgendwie kriegte ich die Frage nach dem Wert oder Unwert solcher Einsätze nicht zu fassen. Waren sie nun rechtens oder nicht? Keine Ahnung. Deshalb beließ ich es für den Augenblick bei einem simplen Urteilsspruch: Militärische Gewalt muss staatlich verfügt und beglaubigt worden sein, durch das Wort des Präsidenten; anders ist sie fragwürdig bis illegal.

Als meine Frau schnuppernd eintrat, war der Frühstückstisch schon gedeckt. „Du verwöhnst mich", sagte sie im Kaffeeduft. „Was steckt denn dahinter?"

Frisch und munter war sie aus dem Bad gekommen. Dass sie drei Jahre älter ist als ich und auf die Fünfzig geht, sieht man ihr überhaupt nicht an. Dagegen mein Gesicht – es wirkt zunehmend zerknautscht. Mich schlaucht der Dienst, wenn der Präsident heute in New York, morgen in Camp David, dann wieder zurück im Weißen Haus oder auf seiner Ranch in Crawford ist ... „Eigentlich nichts, Linda. Du, ich konnte nicht mehr schlafen."

„Du sagst eigentlich. Gibt´s etwas, das ich wissen sollte?"

„Also gut. Nächste Woche muss ich für ein paar Tage nach Florida. Am besten gleich Montag. Du weißt schon, warum."

„Schade, Ed. Und unser Boot, das liegt am Pfahl."

„Das wird auf keinen Fall vergessen. Mir stehen noch zwei Wochen Urlaub zu. Ich verspreche dir, du wirst nicht enttäuscht."

Sie nickte und klopfte an das Barometerglas, um zu prüfen, ob das Hoch noch durchhielt. Ich wusste ja, wieviel ihr daran lag. Sie liebte das Segeln, hatte es als Kind schon gemocht und es während ihrer Zeit in Livermore auf der kühlen San Francisco Bay zwischen den tückischen Nebelbänken erlernt. Und hatten wir zwei uns nicht beim ersten Mal auf meinem Boot geliebt? Es war alt, ein 30er Kielkreuzer namens „Patria", nicht gerade elitär ... Nie war bei ihr der Wunsch im Spiel, vor anderen als sportlich dazustehen. Und sie fuhr auch nicht raus, um ihre Seele zu finden, wovon manche Frau ja schwärmt; sie wollte einfach segeln, Punkt. Im Geplätscher der Wellen dahingleiten und spüren, wie das Boot anluvt, Fahrt gewinnt und dem Ruderdruck folgt, wie die Ufer von Virginia und Maryland allmählich versinken.

Darin sind wir uns ziemlich gleich. Auf dem Wasser ist kein Tag wie der andere, es gibt keinen Zeitplan, keine Routine – das wird es sein, was sie genießt. Und außer im Bett sind wir uns nirgends so nahe ... Manchmal nehmen wir auch Freunde mit an Bord. Nie Leute in blauen Blazern mit Messingknöpfen freilich. Und keinen, der öfter als dreimal pro Tag an den Regierungsdienst oder an sein Business denkt und einem irgendetwas verkaufen will. Wie Christoph Columbus brechen wir jedes Mal zu einer Reise ins Unbekannte auf. Und genauso wird's auch diesmal wieder sein, bin ich erst aus Florida zurück. Ich glaube, von meinen Mitbürgern wird manch einer ahnen, was ich meine, wenn ich das Gefühl erwähne, in Sachen Long Boat Key meinem Präsidenten noch etwas schuldig zu sein.

BRENDA DELANO:

Am Freitag schlief ich aus, wir wurden ja nicht gebraucht, vorerst. Frühestens um 3 Uhr nachmittags würde Bush mit der Air Force One nach New York fliegen, um Ground Zero zu besuchen, den Ort der Vernichtung. Zuvor stand ein pompöser Gottesdienst im Beisein des gesamten Kabinetts und zahlreicher Senatoren im Norden der Hauptstadt auf dem Programm. Dort, in der National Cathedral, würden auch die Altpräsidenten Carter und Clinton sowie der frühere Vize Al Gore sein. Zu der geladenen Prominenz zählten ferner die Eltern des Präsidenten, der Notenbankchef Alan Greenspan und der Reverend Billy Graham.

Bei unserem kurzen Gespräch, am Vortag in der Kantine des Weißen Hauses, hatte mir Danny Shaw erklärt, Bushs Rede dort ziele darauf ab, Trost zu spenden; und nach ihm würden ein protestantischer Geistlicher, ein katholischer Kardinal, ein Rabbiner und ein muslimischer Theologe zu Worte kommen, gemäß den Regeln konfessioneller Ausgewogenheit. „Hoffentlich schafft er es, die Fassung zu bewahren", hatte Danny angefügt. „Ich hab ihn gebeten, Wörter wie Mutter, Vater oder Kinder zu vermeiden, weil ihm das nur Tränen in die Augen treibt. Mehr lässt sich nicht tun, Brenda. Die Redenschreiber haben ihr Bestes gegeben, und Karen Hughes hat den Text eigenhändig in ihre alte Maschine getippt. Einen Teleprompter nämlich hat die Kathedrale nicht."

Gegen zehn zog Bewölkung auf, ich steckte den kleinen Regenschirm ein und wagte einen Umweg über die Mall, das grüne Herz Washingtons mit all den Gedenktempeln, seinen lieblichen Rasen- und Wasserflächen, die sich vom Kapitolhügel bis hinab zum Lincoln Memorial am Potomac ziehen. Gegenüber Ford´s Theatre, wo einst Abraham Lincoln erschossen worden ist, kaufte ich die Paperbackausgabe eines Buchs, das Danny beiläufig erwähnt hatte. In welchem Zusammenhang, wusste ich nicht mehr; nur etwas an ihm – die Miene oder der Tonfall – hatte mich aufmerken lassen. Ein Ausdruck flüchtigen Ärgers vielleicht. Es war schon närrisch, sich damit zu befassen, seine Gemütsregungen zu deuten.

Das Buch hieß *Tag der Täuschung – die Wahrheit über FDR und Pearl Harbor*, es kostete knapp 20 Dollar. Und während ich die grimmige Westfront des J. Edgar Hoover Building abschritt, die Festung des FBI, las ich die Unterzeilen: „Wie die amerikanische Regierung den Angriff provozierte und 2476 ihrer Bürger sterben ließ." Das klang ja ziemlich knallig. Anscheinend war der Titel schon die These. Nur, was sollte mir das? Ich war kein Freund von Verschwörungstheorien. Wieso nahm Danny überhaupt davon Notiz? Vielleicht, weil es in Mode kam, den schwarzen Dienstag in einem Atem mit Pearl Harbor zu nennen. Da ähnelten sich zufällig die Opferzahlen, eine andere Bedeutung stellte sich bei dem Vergleich nicht ein; welche denn auch. Bis auf das Heimtückische beider Taten, das der Autor gegen das gesicherte Geschichtsbild anzuzweifeln schien.

Er hieß Robert Stinnett und war wohl einer von denen, die es hinabzieht in die Historie, wo sie irgendein Großereignis aufklauben, um es deftig hochzuschreiben. Speziell der Zweite Weltkrieg hatte es ihnen angetan.

Beim Museum für Naturgeschichte erreichte ich die Mall und schlenderte zum Obelisk, dem Washington Monument; vor mir all die Gedenkstätten und Säulen, marmorne Zeugen der Vergangenheit, von den Gründervätern bis Vietnam. Obgleich die Sonne sich verbarg, lag etwas Anmutiges über dem Park und seinen Wiesen, zwei Meilen lang, ein mediterranes Flair. Es rührte wohl auch von den Regierungsbauten am Rande her, heller Sandstein im Stil Napoleons oder der italienischen Renaissance. Neulich, in meiner ersten Woche hier, hatte ich andächtig staunend auf den Stufen des Lincoln Memorials verharrt, während die Sonne aufstieg am Obelisk und ihr blasser Schein sich im Reflecting Pool so schimmernd brach, wie von den Landschaftsgärtnern vorgesehen. Da lag noch trügerischer Frieden über meinem Land.

Rechts, jenseits der Ellipse, nun die Südseite des Weißen Hauses, einem reichen Landsitz in Georgia ähnlicher als dem Zentrum der einzigen Weltmacht. Beinah wäre es zertrümmert worden! Oder hatte jener vierte Flug dem Capitol gegolten, hinter mir auf dem Hügel, gekrönt von der weißen Kuppel, 300 Fuß hoch? Nun, das war vorbei; ich begann mich wieder heimisch zu fühlen in dieser schönen Metropole – frei von Wolkenkratzern, altmodisch flach die Silhouette –, von der John F. Kennedy recht ungalant gesagt hatte, sie sei eine Stadt von nördlichem Charme und südlicher Zweckmäßigkeit.

Auf einer Parkbank gingen mir die Seufzer früherer Präsidenten durch den Sinn. Sie hatten oft dazu geneigt, die Bürde ihres Amtes zu beklagen, als „Dornenkrone" und „grauenvolle Last". Das schien ein alter, geheimnisvoller Brauch. George Washington hatte gesagt, er fühle sich wie ein Verurteilter auf dem Weg zur Hinrichtung; Thomas Jefferson nannte die Präsidentschaft ein glanzvolles Elend; für Harry Truman war das Weiße Haus „das feinste Gefängnis im Lande" gewesen ... Natürlich verlor ein Mann, der an die Spitze trat, viel persönliche Bewegungsfreiheit. Doch ich hielt solches Gerede von denen, die das Amt ja angestrebt hatten und sich noch stets erneut darum bewarben nach den ersten vier Jahren, für einen

Abwehrreflex. Sie wollten die Neider beschwichtigen, ihre Rivalen, die sich im Wahlkampf verschlissen haben oder gar depressiv geworden sind. In Wirklichkeit war ihnen doch wohl klar gewesen, wie die Macht schmeckt: süß und saftig, solange man sie hat. Da darf man endlich handeln, gestalten, Schicksal spielen und dazu noch ungestraft schwadronieren, von freiheitlicher Demokratie in christlichem Geiste etwa – Leerformeln voller Adjektive. (Uns Anfänger hatte man im Kurs für kreatives Schreiben vor dem inflationären Gebrauch von Beiwörtern gewarnt.)

John F. Kennedy übrigens äußerte sich niemals so. Einmal nach seinem Amtsverständnis gefragt, hatte er erklärt: „Ach, ich bin gern hier. Ich habe ein schönes Haus, das Büro ist ganz in der Nähe und das Gehalt stimmt auch." So etwas entschlüpfte ihm einfach, es kam dann so kühl und präzis, wie sein Freund Sinatra die Pianostellen sang – mit JFK auf einer Frequenz, ob bei den Hits oder bei Frauen. Oberflächliche Scherze beflügelten seinen Denkprozess. Sie dienten ihm zur Entkrampfung, wie auch sein Sarkasmus nicht Leichtsinn, sondern ein Teil seiner Fähigkeit zur Selbstkritik gewesen war. Er hatte gewusst, das Glücksgefühl einer derart weittragenden Wirksamkeit, wie ein amerikanischer Präsident sie entfalten kann, wiegt fast jedes private Opfer auf.

In meiner Grübelei hier angelangt, zog ich das Buch aus der Tasche und wog es in der Hand: anderthalb Pfund geklebter Schnee. Der Autor (Stinnett, nie gehört) schien unserem 32. Präsidenten – inzwischen sind wir bei Nummer 43 angelangt – Zynismus zu unterstellen, blanke Infamie. Franklin D. Roosevelt, so lief wohl die Anklage, habe Japan gereizt und tausendfachen Tod in Kauf genommen, um das Land endlich in den Krieg zu führen. Diesen Eindruck störte nur ein lauter Satz auf der Rückseite: „Dieses lückenlos dokumentierte Buch bringt die letzten angeblichen Tatsachen über Pearl Harbor ins Wanken." Fett gedruckt wie der Untertitel vorn, als Zitat aus der *New York Times*, gewiss aus dem Kontext der Rezension gepflückt. Immerhin, die hatte es gegeben, und das erklärte, weshalb Danny das Buch bemerkt hatte. Was die *Times* besprach, das durfte ein Imagepfleger der Regierung nicht völlig übersehen.

Ich steckte das Buch weg und zog dafür den Schirm hervor, denn es setzte Geniesel ein. Vorbei am Mahnmal für die 56 Unterzeichner der Unabhängigkeitserklärung lief ich durch die Verfassungsgärten zur 17. Straße. Was hieß denn „angebliche Tatsachen"? Das klang logisch so schwach wie das „Vortäuschen falscher Tatsachen" im Jargon der Justiz, deren Deutung von Betrug. Doch ich wurde nass und konnte es mir nicht leisten, jetzt Feinheiten nachzuspüren. Nahe der Ellipse, zwischen dem OAS Building und der Corcoran Art Gallery, fiel der Regen dichter. Dazu nun der Postenring, verengte Fahrbahnen und Polizeikontrollen. Wenigstens fuhren die Autos Schritt oder steckten fest, sie bespritzten einen nicht. Das Weiße Haus, sonst umlagert von Besuchern, weiträumig abgesperrt – beklemmend, dieser Wandel. Mehrfach wies ich mich aus und erreichte das Portal im selben Moment, als der Konvoi des Präsidenten, Dutzende schwarzer Limousinen, den Halbkreis der Zufahrt in wüsten Regengüssen verließ, mit Kurs auf die Kathedrale.

Beim Essen erzählte mir Don Taylor, mein Freund von der *Herald Tribune*, DEFCON 3 sei abgesenkt worden auf „Defense readiness Condition 4". Erstmals ging mir das Rätsel der Skala auf: Gefechtsbereitschaft 1, das war die höchste Alarmstufe, sie galt für den Fall des umfassenden Großkriegs. „Wir sind also noch zwei Schritte vom Weltuntergang entfernt gewesen", ätzte Taylor. Doch seit dem Kollaps der Sowjetunion dachte bei uns ja kein Mensch mehr daran.

Durch Taylor hörte ich von einem bizarren Kompetenzstreit, der im Pentagon schwelte. Wie vor drei Tagen ging es um den Jagdschutz für Air Force One, wenn das Flugzeug später auch uns nach New York bringen sollte. Der Präsident hatte einen Oberst wissen lassen, er wünsche für den Halbstundenflug gar keine Eskorte. Er war damit auf Einspruch bei Andy Card und Condi Rice gestoßen: die Gefahr sei noch immer nicht gebannt. Ein Helfer der Nationalen Sicherheitsberaterin rief also im Ministerium an, das kam Don Rumsfeld zu Ohren, der prompt tobte, man habe ihn übergangen! Es sei unvereinbar mit der Führungsstruktur und seiner gesetzlichen Amtsbefugnis, wenn derlei von Untergebenen ohne ihn vereinbart werde. „So ein Gemurkse ist inakzeptabel", hatte er gesagt und nochmals klargestellt, dass er ein unverzichtbares Glied der Befehlskette war.

Als wir nach Andrews aufbrachen, kam die Sonne durch. Auf der Pennsylvania Avenue dampfte der Asphalt. Bush, in dessen Kielwasser unser Bus schwamm, war mit großem Gefolge zurückgekehrt aus der Kathedrale. Dort hatte man, mit einem Opernstar als Vorsängerin, das Vaterunser angestimmt; zuletzt „The Battle Hymn of the Republic" in brausendem Chor zelebriert. Und der Präsident hatte es zur eigenen Pflicht und zur Mission des Vaterlands erklärt, auf jene Anschläge tiefgreifend zu reagieren und die Welt vom Übel zu befreien. Eine Kriegsbotschaft im Gotteshaus – bislang kaum denkbar, heute jedoch möglich. Von Verantwortung vor der Geschichte und der Vision eines göttlichen Gesamtplans war die Rede. Es hieß, die ganze Kirche sei von Entschlossenheit erfüllt gewesen.

Hier im Bus der Luftwaffe und dann in Air Force One fiel mir – ich glaube, zum ersten Mal – ein Wandel im Pressekorps selber auf. Die meisten Reporter hatten plötzlich Fähnchen am Revers, sie outeten sich als Patrioten, und ihre Lästerzungen schwiegen oder regten sich nur noch zaghaft. Bushs Auftritt in der Kirche, sonst ein Anlass zu Gewitzel, wurde beinah gutgeheißen. Und sogar Rumsfelds positionsbewußte Sturheit (er gab uns tatsächlich vier Abfangjäger mit) sah man eher positiv: Immerhin habe er seinen Laden fest im Griff, was für George Tenet leider nicht recht gelte, von Bob Mueller, dem neuen Haupt des FBI, ganz zu schweigen. In den Apparaten dieser beiden agierten Leute aus dem zweiten Glied oft eigenständig, was Rumsfeld niemals dulden würde ... Bei manchen meiner Kollegen hörte es sich an, als wünschten sie Geschlossenheit auch für uns an Bord. *Esprit de corps* ist der Fachausdruck, ein Hauch von Selbstzensur, freiwilliger Verzicht auf die eigene Meinung, falls sie vom Mainstream abwich. Sollte der Trend sich fortsetzen, würden wir uns künftig wohl darauf beschränken, Texte der Regierung mit pfiffigen Randnotizen aufzupeppen, ihnen Lokalkolorit und etwas Andekdotisches zu geben; das wär´s dann gewesen.

Doch ich greife vor. Noch lebten wir im Vollgefühl der Pressefreiheit, durch die Verfassung garantiert. Merkwürdig nur, wie brav mein Nachbar im Bus, der adrette Ben Rather vom *Wall Street*

Journal, seit Dienstag geworden war. Noch immer gefiel er sich in der Rolle eines Dandys, des leicht blasierten, gepflegten Journalisten im Tausend-Dollar-Outfit. Sein Sakko war stäubchenfrei, die Fliege kunstvoll geschlungen, die Bügelfalte messerscharf wie bei einem Herrenausstatter. Doch an seinen Ausspruch von Barksdale, die dritte Welt habe die Kanonen herumgedreht und zur Abwechslung mal auf die erste gezielt, konnte er sich partout nicht erinnern. Der Satz, den mein Ressortchef mir gestrichen hatte, obgleich das böse „zur Abwechslung" schon darin fehlte, dieser Satz war ihm total entfallen.

„Das soll ich gesagt haben?", fragte er ungläubig.

„Sie haben sogar noch mehr gesagt." Ich widerstand nicht der Versuchung, ihn zu pieksen. „Zum Beispiel über den Boss da vorn, er habe weder Grips noch Mumm."

„Also ich bin ja öfter spontan, aber das können Sie mir nicht auch noch zuschreiben."

„Wem fehlt da jetzt der Mumm, Bush oder doch eher Ihnen?"

„Sollte ich nun Schuldgefühle haben?"

„Versuchen Sie doch mal, die zu entwickeln, Ben."

„Gern, Brenda. Ich arbeite daran. Keiner ist vollkommen."

Und damit schwieg er für den Rest der Fahrt. Sein Froschmaul, sonst breit vorgestülpt, zog sich hinter die Wangenwülste zurück. Im Flugzeug verschmähte er den Platz neben mir, so dass sich mein Eindruck hielt, es mit ihm verdorben zu haben. Schade – war er doch ein heller Kopf; ich hätte gern von seinem Sachverstand profitiert.

Etwa auf halber Strecke, ein Stück vor Philadelphia, begann mein Handy zu vibrieren. Es steckte in meiner Kostümjacke, obschon es dort auftrug. Ich wusste gleich, es war Danny Shaw, der mich sprechen wollte. Diese stille Art, einander zu erreichen, hatten wir gestern erst vereinbart. Es machte ihm zwar nichts aus, vor fremden Augen mal das Wort an mich zu richten; doch fraglos war er es seiner Stellung schuldig, alles zu vermeiden, was als Liebe im Büro oder deren Anbahnung betrachtet werden konnte. Selbst Flüchtiges wie flirtende E-Mails schien er zu scheuen, und gewiss nicht ohne Grund.

Durch Bill Clintons Verfehlungen waren, nach dessen Abgang, die ethischen Standards im Weißen Haus offenbar hochgeschraubt worden. Zumal das Sakrament der Ehe war unantastbar geworden, durch das Vorbild George W.Bushs sanktioniert. Da grenzte es für Danny schon an Kühnheit, sich mit mir wieder auf Backbord im Korridor zu treffen.

„Brenda", sagte er leicht atemlos im Hauch der Komplizenschaft, die uns wie eine verletzliche Blase umgab, „es geht nun ins Wochenende ... Fliegen Sie nach Washington zurück – oder bleiben Sie vielleicht ein bisschen in New York?"

„Das habe ich allerdings vor."

„Fein!" Die Auskunft schien ihn zu entzücken. „Ich kann mich nämlich auch abseilen. Bush fliegt anschließend nach Camp David, da muss nicht sein ganzer Stab dabei sein."

„Ihre Familie wird das kaum freuen, Danny. Der Samstag gehört doch wohl ihr."

„Es gibt keine, Brenda."

Ich begriff ihn nicht gleich, sondern merkte bloß, wie seltsam er, mit seiner schönen Stimme, meinen Namen aussprach – so als enthalte der ein Geheimnis oder etwas Festliches. „Ach ja", sagte ich irritiert, „nicht verheiratet?"

„Ich war es ... Hat nicht gehalten."

Das verblüffte mich; es änderte auch einiges. Weshalb hatte er das nicht früher angedeutet? Vielleicht, weil er annahm, es habe sich zu mir herumgesprochen. Die anderen wussten es wohl, aber ich war neu in der Runde.

„Was ist", drängte er, „unternehmen wir was zusammen?"

„Das geht nicht, Danny. Wenn ich schon mal in New York bin, rechnet meine Mutter fest mit mir." Er verdüsterte sich, es tat mir Leid, denn außerdem war es gelogen. Natürlich freute sich Mutter, wenn ich kam, noch erkannte sie mich ja; doch mich erwarten, das konnte sie nicht mehr. Sie war 72, doppelt so alt wie ich, und seit 1993 ein Pflegefall, dort südlich des Central Parks in ihrer Dachterrassenwohnung. Seit anderthalb Jahren war es unmöglich, sie anzurufen, und zwecklos, ihr zu schreiben. Und, zugegeben, ich hatte in der letzten Woche kaum einmal an sie gedacht.

„Möglicherweise", sagte er in dem Versuch, noch irgendwas zu retten, „möchten Sie mich Ihrer Mutter vorstellen?"

„Das ist keine so gute Idee, leider. Mary Delano, Autorin von Kinderbüchern, in den siebziger Jahren recht bekannt ... Inzwischen lebt sie ganz in ihrer Märchenwelt."

Ich sah ihm an, dass er verstand, wohltuend rasch; freilich ohne aufzugeben. „Vielleicht darf ich Sie dann Ihrer Mutter für eine Stunde entführen? Wir essen zu Abend und ich bringe Sie wieder hin."

„Gut –. Das wäre denkbar."

Ich nannte ihm die Adresse, und er fragte: „Um halb neun, geht das klar? Was ist Ihnen lieber, Brenda, das *Plaza* oder der *Rainbow Room*? In beiden isst man gut."

Das *Plaza* war mir recht, schon weil es dicht bei Marys halbem Penthouse lag, doch ich überließ es ihm. Er wollte sehen, wo er so schnell noch einen Tisch bekam. Das Flugzeug stieg bereits ab, mit einem kleinen Lächeln gingen wir auseinander, jeder auf seinen Platz.

Vom Flughafen waren es bis Lower Manhattan noch zehn oder fünfzehn Meilen, trotzdem spürte man den Brandgeruch. Was uns da in die Nase stieg, war Qualm aus den Trümmern des World Trade Center, die – es schien unfassbar – nach drei Tagen noch schwelten. Daher der widerliche Gestank nach Rauch, glimmendem Kunststoff und wohl auch versengtem Fleisch. Welch bitteres Wiedersehen mit meiner Stadt! Ich hatte sie von Anfang an geliebt. Der Blick vom Empire State Building in ihre gigantischen Schluchten hatte mich als Kind schon tiefer beeindruckt als das Grand Canyon in Arizona, weil dies hier von Menschenhand erschaffen war.

Als ich dem Ort der Katastrophe näher kam, war mir, als habe die Atmosphäre sich verwandelt – über das Fehlen der Türme hinaus. Allmählich begriff ich, es lag am Licht. Das untere Manhattan war immer düster gewesen, wenn man vom City Hall Park oder vom Fulton Fish Market her sich vortastete zur Wall Street, in das Herz der Finanzströme des ganzen Landes. Die imposante Hochburg unserer Wirtschaft bestand ja aus schluchtartigen Straßen, von Wolkenkratzern fast zu jeder Tageszeit verschattet. Und dieses graue

Zentrum der Macht war jetzt aufgesprengt, Licht drang herab auf den Asphalt, es fiel in Winkel, die jahrzehntelang kein Sonnenstrahl erreicht hatte.

Der Anblick des Trümmerfelds, überragt von Kränen, war niederschmetternd, alptraumhaft, einfach barbarisch. Bizarr verbogen, halb geschmolzen die Skelette der einst so stolzen Türme. Der Präsident war uns mit seinem Stab im Hubschrauber vorausgeeilt und auf dem Wall Street Heliport gelandet, nun langte er mit einer endlosen Wagenkolonne an, vorbei an jubelnden Menschen, die ihn herbeisehnten, Fahnen und Wimpel in der Hand. Er hatte es geschafft, sich zwischen Kirchgang und Ground Zero umzuziehen. In dunkler Hose, beigegrauer Windjacke und offenem olivgrünen Hemd sah ich ihn über Schutthaufen steigen. Man winkte ihm begeistert zu, und wirre Rufe forderten ihn auf, gnadenlos Vergeltung zu üben. Zumal die Bergungsmänner, nach Rache dürstend, gerieten außer sich. Im Takt rhythmischer Wiederholung schallte ein heiseres Brüllen – „U-S-A, U-S-A" – über ihn weg. Nie hatte ein Staatschef sein Volk so bedingungslos hinter sich wie George W. Bush an jenem 14. September, nachmittags um halb fünf.

Vom Applaus fast überwältigt und diesmal ganz in seinem Element, konnte er sich inmitten dieser Raserei freilich gar nicht äußern. Unglaublicherweise fehlte es an Vorbereitung, hatte doch Bartletts Kommunikationsteam es versäumt, für ein Mikrophon und ein paar Lautsprecher zu sorgen! All dies wirkte chaotisch, selbst der Secret Service übersah die Lage kaum, offenkundig deckte er den Präsidenten mangelhaft, doch keiner wollte ihm hier Böses; nur reden hören wollte man ihn.

Ein wohl 70jähriger Feuerwehrmann – behelmt, in Jeans, die Gasmaske vor der Brust – wuchs neben Bush zum Helden des Augenblicks. Er stand auf einem zerstörten Löschfahrzeug und wurde vom Stab gefragt, ob es als Podest dienen könne. Der Alte hüpfte darauf herum, in grotesken Sprüngen prüfte er die Festigkeit des Wracks, dann stieg der Präsident zu ihm hoch und legte den Arm um seine Schulter zum Zeichen, dass er an der Seite all der tapferen Menschen sei. Das Bild ging um die ganze Welt. Und in diesem Moment reichte Danny Shaw ihm ein weißblaues

Megaphon hoch, worauf er sofort begann: „Ich danke Ihnen! Ich möchte, dass Sie alle wissen ..."

Doch seine Worte, blechern verstärkt, verhallten in der Ruinenlandschaft, als sauge der stinkende Müll sie auf. „Mr. President", rief man ihm zu, „Wir können Sie nicht hören!"

„Lauter geht's nicht", keuchte er und setzte neu an. „Amerika beugt seine Knie im Gebet für die Menschen, die hier ihr Leben verloren haben an einen grausamen Feind ..."

Wieder schrie jemand: „Ich kann Sie nicht hören, Sir!"

„Aber ich", schlug er zurück. „Ich kann Sie hören. Und der Rest der Welt hört Sie. Und jene Leute, die uns das angetan haben, all die Trümmer, die werden auch bald von uns allen hören!"

Es nahm mir schier den Atem. Die schnelle Replik war genial. Damit zog er sogar mich, die schon viel über ihn wusste und auch dunkle Seiten an ihm kannte, spontan in seinen Bann. Hier war nichts abgekartet, einstudiert – die Szene war authentisch. Ein kostbarer Augenblick der Übereinstimmung, Bush im stärksten Auftritt seines Lebens: der Star, die Rolle und das Publikum ganz deckungsgleich.

Halb berauscht, halb erstaunt davon, wie dieser Sog auch mich ergriff, die ich mir doch was einbildete auf meinen kühlen Kopf, fuhr ich im Taxi zur 58. Straße West und rief unterwegs Mutters Pflegerin an. Vor ihrem Haus angelangt, lief ich am Portier vorbei zu dem Lift, der mit mir hochglitt. Bevor er direkt vor Marys Wohnung hielt, zappelte mein Handy. Ich zog es aus der Jacke und las auf dem Display: „Hey Brenda, wie ich mich freue! Danny".

Eher unreif, der Satz, fand ich. Die Botschaft eines Jünglings, 50 Jahre alt, und doch! Wider Willen war ich gerührt. Ein Tag der jähen Gefühle; erst hatte der Präsident mich animiert, nun tat das sein Berater.

DANIEL SHAW:

Aufatmend saß ich, allem Trubel um den obersten Trauernden entrückt, im *Carpaccio*, dem stillen Ristorante, nippte an meinem

Martini und ließ die Eiswürfel leise klingeln. Nur Andy Card hatte ich adieu gesagt, ordnungshalber, und mich dann flink verdrückt. Ach, zum Teufel mit Dabjahs Crew! Ich sah zur Uhr, es ging auf sechs, noch gut zwei Stunden bis zum Wiedersehen. Brendas Geneigtsein hatte mich erquickt und inspiriert, da stellten sich lockende Bilder ein ... Habe Geduld! Der Abend versprach mir Entschädigung für den verpfuschten Tag.

Versuch mal, den Stress abzubauen, redete ich mir zu. Doch ein nagender Verdruß ließ mich nicht los, eine dunkle Unterströmung, gegen die man machtlos ist. Ja, der Frust saß zu tief ... Um diese Zeit bestieg der Präsident anstelle seiner 747 die kleine C-20, weil die Landebahn von Hagerstown in Maryland zu kurz war für die Air Force One. Vom Flugplatz fuhr er nach Camp David weiter, wo morgen der Nationale Sicherheitsrat tagen würde, und zwar ohne mich. Bush hatte seine Leute dort einbestellt; die wichtigsten waren Cheney, Rumsfeld, Tenet, Rice und Powell. Und die Mehrheit dieser fünf hatte darauf gedrängt, mich auszubooten. Was also sollte ich auf dem Landsitz, degradiert zur Randfigur?

So blieb es mir zwar erspart, das triste Büffelfleisch zu kauen, das es zum Abendessen am Tisch des Vizepräsidenten in Camp David immer gab; mochte der sich ruhig damit voll stopfen. Aber ich gestand mir ein, der Ausschluß schmerzte doch. Drei von der Bande würden versuchen, Bush den Irak schmackhaft zu machen. Das war derzeit keinem unserer Alliierten zu vermitteln, nicht mal der eigenen Öffentlichkeit, für die ich zuständig bin. Sie wussten, ich würde ihnen widersprechen, nur deshalb hatten sie mich weggebissen.

Und das hatte mir den Trauerakt mittags in der Kathedrale, ohnehin schon schwer erträglich, ganz vergällt. Ich bin kein tief religiöser Mensch und gebe ungern vor, einer zu sein. Im Dröhnen der Orgel und im Nachhall der Gesänge und der Reden, die mir dank eines Echoeffekts meist unverständlich blieben, hatte ich bald die Härte der Bank und ihrer steilen Lehne gespürt. Knarrendes Holz, von uralter Schuld, endlosem Kummer und kirchlicher Strenge verbraucht. Und während mein Blick über die Köpfe schweifte, vom kerzenüberstrahlten Altar hoch an den mächtigen

Pfeilern bis zur gewölbten Decke – sie schien so fern wie der Himmel nebst Gottes Gnade selbst – nahm die Zeremonie, eher Staatsakt als Messe, majestätisch ihren Lauf. Strapaziös. Einfach weghören! Von Erleuchtung, von Erlösung keine Spur. Nur der Schauwert war beträchtlich.

Wahrlich ein pompöses Bild. Amerika trauerte im großen Stil. Das Gold, die Weite, der Regen, die Totenglocke – das war großes Welttheater. Alles andere war ausgelöscht vom Bodenpersonal Gottes. Der Kardinal prunkte in scharlachfarbenem Ornat, der Rabbiner und der Pastor waren schlicht gewandet, der muslimische Geistliche ... im Beduinenlook? Ich wusste es nicht mehr, ein Farbenspiel hatte mich abgelenkt. Durch die Rosetten und Fenster des Chors drang buntes Licht, in dem Staub tanzte. Und die Strahlen kolorierten die Häupter der Kabinettsmitglieder und Ehrengäste in der ersten Reihe, wo sie zum Beispiel Billy Graham umhuschten, den Moralapostel Bushs. Dessen Kopf färbten sie gelblich, wenn er saß, als drücke das Leid ihn nieder; und rubinrot, wenn er aufstand, als falle es ihm schwer, seinen Zorn zu meistern und keinen Hassgesang anzustimmen. Grundton aller Reden schien sowieso die grollende Bereitschaft zu sein, es den fernen Hintermännern heimzuzahlen. Die Täter selber waren ja tot.

Mein Denken dort schlug eine andere Richtung ein. Der harte Kern unserer Administration, das machte ich mir klar, bestand aus Neokonservativen, die unter Ronald Reagan groß geworden waren. Ich hab gar nichts gegen die, obgleich es Ideologen sind, im Unterschied zu mir, dem Taktiker und Architekten. Ihre prinzipiellen Sorgen teile ich durchaus. Sie hegen nämlich zwei Befürchtungen, beide gut begründet. Erstens sind sie davon überzeugt, das Zeitfenster werde sich allmählich schließen, in dem unser Land seit dem Kollaps des Ostblocks als einzige Weltmacht erscheint. Das sehen die *Neocons* ganz richtig: China, der schlafende Riese, ist erwacht und dabei, sich mit Indien, Russland und dem Iran anzufreunden, ökonomisch wie politisch, was natürlich unsere Stellung unterhöhlt. Selbst nach Brasilien und Venezuela streckt der Konkurrent schon Fühler aus.

Und zweitens: Ihre Angst, die Energiebasis der Welt schrumpfe, die Quellen würden mal versiegen, eines nicht mehr allzu fernen Tages, diese Angst ist absolut real. Bald wird der Fördergipfel überschritten sein, das Volumen unerbittlich sinken, während der Bedarf an Öl und Erdgas ständig steigt. In dieser Lage müssen wir uns doch die Quellen sichern, und zwar militärisch, das heißt präsent im Nahen Osten sein. Wer das nicht sieht, ist ein Schwachkopf oder blind. Die Neocons haben's als Erste erfasst, genau davon gehen sie aus. Doch leider sind unter ihnen, wie sollte es bei Dogmatikern anders sein, auch ein paar Narren. Leute mit der Gabe, richtige Dinge zur falschen Zeit zu tun. Jetzt in den Irak zu gehen, auf der Stelle, das gab Ground Zero ja dann doch nicht her; es fehlte jeglicher Zusammenhang. Aber mit Strebern wie George Tenet hinter sich, mit der CIA im Bunde, würden Dick Cheney und Don Rumsfeld schwer zu bremsen sein. Wenn überhaupt, dann kämpft Cheney wie ein alter Elefantenbulle, unberechenbar, gefährlich selbst für seine Freunde. Und Rumsfeld, der sein Pentagon für die letzte Bastion vornehmer Amtsführung hält und dessen Weisungen stets glasklar formuliert sind, intellektuell beleckt, dieser Mann ist um kein Haar besser als Paul Wolfowitz, sein sophistischer, krankhaft umtriebiger Vize.

Gestützt auf den glatten CIA-Direktor, waren die zwei kaum schlagbar; von Condi Rice und Colin Powell, dem es wohl schon an Testosteron zu mangeln begann, jedenfalls nicht. Immerhin war Tenet bei all der Gewandtheit und dem Olivenöl in seinem Haar selbst ein Gejagter. Wie ein Klecks Unrat klebte der Vorwurf an ihm, sein Dienst sei schuld an dem Desaster; er habe gemeinsam mit seinem Antiterrorchef Harry Brown den tödlichen Fehler gemacht, zwei oder drei Topterroristen, ihm bestens bekannt, einreisen zu lassen, ohne das FBI oder sonst wen zu informieren. Da konnte Tenet sich schütteln, sich wenden und drehen – den Geruch, ein Versager, eine griechische Niete zu sein, den wurde er nicht mehr los. Was half ihm da noch, außer der Flucht nach vorn?

Während Rumsfeld also, inspiriert von Wolfowitz, an dem Schreckensbild pinselte, in Afghanistan könne es uns ebenso ergehen wie einst der Sowjetarmee, warf Tenet zwar höchst schwungvoll Pläne zur Vernichtung von al-Qaida dort am Hindukush auf den Tisch, wahlweise mit ihren Wirten, den Taliban, oder ohne die. Pläne, ursprünglich ersonnen von Frank Norris, dem rastlosen TNT-Chef, der sie immer noch verfocht. Aber die Angst um seine Karriere machte ihn hysterisch. Sie trieb Tenet so weit, dass selbst brauchbare Ideen einen Stich ins Schrille bei ihm kriegten. Gehe etwas schief bei CIA-Aktionen in Afghanistan, hatte er beim Morgenrapport zu Bush gesagt, würde man mit Fingern auf ihn zeigen; Untersuchungen würden die Folge sein.

Und zugegeben, was Untersuchungen betraf, da kannte George Tenet sich aus. War er doch schon 1985, mit 31 Jahren, Referent im vierzigköpfigen Geheimdienstausschuss des Senats gewesen. Von da hatte ihm David Boren, ein demokratischer Senator aus Oklahoma, zum Sprung ins Weiße Haus verholfen, wo er Bill Clinton als Haupt des Geheimdienststabs im Nationalen Sicherheitsrat diente, bis der ihn 1997 zum CIA-Direktor erhob. Und fast als einziger ranghoher Mann der alten Administration war er unter Bush geblieben, dessen Ohr er täglich hatte. Außer ihm war von Clintons Crew nur Frank Norris übernommen worden. Eine Bilderbuch-Laufbahn, und nun stand sie auf dem Spiel.

Tenet, das Schlitzohr; ein Odysseus im Kleinformat. Listig genug, um das Verdikt, das ihm jetzt drohte, in die Zukunft zu verlegen, es sich jammernd selbst zu prophezeien. Und dabei hatte er sich wider besseres Wissen nicht entblödet, auf Pearl Harbor hinzuweisen! Bereits in den 40er Jahren, so ging seine Klage, habe es da Untersuchungsausschüsse und Spekulationen „bis hin zu Verschwörungstheorien" gegeben, mit dem Ziel, festzustellen, wer denn für das schreckliche Debakel – den Untergang der pazifischen Schlachtflotte seinerzeit – die Verantwortung trage. Bloß, um Sündenböcke zu finden; immer gehe es darum. Das sei auch heute noch so, doch weder er noch etwa sein Terrorspezialist Brown habe es verdient, zum Sündenbock gemacht zu werden ... Schon wieder Pearl Harbor, verdammt, ein Stolperstein in letzter Zeit.

Aber welch kühner Zug, kaltblütig, raffiniert! Sogar in Rage hatte Tenet sich geredet, mit südlichem Feuer, und wie ein Provinzschauspieler, wie so ein Knattermime chargiert. „Die Leute schuften sich ab", hatte er halb erstickt gestöhnt, und damit auch Harry

Brown gedeckt, der ihm deutlich am Herzen lag. „Die Männer und Frauen, welche die Arbeit tun, müssen doch wissen, dass Sie, Mr. President, auch an sie glauben ..." Solch Appell ans Gemüt war tränentreibend, der kam bei Bush gut an, es weckte den Dienstherrn, den Landesvater in ihm, der sich vor die Getreuen stellt. Und indem Tenet das Risiko von Afghanistan-Einsätzen der CIA schlau übertrieb und Bedenken auftürmte vor Bush, wirkte sein Pessimismus als Druck auf das Ruder – in Richtung Irak, wo alles leichter sei: lohnende Ziele, kein lästiges Gebirge und die mächtige US Army anstelle des Häufleins von Einzelkämpfern der Special Forces und der CIA. Verblüffend, was der Mann auf einen Streich gewann: Zur eigenen Entlastung noch die Gunst der zwei stärksten Mitglieder des Kabinetts. Ein begnadeter Kleindarsteller als Geheimdienstchef ... Gott schütze Amerika.

So schlüssig, wie hier notiert, gingen die Dinge mir gewiss nicht durch den Kopf; weder in der Kathedrale noch in Ciprianis nettem Lokal. Dies ist ein nachträglicher Bericht. Ich weiß noch, im *Carpaccio* knurrte mir der Magen, und ich telefonierte herum, um für Brenda und mich etwas Schönes zu arrangieren. Man isst in New York besser als sonstwo auf der Welt, hat die fröhliche Wahl zwischen französischem Soufflé au Rhum, japanischem Tempura, kubanischem Huhn mit Reis, jüdischem gefülltem Fisch, Schweizer Fondue und rumänischem Rostbraten, wenn man's volkstümlich will; von argentinischem Steak ganz zu schweigen, zarter und saftiger als Cheneys Büffelfleisch. Ich probierte es bei *Sam's* in der 52. Straße West und im *Rainbow Room*, der Perle im 65. Stock des Rockefeller Building – eine Kultstätte edlen Weins und alter U-Musik, sanft durchweht vom Sound des Orchesters Duke Ellington oder Armstrongs Trompete, dem Zauber der versunkenen Zeit. Und ein intimer Tisch sollte es schon sein. Doch nur im *Plaza*, New Yorks ehrwürdigsten Hotel, und im *Carlyle* an der Madison Avenue war noch etwas frei – dem legendären Gründungsort der Carlyle Group, dieses Schmelztiegels und Jackpots transnationaler Hochfinanz; das erste Fünfsternehaus der Stadt.

Ich entschied mich für das *Plaza* am Südwinkel des Central Park, wo die Kutschpferde stehen, wegen der Romantik. Dort nahm ich auch eine Juniorsuite für 600 Dollar, fuhr zu Brendas Adresse und wartete auf sie unten beim Portier. Sie hatte sich umgezogen, was bewies, dass sie wirklich hier zuhause war. Ihre Aufmachung entzückte mich, obgleich ich sie heute nicht mehr beschreiben kann. Ihr Gang, langbeinig und selbstbewußt, der dunkle Klang ihrer Stimme – all das betörte mich so wie ihr Duft. Im Taxi sprachen wir vom Befinden ihrer Mutter. Sie litt an Altersdemenz, vermutlich Alzheimer, war jedoch schmerzfrei, schien sich wohlzufühlen und vermisste nichts. Übrigens wechselte Brenda rasch das Thema, so als glaube sie, ich hätte nur aus Höflichkeit nach Mary Delano gefragt.

Vorm Hotel stiegen wir aus, umspielt vom Hauch des alten Europa. Jeder kennt das Haus, das unter dem Rubrum „im Plaza geschieht nie etwas Unwichtiges" die Erinnerung an Gäste wie Ernest Hemingway oder Enrico Caruso pflegt. Wie ein französisches Renaissanceschloß ist es erbaut, doch 19 Etagen hoch, was ihm etwas Geblähtes gibt. Bei allem Spott, zu dem das reizt, ich mag das palastartige Flair, die Geigen unter dem Milchglas des Teegartens in der Halle, wo man ab vier für reifere Damen aufspielt. Die erholen sich dort vom Einkauf in der Fifth Avenue bei einer Tasse Tee mit Sandwich für zwölf Dollar, gereicht von Obern im Smoking, die einem gekonnt schmeicheln. Mich hat mal einer verhalten gefragt, ob ich der Premier von Belgien sei, ich sähe ihm so ähnlich.

Zum Aperitif erzählte ich Anekdoten, gedämpft durch ein Befangensein, das mir sonst fremd ist. Zwei Dutzend Kinofilme spielen im *Plaza*, das bot ja hinreichend Stoff – von *Barfuss im Park* über *Frühstück bei Tiffany* bis zum *Großen Gatsby*, dessen Autor Scott Fitzgerald dort einst mit Hemingway so heftig trank, dass der versprach, ihm einen hübschen Nachruf zu schreiben, und dem Saufbruder riet, seine Leber der Universität Princeton zu vermachen, da hatte Scott Fitzgerald studiert, sein Herz jedoch dem *Plaza*.

Und so weiter. Aber das Echo blieb matt, mein Smalltalk verfing nicht bei ihr. Eine New Yorkerin berührt das schwerlich. Sie vertiefte sich in die Karte, und – nun ja, ich weiß nicht mehr, was wir speisten. Da mich das Menü zuvor, im Beisein von Bushs Redenschreibern, derart beschäftigt hatte, ist es beschämend, zuzugeben, dass mir der Überblick abhanden kam. Falls ich wie üblich bestellt haben sollte (etwa: das Beste von Kalb und Ente in Trüffelmadeira, mit zweierlei Gemüse und Gratin Dauphinois), dann würden wir über Pinotage trocken von Alphen Hill, Südafrika, einander zugelächelt haben.

Ein harter Tag lag hinter mir, ich konnte wohl noch beredsam, doch kaum mehr überzeugend sein. Und als spüre Brenda meine Hemmung, den Verlust an Souveränität, sagte sie warm: „Der Präsident hat heute die Herzen erobert, er ließ alle mit einem guten Gefühl zurück. Sein Auftritt an Ground Zero ist gelungen."

„Danke ... Ich habe daran mitgewirkt."

„Weiß ich doch! Und seitdem sind Sie mein Held."

Meine Replik klang ungewollt zweideutig: „Man weiß eigentlich nie, wozu man fähig ist, bis man aufsteht und beschließt, es zu versuchen."

Ihr Lächeln kam schnell auf diese Phrase, sie neigte sich mir sanft entgegen, und auch der Wein blühte tröstlich in mir auf. „Ich denke, wir zwei wissen es", hörte ich sie glucksend sagen ... Da endlich verflog meine Scheu, ich winkte dem Ober, quittierte die Rechnung und sagte: „Die Suiten im Haus sind auch sehr hübsch. Hätten Sie nicht Lust, Brenda, bei mir oben noch ein bisschen zu plaudern?"

„Ach, Sie haben hier gebucht?"

„Ja, gewiss, im achten Stock ... Und dort lässt sich´s reden, ungestört, auch über Dinge, die ich in der Öffentlichkeit nicht erwähnen darf."

„Ist es möglich, Danny, dass Sie versucht sein könnten, im achten Stock die Diskretion mal zu vergessen?"

Mein Respekt vor ihrer spitzen Zunge wuchs. Sie sah heiter und knusprig aus, in ihrem schicken karierten Kostüm so sorglos, wie ich es selbst gern gewesen wäre. „Warten Sie´s doch ab", brachte ich heraus.

„Sie lassen mich wirklich in die Karten gucken?", fragte sie im Lift und hauchte mir spontan einen Kuss oder dessen Andeutung aufs Ohr. „Nur, um mit mir ins Bett zu gehen?"

Ihre Offenheit, impulsiv und grandios, nahm mir den Atem.

„Sie sagen *nur*", erwiderte ich mühsam, bestrebt, eine Erektion zu vermeiden oder zu verbergen, die sich zwischen uns zu drängen schien. „Dabei wär es fast das Schönste auf der Welt für mich."

„Sie sagen *fast.*"

„Ja ... Denn eine echte Bindung wär für mich noch mehr."

Wir langten im achten Stock an, und ich sah sie aufstrahlen. Durch meinen letzten Satz? Oder bewirkte dieses Hotel aus dem Bilderbuch ihr kindliches Staunen, das Leuchten in ihrem Blick? Der Luxus ringsum, der hohe Gang voller Kristalllüster, die Läufer mit den eingewebten Medaillons schienen ihr zu gefallen, mitsamt den Speisedüften aus den zwei Küchen, die es auf jeder Etage gibt. Hier fühlt man sich als ein Mensch, dem es zusteht, auch mal schwach zu sein. Das Mobilar kam aus Frankreich, die Damastvorhänge stammten aus der Schweiz, und die Täfelung unten im Oak Room, in dem die Geschäftswelt früherer Tage ihre Deals besiegelt hatte, war aus merry old England.

Die Suite empfing mich wie immer mit Blumen und frischem Obst, in Zellophan gehüllt. Anstelle der Minibar im Kühlschrank standen die Spirituosen anheimelnd offen da, von Armanac bis Zwetschgenwasser; wann immer der Gast es wünscht, schiebt man ihm Eiskübel herein. Vier solcher Suiten teilt sich ein Team: das Zimmermädchen in dunklem Kleid und Häubchen, der Steward, preußischblau gewandet – Goldknöpfe, weißes Hemd, schwarze Fliege –, der Kammerdiener ist und auch Gespräche entgegennimmt, wenn man ausgeht, sowie ein Kellner, der beim Servieren weiße Handschuhe trägt.

„Ich bin beeindruckt", sagte Brenda.

„Das ist auch der Sinn. Die Welt von gestern! Die Direktion teilt uns mit, der erste Gast am Eröffnungstag sei Alfred Vanderbilt gewesen, der Sohn des Eisenbahnkönigs, damals der reichste Mann ... Was möchten Sie trinken?"

Aus dem verspiegelten Bad rief sie: „Bloß ein Wasser."

Ich goss mir einen Gin-Tonic ein, froh, ein solch wahnsinniges Glück zu finden. Ein letzter Kick und weg mit allem, was bedrückt! Jetzt die Kontrolle behalten, den Ablauf optimieren, ihn besser steuern als die Dinge da draußen, die ohne mich laufen und wohl überhaupt unlenksam sind ... Ja, bis hierher folgte mir der Verdruß.

Sie kam zurück, erfrischt, noch im Kostüm, ich reichte ihr das Glas, und mein Verlangen wurde so stark, dass ich sie wortlos umschlang. Ich presste mich wie ein Ertrinkender an, stumm in schwellender Begierde, spürte ihre Zunge und den Druck der kleinen Brüste und fand den Körper höchst erregend – Terra incognita. Ihre Vorlieben, die erotischen Wünsche: unbekannt. Ich wollte um jeden Preis alles richtig machen, ohne ihr Passwort zu kennen, das Sesam öffne dich. Wie sollte das gehen? Erwartete sie übrigens ein Kondom, oder sollten wir es barfuß wagen? Keine Ahnung ... Danny, der Bedenkenträger, hatte Bush vorhin gehöhnt, irgendwann am Vormittag. Mir war klar, jeder Einwand hemmte meine Lust.

„Komm, zieh dich aus", bat ich.

„Und du, Danny?"

„Bitte fang an."

„Weshalb ich?"

„Ich will sehen, ob du nicht verkabelt bist."

Sie unterdrückte ihre Neigung zum Protest, zog einen Reißverschluss auf. Es pochte in meinen Schläfen – welch scharfer Reiz, diese Enthüllung! Mir blieb die Luft weg; drei Tage lang hatte ich davon geträumt. Dann, entkleidet bis zur Unterwäsche, hielt sie inne. „Du, ich bezweifle, ob das was wird mit uns, wenn du derart misstrauisch bist."

„Mach dir nichts draus", sagte ich leichthin und hatte den Eindruck, endlich den passenden Ton zu treffen. „Wir zwei müssen vorsichtig sein. Und das hängt damit zusammen, dass einer von uns beiden Dabjahs Topberater ist."

Beim besten Willen, ich weiß nicht mehr, ob das Ironie sein sollte oder ob es mir ernst gewesen ist. In meinem Job sieht man halt überall Fallen und Komplikationen – aber auch bei Brenda? Eher scheute ich wohl den Vergleich, hier mein weicher Körper, dort ihr schlanker Leib.

Jedenfalls, sie fügt sich; es funktionierte. Aus ihrem Gesicht war jeder Ausdruck weggewaschen, doch ich blieb Herr der Situation. Letztlich muss immer klar sein, wer das Sagen hat. Und nun der süße Lohn! Die sahnige Haut im Brotgeruch, der hübsche Hals, die spitzen Titten, der flache Bauch mit dem rätselhaften Dreieck ... Was mich immer wieder staunen lässt, ihre Muschis sind so unterschiedlich wie es die Gesichter sind.

Das Folgende verschwimmt ein wenig. Bei mir nämlich war es schlicht Raserei, ich riss mir die Sachen vom Leib, drückte Brenda aufs Bett, sah den Tau auf ihren Lippen, trank davon, spürte den Dunst ihrer Achselhöhlen und suchte – von all dem weit mehr beschwingt, als nötig – im Gestrüpp ihres Dreiecks nach dem Startknopf, dem göttlichen Zünder, ihrem speziellen Tor zum Sex. Und dazu, ach wie lästig, gab mein wacher Geist (er ruht ja niemals, leider) mir ständig alberne Winke. Dabei aus fernen Tagen der dumme Spruch eines Redakteurs, sein plumper Rat an uns Eleven: Ihr müsst die Püppchen gierig machen und dann müsst ihr liefern, genau wir bei den kleinen Mädchen ... Der Kerl hatte die Leserschaft gemeint. Das Rezept für sein Asphaltblatt, reines Gift für mein Vorspiel – so, als wenn dir da wer in die Suppe spuckt.

„Fühlst du dich gut?“ fragte ich nervös, in Furcht, die Männlichkeit lasse mich im Stich, wenn ich nicht endlich dieses Zeug aus meinem Kopf vertrieb.

„Noch nicht“, wisperte es an meinem Ohr.

„Du wirst!“ versprach ich ihr. Nur, es war wie ein Versprechen im Wahlkampf, irgendwie löste ich es dann nicht ein. Die Erinnerung mag trügen, doch mir scheint, es gab bei ihr keinen Höhepunkt, obwohl sie heftig atmete und sich vom Moment meines Eindringens an tüchtig bewegte. Hingerissen von dem unfassbaren Glück, jäh in ihr zu sein, voll im siebten Himmel, kam ich mit Sicherheit zu rasch. Der irre Rausch der Eruption, gefolgt von einer Endloskette wunderbarer Spasmen, an die sich noch ein köstlich langes Pulsieren schloss ... So war mir das noch nie passiert, nicht in all den Jahren. Sprachlos lag ich neben ihr, hätte fast geschluchzt vor Glück. „Das war gut“, schnurrte Brenda da an meiner Brust, sie war ein Stück hinabgerutscht, wie zur Antwort auf eine Frage, die mir nicht über die Lippen kam. Gut? O ja, vermutlich; was mich selbst betraf schon. Doch für sie, in gewisser Hinsicht auch? In die Hoffnung mischten sich Zweifel. Denn es klang ja beschwichtigend, ein bisschen nach postkoitaler Höflichkeit, die Partnerschaften stützt und beinah so wichtig ist wie der Liebesakt selbst.

„Die nächste Runde wird noch besser", versprach ich ihr.

„Gewiß, Liebling. Ganz bestimmt ... Aber lass mir etwas Zeit."

Das, fand ich, war nun ganz erlesen, wirklich rücksichtsvoll von ihr. Es ging bereits auf Mitternacht. Und die Pause, bis zum Morgengrauen am liebsten, hatte ich wahrlich nötiger als sie.

BRENDA DELANO:

Danny behielt recht, der zweite Anlauf gelang noch besser. Im Morgenlicht, das rosa über dem Central Park lag, wurden wir ein nahezu perfektes Paar. Oft genügt schon ein Duft, ein Schimmer oder ein Klang, um uns zu zeigen, was Leben ist. Auch die Musik trug dazu bei. Manch einen beflügelt Chopin oder Mozart in der Liebe, andere erbauen sich an Ravels „Bolero", der stetigen Anstieg suggeriert. Wir zwei sind nicht so elitär gewesen. Mit „Let´s Face the Music & Dance" hatte er mich sanft geweckt, brausender Swing, zugleich entfesselt und gezähmt. Und als wir uns umarmten, langte die CD an bei „The Way You Look Tonight", ein Liebeslied, schön melancholisch. Er spürte, wie mir das ins Ohr ging, und drückte die Wiederholungstaste.

Sehr aufmerksam. Es war genial. Mir scheint, das hat´s gebracht. Viel mehr war gar nicht nötig. Im Toben der Big Band überschauerte es mich, passend zu unserem Tun. Dieser präzise Sound der Bläser – die schaffen fast allein den Rhythmus – hatte etwas Umwerfendes und Schicksalhaftes; es wirkte auf mich euphorisierend wie ein Rauschgift. Ich war völlig überwältigt, und ein Entzücken riss mich fort, längst von mir entbehrt, fast schon vergessen. Gott, dachte ich, wenn schon nichts für immer ist, lass es möglichst lange mit uns dauern.

Danach bestellte Danny das Frühstück, üppig, protzig. Er wollte mich verwöhnen, da kam es mir herzlos vor, ihm zu sagen, dass ich lieber am Tisch frühstücke als im Bett. Wenn´s ihm Spaß macht, warum nicht? Entgegen der ursprünglichen Planung unternahm ich keinen Versuch, etwas auch nur halbwegs Wichtiges von ihm zu erfahren. Beruflich gereicht mir das nicht zur Ehre, doch es hatte sich zuviel geändert zwischen uns. Alles, was meinem Blatt etwas hätte bedeuten können – Fehlanzeige! Und so wäre das Gespräch über dem verschwenderisch arrangierten Lachs, Kaviar und Obst kaum berichtenswert geblieben, hätte ich nicht zufällig das dicke Paperback *Tag der Täuschung* erwähnt, als Reiselektüre. Es lag bei meiner Mutter für die Rückfahrt bereit, vier bis fünf Stunden im Bus. Noch immer waren viele Flüge gestrichen, der Rest war überbucht. Immerhin lag der Greyhound-Terminal in Washington praktisch vor meinem Hotel.

„Ach was", sagte Danny. „Ich miete mir einen Wagen, da nehme ich dich doch mit."

Das war blanker Unsinn, wenn auch lieb gemeint. Sein prächtiger Regierungsausweis mit dem Siegel des Präsidenten verhalf ihm leicht zu einem Flugticket; auch einen Privatflug hätte er sich leisten können. Er wollte unser Beisammensein künstlich verlängern, und dagegen sträubte sich etwas in mir, so als bringe uns das der Entzauberung näher.

„Mußt es nicht lesen", brummte er und meinte das ominöse Buch. „Was drinsteht, hörst du unterwegs von mir."

„Was hat dich überhaupt genervt daran? Zu Pearl Harbor sind doch Verschwörungstheorien gar nicht neu."

„Das ist aber keine. Da geht´s um die Legende."

„Was ist denn da der Unterschied?"

„Du kennst den nicht, Brenda?"

„Es gibt gar keinen. Das ist doch praktisch dasselbe."

Ihn erstaunte meine Ignoranz. Das Kissen im Rücken, thronte er wie ein feister Buddha auf dem Liebesnest und genoss es, mich zu belehren. Männern seines Ranges gilt ihre Geistigkeit mehr als ein Sieg im Bett. Es reicht ihnen nicht, ihrer Partnerin Lust zu spenden, sie müssen der auch noch ein Licht aufstecken.

In den folgenden Minuten erfuhr ich: Weit davon entfernt, einander auch nur zu ähneln, steht die Verschwörungstheorie in diametralem Kontrast zur Legende. Zwar, dies beides fällt unter den Begriff *Hypothese*, der die bloße Annahme eines Ablaufs oder eines

Sachverhalts meint – eine noch unbewiesene Vermutung also, in der Wissenschaft genauso üblich wie in der Tagespolitik. Aber das war, laut Danny, schon die einzige Gemeinsamkeit in der Bedeutung der zwei Wörter, deren Sinn von mir vermengt worden sei.

„Ich höre“, warf ich ein. „Ein Frühstück mit dir ist wie ein Semester an der Uni. Erleuchte mich, mein Guru.“

Unbeirrt sprach er nun von den Unterschieden. Folgte man ihm, sind die so krass wie zwischen Tag und Nacht. Eine *Verschwörungstheorie* hat stets etwas Ätzendes, Aufputschendes, meistens Subversives. Sie entnimmt der hochkomplexen Realität willkürlich einen Strang, der sich gut erzählen, griffig darbieten und dem Publikum verkaufen lässt. Dieser Strang ist das Stück Wahrheit, ohne den es niemals geht. Ihn verknüpft der Verschwörungstheoretiker unzulässig mit anderen, oft abseitigen Fäden oder selbstgesponnenem Garn. Und das heißt, er konstruiert und suggeriert Zusammenhänge, wo tatsächlich keine sind.

„Demnach also sind das Spinner und Phantasten?“

„O nein, leider nicht. Meistens steckt Kalkül dahinter. Die Absicht, gegen überlieferte Meinungen und bestehende Verhältnisse anzugehen. Nach innen wirkt so was rein negativ, beunruhigend, ja destabilisierend ... Nach außen freilich nicht, da kann es helfen, ein Feindbild aufzubauen.“

„Gib mir ein Beispiel, Danny.“

„Na, Hitler und sein Team. Die haben´s geschafft mit ihrer These, hinter sämtlichen Gegnern Deutschlands stecke ein und derselbe Feind, das Judentum – als Clique kapitalistischer Plutokraten im Westen und als rote Tyrannen in Russland. Eine weltweite Verschwörung gegen die nordische Rasse. Gestimmt hat daran bloß, dass es auch Juden gelungen war, in die Eliten der Nachbarmächte aufzusteigen. Auf Grund der Gewitztheit, die sie entwickeln mussten, um zwei Jahrtausende Exil zu überleben, waren ringsum sogar ein paar Juden mehr an die Spitze gelangt, als es ihrem Anteil an der Bevölkerung prozentual entsprach. Das hat gereicht, die These so zu stützen, dass sie geglaubt worden ist und funktioniert hat.“

„Und Legenden sind die guten Hypothesen?“

Über seinem Rührei nickte er mir zu, als hätte ich verblüffend schnell ein Prinzip seiner Weltsicht erfasst. „Schon das Wort legt dies nahe, seine Herkunft. *Legenden*, das sind ja mal Erzählungen gewesen, die von Heiligen handelten. Aus dem recht wunderlichen Charakter solcher Geschichten entstand für uns heute die Bedeutung: ein zurückliegendes, uns schon ein bisschen fernes, in seinem Ablauf wohl nicht restlos aufgeklärtes Ereignis. Jetzt kaum noch ganz durchschaubar. Aber wohlwollend, besänftigend und halbwegs schlüssig dargestellt ... Im Gegensatz zur Verschwörungstheorie, die ja Querfäden erfindet und wuchern lässt, kappt die Legende existierende Zusammenhänge, lässt Störendes verschwinden und deckt damit eine schwer erträgliche oder sogar unzumutbare Wahrheit partiell ab. Sie stärkt das Wir-Gefühl, stellt innere Geschlossenheit her."

„Genau, was wir jetzt brauchen."

„Gebraucht wird das eigentlich immer."

Ich bat ihn auch hier um ein Beispiel, und er nannte mir den Mord an Kennedy. Dass den ein Psychopath begangen habe, der Einzeltäter Lee Harvey Oswald, das sei die Legende. Damit habe die Nation nach dem Schock leben können. Dergleichen sei schon früher passiert, mit Abraham Lincoln oder William McKinley, es wäre beinahe auch mit Reagan geschehen, durch den närrischen John Hinckley, komme also im Abstand von rund fünfzig Jahren immer wieder vor. Der Warren-Report habe versucht, Kennedys Tod befriedigend zu erklären, eben mit der Oswald-Legende. Die habe der Mehrheit genügt und trotzdem nicht ganz hingereicht. Wegen augenfälliger Widersprüche (in der Person Oswalds bis hin zu den Geschoßflugbahnen) sei sie heftig angezweifelt worden; von Filmemachern und liberalen Intellektuellen, sogar von einem Staatsanwalt, der sich profilieren wollte, nervtötend hinterfragt.

„Das sind dann die Verschwörungsfreaks?"

„Genau. Die linken Ratten suchen immer ein Komplott."

„Und was denkst du selber, Danny?"

„Die Warren-Story hat tiefe Löcher. Bloß, wer merkt das, wo den Bericht kein Mensch liest. Und wem nützt es, heute noch darin zu stochern?"

„Ich denke mal, der Wahrheitsfindung."

„Stell dich nicht naiver, als du bist."

„Wie soll man sonst aus der Geschichte lernen?"

„Die Menschen lernen doch nicht."

Welch ein vitaler Pessimist. Ich strich Kaviar auf meinen Toast und sagte: „Da arbeiten sich Legendenschöpfer und Verschwörungsfreaks womöglich an derselben Sache ab – und wer gewinnt?"

„Die mit dem längeren Atem und der schöneren Stimme. Oder die mit dem längeren Arm ... Ist nicht oft das gleiche, Mädchen."

„Jetzt klingst du wie ein Mafioso."

„Wo ich doch ein mitfühlender Konservativer bin."

„Ein krummer Hund bist du, ist dir das eigentlich klar?"

„Wie du selber dich siehst, ist schnurz. Die anderen müssen es wissen! Sonst wirst du nicht respektiert."

So schwatzten wir im Kaffeeduft, bis ich sagte: „Du bist mein Fenster zur Zeitgeschichte, hast mir an diesem Samstagmorgen so richtig die Augen geöffnet."

„Im *Plaza* geschieht nie etwas Unwichtiges."

Also, wir alberten herum. Ich denke, jeder wird verstehen, dass wir nicht darauf aus gewesen sind, das Thema zu vertiefen. Danny sonnte sich in dem Gefühl, nun auch als Philosoph und Historiker vor mir zu stehen. Und ich war gleichfalls nicht in der Stimmung, irgendwelchen Dingen außerhalb dieser Juniorsuite auf den Grund zu gehen. Meinen Zustand nachhaltiger Fröhlichkeit nutzend, gelang es ihm sogar, mich im Hinblick auf die Rückfahrt umzustimmen. Seine Idee war, mich – ganz wie gestern – am Sonntag Punkt elf Uhr abzuholen, so dass mir noch ein voller Tag für meine Mutter blieb ... Wir trennten uns vorm Hotel, und ich schritt durch den köstlichen Morgen.

Oben in der halben Dachterrassenwohnung sagte mir die Schwester, was ich wissen musste, und ich gab ihr für den Rest des Tages frei. Die Ablösung würde abends kommen. Der Pflegedienst zehrte das Vermögen meiner Mutter ähnlich langsam auf, wie die Krankheit ihr Schritt für Schritt die Persönlichkeit nahm. Noch freilich überwogen nach meinem Gefühl bei ihr die lebenswerten Momente. Und da die teure Wohnung ihr gehörte, konnte das Geld noch zehn Jahre reichen; dann würde sie 82 sein. Das hatte ich kürzlich nachgerechnet, als die *Post* mir den schönen Job anbot. Honorar vom Verkauf ihrer acht Bücher ging kaum noch ein. Übrigens wusste sie gar nicht mehr, dass sie die geschrieben und viel Erfolg damit gehabt hatte.

Wie am Vortag fand ich Mary im Fernsehsessel vor, ein Stofftier auf den Knien. Ohne mich anzuschauen, merkte sie doch, wer da zu ihr kam, denn sie sprach mich mit „Beta" an; so hatte ich mich als Kleinkind selbst genannt. Eine Kindersendung lief, und anscheinend versuchte sie, dem bunten Ablauf von Zeichentricks zu folgen; die Stilisierung erleichterte ihr das vielleicht. Am ehesten weckten noch Kinder und Tiere ihre Anteilnahme.

Da ein Gespräch nicht mehr möglich war, setzte ich mich neben sie, hielte ihre Hand oder strich ihr übers Haar, was bei ihr ein abwesendes Lächeln hervorrief. Immerhin, sie war schmerzfrei und ganz einfach zu erfreuen. Ein Kuss schon führte zum Gurren in ihrer Kehle, wie früher ein Laut der Zufriedenheit. Ihr Gesicht, ganz faltenlos, war das einer Fünfzigjährigen. Im März war der letzte Absturz passiert, die Beine versagten ihr plötzlich den Dienst – der Arzt sprach von „Werkzeugverlust", durch einen weiteren Ausfall im Hirn bedingt. Und seitdem ertappte ich mich dabei, Mary beim Trinken zuzusehen, staunend über den Griff der schmalen Hand zur Tasse. Die Armbewegung, das Wunder des Fingerspiels, der Schluckmechanismus – einmal würde auch dies zu Ende sein. Irgendwann war für jeden alles vorbei. Der langsame Abschied meiner Mutter wirkte in trüben Momenten auf mich wie ein Blick in die eigene Zukunft. Für manchen von uns aber hält der Winter des Lebens weit Ärgeres bereit; solch Abgang in Zeitlupe schien mir nicht das Schlimmste zu sein.

Von all dem, was sich ja nicht ändern ließ, schweifte mein Denken weg zu Dannys Frühstücksseminar. Hobbyhistoriker und Politprofi Shaw. Ihm stellte sich die Zeitgeschichte als Puzzle dar, dessen Teile, hübsch ausgestanzt, nie so recht zusammenpassen. Von links und von rechts schiebt man sie rastlos hin und her, formt sie zu einprägsamen Bildern: Legenden oder Theorien, ein bisschen märchenhaft manchmal, die Wirklichkeit verklärend, haften sie dennoch im kollektiven Gedächtnis. Nur, es bleiben öfter Lücken, dumme Ritzen, durch die ärgerliche Fakten quellen. Irgendeine Wahrheit, die einem nicht passt, da sie eher dem politischen Gegner dient. Dann rollt am Ende ein Senatsausschuss den Fall wieder auf, indem er sich hinwegmogelt über die Verwerfungslinien oder auch mal wirklich Klarheit schafft.

Hier angelangt, zog ich das Paperback *Tag der Täuschung* hervor und blätterte darin, während lustige Figuren über den Bildschirm hüpften. Der TV-Ton störte mich nicht, in den Großraumbüros unserer Presse ist der Lärmpegel höher. Das Buch überraschte durch die Zurückhaltung des Autors, seinen unaufgeregten Stil. Er teilte dem Leser schlicht mit, wie wenig von dem stimmt, was man über den 7. Dezember 1941 zu wissen glaubt. Der Ausgangspunkt ist falsch, die fest wurzelnde Ansicht, wir seien damals auf Honolulu nichtsahnend zum Opfer eines Luftschlags aus heiterem Himmel geworden.

Ich las die knapp 600 Seiten fürs Erste bloß quer, verblüfft durch die Logik der Darstellung und die Vielzahl der Beweise, welche die übliche Auffassung zu Pearl Harbor – also das, was die *New York Times* „die letzten angeblichen Tatsachen" genannt hatte – Zug um Zug entkräfteten. Nach meinem Eindruck wurde hier eine Legende beispielhaft behutsam, aber restlos demontiert. Langsam grub sich der Text in mich ein, das bunte Fernsehprogramm versank, selbst Mary an meiner Seite löste sich in Nebel auf. All dies rückte an den äußersten Rand der Welt, in die mich das Buch versetzte.

Die Welt unserer Väter und des letzten großen Krieges, in den mein Land, obgleich das doch geboten schien, über zwei Jahre lang nicht eingreifen konnte.

Das Drama begann am 7. Oktober 1940, 14 Monate vor dem Angriff der Japaner, als den US-Präsidenten ein Memorandum des Washingtoner Marinestabs erreichte. Der Leiter der Fernost-Abteilung des Navy-Geheimdienstes, ein Korvettenkapitän namens Arthur McCollum, zählte ihm acht Schritte auf, die Japan zum Erstschlag reizen würden: von wirtschaftlicher Strangulierung über ultimative Forderungen und Provokationen zur See bis zum Auslegen des fetten Köders der pazifischen Schlachtflotte, ungeschützt in

Pearl Harbor, während die wertvolleren Flugzeugträger rechtzeitig ausliefen.

Im Anhang war McCollums Memo im Faksimile abgedruckt, mit anderen geheimen Marinepapieren, nach mehr als 50 Jahren unter Verschluss. Das Memo hatte Roosevelt damals dermaßen beflügelt, dass er ihm in sieben Punkten folgte. Nur ein Geschwader schwerer Kreuzer nach Fernost verlegen, das mochte er nicht. Die übrigen Schritte wurden von ihm prompt befohlen; sie trieben Japan unaufhaltsam in die Enge. Und anders als es uns stets erklärt worden war, hatte unser Abhördienst (mit Lauschposten auch auf den Philippinen und Hawaii) die Geheimcodes des japanischen Militärs geknackt. Washington war über Tokios Flottenvorstoß in den Nordpazifik im Bilde, unterließ es jedoch absichtsvoll, die Navy und die Army auf Hawaii zu warnen! Der Präsident und sein Führungskreis, sie opferten die eigenen Schiffe mit all den Männern darauf – als Preis für den Kriegseintritt an Englands Seite. Trotz Roosevelts Beliebtheit und Eloquenz nämlich, ohne den Aufschrei der ganzen Nation, ohne die Wut über den jähen Luftschlag wäre es ihnen unmöglich gewesen, das Land gegen die starken isolationistischen Kräfte in den Krieg zu führen. Das war ihnen das Opfer wert gewesen.

Der Autor schrieb, es wäre ihm ohne das Gesetz zur Informationsfreiheit nie geglückt, die Dokumente einzusehen. Noch immer halte die National Security Agency das Gros der japanischen Funksprüche zurück, die unsere Funkaufklärung damals erbeutet und ausgewertet hatte, und zwar „unter Berufung auf die nationale Sicherheit“. Zu Recht für die Dauer des Zweiten Weltkriegs, doch ein halbes Jahrhundert später grotesk.

„Die Wahrheiten, die hier ausgebreitet werden“, las ich am Schluss, „schmälern nicht die wunderbaren Dinge, die Franklin D. Roosevelt für das amerikanische Volk getan hat. Sein Vermächtnis soll von diesen Wahrheiten nicht befleckt werden. Wie für alle US-Präsidenten gilt für Roosevelt, dass man ihn nach der Summe seiner Leistungen im Amt beurteilen sollte; nicht allein nach Pearl Harbor.“

Sein Buch erhebe nicht den Anspruch, letzte Fragen zu beantworten, hatte Robert B. Stinnett noch angemerkt. „Ob es eine kluge und moralisch vertretbare Entscheidung war, Japan zu einem blutigen und schrecklichen Krieg zu provozieren, der letzten Endes Millionen von Menschenleben kostete, darüber werden anständige Leute aus allen politischen Lagern noch viele Jahre streiten ..."

Ich kam wieder zu mir, fuhr mit Mary im Lift hinab und schob ihren Rollstuhl zum Central Park, vorbei am *Plaza*. Wo mochte Danny sein? Was störte ihn am Vergleich des 11. September mit dem 7. Dezember? Gab es etwas, das sich da vergleichen ließ und folglich auch zu scheuen war? Ein beklemmender Gedanke.

EDWARD JACKSON:

Dieser 15. September sollte mein letzter Tag als Chef der Leibwache sein, doch das wusste ich noch nicht. Die nächtliche Regenfront war durchgezogen, der Samstag brach feucht und kühl an über Camp David, dem schmucken Landsitz unserer Präsidenten. Oben an den Kämmen der Allegheny Mountains färbte der Indian Summer, unser Altweibersommer, die Baumwipfel schon rot. Das Laub roch würzig nach dem Guss und es schilpten die Vögel, als ich in Laurel Lodge vor die Tür trat, um für Bushs Morgenlauf den Schutz zu stellen. Wie am letzten Dienstag begann sein Lauf in der Dämmerung, doch hier in den Bergen des nördlichen Maryland gab es für uns kein Sicherheitsproblem.

Als der Präsident zurückkam, gelang es mir, ihn an die Zusage vom Dienstag zu erinnern. Auf der letzten Etappe des Fluges hatte er mir erlaubt, dem Anschlagsversuch auf den Grund zu gehen, der ihm am Pool des Strandhotels auf Longboat Key offenbar gedroht hatte. Heute noch, so sagte ich ihm, treffe Captain Simmons ein, der Vizechef des Personenschutzes, der mich auch in jener Nacht zum 11. September vertreten hatte. Er stehe morgen zur Verfügung, da könne die Crew mich für zwei oder drei Tage gewiss entbehren.

Bushs Atem dampfte, er wirkte abgekämpft. Es stand auch viel auf seinem Programm, so dass es mir vorkam, als höre er nicht richtig hin. Wie bei uns Übrigen lagen ein paar 14-Stunden-Tage hinter ihm. Er zog die Stirn in Falten und schwieg. Ich begann zu fürchten, er werde mich an Stafford verweisen, den Direktor des Secret Service, was meinen Schritt verzögert hätte. Mit solch einem Hinweis auf den Dienstweg war zu rechnen. Doch jeder weitere Zeitverlust minderte die Chance, noch etwas zu entdecken. Spuren kühlen im Handumdrehen ab, vielleicht war diese bereits kalt.

Natürlich baute ich darauf, dass der Präsident zu raschen Entscheidungen neigt, im Großen wie im Kleinen. Nur, jetzt in der Krise hatte er sich Besonnenheit auferlegt; mehr als zuvor hörte er auf die Berater. „Wenn ich überhaupt eine Gabe besitze", hatte ich ihn kürzlich sagen hören, „dann ist es mein Talent, gute Leute zu erkennen, sie für mich zu gewinnen und mit ihnen ein Team zu bilden." Ja, so nüchtern kann er sein, und die Einschätzung war richtig. Sein Team, das hatte ich still für mich addiert, verfügte über beinah hundert Jahre Erfahrung im Umgang mit Fragen der nationalen Sicherheit, gegen die neun Monate, die es bei ihm erst waren. Doch eben in der Krise reift ein Mann von Charakter viel schneller als in ruhigen Zeiten.

„Wie denn, drei Tage?" Er zog an seiner Nase, eine Geste des Abwägens bei ihm. „Nehmen Sie sich ruhig eine Woche, Ed, das haben Sie ja verdient."

Meinen Dank wehrte er ab und berührte mich freundschaftlich am Arm statt eines Schulterklopfens, für das ich ihm zu langgewachsen bin. Erleichtert folgte ich ihm ins Haus, mit dem unscharfen Eindruck, es sei ihm womöglich nicht ganz klargeworden, zu welchem Zweck er mich beurlaubt hatte. Ich hütete mich, es nochmals zu erklären; das hätte aufdringlich gewirkt. Einem Vorgesetzten wird man nicht lästig, zumal wenn man ihn verehrt.

Kurz nach neun ließ er zwei Dutzend Reporter in das Gartenhaus kommen, aber nur, um ihnen zu sagen, er habe momentan den Medien wenig mitzuteilen. Welches seine Pläne seien, darüber zu reden verbiete sich von selbst. Die werde er mit dem Nationalen Sicherheitsrat nachher abstimmen, sie dann in die Tat umsetzen und schließlich auch bekannt geben: das sei die Reihenfolge ... Damit hatte er zwar recht, doch sein forscher Ton stieß etlichen Presseleuten sauer auf. Sie fanden sich nur schwer mit der militärischen Kürze ab, zu der schon die Zeitnot einen Oberbefehlshaber zwingt.

Gleich danach stellten sich die Mitglieder des Kriegskabinetts im Konferenzraum ein. Fröstelnd setzten sie sich an den ovalen Tisch, der 30 Personen Platz bietet. Der Präsident, in gefütterter grüner Bomberjacke, saß zwischen Dick Cheney und Colin Powell, den beiden, die ihm protokollarisch im Rang nachfolgten. Alle Teilnehmer waren warm gekleidet, dem ländlichen Milieu entsprechend, Cheney hatte den Kragen seiner dunkelblauen Joppe sogar hochgeklappt; doch die Sitzordnung wurde gewahrt.

Die Minister hatten ihre Deputys mitgebracht, die Stellvertreter, der Präsident nur den Stabschef Card. Seine übrigen Assistenten hielten sich mit den Gehilfen der Gäste in Vorraum des Gartenhauses auf, wo sie – ebenso wie ich – auf Weisungen warteten. Es bleibt um diese Jahreszeit auch tagsüber in den Bergen herbstlich kühl, und es gab keine Heizung. All das hat sich mir wohl deshalb so klar eingeprägt, weil ich es zum letzten Mal erlebte. Zu meiner Verwunderung fehlte Daniel Shaw. Es hieß, er sei in New York geblieben, verschnupft, da der Nationale Sicherheitsrat ohne ihn tagte. Er hatte dort zwar weder Sitz noch Stimme, doch dass er nicht einmal im Hintergrund dabei sein durfte, das musste für ihn bitter sein. Es untergrub ja seinen Status als Topberater. Ich freilich gönnte ihm den Dämpfer. In seiner Nähe hatte ich oft das Gefühl, unwichtig zu sein. Er vermittelte es einem absichtslos durch ein Gehabe, das ihm selbst vermutlich kaum als verletzend erschien. Und jetzt zeigte es sich, dass auch er nicht unentbehrlich war.

Dem gemeinsamen Beten dort drin, unser 43. Präsident hatte es eingeführt, folgten Vorträge des Außen- und des Finanzministers. Dem Getuschel der Assistenten rings um mich, die man ab und zu hineinrief, ließ sich entnehmen, dass als dritter der CIA-Direktor zu Worte kam. Er redete endlos, bedingt durch die Pannen in seinem Apparat. Linda hatte mir gesagt, sein Drang, sich zu beweisen, sei die reine Flucht nach vorn. Gestützt auf Harry Brown, den Antiterrorchef seines Hauses, legte George Tenet Pläne für verdeckte Operationen in 80 Ländern vor, also der halben Welt. Maßnahmen, die von bloßer Propaganda über Gewaltaktionen bis zur Zielerkundung für Luftschläge reichten. Dazu verteilte er, recht zeitgemäß, ein Memorandum mit dem Titel „Ins Feld ziehen".

Das sickerte prompt zu uns heraus. Nach dem Justizminister Ashcroft hatte der ihm nachgeordnete FBI-Direktor Bob Mueller, vormals Bundesanwalt, einen schwachen Auftritt. Eingeschüchtert vom hohen Rang der Zuhörer, geriet er angeblich ins Stammeln; nach sechs Tagen im Amt mangelte es ihm noch an Durchblick und Kompetenz. Danach sprach der Viersterne-General Shelton. Unser oberster Militär bot dem Rat für Afghanistan drei Optionen an: Punktschläge durch Marschflugkörper, rollende Bombenteppiche und endlich, verknüpft damit, den Einsatz der Armee, was in deren Sprache „Stiefel am Boden" heißt.

Ihm hielt Paul Wolfowitz, Rumsfelds rechte Hand, beredt entgegen, ein Krieg gegen den Irak sei leichter zu führen als gegen Afghanistan, wo man sich unweigerlich verzetteln werde. Es hieß, Wolfowitz schätze die Wahrscheinlichkeit, dass Saddam hinter dem Terror des 11. Septembers stecke, auf „zehn bis fünfzig Prozent" – eine Aussage, die den Rat nicht überzeugen konnte. Der beschloss denn auch, in Afghanistan zu handeln, nicht im Irak! Linda würde erleichtert sein, da dies der Linie ihres Chefs, Frank Norris, entsprach.

Nach einiger Zeit kam Don Rumsfeld heraus, blinzelte durch seine Trifocalgläser ins Licht und herrschte einen Pentagon-Major, mit dem er kurz gesprochen hatte, halblaut an: „Unterlassen Sie das Grinsen, es macht Sie zum Blödmann." Offenbar schmerzte ihn die Niederlage, seine Nerven lagen blank.

Gegen eins trug man das Mittagessen auf, und ich hörte, wie der Präsident seinen Gästen empfahl, bis vier Uhr zu ruhen oder, was noch besser sei, sich in freier Natur Bewegung zu verschaffen. Er war gewiss der Sportlichste von allen, nachdem Colin Powell infolge eines Irrtums seinen Vize, den athletischen Rich Armitage, nicht mitgebracht hatte.

Am Nachmittag traf Captain Simmons ein, und ich übertrug ihm vorsorglich den Dienst mit sämtlichen Ablaufplänen für die ganze nächste Woche, so dass mir vom zweiten Teil der Sitzung nichts mehr zu Ohren kam. Bis auf die schönen Lieder, die Condoleezza Rice beim Abendessen anstimmte, zum Mitsingen für alle. Darunter so wunderbare Songs wie „Old Man River“ und „Nobody Knows the Trouble I′ve Seen“, die uns an Louis Armstrong erinnern. Das hymnische Lied „America the Beautiful“ war auch dabei; es geht wohl jedem zu Herzen. Mehrfach stieg der Tenor des Justizministers etwas gepresst aus dem Chor heraus. John Ashcroft ist dafür bekannt, eigene Lieder zu komponieren, zu denen er auch die Texte selber schreibt, doch sein Stimmumfang hat Grenzen.

Aber immerhin, es schien mir ein würdiger Abschluss zu sein. Das Kriegskabinett hatte den Ausweg aus der Krise lebhaft diskutiert, nun fand man singend wieder zueinander. Es war ein ehrenhafter Meinungsstreit gewesen, wie der Senator Fullbright dies anlässlich der scharfen Vietnam-Debatten der 60er oder 70er Jahre einst genannt hatte. Und ich denke, ein Land, das solche Männer führen, kann ruhig in die Zukunft schauen.

Den Rest des Tages füllten Reisevorbereitungen. Die Flugverbindung nach Florida machte mir Kopfzerbrechen, denn der Ronald Reagan Airport in Washington war noch geschlossen. Er liegt zu dicht beim Weißen Haus, das weiterhin als gefährdet galt. Ich würde zwischen den beiden Provinzflugplätzen (Hagerstown nahe Camp David und Sarasota in Florida) zweimal umsteigen müssen und sechs oder sieben Stunden unterwegs sein. Im Auto aber wäre es weit mehr als eine Tagestour gewesen.

Die Mühen der Reiseplanung führten zu einem nächtlichen Alptraum. Für eine Bahnfahrt musste ich ein Ticket lösen, das wurde mir durch einen Mann erschwert, der John Ashcroft glich. Seine Stimme war schrill, sie kippte ins Falsett. Als ich dann zum Zug gelangte, fuhr der bereits ab ... Seit vielen Jahren bin ich nicht mehr mit der Bahn gereist – und dem Justizminister persönlich nie begegnet. Wie einem das öfter ergeht: es gab für den Traum keine Erklärung.

DANIEL SHAW:

Am Sonntag konnte ich es kaum erwarten, die Liebste zu sehen.

Ich stand derart in ihrem Bann, dass ich mir sogar ein neues Outfit zugelegt hatte – gar nicht meine Art in solchen Fällen. Punkt elf Uhr fuhr ich also nicht nur im offenen BMW-Cabrio bei ihr vor, sondern auch im flotten Searsucker-Sakko: schmale blauweiße Streifen, hochmodisch, wie mir bei Macy's versichert worden war; dazu ein Freizeithemd und hellblaue Designer Jeans. All das zu neu, zu jugendlich für mich, einen Zahn zuviel, doch so war mir halt zumute. Selbst in Camp David, wo es ganz leger zugeht, hätte ich mich so nicht zeigen dürfen. Nun ja, Alter schützt vor Liebe nicht, aber Liebe schützt vor Alter.

Und wieder blieb mir der Atem weg. Da stieg sie munter aus dem Lift, zog einen Reisekoffer hinter sich her, sichtlich dabei, ihre Garderobe nach Washington zu verlagern. Wir fielen uns um den Hals, vor dem Portier, und in ihren Brotduft mischte sich diesmal ein Hauch Parfüm: „Hypnotic Poison" von Christian Dior, wie sie mir dann verriet. Es machte mich stolz, dass es auch ihr in den Sinn gekommen war, mir noch eine Steigerung zu bieten ... Bislang hatte ich immer gedacht, nichts sei – außerhalb des Betts – reizvoller und erregender, als sich einer fremden Frau zu nähern, sich an sie heranzutasten, erst mit Blicken, dann mit Worten, mit verstohlener Berührung. Jetzt aber fand ich, das Wiedersehen war noch schöner.

Und welch ein Tag! Ich wusste, die fünf bis sechs Stunden, die vor uns lagen, würden viel zu rasch vergehen. Ich fuhr einen Umweg über den Roosevelt Drive zum Staten Island Expressway, um dem Cityverkehr auszuweichen; auch wegen des Blicks auf Manhattan, dem nun zwei Türme fehlten. Doch alles Übrige war ja noch da, auch das schlanke Chrysler Building mit seiner Spitze im Art-Deco-Stil, der mich oft bezaubert. Nur heute hatte ich für all das keinen Blick. Es ist wunderbar, neben einer Frau dahinzugleiten, die man so liebt, dass einem jeder Gedanke an Trennung, und sei sie noch so kurz, zuwider ist.

Viel später erst, irgendwo auf dem Highway Nr. 1, der ziemlich geradlinig nach Südwesten führt, bemerkte Brenda, dass mich – tief unter dem Glücksgefühl des Beisammenseins – etwas anderes zu stören schien.

„Bist du sauer auf Dabjah?“ wollte sie wissen und bewies damit wieder ihr Gespür.

„Nicht wirklich. Höchstens auf seinen Stab.“

„Du gehörst doch dazu.“

„Eben. Bloß heute nicht ... Da gehöre ich dir.“ Zu spät, sie spitzte schon die Ohren. Ich wollte davon weg, es heraushalten aus dem Gespräch, kriegte jedoch die Kurve nicht.

„Kann es sein, dass du traurig bist, weil du gestern nicht dabei sein solltest?“

„Das kann nicht nur so sein, das ist auch so.“ Jetzt war ich´s leid, mich zu verstellen; doch in mir blinkte ein Warnlämpchen auf. Nie ist ein Mann so mitteilsam wie im Honigmond einer neuen Bindung. Nur wenn die Frau ihn ehrlich mag, nutzt sie das nicht aus. Hey Brenda, magst du mich ehrlich? Kannst du der Versuchung widerstehen, eine tolle Story aufzutun?

„Nur die Harten kommen in den Garten“, sagte sie mit ihrem beinah männlichen Humor. „Was hast du erwartet?“

„Etwas Respekt“, erwiderte ich ärgerlich. „Seit dreißig Jahren helfe ich ihm – die anderen nicht mal eines. Weißt du, ich bin sein Coach ... Zu dumm, wenn die ihn stolpern lassen.“

„In den Irak hinein, meinst du? Vielleicht will er da ja selber hin.“

Wie kam sie darauf? Das wurde heiß, es ging zu weit. War mir tags zuvor etwas entschlüpft? Stopp, stopp! Auch wenn sie durstig war, aus dieser Quelle trank sie nicht. Ich wich ihr aus, und sie setzte nicht nach. Das hätte mich auch sehr enttäuscht.

Wenig später freilich tat sie mir schon leid. „Morgen sind wir zwei wieder voll im Stress“, sagte ich. „Dein Blatt verspricht sich einiges von dir, und seit Freitag vertrödelst du mit mir die Zeit. Kann ich etwas für dich tun, das hilft?“

„Was hast du denn da so auf Lager?“

„Zum Beispiel Kokain.“

„Wie bitte, Danny?“

„Du hast schon kapiert. Dabjah hat früher mal gekokst und gedealt, wie der Teufel wart ihr hinterher, vor der Wahl, aber keiner hat´s ihm beweisen können.“

„Und durch dich käme ich jetzt an die Story?“

„Warum denn nicht?"

„Weil du loyal bist, hundertprozentig treu."

„Ach, das liegt doch ganz weit hinter ihm. Alkohol, Mädchen, Nikotin, Kokain ... Politik hat ein höheres Suchtpotential."

„Auch für dich?"

„Warten wir's mal ab."

„Nein, das bringst du nicht fertig. Weshalb solltest du das tun?"

„Nimm mal an, der ganze Mist macht mich krank."

„Welcher Mist? Ich sehe bei dir kein Motiv."

„Na, die Heuchelei. Kokain schnüffeln, das ist illegal. Er hat's gemacht, aber als Gouverneur hat er die Strafen für Kleindealer verschärft. Weniger als ein Gramm, vor ihm gab's in Texas dafür noch Bewährung. Er hat Sechzehnjährige in den Knast geschickt und das Geld für Entzugsprogramme gekürzt ... Jung und unreif sein, das hat er nie als Entschuldigung akzeptiert, außer bei sich selbst."

„Du bist also doch sauer auf ihn."

„Nein, ich will was für dich tun." Und das meinte ich in dem Moment auch so. Leichter Gegenwind, der konnte ihm nicht schaden, den hatte er bestimmt verdient. Kokain: legal, illegal, scheißegal. Ich machte mir halt Luft, zur seelischen Hygiene, und verraten würde sie mich nicht. Ein Journalist hat seine Ehre, er schützt die Quelle, sonst läuft für ihn nichts mehr.

„Kokain, das Zeug für smarte Teens", fuhr ich fort und fand, dass es aufrichtig klang. „Fast kein Kater, Brenda, es bleibt ziemlich berechenbar, anders als Crack oder Heroin. Du kannst es sogar trinken, also Koks auflösen in Bier, ‚nass schniefen', wie der Kenner sagt – wobei er vergisst, dass es doch 'ne Killerdroge ist, die ihn langsam runterzieht."

Ich redete mich in angemessenen Ernst hinein; die Dinge sind ja wirklich schlimm genug. Plötzlich aber, durch irgendeine Randbemerkung, ich weiß nicht wie, kippte unsere Stimmung. Brenda fing an zu lachen, ihre Nasenflügel bebten vor Heiterkeit. „Jetzt dämmert's mir, du Schuft", rief sie. „Ein bisschen Schmutz, daran stirbt er nicht, das befleckt bloß, und wen hat er zur Fleckentfernung? Du bist ein Troubleshooter, der sich Arbeit schafft."

„Und das ist noch nicht alles", sagte ich, um ihren Spaß zu

toppen. „Ich gebe dir die Mordsenthüllung, und du kriegst sie nicht einmal gedruckt!"

„Wieso nicht?", fragte sie.

„Wegen neun-elf, Brenda. Vor einer Woche wär´s noch ein Knüller gewesen. Nicht mehr seit Dienstag. Jetzt sind wir im Krieg."

So juxten wir herum. Es war die lustigste Fahrt meines Lebens. Dann aber, irgendwo bei Trenton, fiel mein Adrenalinspiegel ab; eine gewisse Mattheit nistete sich auf den schicken Ledersitzen ein. Und Brenda tat nichts, um wieder in Schwung zu kommen. Ich hatte längst bemerkt, wie leicht es ihr fiel, zu schweigen. Sie redete nur, wenn ihr danach war. Und sie erörterte nie etwas, das ihren Horizont überschritt. Fremde Weisheiten kamen von ihr kaum. Bei Jennifer und deren Vorgängerinnen hatte man nie gewusst, was sie selbst über irgendetwas dachten; nicht mal wenn sie beschwipst waren. Natürlich, dafür kamen sie von noblen Schulen wie Radcliffe oder Vassar und gaben kluge Ansichten zum Besten, aber von wem stammten die?

Anders Brenda! Die war stiller und reifer, sie sprach aus eigener Erfahrung und so, wie die Welt ihr erschien. Alles, was sie sagte, gründete sich auf eigenes Verständnis. Sie hatte Dinge erlebt oder für sich entdeckt und mit Menschen gelitten oder gearbeitet – andernfalls sagte sie nichts über die ... Das mochte das Geheimnis ihrer Aura sein. Smalltalk ödete sie genauso an wie mich. Sie sprach ihre eigenen Wahrheiten aus, und wenn ihr nichts einfiel, dann schwieg sie eben. Männer wissen das zu schätzen; es kann recht wohltuend sein. Man wird mich verstehen, wenn mir das als große Ausnahme erschien. Es zog mich an, weit über das Körperliche hinaus. Wohl jeder von uns hat schon entzückende Mädchen erlebt, die einem gefährlich werden können, doch wenn sie anfangen zu reden, verflüchtigt sich der Reiz; jedenfalls für den Kenner, für den ernsthaften und anspruchsvollen Mann.

Trotzdem, allmählich missfiel mir die Stille doch. Und gewiss spürte auch sie das rätselhafte Stocken unseres Kontakts. Auf halber Strecke hielt ich an, wir wechselten die Plätze. Brenda hatte Spaß am Fahren, sie tat es souverän, ohne dass es sie gesprächig machte. Ich schob die CD in den Player, die uns beiden gefallen hatte, aus sechs oder acht Boxen quoll „Fly Me to the Moon", doch es belebte nur mich, ließ das Glücksrad in mir kreisen, das aufsteigende Gefühl, alles müsse mir gelingen – was tun, um es ihr mitzuteilen?

Hinter Philadelphia bog sie zu einer Tankstelle ab, obgleich der Sprit reichte bis zum Ziel. „Ich hab Hunger", verkündete sie. Da stand ja eines der billigen Lokale, die mir wegen des Geruchs nach Pommes frites und altem Fett ein Graus sind. Nicht erwähnenswert, was wir da aßen. Sie wies auf den Spielsalon nebenan, wo die einarmigen Banditen rasselten, und neckte mich mit meinem Wahlerfolg an so tristen Orten wie diesem: Eine Straßenkreuzung, um die, flüchtig hingestellt, sich ein Kaff formiert hat, mit Parkplatz, Kirchlein, Supermarkt, Schnellimbiss, Spielhalle und Bestattungsinstitut. Wie Pilze schießen solche Nester aus dem Boden, und Brenda wusste, wie wichtig die mir sind. Im letzten Wahlkampf hatte ich sie als lohnendes Ziel entdeckt. Erstaunlich nur, wie ihr mein Feldzug für Dabjah vom Herbst erschien: als moderne Variante zu McKinley nämlich, zu dessen legendärer „Vorderveranda-Kampagne" aus dem Jahr 1896. Der frische Zugriff auf neue Schichten! Wiederum setzte ihr Witz mich matt. Sie lächelte komplizenhaft, und ich fühlte mich erneut in unreines Fahrwasser gelockt. Es passt mir nicht, nur nach meinen Tricks beurteilt zu werden.

„Danny, was zieht dich eigentlich dermaßen in die Politik?"

„Weshalb willst du das wissen?"

„Ich muss alles über dich erfahren. Also, du hast doch schon vorher gut verdient in der Tabakwerbung, warst dick mit Reynolds im Geschäft. Am Geld hat's da wohl kaum gelegen?"

„Nein, eher nicht. Es verliert seinen Reiz, wenn du's hast. Bist du mal in Las Vegas gewesen? In jedem Hotelzimmer ein Safe fürs Bare. Lauter Verrückte am Spieltisch! Und dann, sag mir mal eins: wieso soll man um Geld spielen, wenn man auch Schicksal spielen kann?"

„Das ist der ehrlichste Satz, der je aus euren Reihen kam."

„Danke. Und gut, dass du mich warnst. Man muss vorsichtig sein bei dir. Irgendwie schaffst du es und zwingst einen, die Wahrheit zu sagen."

„Nur ich?", fragte sie keck. „Wieso nicht schon dein hohes Amt – oder auch der Anstand, die Verantwortung, die Moral?"

„Weil das bloß Worte sind", sagte ich in einem Anflug von Ärger, der tief in mir saß und jäh hochstieg. Für eine Sekunde, dann hatte ich mich im Griff milderte es ab: „Du aber bist zum Glück ganz real."

„Tut mir leid, Danny, wenn ich was verdorben hab."

„Hast du nicht ... Volkes Stimme spricht aus dir, und das muss immer noch möglich sein bei uns."

Ich zahlte, wir gingen zum Wagen. Noch 80 Meilen bis Washington. Brenda fuhr über den Susquehanna River. Die Skyline von Baltimore tauchte auf. Und wieder das Schweigen, es wurde langsam befremdlich. Doch nun fiel mir ein, wie es sich brechen ließ, mit einer lustigen Idee; der wohl besten Story des Tages.

EDWARD JACKSON:

Da war es wieder, das seltsame Aroma Floridas, der klebrige Hauch vom Wochenanfang. Es riecht nach Treibhaus, Trägheit und Verfall, was vielleicht vom unsauberen Strand der Sarasota Bay herrührt. Der Unterschied zur frischen Waldluft von Camp David konnte kaum größer sein. Als ich am Sonntagnachmittag aus der Maschine stieg, legte es sich mir auf die Brust, dieses Gemisch aus Seetang, der in der Sonne schmort, Abgasen und Blütenduft; ein Mix, der für mich an dem schwarzen Dienstag haftet. Man nimmt ihn nur anfangs wahr, im ersten Moment, dann hat die Nase sich daran gewöhnt.

Anders als sechs Tage zuvor, bei der Landung von Air Force One, fand ich den stillen Flugplatz streng bewacht. Bei der Hertz-Filiale lieh ich mir einen Wagen und buchte ein Zimmer im *Best Western* nahe Jungle Gardens. Ein Polizeiauto rollte langsam an dem Zaun entlang, der den Flugplatz von der Küstenstraße trennt, Tamiami Trail genannt. Und als ich auf diesem Trail die Distriktgrenze passierte, hielten mich zwei Cops an. Sie waren zwischen dem Ringling Museum und der ständigen Ausstellung alter Autos postiert, die mit entsprechender Musik – Hits aus den 20er und 30er Jahren – um Zuspruch warb. Der Sicherheitsaufwand machte wenig Sinn, er widersprach auch dem Geist eines Schlendrians, der das Vorurteil zu bestätigen schien, die Bewohner der Golfküste Floridas seien Deppen oder Hinterwäldler. Ohne dass ich ihnen den Dienstausweis zeigte, winkten die Cops mich durch, sobald sie nachgesehen hatten, ob im Handschuhfach keine Waffe und im Kofferraum kein Sprengstoff liegt.

Mein erstes Ziel waren jene zwei Männer, die von dem gescheiterten Anschlag auf George W. Bush etwas wissen mussten. Captain Simmons hatte sie am Dienstagfrüh befragt, von ihm stammten die Anschriften der zwei nebst ein paar dürren Daten zur Person. Ein gewisser Rahman in der 25. Straße, das war jener Sudanese, der die Ortspolizei vor einem Fremden namens Halef gewarnt hatte. Der andere Moslem hieß Jusuf und betrieb einen Frisörsalon an der Fruitville Road.

Beide Adressen hatte ich auf dem Ortsplan markiert. Das Viertel, in dem sie lagen, ähnelte fatal den Vorstädten in manch einem Entwicklungsland. Als Bodygard war ich auch in ärmere Gegenden Lateinamerikas gelangt und erinnerte mich der Gehsteige mit hoher Bordkante, gefährlich für ein Auto, das sie streift, und des miesen Pflasters, falls es überhaupt eins gibt.

Mein Wagen schlingerte, als ich am Ende hielt, dort, wo sich die 25. Straße in Busch- oder Weideland verliert. Im vorletzten Haus, einem Bungalow, traf ich Rahman nicht an. Zwei Nachbarn versicherten mir, den hätten sie seit Tagen nicht mehr gesehen. Und ähnlich erging es mir mit Jusuf, dem zweiten Sudanesen. Dessen Frisörgeschäft versperrte ein Gitter, sonntags gewiss normal. Doch in der Umgebung des schäbigen Holzbaus hieß es, der Laden sei die ganze Woche über zu gewesen. Ich hatte den Eindruck, niemand habe Lust, mit mir über Rahman oder Jusuf zu reden, so als seien es Einwanderer, die hier kaum Freunde haben. Was fängt ein Frisör ohne Kundschaft an? Er schließt den Laden, besonders, wenn Polizei den durchsucht und das Ansehen des Mannes in der Nachbarschaft beschädigt hat. Kein Wunder, dass zwei Außenseiter sich wegduckten vor einer Fremdenfeindlichkeit, die nach dem schwarzen Dienstag aufgekommen war, speziell gegen Moslems gerichtet. Insofern war das Bild, das sich mir am Ostrand von Sarasota bot, wohl nur konsequent.

Aber es hemmte mich gleich beim ersten Ermittlungsschritt. Ich wendete mühsam zwischen den Bordsteinen und fuhr zur Polizeistation. Der Anblick des blitzsauberen Neubaus machte mir Mut. Ich merkte, dass Sarasota zwei Gesichter hat; nur am Rand sieht es ländlich und verlottert aus. Ansonsten lebt der Ort von Wintergästen und vom Golftourismus. Elf rote Fähnchen auf meinem Plan wiesen auf Golfclubs oder -plätze hin.

Der diensthabende Sergeant sah widerstrebend weg von einem Baseballspiel, das über dem Bildschirm lief. Falls ich zu seinem Chef wolle, teilte er mir lethargisch mit, müsse ich mich schon in das Payne Stadion am Washington Boulevard bemühen, wo der Lieutenant auf seinem Tribünenplatz zu finden sei. Ich wies mich aus und bestand darauf, dass er ihn herbeirief.

Nach dem Anruf des Sergeants verstrich eine halbe Stunde, obwohl das Baseballstadion gleich um die Ecke lag. Offenbar wartete der Chef den Endstand ab, was bewies, dass die Ortspolizei tief in Routine und Schläfrigkeit versunken war.

Ich vertrieb mir die Zeit vor der üblichen Wandkarte des Einsatzraums. Im Landkreis Sarasota gab es, 20 Meilen südlich, noch die Ortschaft Venice mit dem Winterquartier des berühmten Zirkus Ringling. Daran schloss sich der Bezirk Charlotte mit dem gleichnamigen Hafen an. Ostwärts begann der Distrikt Desoto mit einem *Best Western* in Arcadia, dem Hauptort. Im Norden grenzte der Landkreis Manatee mit dem Flugplatz und einem weiteren *Best Western* an. Mich wunderte die Präsenz der Hotelkette an dem entlegenen Küstenstrich, bis ich begriff, sie hatte diese Karte selbst drucken lassen und verbreitet. Dass da Polizeiarbeit sich auf Hotelwerbung stützte, war der nächste Minuspunkt. Die Interstate 75 kam von den Everglades herauf, sie führt nordwärts durch den Distrikt, bis weit über Tampa hinaus. Den Westen begrenzt der Golf von Mexiko.

Auf dem Tresen lagen Zeitungen herum, immer beim Sportteil aufgeklappt. Ein Lokalblatt, der *Venice Gondolier*, brachte mehrere Klagen über die hiesigen Flugschulen. Anwohner fühlten sich durch Tiefflüge belästigt, am meisten durch den Lärm, der bei Scheinladungen entsteht, also wenn gleich wieder durchgestartet wird; das närrische Manöver heißt bei Piloten „Touch and Go". Sie liebten auch Kunststücke in geringer Höhe und sogenannte Geschwaderflüge, bei denen die Sportmaschinen einander halsbrecherisch fast berührten. Anscheinend gab es keinen, der dem Treiben Einhalt gebot.

Endlich kam der Chef, auf den ersten Blick so füllig und träge, wie Hollywood gern Südstaaten-Sheriffs zeigt. Das goldene Emblem in meinem Dienstausweis jedoch machte ihn beflissen. Er schien gewitzt zu sein, ein Mann mit Instinkt für den Augenblick, mit Gespür für Stimmungen und Trends, die sich anderen erst später mitteilen. Der Typ des Situationspolitikers im Kleinformat, der sich stets hilfreich gibt.

Aus meiner Ankunft wollte er durchaus das Beste machen, konnte leider wenig für mich tun: das FBI habe seine Akten – dabei auch die Verhörprotokolle der zwei Sudanesen – sämtlich mitgenommen!

„Hier, direkt vor diesem Fenster, hat man die Akten verladen", rief er und wies auf den Parkplatz hinaus. „In zwei Miettransporter von Hertz! Mit denen sind sie zum Flugplatz hin zu einer C-130, die dann mit Jeb Bush an Bord Richtung Washington gestartet ist."

Das hörte sich bescheuert an. Der Mann war ein Wichtigtuer: Gouverneur Bush mit Tonnen von Polizeipapier in einem Hercules-Frachtflugzeug! Haarsträubend. Selbst wenn man weiß, daß in Florida der Gouverneur oberster Dienstherr des Polizeiwesens ist. Die Stunde der Dilettanten. Es konnte zum letzten Dienstag auch kein Aktenberg dagewesen sein. Das, was zu der Attentatswarnung und dem verdächtigen TV-Team ermittelt worden war, würde in ein, zwei Schnellhefter passen.

Doch damit lag ich falsch. Wir hatten aneinander vorbei geredet, jeder auf sein Problem fixiert: ich auf meine fehlenden Zeugen, er auf seine verschwundenen Akten. Der Lieutenant erklärte mir nun, dem FBI sei es um viel mehr gegangen als um die dürftigen Aussagen der zwei Sudanesen, nämlich um die Flugschulen im Umkreis – sämtliche Unterlagen und Ermittlungsberichte zur Ausbildung von Flugschülern, besonders der fremdländischen; dazu Vernehmungsprotokolle zu Drogendelikten und Schleusungen.

„Was für Schleusungen?“ fragte ich.

„Waffen gegen Rauschgift oder so. Zurück bis in die achtziger Jahre.“

„Das lag hier bei Ihnen?“

„Immer haben wir die Dreckarbeit gemacht, Captain. Und dann erst sind die schlauen Jungs gekommen, vom FBI, von der DEA oder von der CIA, nicht wahr, zum Absahnen oder Zudecken.“

„Was genau meinen Sie damit?“

„Die haben uns sehr schnell alles von Bedeutung aus der Hand genommen“, sagte der Polizeichef recht defensiv, nicht mehr bereit, auf die drei Wörter – Absahnen oder Zudecken – zurückzukommen.

„Wenn man euch eh schon alles weggenommen hat, wieso sind dann noch zwei Kleintransporter voll geworden?“

„Es ist eben noch genug da gewesen, Sir. Wissen Sie, diese Art Kriminalität hat bei uns ziemlichen Umfang, ein ganz beträchtliches Volumen.“

Da klang paradoxer Lokalstolz durch, in den sich Betrübnis oder Gekränktsein mischten. Es hörte sich an, als liefere der wilde Südwesten Floridas mit den privaten Landebahnen und seiner Schleuserkriminalität dem Lieutenant einen roten Faden, der zum Karrierestrang hätte werden können, wäre ihm nicht immer alles weggenommen worden.

„Von den diversen Sperrzonen des Militärs und den Ausländern dort in den Camps will ich gar nicht erst reden“, fuhr er gedämpft fort – als brauche dieser Punkt besondere Diskretion, selbst gegenüber dem Secret Service.

„Tun Sie's ruhig“, sagte ich.

Doch er wiegte den Kopf. „Damit haben wir glücklicherweise nichts zu tun. Aber ich sage Ihnen, Captain, manchmal gehen einem schon die Augen über. Wenn Sie zufällig vom Zaun aus diese Kerle sehen – die Patronengurte über der Brust gekreuzt und bärtig wie im Italowestern ... Ich vermute, ein Kriegsverbrecher-Tribunal hätte seine helle Freude daran.“

„Ist eine Gruppe namens SPLA dabei?"

„Wer soll das denn sein?"

„Freiheitskämpfer aus dem Sudan. Wir glauben, der Fernsehtrupp stand mit ihnen in Verbindung. Das Team, das am Dienstag vor Sonnenaufgang beim Colony Beach vorgefahren ist, um George W. Bush zu sprechen."

„SPLA? Nie gehört ... Aber wenn damit eventuell Attentäter gemeint sind, also Leute, die da was versucht haben gegen den Präsidenten, dann erlaube ich mir den Hinweis: das ergibt keinen Sinn, Captain. Männer, die bei uns trainieren, das sind doch freundliche Kräfte, keine Moslems, keine Leute von al-Qaida."

„Das ist uns auch schon aufgefallen."

Ein schlaues Lächeln erschien bei ihm – die Miene des Profis. „Ich verstehe Sie sehr gut, Sir. Nichts ist jemals sicher, das ist das einzige, was man sicher weiß." Er beugte sich vor und sprach nun vertraulich wie unter Eingeweihten, ein Kollege zum anderen. „Mich reizen an jeder Affäre immer die Widersprüche, ob sie nun echt oder vorgetäuscht und eingebildet sind. Mir stellt sich dann die Frage: Was soll das bedeuten? Bedeutet es überhaupt etwas? Die Antwort bringt uns oft die Lösung."

Das wurde uferlos. Er war ein Schwadroneur. Ich stand auf und fragte ihn nach der nächsten Dienststelle des FBI. Das Büro, das es zu Beginn der Woche da in Sarasota gegeben hatte, bestand nicht mehr. Es war ein Ad-hoc-Büro gewesen, nur für die Zeit von Bushs Aufenthalt, zu dessen Sicherheit gedacht. Saß das FBI vielleicht in Tampa, 50 Meilen nordwärts?

„Nein, da ist nur die Armee. Es gibt das Amt in Tallahassee, Captain, und den Ableger in Miami."

Ich verabschiedete mich. Mehr war hier nicht für mich drin. Mit zwei FBI-Filialen war Florida übrigens noch gut bedient. Denn anders als die Polizei, die es landesweit auf 18.000 Stationen bringt, hat das Bundeskriminalamt neben dem Hauptquartier in Washington nur 56 Außenstellen, eine pro Staat im Schnitt. Weshalb hier gleich zwei? Vielleicht, weil Floridas Hauptstadt weit weg ist von der Südostküste mit ihrer Kolonie von Exilkubanern und deren vielfältigen Aktivitäten, die vier Jahrzehnte zurückreichen, wenn das langt. Ein Mix aus schrägem Tun zur Befreiung ihrer Heimat von dem zähen Castro – und stinknormaler Kriminalität, für die sie auch ein Händchen haben. Dieses zwielichtige Milieu behält offenbar der Miami-Ableger des FBI im Blick.

„Aber meine Akten sind da nicht", beharrte der Mann, als könne er Gedanken lesen. „Damit ist der Gouverneur auf und davon."

„Hat er Ihnen den Empfang quittiert?"

Natürlich nicht. Anonyme Typen hatten das getan. Wie also wollte er wissen, wer damit weggeflogen war und wohin? Er wünschte sich bloß, Jeb möge es gewesen sein. Denn es war gewiss erträglicher, wenn nicht graue Mäuse vom FBI, sondern eine übermächtige Gestalt ihm da was aus der Hand nahm. Etwas, von dem er sich Ansehen erhofft hatte, Glanz im Licht der Medien, da es sich an die Brüder Bush zu knüpfen schien.

Für heute reichte es mir. Vom Hotel aus rief ich meine Frau an. Wir hatten feste Tageszeiten dafür vereinbart, und da es keine geschützte Leitung gab, sprachen wir codiert, in Kürzeln. Sie riet mir, es nicht überzubewerten, dass drei der Terrorpiloten des 11. September sich in zwei hiesigen Flugschulen, bei Venice nämlich, hatten ausbilden lassen.

„Das ist für mich auch ein Zufall", sagte ich; grundsätzlich gab ich ihr ja recht. „Aber dass der Bandit Atta auf Longboat Key gewohnt hat, im *Holiday Inn*, Linda, drei Tage ehe Bush da hinkam, und nur zwei Meilen weg von unserem Quartier im *Colony Beach*, das ist schon stark. Es wirkt doch geradezu, als habe er das Terrain für den Anschlag sondiert."

„Bitte verrenn dich nicht, Ed."

„Ist nicht meine Art. Ich weiß, sogar das kann Zufall sein."

Doch im Stillen zweifelte ich daran. Wenn Zufälle sich derart häufen, hat das meistens eine Logik – nur welche? Hatte Mohammed Atta, der Topterrorrist, hier nicht bloß trainiert, um fit zu sein für den Nordturm des WTC? Hatte er außerdem die Hand im Spiel bei dem missglückten Anschlag im Strandhotel? Selbst für einen fanatischen und skrupellosen Moslem schien mir das etwas viel zu sein.

Vorm Einschlafen beschlich mich eine Ahnung von den Klippen, die da aufwuchsen vor mir. Würde ich den vertrackten Fall lösen, für den Mann, dessen Leben mir anvertraut war, für meinen Präsidenten? Ich war sein Bodyguard, er konnte darauf bauen, dass ich mein Bestes tat.

Nachts wiederholte sich der Traum vom letzten Morgen. Diesmal hinderte mich keiner daran, zum Bahnhof zu kommen, ich selber fand schwer hin. Durch fremde Straßen hetzend, langte ich endlich an, doch zu spät! Der Zug glitt aus der Halle, er beschleunigte stetig, und es misslang mir, aufzuspringen ... Ich schreckte kurz hoch, spürte mein Herz und schlief mit dem Gedanken, dies sei bedeutungslos, bald wieder ein.

BRENDA DELANO:

Wenn mir je etwas unvergesslich bleibt, dann das letzte Stück unserer Fahrt auf dem Highway 1. Zunächst schwiegen wir wie gehabt, und ich warf mir vor, Danny verletzt zu haben mit meiner spitzen Zunge. Seine robuste Haut war hier und da ein bisschen wundgerieben. Anscheinend hatten sie ihm übel mitgespielt im Stab. Sein Kopf quoll über von Ideen, das trieb ihn über Grenzen, die jedem dort gezogen sind, auf fremde Felder: bis in die Kernzonen der Militär- und Außenpolitik. Die gingen ihn formal nichts an, obgleich all dies in Wechselwirkung steht. So hatte er sich strategisch unbeliebt gemacht. Das zog Intrigen nach sich und schwächte seinen Draht zu Bush.

Erstmals ging mir auf, sein Status war gar nicht unangreifbar. Trotz seines Wahlfeldzugs, dem Bush die Präsidentschaft glatt verdankte, so knapp, wie das Stimmenzählen ausgegangen war. Natürlich blieb dessen Dankbarkeit begrenzt, nun war er ja im Amt und brauchte den smarten Helfer, bis zur nächsten Wahl, nicht unbedingt in seiner Nähe, ständig. Das musste sein Stab ihm eingeredet haben! So war es bestimmt passiert. Das Weiße Haus, ein Haifischbecken? So ist´s wohl überall bei Hofe, auch im Rest der Welt. Der Kreml, um den sich finstere Sagen ranken, steht da gewiss nicht ganz allein.

Doch während ich noch überlegte, wie ich Danny aufmuntern konnte, kreuzte er neben mir die Arme über seinem frechen Sakko und setzte zur schärfsten Story an, die mir je zu Ohren kam. Sie begann mit einem Dabjah, wie Danny ihn einst kennenlernte: dem hübschen Kerl, der sich erfolgreich drückte vor Vietnam, der außer an flotte Bienen kaum an was dachte, zu allerletzt an Politik. Er war dann als Ölmann gescheitert, bis Danny ihm heraushalf aus dem Schatten seines Dad, indem er des Juniors Stärken nutzte, das Liebenswerte und Verbindliche an ihm, sein Gespür für Stimmungen, die nette volksnahe Art und den Bonus des Markennamens Bush. Der Coach hatte seinen Schützling behutsam aufgebaut, bis der eines Tages Lokalmatador und Gouverneur von Texas war.

Was nun kam, zog mich ganz in Bann. Und es war nicht bloß Dannys Stimme oder die diabolische Kunst seiner Rede, wenn es mich ein paar Mal überschauerte. Was er mir da ins Ohr träufelte, war ein hypnotisches Gift, um es im Stil der Parfümbranche zu sagen. Die Story langte schließlich bei dem Punkt an, wo es zur schicksalhaften Begegnung des ebenso frommen wie forschen Gouverneurs mit unseren Neokonservativen kam; von Danny kurz Neocons genannt. Dieser Kreis rechtsgewirkter Vordenker und Strategen hatte unter Ronald Reagan und Bush senior einen beispiellosen Triumph erlebt: den Kollaps des Ostblocks. Jäh implodierte es, das Reich des Bösen! Und das hatten sie, als Minister oder Topberater, selber mit herbeigeführt. Man durfte da einander gratulieren. Doch auch sie, die glorreichen Sieger, waren plötzlich weg vom Fenster – von den Wählern im Herbst 1992 klanglos abserviert.

Das hinterließ Narben, tiefe Kratzspuren. Ersetzt durch Demokraten in ihren Ämtern, wichen sie zurück auf Führungsjobs in der Industrie, wo sie ja auch hergekommen waren. Oder sie tauchten ab in die *Think Tanks*, angesehene „Denkfabriken“, die in der City sitzen, in Washingtons Innenstadt. Das ist bei uns durchaus der Brauch. Die besten Köpfe immer der Partei, die abgewählt worden ist, lösen dort stets zwei wesentliche Fragen: Wie gewinnt man die Macht zurück, und was fängt man dann mit ihr an? Es sind noble Stätten, Parkhäuser des Geistes, gestützt von Sponsoren aus Kreisen der Wirtschaft und der Hochfinanz. In dieser Welt der Eliten, des angenehmen Überwinterns werden Netzte geknüpft, Programme verfasst und Thesen entwickelt, für das große wie auch für ein feines, einflussreiches Publikum.

Soweit war mir das geläufig. Solche Beraterkollegien, seit Roosevelts Tagen *Braintrust* genannt, hat es immer hier gegeben. Sie sind ein Teil unserer politischen Kultur. Manchmal zeigt sich in diesen Gremien der Umriss eines Schattenkabinetts, es werden schon mal Posten still vergeben, der Geist des Fair Play bleibt in der Regel gewahrt – auch hinsichtlich der konkurrierenden Partei.

Diesmal aber nicht. Das Trauma des Machtverlusts unter Clinton, der Absturz nach dem grandiosem Triumph im Kalten Krieg schuf dumpfe Wut. Hass und Eifer zogen in das Parkhaus der Republikaner ein. Sie sprühten Gift und Rache. Sie ritten die Affären des Präsidenten (Whitewater und Lewinsky) zu Tode. Ihre Flugblätter stellten das Ehepaar Clinton in Ledertracht und Sado-Maso-Posen oder auch als blutige Abtreibungsärzte dar ... Das erwähnte Danny nur am Rande. Waren die Flyer vielleicht sein Werk? Nicht unbedingt; doch ich gestand mir ein, es hätte zu ihm gepasst.

Weltpolitisch segelten die Denker hart am Wind. Obgleich der Hauptfeind am Boden lag, bis ins Mark zerstört, plädierten die Neocons für teures Rüsten, nun erst recht. Amerika sollte jeder fremden Gruppierung überlegen, daher stets imstande sein, zum Beispiel den Nahen Osten und dessen Ölreichtum klar zu beherrschen. Das musst du recht verstehen, sagte Danny, wir sind nicht aggressiv und übermütig, doch dies ist das Heilige Land des 21. Jahrhunderts, ganz unverzichtbar für unsere energiezehrende Lebensart.

Zu den führenden Köpfen zählte er Richard Perle, von links als „Fürst der Finsternis“ geschmäht, und Paul Wolfowitz, das As der Nitze School, ein Institut für Moderne Internationale Studien der John Hopkins Universität. Dick Cheney, ein Pate der Ölindustrie, gab den schweigsamen Mentor. Auch Ex-Außenminister George Shultz und Dr. Condoleezza Rice vom kalifornischen Zweig der Denkfabrik trugen laut Danny emsig dazu bei, das

Bild einer frischen Außenpolitik zu formen: stolz, tatenfroh und sendungsbewußt, gemäß unseren Werten und der riesigen Wirtschaftskraft des Landes. Die militärische Macht der Nation musste fraglos dem entsprechen, das heißt gleichfalls unschlagbar, schlechthin überwältigend sein. Im Moment klang das für mich plausibel; es schläferte meine Zweifel am Sinn des Waffengeklirrs minutenlang ein.

Nach Dannys Worten straffte es den vielfältigen Prozess nationaler Besinnung und religiöser Zuversicht, dass sich nun für den erhofften Aufbruch ein Träger, eine Leitfigur fand. Im April 1998 nämlich hatte er Dabjah auf dessen Tour zum Spendensammeln durch Kalifornien begleitet und für den legendären Auftritt in Palo Alto getrimmt. Ja, es erwärmte mich, von ihm zu hören, er sei da der Katalysator gewesen. So nennt die Chemie einen Stoff, der das Tempo von Reaktionen steigert, ohne selbst in das Endprodukt einzugehen; außer vielleicht als Topberater.

Und wirklich, es war sein Verdienst gewesen, dass der greise George Shultz, damals noch immer Wirtschaftsprofessor, den 52jährigen Gouverneur in seinem Haus auf dem Campus der Stanford University in Palo Alto empfing. Der Ex-Außenminister hatte etliche Ökonomen der Reagan-Administration dazu geladen, besonders aber die kluge Stanford-Rektorin Dr.Condoleezza Rice. Sie alle wollten einen Blick auf Dabjah werfen: für viele Republikaner ein aussichtsreicher und strammer Kandidat für das Präsidentenamt. Hatte er sich doch dank der 24 Millionen, die er für den Gouverneurswahlkampf aufgetrieben hatte, zudem als begabter Spendensammler entpuppt.

Danny wusste, die Palo-Alto-Crew suchte nach einem Kandidaten vom Format Ronald Reagans. Und es war ihm geglückt, seinen Star für diesen wichtigen Auftritt hinreichend zu trainieren. Dabjah, recht nervös, gab sich bescheiden und charmant. „Sie sind meine Lehrer“, hatte er, vor soviel geballtem Sachverstand schier verzagend, demütig bekannt. „Ich bin der Student im ersten Semester Ökonomie, und ich belege den Kursus erneut, weil ich damals auf dem College nicht allzu gut darin war.“ Das gefiel den Wirtschaftsweisen, und er trug ihnen ein paar Ideen vor. Hießen sie zum Beispiel seinen Plan gut, die Sozialversicherung zu privatisieren? Solle man´s den Arbeitnehmern gestatten, einen Teil ihrer Einkünfte in Aktien zu stecken? Was schützte die Ahnungslosen davor, ihr Geld falsch anzulegen und es an windige Spekulanten zu verlieren?

Genervt wie beim Examen, hatte er Danny hinterher gefragt: „Ob die wohl meinen, ich hätte auf meine Schuhe gesabbert?" Doch nein, der illustren Runde imponierte der Mann. Sie war von ihm angetan, von seiner Auffassungsgabe, der Anpassungsfähigkeit und dem ehrlichen Bestreben, seine Wissenslücken mit ihrer Hilfe zu schließen. Frei von allen Überzeugungen, bis auf seinen Glauben, war er für jeden Vorschlag offen, in keiner Weise festgelegt. „Der Bursche ist wirklich gut", fanden die Kopfjäger von Palo Alto. Sie hatten ihn erkannt als einen, den sie lenken konnten. Er würde gehen, wohin auch immer der Wind ihn trug, und den machten ja sie. Obgleich schon im 80. Lebensjahr, mühte George Shultz sich nun, Dabjah mehrfach in Austin zu besuchen, um ihm etwas beizubringen, das ihm noch nebulöser war als die Volkswirtschaft: die Grundlagen der Weltpolitik. Shultz verhalf ihm, der fremde Länder oft kaum auf der Karte fand, zum globalen Überblick.

„Das ist der Ritterschlag gewesen", sagte Danny. „Die prompte Kür des Kandidaten. Die kraftvolle Umarmung des Mannes, dem die Neocons es am ehesten zutrauten, das Weiße Haus für sie zurückzuerobern. Ihre einzige Chance, den Vizepräsidenten Al Gore zu schlagen. Dazu gehörte allerdings, dass er den Mantel der Bescheidenheit abwarf, der seine Blößen in Palo Alto verhüllt hatte. Doch es war vergleichsweise leicht, ihm das Gefühl zu geben, zur Präsidentschaft berufen zu sein. Zu dieser Überzeugung ist er ohne weiteres gelangt."

„Ganz gereicht hat´s trotzdem nicht", warf ich ein. „Ohne den Spruch des Obersten Gerichts säße er kaum im Weißen Haus."

„Und es kam ja dann noch schlimmer. Er legte einen fulminanten Fehlstart hin. Schon der Auftakt ging schief, die ersten hundert Tage kam von ihm bloß heiße Luft. Zum Nahen Osten passierte nichts, die Rüstung lief nicht so an wie nötig, seine Umfragewerte knickten weg und er flog in den Urlaub, ließ die Zügel endlos schleifen. Von mir hat er sich kaum mehr was sagen lassen, denn nun saß er für vier Jahre auf dem Thron, als die Nummer eins der Welt! Seine Präsidentschaft war ein Flop, bis zum Dienstag. Der Crash in New York hat ihn saniert. Das ist sein Glück gewesen, da sprang er aus dem Loch heraus, das er sich geschaufelt hatte. Der Wendepunkt, Brenda. Dieses Drama hat es in sich, das wird Hollywood noch locken. Stoff für mehr als einen Film! Da sind glatt Milliarden drin."

Ich wurde hellhörig. Mich wunderte jetzt sein Ton. Er klang genießerisch, ja süffisant. Ich führte das auf seine Bitterkeit zurück. Der Capital Beltway blieb hinter uns, wir erreichten den Stadtrand bei Silver Spring, als er fortfuhr: „Ganz von selbst, aus heiterem Himmel, ist das natürlich nicht passiert. Da hat wer dran gedreht, weißt du. Ich hab das komische Gefühl, wir hätten es in Kenntnis der Pläne von al-Qaida einfach laufen lassen ... Schwer zu beweisen, man hat's perfekt vertuscht, wenn es denn so war. Aber es sieht verdammt danach aus, als sei da jemand aktiv geworden, dicht unterhalb der Führungsebene von Pentagon und CIA."

Ich war perplex. „Was redest du denn da, Danny?"

„Kein Mensch kann Ross und Reiter nennen; jetzt noch nicht. Trotzdem, da wär eine unheimliche Logik drin. Den Neocons ist nämlich eins klar gewesen: sie hatten aufs falsche Pferd gesetzt. Sie mussten ihren Irrtum korrigieren. Ein solcher Coup bot sich da an."

„Ach! Und da lässt man Terroristen einfach in die Türme fliegen, nimmt dreitausend Tote in Kauf?"

„Das Massensterben ist wohl kaum geplant gewesen. Man hat sich halt im Ausmaß der Sache getäuscht. Mit dem Einsturz musste keiner rechnen. Dass die Konstruktion nachgab, war gewiss nicht vorgesehen. Selbst der Erbauer hatte das ja ausgeschlossen."

Wir fuhren auf der Interstate 29 durch Brightwood und kreuzten eben die Columbia Road, der Verkehr wurde dicht, ich hielt an. Danny zuhören und chauffieren, beides zugleich ging nicht mehr. „Spinnst du jetzt?" fragte ich entgeistert und starrte nach vorn, wo ein Stau entstand.

„Kann schon sein", hörte ich ihn tief und ruhig sagen, auf seine bestrickende Art. „Vielleicht aber auch nicht. Sieh mal, der

Anschlagsversuch in diesem Strandhotel, der spricht doch auch dafür. Den hab ich doch erwähnt?"

„Hast du nicht."

„Wir wollten da den Deckel drauf halten. Immerhin, ABC und die Lokalpresse dort haben davon berichtet. Vier Typen, die Araber sind, aber auch Teil einer christlichen Miliz, von uns bezahlt und geschult, planten offenbar, ihn umzubringen. Na, fällt der Groschen jetzt bei dir?"

„Noch nicht. Du meinst also ..."

„Ich meine, was John Kennedy passiert ist, als er aus dem Ruder lief, das kann sich durchaus wiederholen. Wie im Raumschiff Enterprise, wo der Herr Spock zu Captain Kirk sagt: Falls Sie sterben, Sir, rücken wir alle im Rang eins nach oben ... Dick Cheney wäre nachgerückt. Solider Ersatz für Dabjah. Keiner ist unentbehrlich."

Es kam mir vor, als nehme er mich auf den Arm. Und mein Argwohn wuchs, als er fortfuhr: „Präsident Ford hat der CIA bekanntlich verboten, fremde Staatschefs zu töten. Über eigene Leute steht in der Direktive nichts. Denk mal an die Grundschule, wo Dabjah brav auf dem Stühlchen sitzen blieb, als das zweite Flugzeug in den Südturm krachte. Für mich ist das ein starkes Indiz, praktisch die Schlüsselszene."

„Fahr du weiter, bitte. Ich glaube, mir wird schlecht." Ich stieg aus und ging um das Auto herum. Er sah mir belustigt zu, rutschte hinters Lenkrad, gab aber noch kein Gas.

„Das ist die Situation: Dabjah weiß durch Jackson von den Killern, er hat seinem Bodyguard freilich überhaupt nicht geglaubt. Nun erst, dort im Klassenraum, dämmert ihm, da muss wohl doch was dran gewesen sein. Etwas läuft da hinter seinem Rücken. Noch sträubt sein Ego sich gegen den Verdacht – wie kann es weitergehen ohne ihn? Auch sein Glaube legt sich quer – wie kann Gott das wollen, der doch noch Großes vorhat mit ihm? Dann merkt er, es existiert wohl doch ein Komplott. Aber wirklich? Er schwankt, weiß nicht, was er glauben soll, ist total paralysiert. Das ist es, was die Filmaufnahmen von ihm zeigen. Und endlich sieht er sich als Spieler, der reichlich spät erkennt, dass er selbst nur eine Figur ist in einem weit größeren Spiel, das er gar nicht überblickt. Da steht er auf, zum äußersten entschlossen, und erklärt dem Bösen auf der Welt den Krieg."

Danny fuhr sanft an, er fädelte sich ein, bog links ab, dann nach rechts in die 15. Straße. Die kühle Front der *Washington Post* mit ihren acht Etagen schwebte an uns vorbei. Der Verkehrslärm verebbte für mich, ich war fast so gelähmt wie Bush in jener Schule, hörte nur noch Danny sprechen. Er fragte: „Wollen wir zur dir oder zu mir? Letzteres wär mir lieber, Brenda."

„Zu mir bitte. Das alles ist doch nicht dein Ernst?"

„Nun, es gibt noch mehr Indizien. Als Dabjah nach dem ersten Einschlag noch geglaubt hat, da sei schlechtes Wetter dran schuld, wurde ihm – und ich war dabei! – erwidert: Nein, Sir, über der Ostküste wolkenloser Himmel."

„Und? Bedeutet es was?"

„Da hat wer die Putschparole General Francos von 1936 kopiert. Damals kam durchs Radio: *Sobre España todo cielo despajado* – über ganz Spanien wolkenloser Himmel. Hoffentlich stimmt das so, mein Spanisch reicht bloß fürs Restaurant."

„Wie mein Italienisch: *Se non é vero, é ben trovato*."

„Das heißt?"

„Wenn es nicht wahr ist, so ist es gut erfunden."

„Und ganz am Rande war da noch etwas, auf unserem Irrflug vom Dienstag. In Barksdale, der ersten Air Base, hat mal ein gewisser Lee Harvey Oswald trainiert. Und bei unserer Landung in Offutt tagte dort die Spitze des Fiduciary Trust mit dem zweitreichsten Mann der Welt ... Alles Zufall, Brenda? Bedenke auch das. Der echte Freak kennt keine losen Fäden, bei dem wird alles ordentlich verknüpft."

Am *Day's Inn* lenkte er in eine Parklücke. Von einem Hustenreiz geplagt, stieg ich aus. „Ist nun Schluss mit der Legende?"

Danny kam behende hinterher. „O je, ich hab dich wohl verwirrt. Bring es bloß nicht durcheinander", bat er vor der Schwingtür des Hotels. „Das ist doch keine Legende, das war die Verschwörungstheorie zu neun-elf. Halt das nur gut auseinander. Die Legende dazu ist genau das, was in der Zeitung steht."

Am Empfang ließ ich mir den Schlüssel geben. „Und wo bleibt die Wahrheit?"

Er hob die Schultern und murmelte: „Auf der Strecke, wie in jedem Krieg." Es war, als wollte er sagen, wer kennt die schon, wem ist sie wichtig?

Das glaubte ich auf seinem Pokerface zu lesen und hasste ihn in dem Moment. Dass er alles widerrief, erleichterte mich nicht. Dafür hatte er zu gut gelogen, unheimlich routiniert. Sein Ton hatte sich nicht im Mindesten verändert im Laufe der Geschichte, dort, wo die Schwindelei begann. Und das störte mich, es gab mir sehr zu denken.

Aber dann, nach ein paar Atemzügen, auf dem Weg zum Lift, schlug dies um in Mitgefühl. Was war es denn, das diesen eigenwilligen, außergewöhnlichen Mann zum Zyniker und Komödianten werden ließ? Die Politik natürlich, als Kunst, das Notwendige möglich zu machen in seiner Definition: anderen das Passende einzureden. Oder zuvor schon die verlogene Tabakwerbung. An der Spitze zumindest wurde jeder so, sonst hielt man sich da nicht.

Er bat mich um den Zimmerschlüssel und musterte dessen Anhänger, den eine aufgehende Sonne zierte, zur Ermunterung der Gäste. „Oder", flachste er, „sollte sie im Untergang begriffen sein?"

Drinnen tat er, als gefalle ihm das Zimmer. Für ein verschusseltes drittklassiges Haus war es auch ganz nett; hübsch der weite Blick durch die Eckfenster, sie gingen auf die K-Street, die Lobbyistenmeile Washingtons, und auf die 12. Straße hinaus. Das Zimmer unterschritt also seine geringen Erwartungen nicht, wohl aber mein Verhalten. „Ich muss noch arbeiten, Danny, tut mir leid", sagte ich schonend. „Morgen will man einen Text von mir, weißt du."

„Schon kapiert." Er hob die Hände wie zur Kapitulation. „Ich hab dir die Laune vermiest. Selber schuld! Na ja, mir ging´s nur darum, mal beispielhaft zu zeigen, wie solch eine Story funktioniert. Der Konspirologe fängt voll an im Realen, und wo es kippt, das wird von ihm kaschiert."

„Das hast du auch fein hingekriegt", sagte ich in der Stimmung des Verzeihens, einer spielerischen Milde.

„Dafür werde ich bezahlt", sagte er, schon in der Tür.

Das nervöse Lachen, das ich beim Abschied ausstieß, war mir so peinlich wie sein dummer Satz. Wir küssten uns, dann war er fort. Ich blieb allein mit dem schillernden, leicht eingetrübten Bild, das von ihm zurückblieb in mir.

Der schwere, so wichtige Mann. Die seltsam zerfransende Kontur. Der Ausbund an Klugheit und Zärtlichkeit ... Liebte ich ihn? Ja, wahrscheinlich; gegen jeden Vorsatz. Obgleich er mich ziemlich erschreckt hatte auf den letzten Meilen. Er schien ein Meister darin zu sein, Fragen auszuweichen. Nie kriegte man da, wo es wesentlich war, klare Auskunft von ihm. Zu seiner dunklen Seite gehörte die Brillanz, die elende Leichtigkeit, mit der er sich über alles erhob. Bei ihm wurde jedes Ding unterhaltsam, konsumierbar. Ein Mordanschlag schrumpfte zu einem Dialog aus „Raumschiff Enterprise". Das führte zu der obszönen Idee, die Tragödie vom Dienstag könne ein Filmstoff sein.

Doch war ich selbst denn soviel besser? Auch mich bezahlte man für Storys. Ich hatte sogar nur dafür mit ihm schlafen wollen, ursprünglich. Da nahmen wir uns wohl nicht viel. Trotzdem glaubte ich, fähig zu sein, ihn von dem Panzer aus Ironie und Sarkasmus zu befreien. Dieser Rüstung, unter der sich ein wunderbarer Mann verbarg, wenn er in den Kampf zog ... Bei mir brauchte er die nicht.

DAS SCHWEIGEN

EDWARD JACKSON:

Ich landete auf dem Tallahassee Municipal Airport am Dienstag Mittag, genau eine Woche nach den Anschlägen. Und zwar mit dem flauen Gefühl, ziemlich spät dran zu sein. Auf der Polizeischule hatte ich gelernt, Recherchen versprechen am meisten Erfolg, wenn man sie binnen 48 Stunden nach der Tat vornimmt. Und das galt doppelt für einen Fall wie diesen. Ein diffuses Bestreben, gewisse Details zu verdecken, ließ sich ja kaum noch leugnen.

Das Wegschaffen der Akten war ein Indiz, die schwache Resonanz in der Presse ein zweites. Das fehlende Echo erklärte sich vielleicht damit, dass die nachfolgende Katastrophe das restliche Geschehen des 11. September zugedeckt hatte. Doch auch unter solchen Umständen – und wie mir schien, erst recht durch sie – blieb ein Versuch, den Präsidenten zu töten, brisant genug. Kein Medium kam eigentlich daran vorbei. Außer dem *Longboat Observer* aber, einem kleinen Tagesblatt der Westküste, und dem lokalen Studio der Fernsehkette ABC fehlte es an der Berichterstattung. Es schwiegen die großen Agenturen; die amerikanische Öffentlichkeit nahm einen wichtigen Vorgang einfach nicht zur Kenntnis. Immerhin hatte, das sollte sich mir bald zeigen, die *New York Times* eigens einen Reporter in Marsch gesetzt.

Der Flugplatz mit seinen zwei rechtwinklig angelegten Bahnen, je 7.000 Fuß lang, kann nur kleineren Maschinen dienen. Er liegt am Nordrand des Apalachicola Nationalparks, 60 Meilen grüner Wildnis, die westwärts bis zu dem gleichnamigen Fluss reicht. Die Taxifahrt ins Zentrum ist kurz. Mit seinem bisschen Papierindustrie und der Zigarettenfabrik hat Tallahassee in der Einwohnerzahl die 100.000 als Grenze zur Großstadt kaum hinter sich gelassen, wenn überhaupt erreicht. Größter Arbeitgeber dürfte die Regierung des Bundesstaates Florida sein.

Bis zu meinem 3-Uhr-Termin beim FBI blieb reichlich Zeit. Zwischen dem Capitol und der City Hall setzte ich mich draußen vor ein preiswertes Restaurant. An dem alten Mauerwerk, es mochte noch aus spanischen Zeiten sein, rankten sich Bougainvilleen empor, rosa bis violett, und luden zum Träumen ein. Was hatten die Schritte gestern denn erbracht? In der Hauptsache recht wenig. Rahman und Jusuf blieben verschwunden – flink abgetaucht, nachdem sie auf freien Fuß gesetzt worden waren; was nie hätte geschehen dürfen. Und jener Halef, auf den die beiden als möglichen Attentäter verwiesen hatten, der war von Anfang an unauffindbar gewesen. Vom Erdboden verschluckt wie das vierköpfige Fernsehteam mit seinem klapprigen weißen Kleinbus. Der einzige Zeuge, den ich hatte sprechen können, hieß Al Toole. Er war der Brandschutzbeauftragte von Longboat Key und hatte zufällig die Ankunft der vier Araber von der Halle des Strandhotels aus verfolgt. Das, was er gesehen und erlauscht hatte, deckte sich mit Captain Simmons′ Bericht vom Hergang; ein neuer Fakt ergab sich daraus nicht.

Worauf ich sonst noch beiläufig gestoßen war, dass nämlich Mohammed Atta bei Venice eine amerikanische Freundin gehabt und mit einem zweiten Moslem auf örtlichen Flugschulen monatelang trainiert hatte, darum würde ich mich morgen kümmern. Aus dem zweiten Mann war gleichfalls ein Terrorpilot des 11. September geworden. Doch all das lag abseits meiner Ermittlungsrichtung.

Nach einem kalten Bier zum saftigen Steak verließ ich den Schatten des Lokals und fand, es sei noch immer Zeit für einen Gang zum Frisör. Die junge Frau, die mich verschönte, war attraktiv. Sie roch so gut, dass ich mir vorstellen konnte, sie auszuführen – und etliches mehr. Manch eine, auch wenn sie von meinem Job nichts ahnt, fliegt ja auf Burschen meines Schlages. Der Job wird nie von mir erwähnt. Ich bin, obwohl meine Behörde das glaubt und aus guten Gründen auch Wert darauf legt, kein solches Muster an ehelicher Treue wie etwa der Präsident, aber mit den Jahren doch ruhiger geworden. Diese Regung verblüffte mich denn auch, offenbar entsprang sie einer jähen Unternehmungslust. Und das führte zu der Einsicht: dies hier tat ich nicht nur für George W. Bush, sondern ein Stück weit für mich selbst. Dem Dienstbetrieb mal entgehen und auf eigene Faust handeln, soweit durch meinen Auftrag gedeckt, das spornte mich an. Wer lässt nicht herzlich gern einmal den Alltag zurück, in dem alles bis ins Kleinste geregelt ist und sich ständig wiederholt?

Das FBI saß in einem Betonklotz mit Natursteinfront und versenkbarem Gitter in der Auffahrt. Das Sternenbanner hing am Portal, wie überall. Wir Amerikaner lieben es, Flagge zu zeigen; für Ausländer – die vielleicht weniger Grund haben, auf ihr Land stolz zu sein – sogar im Übermaß. Dem Hieb zum Trotz, den wir empfangen hatten, wehten die Fahnen nie so zahlreich wie nach dem 11. September.

Der Stationschef empfing mich liebenswürdig; ein etwa 50jähriger, gut aussehender Mann. Er ließ uns Kaffee kommen und bot mir jede Unterstützung an. Ein Lächeln haftete auf seinen Lippen, es wirkte auf mich bald irritierend, zumal er nicht zur Sache kam. Den verbindlichen Ton, den er offenbar schätzte, hellten seine Witze weiter auf. Und zwar solche, die kurz genug sind, um in jedem Gespräch unter Männern Platz zu finden. („Weshalb haben Hurrikane immer weibliche Vornamen? Weil, wenn sie kommen, ist es wild und feucht, und wenn sie weg sind, hast du kein Haus und kein Auto mehr.") Er war äußerst eloquent und elegant. Er rauchte Metholzigaretten aus einer silbernen Spitze. Instinktiv vermutete ich bei ihm das Talent, jeden auszutricksen, der ihm in die Quere kam. In seinem Amt eine gefährliche Fähigkeit.

„Bedauerlicherweise sind die Akten, denen Ihr Kommen gilt, nicht zur Hand", teilte er mir schließlich mir.

„Was meinen Sie mit ‚nicht zur Hand'?"

„Nicht im Hause. Unser Archiv hat sie nicht."

„Was glauben Sie denn, wo die sind?"

„Womöglich im Hauptquartier, Captain. Bei mir leider nicht. Das hätte ich Ihnen gern schon gestern am Telefon gesagt, aber da stand das noch nicht fest."

„Da kommt also jemand aus Washington in Ihren Staat und nimmt Akten mit, die der Distriktpolizei oder zumindest doch Ihnen hier gehören. Anstatt sich das, was ihm wichtig ist, vor Ort einfach zu kopieren."

„Ich gebe zu, das klingt ungewöhnlich", sagte er aalglatt und sah mich verhalten lächelnd an, durch die Wolke aus parfümiertem Qualm. In mir entstand der absurde Verdacht, er habe mich herbestellt, um mich auflaufen zu lassen. Zermürbungstaktik, um mir den Schneid abzukaufen? Am liebsten hätte ich in Don Rumsfelds Art zu ihm gesagt: Lassen Sie das Grinsen, es macht Sie zum Blödmann. Aber ich musste die Formen wahren.

Unter dem Mantel der Höflichkeit nahm das Gespräch duellhafte Züge an. Meine Stellung gegenüber dem FBI war zwar besser als die eines Reporters, der seine Nase in Behördenkram steckt und als lästiger Bittsteller abgewimmelt wird. Aber sie war längst nicht so gut wie bei der Polizei, die den Vorrang des Secret Service immer anerkennt. Diesem Stationschef war ich kaum gleichgestellt, dazu Teil eines Dienstes, der mit seinem FBI konkurriert. Seit hundert Jahren ist der Secret Service zum persönlichen Schutz der Präsidenten da. Ferner wird er tätig bei Angriffen auf unser Finanzsystem – früher Falschmünzerei, heute eher computergestützte Wirtschaftskriminalität –, weshalb er seit jeher dem Finanzministerium unterstand (mittlerweile nicht mehr; jetzt hat das neue Ministerium für Heimatschutz bei uns das Sagen). Das FBI, so deutete der Typ mir an, sah diese Kompetenzen hier wohl überschritten. Ich war Bushs Bodyguard, nur dessen Schutz sei mein Auftrag. Ein Papier mit der Bitte um Amtshilfe gab es nicht. Kurzum, er fand mich mangelhaft legitimiert.

„Sie möchten gut dastehen, Captain, aber ich muss vorsichtig sein", äußerte er mit ruhiger Dreistigkeit. „Ihr Wunsch, einen möglichen Anschlagsversuch zu rekonstruieren, ist mir schon begreiflich. Nur fürchte ich, damit sind Sie auch in Washington allein."

„Keineswegs. Der Präsident will wissen, was da war!"

„Ja sicher. Aber das Hauptquartier wird Ihnen zu Jusuf oder Rahman wohl kaum etwas herausgeben."

„Wie sollte das zu begründen sein?"

„Die zwei gelten als gefährdet. Soviel ich gehört hab, läuft da ein Zeugenschutzprogramm."

„Aber die sind doch auf freien Fuß gesetzt worden!"

„Das ist die amtliche Version. Wer sagt Ihnen, dass sie zutrifft?"

Dies alles war recht unerfreulich. Frustriert trat ich den Rückflug an. In Sarasota erreichte mich eine E-Mail von Linda, ein verschlüsselter Text. Danach waren zwei der neunzehn Terroristen des 11. September – keine Piloten, jedoch Zentralfiguren im

Kreis der Flugzeugentführer – seit einem konspirativen al-Qaida-Treff in Malaysia durchgehend von der CIA überwacht worden. Harry Brown, Chef der Antiterrorgruppe in Langley, hatte es aber versäumt, ihre Daten dem FBI und dem State Department mitzuteilen, so dass sie Visa für die USA erhielten und unter ihren echten Namen bei uns einreisen konnten. Dass sie unbehelligt an Bord des Flugzeugs gelangten, das dann ins Pentagon stürzte, war peinliche Folge der unbegreiflichen Unterlassung.

Am Ende des Tages gab ich das Ergebnis dem Laptop ein. Das FBI, verschwiegen wie die Klosterbrüder. Kein Interesse an der Aufklärung. Mit elastischen Bausteinen gemauert. Mir gingen verschwommene Bilder durch den Kopf: Das glatte Lächeln, der Blick nicht fassbar, doch mich erfassend. Die Bougainvilleen von Tallahassee ... Ich fragte mich, womit all das angefangen habe – mit dem Attentat vom 9. September auf den afghanischen General Massud, durch ein Selbstmordkommando, getarnt als TV-Team? Oder noch früher? Schade, dass man es niemals merkt, und auch hinterher nicht weiß, wann eine Geschichte wirklich beginnt.

In dieser Nacht kehrte der Traum nicht zurück.

BRENDA DELANO:

In dieser zweiten Woche nach den Anschlägen begann der Ärger im Büro. Ein bisschen Gegenwind tut ja ganz gut. Ein jeder von uns steckt im Beruf den täglichen Widerspruch glatt weg. Ohne die Bereitschaft, sich einzuordnen, geht es nirgends ab, wenn viele zusammenarbeiten. Ich nahm das auch hin als Preis für meinen Eintritt in die Beletage, den schönen Oberstock des Journalismus. Der Ressortchef strich mir einen Satz, nun gut; doch er wusste sich zu steigern. Beim nächsten Mal fiel schon ein ganzer Absatz weg.

Es ging mir da um die Liste der 19 Terrorpiloten, vom FBI verblüffend rasch veröffentlicht. Ein paar der vermeintlichen Selbstmörder hatten sich freilich nach dem Crash gemeldet. Und die Behörden entschuldigten ihren Irrtum mit all den arabischen Namen, die kein Mensch bei uns ohne größte Mühe jemals auseinander hielt. Es schien ein ähnliches Problem zu sein wie mit Gesichtern von Chinesen: vom Abendland her gesehen wirken die alle ziemlich gleich.

Doch immerhin, da prangten auch Fotos von noch Lebenden auf der Totenliste. Gestohlene Identitäten? Den Hinweis darauf ließ Arthur Quinlan noch zu, meine Kritik am Schnellschuss des FBI ging ihm bereits zu weit. „Lassen Sie uns nicht kleinlich sein, das war doch flinke Arbeit", hatte er getönt und mit einem Hauch seines englischen Humors angefügt: „Schnelle Hand, wie man im Western sagt, Brenda. Wer im Dunkeln schießt, der trifft stets ins Schwarze."

Ich aber fing nun an, meine Haltung ihm gegenüber und seinen Oberen, also der Chefredaktion, sachte zu hinterfragen. Ganz beglückt von der Ehre, hier eingestellt zu sein, angelangt inmitten der Elite, war ich anfangs zu devot gewesen in diesem Glaspalast. Aus großen Augen hatte ich die *Post* als mein Traumblatt betrachtet, als den Tempel investigativer Unerschrockenheit. Und noch immer respektierte ich den Ruf und den Ruhm der Zeitung, der sich speist aus ihrer Brillanz, der journalistischen Perfektion. Bis Lord Quinlan mich erneut zu sich rief und mit kaum spürbarem Aufwand an sportlicher Energie, routiniert wie ein alternder Golfspieler, ansetzte zum dritten Schlag.

Gestützt auf Dannys phantastische Erzählung vom Sonntag, hatte ich etlichen Verästelungen der Story im Internet nachgespürt. Natürlich blieb er selbst dabei ganz aus dem Spiel. Und ich war seinem Bericht auch nur bis zu dem Punkt gefolgt, von wo ab er ihn klar dementiert hatte, abgetan als einen makabren Scherz. Meine Recherche führte zu den Meldungen zweier Lokalmedien aus dem Südwesten Floridas. Ohne die Quellenangabe lautete mein Text:

Rund zwei Stunden, ehe die Hijacker ihre beiden Kerosinbomben kaltblütig in die Zwillingstürme des Welthandelszentrums lenkten, fuhr am Colony Beach & Tennis Resort auf Longboat Key ein Kleinbus mit vier Männern vor – Ausländern offenbar. In diesem schmukken Strandhotel am Golf von Mexiko vor Sarasota nächtigte nämlich George W. Bush. Die vier vorgeblichen Fernsehleute, einer von ihnen war bärtig, planten vermutlich, den Präsidenten der USA umzubringen. Ihr Erscheinen glich aufs Haar dem eines Fernsehtrupps, der zwei Tage zuvor den Führer der Nordallianz in Afghanistan, General Massud, mit einer Bombe getötet hatte. Die war in der TV-Kamera versteckt gewesen, sie riss auch die Täter in den Tod.

Zur selben Zeit checkte der Topterrorist Mohammed Atta 1.000 Meilen nördlich davon in Portland (Maine) ein zu dem Flug, der ihn nach Boston brachte. Dort lagen für ihn und seine Helfer fünf Tickets bereit, für den Flug American Airlines 11 nach Los Angeles. Diese Maschine würde er, sobald er sie mit seinen Spießgesellen gekapert hatte, erst nach rechts von ihrem Kurs abbringen, um sie dann in spitzem Knick nach links über Albany hinweg südwärts in den Nordturm des WTC zu steuern.

Derselbe Mann nun, der an jenem Morgen zweimal im Nordosten unseres Landes unbehelligt die Sicherheitsabfertigung der Flughäfen passierte, hatte vier Tage zuvor im Holyday Inn auf Longboat Key ein Apartment bewohnt: nur ein paar Jogging-Minuten weg von jenem Strandhotel, in dem George W. Bush am Vorabend der Anschläge mit seinem Stab abstieg. Dass er dort nächtigen würde, war seit dem 7. September landesweit bekannt. Man darf daher in Mohammed Atta den Kopf und heimlichen Koordinator der Angriffe des 11. September sehen. Die sollten, darauf deutet jetzt vieles hin, mit einem Attentat auf Bush beginnen.

Noch früher an jenem Tag der Katastrophe, zwischen 3 und 4 Uhr nachts, war dem Personenschutz auf Longboat Key ein dramatischer Hinweis zugegangen: das Leben des Präsidenten sei durch arabische Verschwörer bedroht. Solche Warnungen, meist anonym, erreichen die Bodyguards allerdings öfter. Sie sind davon verständlicherweise nicht jedes Mal gleich voll alarmiert. Dieser nächtliche Hinweis aber kam von einem Bewohner Sarasotas, der seine Anschrift nannte und sich als Sudanese zu erkennen gab. Obgleich das der Warnung Gewicht verlieh, beließen es die Leibwächter dabei, den angeblichen Fernsehtrupp am Tor des Strandhotels abzuweisen. Das geschah, weil es für dessen Behauptung, ihm sei ein kurzes Gespräch am Pool versprochen worden, wenn der Präsident vom Morgenlauf zurück sei, keine Bestätigung gab: der eigens geweckte Pressesprecher wusste davon nichts.

Die fremden Männer wurden also weggeschickt. Man riet ihnen, sich vom Weißen Haus einen Interview-Termin geben zu lassen. Aber die vier suspekten Figuren sind trotz des durchaus hinreichenden Tatverdachts weder festgehalten worden, noch hat der Personenschutz des Präsidenten auch nur ihre Personalien notiert. Diese befremdliche Unterlassung hat es ihnen erlaubt, spurlos abzutauchen. Mitsamt ihrem weißen Kleinbus sind sie verschwunden, bis heute. Das Versäumnis gehört zu all den Sicherheitslecks und Pannen, die es den Terroristen wesentlich erleichtert haben, ihre sehr komplexen Pläne zum Schaden des Landes und so vieler unserer Mitbürger nahezu synchron – und mit sinisterem Zwei-Drittel-Erfolg – haßerfüllt und todesverachtend durchzuziehen.

Quinlan blickte auf von dem Papier, er sah mich an und schwieg. Sein Teint zeigte das gläserne Gelbbraun der Miene eines britischen Gouverneurs, der in der Tropenglut leidet und es nie bei einem Sundowner belässt. Das Schweigen wurde beklemmend. Ich hatte letzte Nacht im *Day's Inn* an dem Text gefeilt und war ein bisschen stolz – auf meinen Fund und mehr noch auf die Art, ihn zu präsentieren. Quinlan musste doch merken, was da so faktensatt wie lesbar daherkam, das hatte Schmiss und Stil, vor allem: es war neu.

Mir war freilich klar, der Schlusssatz streifte eine Hausregel, wonach der Reporter es der Edelfeder eines Leitartiklers überlassen muss, persönliche Meinungen pointiert zu äußern. Ich glaubte daher, der Lord wolle mir den Schluss streichen, mit der Wendung vom „sinisteren Zwei-Drittel-Erfolg" der Täter, an der ich hing. *Sinister* ist ein markantes Wort, leicht verstaubt und furchterregend, es steht für „unheilvoll" und „widerwärtig". Im Stil der *Post* hatte ich eine Neigung zu erlesenen Adjektiven bemerkt, die nicht mehr sehr gebräuchlich sind und folglich unverbraucht erscheinen. Es tat schon weh, das amputiert zu sehen.

Doch es kam schlimmer. „Wo zum Teufel ist das her?" fragte Quinlan. „Das hat ja noch keiner gebracht!"

„Eben, Arthur. Hier sind wir damit die Ersten. ‚Nicht das Zeug, das alle schreiben', haben Sie mir eingeschärft."

Er sah seltsam passiv aus und sagte nichts. Ich begriff, dass dies keine Antwort gewesen war, die ihm half, sich für meine Arbeit zu entscheiden. Also verwies ich auf meine zwei Quellen und fügte hinzu: „Beide Redaktionen hab ich angerufen und die Gespräche aufgezeichnet. Möchten Sie das Band hören?"

Er wedelte ablehnend mit der Hand, als seien ihm Dialog-Mitschnitte so zuwider, wie sie es einst dem Richard M. Nixon gewesen waren, als ihm wegen all der Tonbänder die Amtsenthebung drohte. Lord Quinlan ließ mein Band nicht als Beweismittel zu. Paradox daran: Nixons Verstrickung in Einbrüche und Lauschaktionen war von *Post*-Reportern aufgedeckt worden; kein Ressortchef hatte es vermocht, Woodward und Bernstein damals lahm zu legen. „Da hat sich wer was ausgedacht", kam es jetzt von ihm. „Und einer schreibt vom anderen ab."

„Nein, Sir", sagte ich förmlich. „Der Sender ABC und das Lokalblatt sind jeder für sich auf dasselbe gestoßen." Allmählich ging mir auf, der Text war ihm von A bis Z zu heiss.

„Trotzdem, das passt mir nicht. Hochspekulativ, Ihre Story! Die kann man nicht so einfach übernehmen."

„Dann schicken Sie mich doch hin! Ich will es sehr gern nachrecherchieren."

„Da unten? Das liegt außerhalb Ihrer Reichweite, Brenda. Sie gehören zum Pressekorps. Wir haben Sie gerade erst im Weißen Haus installiert."

Mein Mund wurde trocken, der ganze Hals. Jetzt klang er wie ein Klempner, der einen defekten Thermostaten ausgewechselt hat. Der Mangel an Sprachgefühl war bloß der i-Punkt auf seiner feigen Haltung. „Wir werden uns überlegen", hörte ich ihn wie von weither sagen, „wen wir da eventuell entsenden."

Eventuell entsenden – der Mann blies sich auf. Es hörte sich an, als sei er dabei, den Posten des Botschafters in einem Emirat zu besetzen. Als sei der Beste hier kaum gut genug für Florida ... Inzwischen kannte ich Quinlan und ahnte, er würde gar nichts tun. Er fragte nicht einmal die Chefredaktion, was ganz normal gewesen wäre; selbst dazu fehlte ihm der Mumm. „Da würde ich dann aber nicht zögern, Sir. Die *Times* hat bereits einen hingeschickt."

„Woher wollen Sie das wissen?"

„Hab ich im Pressekorps gehört."

Das regte ihn auf, denn er nahm an, ich rede von der *Washington Times*, die hier allenfalls wegwerfend erwähnt wurde, weil sie als Gegenentwurf zur *Post* galt, als deren impotente Konkurrenz. Der

Konservativismus quoll ihr aus jeder Spalte, es schien ihre Bestimmung zu sein, die *Post* nach rechts zu drängen. Sie war das Leibblatt Ronald Reagans gewesen und gehörte dem Reverend Moon oder vielmehr dessen Vereinigungssekte, und hatte – obwohl als Kirchenorgan von der Steuer befreit – in den 18 Jahren seit ihrer Gründung meist rote Zahlen geschrieben, ohne jemals aufzugeben ... Aber natürlich hatte ich die *New York Times* gemeint, das führende Blatt Amerikas, dessen Tun Beachtung verdient. Ich klärte den Irrtum auf, der Lord nahm es stumm zur Kenntnis, und ich ging an meinen Platz zurück.

Abgelehnt! Im Papierkorb! Der Puls klopfte mir in der Schläfe. Mein Beitrag ist erledigt, weil keiner es wagt, das Dickschiff *Post* mal dorthin zu schicken, wo bisher bloß zwei Boote sind ... Da hält sie jeder für das Flaggschiff der liberalen Mitte, dachte ich zornig. Dabei ist sie ein rostiger Pott, ein treuer Freund des Hergebrachten, da mache man sich keine Illusionen. Dank ihrer Qualität und der Auflage von fast fünf Millionen mit den zwei starken Wochenmagazinen ein tolles Imperium, das Kronjuwel von Katharine Graham, der mutmaßlich reichsten Frau der Welt.

Ich atmete tief durch und besann mich auf die Strukturen des Hauses, in dem mein Schreibtisch stand. Es war und blieb ja ein Eckpfeiler, eine Festung des Establishments. Und Quinlan – nichts anderes als ein Realist, im Verhalten den Gegebenheiten voll angepasst, und zwar so zwanglos, dass es ihm selbst wohl niemals aufgefallen war. Wahrscheinlich sollte ich ihm darin folgen, kooperativ und handzahm sein, wenn ich hier was werden wollte. Anstatt ihm zu widersprechen, hielt man ihn besser bei Laune.

Noch freilich ging der Ärger mit mir durch. Vorstandsvorsitzende ließ Frau Graham sich nennen, das klang hübsch zivil, nach kommerzieller Normalität. Demnächst wohl ein Aktienpaket an leitende Mitarbeiter, oder hatten die es längst? Dabei gehörte doch der ganze Laden ihr. Warum auch nicht, wenn sie einem Fair Play bot, mit dem nötigen Freiraum dazu. Nur da schien es ja zu hapern. Es passte zu meinem Fall, was von ihr kolportiert wurde: auf dem letzten Presseball habe sie ganz beiläufig erklärt, ein verantwortungsbewußter Herausgeber tue gut daran, gewisse

Abläufe gar nicht erst ans Licht der Öffentlichkeit zu heben – journalistisches Taktgefühl rangiere allemal vor Effekthascherei.

Welch doppelbödiger Grundsatz für die höchste Zeitungsfrau des Landes, nobel und finster zugleich. Ihre Redaktion, ein Regiment von Stilkünstlern, diszipliniert und beflissen, gebildet bis an den Arsch. Für weiche Themen wie Urlaub & Reisen, Kunst & Literatur oder Eheglück & Gesundheit im farbensatt-lebensfroh überquellenden Feuilleton und in der Sonntagsbeilage gab es hinreichend liberale, halblinke Schreiber. Die Kernzonen von Wirtschaft und Politik aber hielten rechtsgewirkte Kollegen besetzt. Und die Kolumnisten machten in trefflichen Variationen dem Leser weis, es sei ihm noch nie so gut gegangen wie eben jetzt. Der Geist Ronald Reagans führte ihnen die Hand, sie kamen daher wie Dick Cheney: von ganz rechts, jedoch mitfühlend, mit menschlichem Antlitz.

So wütete ich stumm vor mich hin, bis ich begriff, weshalb mich das derart getroffen hatte. Erstmals war ich ganz verstohlen einem Wink meines Liebhabers gefolgt, ohne ihn im mindesten zu kompromittieren, und hatte dabei etwas entdeckt, von dem niemand sonst Notiz nahm. Und nun war es abgeschmettert worden. Der schöne Schwung ging ins Leere, mein rein privater Zugang zum Herrschaftswissen erwies sich als nutzlos. Das blieb der bittere Rest, und es sagte mir: Wer es aus so günstiger Position heraus nicht schafft, Erfolg zu haben, der schießt hier überhaupt kein Tor.

Allmählich aber beruhigte ich mich. Es gab halt ein paar Dinge, die hatte ich zwar gewusst, sie dann jedoch nicht richtig eingeordnet. Sie hatten mit der speziellen Medienlandschaft in Washington zu tun, der Nähe zur Regierung. Die machte jede Aussage bedeutsamer. Ein Attentat auf Bush, das war nun mal eine andere Dimension, da zuckte man leicht zurück. Ich musste mich bremsen, behutsamer werden. Wie bloß mochte es den Watergate-Enthüllern seinerzeit geglückt sein, ihre Sicht durchzusetzen? Na, das war lange her. Ich sollte jeden Tag neu abchecken, was möglich ist und was nicht geht, im Moment. Auf keinen Fall jetzt überreagieren. Nur Amateure nehmen übel. Mir bricht kein Zacken aus der Krone, geht da mal etwas schief. Noch hab ich ja Schonzeit hier ... Also komm herunter und sei entspannt! Dies ist ein Team, in das du dich erst hineinspielen musst.

Nach Redaktionsschluss rief ich Danny an, in der stillen Hoffnung, es werde mir aufhelfen, ihn zu sehen. Er bat mich für morgen Abend zu sich, heute werde es sehr spät im Weißen Haus. Sie fuhren dort alle Doppelschichten.

Im *Day's Inn* stöpselte ich meinen Laptop in den Telefonanschluß und gab ein paar Namen von Neokonservativen ein, deren Trauma und Vormarsch mir Danny am Sonntag geschildert hatte. Unter dem Suchwort „Paul Wolfowitz" kündigte das Schirmbild mir zwei Dokumente an. Das erste, sechs Absätze kurz, war ein Brief vom 26. Januar 1998 an den „Ehrenwerten William J. Clinton", von 18 Leuten unterschrieben, dabei auch Richard Armitage, Richard Perle und Donald Rumsfeld, der Wolfowitz als seinen Vize ins Pentagon geholt hatte. Die restlichen Namen sagten mir nichts.

Ich überflog das Schreiben bloß. Es ging um den Irak. Die Unterzeichner beklagten den Kurs der Regierung als zu zaghaft, zu schwankend und erfolgsarm. Der Versuch des „Eindämmens" von Saddam Hussein sei im Begriff zu scheitern. Bald schon werde Amerika vom Nahen Osten her ein Schrecken drohen, ernster denn je seit dem Ende des Kalten Krieges. Unser Ziel sollte es vor allem sein, so schrieben sie, zu verhüten, dass Saddams Regime erneut zum bedrohlichen Machtfaktor werde. Hierzu boten die Verfasser dem Präsidenten ihre volle Unterstützung an.

Dessen Unentschlossenheit, so ging es in höflicher Umhüllung ziemlich impertinent weiter, wirke ernstlich destabilisierend auf den gesamten Nahen Osten. Wenn Saddam in den Besitz von Massenvernichtungswaffen gelange, wonach er beharrlich strebe, sei die Sicherheit der amerikanischen Truppen und unserer Verbündeten in der Region schwer bedroht. Clinton selber habe doch erklärt, im ersten Teil des 21. Jahrhunderts hänge sogar die Sicherheit der ganzen Welt davon ab, wie wir umgingen mit diesem Schrecken.

Die gedrechselten Sprüche und Sottisen der Scharfmacher nervten mich. Der Schluss klang besonders dreist: „Wir ersuchen Sie, entschieden zu handeln. Wenn Sie jetzt handeln, um dem Schrekken von Massenvernichtungswaffen gegen die Vereinigten Staaten oder ihre Alliierten ein Ende zu setzen, dann werden Sie es im fundamentalsten Interesse der nationalen Sicherheit des Landes tun. Stimmen wir hingegen einem Kurs der Schwäche und des Getriebenseins zu, so setzen wir unsere Interessen und unsere Zukunft aufs Spiel."

Danach verging mir die Lust auf das zweite Dokument, zumal es weit umfangreicher war. Es hieß „Wiederaufbau der Verteidigung Amerikas", mit dem Untertitel „Strategie, Kräfte und Hilfsquellen für ein neues Jahrhundert." Dieser *Bericht des Projekts für das Neue Amerikanische Jahrhundert* war, wieder mit unterzeichnet von Paul Wolfowitz, im September 2000 in Washingtons 17. Straße (Nr. 1150, Suite 510) erschienen. Er strotzte von einer waffenklirrenden Sprache und lief über viele Dutzend Seiten. Das wollte ich mir am Ende eines harten Tages nicht auch noch antun und knipste den Laptop aus.

EDWARD JACKSON:

Es geschah im Morgengrauen. Jäh legten die Singvögel los in der kalten Luft, dies zeigte mir den Sonnenaufgang an. Das erste Licht lag auf den Wipfeln, das Unterholz jedoch blieb weiterhin verschattet. Unter meinen Füßen knirschte es, quietschte Herbstlaub, taufeuchte Ahornblätter, gelblich und rot, durchsetzt von Zweigen, der Beute des Nachtwinds. Ab und an spritzte Pfützenwasser durch splitternde Eisränder zu mir hoch.

Wie immer lief ich zehn Schritte hinter dem Präsidenten, seitlich versetzt, damit das, was unmittelbar vor ihm war, auch in meinem Blickfeld lag. Sein Tempo – kein Problem für mich, der ich zehn Jahre jünger bin als er. Ich hab ihn im Nu eingeholt, mit ein paar Sprüngen, wenn nötig. Aber wo zum Teufel sind die vier anderen Bodyguards? Nervös sehe ich mich um und merke, Bush und ich, wir zwei sind allein. Ich bin bestürzt. Ein Skandal, schwerer Verstoß gegen die Regeln. Fast so schlimm, wie es von Captain Simmons gewesen ist, jenes Fernsehteam einfach ziehen zu lassen. Wie hat das passieren können?

Der Schweiß bricht mir aus, ich höre mich keuchen. Da knakken Äste, dem Präsidenten steht plötzlich etwas im Weg – ein Tier. Es glotzt uns an, bewegt sich ganz träge, trotzdem kann ich im Dämmerlicht nicht erkennen, ob es etwa ein Reh oder ein Wildschwein ist. Ob nun riskant oder nicht, ich ziehe die Waffe und entsichere sie. Das fremde Objekt taucht raschelnd ein in das Blattgewirr. Entwarnung. Wir erreichen eine Lichtung, der Präsident hält inne – das ist bei ihm ganz neu –, dann sinkt er schnaufend auf einen Stamm mit rötlicher Rinde. Es ist eine uralte Kiefer, die der Sturm gefällt hat. Dicht über dem Waldboden ist der Stumpf grotesk geborsten.

Mit einer schlaksigen, großzügigen Gebärde, die ich so nicht kenne an ihm, lädt Bush mich ein, an seiner Seite Platz zu nehmen. Es fällt dabei kein Wort, wir sind beide außer Atem. Als ich neben ihm bin und er sich mir zuwendet, sehe ich erstmals sein Gesicht und bin baff. Es ist überhaupt nicht George W., den ich da schütze, sondern George Herbert Walker, der alte Bush, der nie mit uns gelaufen ist. Für sein Alter, Ende 70, wirkt er noch recht fit, hat prima Figur gemacht bis jetzt, doch nun ist er fertig. Es dauert, bis es ihm gelingt, das Wort an mich zu richten.

Doch was ist das, er redet gar nicht, bewegt nur tonlos die Lippen in stummem Selbstgespräch. Dann grient er ein bisschen und stupst mich brüderlich an, als wären wir ranggleich, gar Spießgesellen. Da ist Vertrauen entstanden zwischen uns, weit übers Dienstliche hinaus. Jetzt erscheint er mir besorgt wegen des Anschlags auf seinen Ältesten, deshalb sage ich mit allem Respekt zu ihm: „Sir, wir kriegen raus, wer das gewesen ist!“

Und plötzlich ist er fort, der alte Bush. Wie weggewischt, als habe er eine Tarnkappe benutzt, in Langley vielleicht gefertigt ihm zu Ehren, als Dank am Ende des erfüllten Lebens. Für einen bangen Moment bin ich allein im Wald, dann wache ich auf, reibe mir die Augen und nehme aus dem sonderbaren Traum die Botschaft mit ans Licht: Reden ist Silber, Schweigen ist Gold. Oder, wie Ronald Reagan zu Margaret Thatcher sagte, als sie ihm am Telefon ausreden wollte, auf der Karibikinsel Grenada zu landen – ich stand dabei und hab´s nie vergessen – : „Genug der Worte, jetzt wird gehandelt." Und genau darum geht's im Leben; besser kann das kein Mensch sagen.

Also vorwärts. Es kam überhaupt nicht infrage, unverrichteter Dinge heim zu fliegen, nur weil die mutmaßlichen Attentäter durch Sturheit des FBI sich meinem Zugriff entzogen. Mir blieb noch reichlich Zeit für einen zweiten Ansatz. Im *Charlotte Sun Herald*, dem Lokalblatt des südlich angrenzenden Distrikts Charlotte, fand ich den dortigen Sheriff wie folgt zitiert: „Neue Erkenntnisse bringen den Terroristen Mohammed Atta in einen fatalen Zusammenhang mit diesem Landkreis und mit Punta Gorda, wo auch unser kleiner Flugplatz liegt. Es macht mich ein bisschen frösteln, zu wissen, Atta und ein paar seiner Hijacker sind hier gewesen. Es scheint so, als hätten sie bei uns fliegen gelernt, in der Flugschule van der Lubbe. Und es kann sein, sie sind dann nach Venice gegangen, um in der Flugschule von Rudi Terhorst weiter zu trainieren."

Also auf nach Punta Gorda, dem Sitz der Kreisverwaltung. Um nichts zu versäumen, rief ich zuvor noch die FBI-Außenstelle in Miami an. Deren Chef ließ sich verleugnen, ebenso sein Vize. Man reichte mich durch zu einer Pressedame, die mir freundlich erklärte: „Es stimmt, wir haben zu beiden Flugschulen nähere Informationen, dürfen diese aber noch nicht offen legen, weil die Ermittlungen andauern. Ich kann Ihnen bestätigen, das FBI prüft derzeit Tausende von Hinweisen. Es geht zwei Dutzend Spuren nach, hat schon rund einhundert Personen befragt und ist dabei, weitere zu vernehmen."

Das klang, als halte sie mich für einen Reporter, den es abzuwimmeln galt. Ebenso gut hätte dort in Miami ein Tonband laufen können. Es gelang mir nicht, ihren Vorgesetzten zu erreichen. Ich kann mich am Telefon oft schwer durchsetzen. Eins freilich war mir klar: Wenn das FBI einem schon Zahlen nennt, um zu belegen, wie hart es arbeitet und wie dicht es dran ist an der Sache, dann kann man sicher sein, dass es anfängt, etwas zu verbergen.

Ich machte mich also südwärts auf den Weg, vorbei an Jungle Gardens, einem kleinen Zoo mit Wildpfaden, Schlangen und Krokodilen. Dem Leihwagen fehlte ein Klimagerät, deshalb ließ ich die Scheiben sämtlich herunter, und die Palmen an der Uferstraße warfen mir ihr huschendes Echo zu. Die Ringling Residenz glitt vorbei, ein eleganter Palazzo im venezianischen Stil, erbaut für den berühmten John Ringling, von dessen verblasstem Ruf das Städtchen zehrt. Es war ein sanfter Morgen, lau und lieblich, das südliche Gegenbild zu meinem kalten Traum. Die gleiche Gegend, durch die kürzlich der Konvoi schwarzer Limousinen gerollt war – heute nahm ich mit offenen Augen ihre heitere Gelassenheit in mich auf. Im Dienst entgeht so vieles dem tunnelartig verengten Blick derjenigen, die für den Schutz des Präsidenten sorgen müssen.

Ich bog links ab in die Main Street, folgte dann ihrer Verlängerung, der Fruitville Road, und sah, aus dem Frisörsalon dieses Jusuf war ein Kosmetikladen geworden. Sie verloren hier keine Zeit. Ich stieg aus und sprach kurz mit dem Inhaber. Er hatte die Räume von einer Immobilienfirma gemietet – und von dem Vorbesitzer nie etwas gehört.

Auf der Interstate 75 waren es noch 44 Meilen bis Punta Gorda. Linker Hand zog der schlammgrüne Saum des Myakka River State Park vorbei. Eine Chaussee namens Sugar Bowl Road führte dort hin. Wo sie abzweigte, hielt ich an, des romantischen Werbeschilds wegen. Es versprach dem Besucher ein Wildreservat voll seltener Vögel und Raubtiere, die sich frei bewegten. Und als Clou: Südflorida im plastischen Modell, komplett nachgeformt mit all den Seen, Sümpfen, Urwäldern und der Prärie, in welche die zwei Schutzgebiete der Seminole- und Miccosukee-Indianer eingebettet sind. Ich nahm mir vor, im nächsten Urlaub mit Linda herzukommen. Zu Unrecht liegt die Golfküste ganz im Schatten der blanken Atlantikstrände.

Punta Gorda war ein Städtchen von schläfrigem Reiz. Der Sheriff hieß Clement. Das Fenster seines Büros ging hinaus auf die Brücke über den Charlotte Harbor, vor der ein paar Segeljachten in der sanften Brise kreuzten. Für den Fan gewiss ein erfreulich stilles Revier. Clement war so groß wie ich, dabei schwerer, und doch machten ihm die Vorgänge in dem Umfeld zu schaffen, für das er zuständig war. Er bestätigte mir, dass Mohammed Atta seit Jahresanfang bei North Port gelebt habe, knapp jenseits der Grenze zum Nachbarkreis Sarasota. Peinlich auch, dass Atta gleich neben dem Nationalen Polizeimuseum mit der *Hall of Fame*, dem Saal der Berühmtheiten, gewohnt hatte. In den Augen des Sheriffs setzte das einen frechen Akzent.

Es fröstele ihn, hatte er dem Reporter des *Herald* gesagt. Und im Gespräch mit ihm vertiefte sich mein Eindruck, dass sein Unbehagen wohlbegründet sei. An dieser entlegenen Hafenbucht siedelten durchweg alte Leute, es war ein Rentnerparadies, eine Art Palm Springs für Mittelständler. Doch früher seien die kaum alle so harmlos gewesen, meinte Clement, da habe die CIA sie beschäftigt. Kein Land der Welt kommt ohne Geheimdienst aus, er aber sprach von diesen Pensionären, als hafte ihnen ein Makel an. Ich hörte von ihm, Punta Gorda sei praktisch eine Gründung für ehemalige Agenten der Firma; das habe er beim Amtsantritt bloß nicht gleich kapiert.

„Bei denen reicht halt das Geld für solch nette Gesten", sagte ich. „Ihr Innenminister und der Finanzminister bei mir, die kämen nie auf die Idee, dafür zu sorgen, dass Männer wie wir zwei mal in einem warmen Land sterben können."

Doch das lockerte ihn nicht auf. Für muntere Sprüche, die mir auf der Zunge lagen angesichts des schönen Tages, war er nicht zu haben. Es bedrückte ihn nämlich, dass der Geheimdienst ihm über die Ruheständler hinaus auch fortlaufend Mitarbeiter herschickte, die noch tätig waren. Und zwar auf dem nahen Flugplatz, gleich an der Kreisstraße. Den nutzten sie seit den 80er Jahren für Aktionen, die sich natürlich seinem Blick entzogen. Was ihn freilich noch mehr wurmte, war der Umstand, dass derselbe Ort auch für den Feind, die Terroristen, derart attraktiv gewesen war. Dies bringe ihn neuerdings um den Schlaf. Denn fliegen lernen, das könne man doch überall, in jedem Staat der USA. Weshalb also hier bei ihm? Was hatte Atta und die anderen bloß hergelockt? Wie konnte derselbe Ort die Verteidiger Amerikas und dessen schlimmste Feinde anziehen? Er wusste es nicht.

Ich hatte selbst keinen Reim drauf. Diese Sache bereitete auch mir allmählich Kopfzerbrechen. Ich notierte die Adressen der zwei Flugschulen, Terhorst und van der Lubbe. Beides Holländer mit geringfügigen Vorstrafen wegen mangelnder Steuerehrlichkeit oder Konkursverschleppung; nicht ganz koscher also, doch beileibe keine Gangster. Anwürfe wegen Drogenschmuggels, hier nicht unüblich, waren wegen der schwachen Beweislage nie verhandelt worden. Ich dankte Clement für seine Auskünfte und nahm ein gutes Bild von ihm mit: das eines Sheriffs, der den Job ernst nimmt und stets versucht, seine Pflicht zu tun – über den Kirchturmshorizont des Amtes hinaus. Darin waren wir zwei uns nahe.

Mein Rückweg führte an dem Flugplatz vorbei, der Clement wie ein Stachel im Fleisch saß. Während ich dort einen Hamburger aß, bestaunte ich eine uralte DC-3, auch Dakota genannt, am Rande des Rollfelds. Das Arbeitspferd unserer Streitkräfte im letzten Weltkrieg. Sie stand recht auffällig dort – das Heckrad am Boden, den Bug hochnäsig, die Grundposition vergangener Zeiten –, dabei sturmfest verzurrt. Grell zierte ein Dschungelbild die silbrige Flanke: Nilpferde, Giraffen und Elefanten, die mit anderem Getier in Richtung Cockpit zogen. Erst glaubte ich, das Flugzeug werbe für den Besuch des Wildreservats rechts von der Interstate 75. Doch das war falsch, man hatte es kürzlich beschlagnahmt und allen Hobbypiloten zur Warnung aufgestellt. Am Leitwerk stand der Satz: „Wer Drogen fliegt, landet im Knast". Und als schrecke dies noch nicht genug, hatte jemand „Knast" durchgekreuzt und ersetzt durch „bei den Fischen".

Wer auch immer hier das Sagen hatte, er drückte sich gern deutlich aus. In der Snackbar hieß es, diese DC-3 sei bereits im Frühjahr 1987 zum ersten Mal beschlagnahmt worden, von den Drogenfahndern der DEA, und später auf höhere Weisung weitergeflogen. Das erinnerte mich an den gottverlassenen Mena Intermountain Municipal Airport im völlig entlegenen Westen von Arkansas. Der hatte während der Iran-Contra-Geschichte dem Geheimdienst das Ausfliegen von Waffen ermöglicht; und mit den Maschinen, die aus Nicaragua zurückkehrten, sickerten Drogen bei uns ein, was der eigentliche Skandal gewesen war.

Auch in meinen Augen übrigens. Wer den Kampf der Drogenfahndung unterlief, und sei es für einen noch so guten Zweck, der schadete grob unserer Volksgesundheit. Da konnte es keine Entschuldigung geben! Und der Flugplatz Mena dort in den Ouachita Mountains an der Grenze zu Oklahoma war wohl kaum die einzige Basis ihrer Art gewesen. Langsam dämmerte mir, was der Sheriff da ahnen mochte und was ihm so missfiel: auch das Flugfeld von Punta Gorda war ein *Shangri-La*! Dieses seltsame Wort meinte ursprünglich einen friedlichen, paradiesischen Fleck. Es passte genau auf diesen Ort, hatte es doch im Weltkrieg eine zweite, hintersinnige Bedeutung gewonnen: unsere Piloten nannten geheime Luftstützpunkte so. Manchmal lagen die, etwa in China, weit jenseits der Linien im feindlichen Hinterland.

Heute nun nicht mehr. Da lag dieses Flugfeld gleich an der Kreisstraße, jedem Blick offen, was die Tarnung ja enorm erschwert. Die alte DC-3 schien Teil des Deckmantels zu sein, indem sie verkündete: Seht her, wir sind eingeschritten, wir haben den Schmugglern das Handwerk gelegt! Es war wie das Zupfen an einem Wollknäuel, ein Gedanke zog den anderen nach. Als Bill Casey CIA-Direktor gewesen war, hatte er das Waffen-Kokain-Modell, gedeckt durch Cover-storys, zunächst mit Billigung des Nationalen Sicherheitsrats ausgeheckt, das dann im Morast all der peinlichen Vorfälle versank. Die Untersuchungsausschüsse des Senats hatten ja endlos darin gestochert, und diese Region kam auch dabei vor. Mit ihren Flugplätzen und den verschwiegenen Trainingscamps hatte sie eine lange Geschichte verdeckter Aktionen auf dem Buckel. Die Insel Useppa dicht vor der Küste fiel mir ein, zwischen Pine Island und Cayo Costa im Hafenausgang von Port Charlotte; sie hatte den 1.500 Kubanern als Übungsfeld gedient, die dann in der Schweinebucht scheiterten; gut vierzig Jahre war das her ... Ich riss mich los und fuhr über die lange Brücke in Richtung Venice, vorbei an dem Polizeimuseum, das Sheriff Clement erwähnt hatte.

Tief in Gedanken diesmal. Dabei neige ich sonst kaum zum Spinnen. In unserer fleißigen, akkuraten Welt ist das meist fehl am Platz. Ein jeder braucht seine ganze Kraft, um gut zu sein im Job, als Fachmann zu funktionieren. Nur durch Leistung bringt man sich selbst voran und dient damit zugleich diesem großen, prächtigen Land. Da blendet man eben reflexhaft vieles aus, praktisch alles, von dem es scheint, als gehe es einen nichts an. Oder Dinge, die einen zwar berühren, die man jedoch nur schwer überblickt. Das kann so weit gehen wie bei General Norman Schwarzkopf, dem Helden des Irakkriegs, dessen Erinnerungen ich gern zur Hand nehme. Als der Präsident ihn damals an der Spitze einer Task Force mit dem Vizeadmiral Metcalf in die Karibik entsandte, da hatte Schwarzkopf – und das gesteht er offen ein – weder gewusst, wo Grenada liegt im Antillenbogen, noch was der Kampf, der ihm dort bevorstand, eigentlich sollte. Er schrieb, es sei nicht seine Aufgabe gewesen, den Sinn des Auftrags, und damit die Urteilskraft der Regierung, in Frage zu stellen.

Okay. Ich mag den General und verstehe seine Haltung. Es ist der Standpunkt des Soldaten. Daheim bei mir steht sein Buch, es liest sich gut dank seiner klaren und aufrichtigen Sprache. Ihm hat, denke ich mir, vielleicht nur eine Frau wie Linda gefehlt. Sie erst hat mich dazu gebracht, einige Zusammenhänge außerhalb des Dienstes wahrzunehmen und mir ein paar Gedanken um den Zustand der Welt zu machen. Heute meine ich, jeder von uns sollte das mitunter tun. Das ist nicht bloß das Recht eines jeden, sondern auch ein Akt der Selbsterhaltung. Es wirkt einer seelischen und geistigen Verwahrlosung entgegen, die man an jungen Soldaten, und nicht nur solchen aus der Unterschicht, gelegentlich bemerken muss. Wenn das eigene Ich sich in Anteilnahme, Sprache und Gefühl auf ein Niveau beschränkt, das ausreicht, um den Serien im Fernsehen zu folgen, dann liegt eine Verarmung vor, aus der man schwer wieder herauskommt. Dann geht es einem wirklich schlecht. Dann will man bloß noch seine Ruhe, will Lästiges vergessen und sich so gut wie möglich fühlen. Dann folgt der Griff zur Flasche, auch zur Droge – in der Not und unter Druck. Und aus Armut wird Elend, was mehr als Mangel an Nahrung oder Kleidung heißt. Der Mensch lebt nicht von Brot allein.

Der Flugplatz von Venice liegt zwischen dem Meer und der Landstraße am südlichen Ortsrand. Seine kurzen Rollbahnen bilden ein X. Ich fand Rudi Terhorst sehr beschäftigt im Büro über seiner Werkstatt. Die Firma, *Sunrise Aviation*, stellte sich mit ihrem Angebot von Hubschraubern, Sportmaschinen, Wartungs-

und Reparaturdiensten sowie auch Flugbenzin als die Seele des ganzen Platzbetriebs dar.

Terhorst, ein vierschrötiger Mann meines Alters mit flinken wasserhellen Augen, empfing mich argwöhnisch. Es war, als habe ihn das Medieninteresse an seiner Person reizbar gemacht und überzeugt von seiner Wichtigkeit. Sogar der alte Talkmaster Larry King hatte ihn schon nach jenen Flugschülern gefragt in dieser zahnlosen Show. Mein Ausweis beeindruckte ihn kaum, eher zeigte der ihm, dass es von mir kein Honorar geben werde. Deshalb suchte er mich mit einem frechen Wortschwall zu vertreiben.

„Da haben wir´s wieder“, rief er, mit dem Fakt konfrontiert, der Ausbilder von Terrorpiloten gewesen zu sein. „Wieso zur Hölle soll ich nicht Leute trainieren, deren Papiere stimmen und die dafür zahlen? Das war der Fehler derjenigen, die denen das Visum in den Pass gedrückt haben! Sie kennen meine Aussage, Sir – ich habe nicht vor, die zu ändern.“ Punkt. Schluss. Ausrufungszeichen. Terhorst hatte gesprochen. Und zwar im Ton eines Chefs, der sein Profil als kaltschnäuziger Basta-Typ täglich schärft.

Er war nun mal der Platzhirsch hier, und offenbar recht sicher, dass ihm von mir nichts drohe, denn er schloss dreist: „War´s das oder muss ich Ihnen noch ´ne Cola anbieten? Wissen Sie was, Sie bellen am falschen Baum. Sie sollten mit der Schule reden, wo dieser Atta vor mir war. Oder quetschen Sie mal seine flotte Freundin aus ...“

Ich schrieb zwei Adressen auf, die er mir widerwillig nannte. Die Freundin hieß Amanda Keller, sie sollte als Stripperin oder als Model für Reizwäsche hier arbeiten. Höchst ungewöhnlich, solch ein Girl, für einen Fanatiker von al-Qaida! Übrigens war es falsch gewesen, zu Terhorst zu gehen, ohne zuvor seinen Hintergrund aufzuklären – bei den Nachbarn, im Lokalblatt und bei der Polizei von Klein-Venedig, wie der Ort inzwischen für mich hieß. Das sollten meine nächsten Schritte sein.

DANIEL SHAW:

Natürlich hatte es keinen Sinn, auf Dabjahs Zuneigung zu bauen. Er war zu beschäftigt und stand hoch über allen. Mehr noch als Kompetenz und Gottesfurcht forderte er von den Seinen Loyalität, ohne selbst besonders anhänglich zu sein. Ihm sollte man helfen und tat es auch, doch da kam kein bisschen Dank zurück. So ging es zu an der Spitze, ich hätte es wissen müssen. Wie närrisch von mir, im Stillen zu hoffen, mein Fehlen am Wochenende in Camp David möchte ihn enttäuscht und bekümmert haben, wenn das Kriegskabinett beriet und er mal kurz herauskam, um meinen Rat zu hören. Und sei es bloß zu einem zweitrangigen Punkt, einem Schnörkel im Hinblick auf die öffentliche Meinung. Inzwischen fand ich, er hatte mich dort kaum vermisst, ja meine Abwesenheit wohl nicht einmal bemerkt.

Das schmeckte bitter. Allein die Krieger hatten nun sein Ohr, Leute aus Langley und aus dem Pentagon, seit es mehr um Taten als um Worte ging. Für harte Themen waren andere da. Diese Scharfmacher, den Irak vor Augen, hielten mich zunächst zwar absichtsvoll fern, weil sie in mir einen Störfaktor sahen, dort im inneren Zirkel. Doch mittlerweile mussten sie das gar nicht mehr, er folgte ganz von selbst aus dem Ergebnis von Camp David: ihre Irakpläne lagen auf Eis. Dabjah hatte ihnen eine Absage erteilt; das immerhin war noch geglückt. Nur, auch über mir konnte das Eis sich schließen, nachdem ich eingebrochen war bei meinem Versuch, den Ultras entgegenzutreten.

Bloß heraus aus dem Loch, bevor man vollends über mich hinweg zur Tagesordnung schritt! Mach den Gesichtsverlust wieder gut! Noch standen ja weiche Themen an, für die mein Rat nötig und stets erwünscht gewesen war. Am Donnerstagabend nämlich wollte der Präsident vor beiden Häusern des Kongresses sprechen, und sämtliche Sender würden die Rede übertragen. Das verlieh ihr größte Bedeutung: es sollte vor aller Welt unsere wohlabgewogene Antwort auf den 11. September sein.

Während ich in meinem Büro darauf wartete, dass Karen Hughes oder einer der zwei Redenschreiber zu mir kam, erinnerte ich mich daran, wie nachlässig ich die beiden vor einer Woche noch behandelt hatte – sogar abgekanzelt, weil es ihnen nicht in den Sinn gekommen war, die neuen Erkenntnisse zu Pearl Harbor zu beachten. Daran hatte sich bis heute nichts geändert, der peinliche Vergleich mit neun-elf stand beharrlich im Raum. Ein Top-secret-Dokument, das unsere nächsten politischen und militärischen Schritte umriss, also die Optionen, hatte man völlig instinktlos mit dem Codewort *Pearl* versehen. Das sei rein zufällig gewählt worden, hatte Andy Card mir gesagt; und es sei zugleich der Name jener Gruppe mit speziellem Zugang, die Einblick in das Dokument erhielt. Es hatte Card sichtlich Spaß gemacht, mir zu eröffnen, ich zähle leider nicht dazu – im Gegensatz zu ihm selbst. Das nagte schon an meiner Position im Stab. Jeder trug ein bisschen dazu bei. Neun Monate lang schien meine Sonderstellung einzigartig, nun war sie anfechtbar geworden. Ich musste mich wieder ins Spiel bringen! Es war an mir, die Erosion zu stoppen.

Als Michael Gerson eintrat, atmete ich auf. Endlich! Er hatte Papier in der Hand, vermutlich den Redetext. Doch anstatt ihn mir vorzulegen, blieb er stehen und begann zu plaudern. Mir war, als wolle er sondieren, wie es inzwischen um mich stand. Sein Schlips saß wieder falsch: der Knoten winzig, das breite Ende baumelte ihm vorm Schritt. Das musste Absicht sein, es wurde vielleicht bei ihm zur Marotte.

„Rumsfelds Idee bleibt außen vor, und das ist schade, Danny." So abgefeimt rieb er mir hin, dass er – anders als ich – diese Idee kannte. „Ich fand sie äußerst scharfsinnig."

„Das ist Don doch immer. Nur leider auch verwirrend."

„Sie meinen, wenn er die Gefahr erwähnt, dass uns Massenvernichtungsmittel drohen könnten? Das wird der Präsident auf keinen Fall sagen."

„Er hebt sich das für später auf."

„Wir sollen´s weglassen. Es könnte den ganzen Rest der Rede unter sich begraben. Er will die Leute neun Tage nach den Anschlägen nicht erneut schockieren ... Nein, ich spreche doch von Rumsfelds Wunsch, keine übertriebenen Erwartungen zu wecken. Statt zu tönen, wir würden den Feind besiegen, hat er empfohlen, einfach nur zu sagen, wir würden ihm die Fähigkeit nehmen, unseren Way of life zu bedrohen. Ist das nicht brillant formuliert?"

„Und pfiffig dazu. Unsere Lebensart schließt hohen Energieverbrauch ein. Wer uns dabei stört, den Ölzufluss zu sichern, der bedroht die Lebensart. Somit bleibt der Irak ein Ziel, Michael. Und das hat mich bewogen, davon abzuraten."

Gerson sah mich an, deutlich bemüht, herauszufinden, ob ich bluffte. Ich hatte Bush überhaupt noch nicht gesehen, doch wozu ihm das auf die Nase binden? „Wann haben Sie ihn denn gesprochen, Danny?"

„Gleich nach Tenet, heute früh."

„Im Oval Office oder noch im Treaty Room?"

Böse Frage. Die falsche Antwort würde mich verraten. Der Treaty Room ist Bushs privates Arbeitszimmer, er liegt nicht im Westflügel, sondern im ersten Stock der Residenz. Der Raum hat seinen Namen vom feierlichen Abschluss des Vertrags, der den Krieg mit Spanien beendete. Ein Wandbild darin zeigt die Szene, mit Präsident McKinley als Zentralfigur. „Weder, noch", sagte ich beiläufig. „Ich traf ihn im Blauen Zimmer."

Ich merkte, er glaubte mir nicht recht. Da stand er nun mit baumelndem Schlips und rückte den Text nicht heraus, der es mir erleichtert hätte, wieder mitzumischen. Jennifer hatte mir einmal gesagt, Männer trügen ihre Schlipse so, wenn sie unterschwellig meinten, ihr Glied sei zu kurz, verglichen mit dem anderer. Ihnen selber unbewusst, solle der Schlips das Manko tarnen. Einer der Sprüche, die man einem Girl mit Collegeabschluss kaum zutraut, die aber im Bett durchaus von ihnen kommen, gerade von dem damenhaften Typ.

Eine Art von Kampfschweigen brach zwischen uns aus. Gerson sah mich zweifelnd an, ich blickte wortlos zurück. Schon fühlte ich mich versucht, ihn zu fragen, ob seine Texte in letzter Zeit wohl deshalb so kriegerisch klangen, weil er da überkompensiere. Diesen Komplex hätte er dann mit seinem Analytiker durchgehen können. Da aber gab er auf und zog sich mit dem Papier zurück.

Als nächster schaute Harry Brown bei mir herein. Aus einem simplen Grund vermehrte das mein Unbehagen. Der Antiterrorchef unseres Geheimdienstes sieht mir dermaßen ähnlich, dass sein Erscheinen mich öfter irritiert. Es wirkt lächerlich, wir sind im gleichen Alter, sogar unsere Hände ähneln sich. Obwohl, an meinen klebt kein Blut. Während er als harter Bursche im Außendienst aufgestiegen ist und die Sage verbreitet hat, während seiner Zeit im Sudan habe Osama bin Laden versucht, ihn ermorden zu lassen. Womöglich stimmte das sogar.

„Ich fliege morgen mit Rich Armitage nach Moskau ..." Er machte es sich bei mir bequem und zündete eine Zigarette an. Ich bin Nichtraucher, das unterscheidet uns immerhin. Dennoch, sein Anblick bedeutet für mich stets einen gewissen Verlust an Individualität. Das ist eine dumme Triebreaktion, gewiss, aber jeder will doch einmalig sein. Es gab mich also doppelt, und zwar in dieser Figur; das empfand ich als herabsetzend. Gewöhnlich ließ es mich ja kalt, aber der Gegenwind jetzt im Stab hatte mich reizbar gemacht. Browns Auftauchen war wie ein höhnischer Wink, um mir weiszumachen, ich sei wenig wert, mehrfach vorhanden, austauschbar. Eine bessere Erklärung für mein Bedrücktsein fällt mir nicht ein. Keine Ahnung, wie eineiige Zwillinge das ertragen. Mein Umgang mit Dirty Harry war nie restlos entspannt.

„Wir versuchen seit letztem Winter, uns mit den Kräften in Moskau zu verständigen, die gleichfalls überlegen, welche Art von Regierung die Taliban ersetzen sollte", hörte ich ihn durch den Zigarettenrauch sagen. „Und wie man den Wechsel dann auch hinkriegt. Tja, Afghanistan ist ihre Einflusssphäre, trotz des schmählichen Rückzugs damals vor zwölf Jahren, und natürlich zieren sie sich ... Zumindest wünschen wir, dass sie wegschauen, wenn wir kommen."

Warum sagte er mir das? Vielleicht wusste er noch nicht, dass man mich schnitt, derzeit. „Das ist deren historische Chance dort", bemerkte ich vage. „Geben Sie ihnen doch zu verstehen, dass wir das letzte Jahrhundert hinter uns lassen und völlig neu beginnen."

„So oder so, wir brauchen nördlich davon ein paar Basen, um es anständig durchzuziehen." Er meinte den Abgang der Taliban und fügte hinzu: „Wir werden sie fertigmachen. Wir werden ihre Köpfe auf Stangen stecken und ihre Welt ins Wanken bringen. Die volle

Wucht wird sie treffen, Bomber aus allen Himmelsrichtungen ... Sie werden zittern, eiskalte Furcht, bis runter in die Socken."

Die Emphase erstaunte mich. Soviel Nachdruck stellt sich bei mir nie ein; ich baue stets auf Logik, auf das schlüssige Argument. Das hebt mich denn doch von ihm ab. Aber was eigentlich wollte er von mir, weshalb weihte er mich ein in die Mission? Sein Gewicht wuchs mit der Zahl und der Weite der Schritte, die man ihn jetzt tun ließ. Wollte er etwa Fuß fassen, neben Tenet, hier im Weißen Haus? Brauchte er mich als sein Ohr im Stab? Trotz meines Unbehagens, momentan war mir jeder Strohhalm recht.

Brown drückte die Zigarette aus und erhob sich, als sei das alles gewesen. Dann jedoch, zwischen Sessel und Tür, kam es halblaut, eine Spur zu gedämpft von ihm: „Was treibt übrigens euer Jackson in Florida? Seine Frau meint, er spielt dort für Bush Detektiv."

„Ich glaube eher, Ed führt da eine Art Schuldgefühl hin."

„Wieso denn das?"

„Er denkt halt, sein Team habe an neun-elf versagt, weil es den ominösen Fernsehtrupp laufen ließ."

„Linda behauptet, der Präsident habe ihn geschickt."

„Möchten Sie, Harry, dass ich das bei ihm kläre?"

„Das wäre hilfreich. Ich höre nämlich von Bob Mueller, euer Mann macht da unten die Pferde scheu. Besser, ihr stellt das ab."

Und damit ging er. Ich öffnete das Fenster wegen des Qualms und fragte mich, warum er nicht zu Stafford ging, dem Haupt des Secret Service. War es ihm so wichtig, Ed zu stoppen, dass er's für nötig hielt, ganz oben anzufangen? Und plötzlich überschauerte es mich. Das bizarre Szenario fiel mir ein, das ich letzten Sonntag im Auto zum Besten gegeben, mit dem ich Brenda becirct hatte. Glatt aus der Luft gegriffen, um sie zu verblüffen und vor ihr zu glänzen. Sie zu fesseln mit meiner Kunst, plausibel zu sein, imstande, jedes Ereignis doppelt, ja dreifach dazustellen – höchst kontrovers und doch so schlagend wie ein ausgebuffter Rechtsanwalt, der die Jury rumkriegt mit seiner geleckten Show. Ihr Danny, ein heller Kopf. Der Versuchung war ich halt erlegen.

Ich atmete tief durch und wusste, das hatte Brenda in Bann gezogen. Fast so, wie ich selbst durch sie verzaubert worden war.

Ich schlug vor ihr ein Rad, bunt wie ein Pfau, und obgleich sie mir nicht wirklich glauben konnte, hatte es sie, nach ihrem Eingeständnis, minutenlang in eine merkwürdige Starre versetzt – gemischt aus Andacht, Abscheu und Faszination. Als wäre ich ein Magier und sie ein Medium, durch mich hypnotisiert und vor ein Schrekkensbild geführt. Das Wissen der Mächtigen, Gewalt aus den eigenen Reihen ... Das klang doch erschütternd, brutal verwirrend! Manchmal braucht es nicht mehr als das Wort, als solch eine Täuschung von einem geliebten Menschen, damit einem die Welt aus den Fugen gerät.

Doch seltsam, nun kehrte die groteske Story zurück zu ihrem Autor. Tückisch grinsend, auf dem verstohlenen Umweg über Harry Brown. Aus dessen Pokerface, das meinem eigenen so glich, kroch sie wieder zu mir. Wie das Symptom eines Fluchs, der auf mir lag, zur Strafe für die verdammte Lügerei, um den glücklichsten Tag meines Lebens nachträglich einzutrüben. Hatte Brown sich nicht so benommen, als zeichne mein Zerrbild doch einen Schrekken, irgendeine schlimme Wahrheit nach? Wieso nahm er Jacksons Treiben dort überhaupt zur Kenntnis? Weshalb machte es ihm, inmitten all seiner Aufgaben, so unruhig, dass er damit zu mir gekommen war?

Mit einem Ruck schloss ich das Fenster. Sei kein Idiot, der das Gras wachsen hört und den eigenen Lügen glaubt. Kein Phantast, den der Reiz eines närrischen Gedankenspiels gefangen hält. Diesen Mix aus Halbwahrem und falschen Fährten, hingeschwemmt in konspirativem Redefluss. Anstatt mich wie Phönix zu erheben und jetzt zu Bush zu gehen. Endlich ein Grund, ihn aufzusuchen! Mein Vorstoß würde der Linie folgen, die er Tenet seit gestern fahren ließ: Schluss mit der Fehlersuche, die Beweisaufnahme drosseln und alle Kraft auf das Vorbeugen richten – sich gegen weitere Einschläge wappnen.

Doch es misslang mir, Bush zu sprechen. Dessen Tagesplan war dicht. Noch tagte der Nationale Sicherheitsrat unter seinem Vorsitz. Danach, am Spätnachmittag, ein Ferngespräch mit Wladimir Putin. Dem folgte ein kurzes Nickerchen. Sodann huschte er, angetan mit der Joggingjacke aus Nylon, in den Kinosaal, und übte die sechste Fassung seiner Rede ein. Anschließend hatte er Tony Blair, den wichtigsten Verbündeten, zum Dinner ins Weiße Haus und als Ehrengast zu seiner Rede ins Capitol geladen. Eine Lücke im Ablauf bot sich nicht.

Um Brown dennoch behilflich zu sein, rief ich auf der geschützten Leitung im Eisenhower Building an und ließ mir Jacksons Frau geben. „Bitte erschrecken Sie nicht, Linda", sagte ich, „aber das FBI sorgt sich um Ed dort unten in Florida." Die CIA zu erwähnen, schien wenig ratsam. „Er kommt den Leuten da in die Quere."

„Ed handelt im Auftrag des Präsidenten."

„Ich bin überzeugt, dass Ed das glaubt."

„Soll das heißen, Sie zweifeln es an?"

„Ja, Linda. Lassen Sie mich offen sein. Wollte der Präsident Klarheit haben, hätte er doch ein Team entsandt, vom FBI oder ..."

„Ist das nicht wieder bloß ein Kompetenzgerangel?"

„Vielleicht ist es das. Muellers Leute sind da längst dran, sie sehen sich gestört. Ich kann Ed nicht erreichen und bitte Sie sehr, ihn im Namen des Stabs zurückzurufen."

Am anderen Ende blieb es still, dann sagte Linda: „Er hat noch zwei Tage. Vermutlich hält er an dem Auftrag fest."

„Ob dem ein Wunsch des Präsidenten zugrunde liegt, lässt sich im Moment nicht nachprüfen. Keiner weiß davon, außer Bush, und ihn sehe ich erst morgen wieder ... Uns liegt daran, dass Ed rasch aus der Schusslinie kommt."

„Ich verspreche Ihnen nichts, Herr Shaw", hörte ich sie nach einem kleinen Zögern sagen und legte auf in dem Gefühl, es auf dem kleinen Dienstweg geschafft zu haben.

Und während über uns Jagdflieger kreisten, erschien auf dem Bildschirm Dabjah. „Unsere Trauer hat sich in Zorn verwandelt und der Zorn in Entschlossenheit", erklärte er mit fester Stimme. „Heute Abend sind wir ein Land, das sich der Gefahr bewusst geworden und das aufgerufen ist, die Freiheit zu verteidigen. Ob wir unsere Feinde vor den Richter bringen oder den Richter zu unseren Feinden bringen werden – der Gerechtigkeit wird Genüge geschehen. Wir werden alle uns zu Gebote stehenden Mittel dafür einsetzen, jedes Mittel der Diplomatie, jedes Werkzeug der Nachrichtenbeschaffung, jedes Instrument des Gesetzesvollzugs, jeden finanziellen Einfluss und jede notwendige Waffe des Krieges, das globale Terrornetzwerk zu zerschlagen und zu besiegen ..."

Ich fand, Hughes, Gerson und Frum hatten ihm einen passablen Text geliefert, und er machte auf seine Art das Beste daraus. Draußen war es dunkel geworden. Ich rief Brenda an und bat sie, vor das Hotel zu kommen, um bei mir einzusteigen, ohne dass ein Parkproblem entstand. Ich hatte uns im *Magic Moments* einen Tisch bestellt, danach freute ich mich darauf, ihr mein Haus zu zeigen. Dieses wunderbare Beisammensein, endlich wieder, das hatte ich mir gerade heute redlich verdient.

BRENDA DELANO:

Es sollte ein schöner Abend werden; rückblickend vielleicht das innigste Beisammensein von allen. Zwar, es begann bei uns beiden eher gedämpft. Wir waren nicht in der besten Verfassung. Danny wirkte ein wenig gehetzt, als er mich vorm *Day's Inn* aufpickte und durch die K-Street zum Washington Circle fuhr. Er hatte zuviel Stress gehabt in den letzten vier Tagen, das ging auch bei ihm an die Substanz. Aus ein paar Worten schon klang heraus: Die Woge nationaler Empörung, auf der Bush ritt, sie unterspülte Dannys Position. Das fand ich paradox, denn er war es doch gewesen, der die Welle entstehen sah und Bush ermuntert hatte, sie zu nutzen.

Dies ahnte ich übrigens mehr, als dass er's mich wissen ließ. Er behielt seinen Kummer gern für sich, als fürchte er, ich würde ihn sonst kritisch sehen; was natürlich Unsinn war. Auch wenn ihn Widersacher schwächten, an denen es ja nirgends fehlt, er blieb mein Held. Dadurch rückte er mir nur näher, als er es vom Sockel des Unentbehrlichen, des ewigen Spitzenmanns aus gewesen war. Fast dreißig Jahre lang hatte er den Bushs gedient, dem Vater wie dem Sohn, als ihr Wahlkampfmanager und strategischer Berater. Und nun, da sein Schützling im Aufwind war, vergaß man ihn. Seine Gegner im Nationalen Sicherheitsrat, allen voran Dick

Cheney, setzten seinen Ausschluss durch. Er sei doch politisch umstritten durch jene Manöver und Tricks, die durchgesickert waren, so lautete ihr Argument; da würde seine Teilnahme an den Kriegsvorbereitungen „ein falsches Signal" setzen ... Der Mohr hatte seine Schuldigkeit getan.

Nach und nach erst entlockte ich ihm das. Es war bezeichnend, dass er sich meinen Verdruß geduldig anhörte, den eigenen aber lieber für sich behielt. Für mich nicht unbedingt die beste Haltung eines Partners. Es gilt als männlich, nicht zu klagen. Oft freilich bedeutet das auch, dass der Mann aus eitlem Stolz oder aus dem Wunsch heraus, der Frau überlegen zu sein, sich nur schwer öffnen kann. Das ist nicht gut für ihn und die Beziehung.

Der Wirt, Ober oder Chefkoch des *Magic Moments* (ich kriegte nicht mit, was davon er war) empfing uns mit Champagner und altmodischer Musik. Noch waren wir die einzigen Gäste des sehr intimen Lokals. Als wir die Gläser hoben, da lief – so sinnig, dass es schon wieder rührte – der Oldie „I get no kick from champagne" vom Band, vermutlich dank eines geheimen Arrangements. Die Bilder an den tiefroten, außerhalb des Kerzenscheins düsteren Wänden, sie stellten historische Ansichten der Hauptstadt dar. Zwischen uns beiden hing, von dezentem Licht betupft, das Weiße Haus, wie es anno 1800 ausgesehen hatte, als John Adams nach achtjähriger Bauzeit eingezogen war; gefolgt von Thomas Jefferson, ein Jahr später. Ein Messingschild verriet, was es gekostet hatte: 233.371 Dollar und 83 Cent! Dafür gab es heute bloß ein besseres Reihenhaus. John Adams, sagte Danny, sei der einzige Präsident gewesen, dessen Sohn, er hieß Quincy, es später auch ins hohe Amt geschafft hatte – bis Bush senior und sein Dabjah kamen.

Und über meinem Kopf ging es weiter: das Gebäude restauriert, nachdem die Briten es 1814 verwüstet hatten. „Ausgebrannt", erklärte er mir. „Alle Kolonialmächte sind Vandalen. Die Außenfront wenigstens blieb heil, rauchgeschwärzt. Man hat die Mauern frisch gestrichen, und seitdem ist es weiß, das Haus."

Es gab auch einen Stadtplan aus der Zeit des Bürgerkriegs, dazu die Köpfe diverser Präsidenten. Ich sah, das wurde uferlos. Zu jedem fiel Danny etwas Lustiges ein. Er ist ein Historiker, der keinen Abschluss, aber ein Fachgebiet hat: das Leben unserer Staatschefs. Da es allein bis Kennedy drei Dutzend gewesen sind, bot das Gesprächsstoff für den Rest des Abends. Da musste keiner von sich selber sprechen. Instinktiv nahm ich an, dass dies sein Rahmen für das Anbahnen von Liebschaften sei. Vielleicht hatte er nach dem Verkauf seiner Beratungsfirma *Magic Consult* auch einiges vom Erlös hier angelegt. Etwas in dem Behagen, das jetzt von ihm ausging, deutete auf stille Teilhaberschaft hin.

Das Essen war exzellent, noch raffinierter als im Plaza; wir lebten beide auf. Die Serviererin hieß Wanda, vermutlich eine Polin, sie brachte nach der Steinpilzessenz kleine Taubenbrüstchen auf Artischocken nebst Gänseleber an. Den halbtrockenen Riesling, der mit dem Hummersalat gekommen war, ersetzte sie durch chilenischen Rosé. „Die Portionen sind lütt", sagte Danny. „Nur so zum Gaumenkitzeln."

Tatsächlich folgten noch vier Gänge. Ein Festival der Schlemmerei. Zwischen „Sorbet Marc de Champagne" und „Das Beste von Kalb und Ente in Trüffelmadeira" erschien der Chef, respektvoll Klaus-Uwe genannt, fragte mit deutschem Akzent nach Sonderwünschen und teilte uns mit, Bushs Rede sei ein umwerfender Erfolg geworden. Stehender Applaus im Kongreß, und das schönste: in Philadelphia sei das Hockeyspiel zweier namhafter Teams unterbrochen worden, Tausende von Fans hätten verlangt, auf der Videowand des Stadions den Präsidenten zu sehen, das sei noch nie passiert in der Sportgeschichte! Die Spieler und das Publikum, sie alle hätten ihm ergriffen gelauscht. Und hinterher habe keiner gewollt, dass das Spiel weitergeht, derart berührt sei man gewesen.

„Das freut mich für ihn", sagte Danny, als wir wieder allein waren; es klang ein bisschen traurig. „Weißt du, das könnte sein Durchbruch sein. Vielleicht hat er sich freigeschwommen. Trotz seiner Schlagfertigkeit, rhetorisch ist er immer matt gewesen, weil er diese Leseschwäche hat."

„Der Präsident kann nicht lesen?"

„Doch, aber mühsam. Es ist für ihn, wie es für dich wäre, mit Gewichten in der Hand zu schwimmen. Deshalb bringt er oft Pronomen durcheinander, verwechselt Bedeutungen und betont auch falsch. Er denkt in Bildern, kaum in Begriffen. Das erklärt es, wenn er zu den Leuten sagt: ‚Sie arbeiten hart, um das Essen auf Ihre Familie zu stellen'. Er hat dann eben den Tisch vor Augen, der gedeckt sein will. Da spult ein Film ab in ihm, so geht es ja auch."

„Aber er ist in Yale gewesen, einer der besten Unis."

„Er hat einen guten Namen, vergiss das nicht. Die Familie hat viel Einfluss. Sein Vater und der Großvater waren im Vorstand von Yale."

„Wie hat er da abgeschlossen?"

„Sie haben ihm ein Gentlemen´s C gegeben, das ist Durchschnitt. Damit hast du bestanden."

Wanda brachte den Nachtisch, geeistes Sabayon, Mokka und Petit fours; dazu kam Sherry Fino Manzanilla. Mein Gesicht glühte. „Wie führt man Staatsgeschäfte mit einer Leseschwäche?"

„Man gibt Texte, die einem zu lang sind, halt zurück."

„Weißt du, wie hoch sein Intelligenz-Quotient ist?"

„Dicht bei hundert. Die genaue Zahl ist geheim."

Danny wirkte rundum entspannt. Leichter Spott, der stand ihm gut, zumal er frei blieb von Groll. Es sprach für sein Format, dass es ihm gelang, über der Situation zu stehen. Sein Repertoire war unerschöpflich. Denn nun, anstatt sich in Bush zu verbeißen, sprang er zu Richard Nixon, mit dem ihn das Verschmitzte verband – die Vorliebe für Tricks und Kniffe. Beim erzwungenen Rücktritt, so ging die Sage, habe Nixon seinem Nachfolger zwei Couverts hinterlassen. Die sollte der glücklose Gerald Ford öffnen, komme er selbst in Bedrängnis. Als es soweit gewesen sei, habe Ford im ersten Umschlag einen Zettel entdeckt, auf dem stand: „Schiebe alles auf mich". Das tat Ford auch, es half einige Zeit, dann habe er den zweiten Umschlag öffnen müssen. Darin lag als letzter Rat: „Schreibe zwei Zettel". Da sei ihm klar gewesen, seine Wahl gehe schief, es werde keine zweite Amtszeit für ihr geben.

„Ich hab für dich auch zwei Zettel." Froh, damit herauszukommen, legte ich die Blätter vor ihn hin. Das Typoskript meines Beitrags, den die *Post* verworfen hatte, und ein Stück aus dem Programm der Neocons vom vorigen Herbst. Das hatte ich mir in vollem Umfang ausgedruckt, aber nur ein Blatt davon mitgebracht, letztlich eines einzigen Satzes wegen. Dieses Blatt gab ich ihm zuerst, gespannt auf sein Gesicht.

Er hob die Brauen und las die Überschrift „Wiederaufbau der Verteidigung Amerikas", mit dem Untertitel „Strategie, Kräfte und Ressourcen für ein neues Jahrhundert" und dem Namen der Denkfabrik, noch kleiner im Druck.

Das *Projekt für ein Neues Amerikanisches Jahrhundert* war 1997 als gemeinnütziges Bildungsteam gegründet worden mit dem Ziel, unser Land aufzufordern, seine globale Führungsrolle wahrzunehmen. In den Gründungsstatuten hieß es: „Während sich das 20. Jahrhundert seinem Ende zuneigt, stehen die Vereinigten Staaten als die führende Weltmacht da. Nachdem Amerika den Westen im Kalten Krieg zum Sieg geführt hat, sieht es sich einer Chance und einer Herausforderung gegenüber: Haben die Vereinigten Staaten die Vision, auf den Errungenschaften der vergangenen Jahrzehnte aufzubauen? Sind die Vereinigten Staaten entschlossen, eine neues Jahrhundert zu formen, das amerikanischen Prinzipien und Interessen dient?"

Danny drehte das Blatt um. Da stand nun unter der Zeile „Die führende Kraft von morgen bilden" noch: „Um Amerikas militärische Vorherrschaft in den kommenden Jahrzehnten zu bewahren, muss das Verteidigungsministerium sich aggressiver dahin bewegen, mit neuen Technologien und Operationskonzepten zu experimentieren; es muss die aufkommende Revolution in militärischen Angelegenheiten (RMA) stärker ausschöpfen." Dabei, ging es weiter, dürfe man weder pausieren, noch sich von den Verbündeten lösen. „Ein Strategiewandel, der lediglich zum Aufbau zukünftiger Streitkräfte befähigt, dabei aber vorgeschobene Basen und Militärpräsenz opfert, würde weitreichende amerikanische Ziele gefährden und unsere Alliierten beunruhigen. Ohnehin wirkt sich die Umwälzung des Militärwesens erheblich aus auf die Art, wie man Kriege führen wird, welche Waffen die Schlachtfelder beherrschen und welche Nationen militärische Vorherrschaft erlangen werden."

Dannys Lippen bewegten sich wie bei einem lesenden Kind. Falls ihm das neu war, musste es ihn eigentlich befremden. Der Ton passte auch nicht zum Ambiente, den Speisedüften und der Schmusemusik. Merkwürdig dröhnend, die Fachsprache der Denkfabrik. Doch all das verschwand spurlos hinter seiner Unschuldsmiene – mit ihren runden Wangen eher ein Babyface als ein Pokergesicht.

„Die Ausgaben für militärische Forschung und Entwicklung", hieß es dann, „haben sich im letzten Jahrzehnt dramatisch reduziert. Mitte der 80er lag der Anteil der Forschungsausgaben am Pentagon-Budget noch bei 20 Prozent. Im Gegensatz dazu liegt er heute bei 8 Prozent. Ohne eine Erhöhung der Ausgaben für Forschung und Entwicklung werden die Vereinigten Staaten nicht in der Lage sein, die RMA auszuschöpfen und ihren technologischen Vorsprung auf den Schlachtfeldern der Zukunft zu bewahren ..."

Der Satz, um den es mir ging, stand am Schluss: „Weiterhin wird der Umwandlungsprozess, wenn er auch revolutionäre Veränderung bringt, doch ein langwieriger sein, mangels eines katastrophalen und auslösenden Ereignisses – wie etwa ein neues Pearl Harbor." Ich hatte ihm das unterstrichen und sah, wie er daran kaute.

„Woher hast du das?", fragte er schließlich.

„Aus dem Internet, Danny."

„Jeder Narr darf sich da blamieren."

„So nennst du Rumsfelds besten Mann?"

„Ach, das kommt aus Wolfowitz'Laden? Den müsste man noch ganz anders nennen. Wie kommst du darauf, dir sowas abzuspeichern?"

„Na, durch die Story vom Sonntag, weißt du nicht mehr? Dein Beispiel zum Thema Verschwörungstheorie."

Er versank in Schweigen. Mich beschlich das Gefühl, es drücke auf unsere Stimmung. Vermutlich bedauerte er es, mir soviel vorgeflunkert zu haben im Auto. Die Story schien etwas zu enthalten, das sich im Kopf erst nachträglich entfaltete. Und das sich schwer zähmen ließ, war es dort zu eigenem Leben erwacht. Ein mysteriöser Vorgang, ähnlich rätselhaft wie die Verwandlung eines Insekts, das durch den Einfluss eines Hormons oder Entpuppungssekrets seine Larve sprengt, um auszuschlüpfen zum taumelnden Erstflug. Die Wolfowitz-Thesen als Entpuppungshilfe, als hormoneller Zauber, der den Anstoß gibt und aus uns schwirrende Kolibris macht, die in der Luft stillstehen, anstatt einander verliebt zu umtanzen.

Ich spürte den Alkohol in mir blühen und versuchte, meine schweifenden Gedanken zu stoppen. Gewiss regte der Wein mich an zu kecken, kaum so recht treffenden Vergleichen. In meiner Branche sind die einem nahe. Wir Reporter lieben Metaphern, schauen den Dichtern über die Schulter und haben oft kein Glück damit, mangels Stilkunst und Sprachgefühl. Etwas dachte in mir: mangels katastrophaler und auslösender Ereignisse. Doch gerade die Katastrophen entlocken uns meist bloß Sätze wie „es bot sich ein Bild des Grauens“ – all die abgenutzten Floskeln ... Mein Denken verwirrte sich, dabei klopfte es mir in der Schläfe, und plötzlich genoss ich die Situation, mutwillig herbeigeführt von mir: Danny in der Bredouille! Gott, was soll er dazu sagen? Rumsfelds Vize als Kronzeuge, der etwas von Dannys Schwindel zu belegen scheint, einen Teil der Aussage, die von ihm widerrufen worden ist.

Kerzenschein lag auf dem knisternden Papier in seiner Hand. Er brummte vor sich hin, es klang wie „Stoff für Chaosforscher ...“ Jetzt leerte er sein Glas und bat Wanda um die Rechnung. Ich nahm die Bewegungen der zwei nur am Rande wahr. Sein Gesicht zerfloss in dem diffusen Licht, auf einmal tat es mir Leid, ihm hier den Spaß zu verderben. Aus dem Impuls heraus, ihn zu schonen, steckte ich das zweite Blatt wieder ein. Das andere nahm er kommentarlos an sich, als er nun aufstand und mir in den Mantel half. Dies enttäuschte mich, doch ach, was macht das schon? Beide haben wir Trouble im Büro, davon stürzt die Welt nicht ein. Denn immerhin, wir haben doch uns! Wir gehen, beseelt von der Aussicht auf sicheren Genuss. Den trübt uns keiner, schon gar nicht ein Stück Papier.

LINDA JACKSON:

Nachdem Danny Shaw mich angerufen hatte, versuchte ich, Ed zu erreichen. Es klappte nicht. Weshalb knipste er sein Handy aus? Es konnte nur bedeuten, dass er tief in der Ermittlungsarbeit steckte, die das FBI bereits zu befremden schien. Ich begann, mich um ihn zu sorgen. Wenn es zutraf, dass er auf eigene Faust vorging, kaum noch gedeckt durch Bush, der sich dessen vielleicht bloß noch matt entsann, dann stand uns Ärger ins Haus.

Ich spielte Shaws Anruf noch mal ab und hörte ihn sagen: „Er kommt den Leuten da in die Quere. Ob dem ein Wunsch des Präsidenten zugrunde liegt, lässt sich im Moment nicht nachprüfen. Keiner weiß davon, außer Bush, und ihn sehe ich erst morgen wieder. Wollte der Präsident Klarheit haben, hätte er doch ein Team entsandt, vom FBI oder ... Muellers Leute sehen sich gestört ... Uns liegt daran, dass Ed rasch aus der Schusslinie kommt."

Das klang nahezu bedrohlich, zumal der letzte Satz, obgleich alles recht verbindlich gesagt worden war. Na, das hieß nicht viel bei ihm. Man kannte an Shaw die harten Befunde und den sanften Ton, in dem er sie vortrug; dieser Mix war ihm eigen. Ein Ausspruch von ihm hatte sich mir eingeprägt: „Wenn ich etwas abwürge, stirbt es immer. Wenn ich etwas abwürge, ist es tot." In welchem Zusammenhang, das wusste ich nicht mehr, es war auch egal. So sollte eigentlich kein Topberater reden. Es roch nach Mafia, schien aber nur die Sprache der Macht schlechthin zu sein.

Bush soll ihn lieber abservieren, dachte ich. Der Präsident ist eigentlich doch ein frommer Mann, wenngleich es schwer sein mag, im hohen Amt die zehn Gebote restlos zu befolgen. In puncto Sündenfall zumindest ist er ganz auf Seiten Gottes und meint, dass im Paradies ein Baum der Erkenntnis stand. Nimmt man wie er die Sache wörtlich, dann hat der Apfel uns in Versuchung geführt und die Zeit der Unschuld beendet. In dem Moment, da wir entdeckten, nackt zu sein, kam die Historie in Gang. Man trat ein in die neue Zeit und fing an mit dem Basteln von Waffen. Denn das Böse lauert überall. Und wie die Frau im Garten Eden den Mann zur Sünde verführt hat, so ist sie auch heute noch ein Gefäß, in das der Teufel bevorzugt schlüpft.

Besorgnis lässt mich oft lästern, zum Selbstschutz, als nervöse Reaktion. Es stört Ed auch an mir, wenn ich „mit Gott hadere". So nennen seine Amish-Leute einen, der nicht tief religiös ist und es eben nicht klaglos hinnimmt, dass Gottes Wege unerforschlich sind. Wie konnte er sich je abfinden mit meiner Ketzerei? Ich glaube nämlich, dass Gott eine starke Vorstellung, aber nicht über jeden Zweifel erhaben ist; dass die Bibel voll von lehrreichen Geschichten oder Parabeln ist; dass Jesus ein guter Typ war, der den Menschen ein paar Dinge gezeigt hat – und dass sie darüber hinaus für sich selbst verantwortlich sind. Als Trostquelle scheidet all das folglich bei mir aus.

An diesem Punkt der Grübelei trat mein Vorgesetzter ein, der graue Kopf des Koordinationszentrums für Transnationalen Terrorismus (TNT). Er zapfte sich ein Glas keimfreies Wasser aus dem Glasballon und kippte es hinter. Frank Norris kam aus einer Sitzung der Deputys, der Vizechefs sämtlicher im Nationalen Sicherheitsrat vereinten Behörden, von uns auch „Halbleiter" genannt. Wie immer wirkte er zugleich empört und beherrscht – ein zermürbender Dauerzustand bei ihm. Auch das letzte Treffen war ein Flop gewesen. Gleichwohl lag es ihm ganz fern, zu resignieren.

Ich sah die Lage längst schon mit seinen Augen. Seltsame Dinge hatten sich abgespielt. Irgendwo in der CIA, gewiss in Harry Browns Ressort, hing die Nachricht fest, dass zwei bekannte al-Qaida-Leute bei uns eingereist waren. Und anderswo, beim FBI, schlummerte die Meldung, dass an Flugschulen (speziell in Florida, doch nicht nur dort) Merkwürdiges vonstatten ging. Und diese Erkenntnisse fanden nicht zueinander! Beiden Behörden fehlte es nicht an überprüfbaren Hinweisen auf ein Netz, das sich zusammenzog. Doch es war wie bei modernen binären Chemiewaffen, mit denen ich mich bis zum Erbrechen befassen musste: die Granate mit den zwei Komponenten wird erst scharf, wenn sie fliegt und ihr Drall das Gift verquirlt.

Seit Anfang des Jahres hatten fremde Sicherheitsdienste in Frankreich, Deutschland und Italien Zellen aufgedeckt, Bewegung in der Terrorszene von Israel bis Indonesien. Und all diese Mitteilungen wurden zwar intern bewertet, doch niemals hinreichend ausgetauscht. Weder war vor dem 11. September viel davon zu uns gelangt, ins TNT, noch hatten wir all jene, die es anging, voll alarmiert: die Flugaufsicht, die Einwanderungsbehörde, das Pentagon, das State Department, die Küstenwache, den Zoll und den Secret Service des Weißen Hauses.

„Es ist mein sechster Sinn, ich merke, wie es kommt", hatte Norris damals gesagt. Und Tenet hatte ihm Ende Juni darin zugestimmt, dass in Kürze größere Anschläge zu erwarten seien. Ihr beider Resümee war gewesen: Sie sind hier! Wir gaben auch Warnungen heraus und mahnten zur Sorgfalt an den Einreiseflughäfen. Mehr ließ sich damals einfach nicht tun. Eine öffentliche Alarmierung war erwogen und verworfen worden. Wovor konkret hätten wir warnen sollen, wo stand denn was bevor? Es fehlte jeder greifbare Verdacht. Es ging uns mit Bin Laden so wie Kapitän Ahab mit dem Weißen Wal.

„Da hat man gedacht, Heimatschutz ist von jetzt an ein Selbstläufer", hörte ich Norris stöhnen. „Diese Hoffnung erfüllt sich keineswegs. Ganz im Gegenteil, Linda! Die Losung lautet: Schluss mit der Fehlerdiskussion, nach vorn geschaut, vertrödelt keine Zeit mit Untersuchungen, es wird gehandelt! Na schön, dafür sind wir ja auch. Aber die wollen hier daheim wenig tun – vorbeugen, das ist ihnen zu defensiv, zu unspektakulär und übrigens auch unbequem ... Also wird angegriffen, wird der Krieg ostwärts getragen, um den halben Globus. Es gilt, die Bande in ihren Höhlen am Hindukush zu erwischen, bloß wie? Kein Konsens in Sicht. Jeder Vize ist die Stimme seines Herrn. Armitage will Pakistan unter Druck setzen. Brown ziert sich wegen der ‚Predator': hängt man eine Rakete an die Drohne, ist es für ihn eine Kriegswaffe, und paramilitärisch vorzugehen, dazu ist die CIA sich zu fein. Und Wolfowitz? Na, der rutscht auf seinem Stuhl herum und muckt, weil er Saddam nicht stürzen darf. Mit der ‚Predator' Bin Laden jagen, das ist ihm viel zu gering. Nichts passiert! Das ist bürokratischer Umgang mit dem Schrecken."

Nach diesem Ausbruch setzte er sich und nahm sich vor, was inzwischen eingelaufen war. Frank Norris war ein leidenschaftlicher, aufmerksamer Amtsleiter – Profi durch und durch. Natürlich hatte er lieber Bill Clinton gedient, der früher als andere im Weißen Haus erkannt hatte, dass die neue Bedrohung „Terrorismus" hieß. Clintons rasche Hiebe auf den irakischen und iranischen Geheimdienst hatten die Angriffslust der beiden definitiv gestoppt. Ein paar Dutzend Marschflugkörper, und fertig.

Aber dann kam er selbst unter Beschuss, wegen dieser privaten Lappalie. Man unterstellte ihm, er wolle mit Luftschlägen, auch auf afghanische Trainingscamps, seinen Lewinsky-Skandal begraben. Dies verglich man mit dem Hollywood-Ulk *Wag the Dog*, in dem ein fiktiver US-Präsident Albanien den Krieg erklärt, um von seiner Affäre abzulenken. „Wedele mit dem Hund" – der Filmtitel wurde zum Schlachtruf der Republikaner. Dabei hatte Clinton kapiert, worum es ging, und die CIA sogar ermächtigt, Bin Laden zu töten, ihn also vom Mordverbot der Ford-Administration ausgenommen. Dann allerdings nicht nachgehakt, als der Geheimdienst die Sache schleifen ließ. Da war er selber schon zu schwach gewesen. Und die Regierung Bush, die im Januar antrat, hielt von seinem Rat, die Vernichtung al-Qaidas mit Vorrang zu betreiben, sehr wenig.

Kurz nach ihrem Amtsantritt als Sicherheitsberaterin war Condi Rice soweit gegangen, unsere zwölfköpfige Dienststelle, das TNT, administrativ abzuwerten. Frank Norris schied als ständiges Mitglied der Chefbesprechungen aus; fortan gehörte er nur noch dem Komitee der Stellvertreter, also der Halbleiter an. Er war auch nicht mehr berechtigt, mit dem Verwaltungsdirektor des Weißen Hauses über das Budget zu sprechen: der Geldhahn wurde uns zugedreht. Für Terrorismusfragen blieb dem Nationalen Sicherheitsrat keine Zeit. Paul Wolfowitz, kaum dass er im Pentagon saß, erklärte jeden, der vor al-Qaida warnte, für paranoid. Don Rumsfeld prüfte entsprechend seiner Art auch dieses Objekt unter allen denkbaren Gesichtswinkeln, bis zur restlosen Verwirrung und Erschöpfung des Rates. George Tenet erklärte sich außerstande, intern Mittel zum Kampf gegen al-Quaida umzuschichten; er wollte mehr Geld vom Kongress, das der ihm freilich nicht gab.

Und wie verhielt sich der Präsident, als Norris endlich, genau eine Woche vor den Anschlägen, bei ihm Gehör fand? Nun, wir ahnten da bereits, dass er kein großer Leser ist und stets um zehn zu Bett geht. Von al-Qaida kannte er wohl nicht viel mehr als den Namen. Bill Clinton hatte sich oft noch bis weit nach Mitternacht durch Memoranden gewühlt und die Sachliteratur zu aktuellen

Themen verfolgt. Der neue Mann hingegen wich einem Gegenstand aus, der soviel Fleiß, Subtilität und Sinn für Nuancen zu erfordern schien, wenn es um einen souveränen Standpunkt ging. Vielleicht war ihm die Sache schon deshalb nichts wert, weil sein Vorgänger sie derart betont hatte.

Da war ihm natürlich noch nicht klar, dass er sich bei den kommenden Kongresswahlen, und anlässlich seiner Wiederwahl erst recht, selbst in die Flagge hüllen und „auf dem Krieg reiten" würde, wie Shaw es inzwischen ausgedrückt hat. Die Ursprünge und das Wesen der Bewegung, die sich so fundamental „die Basis" nennt, hatte ihm ja kein Berater nahegebracht. Seiner Umgebung war das zu kompliziert, es verlangte Geduld und Analysen, nicht rasches Urteil und entschlossene Verdammung, die Bushs Stärke sind. Sein Instinkt rät ihm meist, zu vereinfachen und zuzuschlagen. Er will schlichte Lösungen, sucht nach griffigen Worten, um ein Problem zu packen, und hat er die gefunden, dann legt er sich ins Zeug, bis er glaubt, am Ziel zu sein. Der Satz „wer nicht für uns ist, der ist gegen uns" steht für eine Haltung, die simplen Gemütern imponieren mag, aber dennoch der komplexen Vielfalt unserer Welt nicht entspricht und deshalb zu unangemessenen Schritten führt.

Hinzu kam bei ihm bis zu den Anschlägen die begreifliche Scheu, um eine Gruppe viel Lärm zu machen, deren Ursprung und Geldquellen so deutlich in Saudi-Arabien lagen. Bei der engen Geschäftsbeziehung seiner Familie zu dem Hause Saud, verkörpert durch die gigantische Finanzfirma *Carlyle Group* hier inmitten der Hauptstadt, war das nie ohne Peinlichkeit. Der saudische Botschafter Prinz Bandar Bin Sultan ist ein schwerreicher „arabischer Gatsby" und gewiefter Diplomat, der in Washington einen Sonderstatus genießt, ja sich eines direkten Zugangs zu Bush erfreut. Vor wie auch nach den Terroranschlägen hat Prinz Bandar den Präsidenten vermutlich davor gewarnt, durch intensives Bloßlegen der saudischen Wurzeln von al-Qaida die übergeordneten Interessen beider Länder zu gefährden. Das einstweilen letzte derartige Gespräch fand offenbar am Donnerstag, den 13. September, im Weißen Haus statt, als die zwei Männer auf den Truman-Balkon hinaustraten und bei einer Zigarre unter vier Augen besprachen, wie mit gefassten al-Qaida-Leuten zu verfahren sei: möglichst geräuschlos sicherlich.

Während mir einiges davon – zur TNT-Story und ihrem Hintergrund hier eher flüchtig notiert – durch den Kopf ging, hatte ich mehrmals versucht, meinen Mann zu erreichen. Das gelang weder über das Handy, noch war er in seinem Hotel aufzutreiben, dem *Best Western* von Sarasota, das dort an der Strandpromenade steht. Da es längst Nacht war, wuchs meine Unruhe. Sie teilte sich Frank Norris mit; über all seinem Schriftkram war ihm mein zunehmend hektisches Telefonieren nicht entgangen.

Am Apparat weit besser als ich, nahm er es selber in die Hand und hatte den Sheriff von Sarasota gleich in der Leitung. Ihm Eds Daten zu nennen erwies sich als überflüssig, der Mann war im Bilde. In beschwichtigendem Ton schilderte er uns einen Vorfall, den Ed leicht verletzt überstanden habe. Vor anderthalb Stunden hätten ihn zwei Farbige auf der Strandstraße nahe dem Hotel angebettelt, während ein Dritter versuchte, ihn mit einer Flasche niederzuschlagen. Ed sei aber nicht zu Boden gegangen, vielmehr habe er den Kerl geschnappt und der Polizei übergeben. Die Platzwunde am Kopf sei ihm genäht worden. In dem Handgemenge habe er sein Handy verloren, ansonsten fehle ihm jedoch nichts.

Frank legte auf. „Ed hat sie besiegt.“

„Kunststück, bei seiner Ausbildung. Die wussten ja nicht, wen sie vor sich haben ...“ Ich atmete tief durch und merkte, dass meine Hand zitterte. Mir war, als hätte der Hieb mich selbst getroffen.

„Mir gefällt das nicht, Linda. Dein Mann macht da unten offenbar die Pferde scheu.“

„So scheint das Shaw ja auch zu sehen.“

„Ed bohrt in irgendwas herum. Und damit tut er das, was derzeit nicht mehr angesagt ist. Ruf ihn zurück! Er müsste längst wieder im Hotel sein.“

„Ob mir das gelingt? Er ist ein solcher Dickschädel.“

Immerhin, nun erreichte ich ihn dort; doch er wollte nicht auf mich hören. „Der Sheriff hat das aufgebauscht“, sagte er. „Halb so wild, Linda, wirklich! Nicht mal ein Pflaster am Kopf, ein bisschen

Spray, das war schon alles ... Bitte dräng mich nicht, einen Tag brauche ich noch. Samstag bin ich zurück, dann segeln wir zwei."

Frank sah mir an, dass ich aufgeben wollte. Er bat mich um den Hörer. Mit dem metallischen Stimmklang, der ihm Respekt verschafft, sagte er: „Ich begreife ja, Captain, Sie sind auf irgendetwas heiß. Und dass Shaw oder sonstwer Sie da weghaben will, das macht es Ihnen extra schwer, jetzt loszulassen."

„Genauso ist es", hörte ich Ed erwidern.

„Ich frage mich nur, wo bleibt Ihr sechster Sinn?"

„Bitte, Sir?"

„Ihr Schutzengel, Ed! Ihr kriminalistisches Gespür. Da legen sich ein paar Bettler mit Ihnen an, und für Sie ist das absolut normal?"

„Allerdings. Das kann einem überall passieren."

„Ja, mir vielleicht, aber nicht Ihnen. So ein Strandräuber guckt sich sein Opfer doch vorher an. Der hat einen guten Blick dafür. Und da sagt er sich in Ihrem Fall sofort, dass es problematisch wird."

„Ich verstehe nicht, worauf Sie hinauswollen."

„Es ging nicht um Ihre Brieftasche, Mann, die sollten Ihnen einen Denkzettel verpassen. Für mich riecht das verdammt danach, als hätten Sie wem auf die Füße getreten."

„Ach was, Frank. Das sehe ich anders. Die haben einfach gedacht, zu dritt klappt das schon. Die sind auch nicht mehr nüchtern gewesen – da überschätzt man schon mal seine Kraft."

„Dann will ich bloß hoffen, dass Sie sich nicht irren."

Frank legte auf, er sagte zu mir: „Wie hältst du es eigentlich aus mit dem Mann? So ein sturer Kerl! Weckt in Sarasota schlafende Hunde, und es kratzt ihn nicht mal."

„Vielleicht siehst du bloß Gespenster, Frank." Wirklich, ich konnte ihm jetzt nicht folgen. Wer sollte denn hinter der Sache stecken? Ein Denkzettel, wofür? Es war doch nicht der Stil des FBI, im Kompetenzstreit handgreiflich zu werden – und gar Kriminelle vorzuschicken ... Ein Raubüberfall, das lag näher; es war schon schlimm genug.

„Ja, kann sein", knurrte er. „Ich wünsche es uns. Sei ruhig stolz auf deinen Mann. Als Leibwächter ist der glatt unterfordert, da liegt sein Kampfgeist brach."

„Ed war noch nie aggressiv."

„Das hörte sich eben aber anders an. Ich wette, er ist dabei, alle Strolche dort auf dem Lokus zu ersäufen."

Wenn Frank Norris in Fahrt ist, spricht er gern bildkräftig. Wir sperrten die Papiere weg und machten Schluss. Es ging schon auf Mitternacht, als wir die Kontrollen passierten. Noch immer glich das Eisenhower Building mit dem Weißen Haus daneben einer Festung. Und noch immer hatten wir, in Furcht vor einer zweiten Anschlagwelle, unsere Gasmasken dabei.

Daheim duschte ich und ging zu Bett. In der kleinen Schrift von La Rochefoucault, die auf meinem Nachttisch lag, stieß ich auf zwei Sätze, die mich seltsam berührten. Sie lauteten: „Es gibt böse Menschen, die weniger gefährlich wären, wenn sie dabei nicht auch gut wären." Und: „Es gibt verkleidete Unwahrheiten, welche die Wahrheit so gut vortäuschen, dass man ein schlechtes Urteil hätte, wenn man sich nicht von ihnen übertölpeln ließe."

Ich sank bald in einen unruhigen Schlummer voller Bilder von Menschen, die sich prügelten, hörte Schritte und Echos in finsteren Gängen, von Türen in einem Labyrinth, die sich öffneten und schlossen, und von dem Tor eines Flugzeughangars, das mit einem dröhnenden, endgültigen Laut zufiel.

Gegen Morgen erwachte ich wie gerädert und erinnerte mich undeutlich an verworrene Träume von Gepäck, das mir auf Flughäfen abhanden kam, und von Korridoren, die keinen Ausgang hatten. Jemand rief: „Das kann einem überall passieren", und ein anderer hatte leise, doch mit metallischem Klang gesagt: „Weckt da unten schlafende Hunde ..." Wie in einem Gruselfilm hallte die Stimme nach.

DANIEL SHAW:

Sachte, um Brenda nicht zu wecken, erhob ich mich vom Bett. So im Schlaf wirkte ihr Gesicht fast kindlich, es rührte mich noch mehr. Keine Spur von der Ekstase dieser Nacht! Dieses Weib hat's geschafft, dich hinzureißen in wahnhafte Verzückung, und das Nachgefühl klingt gar nicht ab, der Hormonrausch macht dir schon wieder Schmetterlinge im Bauch. Noch nie im ganzen Leben war es so wie mit ihr, sie ist eine Wucht, eine Offenbarung ... All das sagte ich mir unter der Dusche im Triumph, wohl wissend, dass dies keine salonfähige Schilderung war. Eine Frau, die dich liebt, will anderes hören, sie sucht den Hauch Romantik bei dir. Sag ihr, dass du ohne sie nicht sein kannst; und das stimmt wohl sogar. Liebe ist halt pure Obsession, sie kennt immer nur ein Ziel. Du bist rettungslos fixiert, darfst sie keinesfalls verlieren, solltest sie nun schleunigst bitten, dich zu heiraten. Etwas Besseres kann dir gar nicht mehr passieren ... Meistens heiratet man ja wieder. Das ist der Sieg der Hoffnung über die Erfahrung.

Ich stieg die Treppe hinab, um das Frühstück zu bereiten. Heiter strömte das Sonnenlicht zum großen, kreisrunden Ostfenster herein; wie herrlich war doch die Welt! Unten lagen neben Brendas Tasche die Zettel herum – der mit Passagen aus dem Think-Tank, die mich verblüfft hatten und jetzt nicht mehr ärgern konnten, was auch immer drinstehen mochte. Diese Neocons tönten etwas heftig, doch je schärfer die These, desto mehr trug sie bei zur Klärung im Diskussionsprozess, daran würde ich nachher vielleicht erinnern. In derlei Debatten, so fundiert wie kontrovers, wurzelte schließlich unsere demokratische Tradition. Es gab kein zweites Land auf der Welt, das heikle Dinge so frei und öffentlich erörterte. Da störte mich kein schräger Satz ... In mir war großes Verständnis, stabiles Hochgefühl und ein tiefes, umfassendes Verlangen nach Harmonie. Es schloss auch meine Gegner ein.

Das andere Blatt enthielt den Beitrag, den man Brenda nicht gedruckt hatte. Dazu musste ich ihr natürlich gleich etwas sagen. Doch kaum hatte ich den Text überflogen, da ging das Telefon. Es war der übliche Anruf zum Wochenende, mein Berater von der Bank. Er teilte mir mit einem Unterton geheuchelter Besorgnis mit, die Kurse meiner Aktien seien weiterhin in freiem Fall. Nicht einmal Bushs Rede hielt das auf. Seit die Börse am Montag wieder geöffnet hatte, waren alle wichtigen Indizes auf den tiefsten Stand seit zwei Jahren abgesackt. Der Dow Jones notierte bei 8400 Punkten, ein Rückgang um 13 Prozent in fünf Tagen.

Zweifellos, die Welt war aus den Fugen; doch was scherte das mich? Es verlor nur, wer so dumm war, jetzt zu verkaufen. In der Wall Street siegte stets ein langer Atem. Bloß nicht auf den Mann hören, der einem was von Umschichtung erzählt, von Einstieg in europäische oder asiatische Werte, auf dass man sich rette vor weiterem Verfall – tatsächlich aber eher, damit die Bank Umsatz macht. Ich würde mein Pulver trocken halten, sagte ich ihm und beendete das Gespräch, für die Warnung vielmals dankend.

Mir konnte nichts die Stimmung trüben. Auch nicht die folgende Meldung aus dem Weißen Haus, bei der ich gleich die Ohren spitzte. Captain Simmons ließ mich wissen, es stehe ein Wechsel im Personenschutz des Präsidenten an. Brian Stafford, der Direktor des Secret Service, habe ihn informiert, dass Ed Jackson zum Monatsende die Leibwache verlasse, da in seinem Fall die Altersgrenze für Bodyguards erreicht sei.

„Nanu", sagte ich, „er geht schon in Rente?"

„Nein, Sir, das keineswegs. Er wird in den Innendienst versetzt und übrigens auch befördert, zum Major. Das war eigentlich schon überfällig ... Er hat das hier achtzehn Jahre lang gemacht."

„Ich nehme an, Sie rücken nach?"

„Deshalb rufe ich auch an. Wir sollten es dem Präsidenten nahebringen. Den bevorstehenden Wechsel, meine ich."

„Das ist doch aber Staffords Sache."

„Ja, schon, Sir, selbstverständlich ..." Simmons stockte, er fing an, sich zu verhaspeln. Ich hatte den Eindruck, etwas an der Sache sei ihm peinlich. Er fügte noch hinzu, dass Bush zwar offenkundig mit ihm ganz zufrieden sei, aber doch auch an Jackson sehr gewöhnt; in den letzten Tagen habe er sich mehrfach nach dessen Verbleib erkundigt.

Und plötzlich – viel weniger durch das, was Simmons sagte, als durch eine Art von Beklommenheit, die in seiner Stimme lag – erinnerte ich mich an Harry Brown und an dessen Wunsch von gestern, ich möge dafür sorgen, dass Ed Jackson zurückkehre aus Florida, weil er dort unten Staub aufwirbele mit seinen Nachforschungen, mehr oder minder auf eigene Faust. Dazu fiel mir Brendas Text für die *Post* ein, der sich auf eben dasselbe bezog, den möglichen Versuch eines Attentats auf Bush. An das hatte ich nie so recht glauben wollen und hielt es noch immer für unwahrscheinlich, obgleich im Sperrkreis der Macht sowas denkbar blieb; wozu hätte er sonst all der Leibwächter bedurft. Wieso aber kam das heute, zehn Tage danach, gleich an drei Ecken hoch? Doch das war ein subjektiver Eindruck, wie ich rasch begriff. Er entstand nämlich bloß, weil bei mir weiterhin die Fäden zusammenliefen. Zeitweilig aus dem inneren Zirkel gedrängt, fast bis an den Rand, wandte sich doch, wer etwas wollte, noch immer an mich. Ein guter Gedanke: mein Nimbus hielt sich – ja, der wirkte fort. So viele Jahre an Dabjahs Seite, die wischte keiner so leicht weg.

Und zugleich ging mir auf, worin für Simmons das Peinliche lag, das da bei ihm zu Gestammel führte. Im Morgengrauen des 11. September hatte er es versäumt, das suspekte TV-Team scharf zu kontrollieren. Um den Fehler seines Stellvertreters auszubügeln, flog Jackson südwärts, eckte dort an und wurde kaltgestellt; zwar mit militärischen Ehren, wie sich's gehörte, aber er schied aus. Und Simmons, schon als Vize überfordert, rückte auf Grund dessen zum Leiter des Personenschutzes auf. *C'est la vie, c'est tout comme chez nous.* Der Ablauf, ebenso fatal wie evident, machte ihn verlegen. Ich versprach dem Mann, Bush dies als normal und logisch darzustellen, sobald sich mir die Gelegenheit bot. Das beruhigte ihn, er dankte mir, ich legte auf.

Der Vorgang warf mehr Licht auf Brendas Artikel, mir wurde die Brisanz bewusst. Ich hatte ihn jetzt zweimal gelesen und auch den Frühstückstisch gedeckt, da kam sie herunter – im weißen Gäste-Bademantel, das rostbraune Haar noch duschfeucht – und gab mir einen Kuss. „Was sagst du dazu?“ fragte sie gleich nach der Begrüßung, unsicher und trostbedürftig wie jemand, der eine Zurückweisung erfahren hat.

„Toller Stil, Liebling!“ Ich goss uns Kaffee ein. „So hinreißend wie du selber. Das hat Tempo, Atmosphäre ...“

„Aber?“

„Kein Aber zum Inhalt und zur Form“, sagte ich wider besseres Wissen. Mein Gott, wie ihr denn beibringen, dass dies dennoch derzeit ohne Chance war?

„Siehst du, da recherchiert man, hat all die Erfahrung, zwölf Jahre Praxis, und was tut dieser Quinlan?“ Sie zerbiß geradezu den Namen des Redakteurs, es brach richtig aus ihr heraus. „Er blockt ab, legt da sonst was hinein! Schon das dritte Mal, dass er mich hier bremst. Er will seine Rahnock klarhalten, hat er gesagt!“

„Segler ist er demnach auch.“

„Feige ist er, so sehr, dass er´s nicht mal den Chefs vorlegt. Nur bedacht auf sein Image als Blattmacher, steif und seriös. Der Musterknabe!“

Schade, dass sie dermaßen überreagierte. Schwang denn in ihr so wenig nach von letzter Nacht? „Lass dir doch die Laune nicht verhageln“, sagte ich. „Dein Blatt ist nun mal seriös, er versucht bloß, Kurs zu halten. Schau mich an, wie oft muss ich zurückstecken. Nicht jede Leistung wird belohnt. Weder bei dir noch bei mir – nirgends geht´s mit fairen Dingen zu.“

„Soll das heißen, du billigst Quinlans Haltung?

„Na, verständlich ist die mir schon. Dein Text ist ihm zu heiß, zu spekulativ, den will er im Moment halt nicht verantworten.“ Sie starrte mich ungläubig an, so fassungslos, als sei mir über Nacht eine Verunstaltung gewachsen. Deshalb fuhr ich beherzt fort: „Brenda, du hast im Internet recherchiert und zwei Lokalquellen entdeckt, doch wie verlässlich sind die? Es tut mir Leid, wenn mein Märchen vom Sonntag dich dazu angestiftet hat. Das kommt nicht wieder vor, du hast was gut bei mir, okay?“

Aber es misslang mir, sie zu beschwichtigen. „Weshalb wollt ihr das unter den Teppich kehren?“ Ihre Stimme verlor jede Farbe, sie schien abgrundtief von mir enttäuscht zu sein. „Da stimmt doch was nicht!“

„Vorsicht, Mädchen. Immer sachlich bleiben. Setz dir da nur nichts in den Kopf, man verrennt sich leicht. Bushs Leibwächter ist das gerade passiert, und nun ist er weg vom Fenster.“

„Also noch einer, der mehr dahinter sieht als du.“

„Komm, vergiss es! Jackson ist ein Einfaltspinsel.“

„Und du, Danny, bist ein Konformist.“ Sie schüttelte den Kopf. „Ich fasse es nicht, dass du so angepasst wie Quinlan bist!“

„Ohne Anpassung überlebt niemand auf Gottes schöner Welt. Unangepasst – da wär keiner von uns hier auf seinem Platz.“ Das schloss natürlich sie mit ein, doch sie bemerkte es nicht. Sie gab nicht nach, und ich entdeckte eine neue Seite an ihr: sie konnte durch simples Beharren auf ihrem Standpunkt anstrengend sein. Sie wiederholte Fetzen aus ihrem Report und drohte damit, den woanders hinzuschicken. Da es außer der *Post* und der grässlichen *Times* in Washington weiter keine Zeitung gebe, werde ihr Text dann eben in New York erscheinen. Dort kenne sie Redakteure, die Beiträge von ihr zu schätzen wüssten.

„Solch ein Schritt würde den gesunden Menschenverstand aufkündigen", sagte ich kühl, in genau dem Ton, der mir meistens Gehör verschafft. Ihr Ungestüm zwang mich, die Notbremse zu ziehen. „Damit riskiertest du Kopf und Kragen. Falls das geschieht, gehen für dich sämtliche Türen zu. Und zwar im Pressekorps wie bei der *Post*."

„Und auch in diesem wunderbaren Haus."

„O Gott, bestimmt nicht, wie kommst du darauf? Wir zwei lieben uns doch! Das hat nichts miteinander zu tun. Ganz im Gegenteil, was auch immer du unternimmst, komm doch einfach her und zieh bei mir ein, Brenda – möglichst bald."

„Aha. Und als was?"

„Natürlich als meine Frau. Lass uns zwei doch heiraten! Und da wir schon beim Thema sind – du kennst jetzt das Haus, es steht halb leer –, da wär auch Platz für deine Mutter und ihre Pflegerin."

Sie hielt die Fingerspitzen an den Mund, wie um einen Laut zu unterdrücken. Es verschaffte mir Genugtuung, sie derart überrascht zu sehen; dazu die stumme Abbitte, die in ihrer Geste lag. Es war wohl ein Angebot, das man nicht ausschlagen kann, wie Don Vito Corleone gesagt haben würde. Jedenfalls, sie stieg herunter vom hohen Ross publizistischer Moral. Nichts in ihrer Haltung erinnerte mehr daran, dass sie mich eben noch „Konformist" genannt hatte. Was ich ihr nicht mal übel nahm, da es wahrlich kein Schimpfwort ist, sondern eines, das auf mich passt.

Ohne ihr Ja oder Nein abzuwarten, ging ich ernsthaft auf ihre Arbeit ein. Es zahlt sich niemals aus, einen Menschen dazu zu bringen, seinen Stolz zu verleugnen. Ich schuldete ihr eine grundlegende Erläuterung meiner Sicht. Brenda wollte von mir ja nicht bestochen, sondern überzeugt sein. Nunmehr besänftigt, wurde sie wieder zur klugen und kritischen Zuhörerin. Ich hatte neulich schon, auf unserer langen Autofahrt, an mir die Neigung entdeckt, ihr gewisse Sachverhalte darzulegen, mit akademischer Präzision und auch einer Lust am Dozieren, für das mir im Weißen Haus das Publikum fehlt; abstraktes Denken ist beinah jedem dort ein Graus.

Letzthin hatte ich meiner Liebsten mit dem eitlen Charme eines mediengewandten Historikers eröffnet, dass es im Blick auf das Zeitgeschehen nützliche und schädliche Hypothesen gibt, nämlich Legenden und Verschwörungstheorien. Jetzt legte ich ihr dar, es gebe auch gute und böse Denunziationen. Zwar sei das Wort negativ besetzt durch menschlichen Verrat, zumal in Diktaturen, an sich aber sei es wertfrei, hier bei uns. Es meine weiter nichts als Mitteilungen an die Behörden. Und davon gebe es prinzipiell zweierlei: zutreffende und irreführende Anzeigen, also Hinweise und Verleumdungen. Zwischen beiden Arten müsse man klar unterscheiden. Dem ließ sich kaum widersprechen, und so fuhr ich, vom Allgemeinen zum Besonderen kommend, auf dem festen Grund meiner Beweisführung fort, ihren Argwohn zu entkräften.

„Folgendes ist passiert in Sarasota. In der Nacht zum elften meldet ein gewisser Rahman der Polizei, ein sudanesischer Landsmann namens Halef, der sich schon früher scharf abfällig zu Bush geäußert habe, sei überraschend bei ihm erschienen; er vermute einen Zusammenhang mit der Anwesenheit des Präsidenten auf Longboat Key. Diese Meldung erreicht auch die Bodyguards und das FBI. Darauf werden Rahman und ein weiterer Sudanese festgenommen, dessen Name mir entfallen ist, ein Frisör. Nicht gefasst werden Halef und das Fernsehteam, dessen unprofessionelles Verhalten dort vorm Strandhotel den Attentats-Verdacht zunächst erhärtet hat. Aber auch Rahman und der Frisör sind sehr bald wieder auf freiem Fuß, warum? Weil sie den Ermittlern nicht weiterhelfen konnten. Von Anfang an blieb unklar, ob an Rahmans Denunziation überhaupt was drangewesen ist. Das FBI glaubt das nicht mehr, es hat die Anschuldigung offenbar schnell als irreführend eingestuft und für wertlos erklärt. Es handelte sich um Wichtigtuerei oder, krass gesagt, um Verleumdung, aus juristischer Sicht ... Folgst du mir soweit?“

„Ohne besondere Mühe“, sagte sie schnell und locker. „Ich frage mich bloß, wo die zwei Zeugen geblieben sind. Man kann sie nämlich beide nicht erreichen, Danny. Der Frisör heißt übrigens Jusuf. Unter seiner Nummer meldet sich inzwischen ein Kosmetikgeschäft.“

Ich hatte sie unterschätzt. Meine Taktik, im Stil Don Rumsfelds pingelig und intellektuell zu sein, verfing bei ihr nicht. „Weißt du, Leute tauchen manchmal ab, Ausländer besonders, wenn um sie Wirbel entstanden ist. Die penetrante Neugier oder gar Feindseligkeit der Nachbarn wird ihnen lästig. Sie ziehen in eine fremde Stadt und fangen dort neu an. Das wäre anderswo nicht so einfach, Brenda. Aber wir sind ein Land, das von keinem verlangt, sich im Fall eines Ortswechsels bei den Behörden an- oder abzumelden.“

„Nicht gerade günstig für den Heimatschutz, wie?“

Das bejahte ich und fügte an, man werde es nach den Anschlägen für Einwanderer vielleicht ändern. Immerhin zeigte mir ihre Frage, sie lenkte ein. Trotzdem blieb ich auf der Hut; noch gab sie ja nicht auf. Punktuell schien sie besser im Bilde zu sein als ich, hatte Namen parat, die gar nicht vorkamen in ihrem Text, also zum Hintergrund gehörten, von ihr gecheckt. Sie war gewitzt, hatte einen guten Riecher, ihre Position schien noch halbwegs intakt. Die *Post* ließ junge Kräfte anfangs immer machen, noch zehrte Brenda vom Vertrauensvorschuss. Vermutlich schätzte man dort ihren Stil, den Eifer und das investigative Talent. Wohl auch wegen ihrer Teilnahme am gesamten Neun-elf-Flug von Air Force One (ein Vorteil, den sie mir verdankte) genoss sie offenbar einen Sonderstatus: das Recht, zum Schwarzen Dienstag eigenständig zu ermitteln. Vorerst nur per Telefon und Internet. Noch durfte sie nicht vor Ort recherchieren. Doch was, wenn sie beispielsweise zu Ed Jackson ging, dessen Name mir da entschlüpft war? Ich musste sehr vorsichtig sein.

Da sagte sie: „Die ganze Sache ist dir unbehaglich, stimmts? Wir hängen beide drin, nur nicht auf derselben Seite.“

„Wie kommst du denn darauf?"

„Man sieht es dir an. Ich bin hinter etwas her, das du von Amts wegen verbergen musst. Du bist einer von denen, die fleißig Nebelkerzen werfen."

„Brenda, weshalb sollte ich das tun?"

„Was weiß ich – um den Schaden zu begrenzen. Keine Unsicherheit zu dulden und die Leute zu beruhigen. Die wollt ihr doch still haben, einhellig hinter euch, nicht wahr?"

„Das wünscht sich wohl jeder Politiker."

„Voll im Griff und unter Kontrolle. Du bist ein Kontrollfreak, höchst persönlich." Sie lachte glucksend. „Mit der Fernbedienung läufst du durch dein Traumhaus: Licht aus, Jalousien runter, Musik an, Heizung wärmer ... Ich denke mir, so ähnlich regiert ihr auch das Land."

Ihr scherzhafter Ton verbarg nicht, dass sie mich genauso nüchtern sah wie ich sie, wenn ich mir sagte: ihre Stellung bei der *Post* mag lädiert sein, doch keineswegs kaputt; noch ist sie da nicht abgestürzt. Auch Woodwards und Bernsteins Stellung war nicht unumstritten, bevor das Blatt es damals wagte, mit deren Story, dem Watergate-Skandal, ganz groß herauszukommen. Genau das will auch sie, toll punkten, mit dieser Story um ein angebliches Attentat. Ob sie´s nun selbst begreift oder nicht, das ist ihr Motiv: der Aufstieg, die Karriere! Und das ist kreuzgefährlich. Man hat uns beisammen gesehen, im Flugzeug, in der Kantine, vielleicht sogar im *Day´s Inn* oder auf der Bank im Franklin Park. Sie kann mich gar nicht heraushalten. Hinter allem, was ihr gedruckt wird, vermutet man mich. Das wird im Stab sofort hochgejazzt, es lässt mich zwangsläufig schlecht aussehen. Jeder Kritikpunkt oder linke Schnörkel schwächt meine Position. Und falls bei ihr mal die Fetzen fliegen und sie es schafft, diesen Attentats-Hype zu starten, bricht´s mir am Ende sogar das Genick.

Als könne Brenda Gedanken lesen, sagte sie: „Siehst du, Danny, und deshalb funktioniert es nicht. Schade um die schöne Idee ... Ich wollte dich schon bitten, dass wir uns künftig nur noch hier sehen, bei dir in Georgetown, und uns drinnen in der City nicht mehr kennen. Also eine Brandmauer ziehen zwischen uns. Bloß, was nützt das, wenn wir heirateten? Das wäre nicht zu verheimlichen. Und du würdest mit allem in Verbindung gebracht werden, was ich schreibe."

„Ist das der einzige Grund für dein Nein?"

Sie nickte langsam. „Und der wiegt schwer genug. Weißt du, ich könnte dir niemals schaden. Ich kann aber bei dem, was ich schreibe, nicht auch noch mein eigener Zensor sein. Quinlan reicht völlig hin."

„Pass mal auf", sagte ich, so vernarrt in den wunderbaren Plan, dass mir beim Einschenken der Kaffee überlief, „wenn das so ist, dann lass doch die *Post* einfach sausen und schreib hier in Ruhe dein Buch. Jeder im Pressekorps, ich weiß das doch, jeder Reporter träumt vom eigenen Buch. Und du hast auch das Zeug dazu. Es muss ja nicht unbedingt über Dabjah sein."

„Ach! Gerade zu dem hab ich einiges beisammen."

„Ja, ich weiß. Und ich verdanke ihm persönlich viel. Aber offen gesagt, so interessant ist der Mann gar nicht. Ohne sein Amt würde ihn keiner bemerkenswert finden. Ein ziemlich mediokrer Held, selbst wenn er stürzte, fehlte ihm die Fallhöhe. Deine Feder ist dafür zu schade ... Und außerdem, bedenke die Konkurrenz! All die Literatur zur Dynastie Bush. Noch ein Buch über ihn reißt keinen vom Stuhl."

„Doch – dich zum Beispiel. Du wärst das erste Opfer, Danny. Die Bushs sind bekannt als nachtragend, empfindsam wie Mimosen. Ein Satz von mir, der Dabjahs Mutter nicht passt, und für uns beide gingen in dieser Stadt alle Türen zu, wie du vorhin so deutlich gesagt hast. Sie gilt doch als richtiger Killerfisch, wer sich ihrem Revier nähert, der ist im Handumdrehen tot."

„Brenda, können wir ernsthaft reden?"

„Ich bin doch dabei, alles abzuwägen."

„Das hab ich mir anders gedacht, impulsiver. Mehr aus dem Gefühl heraus."

„Davon haben wir ja genug. Aber wie ist die Situation? So, dass uns gar kein Ausweg bleibt."

„Unsinn, der findet sich. Gegen Liebe ist kein Kraut gewachsen ..." Von Gefühlen überschwemmt, verlor ich den Faden. „Du hast so reizend ausgesehen im Schlaf. Ich bin so froh, Brenda, dass ich dich hab, und stolz, dass du mich liebst ... Du bist so vollkommen."

Sie trug keinen Lippenstift, ihr Mund war von derselben Blässe wir ihr Kinn, als sie sagte: „Keiner ist vollkommen."

Dies klang irgendwie vertraut. Wie das Schlusswort eines Lustspiels, aus der Jugend, ein alter Film von Billy Wilder, der Titel fiel mir nicht ein. Und mich störte, dass ich es fast zwanghaft als Zitat wahrnahm, unfähig, abzuschalten – und auch jetzt noch, bei Tageslicht, im Rausch zu sein. „Du ja", brachte ich heraus. „Für mich bist du vollkommen."

Doch nun stiegen wir langsam ab. Es kam uns beiden dumm vor, einander anzuschmachten. Ich war kein Charmeur und sie kein Engel, die Rolle lag uns fern. An Gesprächsstoff mangelte es nicht, bei ihrer Neugier in puncto Bush. Sie gab vor, mir da überhaupt nicht mehr zu trauen. Der Mann, den die Aura imperialer Größe umgibt, ein Durchschnittstyp, unmöglich! Die Schuhe Roosevelts, Kennedys und selbst Reagans – ihm zu groß? Muss nicht jeder Nachfolger darin versinken? Ich fand, da wirkte bei ihr ein Sog. Sie konnte nicht anders, sie ließ nicht locker und sammelte wie besessen Stoff; Sprengstoff in meinen Augen. Es tickte geradezu in ihr, eine Zeitbombe, die es zu entschärfen galt. „Nimm doch nur mal das berühmte Schweigen dort in der Grundschule", beschwor ich sie. „Diese Szene, in die soviel hineingeheimnist worden ist ..."

„Auch von dir sind zwei Deutungen, völlig kontrovers."

„Tut mir leid, alles Mumpitz! Ich kenne das doch an ihm. Das ist seine normale Art, Hiebe wegzustecken. So reagiert er, seit er trocken ist. Als ich ihm letztes Jahr in New Hampshire sagen musste, John McCain habe ihn geschlagen, gleich um achtzehn Punkte, da hat er weder geflucht noch geschrien. Er hockte bloß da, sah sich im Fernsehen das Wetter an und fuhr dann ins Fitnessstudio, um zu trainieren. So wird das verarbeitet von ihm."

„Schon gut, Danny." Sie lächelte mich mild an, als sei ihr klar, weshalb ich so rede und ihr all das erzähle: Nicht etwa, weil es zutraf, sondern nur zur Rettung unserer Liebe ... Aber dazu fiel mir mit Sicherheit schon etwas Besseres ein. Denn nichts beflügelt so die Phantasie wie der Lockruf des Gefühls.

EDWARD JACKSON:

Dieser Sonntag wird mir immer im Gedächtnis bleiben. Trotz meiner ziemlich späten Heimkehr gestern waren wir zeitig am Steg gewesen und takelten flott auf, wie es nur ein Paar kann, das aufeinander eingespielt ist. Unser Boot liegt bei Point Lookout, ungefähr dort, wo der Potomac River in die Chesapeake Bay mündet. Das vorletzte Wochenende im September, wir wollten es genießen, weil es später zu kalt zum Segeln wird.

Als wir ablegten, stand die Sonne zwei Handbreit über Crisfield drüben auf der endlosen Landzunge, die uns vom offenen Atlantik trennt. Bei achterlichem Wind steuere ich sie ungern an, weil man zurück dann kreuzen muss. Also hinüber nach Reedville in Virginia, es sind nur zwölf Meilen, das nennt Linda unsere Milchmannstour. Sie zieht es weiter südwärts auf dem Intracoastal Waterway, der durch Norfolk schließlich bis nach Florida führt. Aber über Langley Air Force Base bei Hampton hinaus haben wir's schon lange nicht mehr geschafft.

Das Boot lag gut im Westwind, der stetig blies. Es lief Höchstfahrt, knapp acht Knoten; mittschiffs entstand ein Wellental, das nur wenig kürzer als die Wasserlinie der „Patria" war und sie gefangen hielt. Die rauschende Heckwelle unter mir – immer, wenn ich anluvte, wanderte sie hinter den Spiegel. Ich hörte es gurgeln, spürte den Ruderdruck und das Aufklatschen des Bugs, wenn der Rumpf, statt sich festzurennen, doch über den Wellenkamm geritten war ... Das vollkommene Glück, auf dem Wasser zu sein.

Unter majestätisch dahinziehenden Kumuluswolken fielen auf Backbord die letzten Inseln von Maryland zurück, in wechselndem Licht. Nun erreichte uns ein Schattenfeld. In diesem ständigen Wandern, dem Gleiten des Blickwinkels lag der eigentliche Reiz. Ohne Motorgeräusch! Das Erstaunliche der Perspektive, wenn aus flachen Abbildern am Horizont die dritte Dimension entstand. Dieser Tag würde mir bleiben, auch wenn ich am Ende gar nichts erreicht hatte ... Musste man stets etwas erreichen? Mir genügt es, zu fühlen, dass ich lebe; das ist solch ein Geschenk! Linda freilich reicht es nicht. In ihr weckt solch ein Törn öfter mal den Wunsch, gänzlich auszusteigen. Ihr Alltag stellt sie weniger zufrieden, nur immer im Büro, und befasst mit ziemlich abstoßenden Dingen. Das ginge mir wohl auch so. Sie ist ja auch drei Jahre älter und hat ihren Dienst langsam satt.

Jetzt wollte sie sich auf dem Vorschiff sonnen. Damit das möglich war, musste ich die Fock einrollen, und das ging mir gegen den Strich. Wir verloren Fahrt, und als wir den Kurs des Fährschiffs schnitten, flaute dazu noch der Wind ab. Nicht mehr genötigt, auf das Segel zu achten, hing ich im Glucksen des Wassers meinen Gedanken nach. An Bord wird bei uns viel geschwiegen, außer wenn zum Picknick der Anker fällt. Ich war auf der Hinfahrt schon einsilbig gewesen. Es hatte mich verstimmt, dass Linda von meiner läppischen Platzwunde am Kopf soviel Aufhebens machte – und in der ganzen Sache auch noch eine Drohung oder einen Racheakt sehen wollte: die Hand anonymer Hintermänner, lachhaft.

Außerdem war es ungerecht von ihr, den Wert meines Florida-Trips anzuzweifeln. Schön, hinsichtlich des Attentatsversuchs war ich kaum weitergekommen. Für sie eine „Sackgasse ins Märchenland". Doch wenn man stecken bleibt, weil der Kronzeuge fehlt, dann merkt man doch auf. Die Auskünfte der Polizei und des FBI widersprachen sich in dem Punkt schroff von „unbekannt verzogen" bis „im Zeugenschutzprogramm". Dass da vertuscht wurde, lag auf der Hand.

Und noch vor 24 Stunden, Samstag früh, hatte der Sheriff von Lady Lake – einem netten kleinen Ort im nördlichen Zentrum von Florida zwischen Okala und Orlando – mich mit der Miene des eingeweihten, mit allen Wassern gewaschenen Cops gefragt, ob ich denn nicht wüsste, was ein Attentat sei („das ist ein Mord, der die Welt verändert, Captain"); und dass in allen ihm bekannten Fällen ein Mangel an Zeugen zu beobachten sei. Die pflegten nämlich auszuwandern oder „ins Gras zu beißen", wofür er Fallbeispiele nannte (darunter die Morde an Martin Luther King sowie an den beiden Kennedys) und sarkastisch schloss: „Wenn diejenigen, die Sie da suchen, Glück haben, sind sie irgendwo in der Karibik, vielleicht auf der Insel der verschwundenen Zeugen." – Ich hatte dem

Mann geantwortet: „Das klingt witzig, aber ich kann darüber nicht lachen", und das Gespräch beendet.

Natürlich wurmte es mich, wenn Linda solchen Zynikern indirekt recht gab und meinte, man könne da halt nichts machen. Meine zweite Entdeckung, dass mit den Flugschulen von Venice und Punta Gorda und auch mit einigen ihrer Kunden vieles nicht stimmt, hatte ihr gleichfalls wenig imponiert. Diesen Fund wertete sie mit der Sonntagszeitung ab, in der es bereits ganz ähnlich hieß, mindestens sieben der 19 Flugzeugentführer hätten sich „auf Einladung der US-Regierung" bei uns aufgehalten. Und Mohammed Atta, der Topterrorist, habe „an militärischen Einrichtungen in den Vereinigten Staaten trainiert".

Da hatte ich denn doch über Atta – und dessen Begleiter Al-Omari, auch ein späterer Terrorflieger – etwas mehr erfahren. Zum Beispiel, dass Atta ein ägyptischer Militärpilot gewesen war, der längst anderes Gerät als kleine Sportmaschinen fliegen konnte, als er sich an der Flugschule des windigen Rudi Terhorst einschrieb. Zusammen mit Piloten aus Saudi-Arabien hatte er zuvor an einem Lehrgang der Internationalen Offiziersschule auf Maxwell Air Force Base in Montgomery (Alabama) teilgenommen. Meine Nachfrage dort ergab ein Dementi, doch es klang pflaumenweich, deutete eine Namensgleichheit an: „wahrscheinlich" handele es sich nicht um dieselbe Person. Da fehlte jene Bestimmtheit, die man bei der Suche nach Tätern solchen Kalibers wohl erwarten darf.

Im Laufe der letzten drei Tage war ich zu der Überzeugung gelangt, dass dieser Atta in Venice kein Flugschüler, sondern der Koordinator des 11. September gewesen sei – das eigentliche Haupt. Und alles andere als ein religiöser Eiferer! Er und seine Spießgesellen hatten sich monatelang bis hinunter nach Key West in Florida wie Playboys bewegt, immer flott in Schale und die Taschen voller Geld. Und keineswegs wie islamische Fundamentalisten, deren fromme Pflicht es doch ist, den Alkohol, das Kokain und die Striplokale der Ungläubigen zu meiden. Ja, es hatte sich gelohnt, trotz der Rauferei am Strandboulevard die mir eingeräumte Frist zu nutzen. Mein gestriger Besuch bei Attas Ex-Freundin Amanda – eine hübsche Zwanzigjährige, 130 Meilen nordwärts zu ihrer Mutter nach Lady Lake geflüchtet – setzte erst den i-Punkt auf die Recherche.

So schwer es gewesen war, sie zu finden, so mühsam war es auch, mit ihr zu reden. Erst das goldene Siegel in meinem Dienstausweis beruhigte sie. Vor mir hatte ein junger Reporter der *New York Times* sie aufgespürt. Doch da es ihr verboten worden war, mit der Presse zu sprechen, hatte sie den Agenten angerufen, von dem das Verbot stammte. Und der FBI-Mann kam ihr zu Hilfe, er schüchterte den Jüngling von der *Times* nachhaltig ein. Während also der undurchsichtige Terhorst durch Talkshows tingeln durfte, schirmte das Bundeskriminalamt die vergleichsweise harmlose Amanda Keller nach Kräften ab. Obwohl sie sich schon Monate vor der Schreckenstat von Atta getrennt hatte, lief hier wirklich eine Art Zeugenschutzprogramm.

Rudi Terhorst hingegen hatte sich als verkrachte Existenz entpuppt. Gegen ihn war Mitte der 90er Jahre bei uns ermittelt worden, er wurde sogar per Haftbefehl gesucht – auch in den Niederlanden, seiner Heimat, wo ihm Schmuggel und Unterschlagungen zur Last gelegt wurden. Meine Anfrage beim Generalstaatsanwalt in Tallahassee hatte erbracht, dass Terhorst dem holländischen Staat rund drei Millionen Dollar schuldete. Vor zweieinhalb Jahren traf er völlig abgebrannt in Venice ein, um dann mit dem Geld eines ähnlich dubiosen 70jährigen Finanziers namens Hoefgens die Firma *Florida Air* („Flair") zu gründen. Und die hatte es in all der Zeit noch nie geschafft, schwarze Zahlen zu schreiben! Weder ihr Flugplatzservice noch das Transportgeschäft (mit einem halben Dutzend geleaster elfsitziger Maschinen vom Typ Cessna Grand Caravan und etlichen Hubschraubern) war je profitabel gewesen. Auch die Flugschule nicht, obgleich Terhorst von ausländischen Schülern, und er hatte fast nur solche, doppelte Gebühren nahm. Nach Auskunft der Justizbehörden fuhr Hoefgens, mit Terhorst als Partner, 40.000 Dollar Verlust pro Monat ein. Schon ihr Start fiel aus dem Rahmen. Sie hatten sich hastig und überteuert in Venice eingekauft, ohne Zustimmung der Flugaufsicht oder sonst einer Behörde, was an Flugplätzen, die das Land betreibt, im Prinzip unmöglich ist.

Ein seltsames Paar. Sie passten weder optisch noch vom Charakter oder von ihrem geschäftlichen Hintergrund im mindestens zueinander. Das sei, als „spanne man den Papst mit Saddam Hussein zusammen", hatte eine Pilotin mir erklärt. Hoefgens' Reichtum bestand, den Gerüchten nach, aus gewaschenem Drogengeld. Beide konnten sie fliegen, aber nicht besonders gut; Leidenschaft war nicht im Spiel. Hoefgens brauchte einen Kopiloten, er litt an einer Störung, die ohne Vorwarnung zu jähem Tiefschlaf führt. Wenn es also kein Enthusiasmus war, was bewog die zwei, ständig Geld in den Wind zu schießen? Beide galten als habgierig – und dazu noch als erpressbar. Mich führte das zu der Erwägung, „Flair" könne eine Tarnfirma der CIA sein. Und Atta? Mein Gott, sollte der ein Agent gewesen sein, den man angeworben hatte, um einzudringen in die schwierige arabische Terrorszene ... Unser Geheimdienst, konnte der mit ihm al-Qaida infiltriert, oder das doch geglaubt haben, bis der Kerl seine Maske wegwarf und Amok gelaufen war? Als Doppelagent, der letztlich einer Seite aus dem Ruder läuft und sie verrät? Ich wusste es nicht. Es gab bloß Indizien, keinen Beweis. Nur für mich, mit all meinem Vorwissen über die Usancen der Agency, schien es die schlüssigste Erklärung zu sein.

Gewiss, von all dem mochte Linda nichts mehr hören. Das verstand und respektierte ich; es war einfach zu dicht an ihrem Alltag im Team von Frank Norris. Jetzt kroch sie zu mir ins Cockpit, weil ihr vorn zuviel Spritzwasser überkam. Ich drehte aus dem Wind, und in der Außenbucht wurde eine leicht rollende Dünung spürbar. Die „Patria" begann in der Bagstagbrise zu geigen, bis ich wieder anluvte und auf White Sands zuhielt. In dem Moment klingelte in der Kajüte ihr Handy. Sie stieg hinab, hielt es ans Ohr, und ich sah, wie sie sich versteifte. Was sie sprach, verstand ich nicht.

Sie kam zurück, setzte sich neben mich und nahm mir die Pinne aus der Hand. „Stell dir vor, Ed, das war jemand, der dein Handy hat!" Ihre Stimme klang brüchig. „Er fragte überaus höflich nach der Adresse, an die er es schicken soll. In Wirklichkeit wollte er wissen, ob du zurück bist. Ich soll gut auf dich aufpassen ... Du, das macht mir Angst! Es hörte sich fast nach Mafia an."

Wer konnte das gewesen sein – einer der zwei Farbigen, die vorgestern abend in Sarasota getürmt waren, als sie mit mir nicht fertig wurden? Unwillkürlich griff ich nach dem Fleck an meinem Hinterkopf, kahlrasiert, bevor der Arzt mich geflickt hatte; noch juckte die Narbe unter dem Spray ... Linda anzurufen war keine Kunst, ihre Nummer hatte ich gespeichert. Doch wer steckte dahinter, wem verdankte ich den Denkzettel? Eine Behörde schied aus, keiner unserer Dienste tat so etwas. Eher schon jemand wie Terhorst. Dem war zuzutrauen, dass er Strolche anheuerte, um andere einzuschüchtern.

„Mach dir keine Sorgen." Ich nahm Linda in den Arm. „Das liegt jetzt hinter mir. Die Sache ist abgehakt! Jedenfalls, du hast mich wieder."

„Versprich mir, dass das auch so bleibt."

„Großes Ehrenwort: keine Extratour mehr. Weißt du, eigentlich ist das ja ein schöner Fleck da unten. Aber nun zieht's mich so bald nicht wieder hin."

Der zweite Anruf kam, als wir südlich von Reedville in einer schilfgesäumten Bucht lagen, eben dabei, Lindas Picknickkorb auszupacken. „O Gott, nicht schon wieder", murmelte sie, presste die Muschel ans Ohr, meldete sich, warf mir einen warnenden Blick zu und reichte mir das Handy.

Es war mein Chef. Unverkennbar der leise, gedehnte Südstaatlerslang von Brian Stafford. Ich hatte ihn vor meinem Trip in den Süden übergangen und machte mich auf einen Rüffel gefasst. Doch ohne dies auch nur mit einem Wort zu streifen, begrüßte er meine Rückkehr aus dem Urlaub und teilte mir die anstehende Beförderung zum Major mit. Und noch ehe ich ihm für den Anruf danken konnte, schloss er knapp: „Seien Sie morgen Punkt neun auf Andrews, und bringen Sie ihre Zahnbürste mit."

Dies war das Wort für „kleine Dienstreise". Mehr als das Nötigste wurde bei ungeschützter Verbindung nie gesprochen. Ich sagte Linda, dass ich aufgerückt sei, und sie freute sich mit mir. Es schien ihr zu sagen, dass die Leitung des Secret Service unverändert hinter mir stand. Wir rätselten noch, was mich auf Andrews Air Force Base erwarten werde, als uns ein weiterer Anruf beim Essen störte. Diesmal war es eine Dame vom Pressekorps. Ihr Name sei Brenda

Delano, hörte ich, und sie habe vor knapp zwei Wochen auf dem Flug nach Florida bereits mit mir gesprochen; auch vor dem Rückflug in Sarasota noch einmal ... Ich erinnerte mich an sie – eine große junge Frau, begierig auf Geschichten zu Air Force One. „Was kann ich für Sie tun?"

„Wie es heißt, Captain, sind Sie nochmal in Florida gewesen?"

„Wer sagt Ihnen denn so was, Frau Delano?"

„Es hat sich bei uns herumgesprochen. Können Sie mir wohl etwas zum Zweck Ihrer Reise sagen?"

„Nein. Bitte fragen Sie das doch unsere Pressestelle."

„Nun, soviel ist immerhin durchgesickert: Es hatte mit dem Attentatsversuch auf Long Boat Key zu tun, kurz vor den Terroranschlägen, nicht wahr?"

„Kein Kommentar."

„Können Sie wenigstens die Reise selbst bestätigen?"

„Nicht mal das. Tut mir leid, keine Bestätigung von mir."

„Also ist an der Sache gar nichts dran?"

„Hören Sie, Frau Delano, weder erkläre ich etwas, noch dementiere ich es – bevor Sie mir nicht sagen, woher Sie die Handynummer meiner Frau haben."

Nach kurzem Zögern kam von ihr: „Kein Kommentar, Captain – Quellenschutz. Ich würde auch Ihren Namen niemals nennen. Und über das, was Sie mir vielleicht anvertrauen, auch kein Wort schreiben. Es geht mir nur um eine winzige Information, damit sich der Hintergrund ein wenig für mich klärt und ich Fehler vermeiden kann."

Sie war so listig wie beharrlich, doch da ich standhaft blieb, endete das Gespräch mit ein paar Floskeln. Linda lobte meine Sturheit, die jedoch selbstverständlich war. Ein Leibwächter, der Interviews gibt, wird bei uns nicht alt. Der Bericht in meinem Laptop war nicht der Presse, sondern dem Präsidenten zugedacht (und keine Seite lang, womit Aussicht bestand, dass Bush ihn auch las) ... Später umrundeten wir vor der sinkenden Sonne Point Lookout, bargen die Segel und beschlossen, meinen neuen Rang in einem netten Lokal am Rock Creek Park zu feiern. Ein schöner Septembertag klang aus über glitzerndem Wasser, in Seedunst und wehenden Altweiberfäden.

Und all das liegt nun schon endlos zurück, nicht zeitlich, aber räumlich ganz weit hinter mir! Dies notiere ich in einem fremdem Land. Mein Florida-Trip verblasst dagegen trotz der bunten Episoden; deshalb sind die hier so knapp wie möglich aufgezählt.

Den Ort, an den es mich jetzt verschlagen hat, darf ich aus verständlichen Gründen nicht nennen. Der Einsatz ist ebenso geheim wie ehrenvoll für mich, zumal sich ein Rätsel daran knüpft. Auf diese Andeutung muss ich mich beschränken. Ziemlich gestresst durch zwei lange Flüge und ein paar kurze Sprünge im Hubschrauber, geht es mir dennoch wirklich gut. Dazu trägt die Gesellschaft eines hervorragenden Offiziers bei, den ich meistens begleite. Fast fühle ich mich wieder so jung und so herausgefordert wie damals, als man mich von Fort Bragg nach Washington versetzt hatte, für den Secret Service ausgewählt.

Linda, meine Liebste, bald bin ich wieder bei Dir und kann dann einiges erzählen, da Du ebenso verpflichtet bist, zu schweigen. Lass mich jetzt nur sagen: Schon in Florida habe ich über uns beide nachgedacht und finde hier noch mehr Gelegenheit dazu. Sollten wir zwei nicht versuchen, unsere Partnerschaft neu zu begründen? Sie ist, glaube ich, das Wertvollste, was wir haben. Bedingt durch den Tunnelblick unserer verschiedenen Arbeitsfelder und wegen der abweichenden Dienstzeiten haben wir seit langem viel zu wenig voneinander. Wenn wir uns daheim nach einem harten Tag dann überhaupt begegnen, ist unser beider Akku fast auf Null. Aber nun, nach meiner Beförderung, und da die Arbeit im TNT dich zunehmend bedrückt – kannst Du Dir nicht vorstellen, einfach loszulassen und den Staatsdienst zu quittieren? Mehr solche Wochenenden wie das letzte wären nicht der einzige Lohn.

Man muss die Kraft haben, sein Dasein zu entrümpeln, damit einem die Balance nicht verrutscht. Den Befreiungsschlag führen, wie mein Kamerad das nennt. Der meint, es gehe immer nur um dreierlei im Leben: die Sturheit, das zu ertragen, was unausweichlich ist; den Mut, das abzustellen, was man selber ändern kann; und den Verstand, das eine vom anderen zu unterscheiden. Die Stunde der Wahrheit sei dann auch die der Befreiung.

Mir scheint, Linda, der Mann hat recht. Und, da bin ich völlig sicher, wir zwei brauchen einander unbedingt! Die Insel, auf die wir uns immer zurückziehen werden, das ist unsere Partnerschaft. Diese Heimat besteht aus Liebe, Zärtlichkeit, Harmonie und Geborgenheit bis ins hohe Alter, mein Schatz, denn Du weißt ja: Alte Soldaten sterben nicht.

DANIEL SHAW:

Ziemlich früh an diesem Montag ließ der Präsident mich rufen, in jenes kleine Studio, das man vom Oval Office aus betritt. Da hielt er sich nur auf, um zu arbeiten oder etwas unter vier Augen zu besprechen. Auf dem Weg dorthin gab Dan Bartlett mir Jacksons Reisebericht, der eben angelangt und für Bush bestimmt war. Der sonst stets souveräne Dan wirkte besorgt und nervös – ich nahm an, wegen des Medienechos vom Wochenende. Ein Teil der Presse fing an, die Daten mehrerer der 19 Täter zu zerpflücken und die Darstellung in Zweifel zu ziehen, sie hätten sich sämtlich bei uns eingeschlichen. Das war natürlich reines Gift. Und ein Blick auf Eds Bericht sagte mir, dass der in dieselbe Kerbe hieb. Es war nur ein Blatt, einseitig bedruckt; ich nahm es zu meinen eigenen Papieren.

Im Oval Office begegnete mir George Tenet, er kam von seinem Morgenrapport und sagte halblaut „dicke Luft drin". Er stand seit Tagen unter Druck, weil Bush in ihm einen Bremser sah. Der CIA-Chef betonte nämlich, es sei nötig, den Schlag gegen die Taliban noch hinauszuzögern: Erst müsse deren Luftabwehr zerstört sein, zum Schutz unserer Bomber; aber das afghanische Radar und die Raketen ließen sich mit Cruise Missiles allein nicht ausschalten. Deshalb riet Tenet dazu, auf einen Wechsel in der Taliban-Führung und deren Bruch mit al-Qaida hinzuwirken – unterstützt von Rumsfeld und Cheney, die an Afghanistan überhaupt nichts reizte. Den beiden schadete das bei Bush, dessen Ungeduld wuchs, offenkundig nichts. Tenet aber lief allmählich Gefahr, in Ungnade zu fallen.

Bei meinem Eintritt sah der Präsident kaum auf. Er schien auch mir nicht mehr gewogen zu sein. Vor ihm lagen fünf oder sechs verschiedene Zeitungen, ein ungewöhnliches Bild. „Was ist das hier für ein Hühnerdreck?“, fragte er mich gereizt, in quengelndem Ton, und klopfte auf die Titelseiten von *Los Angeles Times, Miami Herald*, des Massenblatts *USA Today* und der *Washington Post*, die den längsten Beitrag enthielt. Das waren keine obskuren Lokalblätter mehr. Selbst *Newsweek*, das Nachrichtenmagazin der *Post*, hatte berichtet. Volle Breitseite also. Dem Vorwurf, mindestens sieben der 19 Hijacker seien auf Einladung von Regierungsstellen bei uns eingereist, verlieh das einiges Gewicht. Es kam einer Ohrfeige für Ari Fleischer und Karen Hughes gleich, in deren Kompetenz das fiel. Doch in gewisser Weise traf so was ja immer auch mich.

Zunächst schien es ratsam, dies zu ignorieren. Statt durch defensives Gerede Bushs Zorn ganz auf mich zu ziehen, trug ich aus den Unterlagen vor, was mein Team ermittelt hatte, zusammen mit dem Umfragedienst von *ABC News*: die öffentliche Zustimmung zur Arbeit des Präsidenten war so hoch wie noch nie. Die Zahlen lagen zwischen 84 und 90 Prozent, das ergab der zweiseitige Text des Büros für Strategische Initiativen im Weißen Haus, das mir unterstand. Diese Analyse, intern „Shaws Rennzeitung“ genannt, konnte positiver gar nicht sein. Vor zwei Wochen noch hatte die Zustimmung unter 50 Prozent gelegen – ein Sprung, wie er seit Beginn von Meinungsforschung und modernen Marktumfragen noch nie verzeichnet worden war. „Selbst in Krisenzeiten“, lautete mein Fazit, „ist ein solcher Anstieg unerreicht.“

Bush knurrte abschätzig. Er tat so, als kümmerten ihn die Zahlen nicht, schielte aber trotzdem hin. Jeder weiß, wie wichtig die ihm sind. Er nimmt sie ungemein ernst, darauf beruht mein Einfluss. Zum Vergleich stellte ein Diagramm ihm dar, wie die Beliebtheit seines Vaters sich während des Golfkrieges entwickelt hatte. Bush senior war im Herbst 1990, als die Irakkrise anfing, bei 59 Prozent gestartet; auf dem Höhepunkt des Krieges genoss er 82 Prozent Zustimmung; und Ende 1991 langte er wieder bei 59 Prozent an. Die Haltbarkeit solcher Zuwachsraten betrug acht Monate, höchstens zehn. Dann fiel die Sympathie in der Regel auf den Ausgangswert zurück.

„Vergeuden Sie nicht meine Zeit“, brummte Bush. „Ihre Zahlen sind bloß ein Schnappschuss. Bei solchem Buhei" – er wies auf die Blätter – „brechen die morgen schon weg."

„Das sind doch Eintagsfliegen", erwiderte ich, ohne auf die Pressetexte einzugehen. „Mr. President, im Licht der Erfahrungen des letzten Feldzugs haben Sie alle Zeit der Welt, Ihre Maßnahmen zu treffen."

Er sah mich ungläubig, ja geringschätzig an – so, als vermute er, ich rede ihm nach dem Munde. Das war gefährlich. Denn genau wie sein Vater, und ähnlich vielen Männern aus der Oberschicht, hat er ein feines Gespür für Loyalität. Dabjah erfasst es intuitiv, ob Gehorsam auf Respekt und Überzeugung oder aber auf Käuflichkeit und Karrierismus beruht. Zwar geht man in seinen Kreisen prinzipiell davon aus, alles kaufen zu können, mithin auch kluge, kreative Menschen. Doch als Ratgeber taugt für ihn ja nur, wer mit frischen Einfällen zu ihm kommt und ein bestimmtes Maß an Unabhängigkeit erkennen lässt. Deshalb besteht die Kunst des Aufstiegs zum Topberater und die Technik, sich in dieser hohen Position zu halten, im wesentlichen darin, zwischen Anpassung und Eigenständigkeit schwankend ein labiles Gleichgewicht zu wahren. Weder glatter Jasager noch schöpferischer Querkopf zu sein, sondern kompetent und konziliant zugleich, das ist so schwierig wie auf dem Hochseil der Balanceakt.

Eine Zirkusnummer, absturzbedroht, ohne Netz kaum denkbar. War das Büro für Strategische Initiativen meine Balancierstange, so bot das Netzwerk namhafter Konservativer mir Schutz. Ich hielt Fühlung mit dem Parteiapparat der Republikaner. Und von dort hatte mich der stille Wink erreicht, dem Präsidenten Härte anzuraten. Der eigentliche Ratgeber durfte selbst nicht in Erscheinung treten, er war als schriller, respektloser Medientycoon verschrien: Roger Ailes, das Haupt des hochkonservativen Kabelfernsehens *Fox News*, des Senders mit der hohen Einschaltquote und dem entsprechendem Gewicht. Er musste jeden Anschein meiden, sich hier einzumischen. Es blieb daher mir überlassen, seine Meinung vorzutragen.

Bush horchte auf, als der Name fiel. Ailes war ihm als Medienzar und Freund seines Vaters bekannt. Die vertrauliche Botschaft lautete: Unsere Öffentlichkeit nimmt weiteres Hinauszögern der Antwort auf neun-elf hin, solange sie überzeugt ist, dass schließlich massiv losgeschlagen werde. Die Sympathie der Leute knickt jedoch weg, und zwar restlos, falls sich zeigt, dass man hier nicht die allerhärtesten Maßnahmen trifft ... Es brauchte viel Takt, dies so zu sagen, dass es nicht allzu fordernd klang, sondern eher wie ein Vorschlag, eine höfliche Regieanweisung an den teuren Star des Films.

Der Präsident schwieg dazu. Freundlicher entlassen als empfangen, ließ ich ihn nachdenklich zurück. Erwärmt von meinem Teilerfolg, stieg ich hinauf in den zweiten Stock. „Orchestrierer des Weißen Hauses" hatte mich das konservative Magazin *Weekly Standard* kürzlich genannt. Und ich bemühte mich redlich, dem Bild zu entsprechen, das da von mir gezeichnet worden war. Wir alle sind Getriebene, sagte ich mir, und mögliche Verlierer. Da tut es wohl, sich dann und wann auch mal für den Sieger zu halten.

Zurück im Büro, schwand mein Hochgefühl dahin. Ich entdeckte Jacksons Bericht noch bei den Papieren; ich hatte versäumt, den abzuliefern – wohl unbewusst, wegen der Gereiztheit Bushs. Und nun fand ich auf dem Schreibtisch die letzte Nummer der *Washington Post*, darin angekreuzt ein dummer Text, mir längst bekannt. Da er jeder stilistischen Feinheit entbehrte, konnte er immerhin nicht von Brenda sein. Eine der Meldungen, die Bush verärgert hatten, und an die sich übermorgen kaum noch jemand erinnern würde. Doch wer hatte mir das hingelegt? Die Sekretärin sagte, es sei Ari Fleischer selbst gewesen. Was zum Teufel bezweckt der damit?

Ich las das krude Zeug noch einmal: *„Zwei der 19 vom FBI benannten Hijacker, Said Al-Ghamdi und Ahmed Al-Ghamdi, tragen denselben Namen wie Bewohner einer Unterkunft für ausländische Teilnehmer an militärischen Lehrgängen in Pensacola. Zwei andere, Hamsa Al-Ghamdi und Achmed Al-Nami, haben ähnlich klingende Namen wie zwei ebenfalls in öffentlich zugänglichen Unterlagen verzeichnete Personen, die unter derselben Adresse auf dem Gelände des Stützpunkts im Nordwestzipfel Floridas geführt werden.*

Dazu kommt, dass ein Mann namens Said Al Ghamdi als Absolvent des Defense Language Institute an der Air Force Base Lackland bei San Antonio (Texas) registriert ist, während Männer mit demsel-

ben Namen wie zwei andere Piloten, Mohammed Atta und Abdulaziz Al-Omari, als Absolventen der Internationalen Offiziersschule von Maxwell Air Force Base in Alabama beziehungsweise der Aerospace Medical School im Luftwaffenstützpunkt Brooks bei San Antonio verzeichnet sind."

Es war im Wesentlichen das Gleiche, was in den übrigen Blättern stand. Die *Post* – wohl bestrebt, etwas mehr zu bieten – hatte dem noch hinzugefügt: *„Wie ein Sprecher des Pentagon, Colonel Ken McClellan, erklärt hat, ist ein Mann namens Mohammed Atta einmal an der Internationalen Offiziersschule auf Maxwell Air Force Base bei Montgommery (Alabama) eingeschrieben gewesen.*" – Na, das stand ja auch in Jacksons Bericht. Wie gut, dass die Täter nicht etwa Deutsche oder Spanier waren, deren Namen kaum verwechselbar gewesen wären. Das Wirrwarr soviel ähnlich lautender arabischer Namen ermüdete das Publikum und nahm der Sache den Reiz, der Enthüllungen sonst immer anhaftet; Ruhe durch Erschöpfung. In dem ungenießbaren Wortsalat, dessen war ich sicher, lief sich die Story tot. Also, was sollte das mir?

Jetzt trat Dan Bartlett ein, und er wirkte noch bedrückter als vorhin. „Halten Sie sich fest, Danny", sagte er halblaut, in dem gedämpftem Ton, der unseren Umgang seit langem prägt. Wir vertrauen einander unbedingt. Er war in meiner Werbeagentur der beste junge Mann gewesen, einer der Kreativen, und er verdankte mir seinen Job als Kommunikationschef hier. „Die haben in allen sechs Redaktionen nachgefragt, wie das passiert ist", fuhr er fort. „Hughes und Card wissen inzwischen, wer da im Einzelnen was verzapft hat. In der *Post* ist es Frau Delano gewesen. Ihr Redakteur hat gekürzt, ihr jede Wertung rausgestrichen, bloß die vermeintlichen Fakten sind geblieben; deshalb erkennt man keine Handschrift mehr. Aber der Text stammt von ihr."

„Und? Weshalb erzählen Sie mir das?"

„Nun, man erwägt, sie aus dem Korps zu kippen."

„Ein bisschen heftig, wie? Sie ist noch keine drei Wochen drin. Ihr Vorgänger flog wegen dieser uralten Kriegsgeschichte bei uns raus, das war schon schroff genug – wozu die *Post* erneut brüskieren? Man kann ihr schließlich keinen Maulkorb verpassen."

Bartlett beugte sich zu mir herab, er wurde noch leiser: „Bitte erhitzen Sie sich nicht; das wäre genau das, was die wollen."

„Wieso – was wollen die denn?"

„Dass Sie ihnen ins Messer laufen, indem Sie für Frau Delano jetzt eine Lanze brechen."

„Wieso sollte ich nicht gegen den Rausschmiss sein? Andere Blätter drucken denselben Stuss! Schön, in der *Post* steht ein Satz mehr. Und das bauscht Fleischer auf, macht eine Affäre daraus?"

„Es *ist* eine Affäre, heißt es nun, und zwar eine romantische ..." Bartlett stockte, ich merkte, es war ihm peinlich; doch dann legte er behutsam nach. „Man geht inzwischen davon aus, dass Sie mit ihr liiert seien."

„Was doch wohl meine Privatsache wäre."

„Nein, leider nicht; und das wissen Sie besser als ich. Natürlich ist es infam, Ihnen etwas zu unterstellen und es hochzupuschen zum Skandal. Eben das aber geht momentan hier ab."

Ich sah ihn sprachlos an, ein mulmiges Gefühl im Hals.

„Irgendwer hat Sie vor acht Tagen mit ihr im New Yorker *Plaza* entdeckt. Und daraus folgt der schäbige Versuch, etwas zu konstruieren, das den Bogen schlägt zu dem, was Delano veröffentlicht, und auf die Behauptung hinausläuft, bei uns sei eine undichte Stelle, ein womöglich sicherheitsrelevantes Leck."

„Ich habe verstanden", sagte ich. „Danke, dass Sie mich warnen, Dan."

Bartlett zog sich zurück, mit einer Geste, die besagte, er drücke mir die Daumen. Mein Körper gab Signale, bevor ich noch ganz begriff, was gegen mich lief: Rufmord. Eine Spannung entstand an den Schläfen, als stecke mein Kopf im Schraubstock, und etwas presste mir den Magen, wie eine Faust, die sich langsam hin und her bewegt. Im Zweifel gegen den Angeklagten! Gut, dass Jacksons Bericht noch bei mir war. Dort musste der auch bleiben, sonst riskierte ich den Vorwurf, ich hätte draus den Satz über Mohammed Atta meiner Freundin gesteckt. Dass die Meldung eher dagewesen war als der Bericht, änderte wenig; solche Feinheiten kümmerten Rufmörder nicht. Wer etwas durchsickern ließ, der brach die Spielregeln, da genügte schon der Verdacht ... Lächerlich bei mir. Wie oft hatte ich Reportern was gesteckt, etwas gestreut, das uns passte. Nur, diesmal passte es eben nicht.

Ich versuchte, das Ausmaß abzuschätzen. Wenn es bei einer Hausintrige blieb, war wenig zu befürchten; die würde ich glatt überstehen. Falls aber Rumsfeld und Cheney sich dahinter klemmten, sah es anders aus. Das Duo verhinderter Präsidenten – machtgeil und selbstherrlich über die Grenzen ihrer Ämter greifend – hatte bereits meinen Ausschluß vom Kriegskabinett erwirkt; sie konnten von Bush verlangen, dass er mich fallen ließ. Die zwei Schlitzohren kegelten mich doch mit Schwung und Wonne hochkant aus dem Stab.

Manchmal ist es schwer zu sagen, welcher Moment einer Laufbahn im Gedächtnis bleiben wird, doch dieser gehört bestimmt dazu. Ich stand auf und sah mich um, den Abschied im Sinn. Ein hübsches Büro, ich hing daran. Dabjah hatte es mir gegeben, er wusste ja, wie man seine Kreativen bei Laune hält. Nicht groß, aber sehr viel netter als das Kabuff der zwei Redenschreiber – ein simpler Raum ohne Vorzimmer und Registratur. Von den fensterlosen Zellen im Souterrain zu schweigen, in die Card reaktivierte FBI-Leute gestopft hatte, damit sie alte Akten abklopften nach Kontakten von al-Qaida zum Irak ... Die hockten da im Staub, tief im Bauch der Macht. Es gab im Weißen Haus unwürdige Plätze, die hinter der klassischen Fassade kein Mensch vermutete.

Mein Fenster aber ging nach Süden, ich blickte über das Grün der Ellipse auf die Mall mit ihrem mediterranem Flair und dem schlank hochragenden Washington Monument. Der Obelisk, dessen Anblick mir oft Kraft verlieh. Vor neun Monaten noch hatte hier an meinem Platz Hillary Clinton residiert. Ihren Wandschmuck hatte ich ersetzt durch Porträts meiner zwei Idole Abraham Lincoln und Teddy Roosevelt. Ferner hing da ein gerahmter Originalbrief von James Madison, der unter Jefferson Außenminister und später für zwei Amtszeiten Präsident gewesen war, vor rund 190 Jahren.

Meine Gedanken schweiften zurück, bis in die Kindheitstage. Damals hatte ich oft in einem schön illustrierten Jugendbuch geblättert, es hieß „Große Augenblicke der Geschichte“ und handelte von unseren Staatsmännern. Meine frühesten Eindrücke von Bildung und Lektüre sind an dieses Buch geknüpft. Auf rätselhafte und subtile Art hat es den Weg bestimmt, der mich hergeführt hat in dieses wunderbare Haus. Nebenan steht ein Schreibtisch, in dessen Schublade ein gutes Dutzend unserer Vizepräsidenten ihre Namen gekritzelt haben, wie Schüler in ihr Pult. Alles ringsum atmet den Geist einer zweihundertjährigen ungebrochenen Tradition. Höher konnte ich nicht steigen, doch genauso undenkbar war ein Weggang für mich.

Ich sagte zwei Termine ab und wies meine Damen an, mich mit dem Oberst Ken McClellan zu verbinden, dem Sprecher der Air Force im Pentagon. Ich musste die Nachricht überprüfen, mit der die *Post* sich über das hinausgewagt hatte, was die anderen schrieben. Soviel Buhei um einen Satz, und der ein Fallstrick für mich – lachhaft. Das klappte nicht, der Strick war viel zu dünn. Meine Gegner – zu töricht, einen besseren Vorwand abzuwarten oder ihn selbst zu schaffen – waren sogar für ein Ränkespiel zu dumm. Intrigen sind hier im Stab hochkomplexe Gebilde, die eine vorzeitige Berührung kaum überstehen. Mir wäre da übrigens mehr eingefallen. Ich an deren Stelle hätte Brenda als heiße Indiskretion eine Giftpille serviert, eine gut verpackte Falschmeldung, die nicht nur ihren Lover erledigt hätte, sondern sie selber gleich mir. Ein Intrigant muss bluffen können, doch denen fehlte das Geschick, sie hatten keine Phantasie. Und sie unterschätzten mich. Ich war Profi, in puncto Abwehr ungeschlagen. Bald würde es ihnen Leid tun, sich mit mir angelegt zu haben.

Endlich gab man mir den Colonel im Pentagon. Offenbar hielten ihn die Anfragen zu der *Post*-Meldung in Trab, denn er wirkte verschnupft und gehetzt. Hinsichtlich dieses Mohammed Atta mündete seine Erwiderung in wirr anmutende Auskünfte. Die meisten Araber, gab er genervt zu bedenken, hießen Mohammed nach dem Propheten, und auch der Name Atta sei im Morgenland verbreitet. Jenseits solcher Gemeinplätze lag für ihn anscheinend vermintes Gelände. Ich wies ihn auf das Täterfoto hin, längst abgedruckt mit den Fotos der anderen Hijacker. Was sage ihm denn der Vergleich mit jenem Absolventen dort auf Maxwell Air Force Base?

Hierzu äußerte Oberst McClellan sich höchst widersprüchlich. Es hörte sich an, als stünde der Vergleich noch aus, was mir unglaublich erschien. Schwammig klang das alles – kein klares Dementi. Der Mann spürte überhaupt nicht, dass er mit Dynamit hantierte. Er führte schwer durchschaubare Zuständigkeiten ins Feld. Und wieder einmal kam mir das Pentagon kafkaesk vor: ein gelungenes Selbstverwaltungsorgan in Form eines Ministeriums. Kein Wunder, wenn Rumsfeld daran verzweifelte und gern hinausgriff über das Haus. Seine Untergebenen darin – stolz bis dünkelhaft und entsprechend leicht zu kränken. Der Colonel brach das Gespräch beleidigt ab; er ließ mich ohne Durchblick sitzen.

Und die Sorge schlich zu mir zurück. Bartlett schaute herein, und ich begriff, er teilte meine Befürchtungen. Dies betraf ja auch ihn. Obwohl er Bush schon früher gedient hatte, in dessen letzter Zeit als Gouverneur – da hielt Dan die Verbindung zur Nationalgarde von Texas –, galt er als mein Protegé. Insofern konnte mein Abgang auch für ihn das Ende sein. Immerhin, er würde weicher fallen. Er kam aus einer alten Familie, der hohe Beamte und Kolumnisten angehörten. Was übrigens auch für Brenda galt; der Name Delano hatte einen guten Klang. Nur auf mich traf das nicht zu. Ich kam vom unteren Rand des Mittelstands, wie einst Richard Nixon. Dessen Eltern hatte im ländlichen Südkalifornien eine Tankstelle gehört. Meiner Familie nicht mal das. Ich verdankte das meiste mir allein, oder dem Zufall, dem Geflecht der Kausalität, das man Schicksal nennt. Vom Zeitungsjungen ins Weiße Haus.

Der amerikanische Traum ... Unten im Pressesaal, sagte mir Bartlett, verkündete Fleischer den Spin des Tages, die Deutung der Haltung Bushs – derzeit dazu da, seine Schritte zu verdunkeln. Dann das übliche Ping-Pong von Rede und Antwort, inhaltsleer. „Augen auf und durch“, riet ich meinem Schützling. „Gehen wir in die Kantine?“

„Schon überredet“, sagte er mit leiser Stimme, die in sich den Zweifel trug, ob ich noch die Kraft besaß, dem heraufziehenden Sturm zu trotzen. Beim Essen, das wieder ganz unmöglich war, sprachen wir nicht viel. Es galt die Losung: Sieh der Hausforderung ins Auge!

Quälend verstrich der Nachmittag. Nichts geschah; Funkstille an der inneren Front; die Ruhe vorm Orkan. Ich war gewappnet, durfte mich nicht rühren. Die Verteidigung ist laut Clausewitz die stärkere Form.

Daheim wartete Brenda schon auf mich, ich hatte ihr den Schlüssel anvertraut. Sie war das Ziel, der Schwachpunkt, die Bestimmung; mit ihr ging mein Streben über dies Büro hinaus, was noch niemals passiert war. Topberater des Präsidenten, das war kein Job, keine Tätigkeit, sondern ein Titel, mir von ihm verliehen. Wenn du einen Traum hast, hab den Mut, ihn bis zum Ende zu gehen. Zwei Menschen, die sich lieben, sind für immer verbunden. Die Liebe ist stärker als der Tod – das war jetzt kein Songtext, kein Topos der Romantik, sondern Realität für mich. Auf dem Scheitelpunkt des Lebens schloss mein Anspruch beides ein, diese Frau und auch das Amt ... Ja, in der Reihenfolge.

Die Klopfzeichen des Schicksals darf man nicht überhören. Eine weit zurückliegende Szene fiel mir ein. Dabjah, ein junger Strolch in Jeans und Pennyslippern, hat mich auf einen Drink in sein Quartier gelotst. Um mir Habenichts zu imponieren, kramt er seinen Goldschatz hervor, zwölf Münzen, geformt zu einer Rolle aus Papier, versteckt im Kühlschrank hinter den Flaschen. Komplizenhaft zeigt er das her, es sind blinkende Krügerrand, je eine Unze schwer, geprägt in Südafrika, dabei rutscht ihm die Rolle aus der Hand, das Geld kullert über den Tisch, es klirrt zu Boden. Einträchtig sammeln wir es auf, doch eine Münze fehlt. Wir gucken und suchen, sie bleibt verschwunden. Da bittet Dabjah mich, den Fuß zu heben – und wirklich, darunter liegt sie! Der peinlichste Moment meines Lebens. Sein spitzbübisches Grienen – halb verächtlich, halb amüsiert –, hat sich eingebrannt; es haftet nach all der Zeit in mir. Nie wieder soll es irgendwem möglich sein, mich derart liebenswürdig zu erniedrigen; niemals und keinem.

EDWARD JACKSON:

Ich kam pünktlich auf Andrews Air Force Base an. Dort erwartete mich einer unserer Unteroffiziere, der Staff Sergeant Wilson. Ohne mir das Ziel zu nennen, brachte er mich zu der kleinen Kuriermaschine, die wir für kurze Flüge benutzen. Er setzte sich nach hinten, ich nahm der Sicht wegen neben dem Piloten Platz und merkte gleich, wohin die Reise ging: mit Kurs 315 über den Fluß in Richtung der Potomac Heights. Das Pentagon und der Heldenfriedhof Arlington blieben auf Backbord zurück. Schon nach zehn Minuten lag, parallel zum Dolley Madison Boulevard, ein Runway vor uns, der das Ziel zu sein schien.

Beim Landeanflug sah ich im schrägen achterlichen Sonnenlicht steuerbord voraus das imposante Hauptquartier der Agency, ein moderner, symmetrisch angelegter Komplex, elfenbeinfarben inmitten des grünen Langley Fork Park. Kein Gebäude der schmukken Anlage hat mehr als vier Etagen, weshalb es einfach nicht stimmt, wenn die Presse vom „Elfenbeinturm des Geheimdienstes" spricht. Doch was eigentlich wollte man da von mir? Weil meine Begleiter dazu schwiegen, enthielt ich mich jeder Frage. Ein Offizier billigt Untergebenen nur ungern zu, besser unterrichtet zu sein als er selber. Vermutlich aber wussten die zwei gleichfalls nichts.

Ein Jeep brachte mich an Wilsons Seite vom Rollfeld weg durch den Wald. Während der Posten am Schlagbaum unsere Ausweise prüfte, wies Wilson auf drei schlichte Kreuze am Straßenrand und sagte: „Hier hat mal ein junger Pakistani drei CIA-Leute abgeknallt. Ist einfach diese Route 123 hinuntermarschiert und hat auf Autos geballert, die an der roten Ampel gewartet haben. Und dann ist er auch noch entwischt, per Flugzeug aus dem Land – nach Afghanistan natürlich."

„Wann ist denn das passiert?"

„Januar 93, Captain. Gleich nach Clintons Amtsantritt."

„Einer von al-Qaida?"

„Nein, ein Einzelgänger. Schwarzes Schaf einer wohlhabenden Familie, genau wie Bin Laden. Er hieß Kansi. Aber die Jungs hier vergessen nichts. Vier Jahre später hat ihn Browns Antiterrorgruppe in Pakistan geschnappt. Seitdem sitzt er in Virginias Todestrakt."

Die Kreuze standen seit acht Jahren dort, ich war stets nur im Helicopter Marine One hergekommen und hatte sie daher noch nie erblickt. Dieser Anschlag fehlte in meiner Sammlung, weil er keinen Prominenten gegolten hatte. Der Parkplatz war erstaunlich leer. Am Hauptportal stand auf einer Bronzetafel *George Herbert Walker Bush Building*, zur Erinnerung an das frühere Haupt der CIA. Unser einziger Präsident, der zuvor Direktor des Geheimdienstes gewesen ist. Das sei auch sein liebstes Regierungsamt gewesen, hat er mir einmal erzählt. Damals hat er seine Privatpost gern mit „Chefspion" signiert, was Sinn für Humor beweist. Anders als sein Ältester war er ein freudiger Briefeschreiber und auch Plauderer im Amt. Linda meint, es sei der Anteil weiblicher Züge in seinem Wesen, der ihn einfühlsam und gesellig, doch auch verletzlich und nachtragend macht. Seit er mir neulich im Traum erschienen war, dachte ich öfter an ihn.

Der Lift trug uns hinauf in die Führungsebene unterm Dach. Mich stärkte jetzt das Gefühl, den Einsatz in Florida trotz etlicher Behinderungen gut beendet zu haben – rechtzeitig für einen neuen Auftrag. Meinen Bericht hatte Linda persönlich dem Kommunikationsdirektor Bartlett ausgehändigt, zur Vorlage beim Präsidenten; vielleicht las der gerade meinen kurzen Text. Wenn das geschah, dann erschloss sich ihm gewiss, wie viel daneben gegangen war schon vor dem 11. September. Immer ging bei unseren verschiedenen Aufklärungsdiensten manches schief, als walte da ein rätselhafter Brauch, der seinerseits hätte aufgeklärt werden müssen. Darin lag für mich eine bittere Ironie.

Vor uns erstreckte sich ein endloser Gang, von dem andere abzweigten. Im Laufe der Zeit hatte ich drei unserer Präsidenten hierher begleitet und fand mich halbwegs zurecht in Langley. Ein enormer Bau mit hermetisch verschlossenen Fenstern, zum Teil aus Panzerglas, und den hellen Korridoren eines Ozeanriesen. Man verlor sich darin, und erneut fragte ich mich, wie es al-Qaida hatte schaffen können, sich im Vorfeld der Tat dem Blick dieser Mammutbehörde zu entziehen. Anonyme Gestalten durchschritten die

Gänge in unbekannter Mission, schattenhafte Männer mit Papieren, stille Mädchen schoben Rollwagen voller Kaffeebecher oder Colaflaschen. Jeder hier hatte die psychologischen Tests bestanden und sich durch den Engpass des Lügendetektors gequetscht. Jeder schien äußerst tauglich, zu etwas fest entschlossen und perfekt darauf getrimmt. Jeder wusste hundertprozentig, wohin er ging, wie man das anfing und zu welchem Zweck ... Das unterschied mich im Moment noch von ihnen.

Alles wirkte gedämpft, jeder Laut war unterdrückt. Zahllose Witze kursierten über diesen Ort. Seltsam, welch zwiespältige Gefühle der Geheimdienst im Publikum weckt. Statt sich beschützt zu sehen, neigen viele dazu, ihn zu dämonisieren. Sie schreiben ihm übersinnliche Kräfte zu und denken, er mache sie schließlich zum „gläsernen Bürger". Und wie um ihre Paranoia zu kontern, pflegen sie die Agency zu verspotten. Selbst unsere Präsidenten sind von dieser Sucht nicht frei. Als ich im Gefolge Ronald Reagans zum ersten Mal herkam, hörte ich ihn sagen, er fühle sich an James-Bond-Filme erinnert. Bill Clinton hingegen hatte an eine verlassene Heilanstalt denken müssen, deren Patienten geflohen seien. So etwas mag lustig klingen, doch es verrät auch Widerwillen, ein naives Unbehagen, das man sich nicht eingesteht. Die zwei Präsidenten Bush haben auf derlei stets verzichtet. Sie wissen sehr gut, was die CIA ihnen gibt und dass ohne Geheimdienst kein Land der Welt bestehen kann.

Es war Harry Brown, der höflich hinter seinem Schreibtisch aufstand, ein kühles Empfangslächeln im Gesicht. Er entließ Wilson, lud mich ein, auf einem famos gefederten schwarzen Drehsessel Platz zu nehmen und teilte mir mit, es sei die Task Force Afghanistan, die einen Offizier des Secret Service angefordert habe; und zwar auf Wunsch des Finanzministers, der ja mein Dienstherr sei. „Schön, Sie zu sehen, Ed", fügte er hinzu. „Da schickt uns Stafford seinen besten Mann. Und das ist gut so, denn wie es scheint, stehen wir vor zwei oder drei Problemen in diesem fernen Land. Dort ist es bereits zehn Stunden später als bei uns."

Es klang, als sei schon die Zeitdifferenz eins der Probleme. „Was kann ich für Sie tun, Sir?"

„Bringen Sie mir den Kopf von Osama Bin Laden“, sagte er salopp. „In einer Schachtel mit Geschenkband drum, auf dem *Unendliche Gerechtigkeit* steht.“

„Wär das nicht Sache eines Ihrer Schakale?“

Brown schwieg, er zündete sich eine Zigarette an. Von ihm ging eine aufmerksame Ruhe aus, dazu ein Hauch von Zurückhaltung – vielleicht die amtstypische Abneigung, Fremde einzuweihen. Sein Büro war tropenholzgetäfelt und mit einem kostbaren Teppich ausgelegt. Eine Karte des Mittleren Ostens bedeckte die halbe Wand. Der Besoldungsstufe nach war er wohl ein Zwei-Sterne-General. Sein rundes Buddha-Gesicht blieb unbewegt, als er mir nun den Stand der Dinge, soweit für mich nötig, kurz umriß.

Afghanistan befand sich, bis auf den Norden, in der Gewalt der Taliban, die Bin Laden und dessen Halunken vor uns schützten. Sie wollten seine Urheberschaft erst bewiesen sehen, und da wir noch keinen gerichtsfesten Beweis erbringen konnten, lieferten sie ihn nicht aus. Würden wir das hinnehmen, stünden wir in den Augen der internationalen Terrorszene als Papiertiger da.

Wie die Karte zeigte, grenzte der Schurkenstaat an den uns feindlichen Iran, an Pakistan im Süden und Osten sowie an drei ehemalige Sowjetrepubliken nebst China im Norden. Das nächste uns zugängliche Gewässer war der Indische Ozean, 300 Meilen entfernt. Unsere Bomber standen auf Bahrein am Persischen Golf, in Saudi-Arabien und auf Diego Garcia, weit südlich der Malediven. Dort würden die B-52 abheben; der Tarnkappenbomber B-2 flog sogar, unterwegs aufgetankt, von der Heimat aus an.

„Zur Zielsuche, und um die Luftabwehr auszuschalten, müssen Jagdbomber her“, sagte Brown. „Der Süden ist von Trägern aus erreichbar, der Norden nicht. Da braucht man Basen in Tadshikistan, das auf Moskau hört – Putin zieht da endlich mit. Usbekistan ist mit ihm über Kreuz, es macht den Deal direkt mit uns ...“ Er nannte mir weitere harte Fakten. Auch ohne Seitenblick zur Karte war ihm die geostrategische Lage restlos klar. Ich hatte etwas Mühe, ihm zu folgen. Wie sein ziviler Doppelgänger Daniel Shaw schien er alles Einschlägige gelesen und nichts vergessen zu haben. „Der wunde Punkt sind Such- und Bergungstrupps vor Ort, die Jungs mit ihren Black Hawks. Ohne die kann es nicht losgehen. Jeder Flieger, der notlanden oder abspringen muss, hat Anspruch, schleunigst gerettet zu werden. Gefangene US-Piloten im Fernsehen sind für uns inakzeptabel, absolut fatal."

Was aber hatte das mit mir zu tun? Was zum Teufel ging das den Secret Service an? Das Gespräch mit Brown bestand vor allem aus Pausen, in denen er zu überlegen schien, was ich wissen musste und was nicht. Fauler Zauber, dachte ich – ein wenig schockiert, so von einem Mann in seinem Rang zu denken. Harry Brown war mir freilich schon vor 20 Jahren als Mensch nicht angenehm gewesen, als er uns Robben mit dem Spiderman auf der Insel Vieques besucht hatte. Und nun wurde er mir richtig unsympathisch, denn es kam die bestürzende Ähnlichkeit mit Shaw hinzu. Er wirkte wie dessen Zwillingsbruder, die kriegerische Version des wandelnden Schwamms. Nur dass er rauchte, unterschied ihn von dem. Sie hatten beide sogar den gleichen vollen Mund und – das erschien mir gespenstisch – dieselbe Art, sich die Unterlippe zu lecken, wenn von ihnen etwas gekommen war, das ihr Zuhörer sich merken sollte. Derselbe Sinn für Kunstpausen und Pointen, die fehlende Mimik, bis auf das Zungenspiel. Es lag nahe, anzunehmen, man habe von Brown einen Klon erzeugt, ihm das Nikotin entzogen und ihn zur Kontrolle des Präsidenten ins Weiße Haus geschickt.

Beschämt, so abzuschweifen auf das Feld der Scherze über die CIA, rief ich mich zurück und hörte Brown sagen: „Das zweite Problem bei jeder verdeckten Operation dort am Hindukush sind die Stammesfehden ..." Er neigte den Kopf zur Seite, sah zur Decke und blies Qualm nach oben, wo ein Hauch der Klimaanlage ihn verwirbelte. „Ein halbes Dutzend größerer Volksgruppen und viele kleinere, Gebietsansprüche und Konflikte seit Olims Zeiten! Wie geht man damit um? Ich will es Ihnen sagen, Ed: Wir versuchen, die Häuptlinge zu kaufen oder wenigstens zu mieten; und das schon seit einer Reihe von Jahren." Wie um das zu unterstreichen, glitt seine Zunge erneut über die dicke Unterlippe, wie bei einem Schlemmer oder Verkoster, der genießerisch nach dem letzten Tropfen einer Soße schleckt.

„Geht das nicht mächtig ins Geld, Sir?"

„Sie treffen ins Schwarze", äußerte Brown bissig. „Unser Mittel-Ost-Budget ist auf Null. Erst auf Druck von oben hat das Schatzamt noch was herausgerückt, unter der Bedingung, dass es in die rechten Hände kommt. Und weil uns drüben keiner dieser Warlords was quittiert, soll ein Mann mit, der die Verteilung überwacht."

„Damit meint man mich?"

„Exakt. Das traut man Ihnen zu. Aufzupassen, dass der Segen genau dort niedergeht, wo es hier verzeichnet ist." Er reichte mir eine Liste über den Tisch. Hinter jedem der fünf Namen standen die Beträge – je eine halbe bis zu anderthalb Millionen Dollar.

Er sagte: „Das Flugzeug startet Punkt elf."

„Sir, ich möchte meine Frau verständigen."

„Das geht eigentlich nicht ... Aber – na ja, okay. Auf der geschützten Leitung zum TNT. In knapp einer Woche sind Sie zurück, das dürfen Sie ihr streng vertraulich sagen."

Brown tat, als komme er mir damit weiter als zulässig entgegen. Er schwenkte auf dem Chefsessel herum, griff sich ein Telefon, drückte ein paar Tasten und schob es mit schwungvoll zu. Am anderen Ende, im Eisenhower Building, reagierte Linda mit einem Schreckenslaut. Aus purer Verlegenheit fragte ich: „Bist du den Bericht losgeworden?" Und hörte ihre Antwort: „Alles in Ordnung ... Ed, pass auf dich auf!" Wir waren beide gehemmt im Beisein Dritter, und zu diszipliniert, um mehr als vier, fünf Sätze zu wechseln. Eine der Situationen, die man nur mit solch einer Frau besteht. Der Klang ihrer Stimme traf einen Nerv in mir, und zugleich spürte ich eine Gefühlsblockade, die wohl ein Schutzmechanismus ist.

Ich legte auf und sagte: „Ich kann keine Fremdsprache, Sir."

„Ist nicht erforderlich. Ich mache Sie jetzt mit James Townsend bekannt, dem Kopf des Teams. Commander Townsend ist orienterfahren, echte Old Hand. Er war schon dabei, in Pension zu gehen, und nun führt er die erste Crew im Krieg gegen den Terrorismus an. Sie heißt *Jawbreaker* und besteht mit Ihnen aus zehn Mann. Mehr passen nicht in die Black Hawk hinein. Ihre Mission ist es, den Boden für die nachfolgenden Special Forces zu bereiten. Sie landen auf dem Gebiet der Nordallianz, noch ohne Rückendeckung. Dass al-Qaida deren Chef, den General Massud, kürzlich ermordet hat, ist Ihnen bekannt?"

„Ja, selbstverständlich."

„Commander Townsend wird aus den verbliebenen Führern, bevor die sich erneut zerstreiten, schlagkräftige Verbündete machen."

Der Mann, der jetzt eintrat, enttäuschte mich. Er war zwar drahtig, doch kaum mittelgroß und viel zu alt; ich schätzte ihn auf Mitte sechzig. Er war hohlwangig, blass und unrasiert – vermutlich dabei, sich einen Vollbart zuzulegen. Er ging nicht, er federte. Er trug Springerstiefel, erdfarbene Jeans und eine wattierte Khakijacke. „Commander", sagte Brown zu ihm, „das ist Major Jackson vom Secret Service." Er nannte den Dienstrang, der noch gar nicht in meinen Papieren stand, wohl um mich vor diesem seltsamen Vogel aufzuwerten.

Townsend musterte mich kritisch von unten her. Seine raschen Gesten und die koboldhafte Mimik ließen ihn reizbar erscheinen. „Sie also werden mich daran hindern, mit den fünf Millionen abzuhauen?", rief er etwas krähend, mit deutlichem Neuengland-Akzent.

„Soweit das in meinen Kräften steht", erwiderte ich; Zurückhaltung war angebracht, auch wenn er nur für ein paar Tage mein Vorgesetzter sein sollte.

„Harry", fragte Townsend, „haben Sie denn was erreicht hinsichtlich der Namenswahl?" Halb zu mir gewandt, fuhr er fort: „Es ist doch Blödsinn, so pompös zu werden: Unendliche Gerechtigkeit! Das provoziert die Moslems ähnlich wie das Kreuzzugs-Geschrei. Der Moslem weiß, unendlich gerecht kann einzig Allah sein. Ich hatte mir gewünscht: Dauerhafter Frieden. Legt die Gerechtigkeit mal schön auf Eis."

„Tut mir Leid, James. Ich hab Ihre Idee natürlich hochgereicht. Entscheiden wird das Kriegskabinett."

Zu meiner Beruhigung hatte Brown erwähnt, Townsend sei Stationschef in Dubai, Islamabad und Kabul gewesen, darüber hinaus ein Sprachtalent. Neben Arabisch, Russisch und Farsi beherrsche er auch Patschu und Dari, die zwei Hauptmundarten Afghanistans.

Vielleicht hafteten fremde Sprachmelodien in ihm, jedenfalls redete er auf eigentümliche, singende Weise. Der Commander hatte eine hohe Stimme, die öfter so klang, als wolle er etwas Lustiges erzählen. Dabei waren die Dinge, um die es ging, ernst genug – wie etwa das Visum von Tadshikistan in unseren Pässen. Brown schien von mir einen Zweitpass zu haben, mein eigener lag daheim im Safe.

Nun öffnete er eine Lederfalttür im Hintergrund des Raums und wies auf zwei große Metallkoffer, gesichert durch Zahlenschlösser und mit grünen Kunststoffseilen – grün, die Farbe des Propheten – fest verschnürt. Das Geld! So wuchtig hatte ich es mir nicht vorgestellt. Da unser größter Schein die 100-Dollar-Note ist, mussten 50.000 Stück in den Koffern sein. Im Film passt hohes Lösegeld meistens in eine Aktentasche; in Wahrheit ist es ein Transportproblem. „Sie sollten nachzählen, Major“, sagte Townsend hinterhältig. „Im Namen des Schatzamts, Ordnung muss sein.“

„Tun Sie's in der Luft“, riet Brown, „das vertreibt Ihnen die Zeit. Die Bank hat uns versprochen, dass es keine fortlaufenden Nummern sind.“

Die Koffer wurden zu dem Kombi gekarrt, der uns zum Flugplatz bringen würde. Beim Abschied rutschte Brown eine Geste heraus, die an ihm verblüffte: er gab Townsend und mir die Hand. Ein langer, weicher Händedruck – schließlich flog sein *Jawbreaker*-Team an die Front. Doch auch das war bloß Routine. Sein Gesicht zeigte die glatte Güte eines Pfarrers, der die letzte Ölung gibt, als er sagte: „Haltet mir drüben die Ohren steif!“

Im Auto bemerkte der Commander: „Zum Schluss ist er immer wie ein Vater zu dir.“

Wieder fiel mir sein schwebender Tonfall auf. Manche Wörter betonte er an ungewohnter Stelle oder es fiel eine Silbe weg, was originell, ja hochnäsig wirkte. Komische Leute hielt sich die Agency. Trotzdem, ich fing an, mich abzufinden mit dieser halben Portion. Es ist, als entstehe da ein Sog in mir: instinktiv versuche ich, jeden zu akzeptieren, der mein Vorgesetzter wird. Sicher ist Bequemlichkeit im Spiel; es lebt sich leichter, wenn man die Chefs auch mag. Jeder von uns hat in sich etwas Gutes, und der Dienst läuft besser, wenn man positiv ist. Linda widerspricht mir da, sie hält mich für zu leichtgläubig. Ich soll darauf achten, ob ein Mensch „authentisch" sei. Damit meint sie: zuverlässig, glaubwürdig, unverstellt. Ihrer Meinung nach ist dies der Fall, wenn das, was er sagt, übereinstimmt mit der Körpersprache. In diesem Sinn erweckte der Commander, anders als Brown, schon den Eindruck, echt zu sein. Soweit sich mir bisher erschloss, waren Mimik, Gestik und Aussprüche bei ihm ziemlich kongruent.

„Wie lange werden wir fliegen?", fragte ich ihn, als wir die Air Force Base erreichten, wo uns acht Kameraden – CIA-Typen und Paramilitärs – vor dem *Starlifter* in Räuberzivil erwarteten.

„Mit normalem Westwind achteinhalb Stunden bis Ramstein in Deutschland. Wenn man einen Jetstream erwischt, geht´s etwas schneller."

„Und von da nach Tadshikistan?"

„Nochmal dasselbe, weil der Iran umflogen wird. Falls aber Putin uns rüberläßt – zweieinhalb Stunden weniger."

„Und weiter zu dieser Nordallianz?"

„Nochmal zweieinhalb Stunden. Da quält sich der Helicopter über das Dach der Welt."

Seine Gesprächigkeit brachte ihn mir näher. „Sie könnten mich Ed nennen, Commander."

„Okay. Willkommen im Club. Ich heiße James ... Die schmukken Titel nützen uns sowieso bald nichts mehr. Und damit Sie sich nicht wundern, in Tadshikistan lassen wir die Black Hawk einfach stehen. Ich hab uns eine russische Mühle besorgt; macht sich besser da vor Ort."

Das wunderte mich. Wir wollten den „Huey"-Hubschrauber nicht nehmen, der da zerlegt im Frachtraum verzurrt war, nachdem man auch die vier Rotorblätter aus Titan und Fiberglas, je acht Meter lang, abgebaut hatte? Gewiss, der Typ war schon in Vietnam geflogen, doch die Mi-17 war auch nicht eben neu. Ihre Steigleistung sei besser, meinte Townsend, er habe das probiert. In 15.000 Fuß sei der Russe uns überlegen, und so hoch müsse man gehen, um über den Paß ins Pandschir-Tal zu kommen, den Sicherheitsabstand einkalkuliert.

„Sie rechnen mit Beschuss auch von der Nordallianz?"

„Freundliches Feuer nennen wir´s", sagte der Commander, als

sei das amüsant. „Wer da ballert, das weiß man nie." Es lockte ihn wohl, mich ein wenig zu erschrecken; sein schelmischer Humor machte vor gar nichts halt.

Nach dem Start ging er dazu gelassen ins Detail. Die Afghanen, ob Taliban oder Nordallianz, hatten zur Luftabwehr zweierlei: 20-mm-Geschütze der Schweizer Firma Oerlikon und Stinger-Raketen mit hitzesuchendem Gefechtskopf, made in USA. Beides war ihnen, in dieser Reihenfolge, ab Mitte der 80er Jahre zum Kampf gegen die Sowjets von uns geliefert worden. Die Stinger sogar gegen den Einspruch der Armee. Das Pentagon hatte befürchtet, die hochmoderne Waffe könne von den Russen erbeutet und nachgebaut werden. Auch die CIA, damals unter William J. Casey, habe den Einsatz nicht forciert, sagte Townsend. Erst durch kräftige Lobbyarbeit sei es texanischen Kongressmännern geglückt, das Stinger-Programm für Afghanistan anzuschieben. Übrigens mit Hilfe des American Security Council, was ein Privatverein von pensionierten Generälen und Wirtschaftsleuten sei, gegründet nach dem Koreakrieg.

„Alles lief natürlich über Pakistan und dessen Geheimdienst ISI", erläuterte er mir. „Drei Milliarden an Steuergeldern in den 80ern – schön, Russland kniff den Schwanz ein. Dass ein paar hundert Stinger übriggeblieben sind, tja, das ist nun mein Problem. Einige haben wir zurückkaufen können, Ed. Ich selber hab gestreut, die Dinger seien nicht jahrelang lagerfähig, es gäbe ein Verfallsdatum – um den Preis zu drücken ... Aber sie lieben die Rakete hier. Ihr großer Massud hat gesagt, der Afghane braucht nur zwei Dinge, um zu siegen: den Koran und die Stinger! Vorigen Herbst noch hat er einen Kampfjet der Taliban damit vom Himmel geholt."

Dem folgte ein Loblied auf den ermordeten General. Der habe es geschafft, die übliche Taktik der Stämme, auf Ruhm und Beute zielend, total umzustülpen. Inspiriert von Ché und Mao, habe Massud die Kunst des Guerillakriegs glänzend angewandt. Er sei die patriotische Integrationsfigur gewesen, der Mann nämlich, der im Grunde den Kalten Krieg gewonnen habe. Was der islamischen Welt sehr viel bedeute. „Seit Napoleon 1798 in Ägypten gelandet ist", rief er in das Fauchen der Triebwerke, „stöhnt die Seele des

Moslems, weil das Kriegsglück ihn verlassen hat. Das Reiterheer des Mahdi, 1898 im Sudan von Lord Kitchener hingemetzelt! Die schlimmen Balkankriege! Und dann zerstückeln Briten und Franzosen 1919 auch noch die Türkei! Seitdem träumt der Moslem von militärischem Glanz, von neuer Macht und Größe. So wurde ihm der Heilige Krieg gegen Russland zum Rausch, zum Sieg des Glaubens. In Allahs Namen eine Supermacht geschlagen ... Tja, nun kommt für ihn die nächste dran."

Später, hoch über dem Atlantik, öffnete Townsend einen der Koffer. Das Geld steckte in Zellophan, laut Aufschrift immer 50.000 Dollar, zwölf Zoll dick jeder Stapel. In einem zählten wir exakt 500 Hunderter. „Wie oft bin ich damit bergauf getrabt", seufzte der Commander in seinem Singsang, „stets vier Päckchen im Rucksack. Als damals alles über Pakistans ISI lief, hat der nämlich sein Schoßkind gepäppelt: Hekmatjar, diesen islamistischen Narren, der nie ein Gefecht gewonnen hat. Dabei floss dem schon, wegen seiner Treue zum Koran, der Löwenanteil von den Spenden der Saudis zu. Und ein unbequemer, eigenwilliger, aber verdammt fähiger Führer wie Massud guckte in die Röhre."

„Das haben Sie dann zurechtgerückt, James?"

„Na klar, wir mussten gegensteuern. Ich hab´s an die Besten verteilt, ganz nach Gusto, und zu jedem Warlord gesagt: Hier nehmt, o Emir, wir wissen, Ihr braucht es, kauft Nahrung und Waffen, was immer Ihr benötigt – ich komme wieder und bringe Euch mehr!"

Er glitt in den blumigen Stil des Orients zurück. Sein erinnerungssattes Schwadronieren nervte mich, deshalb warf ich ein: „Nach Gusto verteilt? Diesmal muß es aber nach der Liste gehen."

Townsend sah mich über das Geld hinweg an, als könne er sich kaum an die erinnern. Er gab mir das Gefühl, ein Bürokrat zu sein, der keinen Dunst von der Praxis hat, deshalb fügte ich hinzu: „Brown hat mich ausdrücklich beauftragt, darauf zu sehen ..."

Weiter kam ich nicht, der Commander winkte ab. „Das Geld kommt von Tenet. Ich hab da wie immer freie Hand. Gezahlt wird je nach Situation. Vergiss deine Liste, Ed, und alles wird gut." Er streifte mich mit einem Seitenblick, halb besorgt, halb belustigt, wie es schien.

Das nahm mir den Atem. Sein Profil verschwamm an den Rändern, wie es passiert, wenn man betrunken ist. Und dann sah ich Brown, oder Shaw, das Pokerface, den Mund geöffnet, und die Zunge glitt hervor wie bei einem Schlemmer ... Die Liste unwichtig, eine Formalität? Mir war, als wellten sich die Wände. Ich starrte aus dem Fenster, die Sonne war grell, ja farblos, so als hätte die Hitze – ihr flüssiges Metall – das Gelb verzehrt.

BRENDA DELANO:

Kein Außenstehender ahnt, wie sehr das Weiße Haus bestrebt ist, die Medien am Gängelband zu führen; in Notzeiten zumindest. Vor kurzem hätte ich das selber nicht geglaubt. Der Stab brachte es wirklich fertig, in den sechs Blättern anzurufen, die gemeldet hatten, sämtliche 19 Hijacker seien legal bei uns eingereist, mit gültigem Visum im Pass, und etliche hätten sogar an Lehrgängen teilgenommen, sprich: ein Militärtraining absolviert.

Das sorgte in der *Post* für Wirbel. Arthur Quinlan, mein Ressortleiter, wurde prompt in die Chefredaktion bestellt. Dort ließ man ihn strammstehen, weil Karen Hughes offenbar empört ein Dementi verlangt hatte. Von diesem Anpfiff noch erhitzt, gab er den Ball locker an mich weiter. Doch er zeigte Rückgrat; ich hatte ihn unterschätzt. Mangels entsprechender Fakten stimmte er mir darin zu, dass wir außerstande seien, der Regierung mit einem Rückzieher zu dienen.

Ich hatte Quinlan Feigheit unterstellt, weil er meinen Text erst freigab, nachdem der *Miami Herald* Ähnliches gemeldet hatte und – wie ich ihm sagte – auch die *Los Angeles Times* dabei sei, das zu drucken. Es ziemte sich halt nicht für die *Post*, namhaften Zeitungen hinterherzuschreiben. Und dann hatte er von meinen acht Sätzen vorsichtshalber nur vier oder fünf stehen lassen. Die längsten zwar, doch dabei ging der Zusammenhang verloren, dem Leser erschloß sich kein Hintergrund mehr. Aber immerhin, dann hatte er´s riskiert! Es war ihm demnach noch klar, bei der *Post* in Washington zu sein und nicht etwa bei einem Regierungsblatt in

Minsk oder in Pjöngjang ... Ein weiterer Vorstoß in dieser Richtung, den ich plante, ließ sich ihm nach Lage der Dinge allerdings derzeit nicht abverlangen.

Inzwischen fuhr der Stab ein Ausweichmanöver. Am späten Vormittag dieses Montags, des zweiten nach den Anschlägen, gab Ari Fleischer dem Pressekorps mit Aplomb bekannt, der Präsident habe angeordnet, sämtliche Bankguthaben von Terroristen (oder der Unterstützung des Terrorismus Verdächtigen) auf der Stelle einzufrieren. „Das ist der erste Schuss im Krieg gegen die Halunken", tönte er draußen im Rosengarten des Weißen Hauses. „Der erste Schlag! Und es sind nicht die Jungs in Uniform, die ihn führen, es sind die Burschen in Nadelstreifen ..." Es hörte sich an, als greife die Wall Street zum Gewehr.

Jemand warf ein: „Wenn Guthaben blockiert werden, teilt das gewöhnlich der Finanzminister mit."

„Ihr habt das alle nicht kapiert", rief Fleischer in das Stimmengewirr. Er stand wohl so unter Druck, dass er Einspruch kaum ertrug. „Begreift wohl einer, dass das Übliche eben nicht mehr gilt? Bitte passt doch mal auf und hört her ..."

In dieser Minute trat der Präsident, flankiert von Hughes und Card, aus dem Südportal. Das überraschte uns, denn Pressekonferenzen sind eine lästige Pflichtübung für ihn. Vielleicht hatte ja Danny, der Imagepfleger, ihn gedrängt, der Meute selbst die Stirn zu bieten. Traute er es Fleischer nicht zu, den neuen Schachzug richtig darzustellen? Flüchtig kam mir die Idee, auch er sei jetzt mehr ein Getriebener als der Akteur, für den wir ihn hielten.

Bush räusperte sich die Kehle frei. „Um null Uhr eins heute früh ist ein entscheidender Schritt erfolgt", sagte er nach dem Begrüßungssatz ins Mikrofon. „Mit einem Federstrich haben wir die finanziellen Grundlagen des weltweiten terroristischen Netzwerks ausgetrocknet ..."

Bildkräftig und bedeutungsschwer teilte er uns mit, er habe kurz nach Mitternacht, sonst die Zeit seiner Nachtruhe, eine Verordnung erlassen, wonach Amerikas Banken die Konten von 27 Personen oder Vereinen, sämtlich der Unterstützung des Terrorismus verdächtig, gesperrt hatten. Unausgeschlafen, wie er schien, verwechselte er offenkundig den Zeitpunkt des Inkrafttretens mit dem der Beschlussfassung. Ihm gingen ein paar Floskeln durcheinander; auch wenn manches spätere Zitat („wir werden den Sieg mit unserem Herzblut in goldenen Lettern an unsere Fahnen heften") natürlich boshaft übertrieben war.

Der Schluss, der seine Kritik an den jüngsten Pressemeldungen enthielt, missriet ihm ganz, denn da sagte er mehr verwirrend als tadelnd: „Nun, meiner Meinung nach, wenn Sie erklären, Sie werden etwas tun, um törichte Spekulationen zu vermeiden, und tun es dann nicht, das ist Vertrauenswürdigkeit ... Danke für Ihre Aufmerksamkeit, haben Sie einen schönen Tag." Das ergab keinen Sinn, doch so klingt der Passus in meinem Diktaphon. Und es weiß ja jeder, was gemeint war.

In der Kantine setzte ich mich wieder zu Ralph Sandel, dem Mann der *Los Angeles Times*. Den Hinweis, auch sein Blatt durchleuchte das Treiben der 19 Hijacker vor dem Crash, verdankte ich ihm. Und wirklich, da kam ein neuer Tip. Leute aus seiner Lokalredaktion wollten entdeckt haben, dass jene zwei Saudis, die von der CIA überwacht worden waren, ohne dass diese das FBI oder sonst eine Behörde davon unterrichtet hatte – dass diese beiden Schurken nach ihrer Einreise mit gültigen Visa in San Diego gewohnt hätten: 60 Meilen südlich von L.A., und zwar bei einem US-Bürger indischer Herkunft namens Shaikh. Der sei ein emeritierter Anglistik-Professor, lebe zurückgezogen und habe mehrere Bitten um ein Interview strikt abgelehnt. Auch für *Associated Press* sei er nicht zu sprechen gewesen. Der ehemalige Professor beschränke sich darauf, das Gerede in seiner Umgebung zurückzuweisen, wonach Mohammed Atta ihn mehrfach besucht habe. Drei Nachbarn aber wollten, unabhängig voneinander und zu verschiedener Zeit, den Topterroristen vor Shaikhs Haus erkannt haben.

„Klingt ziemlich unglaubwürdig", sagte ich. „Träfe das zu, wäre der Kerl wohl kaum noch auf freiem Fuß."

„Das ist eben der Hammer. Wir wissen inzwischen, wieso man ihn schont. Shaikh hat den besten Leumund. Er gilt als loyaler Bürger mit gutem Draht zur Ortspolizei und zum FBI."

Ich verschluckte mich beinah. Zwei Hijacker zu Gast bei einem

Vertrauensmann des Bundeskriminalamts? „Tolle Story", brachte ich heraus. „Ralph, warum geben Sie die mir?"

„In der Hoffnung auf Kooperation, wie beim letzten Mal. Exklusiv kriegt das keiner von uns durch. Das geht doch total gegen den Strich."

Ich zögerte mit der Antwort. Mir war bei der Sache nicht wohl. Es war schon die dritte Story, die zur amtlichen Deutung der Katastrophe (der Neun-elf-Legende, hätte Danny gesagt) schwerlich passte. Zwei von diesen dubiosen Geschichten war ich bereits gefolgt: dem missglückten Attentat auf Bush und der Spekulation, ein paar der Hijacker hätten bei uns ein Militärtraining absolviert. Für beides gab es Indizien, bewiesen schien nichts. Aber fehlte nicht auch der Regierung für die Täterschaft Osama Bin Ladens noch der Beleg? Die Story vom Attentat hatte man mir gekippt, da wich ich auf die zweite Geschichte aus. Die war nur gekürzt erschienen, nun juckte es mich in den Fingern, nach Ralph Sandels San-Diego-Hammer zu greifen.

Da drängte sich doch die Frage auf, ging so ein ernsthafter Reporter vor, akkreditiert im Weißen Haus? War es nicht verfehlt, der eigenen Regierung derart zu misstrauen, ihr inmitten der Krise fortlaufend – und aus wechselndem Anlass – am Zeug zu flicken, ihr Vertuschung zu unterstellen? Wo war die Grenze zwischen journalistischem Auftrag und Effekthascherei, die meiner Zeitung mehr Ärger als Auflage bringen würde?

Ich wusste es nicht. Mir war bloß klar, die Story, wenn sie denn zutraf, war eine Bombe. Zwei Hijacker im Nest eines Informanten des FBI. Das ja mit Nachdruck erklärt hatte, gänzlich ahnungslos gewesen zu sein! In letzter Konsequenz lief das auf den Vorwurf einer Duldung oder gar Komplizenschaft hinaus; eine unerhörte Anklage, die einem verdammt leicht selber auf die Füße fiel. Merkte ein so erfahrener Mann wie Sandel das eigentlich nicht? Es stieß einem Reporter doch auf, wenn er mit Dynamit hantierte.

Von Zweifeln geplagt, sah ich dem Kollegen beim Essen zu. Ralph Sandel aß hastig, er wirkte leicht linkisch und schüchtern in meiner Gesellschaft – oder tat er nur so scheu? Beim Sprechen schob er das Kinn kräftig vor, wie um eine Hemmung zu bekämpfen, die sein kalifornischer Charme nicht ganz verbarg. Er trug einen hellen Blazer und Hosen mit scharfer Bügelfalte. Daran, wie er sein Dessert verschlang, wurde klar, das Essen bedeutete ihm nichts, er lebte ganz für den Job. Ralph liebt auch die Konspiration, dachte ich plötzlich, irritiert von seinem Eifer. Der geborene Verschwörer, vielleicht mit einem Kontakt zum Geheimdienst. Reporter, die klassische Tarnung. Wieso weiß er denn soviel? Gib ihm das Gewand, und er findet den Dolch dazu ... Ja, mich streifte der hässliche Verdacht, die Sache sei getürkt, er wisse das auch und belüge mich, und warum? Weil jemand mir schaden wollte – und mich nur zu gern auflaufen ließ mit der Story und aus dem Rennen kickte. Das hatte es öfter schon gegeben in der Branche. Wer sagte mir, dass ihm zu trauen war?

Niemand. Keiner bürgte dafür. Und es nützte nichts, mich meines Argwohns zu schämen, ich musste herauskriegen, was da stimmte und was nicht. Ich notierte mir die Namen der zwei Täter, verkürzt zu Hazmi und Mihdhar, für meinen Versuch, da etwas zu verifizieren. Den Mund mit der Papierserviette betupfend, fügte Sandel hinzu, die beiden hätten offen in San Diego gelebt, unter ihren echten Namen, Hazmi stehe sogar im Telefonbuch. Sie hätten Führerscheine erworben, Flugunterricht genommen und Bankkonten eröffnet, für die unerlässlichen Kreditkarten. „Ihre Konten sind ja nun eingefroren, seit null Uhr eins“, bemerkte er. „Na, das kratzt die zwei nicht mehr, seit sie mit dem Flug American Airlines sieben-sieben ins Pentagon gestürzt sind.“

Wider Willen gebannt hörte ich ihm zu. Die beiden Saudis seien kampferprobt gewesen, gab er an. Der eine habe in Bosnien, der andere in Tschetschenien gekämpft. Begierig, es nun auch uns zu zeigen, hätten sie sich selbständig Visa beschafft und sich dann, vor etwa zweieinhalb Jahren, dem Bin Laden als Selbstmordkrieger angedient. Im Jahr darauf, bei einem Treffen der al-Qaida in Malaysia, seien sie ins Blickfeld der CIA gelangt, die das Meeting überwachte. Auch ihre Ankunft in L.A. habe die Agency vermerkt, jedoch das FBI, das State Department und damit die Einreisebehörde viel zu spät informiert, nämlich erst Ende August, also vor vier Wochen.

„Da sind die beiden längst drin gewesen, unauffindbar hier im Land. Wer will schon alle Telefonbücher lesen? Bis dahin kann man das noch abhaken als Panne oder Schlamperei", schloss er. „Der Knüller ist erst das Quartier, ihr Wirt in San Diego, mit dem Draht zum FBI."

Ich dankte ihm für seine Freundlichkeit und versprach, mich zu revanchieren. „Man kriegt nicht oft ein Stück Sprengstoff dieser Qualität geschenkt."

„Der Spaß ist, wenn mit seinem eigenen Pulver der Feuerwerker auffliegt", sagte er. „Hamlet, irgendwo im dritten Akt ... Da staunen Sie, Brenda? Ja, ich komme vom Feuilleton."

Was sollte das, warnte er mich kryptisch vor sich selber? Durch das Zitat befremdet, fuhr ich in die Redaktion, um Bushs jüngste Initiative auf zehn Zeilen einzudampfen: die Kerle in Nadelstreifen krempeln die Ärmel hoch. Quinlan schlenderte vorbei, las das und bat mich in seinen Glasverschlag.

„Jemand ist Ihnen böse", sagte er mit einer Geste, die hinaufwies zur Chefredaktion. „Aber ich hab mich hinter Sie gestellt."

„Danke, dass Sie das für mich tun."

„Ein Reporter, der nie aneckt, bringt´s zu nichts."

Da sprach er mir aus dem Herzen. Ich entdeckte an ihm so etwas wie nette Väterlichkeit. Offenbar gefiel ihm meine Feder; all das stellte die Achtung, die ich anfangs vor ihm gehegt hatte, halbwegs wieder her.

„Aber ich frage mich doch, wessen Unmut Sie wohl erregt haben bei Hofe", fuhr er fort. „Der Wink kam aus dem Stab ... Und ich hielt Sie für etabliert, seit Sie an Bord bleiben durften, als man die meisten zurückließ."

Wessen Unmut? Darauf wusste ich keine Antwort. Dafür platzte ich mit dem heraus, was Ralph Sandel mir erzählt hatte. In der Wiederholung klang es noch frappierender für mich.

Quinlan merkte auf. Er habe anderes dazu gehört, sagte er. Man sei dabei, die ganze Terrorgruppe des 11. September im Nachhinein zu analysieren. Im Blick auf die 19 Täter unterscheide das FBI zwischen den vier Piloten (Atta, Shehhi, Jarrah, Hanjour) und dem Rest, der gebraucht worden war, um die Maschinen zu kapern.

Diese Helfer wurden von den Ermittlern schlicht „Muskel-Hijakker“ genannt; im Gefüge der Gruppe rangierten sie deutlich unterhalb der vier Piloten. Jene zwei Täter aber, die in San Diego gelebt hatten, seien den Piloten anscheinend gleichgestellt gewesen. Der Ex-Tschetschenienkämpfer Hazmi habe, gemeinsam mit dem Flieger Hanjour, die einreisenden Helfer betreut, soweit sie nicht in Florida ankamen. Wer von den Helfern dort eintraf, der sei durch den Bosnienkrieger Mihdhar sowie von Atta selbst empfangen und eingewiesen worden.

Das schien mir eine wichtige Ergänzung. Dem San-Diego-Paar kam eine Schlüsselrolle zu; das machte Sandels Story noch heißer. Für den Moment war ich glücklich. Ich hatte Quinlan so für den Stoff erwärmt, dass er sich selbst damit befasst und Neuigkeiten aufgetan hatte, die Sandels unglaublichen Argwohn noch verschärften, indem sie einem möglichen Vorwissen des FBI mehr Gewicht verliehen. Welch tolle Zuspitzung des Falls! Was aber, wenn Sandels Version absichtlich irreführend, also eine Falle war, in die ich tappen sollte – warum? Etwa, weil irgendjemand im Stab oder im Pressekorps gegen mich war? Da ich mir in der kurzen Zeit dort noch keinen Feind geschaffen hatte, konnte der Grund eigentlich nur sein, dass dieser Jemand meine Beziehung zu Danny kannte und durch mich auf ihn zielte – ihn in den Skandal zu verwickeln hoffte, der aus einer Falschmeldung, von mir verschuldet, unweigerlich entstehen würde ... Doch das ließ sich mit Quinlan schlecht erörtern.

„Die Gefahr, hereingelegt zu werden, besteht durchaus“, hörte ich ihn sagen. „Wir müssen vorsichtig sein. Dass an dem, was bisher von Sandel kam, etwas dran war, muss nichts heißen. Erst anfüttern und dann das Gift, so wird´s gemacht, Brenda. Stellen Sie fest, ob er uns täuschen will oder selber gelinkt worden ist.“

„Und wie soll das gehen, bitte?“

„Nach den Regeln der Vernunft.“ Nun klang er wieder britisch arrogant. „Die zwei sind tot, da bleibt nur die Figur des Gastgebers übrig.“

Ich sah auf meinen Zettel. „Shaikh, der Ex-Professor.“

„Richtig. Allein aus dem Umstand, dass er nicht verhaftet

worden ist, zu schließen, er sei ein Vertrauensmann des FBI – na, das strapaziert die kriminalistische Logik. Bringen Sie mir da bitte etwas Solides, anders ziehe ich nicht mit. Dafür steht zuviel auf dem Spiel."

Er hatte ja recht. Ich musste nach Kalifornien fliegen; das war ihm der Fall schon wert. Aber wie dort einem Mann, der Gespräche verweigerte, das Geständnis eines FBI-Kontakts abluchsen? Hoffnungslos. Mein Schwung erlahmte. Hätte das FBI ihn, gäbe es da etwas zu verbergen, übrigens nicht wenigstens zum Schein festnehmen oder doch vor uns verstecken müssen?

Ich verließ die Redaktion in dem Gefühl, die Luft sei aus der Sache raus. In der Tiefgarage stand mein kleiner Wagen, ich zog ihn ans Licht und fuhr durch die O-Street westwärts über den Rock Creek in die noble Vorstadt. Danny hatte mir einen Hausschlüssel und den Code gegeben, der die Alarmanlage stilllegte. Vielleicht ließ sich von ihm mehr erfahren, wenn er heimkam.

Erst fünf; es würde bei ihm später werden. Man sprach schon vom 14-Stunden-Tag im Stab. Ich parkte zwei Blocks weg, um unauffällig zu sein. Das Haus war ein kostspieliger Scherz. Es wandte der Straße eine karge Fassade zu, mit zwei kreisrunden Fenstern über dem Eingang, die denken ließen, der cremefarbene Klotz sehe einen an. Tatsächlich wurde man von elektronischen Kameras fixiert; an jeder Ecke entboten sie dem Ankömmling ihren kühlen Gruß. Auch von innen war es eine hypermoderne, vollautomatisierte Wohnmaschine, geometrisch gestylt. Äußerlich abweisend, wirkte es jenseits der Haustür, schwer vergittert, märchenhaft reich und bequem. Ich schätzte die Villa auf eine Million – ohne das Grundstück; die Bodenpreise im Georgetown sind horrend. Mochte sie auch dem bizarren Traum eines Architekten entstiegen sein, mich lockte sie so wie der Palast eines Zauberers.

Allein schon das Schwimmbad im Souterrain. Eher klein, doch versehen mit Panoramawänden, die ein Südsee-Air schufen, der Gegenstromanlage und der Scheibe aus Panzerglas, die sich einfahren ließ. Dann schwamm man hinaus in den Garten, wo der Pool in eine Schleife mündete, grün gefliest, die einen zwischen Ligusterhecken in sanftem Schwung zurücktrug ins Haus.

Jetzt ein Bad nehmen? Mir war danach, doch ich ließ es sein, um nicht von Danny überrascht zu werden. Es sah eine Spur zu besitzergreifend aus. Stattdessen stöberte ich in seiner enormen Bibliothek. Respekt, Respekt. Mehr Sachbücher als Belletristik; Werke zur Zeitgeschichte, zu Rechtsfragen und den Grundlagen der Massenpsychologie. Dabei eine Schrift von ihm selbst; wie einst seine Firma hieß sie *Magic Consult* und beschrieb moderne Werbestrategien. Das hatte ich schon letzte Woche im Archiv der *Post* entdeckt. Ich widerstand der Versuchung, hineinzuschauen.

Im Hintergrund meiner Gedankenwelt flackerte ein Signal: Shaikh, der mysteriöse Mann in San Diego. Um dessen Spur zu folgen, betrat ich Dannys Studio und griff nach der Fernbedienung, die ihm seine Wünsche erfüllt, vom Schließen der Jalousien bis zum Dimmen des Lichts oder dem Aufblenden von Musik. Obgleich so was die Spottlust weckt, fühlte ich mich inmitten der Technik wohl, weil es sein Haus war – in 30 Jahren hart erarbeitet von ihm. Ja, mir wurde, so allein, wirklich klar, was es ihm bedeuten musste, hier in Georgetown angelangt zu sein.

Ich hatte eine behütete Kindheit, eine sorglose Jugend gehabt. Er kam vom unteren Rand der Gesellschaft, ein Aufsteiger, der sich kraftvoll durchgesetzt und hochgeschuftet hat. Dort oben am Gipfel war die Luft dünn, man wollte ihn wegdrängen und kam doch nicht an ihm vorbei – wegen seiner stupenden Fähigkeiten. Welch ein starker und vielseitiger Mann! Manchmal sicherlich kühl, unnahbar und schwierig. So hatte ich ihn zwar noch nicht erlebt, doch es lag wohl in seinem Charakter. Dafür geduldig, erfinderisch und zartfühlend im Bett. Und er hörte einem zu, war anregend und klug, wo gab es noch so einen Partner?

Ich setzte mich an den Computer und zog den Zettel hervor. Was mich jetzt umtrieb – jener Professor –, das passte auf ein winziges Stück Papier. Durch falschen Tastendruck sprang statt des Rechners der CD-Player an. Ich fuhr zusammen und glaubte wieder in New York zu sein, denn wie vor acht Tagen dort im *Plaza* ertönte Swing, kultiviert und elegant: „Let´s Face the Music & Dance“. Das sang Frank Sinatra, umbraust von den Bläsern der Big Band, locker und sachlich – halt *cool*; ein befremdliches

Wort hier, leicht verdächtig. Denn wer singt, der öffnet doch sein Herz, dieser Gesang aber war kühl, distanziert, neutral. Es lag Fatalismus im Schmelz der Stimme. Das war auch ihre Faszination: gedimmtes Gefühl, der Reiz des Männlichen – Machismo pur, matt überhaucht von Schwermut. In der Welt des Schlagers eine Art Renaissance. Das Toben der Big Band als Spiel der Gewalten, das uns umgibt, des Schicksals, dem wir ausgeliefert sind, seit jeher, bis in alle Ewigkeit.

Einst neuer Geist im Musikbetrieb, jenseits romantischer Träume und Tränen. Die frostigen 60er Jahre bis zum Aufbruch am Schluss; und weil Eiszeiten immer wiederkehren, bleibt es ein Evergreen. Dannys Lieblingslied, was erzählt es mir? Ganz geschäftsmäßig wird da gesagt, wie man heute überlebt: gut angepasst. Vorn spielt die Musik, so ist´s nun mal, daran änderst du nichts! Also bleib im Takt, tanze mit und spute dich, wenn du vorankommen und jemals was werden willst ... So die klare Botschaft. Das sang dieser Mann flott und präzis, das suggerierte solch eine Stimme besser als jedes Instrument, mag es noch so perfekt gespielt sein. Nimm es wie´s kommt, die Chance, das Risiko, das Abenteuer – greif zu, pack es an, du lebst ja nur einmal. Sei ein Chamäleon, verschmilz mit dem Ort und der Zeit, nimm stets die Farbe dessen an, was dich umgibt!

Das schien auch Dannys Devise, sein tolles Rezept zu sein. Dieser Sänger kam gleich ihm von unten, er stammte aus Hoboken, dem schäbigen Hafenort am Hudson, gegenüber den funkelnden Türmen Manhattans; er war vom selben Holz. Ein Schnörkel fiel mir dazu ein. Um 1976, so stand es in meinen Unterlagen, war Sinatra so keck gewesen, sich Bush senior, dem CIA-Direktor damals, als Geheimagent zu empfehlen. Da hatte es der Schauspieler, mit gut 60 Jahren, längst zu Starruhm und vielen Millionen nebst eigenem Großflugzeug gebracht. Was also war sein Motiv? Ich sah nur eins: Er wollte ein echter Amerikaner sein, hundertprozentig loyal. Und den Ruch seiner Herkunft loswerden, die klebrigen Fäden zur Mafia, zu Gangstern wie Sam Giancana, die ihm den Weg nach Hollywood geebnet hatten. Erst hatte er Kennedys Freundschaft gesucht und dem ein Gangsterliebchen zugeführt. Und dann, 15 Jahre später, bot er dem CIA-Chef an, auf seinen weiten Auslandsreisen – sie führten ihn vom englischen Königshaus bis zum Schah von Persien – als Informant zu wirken, glatt wie ein Aal, erpicht auf Abwechslung, vor allem jedoch scharf darauf, ein Streiter für das Establishment und wahrer Patriot zu sein ... Ein Konformist der Spitzenklasse! Sein munterer Song ging zu Ende, ich knipste aus.

Jetzt wählte ich mich ins Internet, gab den Suchnamen Shaikh ein. Und während das G erät warm lief, war mir, als sehe ich Sinatra in einem seiner Filme, dem Reißer „The Manchurian Candidate" von 1962, der von Gehirnwäsche und Mordprogrammierung handelt. Nach John F. Kennedys Tod hatte der Star aus moralischen Gründen, wie es hieß, die Aufführung 25 Jahre lang blockiert. Das hübsche Gesicht erstarrt, Angstschweiß auf der Stirn. Nur sein wacher Blick und die Lachfältchen um die Augen verrieten, dass er sich an allem, was ihn umgab, zu erfreuen wusste. Darauf verstand Danny sich auch.

Über den Bildschirm glitten Pressetexte. Wie schon in Florida waren die örtlichen Zeitungen auch in Kalifornien dichter am Ball als die große Konkurrenz. Die *Union-Tribune*, ein Lokalblatt San Diegos, beschrieb diesen Shaikh als „prominenten Moslemführer und früheren Englisch-Professor der San Diego State University". Shaikh lade öfter Studenten zu sich ein, beherberge sie in den fünf Schlafzimmern seines Hauses und bringe ihnen „andere Kulturen und Sprachen" nahe.

Die nächste Ausgabe des Blattes widerrief das in einem Punkt: Abdussattar Shaikh, wie er nun mit vollständigem Namen hieß, habe nicht an der Staatsuniversität gelehrt, sondern an der American Commonwealth University in San Diego. Die Redaktion bedauere den Irrtum ... Einen Klick weiter erwähnte ihn *Newsweek* als „erprobten Undercover-Mann" und mutmaßlichen Informanten des FBI. Also doch!

Vom Jagdfieber gepackt, hatte ich Dannys Kommen überhört. Nun stand er hinter mir und küsste mich in den Nacken. „Ich bin ausgerückt", sagte er jungenhaft. „Die schaffen Afghanistan auch ohne mich. Und du – noch voll im Stress?"

Ich drehte mich halb zu ihm um. „Hast du je von einer American Commonwealth University in San Diego gehört?“

„Frag mich was Leichteres! Du, es gibt bei uns zweitausend Hochschulen im Land, höchstens hundertfünfzig verdienen den Namen Universität. Was ist denn damit?“

„Sie existiert nicht mehr. Ursprünglich hieß sie mal William Lyon University, nach einem pensionierten General der Air Force. Der hatte den Vorsitz im Wahlkampf der kalifornischen Republikaner.“ Ich tippte auf die Zeilen. „Dem könntest du ja mal begegnet sein.“

Danny antwortete nicht. Der Bildschirm verriet mir inzwischen, dass unter derselben Anschrift noch mehr Bildungsstätten firmierten; sie nannten sich Golden Gate University oder Huron International University – alle im selben Haus? Es sah nach Briefkasten-Adresse aus.

„Was tust du da eigentlich?“, fragte er.

Diesmal war ich es, die schwieg – vor mir wurde es spannend. Shaikhs nunmehr verschwundene Lehranstalt, las ich, habe ein Dr. Crews betrieben, der außerdem Chef der Psychiatrie im Militärkrankenhaus sowie Leitender Arzt in Fort Bragg, bei den Special Forces, gewesen sei. All das erinnerte mich an die Vielfalt und das Windige der Flugschulen in Florida. Offenbar hatten die Behörden, die das Bildungswesen Kaliforniens überwachten, keinen Durchblick mehr. Der Gouverneur, so stand da, habe eine Kommission beauftragt, Klarheit zu schaffen und den akademischen Wildwuchs zu lichten; und zum Vorsitzenden dieses Gremiums habe er Dr. Crews ernannt. Den Psychiater von Fort Bragg! Schmeckte das nicht nach „The Manchurian Candidate“?

„Danny, sieh dir das an! Diese Institute eröffnen und schließen, sie wechseln die Namen wie ein Schuldner auf der Flucht.“

„Mach Schluß, Liebling“, sagte er auf eine Art, bei der es mich immer überlief. „Ich hab mich so auf dich gefreut.“

„Gab´s viel Ärger bei dir?“ Ich klang schon wie eine Ehefrau.

„Na, es reicht. Fleischer ist fertig, Hughes sieht aus wie ihre eigene Migräne ...“ Er massierte sanft meine Schultern. „Alles wegen der paar Pressestimmen. Deine war wohl auch dabei. Komm, wir machen´s uns gemütlich.“

Ich hörte kaum hin, sah auf den Bildschirm in dem vagen Gefühl, irgendein stummer Vorbehalt bremse ihn in seinem Verlangen nach Zärtlichkeit, das aber schließlich stets überwog. Seine Strategie der Konfliktvermeidung war einfach virtuos. „Bloß noch zwei Minuten“, bat ich.

„Wer hat dich denn auf diese Spur gesetzt?“ Er wirkte plötzlich alarmiert – so, als werde ihm klar, wohin die Recherche zielte. „Jemand aus dem Stab?“

„Ein Reporter von der Westküste.“

„Du, das ist kreuzgefährlich!“

„Danny, ich mache bloß meinen Job.“

„Nein, man nutzt dich aus. Deine Sammelwut. Diese Schatzsucherei! Eine Spur nach der anderen, ja? Das ringelt sich bei dir wie Spaghetti Bolognese.“

Ich fand, dass er maßlos übertrieb, und sagte ihm, auch *Newsweek* sei an der Sache dran, konnte aber sein Gesicht nicht sehen, weil ein neuer Text mich gefangen nahm. – „Na so was“, entfuhr es mir. „Sieh dir das an, diese drolligen Privathochschulen verleihen sogar Doktortitel! Sehr hilfreich für einen Geheimdienst, der Reputation braucht für seine Jungs.“

„Stopp, jetzt ist´s genug.“ Danny knipste den Bildschirm aus, als hätte meine Suche den befleckt. „Pass auf, was du tust. Du verlierst die Kontrolle, Brenda. Ich bin sicher, jemand legt dich herein.“

Ich schwieg, verblüfft von seinem Ausbruch. So kannte ich ihn noch nicht. Langsam stand ich auf; dies war unser erster Streit, und es würde kaum der letzte sein. „Das sind doch Verschwörungstheorien“, sagte er.

„Da spricht aus dir der Konspirologe“, schnappte ich zurück, obgleich ich spürte, es war ihm ernst mit seiner Sorge um uns zwei – für seine Gegner waren wir beide ein einziges Ziel. „Erklär du mir doch bitte mal, was da in San Diego eigentlich passiert ist!“

„Für einen Neuling hier machst du den Mund recht weit auf“, stellte er fest. „All das sind wüste Spekulationen, ätzendes Zeug, das uns nervt und behindert. Wir machen nämlich mobil – ja, Brenda, jetzt zieht dein Land in den Krieg! Der Präsident hält Kurs, knallhart nach außen wie nach innen, null Toleranz für Verschwörer! Er fährt Schlitten mit jedem, der ihm dabei in die Quere kommt ... Macht klar Schiff, verstehst du?“

„Und ob, Danny. Die Sprache der Macher, der Macht. Das Imperium schlägt zurück, nicht wahr? Jeder Einspruch wird von Pathos zugedeckt. Wer aufmuckt, der ist kein Patriot. Ihr entmündigt die Presse, degradiert uns zum Vollzugsorgan.“

„Ihr habt´s doch nicht anders verdient“, rief er. „Was könnt ihr denn schon, was seid ihr, was ist dein Pressekorps wohl ohne uns? Wir liefern euch Stoff, ihr schreibt, und wir handeln. Und während ihr weiterschreibt, sind wir euch schon wieder drei Schritte voraus ... Also komm zur Vernunft und lass es gut sein.“

„Das sagst ausgerechnet du, der wie kein zweiter auf öffentliche Zustimmung schielt, die Befindlichkeit des Publikums ...“

„Das Publikum? Wir handeln nach Meinungsumfragen, ist es das, was du glaubst? Umgekehrt wird ein Schuh daraus! Und eben deshalb sind die Leute, ist das ganze Land geschlossen hinter uns.“

„Und damit das auch so bleibt, ist es besser, wenn ich gehe.“ Ich legte den Hausschlüssel vor ihn hin und wandte mich zur Tür.

Danny hielt mich fest, er dämpfte sofort den Ton, und ich merkte, er hatte so gar nicht mit mir reden wollen. Er stand unter Druck, deshalb war ihm das entschlüpft. Unsere Bindung reicht tiefer, sagte mir sein Blick, solch einen Krach, den hält die doch aus! War es so? Nun, vielleicht ... Ich sah ihn den Schlüssel zurückstopfen in meine Tasche. Ja, es würde sicherlich mit uns beiden weitergehen. So dachte ich, während ein diffuser Schmerz in der Brust mich dennoch ahnen ließ, was da gerade geschah. Das Letzte, was man verliert, ist immer die Hoffnung. Ich wusste nicht, ob oder wie es enden würde; ich spürte nur, da tat sich ein Riss auf, der uns trennen würde, wenn wir´s nicht schafften, ihn zu schließen.

EPILOG

LINDA JACKSON:

Am Dienstag, den 9. Oktober, erhielt ich die schlimme Nachricht, mein Mann werde vermisst. Sein Hubschrauber sei von einem Kontrollflug über die Berge im Norden Afghanistans nicht zurückgekehrt. Man suche intensiv nach ihm und den zwei übrigen Besatzungsmitgliedern des *Black Hawk*. Es war drei Wochen nach den Terroranschlägen, acht Tage nach seinem Abflug von Langley und drei Tage nach dem Beginn der Bombardierungen ... Damit fing die marternde Ungewissheit an, die Angst vor der vernichtenden Nachricht. Ich rief sofort unsere Kinder an, die mich beruhigend auf die Rettungstrupps verwiesen, die seit Beginn des Luftkriegs tätig seien. Frank Norris aber sagte mir, dass sich außer „Jawbreaker" noch kein US-Team vor Ort befinde. Doch er fügte hinzu, den *Predator*-Drohnen – jenen unbemannten Fernseh-Aufklärern, die von Usbekistan aufstiegen – werde da nichts entgehen.

Es folgten quälende Tage der Ungewissheit für mich, während die dürftige Luftabwehr der Taliban zerschlagen wurde. Sogar unsere B-2 Tarnkappenbomber namens *Stealth* (Heimlichkeit) beteiligten sich daran; sie starteten von der Whiteman Air Force Base in Missouri und waren 16 Stunden in der Luft, bevor sie ihr Ziel erreichten. Sie alle kehrten unversehrt heim, ebenso die vielen Kampfflugzeuge von unseren Flugzeugträgern, die außerdem fürs Erste 50 *Tomahawk*-Marschflugkörper abgefeuert hatten. Obwohl es, wie mir Frank verriet, nur 30 Ziele auf der Liste gab, so dass da oft genug „auf Sand eingeprügelt" werde. Unsere Luftmacht habe sich am dritten Tag in einen hilflosen Riesen verwandelt, der dort „am Himmel herumhing" und auf Chancen warte. Immerhin, die Bergfestung Tora Bora sei mit 32 Spezialbomben von je 2.000 Pfund belegt worden, imstande, Höhlen zu knacken.

Im Fernsehen warf der Präsident den Taliban vor, sie hätten seine Forderung missachtet, die Terroristen hinauszujagen und der Gerechtigkeit zuzuführen. Dem afghanischen Volk sagte er Nahrungsmittel und Medikamente zu, durch Abwurf am Fallschirm; dem eigenen versprach er, dass dies kein Vietnam werden würde. Dazu verlas er einen Brief, den ihm eine zehnjährige Schülerin geschrieben habe, gipfelnd in dem Satz: „So sehr ich es auch hasse, dass mein Dad in den Krieg zieht, ich bin trotzdem bereit, ihn Ihnen zu geben.“ Dabei schwankte seine Stimme, berührt von soviel Vertrauen in seine Schritte, das ich nicht teilen konnte. Meine Skepsis ging bereits so weit, dass es mir als denkbar erschien, der Brief könne auf dem Schreibtisch eines seiner Mediengurus entstanden sein. Übrigens war vom Stab keine Bestätigung dafür zu erlangen, dass der Florida-Bericht meines Mannes ihn erreicht hatte.

Täglich bangend und hoffend, ging ich in meiner kärglichen Freizeit Eds Notizen durch, von ihm im Laptop gespeichert, und druckte sie mir aus. Dann wandte ich mich den wenigen Büchern zu, die ihm etwas bedeuteten, als könne sich mir daraus sein Schicksal erschließen. Er war ja mit Leib und Seele Soldat, und so befand sich dabei auch ein Werk, das ihm Ronald Reagan – der wohl außer der Bibel selber kaum Tiefgründiges las – zum Abschied geschenkt hatte: Das Buch „Vom Kriege“ des preußischen Generals Carl von Clausewitz. Obgleich schon vor 170 Jahren verfasst, findet das Hauptwerk dieses Militärschriftstellers in unseren höheren Offizierskorps noch immer Beachtung.

Jetzt, während ich dies notiere, liegt das dicke Buch vor mir. Ich blättere über Reagans muntere Widmung weg und finde gleich im ersten Kapitel – „Was ist der Krieg?“ – zwei markierte Passagen. „Die Gewalt“, heißt es da zunächst, „rüstet sich mit den Erfindungen der Künste und Wissenschaften aus, um der Gewalt zu begegnen. Unmerkliche, kaum nennenswerte Beschränkungen, die sie sich selbst setzt unter dem Namen völkerrechtlicher Sitte, begleiten sie, ohne ihre Kraft wesentlich zu schwächen ...“

Der zweite Passus lautet: „Nun könnten menschenfreundliche Seelen sich leicht denken, es gebe ein künstliches Entwaffnen oder Niederwerfen des Gegners, ohne viel Wunden zu verursachen, und das sei die wahre Tendenz der Kriegskunst. Wie gut sich das auch ausnimmt, so muss man doch diesen Irrtum zerstören; denn in so gefährlichen Dingen, wie der Krieg eins ist, sind die Irrtümer, welche aus Gutmütigkeit entstehen, gerade die schlimmsten. Da der Gebrauch der physischen Gewalt in ihrem ganzen Umfange die

Mitwirkung der Intelligenz auf keine Weise ausschließt, so muss der, welcher sich dieser Gewalt rücksichtslos, ohne Schonung des Blutes bedient, ein Übergewicht bekommen, wenn der Gegner es nicht tut. Dadurch gibt er dem andern das Gesetz, und so steigern sich beide bis zum Äußersten ... So muss man die Sache ansehen, und es ist ein unnützes, selbst verkehrtes Bestreben, aus Widerwillen gegen das rohe Element der Natur dasselbe außer Acht zu lassen."

So muss man die Sache ansehen! Hatte Ed dies markiert, weil es neu für ihn war, oder doch ganz selbstverständlich, bloß gut gesagt? Ich kann ihn jetzt nicht fragen, er ist ja so weit weg. In Kenntnis seines Wesens glaube ich, dies hat ihn beschäftigt; es ging im letztlich gegen den Strich – rein gefühlsmäßig, denn ein großer Denker war er nie.

Am Samstag, den 20. Oktober, nach zwei Wochen Luftkrieg, traf Eds Vorgesetzter zur Berichterstattung in Washington ein. Tags zuvor hatte seine Crew die ersten US Special Forces, das zwölfköpfige Team 555, auf der Shamali-Ebene landen lassen. Nun schien der Rat des Commanders gefragt: Würde die Nordallianz, von ihm geeint und instruiert, unter seiner Regie von sich aus die Taliban attackieren, wenn das Bombardement so massiv weiterlief, oder müssten zwei bis drei unserer Elitedivisionen in den Kampf eingreifen?

Nachdem der Commander Townsend das letztere, offenbar zur Erleichterung des Kriegskabinetts, verneint hatte, war er so beherzt, mich gleich nebenan im TNT-Büro aufzusuchen und mir keine Hoffnung mehr zu machen. Ohne peinliche Einleitung teilte er mir mit, das ausgeglühte Wrack des Helikopters sei nahe den feindlichen Linien in einer Schlucht entdeckt worden. Die sterblichen Überreste der drei Insassen befänden sich auf dem Weg in die Heimat, wo eine Identifizierung überhaupt erst versucht werden könne.

Das, was von Ed im Quartier zurückgeblieben war, hatte er mir mitgebracht; darunter Notizen von unserem letzten Törn, den Stunden in Langley und seinen Abschiedssatz: „Begrabt mich in Arlington, Linda, falls ich es nicht schaffe." Irgendwie gelang es mir, Fassung zu zeigen und dem Commander für seine Aufrichtigkeit zu danken. Ich saß da wie betäubt und wusste, das würde mich mit voller Wucht daheim erst treffen. Hier half mir das Dienstmilieu, den Horror auszuhalten.

„Er war der beste Stellvertreter, den ich jemals hatte", bemerkte Townsend wie beiläufig, in eigentümlichem Tonfall, der aber das, was in solchen Fällen oft gesagt wird, glaubhaft machte. „Was soll ich noch sagen? Ich werden Ihnen, der Frau eines solchen Kameraden, nichts vorenthalten ... Wir alle brauchen unsere Erinnerungen, auch wenn sie kaum zu ertragen sind."

„Wie hat mein Mann sich gefühlt an Ihrer Seite?"

„Also unumwunden – er ist anfangs keineswegs guter Dinge gewesen. Sein Auftrag war es doch, die Verteilung der Gelder zu regeln, die wir mitgekriegt hatten."

„Von welchen Geldern reden Sie jetzt?"

„Nun, wir nannten es Entwicklungshilfe. Ed hatte da die Aufsicht ... Als ihm dann aufging, dass seine Liste keine Rolle spielte, dass es nämlich ging wie immer, das heißt von Fall zu Fall je nach der Situation, da trieb er ein, zwei Tage lang wie ein Schiff ohne Anker durch ein Meer trüber Ahnungen. Er wusste überhaupt nicht mehr, was Sache war."

„Was denn für Ahnungen?"

„Nun, er fühlte sich verschaukelt, erst von mir, dann von den anderen. Weggelobt und befördert, gleich um den halben Globus herum; unter einem Vorwand, der zunächst ganz plausibel klang für ihn."

„Und, haben Sie das auch so gesehen?"

„Gut, es kann sein. Nach der Vorgeschichte, diesem Überfall in Florida, hielt ich´s nicht für ausgeschlossen. Obwohl die Bürokratie ja seltsame Blüten treibt. Wissen Sie, ich habe viel erlebt, in der Armee ebenso wie außerhalb ... Aber ich versichere Ihnen, Frau Jackson, all das hat ihn bald schon gar nicht mehr belastet. Ein Mann wie Ed, der kämpft immer da, wo man ihn hinstellt, und gibt sein Bestes. Das Geld war rasch verteilt, es ging um Zielerkundung für die Air Force, das hat ihn herausgefordert bis zum Schluss."

„Wie ist es passiert?"

„Durch eine *Stinger*, glauben wir. Eine vom letzten Dutzend, das die noch haben. Anscheinend haben die Bordmittel nichts genützt, der Hubschrauber konnte dort im Hochgebirge einfach nicht genug Abstand zum Boden halten ...“ Er verlor sich in taktische Details, das ging an mir vorbei. „Die statische Frontlage ähnelt derzeit dem Grabenkampf im Ersten Weltkrieg“, hörte ich ihn wie von weither sagen. „Doch dies kommt sicher bald in Fluss.“

Er stand auf, weil er merkte, ich hörte ihm kaum noch zu. „Ed ist der Erste, den wir dort verloren haben“, sagte er zuletzt. „Ich nehme an, man wird Ihnen zu solch einem Vermerk in Arlington raten ... Sie wissen ja, ansonsten sind die Marmorsteine alle gleich, ob Soldat oder General – Demokratie im Tod heißt das Prinzip. Nur bitte, lassen Sie möglichst nichts von *Unendliche Gerechtigkeit* einmeißeln, auch wenn man´s Ihnen vorschlägt, weil die Operation nun mal hier so heißt. Das wäre kaum in seinem Sinne.“

„Gewiss nicht, Commander“. Ich gab ihm die Hand. „Das wäre für ihn der blanke Hohn.“

Dies war schon alles, was ich mir in den folgenden Beileidsbekundungen – schön zu hörenden Worten des Ergriffenseins – an Bitterkeit erlaubte. Was Freunde und Kollegen da vorbrachten, wird „bewegend“ oder „erschütternd“ genannt. Ich selber hatte kein Wort dafür. Das Schlimmste im Leben ist der gewaltsame Tod eines geliebten Menschen, der in einem fernen Land sinnlos zugrunde geht.

Frank Norris beurlaubte mich gleich, und ich fuhr am Lincoln Memorial vorbei über den Potomac zum Nationalfriedhof. Vom Grabmal des Unbekannten Soldaten aus fällt er wie ein Amphitheater sanft ab zum Fluss; darüber schweben im blassen Dunst das Capitol, der Obelisk und das Weiße Haus, die Wahrzeichen des Vaterlands.

Ich starrte wie in Trance hinab auf das enorme Gräberfeld. Von 1864 an, so glaubte ich mich zu erinnern, hatte die Unionsarmee ihre Gefallenen hier beigesetzt, Hunderttausende inzwischen, auch John F. Kennedy war dabei. Damals, im blutigen Bürgerkrieg, frisch erobertes Territorium; dieses Landstück in Virginia hatte Robert Lee gehört, dem Oberbefehlshaber der Südstaaten-Armee. Nunmehr flankiert von Kasernen, dem Fort Myer und einer flott geschwungenen Schnellstraße, hinter deren Brausen sich das gewaltige Pentagon erhebt, dessen 62 Opfer des 11. September man zuletzt hier beigesetzt hatte.

Ed ist tot, murmelte es beharrlich in mir, als könne die ständige Wiederholung mich dazu bringen, dies als unabänderliche Tatsache zu begreifen und hinzunehmen. Benommen stand ich auf, ging zum Parkplatz zurück, wie einer der zahlreichen Besucher, die Jahr für Jahr herkommen. „Tempel des amerikanischen Patriotismus" heißt das ganze Areal, und es hat fast die gleiche düstere Anziehungskraft für sie wie für all die Hinterbliebenen. Von denen zeugten neben Blumenschmuck vor manchem der schneeweiße Steine auch in Folie geschweißte Abschiedspost mitten im Gräberfeld, oder ein staubverklebter Teddybär, auch ein paar Messinghülsen, die man nach den Salutschüssen vergessen hatte dort irgendwo im Gras. Hier würde ich nie ganz allein sein mit meinem Schmerz – doch was war das für ein Trost ... Mit Gottes Hilfe mein Schicksal annehmen? Gott hilft mir nicht. War das Gottes Plan für Eds Leben? Den Präsidenten wollte er schützen und aus der Welt einen sichereren Platz machen. Ist sie sicherer geworden? Die 400 Anschläge pro Woche im heutigen Irak sprechen doch dagegen.

Im Spätherbst wichen die Taliban geschlagen zurück, ohne dass es uns gelang, die al-Qaida-Spitze im schwierigen Grenzgebiet nach Pakistan zu fassen. Osama Bin Laden ist bis zur Stunde auf freiem Fuß. Dazu stellte Frank Norris zornig fest, in ganz Afghanistan habe eine weit geringere Zahl unserer Soldaten nach Terroristen gefahndet, als es Polizisten allein für Manhattan gibt: zu keiner Zeit auch nur annähernd der Mannschaftsbestand einer Division. Bloß fünf Prozent der Kräfte, die wir zum Krieg gegen den Terror in den Nahen und Mittleren Osten entsandt hätten, befänden sich in Afghanistan – so gab er zu Protokoll. Denn das eigentliche Ziel unserer Regierung sei stets der Irak gewesen, was hinsichtlich des 11. September jeder Logik entbehre. Und erbittert fügte er hinzu, kein anderer Schritt hätte al-Qaida mehr Zulauf sichern können, als der nichtprovozierte Einfall in ein ölreiches arabisches Land. Dieser Angriff war für ihn so widersinnig, wie es eine Besetzung Mexikos als Antwort auf Japans Schlag gegen Pearl Harbor gewesen wäre. Dieser Auffassung schloss ich mich an, und so schieden wir gemeinsam aus dem Staatsdienst aus, als der Irak-Feldzug unausweichlich wurde für unsere Führung – verschleiert, doch kaum verzögert durch diplomatische Manöver und das haltlose Geschwätz vom Aufbau einer „Drohkulisse" gegenüber der Gefahr jener Massenvernichtungsmittel, von denen dann keine Spur zu finden war.

Um diese Zeit suchte mich eine Reporterin der *Washington Post* namens Brenda Delano auf, die sich schon früher um diesen Kontakt bemüht hatte. Ihre Besuche, anfangs störend, wurden bald wohltuend für mich. Sie erzählte mir von den Problemen im Pressekorps wie auch in ihrer Redaktion, allmählich freundeten wir uns an, und schließlich überließ ich ihr Kopien von Notizen aus Eds Nachlass – als ergänzende Quelle für ein Buch, das sie über die Septemberwochen des Jahres 2001 schrieb. Sie nannte es „Die Legende", denn es schwebte ihr vor, die amtliche Deutung des sehr komplexen Ablaufs in einigen Punkten zu hinterfragen. Zuletzt gab ich ihr auch Eds Schlussbericht; niemand im Stab erinnerte sich dessen noch, weshalb er nicht als geheim eingestuft worden ist.

Ich half Brenda, die elf oder zwölf Jahre jünger ist als ich, beim Versachlichen ihres Bildes. Es schien mir eingetrübt durch ihre gescheiterte Beziehung zu einem Mitglied des Stabs, von dem sie innerlich kaum loskam. Da es mir ähnlich ging mit Ed, trug der beiderseitige Verlust sehr zu der Nähe bei, die zwischen uns entstand.

„Lass uns die soziale Komponente des Terrorismus nicht vergessen", sagte sie mir eines Tages. „Seine Wurzeln liegen eben auch in der Misere, im nackten Elend junger Araber! Da verzweifelt mancher an seinem Leben und wirft es weg." Darin stimmte ich ihr zu, mahnte sie aber zu einem ausgewogenen Urteil und riet ihr immer, der Regierung keine Absichten, die unbeweisbar seien, zu unterstellen. Denn man könne wohl Tatsachen, doch niemals Absichten verifizieren ... Mit dem Herannahen des Irak-Kriegs jedoch wurde ihre Haltung radikaler, sie spielte einen journalistischen Trumpf an falscher Stelle aus, verlor ihren Job bei der *Post* und ging nach New York zurück, wo ihre kranke Mutter lebt, so dass wir uns leider vom Winter 2004 an aus den Augen verloren. Ich habe sie öfter angerufen, sie rief selten zurück, und ihr Buch, das ich auszugsweise kenne und von dem sie viel erhoffte, erschien bis heute nicht.

Monate später musste ich mich einer Operation unterziehen – zu banal eigentlich, um davon zu reden. Doch dann geschah etwas sonderbar Schönes: kurz vorm Erwachen aus der Narkose sah ich mich neben Ed im Cockpit der „Patria“, und ein paar unserer alten Freunde segelten mit uns! In mir entstand ein Glücksgefühl, lange entbehrt, das mich geradezu überwältigte. Wie im Sonnenglanz verglüht, riss es beim Erwachen ab, und nun führte ich mich unmöglich auf, denn ich wollte es wiedererlangen, um jeden Preis. Also verlangte ich von den Ärzten, mich zurückzuversetzen in jenen köstlichen Rausch, und zerrte an meinem Verband, damit sie parierten.

Natürlich, man hielt mich fest, stellte mich ruhig ... Und beim erneuten Aufwachen erblickte ich an meinem Bett eine Erscheinung von überirdischer Ruhe und Güte. Nein, sagte sie auf meine gestammelte Frage, sie sei kein Engel und nicht der Himmel habe sie geschickt, sondern der Chefarzt; sie sei hier die Psychologin. „Das ist ein chemischer Rausch gewesen“, erklärte sie mir freundlich. „Der lässt sich notfalls sogar kaufen, doch dann wird er bald zum elenden Alptraum, zum Zwang. Besser, Sie lassen endlich los, Frau Jackson, nach all den Jahren, und nehmen ihr Leben wieder selbst in die Hand.“

Ich bin dabei, es zu versuchen – und rufe nachher bei Brenda an, um zu erfahren, ob sie es denn geschafft hat inzwischen. Und ob ich ihr nicht helfen kann, das Buch herauszubringen, in dem ja auch ein Teil meines eigenen Lebens aufbewahrt worden ist.

BRENDA DELANO:

Meine Heimkehr nach New York war ein Rückzug, eine Flucht. Ich wollte mich um meine Mutter kümmern und bei ihr die Biografie über Bush junior schreiben. Auch dank dessen, was Danny dazu geäußert hatte, war meine Faktensammlung schon komplett. Es schien ja ein fesselnder Stoff. Das Geheimnis der zweifachen Wandlung dieser Persönlichkeit beschäftigte mich lebhaft: der Umbau seines Charakters, die Verrätselung. Es galt, die aufgetragenen Schichten zu lösen, um zum Kern zu gelangen – den es ja wohl geben musste.

„Ich bin gespannt, wie lange sich Danny noch neben ihm hält", sagte ich zu Linda, als die mich eines Tages anrief. „Wer sich wie Dabjah in der Hauptrolle dieser göttlichen Seifenoper sieht, der hat doch kaum Skrupel, die Nebendarsteller gelegentlich auszuwechseln."

„Den behält er, der verkauft ihn viel zu gut. Das ist ja der Mensch, der ihn eigentlich gemacht hat, ihn als Mann von Format ins Fernsehen bringt."

„Aber das ist geschafft, der Typ ist ein Selbstläufer. Wo früher noch Inspiration nötig war, reicht heute Machterhalt durch Selbstdarstellung. Wenn seine Finger in der Jackentasche wühlen, hab ich immer gedacht, er sucht nach etwas – vielleicht den Zettel mit einer Idee darauf, einem Konzept, so einer Vision wie damals Kennedys ‚neue Grenzen' oder Johnsons ‚große Gesellschaft' ... Inzwischen weiß ich, er braucht keine Utopie. Er selbst ist die Botschaft, sein Auftritt genügt! Dieses Pathos und dann sein Grinsen, das macht er entsetzlich gut."

„Bleib sachlich", mahnte Linda. „Die Leute mögen ihn."

„Die Leute mögen auch Fast Food. Solche Menschen an der Spitze sind gefährlich – sie verführen, statt zu führen. Und das ist schlechtes Management."

Dieses Gespräch sagt mehr über mich aus als über die Männer, um die es da ging. In New York nämlich ließ sich alles übel an, bei Lindas Anruf ging es mir schlecht. Ich war in Washington zweifach gescheitert, beruflich wie privat, und beides hatte mit Danny zu tun. Unsere Liebe und unsere Arbeit hatten einander nahezu von Anfang an zerstört. Aus Erfahrung mit verheirateten Männern, die ihre Ehe über ihre Liebe stellen, wusste ich, wie man eine quälende Beziehung beendet; man reist am besten ab. Da traf es sich gut, dass die *Post* mich feuerte, weil ich die San-Diego-Story, vor der man sich in Washington drückte, woanders publiziert hatte – ohne damit viel zu bewirken. Kein überregionales Blatt griff die Sache auf, und ich ging als freie Journalistin zurück nach New York.

Das aber war ein hartes Pflaster. Die zwei Redaktionen, für die ich gearbeitet hatte, schienen sich kaum noch an mich zu erinnern. Von den grauen Hochhäusern, in denen sie saßen, gingen trübe Signale aus. Bedrückt und zu schwunglos, um wirklich gut zu sein, nahm ich jeden Auftrag an. Einmal, im Januar 2003, schickte man mich zu dem Vortrag eines Aussteigers namens John Perkins, dessen Haltung mir imponierte. Er war Ende 50 und als Berater aggressiver US-Firmen in Übersee höchst erfoglreich gewesen, bis ihn sein Gewissen zwang, das Handwerk des „Wirtschaftskillers", wie er selbst es nannte, aufzugeben. Ich beneidete ihn spontan um seinen Kampfgeist. Er hatte eine Non-Profit-Organisation, die *Dream Change Coalition*, mit dem Ziel gegründet, die Urbevölkerung Südamerikas vor dem Zugriff unserer Konzerne – speziell der Ölbranche – zu schützen. Aus dem Interview, das er mir gab, sprach Scham über sein früheres Tun in Ländern wie Indonesien, Ecuador oder Kolumbien: stets der Karriere geschuldet, dem Aufstieg in der Hierarchie.

Ich fragte ihn auch nach dem 11. September. Die Tragödie der Dritten Welt sei ungleich größer, merkte er dazu an. Dort nämlich gingen nicht 3.000, sondern mehr als 30.000 Menschen zugrunde, nicht nur an einem, sondern an jedem Tag, und zwar Kinder unter fünf Jahren: durch Hunger oder vermeidbare Krankheiten, die der Unterernährung folgen – obgleich unsere Erde heute zwölf Milliarden Menschen gut ernähren könne, nicht bloß die sechs Milliarden, die jetzt auf ihr leben ... „Mein Land aber sann auf Rache und schlägt zurück", fügte er hinzu. „Ohne an all die Länder zu denken, deren Menschen unsere Konzerne hassen, die Wirtschaftskiller und Schakale, unser Militär, unsere Politik und unser Streben nach globaler Vorherrschaft."

Perkins hatte viele Jahre gebraucht, um sich nach dem Ausstieg ganz aus der Verstrickung, dem ihn noch immer korrumpierenden Einfluß seiner früheren Auftraggeber zu lösen und seine Bekenntnisse zu schreiben. Inzwischen lagen die vor, doch niemand wagte, sie zu veröffentlichen. Der Stoff freilich lockte, daher rieten ihm Verleger, daraus einen Roman zu machen; dann könne man ihn als Thrillerautor à la John Le Carré oder Graham Greene vermarkten.

Aber er wollte ja nicht unterhalten, sondern aufrütteln. Und bei all seiner Schreiblust und Darstellungskunst glaubte er, als Erzähler nicht so überzeugend zu sein wie jemand, der das eigene Leben mutig schildert – die Verlockung, den Aufstieg, die Missetaten, seine Skrupel – und ganz auf die Wucht der Fakten setzt ... Das Gespräch mit ihm erschien zwar, blieb jedoch ohne Resonanz. Der Mann galt als Außenseiter, sein Standpunkt war zu reich an Facetten, als daß er sich im Rahmen eines Interviews dem Publikum vermitteln ließ.

Schon gar nicht von mir in meiner Schwäche und Ratlosigkeit. Im Winter 2003 schleppte ich mich durch ein langes, ödes Tal. Das Leiden meiner Mutter, durch teure Medizin gebremst in seinem trostlosen Verlauf, drückte mich täglich nieder. Noch immer gelang es ihr manchmal, die Tasse zum Mund zu führen. Und doch, jene zahllosen Winzigkeiten, die das Mitleid schüren – der verschüttete Tee, die zerbrochene Brille, der gestammelte Hinweis auf Unbehagen, weder zu deuten noch zu lokalisieren –, all das gab mir den bösen Gedanken ein, diesen elenden Abschied vom Leben zu verkürzen: ein Ende zu machen, und zwar für uns beide.

Was ließ mich innehalten? Marys Arzt, dem ich mich nun anvertraute, sprach von „posttraumatischer Verbitterungsstörung", einem Mix aus Verletztsein, Wertverlust, Hilflosigkeit und Aggression. So etwas bringe den Hirnstoffwechsel, das Zusammenspiel all der Botenstoffe dort, zeitweilig aus dem Lot. Es sei medikamentös zu lindern, die Prognose sei gut. Das Leben, hörte ich von ihm, habe doch wahrlich mehr zu bieten als einen bestimmten Mann. Er riet mir, nicht zu resignieren, sondern an mein Buch zu gehen – da sei immer noch Spielraum, erweiterbar durch gescheites Tun! Doch die Antidepressiva, von ihm verschrieben, griffen kaum, sie lähmten noch mehr. Und in solchem Zustand ist man nicht gescheit, da gelingt einem nichts. Die Logik verschwimmt, und es braucht eine Weile, bis die Gedanken sich wieder sammeln und scharf stellen lassen. Dann aber baut sich womöglich eine ganz andere Wahrnehmung auf als zuvor. Bedeutsames wirkt auf einmal unwichtig, die Welt scheint fremd, sonderbar, ja bedrohlich geworden.

Das hätte nicht auch noch sein dürfen: der Mann, dessen Laufbahn ich da schildern wollte, kam mir abhanden; sein Umriß löste sich auf. Als sei er ein gänzlich belangloser Mensch, wichtig allein durch sein Amt – wie es mir Danny schon einmal hatte weismachen wollen, damit ich die Finger davon ließ. Dies begann im April 2003, als Bushs Berater daran rätselten, wie er den Blitzsieg im Irak denn am besten verkünde: im Capitol vor dem Senat und dem Repräsentantenhaus, oder etwa an der Spitze einer Konfettiparade über den Broadway, wie früher gehabt? Bis ihnen etwas einfiel, das noch besser zu ihm passte und jedes ältere Szenario weit überstrahlte an kriegerischem Glanz. Man arrangierte sein Erscheinen zum 1. Mai virtuos als Himmelsreiter.

Dazu schlüpfte der ehemalige Pilot der Nationalgarde in einen olivgrünen Kampfanzug nebst Atemschlauch und Sauerstoffmaske, um mit einem Jagdbomber der Navy vom Typ S-3B Viking auf dem gewaltigen Flugzeugträger „Abraham Lincoln" zu landen, der bei San Diego vor der Pazifikküste lag. Drehbuchgerecht stieg Bush als Lichtgestalt aus dem Jet, lief über das Flugdeck, den Helm unterm Arm, und gab der Crew die Hand. Vom Kapitänsstuhl aus sah er Schauflügen zu, verschwand im dröhnenden Lärm des Waffengeklirrs unter Deck und zog sich flink um. Als Zivilist im dunklen Geschäftsanzug mit rotem Schlips, wie einst in der Grundschule von Sarasota, bestieg er ein Podest, geschmückt mit dem Siegel des Präsidenten (Amerikas Adler, links den Ölzweig, rechts die Pfeile in den Klauen). Hoch über ihm, an der Kommandobrücke, prangte auf rotweißblauem Grund das Wort des Tages: AUFTRAG AUSGEFÜHRT.

Für dieses hollywoodnahe Schlussbild hatten Gerson & Frum getextet: „Der Tyrann ist gestürzt, der Irak ist frei!" Das rief der Präsident, vom Jubel der Matrosen bewegt bis zu Tränen der Rührung. Den Krieg nannte er „eine noble Sache", den Sieg einen „großen moralischen Fortschritt". Seine Rede spannte den Bogen zurück bis zur Normandie und nach Iwo Jima, wo das Land der Welt die „vier Freiheiten" Franklin Roosevelts gebracht habe; worauf dann dank der Truman-Doktrin und Reagans Herausforderung an das Reich des Bösen die Mehrzahl der Menschheit frei geworden sei. „In den

Bildern fallender Statuen sind wir Zeugen eines neuen Zeitalters geworden“, schloß er stolz.

Fulminant. Das gradiose Finale zog den Schlussstrich unter einen Feldzug, der weder zu Ende war noch zur Antwort auf den 11. September im Geringsten taugte. Einst hatte Bushs schlichter Auftritt im New Yorker Trümmerfeld mich gebannt, und mein Herz war bei Danny gewesen, dessen Megaphon ihm erst half, überhaupt gehört zu werden. Und jetzt war er nicht mit im Bild, hatte es aber gewiß mitinszeniert.

Wären wir zwei nur nicht doppelt besessen gewesen, erstens voneinander, zweitens jeder für sich von seinem Tun, dem Traum vom Erfolg! Beide handelten wir sprunghaft und konfrontativ, ganz so, als sei Romantik im dritten Jahrtausend ein Auslaufmodell. Einer von uns hätte verzichten müssen, er auf seinen Platz im Stab oder ich auf meinen Fund, den Reporterruhm. Ausweglos! Frühere Liebschaften hatten mich meist für zwei Jahre erfüllt, dann war ich wieder frei gewesen, für die Suche nach der wahren Bindung oder bloß nach dem nächsten Kick ... Nur, hier war nicht mal die Halbwertszeit erreicht, nach einem Ausdruck Linda Jacksons, der Atomphysikerin. Das hat den Bruch so schmerzlich gemacht wie Lindas eigener Verlust es für sie ist.

Dennoch, es musste weitergehen; aber was, und wie? Ich lief durch die Stadt, wenn die Zweifel in mir hochkrochen. Das Staatstheater, der Zoo, die Oper, all die Museen – Orte der Erinnerung, mir von Kindheit an vertraut. Es geschah im Herbst 2004, im Endkampf um die Präsidentschaft, als Bush plötzlich leise sprach, ganz Staatsmann wurde und restlos aus meinem Kopf verschwand. Sich derart zurückzunehmen, das mussten die gewieften Taktiker ihm geraten haben. Der Clou: jäh wird es still in der Arena, das Publikum, ermattet vom Getöse, hört wieder hin. Die Schläger beider Seiten nehmen Haltung an; von fern erklingt die Nationalhymne. Und dann fällt die Wahl auf den falschen Mann.

Wann schöpfte ich wieder Mut? Mir ist, als sei es eines Nachmittags am Weiher im südlichen Central Park passiert, wohin ich Mary geschoben hatte; wie üblich fütterten wir die Enten. Ich sah, wie es ihr gelang, mit zitternden Fingern ein Stück Brot abzureißen, ich warf es aufs Wasser, und es schien sie zu freuen, daß die Enten danach schnappten. Als Nächstes fesselte mich das farbige Bild, der Blick über die Wiesen, das bunt fallende Laub der Bäume, bis hin zum Metropolitan Museum und zu den Türmen der Fifth Avenue. Tausende von Lichtpunkten gab da mein Auge wieder, hatte ich ein Recht, dieses Wunder zu zerstören?

Das Leben, begriff ich, ist ein Geschenk, einmalig und unerhört, selbst wenn es ein reduziertes Leben ist: das wirft man nicht weg. Wen kein stachelnder Ehrgeiz treibt, dem bleibt das Dasein wertvoll, der erträgt den verkürzten Aktionsradius. Im Auf und Ab unserer Jahre hat jede Stufe noch ihren Reiz ... Welch ein Vorzug der ach so biegsamen menschlichen Natur, sich doch in alles zu schicken und aus dem Verbliebenen das eben noch Mögliche zu machen.

So dachte ich in meiner Resignation. Das stoppte den Fall, es half aber nicht auf. Der Umschwung kam erst im Februar 2005. Diesmal allein – es lag Schnee und war zu frostig für Mary –, lief ich tiefer hinein in den kahlen Park, um mich am Anblick der vielen Tore zu erbauen, die das Künstlerpaar Christo & Jeanne-Claude mit safrangelben Tüchern drapiert hatte. Vorbei am Pilgrims Hill gelangte ich zum Belvedere Lake und traf dort zufällig John Perkins wieder, der mich gleich erkannte. Etwas zögernd fragte ich ihn nach dem Schicksal des Manuskripts, seiner Lebensbeichte. Liebenswürdig führte er mich zu einem Buchladen in der Columbus Avenue und schenkte mir dort sein Werk. Es war erst vor kurzem unter dem Titel *Confessions of an Economic Hit Man* in San Francisco erschienen und wurde bereits in mehrere Sprachen übersetzt. „Und was macht Ihre eigene Arbeit, geht´s voran?" fragte er höflich; nur ein Leuchten in seinen Augen verriet da Anteilnahme. „Über Bush, wie ich mich erinnere?"

„Ach das ... Offen gesagt, ich hab´s aufgegeben."

Perkins nickte, als freue es ihn, das zu hören. „Gut so! Sowas ist Sache von Lohnschreibern. Schildern Sie lieber das, was Ihnen selber passiert ist, Frau Delano. Sie sind doch dicht genug dran gewesen an den Akteuren, im Herbst vor dreieinhalb Jahren."

Das hatte er sich gemerkt. Wie gut mir jetzt schon ein bisschen

Beachtung tat ... „Meine eigene Story, wer nähme davon wohl Notiz."

„Na, Kopf hoch, Lady! Ich werde Ihr erster Leser sein."

Den Verdacht, er wolle vielleicht bloß flirten, schloß meine triste Stimmung aus. Immerhin, ich fand ihn recht kultiviert, angenehm; vermutlich ein guter Gastgeber, mit dem sich über Geschäfte, Politik und Kunst sprechen ließ. Zumindest ein Mann, der es geschafft hatte, über seinen Schatten zu springen. – „Jedenfalls eine Möglichkeit, seinen Restruf zu ruinieren", sagte ich in dem Versuch, witzig zu sein.

„Unsinn!", rief er. „Das, was Sie erlebt haben, spielt genau an der Schnittstelle unserer Existenz, an der das Öffentliche ins Private eindringt. Machen Sie einen Roman daraus! Schreiben Sie Ihr eigenes Buch."

Der glückliche Zufall dieser Begegnung wurde zum Anstoß. Von einem irren Lesesog erfasst, verschlang ich seine „Bekenntnisse eines Economic Hit Man" gleich am nächsten Tag. Und obgleich Perkins mir da einen Rat gab, dem er selbst nicht gefolgt war, merkte ich, er hatte recht. Mit seinem Gespür für seelische Krisen begriff er intuitiv meine Lage und spornte mich an: um ein Trauma zu überwinden, muß man davon berichten, also die Dinge benennen und sie – falls das Talent dazu reicht – zu einer Erzählung formen ... Sich den Kummer von der Seele schreiben, ein uraltes Rezept.

Und welch eine Sicht tat sich mir auf! Schon als ich anfing, nach einer literarischen Form zu suchen, wurde klar, das verschaffte mir wunderbare Erleichterung. Die Psychopharmaka wurden bald entbehrlich, mein Kopf erzeugte die wohltuenden Botenstoffe nun von allein. Wieder entschlussfroh, fand ich rasch den Weg, die Geschichte durch mehrere Figuren zu erzählen, in vier oder fünf Monologen, einander in zwanglosem Wechsel ablösend und ergänzend, aber sich auch partiell widersprechend. Das erlaubt es, mitten hineinzugehen, es verspricht ein nuancenreiches Bild. Und es hindert einen daran, so zu tun, als sei man allwissend und stehe über dem Geschehen, sehe es mit göttlicher Klarheit. Ein wilder Ritt durch das Lebenschaos, alles bewegt sich und löst den Kalk unserer Vorurteile auf ... Manche Idee liegt so nahe, daß man erst einmal drauf kommen muß. Dann freilich stellt sich sogar richtige Hochstimmung ein.

Wie es mich reizte, die Neun-elf-Story aus meiner Sicht zu erzählen! Dank der Einblicke, die sich für mich ergeben hatten, konnte ich mir vorstellen, was Danny, Linda und Ed gedacht und wie sie agiert haben mochten. Auch die Gesalt des Präsidenten, mir längst entglitten, erschloß sich neu durch seine Schritte, seine Reden und die vielen Zeugnisse anderer über ihn.

Dazu lockte mich das Spielerische des Unterfangens. Dies waren ja meine Geschöpfe, ich ließ sie nach ihrer inneren Logik, so wie von mir vermutet, handeln. Es begann mit Bushs Erwachen frühmorgens an jenem Schicksalstag, er dachte da wohl an das Gerede vom Vorabend – an die Ermordung des Generals Massud. So kam ihm der fällige Bruch mit den Taliban in den Sinn, dieses Störfaktors im Ölgeschäft. Und dann setzte ich hinzu: „Ob das wirklich zur Sprache kam im Speiseraum des Colony Beach & Tennis Resort? Heute, vier Jahre nach den Ereignissen, bin ich dessen nicht mehr sicher."

Ein narrativer Kunstgriff, der nach meinem Gefühl den Eindruck vertiefte, dies sei bedeutsam und echt. Wahrhaftigkeit durch eben jene Unschärfe, die etwa bei bildhafter Darstellung den Maler vom Fotografen trennt. Solche Entdeckungen im neuen Metier machten mich ebenso froh wie früher eine geglückte Reportage, ein stimmiger und schmissiger Bericht. Die arge Faktenhuberei des Reporters hinter mir zu lassen – ganz kann das nicht gelungen sein nach soviel Arbeit für die Presse, für den Tag. Trotzdem hoffe ich, die mir eingeimpfte Detailtreue möge den Blick auf das Wesentliche nicht verstellen.

Zwei Schwierigkeiten plagten mich. Die Einzelheiten meiner journalistischen Recherchen zum 11. September ließen den Fluß des Erzählens öfter stocken, bis Linda mir riet, den Lesern zuliebe das meiste davon in einem Anhang zu bringen, für den sie den Titel *Fallout* vorschlug. In ihrer Militärsprache bedeutet das nicht nur „aus dem Glied treten", sondern es meint auch den radioaktiven Niederschlag, der einer Kerndetonation folgt. In beider Hinsicht das passende Wort, verlassen doch meine Streifzüge – acht davon findet man dort skizziert – öfter mal den Hauptstrom der veröffentlichten Meinung.

Das zweite Problem lag in der Person George W. Bushs. Ich hatte mit ihm begonnen und wollte, schon der Symmetrie halber, ihm auch das Schlusswort geben. Nur hat mich die Fülle des Materials da schlicht erdrückt. Wie ihn denn zeigen, im Amt oder privat, ohne sarkastisch zu sein? Durfte er, wie es verbürgt ist, schwadronieren: „Mein Dad hat uns allen immer wieder gesagt, bevor ihr in die Politik geht, müsst ihr euch in der Geschäftswelt bewähren ..." Oder sollte er, so in der UN-Vollversammlung geschehen, emphatisch sagen: „Laßt uns niemals frevelhafte Verschwörungstheorien in Bezug auf die Anschläge des 11. September tolerieren, boshafte Lügen, die bezwecken, die Schuld von den Terroristen abzulenken, weg von den Schuldigen"? Kann man wohl ernstlich schildern, wie er die eigene Gattin durch einen Ghostwriter hat andichten lassen: „Liebe Laura / Rosen sind rot / Veilchen sind blau / O du mein Klumpen im Bett / Wie hab ich dich vermisst ..." Oder sollte er mit Henry Kissinger philosophieren: „Erdöl ist zu wichtig, als daß man es den Arabern überlassen könnte"?

Bush bewegt sich oft am Rande des Närrischen, wenn auch mit Aplomb. Daß solche Peinlichkeiten ihm nie die Redelust trüben, gehört zu seinen Stärken. Und Männer wie er machen Geschichte. Dies ist wohl auf lange Zeit noch eine männlich bestimmte Welt. Zumal in ihren dunklen Seiten wird sie am besten von Männern beschrieben; daher ist deren Sicht hier unverzichtbar gewesen. Eine Erzählerin aber muß fair sein. Von der Vielschichtigkeit eines jeden Charakters überzeugt, sollte sie ihre Figuren nobel zeichnen, schon um nicht selber trivial zu sein.

Mein Versuch, da Balance zu wahren, wurde schließlich belohnt: Danny Shaw (inzwischen verbunden mit einer Dame der Gesellschaft) erschien mir im Traum. Es geschah im Glanz eines großen New Yorker Hotels, des *Plaza* oder des *Carlyle*, anlässlich des Presssebälls, daß er mich ins Gespräch zog. Sehr gedämpft sprach Danny davon, was unsere Werte seien und wie man leben solle – bescheidener nämlich. Lieber die Ansprüche reduzieren, als zur Schachfigur oder Marionette werden! Er jedenfalls sei ein anderer geworden. Er habe, von Skrupeln geplagt, das Weiße Haus verlassen; es müsse dort halt ohne ihn gehen. Zum Beweis zog er ein Buch hervor; nicht etwa „Magic Consult", die Fibel der Verführung und, wie ich glaubte, sein einziges Werk. Sondern es hieß *Confessions of a Political Hit Man*: seine Beichte, das Bekenntnis aller Schandtaten, die Story seiner Bekehrung.

Ich ahnte, was er gleich sagen würde. Es war mir klar, worum es ihm ging. Aus seinem Blick sprach tiefes Verlangen. „Es hat mich zerrisen", raunte er mir halb erstickt zu, mit seiner wundersamen Stimme. „Ich hab mich an dich geklammert und war zugleich fixiert auf meinen Rang, den Platz im Stab, du weißt schon, Hillarys Zimmer ... Mein Fehler, Brenda! Soviel Ehrgeiz ist tödlich. Diese Gier, diese Jagd nach Erfolg, Geltung, Luxus, Macht und Ruhm – die bringt am Ende Fortschritt, Wachstum und Wohlstand für alle hervor? Das, Liebste, ist der große Irrtum, die Lüge der Mächtigen: die wahre Legende unserer Zeit."

Er zog mich an sich. „Du bist die Einzige", kam es von ihm. „Ich bin solch ein Narr gewesen ..." Mehr sagte er nicht, es war ja genug. Das Orchester spielte, im Stil von Glenn Miller, die Moonlight Serenade. Nun aber hielt man inne, die Musik setzte aus und alle wandten sich uns zu, die Verleger, Herausgeber und Chefredakteure mit ihren Gattinnen. Sie machten uns Platz, sahen uns neidvoll nach, wie wir eng umschlungen zum Lift gingen, der uns emportragen würde wie einstmals im September – uns beide: schwerelos, voll zärtlicher Erwartung, ganz gefangen in den Gesten der Liebe.

FALLOUT

Der Roman ist hier zu Ende – bleibt noch der „Fallout". Acht Kapitel mit Informationen, die aus der Reihe tanzen, und die keiner meiner ehemaligen Arbeitgeber veröffentlichen wollte. Doch warum nicht? Ein Teil der hier aufgeführten Fakten ist längst bekannt, vor Monaten oder Jahren in unseren Zeitungen erschienen. Unbequem und neu scheint nur der Kontext zu sein – der Zusammenhang, der sich aus dem sorgfältigen Einordnen der einzelnen Tatsachen ergibt. Dieses „big picture" stellt sich noch dazu als äußerst vielschichtig dar. Unmöglich, ein kurzes Fazit zu ziehen. Nachdem die Arbeit nun abgeschlossen ist, bleibt als klare Erkenntnis: Das Wissen um die im Folgenden beschriebenen Zusammenhänge kann nur ein Schritt sein auf dem Weg, die Anschläge zu begreifen.

1. DIE AFGHANISTAN-PIPELINE

„Der Triumph der Hoffnung über die Erfahrung", so spottete Henry Kissinger Ende 1995 anlässlich eines Abkommens, das der turkmenische Alleinherrscher Niyazov in New York mit der Ölgesellschaft Unocal unterzeichnet hatte.

Es ging um die sogenannte Afghanistan-Pipeline. Sie sollte das Erdgas aus der kaspischen Region, um das alle großen Mächte pokerten, quer durch das kriegsgeschüttelte Afghanistan an den Indischen Ozean leiten. Die Pipeline war offensichtlich das große Hoffnungsprojekt für alle Beteiligten, insbesondere Turkmenistan. Dessen Dilemma war seine Lage: eingeklemmt zwischen dem Iran, der als Pipeline-Route für die USA tabu war, Afghanistan, wo der Bürgerkrieg tobte und Russland, dem eher an einer Beschränkung des turkmenischen Gasexports in den Westen gelegen war, da es sein eigenes Gas verkaufen wollte.

Der turkmenische Präsident hatte auf der Suche nach Partnern den ehemaligen US-Außenminister Alexander Haig als Berater engagiert. Öl-Multi Unocal behalf sich mit der Einstellung von ebenjenem Henry Kissinger, ebenfalls Ex-US-Außenminister. Die Affäre war offensichtlich zu einer Chefsache geworden.

Ursprünglich war es Mitte der 90er das Ziel von Teilen des US-Außenministerums gewesen, Russland in die NATO aufzunehmen und keine Probleme durch Eingriffe in Russlands Hinterland zu schaffen. Doch Russland glitt ab ins Chaos, und die pro-russische Politik geriet unter Beschuss. Nicht nur innerhalb der Regierung, auch seitens der Öl-Konzerne, die eine „flexiblere" Außenpolitik gegenüber der früheren Sowjetunion forderten. Was heißen sollte, dass man das Öl und Gas der kaspischen Region nutzte, und die neuen Staaten, wie Aserbaidschan, Kasachstan und Turkmenistan ins westliche Lager zog. Die Ölfirmen, die in der Region investierten, forderten mehr Mitspracherecht in der amerikanischen Außenpolitik.

Und es blieb nicht bei Worten. Anfang 1995 hatten die Großen der Branche in Washington die private Foreign-Oil-Companies-Gruppe gegründet, um ihre Interessen in der kaspischen Region zu fördern. Als Berater konnten die Multis eine ganze Reihe klangvoller Namen aus der großen Politik engagieren: neben Kissinger auch Präsident Carters alten Sicherheitsberater und Chefstrategen Zbigniew Brzezinski, sowie konservative Ex-Minister wie Richard Armitage oder Lawrence Eagleburger.

Die Kontakte trugen Früchte. Die Gruppe traf sich mit der Energieexpertin im nationalen Sicherheitsrat und später, im Sommer 1995, mit dem Nationalen Sicherheitsberater selbst. Der hatte bereits eine Arbeitsgruppe gebildet, um eine Studie über die Öl- und Gasinteressen der USA in der kaspischen Region anzufertigen. Mit dabei waren Leute vom Außenministerium, dem Sicherheitsrat sowie der CIA.

Die Taliban, die sich zu der Zeit in Afghanistan formierten und Stück für Stück das Land besetzten, genossen das vorsichtige Wohlwollen dieser Kreise, denn sie untergruben den iranischen Einfluss in der Region. Eine Afghanistan-Pipeline, sollte sie denn zustande kommen, würde iranische Pipeline-Projekte in Zentralasien dauerhaft verhindern und den Iran weiter isolieren, was im allgemeinen Interesse lag.

1996 verstärkten sich die Bemühungen. Der US-Botschafter in Pakistan drängte Premierministerin Bhutto, das Exklusivrecht für die Pipeline an Unocal zu vergeben. Auch die stellvertretende US-Außenministerin wies anlässlich eines Besuchs in der Region auf das nationale Interesse an der Unocal-Pipeline hin. Und die Ölgesellschaft selbst ließ verlauten, man wolle den afghanischen Kriegsherren humanitäre Hilfe zukommen lassen, sobald diese sich einverstanden erklärten, einen Aufsichtsrat für das Projekt zu bilden.

Im September 1996 kam man dem Ziel näher: Kabul fiel an die Taliban. Es vergingen nur wenige Stunden, bis das US-Aussenministerium erklärte, dass es bald wieder diplomatische Beziehungen zu Afghanistan aufnehmen würde (die Ankündigung wurde allerdings hastig zurückgezogen; soviel Parteilichkeit war nicht opportun). Aber auch der Vorsitzende des zuständigen Senats-Ausschusses ließ sich in diesem Sinne zitieren: „Das Gute an allem ist, dass endlich eine der Gruppierungen in Afghanistan imstande zu sein scheint, eine Regierung zu bilden." Damit traf er wohl die Stimmung in Regierungskreisen.

Im Nachbarland Pakistan standen die Dinge gleichfalls gut. Nach Ablösung der Bhutto-Regierung Ende 1996 wurde Unocal vom neugewählten Premierminister, dem Militär und dem mächtigen Geheimdienst ISI voll unterstützt.

Ein erhellendes Statement zum neuen Regime gab ein US-Diplomat in Pakistan: „Wahrscheinlich werden sich die Taliban wie die Saudis entwickeln. Es wird Aramco, Pipelines, einen Emir, kein Parlament und jede Menge Scharia geben. Damit können wir leben." (Aramco war das Konsortium der amerikanischen Öl-Firmen, die den Abbau des saudischen Öls kontrollierten, bis es von der saudischen Regierung verstaatlicht wurde; Scharia ist das Gesetz des Koran.)

Und Anfang 1997 kam man sich persönlich näher. Eine Delegation der Taliban besuchte Washington. Ihr lag an einer offiziellen Anerkennung des isolierten Regimes; sie führte Pipeline-Geprächе mit Vertretern von Unocal.

Die Ölgesellschaft verstärkte in der Folge ihr Personal. Sie engagierte den ehemaligen US-Botschafter in Pakistan (der dort wegen seines arroganten Auftretens oft „der Vizekönig" genannt worden war). Weiterhin wurde Zalmay Khalizad angestellt. Unter Reagan als Sonderberater für Afghanistan tätig, erarbeitete er nun für Unocal eine Risiko-Analyse der Afghanistan-Pipeline und vermittelte Gespräche mit den Taliban.

Die aber blieben schwierig. Nicht nur die Pacht für die Pipeline-Strecke war ihnen wichtig (man sprach von 100 Millionen US-Dollar), sie wollten auch, dass die Ölfirma Straßen baute und das rückständige, schwer zerstörte Land mit Wasser, Strom- und Telefonnetzen versah.

Anfang 1998 erklärte Unocal schließlich, dass das Projekt auf unbestimmte Zeit verschoben sei, da man es, solange der Krieg in Afghanistan anhalte, nicht finanzieren könne. Als dann auch noch Mitte des Jahres Bombenanschläge die amerikanischen Botschaften in Ostafrika erschütterten und die USA als Antwort Raketen auf Afghanistan feuerten, zog die Ölgesellschaft alle Mitarbeiter aus Islamabad und Kandahar ab.

Zur selben Zeit sanken die internationalen Ölpreise auf ein Rekordtief von 13 US-Dollar pro Barrel, im Vergleich zu 25 US-Dollar 1997. Grund war der Nachfragerückgang durch die Wirtschaftsflaute in Asien. Das machte die Nutzung des kaspischen Öls, das teuer zu fördern und zu transportieren ist, unrentabel.

Doch es sollte nur ein zeitweiliger Rückschlag sein. 1999 hatten die Lobby-Gruppen den US-Kongress soweit, dass er ein Gesetz mit dem flotten Titel „Silk Road Strategy Act“ verabschiedete. Der Name spielte auf die Tradition der alten Seidenstraße an. Dort hieß es: „Die Region des Süd-Kaukasus sowie Zentralasien könnten Öl und Gas in ausreichender Menge bereitstellen, um die Abhängigkeit der USA vom Persischen Golf zu verringern.“ Das „Seidenstraßen-Strategie-Gesetz“ stellte klar: „Es soll die Politik der USA in diesen Ländern sein, amerikanische Geschäftsinteressen und Investitionen zu unterstützen.“ Jetzt war es also offiziell.

Zum Thema Afghanistan wurde nun auch der UN-Sicherheitsrat tätig. Als Antwort auf die Anschläge in Ostafrika, die Al-Qaida angelastet wurden, verabschiedete er eine Resolution. Die forderte die Taliban auf, Bin Laden auszuliefern und drohte ihnen Sanktionen an.

Von nun an wurden die Pipeline-Verhandlungen mehr und mehr vom Thema Terrorismus überschattet. „Geben Sie uns Bin Laden" lautete die wiederholte Forderung des US-Außenministeriums an die Taliban. Der Gesuchte hatte sich im Land aber anscheinend unentbehrlich gemacht.

Den verschwiegenen Hintergrund der Pipeline-Planung erhellte schließlich im Mai 2000 eine Konferenz. Ort war das „James A. Baker III Institute for Public Policy" in Houston, Texas. Dieses politische Institut (benannt nach dem Außenminister unter Bush senior) hatte Öl-Experten und politische Entscheidungsträger eingeladen, um zum Thema „Aussichten für die zukünftige Welt-Öl-Versorgung" zu sprechen. Einige Passagen des Schlussberichts sind lesenswert:

> „Nur zwei Jahre nach einem historischen Crash der Ölpreise ist die Welt in eine Öl-Versorgungs-Situation geraten, die prekärer ist als jemals zuvor seit dem Öl-Schock von 1973. Die Bestände der großen Ölfirmen schwanken um historische Tiefstände, und die Organisation Erdöl exportierender Länder (OPEC) hat weniger Ersatz-Kapazitäten als in den letzten drei Jahrzehnten. In einem Markt mit so geringer Reserve, um unvorhergesehene Ereignisse abzudecken, werden die Ölpreise extrem anfällig für wahrgenommene Versorgungs-Risiken. Eine solche Marktsituation erhöht den möglichen Einfluss von ansonsten kleineren Produzenten, wie dem Irak, wo geopolitische Überlegungen – und Konflikte – zuvor die Produktions-Entscheidungen beeinflusst haben.
>
> Das Rohöl aus dem Persischen Golf hat derzeit einen Anteil von 25 Prozent an der Ölversorgung der Welt, aber dieser Beitrag könnte im kommenden Jahrzehnt auf 30–40 Prozent wachsen, da die Produzenten der Region mehr investieren wollen, um dem wachsenden Ölbedarf Asiens gerecht zu werden. Wenn politische Faktoren die Entwicklung neuer Ölfelder im Persischen Golf blockieren würden, könnten die Auswirkungen auf die weltweiten Ölmärkte schwerwiegend sein.
>
> Bruce Riedel, Sonderberater des Präsidenten [Clinton] und Direktor für Nahost- und Südasien-Angelegenheiten im Nationalen Sicherheitsrat machte deutlich, dass die jetzige Regierung Sanktionen als ein bedeutendes und erfolgversprechendes politisches Mittel erachtet. ‚Der Mittlere Osten ist ein Gebiet von absoluter strategischer Bedeutung

für die USA. Er ist lebenswichtig für die Zukunft unseres Landes.' Riedel erklärte: ‚Sanktionen sind Teil einer breiteren Politik, die von diplomatischen Bemühungen bis zur Präsenz amerikanischer Streitkräfte reicht.'

James Bodner, Unterstaatssekretär im Verteidigungsministerium, führte aus, dass die USA heute besser als je zuvor darauf vorbereitet seien, Unterbrechungen in der Energie-Versorgung vorzubeugen. Er erwähnte, dass die Vereinigten Staaten im Jahr 1980 noch drei Monate gebraucht hatten, um eine Division an den Persischen Golf zu bringen, wo darüberhinaus nur drei Schiffe stationiert waren, von denen keines ein Flugzeugträger war. Heute würden die USA durchschnittlich 25.000 Soldaten und 30 Schiffe am Persischen Golf verfügbar haben. Ein bis zwei Flugzeugträger seien permanent vor Ort, und 175 Kampfflugzeugen wäre es möglich, Einrichtungen in allen sechs angrenzenden Ländern zu erreichen.

Stephen Grummon, Direktor für den Nahen Osten und Südasien im US-Außenministerium, ergänzte, dass die „Talibanisierung" eine andere große Bedrohung für die Energie produzierenden Staaten des Persischen Golfs und der kaspischen Region sei. Dieses Phänomen habe bereits großen Einfluss auf Pakistan und drohe sich auf den Persischen Golf auszudehnen. Grummon warnte: Pakistans Situation müsse ‚aufmerksam beobachtet' werden. Es bleibe abzuwarten, ob die Taliban nur eine nationale Bewegung seien, die nach einem möglichen Sieg in Afghanistan zur Ruhe kommt und sich auf das Regieren beschränkt, oder ob sich die Taliban als religiöse Bewegung sehen, die an den Landesgrenzen nicht halt macht."

So standen die Dinge im Mai 2000.

Ein halbes Jahr später, im Dezember – es waren die letzten Tage der Regierung Clinton – berichtete dann die *Washington Post*, die Vereinigten Staaten hätten „still begonnen", sich mit jenen Kräften in der russischen Regierung zu verständigen, die ein militärisches Vorgehen gegen Afghanistan forderten. „Bevor man unter lokalem Druck zurückwich, ging man so weit zu erkunden, ob ein zentralasiatisches Land sein Territorium für einen solchen Zweck zur Verfügung stellen würde", so die Zeitung weiter. Russland und die USA diskutierten, „welche Art von Regierung die Taliban ersetzen sollte."

Das Jahr 2001 sollte turbulent werden. Und der neue Präsident Bush ließ keine Zeit verstreichen. Eine seiner ersten Amtshandlungen noch im Januar war die Bildung einer Arbeitsgruppe zur „Entwicklung einer Nationalen Energiepolitik". Treibende Kraft dieser Initiative war Vizepräsident Cheney gewesen. Und ihm übertrug der Präsident dann auch die Leitung. Die Arbeitsgruppe sollte Fakten sammeln und der Regierung Empfehlungen geben. Nach zwei Monaten wurde ein Zwischenbericht vorgelegt, der die Risiken und Herausforderungen der zukünftigen Energie-Versorgung hervorhob.

In der öffentlichen Diskussion wurde dieser Aspekt immer mehr betont. Führende Kreise in Amerika, wie der Council on Foreign Relations, sprachen sich im April für „militärische Intervention" als Mittel zur Sicherung der Energie-Versorgung aus. Eine Beteiligung des Verteidigungsministeriums an der Energiepolitik-Arbeitsgruppe wurde angemahnt. Gleichzeitig sagte Tommy Franks, der Oberbefehlshaber über die Truppen am Persischen Golf und in Südasien, er betrachte den „Zugang zu den Energie-Ressourcen" als eine der Kernaufgaben seines Kommandos.

Auch eine Übung zum Thema wurde abgehalten. Ein führender US-General wurde – allerdings erst 2002 – von der Nachrichtenagentur *AFP* dazu zitiert:

> „Die Details der Operation ‚Enduring Freedom' [der Krieg in Afghanistan nach dem 11. September 2001] waren zum großen Teil übernommen von einem Szenario, das die Streitkräfte im Mai 2001 trainiert hatten."

Mitte Mai besuchte General Tommy Franks dann Tadschikistan, von ihm „ein strategisch wichtiges Land" genannt, dem er bei dieser Gelegenheit Militärhilfe anbot. Zu dieser Zeit wurden nach Presseberichten auch Spezialeinheiten im benachbarten Kirgisien von US-Rangern trainiert; nach unbestätigten Meldungen auch tadschikische und usbekische Sondereinheiten in Alaska und Montana.

Ziviler ging es derweil in Washington zu. Dort legte Cheneys Arbeitsgruppe ihren Abschlussbericht zur nationalen Energiepolitik vor. Auch er beschrieb die Lage recht offen:

> „Amerika steht im Jahr 2001 der ernstesten Energie-Knappheit seit den Öl-Embargos der 70er gegenüber. Ein grundsätzliches Missverhältnis zwischen Versorgung und Nachfrage kennzeichnet die Energie-Krise unserer Nation. Dieses Missverhältnis wird, wenn es weiterhin anhält, unsere Wirtschaft, unseren Lebensstandard und unsere nationale Sicherheit untergraben.
>
> Die Schätzungen zeigen, dass der Öl-Verbrauch im Land in den nächsten 20 Jahren um 33 Prozent zunehmen wird, der Gas-Verbrauch sogar um 50 Prozent und die Nachfrage nach Elektrizität um 45 Prozent.
>
> Unsere steigende Abhängigkeit von ausländischem Öl illustriert deutlich unser Versagen, eine effektive Energiepolitik aufzubauen. Zwischen 1991 und 2000 verbrauchten die Amerikaner 17 Prozent mehr Energie als im Jahrzehnt zuvor, während gleichzeitig die einheimische Energieproduktion nur um 2,3 Prozent wuchs. Während die Produktion von Kohle, Erdgas, Nuklear- und erneuerbarer Energie in den letzten Jahren etwas angestiegen ist, machte der Rückgang bei der einheimischen Ölproduktion diese Zuwächse zum Großteil wieder zunichte. In der Tat hat Amerika fast den gesamten Anstieg seines Energieverbrauchs in den letzten zehn Jahren mit steigenden Importen aufgefangen.
>
> Öl ist die Hauptenergiequelle der Nation, sie liefert fast 40 Prozent des gesamten Energiebedarfs. Im Jahr 2000 verbrauchten die USA durchschnittlich 19,5 Millionen Barrel Öl am Tag. Kraftstoffe machen zwei Drittel des Verbrauchs aus, die Industrie benötigt weitere 25 Prozent.
>
> Der Import von Energieträgern macht 11 Prozent aller US-Importe aus. Das Energiebilanzdefizit betrug im Jahr 2000 120 Milliarden Dollar, das meiste davon wurde für Öl-Importe ausgegeben.
>
> Die amerikanischen Öl-Importe betragen 4 Milliarden Barrel im Jahr, was bedeutet, dass der Anstieg des Preises von importiertem Öl um nur einen Dollar die US-Ausgaben um 4 Milliarden Dollar in die Höhe schießen lässt.
>
> Die Vereinigten Staaten verbrauchen mehr als 25 Prozent der weltweiten Öl-Produktion, wovon sie etwas mehr als die Hälfte importieren.

Im Jahr 2000 kamen gut 55 Prozent der US-Öl-Importe aus vier Ländern: 15 Prozent aus Kanada, je 14 Prozent aus Saudi Arabien und Venezuela und 12 Prozent aus Mexiko. Bis 2020 werden die Golf-Ölproduzenten wahrscheinlich zwischen 54 und 67 Prozent des Welt-Ölbedarfs liefern. Die Weltwirtschaft wird also weiterhin von der Versorgung durch die OPEC, besonders den Persischen Golf, abhängen. Diese Region bleibt lebenswichtig für die US-Interessen.

Die gesicherten Ölreserven von Aserbaidschan und Kasachstan betragen ungefähr 20 Milliarden Barrel, etwas mehr als die Nordsee und etwas weniger als die Vereinigten Staaten. Die Erforschung geht jedoch weiter und es wird damit gerechnet, dass die gesicherten Ölreserven noch bedeutend ansteigen werden. Die Exporte aus der Region betragen derzeit nur etwa 0,8 Millionen Barrel pro Tag, zum Teil wegen der begrenzten Transportkapazitäten. Die Exporte könnten jedoch bis 2005 auf 1,8 Millionen Barrel pro Tag ansteigen, da die USA eng mit Privatunternehmen und Ländern der Region zusammenarbeiten, um kommerziell nutzbare Exportrouten zu entwickeln, z.B. die Baku-Tiblissi-Ceyhan und Caspian Pipeline Consortium Öl-Pipelines.

China ist ein Schlüsselland in Fragen der globalen Energiesicherheit, da man damit rechnet, dass seine Öl-Importe von gegenwärtig 1 Million Barrel Öl am Tag bis 2020 möglicherweise auf 5 bis 8 Millionen Barrel ansteigen – mit einer über 70-prozentigen Abhängigkeit vom Mittleren Osten. China wurde Mitte der 90er von einem Öl-Exporteur zu einem Öl-Importeur."

Soweit die Auszüge aus dem Abschlussbericht von Cheneys Kommission. Die Afghanistan-Politik nahm derweil bedrohliche Formen an. Im Juni 2001 berichtete ein indisches Magazin, dass Indien und der Iran die amerikanisch-russischen Pläne für „begrenzte militärische Maßnahmen" gegen die Taliban unterstützten, falls die neuen Wirtschafts-Sanktionen nicht greifen sollten. Präsident Putin hatte sich auch schon so geäußert. Es könne zu militärischen Maßnahmen gegen die Taliban kommen, eventuell auch mit russischer Beteiligung, unter Nutzung von Stützpunkten in Usbekistan und Tadschikistan.

Ende Juli, sieben Wochen vor den Anschlägen, fand dann das denkwürdige und vielzitierte Treffen in einem Berliner Hotel statt. Es war das dritte in einer Reihe von Hintergrundgesprächen, die sich „Brainstorming zu Afghanistan“ nannten. Dabei waren die drei Amerikaner Tom Simmons (Ex-Botschafter in Pakistan), Karl Inderfurth (Ex-Staatssekretär im Außenministerium) und Lee Coldren (Ex-Außenministeriums-Experte für Südasien). Ihre Gesprächspartner waren russische und pakistanische Geheimdienstleute sowie der Ex-Außenminister Pakistans, Niaz Naik. Die Teilnehmer hatten langjährige diplomatische Erfahrung in der Region. Sie arbeiteten nicht mehr im Staatsdienst, standen aber mit ihren Regierungen in engem Kontakt. Vertreter der Taliban, die bisher teilgenommen hatten, boykottierten dieses Treffen. Der pakistanische Geheimdienst übermittelte ihnen jedoch später die Ergebnisse.

Während des Treffens erwähnte Lee Coldren, die Amerikaner seien derart frustriert über die Taliban, dass sie militärische Maßnahmen in Erwägung zögen. Ex-Außenminister Niaz Naik erinnerte sich später, bei dem Treffen von den Amerikanern gehört zu haben, dass eine Aktion zum Sturz der Taliban geplant sei, „bevor es in Afghanistan zu schneien beginnt, spätestens Mitte Oktober“. Ziel sei es, sowohl Bin Laden als auch Mullah Omar zu töten oder gefangenzunehmen, das Taliban-Regime zu stürzen und eine moderate Übergangsregierung zu installieren. Naik wurde mitgeteilt, dass Washington die Aktionen von Stützpunkten in Tadschikistan aus starten würde. Amerikanische Berater seien bereits dort. Auch Usbekistan würde teilnehmen, und 17.000 russische Soldaten stünden in Bereitschaft.

Naik sagte später: „Hätten die Taliban die Bildung einer Regierung der nationalen Einheit akzeptiert, hätten sie sofort internationale Wirtschaftshilfe erhalten. Und die Pipelines aus Kasachstan und Usbekistan über Afghanistan wären gebaut worden.“

Kurze Zeit später erreichten die Kriegsvorbereitungen ihr Endstadium. Am 9. September, zwei Tage vor den Anschlägen, wurde Präsident Bush eine Nationale Sicherheits-Direktive zur Unterschrift vorgelegt. Ihr Inhalt war ein Plan, „Al-Qaida zu beseitigen“, der alle Aspekte von diplomatischen Initiativen bis zu Militäroperationen in Afghanistan enthielt. Die Bombardierungen begannen vier Wochen später.

Und ein Kreis schien sich zu schließen. – 1995 hatte Henry Kissinger das Abkommen für die Afghanistan-Pipeline, das der turkmenische Präsident Niyazow damals mit Unocal geschlossen hatte, noch als „Triumph der Hoffnung über die Erfahrung" verspottet. Damals hatte er recht behalten. Im Mai 2002 allerdings waren alle um eine Erfahrung reicher – und es gab wieder Hoffnung: Afghanistans neuer Übergangspräsident Karsai, Pakistans Putschgeneral Musharraf und der langlebige Alleinherrscher Niyazow unterzeichneten eine neue Vereinbarung über das 3-Milliarden-Dollar Projekt „Afghanistan-Pipeline". Karsai nannte Unocal die „führende Firma", um die Pipeline zu bauen.

2. DIE ATTENTÄTER

Lee Harvey Oswald, der Mann, der 1963 Präsident Kennedy erschoß, hatte eine bemerkenswerte Biographie. Schon mit 17 ging er zu den Marines und wurde Radar-Operator in der Luftüberwachung. Kurze Zeit später stationierte man ihn auf einem japanischen Luftwaffenstützpunkt, von dem aus damals – Ende der 50er Jahre – Spionageflüge in Richtung Sowjetunion und China starteten. 1959 quittierte Oswald dann - 20jährig - den Dienst beim Marine-Corps und reiste in die Sowjetunion. Dort teilte er den Behörden mit, dass er sowjetischer Staatsbürger werden wolle. Erst 1962 kehrte er in die USA zurück. – Und schließlich, zwei Tage nachdem Oswald Kennedy 1963 erschoß, wurde er selbst erschossen.

Keine ganz übliche Biografie, und viele Kommissionen mühten sich in der Folge daran ab. Neues Licht in die Sache kam 1975. Ein Ausschuss des US-Senats beschäftigte sich zu der Zeit mit inländischen Aktivitäten der CIA und auch mit dem zwölf Jahre zurückliegenden Kennedy-Mord. Man hatte herausgefunden, dass beim Auslandsgeheimdienst eine Akte zu Oswald geführt worden war. Der langjährige Leiter der Gegenspionage-Abteilung der CIA, James Angleton, wurde vorgeladen.

Senator Schweiker: „Vor der Ermordung, als Sie die Gegenspionage leiteten, wenn da jemand wie Lee Harvey Oswald überläuft und dann wieder zurück überläuft, welchen Einfluß würde das auf Ihre Operationen haben, wenn überhaupt, und worauf würden Sie in so einer Situation achten?"

Angleton: „Nun, ich selbst erinnere mich nicht daran, dass sein Rücküberlaufen irgendein echtes Interesse erzeugt hätte. (...)"

Senator Schweiker: „Als Oswald dorthin überlief, nehme ich an, dass als Routinemaßnahme sicherlich eine Art von Geheimpolizei mit ihm Kontakt aufnahm, und wenn er wieder in dieses Land zurückkehrt, würde man nicht wissen wollen, was der KGB mit dem Mann getan oder nicht getan hat, und wie kommt es, dass wir davon keine Spur finden? Eine Vernehmung oder etwas, das zeigen würde, was der KGB mit ihm gemacht hat. Ich sehe nichts davon, und das macht mir Kopfzerbrechen."

Angleton: „(...) Ich bin sicher, dass, wenn jemand vom FBI von der Navy informiert wird, dass ein Mann, der auf unserer Seite war, eine Reihe von Jahren in der Sowjetunion gewesen und jetzt zurückgekehrt ist –"

Senator Schweiker: „Und er wurde vom FBI kontaktiert?"

Angleton: „Wurde er?"

Senator Schweiker: „Zu gewisser Zeit."

Angleton: „Dann würden sie daraufhin handeln."

Senator Schweiker: „Aber würde es für die CIA nicht von Interesse sein, was der KGB mit dem Mann in ihrem Land gemacht hat?"

Angleton: „Natürlich würde es das, wenn wir davon wüßten. Ich weiß nicht, ob es Dokumente gibt, die zeigen, daß wir Vorwissen von der Angelegenheit hatten."

Senator Schweiker: „Es gab vor der Ermordung eine Oswald-Akte bei der CIA."

Angleton: „Ja, aber ich glaube, die basiert auf der Tatsache, dass er Briefe aus der Sowjetunion geschrieben hat."

Senator Schweiker: „Ich denke, die CIA hatte auch Kopien der FBI-Vernehmungen, kurz nachdem er zurückgekehrt war."

Angleton: „Nun, damit bin ich nicht vertraut. Ich kann nur sagen, daß alles, was vom FBI zu uns gelangt, auch wenn sie nicht nachfragen, werden die Spuren automatisch verfolgt und alle Informationen zu Personen in den Berichten werden weitergeleitet."

Senator Schweiker: „Aber das löst keinen CIA-Kontakt mit der Person aus?"

Angleton: „Nun, das hängt davon ab. Ich meine, ich weiß es nicht. Sie sprechen über etwas, das ich im Moment gerade nicht erfasse. Ich meine, normalerweise, wenn es zu unseren Büros gelangt wäre, versuchen sie, zu jedem Kontakt aufzunehmen, der hinter dem Eisernen Vorhang gewesen ist."

Senator Schweiker: „Besonders, würde ich denken, zu einem Rück-Überläufer. (...) Wir haben einen FBI-Bericht gesehen, wo er befragt wird. Und bei der Befragung widerspricht er allem, was sie über ihn in den Akten haben. Ein Beamter macht den Vorschlag, daß er sich einem Test mit dem Lügendetektor unterziehen soll und er lehnt ab und lügt während der zweiten Befragung weiter und das FBI schließt den Fall."

Angleton: „Das höre ich zum ersten Mal."

Senator Schweiker: „Nun, wir haben das hier in unserem Unterausschuß. Es ist einfach unglaublich. (...) Das sind die Akten vom FBI. Wir finden nichts in Zusammenhang mit der CIA."

Angleton: „Haben wir dieselben Berichte erhalten?"

Senator Johnston: „Ja." [1]

Oswald, ein Kenner militärischer Geheimnisse der unter CIA-Regie stattfindenden Spionageflüge, lief also in Feindesland über, kehrte nach drei Jahren zurück – doch der Leiter der CIA-Gegen-

---

[1] Aussage Angletons vor dem *Church Committee* am 6. 2. 1975; zitiert nach: J. DiEugenio, „The Assassinations", Los Angeles 2003, S.150 ff

spionage, die eine Akte über ihn geführt hatte, konnte sich nicht erinnern, „daß sein Rück-Überlaufen irgendein echtes Interesse erzeugt hätte". So daß Oswald unbemerkt das Attentat auf Kennedy vorbereiten und durchführen konnte.

Etwas ähnlich Kurioses passierte vier Jahrzehnte später mit zwei der späteren Flugzeugentführer des 11. September.

Khalid al-Mihdhar, ein Saudi, der als 20jähriger Mitte der 90er in Bosnien gekämpft hatte, und sein gleichaltriger Mitbürger Nawaf al-Hazmi, der in Tschetschenien gewesen war, besuchten Anfang 1999 Bin Laden in Afghanistan. Der Abschlussbericht der Untersuchungskommission zum 11.9. vermerkt, dass Mihdhar und Hazmi „so begierig" waren, an einer Operation gegen die Vereinigten Staaten teilzunehmen, „dass sie sich bereits US-Visa besorgt hatten". Dies hätten die beiden „von sich aus" getan. Nachdem sie dann bei Bin Laden aufgetaucht waren, habe der ihren Wunsch erfüllt und sie als Selbstmordattentäter erwählt.

Daraufhin nahmen die beiden Anfang 2000 in Malaysia an einem Treffen von Kämpfern teil, die Terroranschläge gegen die USA planten. Die CIA hatte im Vorfeld Wind davon bekommen und überwachte das Treffen, wie das Nachrichtenmagazin *Newsweek* zwei Jahre später enthüllte. Der Geheimdienst verfolgte Hazmi, der im Anschluss nach Los Angeles flog. Mit an Bord war auch sein Partner Mihdhar, der ein Visum besaß, mit dem er die USA nach Belieben betreten und verlassen konnte. Die CIA behielt diese Informationen jedoch für sich und informierte weder die Einreisebehörde noch das FBI, so dass die beiden ohne Probleme das Land betreten konnten.

Hazmi und Mihdhar lebten offen in San Diego. Sie benutzten ihre echten Namen, ließen sich Führerscheine ausstellen und eröffneten Bankkonten. Hazmi stand im Telefonbuch. Die beiden nahmen Flugstunden. Nach wenigen Monaten verließ Mihdhar die USA wieder. Im Juni 2001 verlängerte das Außenministerium – es nicht besser wissend – ihm sogar noch sein Visum, sodass er im Juli über New York zurückkehren konnte. Alle Hijacker waren nun im Land. Ende August informierte die CIA dann schließlich die Einreisebehörde, das FBI und das Außenministerium darüber, dass

Hazmi und Mihdhar wegen Terrorverdachts die Einreise verwehrt werden solle. Da sie zu diesem Zeitpunkt aber bereits eingereist waren, und es unmöglich war, sie im Land aufzuspüren, konnten beide am Morgen des 11. September problemlos ebenjenes Flugzeug besteigen, das ins Pentagon stürzte.

CIA-Chef Tenet bemerkte zum Fall Mihdhar in der Senats-Untersuchung im Oktober 2002:

> „Wir wußten genug, um das Außenministerium zu informieren, damit ihm die Einreise verweigert werden konnte. Unsere Mitarbeiter blieben auf die Überwachungsoperation konzentriert und taten das nicht."

„.And did not do this." Punkt. Keine weitere Erklärung. Und Mihdhar und Hazmi waren nicht einfach nur „Muskel-Hijacker" – wie diejenigen genannt wurden, die nicht zu den Piloten (Atta, Shehhi, Jarrah, Hanjour) gehörten, und die Kaperung der Flugzeuge physisch absichern sollten. Im Gegenteil. Hazmi zum Beispiel schien den Piloten gleichrangig zu sein. Der Kommissionsbericht erwähnte:

> „Die ersten Muskel-Hijacker reisten im April 2001 in die USA ein. Diejenigen, die in Florida ankamen, wurden von Atta und Shehhi unterstützt, während Hazmi und Hanjour den Rest betreuten."

Wie Polizei-Ermittlungen nach den Anschlägen ergaben, hatte sich Hazmi außerdem mit allen vier Piloten der zu entführenden Maschinen mindestens ein halbes Dutzend Mal in Las Vegas getroffen. Ermittler betonten, dass aufgrund dieser engen Vernetzung der Täter die Anschläge hätten verhindert werden können, wenn die CIA nur rechtzeitig informiert hätte.

Zur Frage, warum Hazmi und Mihdhar gerade nach Kalifornien gekommen waren, konnte allerdings niemand eine überzeugende Auskunft geben. Man kannte jedoch den Vermieter, der ihnen dort in San Diego weiterhalf. Der Kommissionsbericht vermerkte dazu knapp:

„Der Hausbesitzer, der Hazmi und Mihdhar ein Zimmer vermietet hatte, ist ein anscheinend gesetzestreuer Bürger mit guten Kontakten zur örtlichen Polizei und dem FBI."

Die Terroristen wohnten bei einem Vertrauensmann der Bundespolizei? In einer Agenturmeldung hieß es dazu:

„Wenig ist bekannt über den 65 Jahre alten in Indien geborenen Abdussattar Shaikh, der mehrere Interview-Anfragen von Associated Press abgelehnt hat und nur die Berichte seiner Nachbarn dementiert, dass Mohammed Atta sein Haus besucht hat."

Tatsächlich hatten drei Nachbarn unabhängig voneinander behauptet, Atta mehrmals beim Haus des Informanten gesehen zu haben. Zu Shaikh, der sich in Schweigen hüllte, hieß es in der Presse nur, dass er „pensionierter Universitätsprofessor" sei und oft Studenten einlade, um „Gesellschaft zu haben und andere Kulturen und Sprachen kennenzulernen". Doch die Universität, an der Shaikh angeblich gelehrt hatte, existierte in der fraglichen Zeit gar nicht mehr. Staatliche Behörden hatten ihre Schließung erzwungen. Und auch während ihrer kurzen Existenz war die „American Commonwealth University" kaum mehr als eine Briefkastenadresse gewesen. Ihr Betreiber Dr. Crews war außerdem Chef der Psychiatrie in einem Militärkrankenhaus sowie weiterhin in leitender medizinischer Funktion in Fort Bragg, dem Stützpunkt der Special Forces, beschäftigt gewesen. Und zusätzlich eben Präsident einer Briefkasten-Universität. Deren „Professor" Terroristen beherbergte.

Die „American Commonwealth University" startete ursprünglich als „William Lyon University", benannt nach und gegründet von dem pensionierten Air Force-General William Lyon, der 2004 Vorsitzender des Wahlkampfteams der kalifornischen Republikaner war. Die Bildungsstätte teilte sich ihre Adresse gleich noch mit mehreren anderen „Universitäten", wie der „Golden Gate University" und der „Huron International University". All diese Institutionen blieben den Behörden stets einen Schritt voraus, indem sie regelmäßig ihre Namen änderten, und zwar „schneller als man

‚CIA-Cover' sagen kann", wie Journalist Daniel Hopsicker es formulierte, der die Sache recherchiert hatte. In einer vom kalifornischen Gouverneur eingesetzten Kommission, die dem Treiben Einhalt gebieten sollte, übernahm Dr. Crews den Vorsitz.

Zum „Professor" und Vertrauensmann Shaikh berichtete die *New York Times* dann im Oktober 2002:

> „Das FBI hatte einen geheimen Informanten, der in Kalifornien Zimmer an zwei der Entführer des 11.9. vermietete, aber die Behörde widersetzt sich einer Anfrage des parlamentarischen Untersuchungsausschusses, den Informanten und seine FBI-Kontaktperson zu befragen, sagten Regierungsbeamte. Ein Sprecher meinte, dass das FBI keine Informationen gehabt habe, dass der Informant etwas von den Anschlagsplänen wusste. Ermittler des Kongresses sagen jedoch, dass die Versuche des FBI, ihre Untersuchung zu blockieren, sie skeptisch gegenüber dessen Angaben zum Informanten machen. Sie berichten auch, dass das Justizministerium das FBI dabei unterstützt, sich gegen die parlamentarische Nachfrage zu sperren."

Der Informant, der nicht reden durfte. – Drei Jahre später erfuhr man dann, was ihm sein Schweigen versüßte. Im Juni 2005 wurde vom Generalinspekteur des Justizministeriums ein interner Revisionsbericht zu den FBI-Ermittlungen veröffentlicht, in dem sich ein ganzes Kapitel mit dem Informanten beschäftigte. In einer Fußnote auf Seite 252 hieß es da:

> „Ursprünglich wurde der Informant nicht bezahlt. Im Juli 2003 erhielt er 100.000 Dollar und wurde als Informant abgeschaltet."

Und dann gab es da noch Ziad Jarrah, den Piloten des Flugzeuges, das in Pennsylvania abstürzte. Über ihn wußte *CNN* ein Jahr nach den Anschlägen zu berichten:

> „Einer der Entführer des 11. September wurde im Januar 2001, fast neun Monate vor den Anschlägen, auf Bitten der CIA in den Vereinigten Arabischen Emiraten festgehalten und befragt, wie Regierungsquellen in den Emiraten mitteilten. Die CIA verdächtigte Ziad Jarrah, in Afghanistan gewesen zu sein und wollte, dass er wegen ‚seiner

vermuteten Beteiligung an terroristischen Aktivitäten' befragt wird, wie Quellen aus den Emiraten sagten. Ein CIA-Sprecher dementierte energisch, dass die CIA vor dem 11. September irgendetwas von Jarrah gewußt oder etwas mit seiner Befragung in Dubai zu tun habe.

Beamte der USA und der Emirate sagen, Jarrah sei am Flughafen von Dubai am 30. Januar 2001 festgehalten worden, nachdem die CIA die Emirate informiert habe, dass er auf seinem Weg nach Europa von Pakistan aus ankommen würde. Quellen aus den Emiraten sagen, die CIA habe wissen wollen, wo und wie lange er in Afghanistan gewesen sei. Die US-Beamten seien von den Ergebnissen der Befragung informiert worden, noch während Jarrah auf dem Flughafen war.

Beamte beider Länder stimmen überein, dass das Verhältnis der Geheimdienste der USA und der Emirate sehr eng ist. Die CIA betont jedoch, sie habe von dem Festhalten Jarrahs erst durch eine Mitteilung von CIA-Mitarbeitern in den Emiraten nach dem 11. September erfahren. Mit dem CIA-Dementi konfrontiert, wiederholten Regierungsbeamte der Emirate gegenüber CNN, Jarrah sei auf Wunsch der Vereinigten Staaten befragt worden. Man habe selbst keinen Grund gehabt, ihn zu verhören, da er auf der Durchreise war. Der CIA-Sprecher wiederholte sein Dementi, dass es jemals einen solchen Kontakt gegeben habe."

Ein einige Wochen später veröffentlichter Untersuchungsbericht des US-Senats zur Angelegenheit wiegelte ab:

„Unsere Untersuchung hat ergeben, dass die Medienberichte unrichtig sind. Unser Stab forderte alle zugehörigen CIA-Dokumente an, um zu prüfen, ob solch eine Anfrage [Jarrah zu befragen] gemacht wurde. Der Stab fand heraus, dass Jarrah der CIA vor dem 11. September 2001 unbekannt war. Beamte der Emirate hatten Jarrah wegen einer Unregelmäßigkeit in seinem Pass festgehalten, und nicht auf Bitten der CIA, wie sie gegenüber US-Regierungsbeamten bestätigten. Auch ist das Datum in den Medienberichten falsch. Jarrah wurde im Januar 2000, nicht 2001, wie berichtet, festgehalten."

Im Abschlussbericht der 9/11 Commission tauchte der Vorfall nur noch in einer Fußnote auf Seite 496 auf. Die CIA kam darin nicht mehr vor:

„Am 30. Januar 2000, auf der Durchreise von Karachi nach Deutschland, wurde Jarrah von Beamten der Emirate befragt, weil in seinem Pass ein Deckblatt des Korans auftauchte. Die Beamten bemerkten auch die religiösen Videos und Bücher, die Jarrah bei sich hatte, ließen ihn aber weiterreisen, nachdem er ausgeführt hatte, dass er seit mehreren Jahren in Hamburg lebe und dort Flugzeugbau studiere."

Zurück zur ursprünglichen *CNN*-Meldung:

„Beamte der USA und der Emirate sagen, dass Jarrah am Flughafen von Dubai festgehalten wurde, nachdem die CIA die Emirate informiert habe, dass er auf seinem Weg nach Europa von Pakistan aus ankommen würde. Quellen aus den Emiraten sagen, dass die CIA wissen wollte, wo und wie lange er in Afghanistan gewesen sei."

Wo und wie lange er in Afghanistan gewesen sei - diese Frage beantwortete der 9/11 Commission Report sehr deutlich. Dort stand sogar, mit wem Jarrah in Afghanistan war, bevor er auf der Rückreise in Dubai verhört wurde: Oberterrorist Mohammed Atta war sein Reisegefährte gewesen. – Noch einmal *CNN*:

„Die CIA verdächtigte Ziad Jarrah, in Afghanistan gewesen zu sein und wollte, dass er wegen ‚seiner vermuteten Beteiligung an terroristischen Aktivitäten' befragt wird, wie Quellen aus den Emiraten sagten."

Beteiligung an terroristischen Aktivitäten? Wodurch war Jarrah denn vor Januar 2000 den Behörden aufgefallen? Etwa durch seinen dubiosen Betbruder Zammar? Der Bericht der 9/11 Commission vermerkt:

„Es ist nicht klar, wie und wann er Teil von Attas Zirkel wurde. Er freundete sich mit Binalshibh [einem der Anschlagsplaner] an, nachdem er ihn in der Hamburger Al-Quds Moschee getroffen hatte, die Jarrah Ende 1997 regelmäßig zu besuchen begann. Zu den Kirchgängern gehörte auch ein auffälliger Islamist namens Zammar. Dieser war Ende der 90er eine bekannte Figur - sowohl in der Gemeinschaft der Muslime, als auch bei deutschen und amerikanischen Geheimdiensten. (...) 1998 ermutigte Zammar sie [die „Hamburger Zelle"], am Dschihad teilzunehmen, und überzeugte sie sogar, nach Afghanistan zu gehen. Durch Zammars Überredung oder eine andere Anregung bereiteten sich Atta, Binalshibh, Al-Shehhi, und Jarrah darauf vor, ihre extremistischen Vorstellungen in die Tat umzusetzen."

Wer war dieser Mann, der hier als Rekrutierer von Atta, Jarrah und Co. beschrieben wurde?

Mohammed Haydar Zammar wurde 1961 in Syrien geboren, wuchs aber in Hamburg auf. Er machte eine Lehre als Kfz-Schlosser und bekam 1982 die deutsche Staatsbürgerschaft zuerkannt. Ende der 90er war Zammar sechsfacher Familienvater und lebte von Sozialhilfe und Kindergeld. Als radikaler Islamist kämpfte er 1991 in Afghanistan und später in Bosnien. Ab Mitte der 90er Jahre pendelte Zammar dann anscheinend zwischen Hamburg und Afghanistan. Schon kurz nach dem 11. September hatten ihn die deutschen Behörden als Schlüsselfigur der „Hamburger Zelle" ins Visier genommen und auch verhört, doch auf Grund fehlender Beweise wieder laufen lassen. Was dann passierte und Schritt für Schritt bekannt wurde, lässt sich am besten in einer Rückschau der Berichte des deutschen Nachrichtenmagazins *Der Spiegel* nachvollziehen, das zur „Hamburger Zelle" umfangreiche Recherchen unternommen hatte:

15. April 2002

„Eine der mutmaßlichen Schlüsselfiguren aus dem Umfeld der Hamburger Terrorzelle ist spurlos verschwunden. Von dem 41-jährigen Mohammed Haydar Zammar fehlt seit Monaten jede Spur. Inzwischen sind auch das Bundeskriminalamt (BKA) und das Auswärtige Amt eingeschaltet. Der Deutsch-Syrer, gegen den die Bundesanwaltschaft seit Mitte Oktober vergangenen Jahres wegen Unterstützung einer terroristischen Vereinigung ermittelte, reiste Ende Oktober nach Marokko. Einen Rückflug am 8. Dezember trat er nicht an. Auf zahlreiche Nachfragen haben die marokkanischen Behörden inzwischen eingestanden, Zammar habe das Land nach einer kurzzeitigen Inhaftierung wieder verlassen. Allerdings weigern sie sich zu erklären, wohin Zammar gereist ist. In Sicherheitskreisen wird spekuliert, Zammar könnte untergetaucht oder von einem Geheimdienst verschleppt worden sein. Seine Familie hat inzwischen Vermisstenanzeige erstattet. Zammar gilt den Ermittlern als radikaler Islamist und bekennender Anhänger Bin Ladens. Noch unmittelbar vor den Anschlägen in den USA soll er junge Muslime in Hamburg für die Ausbildung in afghanischen Militärcamps weitervermittelt haben."

12. Juni 2002

„Überraschend lancierten US-Behörden die Nachricht, Zammar sei in ihrem Gewahrsam. Ein deutscher Geheimdienstmann soll der *Washington Post* zufolge sogar mitgeteilt haben, die USA hätten Zammar verhaftet und in ein verbündetes Land wie Ägypten gebracht, wo bei Vernehmungen die Menschenrechte nicht eingehalten werden müssen. Zugleich kommt aber durch die Festnahme auch ein diplomatisches Gerangel um den Zeugen in Gang. Denn noch immer ist Zammar deutscher Staatsbürger und genießt den Schutz der Bundesrepublik. Die Familie Zammars hat bereits vor Monaten eine offizielle Vermisstenanzeige gestellt und auch schon beim Außenministerium von Joschka Fischer um Hilfe im Fall ihres verschwundenen Verwandten gebeten."

18. Juni 2002

Es wird bekannt, dass Zammar „mit US-Wissen" nach Syrien gebracht wurde. Eine Woche später ist zu lesen, Syrien verweigere den deutschen Behörden jeglichen Kontakt zum Verschleppten.

22. Juni 2002

„Bereits zweieinhalb Jahre vor dem 11. September hat der Verfassungsschutz den Terrorverdächtigen Mohammad Haydar Zammar observiert. Ein Treffen mit dem WTC-Attentäter Atta belauschten die Beamten, ohne daraus Schlüsse zu ziehen."

1. Februar 2003

„Das Bundesamt für Verfassungsschutz (BfV) hat Jahre vor den Anschlägen des 11. September versucht, den mutmaßlichen Hamburger al-Qaida-Werber Mohammed Haydar Zammar als V-Mann zu gewinnen. Der Deutsch-Syrer Zammar, der die späteren Todespiloten für Terrorcamps rekrutiert haben soll, war 1996 durch den Hinweis eines ausländischen Geheimdienstes ins Visier des BfV geraten und sollte fortan Informationen aus der islamistischen Szene der Hansestadt liefern." – „In den Folgejahren überwachte das BfV Zammar und hörte dabei auch immer wieder Gespräche zwischen ihm und den späteren Verschwörern des 11. September ab."

Einige Monate später wurden die Berichte über die Vorgänge Ende der 90er noch genauer:

> „Zammar wird observiert, Spitzel fragen seine Umgebung über ihn aus, und immer wenn ‚Bruder Haydar', wie Zammar in der Szene genannt wird, zum Hörer greift oder angerufen wird, schaltet sich beim Verfassungsschutz automatisch ein Tonbandgerät ein."

Außerdem sei Zammar „im Visier der Amerikaner" gewesen. Die Behörden seien sich schließlich ins Gehege gekommen, und die Deutschen hätten die Amerikaner wegen deren unerwünschter Spionage verwarnt. – Nach den Anschlägen dann war Zammar offensichtlich nicht mehr nur in deren Visier, sondern auch in ihrer Gewalt. Der *Spiegel* präzisierte unter der Schlagzeile „Verschleppung in Folter-Länder":

> „Für besonders wichtige Gefangene haben sich die Strategen der CIA noch eine weitere Variante ausgedacht. Mehrere der Top-Qaida-Leute wurden kurzerhand in Drittstaaten geflogen, die von Menschenrechtsorganisationen als Folterländer geächtet sind. Dort verfolgen die CIA-Agenten die Verhöre nur als Beobachter – faktisch aber stellen sie die Fragen und lassen die Polizisten nach den lokalen Sitten vorgehen. Die Methoden sind ebenso zynisch wie erfolgreich: Der deutsche Terror-Anwerber Haydar Zammar, der bei einer Reise in sein Geburtsland Marokko auf unerfindlichen Wegen in Syrien landete, packte im Faris-Filastin-Knast nahe Damaskus nach mehreren Sitzungen mit den syrischen Geheimdienstleuten aus. So lieferte er den US-Ermittlern wichtige Hinweise über die Planung des 11. Septembers. Monate nach den Amerikanern durften schließlich auch deutsche Ermittler zu Zammar in die Zelle."

Doch was geschah mit den „wichtigen Hinweisen"?

Sie blieben geheim – wie die Presse während des ersten Hamburger „Terrorprozesses" gegen einen Helfer der „Hamburger Zelle" Anfang 2003 erwähnte. Beschrieben wurde ein Vertuschungsversuch auf höchster Ebene:

> „Das Hanseatische Oberlandesgericht will gegen das Zurückhalten von Informationen durch die Bundesregierung vorgehen. Mit so genann-

> ten Sperrerklärungen wollten Bundeskanzleramt und Bundesinnenministerium die Weitergabe von Angaben über den mutmaßlichen Terrorhelfer Mohammed Haidar Zammar verhindern. Der Vorsitzende Richter Albrecht Mentz kündigte am Freitag [31. Januar 2003] eine so genannte Gegenvorstellung zu den Erklärungen von Bundeskanzleramt und Bundesinnenministerium an. Der Deutsch-Syrer Zammar soll in Deutschland Gefolgsleute für die El Kaida rekrutiert haben. Er war nach seiner Ausreise aus Deutschland in Marokko verhört worden und soll sich in Syrien in Haft befinden. Bundesnachrichtendienst (BND) und Bundeskriminalamt (BKA) wurden nun unter anderem die Weitergabe von Verhörprotokollen Zammars an das Gericht untersagt. Auch sein Aufenthaltsort dürfe ‚mit Rücksicht auf die Beziehung zu Partnerdiensten' nicht bekannt werden, hieß es in den Sperrerklärungen."

Zurück zu den „Amerikanern" bzw. der CIA, die die Hamburger Truppe, wie erwähnt, bereits vor den Anschlägen „im Visier" hatte. Um die ganze Tragweite ihrer Verwicklung zu verstehen, lohnt es, etwas weiter auszuholen und den Blick zurück bis in den Kalten Krieg zu richten.

In den 80er Jahren gelangte die analytische Abteilung der CIA mehr und mehr unter politischen Einfluß. Die Regierung Reagan verlangte bei ihrem Kreuzzug gegen das sowjetische „Reich des Bösen" von ihrem Geheimdienst weniger kritische Analysen als vielmehr blinde Gefolgschaft.

Robert Gates, ein Mann, der maßgeblich zur Politisierung der CIA beigetragen hatte, sollte 1991 unter Bush senior dann passenderweise zu ihrem Direktor ernannt werden. Im Zuge der Anhörungen des Senats, der einer solchen Nominierung zustimmen muß, wurde jedoch sogar von Kritikern aus den eigenen Reihen der Vorwurf laut, dass Gates eine Schlüsselfigur bei der „Korrumpierung" der CIA gewesen sei. Und nicht nur das, auch alte Schatten des Iran-Contra Skandals, sowie Anschuldigungen, bei einer geheimen Unterstützung Saddam Husseins mitgewirkt zu haben, legten sich über den Kandidaten.

In dieser Situation kam Bush der langjährige Vorsitzende des Senats-Geheimdienstausschusses David Boren zu Hilfe. Der Geheimdienstausschuss, dem eigentlich die parlamentarische Kontrolle der Dienste obliegt, wurde ganz im Sinne der Regierung tätig. Der von Boren eingesetzte Ausschuss-Stabschef George Tenet begrenzte die Untersuchung der Vorwürfe und taktierte hinter den Kulissen so geschickt, dass Gates schließlich als neuer CIA-Chef bestätigt wurde. Dieser Erfolg war gleichzeitig Impuls für Tenets eigene Karriere – Bush junior ernannte ihn sechs Jahre später selbst zum Geheimdienstboss.

Der vielleicht wichtigste Teil der CIA nennt sich „Direktorat für Operationen". Nach eigener Aussage ist er für die geheime Auslandsspionage zuständig. Andere Quellen erwähnen, dass zu seinen Aufgaben – getreu seinem Titel – auch die Durchführung verdeckter Operationen gehört. Wieder andere nennen es einfach das „Direktorat für schmutzige Tricks". Wie dem auch sei, im Jahre 1995 gab es einen Wechsel an der Spitze: der langjährige Mitarbeiter David Cohen wurde zum Chef des Direktorats ernannt.

Gegen Cohen war bereits eine interne Untersuchung wegen politischer Manipulation von Geheimdiensterkenntissen gelaufen, was seiner Karriere aber nicht geschadet hatte. 1996 gründete er die „Bin Laden-Einsatzgruppe", die Al-Qaida ausspionieren und Operationen gegen sie planen sollte. Dies markierte den Beginn der Jagd auf den Terrorchef.

Einer der Stellvertreter Cohens wurde David Edger. Edger, ein echter Veteran, der seit über 30 Jahren der CIA diente und auch schon 1973 in Chile dabeigewesen war, kam bald nach seinem Aufstieg im „Direktorat für Operationen" nach Berlin an die dortige US-Botschaft. Zu seinen Aufgaben gehörte die Leitung der zivilen und militärischen Geheimdienstprogramme in Deutschland. Auch die später bekannt gewordene Überwachung der Hamburger Zelle fiel in seinen Bereich. Wie die Presse berichtete, versuchte ein Hamburger CIA-Agent in dieser Zeit (1999) intensiv, eine Kontaktperson der Terroristen anzuwerben (parallel zu den Bemühungen des deutschen Verfassungsschutzes, den Rekrutierer Zammar „umzudrehen").

Im Frühsommer 2001 dann, als die „Hamburger Zelle" Hamburg verlassen hatte und Mohammed Atta die nach und nach anreisenden Terroristen in Florida empfing, verließ auch Edger Deutschland. David Boren, der oben erwähnte Mentor von CIA-

Chef Tenet, lud ihn für zwei Jahre als Gastprofessor („CIA Officer in Residence“) an die Universität von Oklahoma – den Heimatstaat der beiden – ein, wo Strippenzieher Boren sich inzwischen als Präsident der Bildungsstätte zur Ruhe gesetzt hatte.

Gastprofessor Edger gab nun Kurse zum Thema Geheimdienste und Außenpolitik; er räumte nach den Anschlägen in der Lokalpresse ein, dass verdeckte Operationen ein notwendiger Bestandteil im Kampf gegen den Terrorismus seien.

***

Wie läßt sich das illustre Treiben der Attentäter und ihrer Überwacher zusammenzufassen?

1. Die beiden Attentäter Mihdhar und Hazmi wurden nicht direkt von Al Qaida rekrutiert. Sie hatten sich, bevor sie ausgesucht wurden, schon „von sich aus“ US-Visa besorgt. Später überwachte sie die CIA, gab ihr Wissen aber nicht weiter. In Amerika lebten die beiden bei einem FBI-Informanten, der außerdem „Professor“ an einer Schein-Universität war. Seine Aussage vor der Untersuchungskommission wurde blockiert. Das FBI zahlte ihm wenige Monate später 100.000 Dollar.

2. Wenn Beamte der USA und der ihres engen Alliierten, der Vereinigten Arabischen Emirate, nicht lügen, dann überwachte die CIA bereits Anfang 2000 auch die Reisewege des späteren Selbstmordpiloten Jarrah.

3. Zammar, der Rekrutierer von drei der späteren Piloten, wurde vom deutschen Geheimdienst observiert; es gab sogar einen Anwerbeversuch. Auch die CIA operierte im Umfeld der Hamburger Terroristen. Der Stellvertreter des Chefs der CIA-Auslandsspionage (der die Bin Laden-Einsatzgruppe überwachte) war zu der Zeit für die Durchführung von Geheimdienstprogrammen in Deutschland zuständig. Nach den Anschlägen wurde Zammar verschleppt; er wird bis heute in Syrien unter Verschluss gehalten.

Aber vielleicht sollte man auch nicht zu einseitig denken. Die CIA kümmert sich um viele Personen. Sogar von Lee Harvey Oswald hatte sie schließlich eine Akte geführt ...

3. LEBEN EINES DOPPELAGENTEN

Als vergleichende Studie kann die nachfolgende Biographie dienen. Der Fall hat nichts mit dem 11. September zu tun, ist aber gut dokumentiert und hilft vielleicht dabei, die wirkenden Strukturen besser zu verstehen.

Ali Mohamed wurde 1952 in Ägypten geboren. Mit 19 Jahren begann er in Kairo ein Studium an der dortigen Militärakademie und trat bald in die Armee ein. Er machte einen Abschluß in Psychologie und stieg in den 70er Jahren bis zum Major bei den Special Forces auf. Zu den Aufgaben des Spachtalents – er spricht neben Arabisch und Englisch auch Hebräisch, Französisch und Deutsch – gehörte fortan auch die Rekrutierung von Agenten für den ägyptischen Geheimdienst.

1981 schickte ihn die Armee dann für vier Monate in die USA nach Fort Bragg zum Spezialkräfte-Training mit der Eliteeinheit *Green Berets*. Der Stützpunkt ist auch Basis der Antiterror-Eliteeinheit *Delta Force*, die für Sondereinsätze im Ausland zur Verfügung steht.

Nach seiner Rückkehr blieb Mohamed noch drei Jahre in der ägyptischen Armee, bevor er sich nach seinem Ausscheiden 1984 der CIA als Spion anbot. Die Amerikaner waren interessiert und beauftragten ihn, Kontakt mit einer Terrorgruppe aufzunehmen. Mohamed offenbarte der Gruppe jedoch seine CIA-Verbindung, sodass der Geheimdienst angeblich den Kontakt abbrach und seinen Namen sogar auf eine Terrorliste des US-Außenministeriums setzte, um ihm die Einreise zu verwehren.

Aus Gründen, „die irgendwie unklar bleiben", wie die *New York Times* es formulierte, entschied sich Mohamed 1985 in die USA zu emigrieren – woraufhin ihm das Außenministerium unerklärlicherweise ein Visum ausstellte. Im folgenden Jahr trat der Ägypter in die US-Army ein und wurde abermals dem Spezialkräfte-Kommando in Fort Bragg zugeteilt. Nach einiger Zeit unterrichtete er dort sogar selbst. 1988 kämpfte Mohamed dann für einige Wochen in Afghanistan an der Seite der von Amerika unterstützten Mudschaheddin gegen die Sowjets. Danach begann er, parallel zu seiner Arbeit in der US-Army, einen Zirkel militanter Islamisten in New York zu trainieren. Wie es der Zufall wollte, planten just Mitglieder dieser Gruppe 1993 den Bombenanschlag auf das World Trade Center.

1989 verließ Mohamed die US-Army. Er wurde ehrenvoll entlassen, erhielt die US-Staatsbürgerschaft und verblieb noch bis 1994 in der Reserve der Streitkräfte.

Derweil waren die Mudschaheddin, eben noch von Amerika unterstützt, nach dem sowjetischen Rückzug aus Afghanistan in Umstrukturierung begriffen. Bin Laden zog 1991 in den Sudan um – und Mohamed half ihm dabei. Doch nicht nur das, Mohamed, „der Amerikaner", wie er im arabischen Raum nun genannt wurde, trainierte weiterhin Kämpfer in Afghanistan – unter anderem im „Bilden von Zell-Strukturen, die für Operationen benutzt werden konnten", wie er selbst einräumte. Eine logische Fortführung seiner Arbeit der 80er Jahre.

Derart profiliert, begleitete er Anfang der 90er den Führer des Ägyptischen Islamischen Dschihad, Al Zawahiri, bei seinen Reisen durch kalifornische Moscheen, bei denen der Partner Bin Ladens Geld für den heiligen Kampf sammelte. Der schon geraume Zeit in Kalifornien ansässige Mohamed konnte auch dabei helfen.

Nach dem Anschlag auf das World Trade Center 1993 kam es schließlich zu einer Befragung durch das FBI, wobei er Auskünfte zu Bin Laden gab. Dies war zugleich der Beginn einer regelmäßigen Zusammenarbeit mit der Behörde. Und das Doppelspiel ging weiter. 1994 erkundete Mohamed im Auftrag Bin Ladens westliche Militäreinrichtungen in Afrika und trainierte sogar die Bodyguards des Chefterroristen, woraufhin sich abermals das FBI meldete, und Mohamed zum Rapport in die USA flog.

Zwei Jahre später, als es Bin Laden im Sudan zu heiß wurde, und er zurückwich nach Afghanistan, wo sich inzwischen die Taliban etabliert hatten, half der Ägypter erneut beim Umzug. Zwischen all diesen Aktivitäten lebte Mohamed ungestört in Kalifornien.

Die Zäsur kam im August 1998. In Kenia und Tansania reißen zu der Zeit Bomben vor den dortigen amerikanischen Botschaften Hunderte in den Tod. Mohamed ist verstrickt. Das FBI bricht seine

Wohnung auf und findet Beweismaterial. Er wird vorgeladen und fliegt im September nach New York zum Gericht, wo man ihn festnimmt. Eine geheime Anklage wegen Beteiligung an den Botschaftsanschlägen wird eröffnet. Auch die Verhaftung selbst bleibt acht Monate lang geheim, anscheinend, weil „die Regierung versucht, einen Deal auszuhandeln", wie zu lesen ist.

Verständlich, denn in dieser Biographie gibt es einiges, was tief befremden muß. Und so gibt Mohamed dann auch noch vor Beginn des Verfahrens alles zu (die Kontakte zu Bin Laden und die Beteiligung an den Anschlägen), so dass er während des Prozesses – es gibt noch vier weitere Angeklagte – nicht öffentlich aufzutreten braucht. Dies ist Teil „einer geheimen Absprache", wie die Presse lapidar vermerkt.

4. DIE IDENTIFIZIERUNG DER ATTENTÄTER

„Wie ist es zu erklären, dass so schnell nach den Anschlägen klar war, wer es war und wer dahinter steckt?"

Diese Frage stellten sich viele. Exemplarisch sei die Aussage eines Journalisten des *Spiegel* erwähnt, der vor Ort in New York recherchiert hatte:

> „Das ist in der Tat erstaunlich. Wir hatten das erste Fahndungsersuchen des FBI ganz schnell. Das hat vielleicht 16 oder 18 Stunden gedauert, dann gab es die Liste mit 19 Namen. Das ging irrsinnig schnell, da staune ich selber. Passagierlisten lassen sich schnell besorgen, dann hat man die Namen der Passagiere und somit auch die der arabischen Passagiere. Wirklich erstaunlich ist die Trefferquote. Alle Namen stimmten."

Vor der 9/11 Commission bezeugte der Leiter der US-Zollbehörde, dass ihm am Morgen des Anschlags sogar schon um 11.00 Uhr früh – also nur eine Stunde nach dem Absturz des letzten Flugzeugs – eine Liste der 19 vermuteten Attentäter vorlag, die er dann umgehend dem FBI übermittelte.

„Nun, das war eigentlich ziemlich leicht. Wir konnten uns von den Fluggesellschaften die Passagierlisten für jeden der vier Flüge besorgen. Wir ließen sie durch das TECS/IBIS-System laufen. Das ist das Suchsystem, das die Zoll- und die Einwanderungsbehörde benutzen. Zwei der Passagiere waren Treffer, da man sie im August 2001 auf die Suchliste gesetzt hatte. Das waren Al-Mihdhar und den anderen Namen habe ich vergessen, aber es waren die beiden, die in Singapur gewesen waren und die die CIA identifiziert hatte. Mit diesen beiden Treffern und anderen grundlegenden Daten aus den Passagierlisten - auf welchen Plätzen sie gesessen hatten, wo sie ihre Tickets gekauft hatten - konnte man eine schnelle Analyse zusammenstellen. Ungefähr gegen 11.00 Uhr früh hatte ich ein Blatt Papier, auf dem die 19 wahrscheinlichen Flugzeugentführer identifiziert waren. Und tatsächlich stellte sich durch die weitere Untersuchung heraus, dass es die 19 waren."

Wirklich? Tatsächlich gibt es an dieser Stelle einige Unklarheiten – die zusätzlich dadurch vernebelt werden, dass die originalen Passagierlisten der vier Flüge nie veröffentlicht wurden. Auf CNN konnte man zwar die Namen der getöteten amerikanischen Passagiere nachlesen, die Araber jedoch waren von der Liste getilgt worden – aus „Pietätsgründen". Was nicht ganz unbedeutsam ist, da einige der arabischen Namen zwischen dem 11. und dem 14. September – als das FBI dann seine erste offizielle Täterliste veröffentlichte – geändert wurden.

Es handelt sich um vier Personen, die alle zusammen mit Mohammed Atta im ersten Flugzeug saßen. Die folgende Übersicht zeigt links die am 11.9. vermutete Besatzung, rechts die seit dem 14.9. vermutete:

Mohamed Atta	Mohamed Atta
Abdul Rahman Al-Omari	Abdul Aziz Al-Omari
Adnan Bukhari	Walid Al-Shehri
Amir Bukhari	Wail Al-Shehri
Amir Kamfar	Satam Al-Suqami

Bis auf Mohammed Atta hatte man also komplett falsch gelegen. Was war passiert?

Adnan Bukhari, der in einer Flugschule in Vero Beach, Florida fliegen lernte, hatte sich bei der Stürmung seines Hauses am 12. September als lebendig herausgestellt, von Amir Bukhari wiederum erfuhr man schnell, dass er bereits ein Jahr zuvor gestorben war. Offensichtlich waren unter dem Namen der beiden Bukharis zwei gänzlich andere Personen in den Tod geflogen – nämlich die beiden Al-Shehris. Gestohlene Identitäten also.

Doch damit war die Geschichte noch nicht zu Ende. Ein Foto von Walid Al-Shehri kursierte kurz nach den Anschlägen – noch vor der offiziellen Veröffentlichung aller Bilder am 27. September durch das FBI – in der Presse. Doch dieses Foto zeigte offensichtlich einen lebenden Walid Al-Shehri, denn dieser meldete sich umgehend bei den Behörden. Er gab zu, ebenfalls in Florida fliegen gelernt zu haben und auch sonst derselbe zu sein, von dem das FBI auf seiner Liste sprach. Aber er habe die USA bereits vor einem Jahr verlassen und arbeite seitdem als Pilot für die Saudi Arabian Airlines.

Die großen Zeitungen griffen die rätselhafte Geschichte auf. Al-Shehris Foto jedoch prangte weiter auf der FBI-Liste. Die Behörde schien sich keinen Rat zu wissen. Zu allem Überfluss schrieb sie ihm in seinem Steckbrief auch noch sieben mögliche Geburtsdaten zu. Auch sein Bruder Wail Al-Shehri war offensichtlich Opfer eines Identitäts-Diebstahls geworden. Er meldete sich ebenfalls als lebendig und sein Vater, ein saudischer Diplomat, bürgte für ihn.

Es fiel schwer, sich darauf einen Reim zu machen. Die Al-Shehris hatten die Identität der Bukharis angenommen, waren dabei aber ihrerseits bestohlen worden? So konnte es wohl kaum gewesen sein. Doch das war nur der Anfang.

Außerdem wurde Abdul Rahman Al-Omari verdächtigt, einer der Entführer des ersten Flugzeugs gewesen zu sein. Als Nachbar von Adnan Bukhari hatte er – wie dieser – in Vero Beach fliegen gelernt. Dass auch Al-Omaris Identität gestohlen worden war, stellte sich bei der Befragung Bukharis am Tag nach den Anschlägen wie „zufällig" heraus. Die Beamten wollten von Bukhari mehr über seinen verdächtigen Nachbarn erfahren, den sie immer noch für einen der Entführer hielten. Wie die Presse berichtete, ereignete sich dann Folgendes:

> „Gerade als die Befragung begann, klingelte Bukharis Handy. Es war Al-Omari. Bukhari wandte sich seinem Anwalt zu: ‚Sie werden nicht glauben, wer dran ist.' Bukhari gab dem FBI-Beamten das Telefon."

Damit war auch der Diebstahl von Al-Omaris Identität bewiesen und Bukhari wurde freigelassen. Abdul Rahman Al-Omari hatte aus Saudi Arabien angerufen, wo er als Pilot arbeitete. *CNN* berichtete:

> „In Saudi Arabien sieht dieser Mann im Fernsehen den Horror des Anschlags auf das World Trade Center, dann hört er, wie sein Name als der eines verdächtigten Terroristen genannt wird und sieht dazu ein Foto von sich, das CNN von den Behörden zur Verfügung gestellt worden war."

Nun begann ein Verwirrspiel. Abdul Rahman Al-Omari lebte. Das FBI ersetzte seinen Namen umgehend durch einen gewissen Abdul Aziz Al-Omari. Der war laut Steckbrief entweder 1972 oder 1979 geboren und lebte in Hollywood, Florida. Abdul Rahman war jedoch Presseberichten zufolge bereits 1963 geboren und hatte in Vero Beach gelebt. Es handelte sich also nicht um eine simple Namensverwechslung, sondern um zwei komplett verschiedene Personen. Kein Wunder, dass die Medien etwas Mühe hatten, dem zu folgen und das ganze lieber ignorierten.

Aber es ging noch weiter. Der frisch als Täter identifizierte Abdul Aziz lebte gleichfalls. Die britische Presse zitierte ihn:

> „Ich konnte nicht glauben, dass das FBI mich auf seine Liste gesetzt hatte. Sie gaben meinen Namen und mein Geburtsdatum an, aber ich bin kein Selbstmordpilot. Ich bin hier. Ich lebe."

Abdul Aziz Al-Omari war Ingenieur bei Saudi Telecoms. In den 90ern hatte er in Denver studiert, wo in sein Appartment eingebrochen und unter anderem sein Pass gestohlen worden war.

Hatte das FBI aus zwei Namen eine Identität gemacht? Das Foto von Rahman mit den Daten von Aziz kombiniert? Der Fall schlug Wellen. Am 20. September besuchte der saudische Außenminister

Präsident Bush im Weißen Haus. Man betonte zwar einerseits den Schulterschluß, in der anschließenden Presseerklärung hieß es aber auch:

> „Was die saudischen Namen auf der Liste der Verdächtigen angeht, kommentierte der Außenminister, dass Eile bei der Veröffentlichung der Namen zugegeben worden sei und dass es sich außerdem erwiesen habe, dass fünf der aufgelisteten Personen nichts mit dem, was passiert ist, zu tun hatten."

Die deutlichen Worte verhallten jedoch ungehört. Die Liste vom 14. September wurde nicht mehr geändert.

Als Postskriptum sei noch der Fall Amir Kamfar erwähnt. Kamfar hatte auch in Vero Beach fliegen gelernt und die gleiche Adresse wie Rahman. Es scheint – am Rande bemerkt –, dass die ursprünglichen Verdächtigen (Bukhari, Abdul Rahman Al-Omari, Kamfar) ein sehr glaubwürdiges Netzwerk abgaben. Hätte sich nach den Anschlägen niemand von Ihnen gemeldet, würde heute wohl auch niemand an ihrer Täterschaft zweifeln.

Mit Kamfar ereignete sich in der Folge Merkwürdiges. Kurz nachdem er als Flugzeugentführer benannt worden war, änderte sich die Geschichte. Kamfar schien noch zu leben und das FBI gab am 12. September eine Warnung heraus: Vorsicht sei geboten, denn der Araber trage ein Maschinengewehr bei sich und sei extrem gefährlich. Doch nur zwei Tage später war der Spuk vorbei und die Behörde ließ verlauten, man suche nicht mehr länger nach Kamfar. Warum – dazu gab es von der Pressesprecherin keinen weiteren Kommentar.

Kamfar war aus der Berichterstattung verschwunden und wurde auf der Täterliste vom 14. September durch einen gewissen Satam Al-Suqami ersetzt. Dass dieser Al-Suqami tatsächlich an Bord der entführten Maschine war, wurde sodann durch einen kuriosen Fund untermauert. Ein paar Blocks entfernt von den rauchenden Trümmern des World Trade Centers nämlich entdeckte man – so die Behörden – seinen Pass.

Der Abschlussbericht der 9/11 Commission vermerkte dazu Folgendes:

> „Nur die Pässe von Satam Al-Suqami und Abdul Aziz Al-Omari wurden nach dem 11. September gefunden. Beide waren manipuliert worden."

5. FLIGHT 77

Flug 77 – so lautete die Nummer der Passagiermaschine, die am 11. September das Pentagon traf. Es war die dritte entführte Maschine dieses Morgens; auch sie erreichte unbehindert ihr Ziel.

Rückblende: die erste Boeing war um 8:13 Uhr entführt worden, ungefähr zehn Minuten später hatten die Fluglotsen am Boden begriffen, was vor sich ging. Noch mal knappe zehn Minuten später, um 8:37 Uhr, wusste dann auch die militärische Luftabwehr Bescheid.

Die erste Maschine schlug kurz darauf um 8:46 Uhr in einen der Türme des World Trade Center, die zweite um 9:03 Uhr in den anderen. Die Abfangjäger waren unterwegs, hatten es aber nicht mehr rechtzeitig geschafft.

Das Verteidigungsministerium wurde allerdings erst um 9:37 Uhr getroffen. Wo war hier das Militär gewesen? Gab es nicht 10 Meilen vom Pentagon entfernt einen weiteren Luftwaffenstützpunkt, der ständig Abfangjäger in Alarmbereitschaft hatte? Warum starteten diese dann erst um 10:38 Uhr, also eine Stunde nach dem Einschlag?

Die Erklärung dafür lag in einem Dickicht von Fakten begraben, in dem sich bald auch die offizielle Untersuchungskommission verfing. Doch der Reihe nach.

1. Radarprobleme

Bis 8:51 Uhr gab es normalen Funkverkehr mit den Fluglotsen. Drei Minuten später wechselte Flug 77 seinen Kurs. Der Pilot antwortete nicht mehr. Nach weiteren zwei Minuten wurde der Transponder ausgeschaltet, so dass das Flugzeug auf den Bildschirmen der Lotsen nicht mehr mit Flugnummer und -höhe, sondern nur noch als ein vom Radar ermittelter Punkt dargestellt wurde. In derselben Minute – 8:56 Uhr – erlosch freilich auch das Radarsignal, worauf das Flugzeug ganz vom Bildschirm verschwand.

Radar- und Transpondererkennung sind zwei voneinander unabhängige Systeme. Es ist ein merkwürdiger Zufall, dass beide gleichzeitig ausfielen.

Im „9/11 Commission Report", dem Abschlussbericht der von der Regierung eingesetzten Kommission zur Untersuchung der Terroranschläge, hieß es dazu:

> „Das Versagen, ein Radarsignal für Flug 77 zu finden, ließ uns diese Angelegenheit näher untersuchen. Die nach dem 11.9. angefertigte Rekonstruktion der Radar-Daten ergibt, dass das Radar den Flug von dem Moment an verfolgte, als der Transponder um 8:56 Uhr ausgeschaltet wurde. Aber für 8 Minuten und 13 Sekunden, zwischen 8:56 Uhr und 9:05 Uhr, wurde diese Radar-Information zu Flug 77 nicht an den Bildschirmen der Fluglotsen dargestellt. Die Gründe sind technischer Natur und sowohl in der Art, wie die Software die Radar-Informationen verarbeitet, zu finden, als auch in der schwachen Radar-Abdeckung des Gebietes durch das sich Flug 77 bewegte."

„Der Pentagon-Crash beleuchtet eine Radar-Lücke" hatte auch die *Washington Post* getitelt. Im Bericht vom 3. 11. 2001 hieß es dazu:

> „Das Flugzeug, das am 11.9. ins Pentagon stürzte, verschwand für mindestens 30 Minuten von den Radarschirmen der Fluglotsen, auch, weil es in einer Gegend mit begrenzter Radar-Abdeckung entführt wurde. Amtlichen Quellen zufolge kostete die Lücke das Militär wertvolle Vorwarnzeit.
>
> Die Antwort auf das Rätsel des Verschwindens des Flugzeugs beginnt mit der Tatsache, dass die Entführung in einem Bereich stattfand, der von nur einem Radar-Typ versorgt wurde. Obwohl dieses Radar als ‚sekundäres' System bezeichnet wird, ist es doch der heute in der Luftfahrtkontrolle fast ausschließlich genutzte Typ. Es bekommt Identifikation, Ziel, Geschwindigkeit und Höhe des Flugzeugs von dessen Transponder übermittelt und zeigt die Daten auf dem Radar-

schirm des Fluglotsen an. ‚Primäres' Radar ist ein älteres System. Es sendet einen Strahl, den das Flugzeug reflektiert und sagt dem Lotsen nur, wo sich ein Flugzeug befindet, es zeigt keinen Typ und keine Flughöhe an.

Wenn ein Flugzeug einfach vom Radar-Schirm verschwindet, können die meisten Lotsen schnell zum primären System schalten, das den Ort des Flugzeugs als kleines Plus zeigen sollte, auch wenn dessen Transponder ausgeschaltet ist. Aber die Radar-Anlage bei Parkersburg, West Virginia, war nur mit sekundärem Radar ausgestattet. Das ließ den Fluglotsen, der Flug 77 im Indianapolis Center überwachte, blind werden, als die Entführer anscheinend den Transponder ausschalteten.

Quellen sagten, dass der Ort der Entführung wahrscheinlich nur ein Zufall sei, obwohl es die entfernte Möglichkeit gibt, dass die Entführer wußten, wo sie den Transponder ausschalten mußten."

Bermerkenswert, denn die Entführer gewannen durch den achtminütigen Radar-Ausfall den entscheidenden Vorsprung. Nach dem Wiederauftauchen der Radarsignale um 9:05 Uhr wurden diese nicht entdeckt. Das Flugzeug hatte in den unsichtbaren Minuten gewendet, so dass der Lotse im falschen Bereich suchte.

Kurz nach 9:00 Uhr informierten die Fluglotsen im Indianapolis Center andere Behörden davon, dass Flug 77 vermißt wurde und vielleicht abgestürzt sei. Um 9:08 Uhr kontaktierten sie die Langley Air Force Base und baten, nach einem abgestürzten Flugzeug zu suchen. Um 9:09 Uhr wurde das Regionalzentrum der amerikanischen Luftfahrtbehörde FAA vom Abriss des Kontakts informiert. Um 9:20 Uhr erfuhren die Fluglotsen in Indianapolis dann erstmals, dass auch andere Flugzeuge entführt worden waren und begannen an einem Absturz zu zweifeln. Eine Minute später fingen die FAA sowie die Fluggesellschaft American Airlines an, nach dem Flugzeug zu suchen – es war 9:21 Uhr. Anscheinend informierte jedoch niemand NORAD, die militärische Luftüberwachung, der auch die Abfangjäger unterstehen.

2. Verantwortlichkeiten

Stattdessen wurde NORAD durch einen Bericht der FAA verwirrt, der um 9:21 Uhr behauptete, Flug 11 – der bereits 35 Minuten zuvor im World Trade Center eingeschlagen war – sei immer noch unterwegs. Wer hatte dieses Missverständnis zu verantworten?

> „Wir waren nicht in der Lage, die Quelle dieser Fehlinformation zu identifizieren."

So die 9/11 Commission. Das war eigentlich unverzeihlich, denn diese merkwürdige Fehlinformation war einer der Gründe, warum das Pentagon schutzlos blieb. Im Abschlussbericht war zu lesen, dass NORAD erst um 9:34 Uhr – drei Minuten vor dem Einschlag im Pentagon – zufällig bei einem Gespräch mit der FAA erfuhr, dass Flug 77 vermißt wurde. „Niemand im FAA-Hauptquartier bat jemals um militärische Unterstützung bezüglich Flug 77", konstatierte die Commission. Wer verantwortlich gewesen wäre, wurde nicht gefragt.

War es vielleicht Ben Sliney, der „National Operations Manager" der FAA, von dem man verblüfft der Presse entnehmen konnte, dass der 11.9. sein „allererster Tag im Job" gewesen war? Richard Ben-Veniste, eines der kritischeren Mitglieder der 9/11 Commission, erkundigte sich danach:

> „Wann hätte am 11. September die FAA NORAD normalerweise benachrichtigen müssen?"

General Canavan, ein führender Administrator der FAA, antwortete ihm:

> „Nach meiner Erfahrung, sobald man ein entführtes Flugzeug hat, benachrichtigt man jeden."

3. Tonbänder

Ben-Veniste fuhr fort:

> „Uns wurde von der FAA ein Statement übermittelt, das ich gern vorlesen möchte: ‚Innerhalb von Minuten nach dem ersten Einschlag im World Trade Center öffnete die FAA mehrere Telefonkonferenzen,

die FAA, Verteidigungsministerium, Secret Service und andere Regierungsbehörden zusammenbrachte. (...) NORAD-Protokolle zeigen, dass die FAA formell um 9:24 Uhr über Flug 77 informiert hat. Aber schon vor der formellen Benachrichtigung wurden Informationen zum Flug kontinuierlich während der Telefonkonferenz übermittelt.' Wir haben jetzt also die Frage, ob es eine informelle Echtzeit-Kommunikation der Situation, eingeschlossen der von Flug 77, mit NORAD gegeben hat. (...) Kann man davon ausgehen, dass die Teilnehmer dieser Konferenz Protokoll über das geführt haben, was sie hörten?"

Canavan: „Ich denke, ja."

Ben-Veniste: „Kann man auch davon ausgehen, dass es eine Tonbandaufnahme dieser Telefonkonferenz gibt?"

Canavan: „Davon weiß ich nichts. Ich weiß nichts von einer Tonbandaufnahme."

Ben-Veniste: „Ich denke, dass dies einige lohnende Bereiche sind, die wir weiter erforschen sollten."

Am gleichen Tag hatte Ben-Veniste bereits die NORAD-Generäle Arnold und McKinley nach der Existenz von Tonbändern gefragt.

Ben-Veniste: „Werden diese Telefonkonferenzen auf Tonband aufgenommen?"

Arnold: „Nicht dass ich wüßte."

McKinley: „Nicht dass ich wüßte."

Ben-Veniste: „Nach Ihrem besten Wissen haben sie nichts weiter dazu beizutragen, wann Sie – NORAD – das erste Mal vor 9:24 Uhr von der wahrscheinlichen Entführung von Flug 77 erfahren haben?"

Arnold: „Ich kann das für das Protokoll sagen. Ich habe im Moment kein weiteres Wissen."

Doch die Kommission fand Tonbänder. Ein Jahr später, im Juni 2004, wurde General Arnold abermals vorgeladen.

Ben-Veniste: „Als Sie nach der Existenz von Tonbändern gefragt wurden, gaben Sie zu verstehen, dass Sie davon nichts wüssten."

Arnold: „Ja, der Northeast Air Defense Sector hatte anscheinend ein Tonband, von dem wir seinerzeit nichts wußten. Mir wurde von Ihrem Stab gesagt, dass sie nicht in der Lage gewesen wären, das Band zum Laufen zu bringen. Aber später waren sie in der Lage – Ihr Stab war in der Lage, das Band zum Laufen zu bringen. Und so war das im Mai eine korrekte Aussage, dass ich nichts von Tonbändern wußte."

Auch Kommissionsmitglied Jamie S. Gorelick befragte Arnold zu seinen widersprüchlichen Aussagen:

„General Arnold, sie sagten damals aus, dass die Jäger als Reaktion auf Flug 93, nicht Flug 11, starteten, und als sie danach gefragt wurden –"

Arnold: „Ich hatte mich geirrt."

Gorelick: „Ja. Aber Sie sagten, der Grund für Ihren Irrtum sei gewesen, dass Sie keine Gelegenheit gehabt hätten, die Bänder anzuhören, oder dass die Bänder nicht zugänglich gewesen seien. Aber wir haben hier vier verschiedene Protokolle der Hauptquartiere, die klar erkennen lassen, dass die Jäger in Reaktion auf Phantomflug 11, der bereits abgestürzt war, losgeschickt wurden. Und es war Verpflichtung, wie ich mich erinnere, den Auswertungsbericht anzufertigen. Haben Sie während dieses Vorgangs nicht in die Protokolle geschaut?"

Arnold: „Sie beziehen sich auf einen Auswertungsbericht, den ich – den wir nicht angefertigt haben. Ich erinnere mich nicht daran, einen Auswertungsbericht angefertigt zu haben, außer dass wir versucht haben festzuhalten, wann der Jäger abgehoben hat, also wie schnell wir in der Lage waren zu reagieren, und darum ging es ja. Also, je älter ich werde – ich denke mein Gedächtnis war nicht so gut, wie es sein sollte, und im Grunde hat Ihr Stab mir auf diesem Gebiet ein bisschen auf die Sprünge geholfen, denn ich hatte mich nie mit der Tatsache wohlgefühlt, dass einige Leute sagten, dass wir die Jäger wegen Flug 77 losgeschickt hatten, wovon ich wußte, dass es nicht stimmte. Also ich nehme an, es ist die Art, wie der menschliche Geist funktioniert, dass wir unglücklicherweise versuchen, die Dinge in eine bestimmte Kategorie einzuordnen. Und dann, als wir von diesem Protokoll hörten, oder als mir dieses Protokoll gezeigt wurde, machte es für mich mehr Sinn als das, was passiert war."

Das klang reichlich wirr. Der General schlug Haken. Er hatte sich „nie mit der Tatsache wohlgefühlt“ und sprach von der „Art, wie der menschliche Geist funktioniert“. Außerdem hätte ihm die Kommission „ein bisschen auf die Sprünge geholfen“. War das die Art, in der militärische Befehlshaber redeten? Konnte ein Mann, der für den militärischen Schutz des Luftraums der einzigen Supermacht zuständig war, tatsächlich derart unfähig sein?

In jedem Fall waren die zuständigen Generäle nicht besonders hilfreich dabei, zu ermitteln, wann das Militär denn nun tatsächlich vom entführten Flug 77 erfahren hatte.

Im Abschlussbericht der Kommission vom Juli 2004 spiegelte sich das allerdings nicht wieder. In ihm war auch keine Rede mehr von 9:24 Uhr als Informationszeit. Ohne weitere Erklärung hieß es nun, dass NORAD erstmals um 9:34 Uhr von Flug 77 in Kenntnis gesetzt worden sei.

4. Andrews Air Force Base

10 Minuten früher oder später sind in diesem Fall keine Kleinigkeit. Die dem Pentagon nächste Luftwaffenbasis ist mit ca. 10 Meilen Entfernung Andrews Air Force Base. Richard Ben Veniste fragte den NORAD-General Larry Arnold, wie lange die Flugzeit von zwei F-16 Jägern von Andrews bis zum Pentagon wäre.

Arnold: „Vom Zeitpunkt ihrer Benachrichtigung an?“

Ben-Veniste: „Ja.“

Arnold: „Wahrscheinlich 15 bis 20 Minuten.“

Ein anderes Mitglied der 9/11 Commission fragte Arnold:

„Aber wenn Sie eher benachrichtigt worden wären, z. B. zum Zeitpunkt der Kursabweichung von Flug 77, wären Ihre F-16s doch sicherlich zur Stelle gewesen?“

Arnold: „Ich glaube, dass das stimmt. Das ganze passierte sehr schnell, aber ich glaube, dass das stimmt.“

Der springende Punkt war also die Informationszeit. Doch es wurde immer wieder versucht, davon abzulenken. Offenbar sollte nicht der Eindruck entstehen, eine Verzögerung in der Informationsübermittlung sei schuld am Ausbleiben der Abfangjäger gewesen. Die nächstliegende Frage wäre ja gewesen, wer da verzögert hatte.

Von Anfang an zog man eine andere Erklärung vor. *USA Today* etwa schrieb am 16. September 2001:

> „Die dem Pentagon nächste Luftwaffenbasis war die 130 Meilen entfernte Langley Air Force Base, Virginia. Diese war für die Jäger zu weit entfernt, um das entführte Flugzeug vor dem Crash ins Pentagon zu erreichen. Andrews Air Force Base, die Basis der Air Force One, ist nur 15 Meilen vom Pentagon entfernt, hatte aber keine Jäger stationiert. Mitarbeiter des Verteidigungsministeriums konnten nicht sagen, ob sich das geändert hat."

Das war eine Fehlinformation. Andrews hatte permanent Jäger in Alarmbereitschaft. Selbst die Internetpräsentation der Luftwaffenbasis informierte darüber: „Die DC Air National Guard befindet sich auf der Andrews Air Force Base. Bei uns ist das Geschwader 121 (zu dem F-16 Falcon Jäger gehören) stationiert." Die Mission dieses Geschwaders beschrieb die Webseite in klaren Worten: „Bereitstellung von Kampfeinheiten in höchstmöglicher Alarmbereitschaft."

Der letzte Satz war allerdings nur bis zum 12. September 2001 auf der Seite zu lesen. Am nächsten Tag wurde die Internetpräsentation erneuert. Von höchstmöglicher Alarmbereitschaft war ab dem 13. September keine Rede mehr. Das Internetarchiv *www.archive.org* zeigte später für jeden überprüfbar die Spuren dieser kuriosen Änderung der Selbstbeschreibung. Die Mission selbst hatte sich nämlich nicht geändert. Noch immer war es Auftrag von Andrews, den Luftraum über Washington zu schützen. Nur redete man nicht mehr davon. Vielleicht damit keiner fragte, wo die Andrews-Jäger bei Flug 77 waren?

Nachdem in der Presse der Name Andrews allerdings immer häufiger auftauchte, ging man in die Offensive. Der Fachzeitschrift

Aviation Week wurden Informationen gewährt, die sich in einem Artikel vom 9. September 2002 dann so lasen:

„Innerhalb von Minuten, nachdem Flug 77 das Pentagon traf, hoben F-16s der Nationalgarde von Andrews ab – in Reaktion auf die dringende Bitte des Weißen Hauses ‚sofort zu starten'. Diese Jäger wurden von drei Piloten geflogen, die selbst entschieden hatten, ein entführtes Passagierflugzeug zu rammen und, falls notwendig, zum Absturz zu bringen. Eine solche Aktion wäre mit großer Sicherheit verhängnisvoll für sie ausgegangen, hätte aber eine weitere Terror-Katastrophe in Washington verhindern können. Eine der F-16s startete ohne Bewaffnung. Die anderen beiden hatten nicht die hochexplosive, sondern nur Trainings-Munition an Bord. Das Andrews-Geschwader 121 war am 11. September nicht in Alarmbereitschaft, weil die Air National Guard der Hauptstadt nicht NORAD zugeordnet war. NORAD hatte bereits drei F-16s vom Stützpunkt Langley aus starten lassen, aber die waren noch 12 Minuten von Washington entfernt, als das Pentagon um 9:37 Uhr getroffen wurde."

Die erste Aussage dieses Artikels („innerhalb von Minuten, nachdem Flug 77 das Pentagon traf, hoben F-16s der Nationalgarde von Andrews ab") war definitiv falsch. Das Pentagon wurde um 9:37 Uhr getroffen, die ersten Andrews-Jäger starteten laut 9/11 Commission um 10:38 Uhr – also nicht wenige Minuten, sondern eine Stunde später. Und die folgenden Aussagen zur Heldengeschichte der drei Piloten, die aus eigener Initiative starteten, aber leider unbewaffnet waren, erklärten leider in keiner Weise die Befehlsstruktur, sondern verschleierten sie eher. Denn wer war zuständig? Und warum starteten die Jäger erst eine Stunde nach dem Einschlag? John F. Lehman von der 9/11 Commission fragte danach:

„Warum war Andrews Air Force Base mit seinen F-16s und F-18s nicht Teil des Alarms? Und ich würde auch gern wissen, welche Rolle der Secret Service beim Losschicken der F-16s hatte."

General Arnold: „Sprechen Sie vom Losschicken der –"

Lehman: „Andrews –"

Arnold: „Die Andrews-Jäger. Es ist meinem Verständnis nach der Secret Service – sie arbeiten ja mit der 113ten, weil die Air Force One des Präsidenten sich auf Andrews befindet. Sie hatten also persönliche Kenntnis von diesen Leuten dort draußen, und die Telefonnummer, und wo – ich kann nicht spekulieren, ob sie wußten, was wir [NORAD] taten oder nicht, aber in der Dringlichkeit, etwas zu tun, riefen sie die 113te an, wie ich später erfuhr – damals wußte ich das nicht – und fragten sie, ob sie irgendwas in die Luft bekommen könnten, und ich glaube die Formulierung war ′um das [Weiße] Haus zu schützen.′"

General McKinley: „Und die 113te ist die 113te Fliegerstaffel auf Andrews, die District of Columbia Air National Guard F-16 Staffel."

Arnold: „Und kein Teil von NORAD."

Die Frage war also gewesen, warum Andrews nicht Teil des Alarms gewesen war und die Antwort der Militärs lautete, dass Andrews nicht NORAD unterstellt sei, sondern dem Secret Service. Wieder war es das Kommissionsmitglied Ben-Veniste, das daraufhin die entscheidende Frage stellte:

„War das eine Entscheidung innerhalb des Secret Service, oder brauchte der Secret Service einen Befehl von höherer Regierungsebene, um diese Flugzeuge losschicken zu können?"

Arnold: „Das weiß ich nicht."

McKinley: „Die Antwort darauf ist mir nicht bekannt, Sir."

Die höchsten Militärs der Luftsicherung wußten also nicht, wer für den Start der Abfangjäger auf der Basis, die die Hauptstadt schützen sollte, verantwortlich war. Abgesehen von der Unglaubwürdigkeit einer solchen Aussage war sie jedoch gleichzeitig extrem hilfreich dabei, den letzten Grund für das Versagen zu verschleiern.

Beim letzten Hearing der 9/11 Commission im Juni 2004 – die Kommission war verpflichtet worden, im Sommer ihre Arbeit zu beenden, um den beginnenden Präsidentschaftswahlkampf nicht zu beeinflussen – gab es dann noch eine weitere interessante Information.

Kommissionsmitglied Lehman: „Der Secret Service hat uns mitgeteilt, dass er vor dem 11.9. wiederholt Abfangjäger angefordert hätte, besonders für Andrews, um das Capitol zu schützen, und dass das Pentagon daraufhin nie gehandelt hätte. Gibt es dafür einen Grund?"

General Myers (Vorsitzender des Vereinigten Generalstabs): „Davon habe ich nie erfahren. Ich habe nie – und ich begann am 1. März 2000 als Vize-Vorsitzender – ich habe nie von einer Anfrage dieser Art des Secret Service erfahren."

Diese Mitteilung erzeugte vor allem eines: Nebel. Denn warum sollten für Andrews Abfangjäger angefordert werden? Sie waren doch längst da. Offensichtlich sollte das Gegenteil suggeriert werden. Was wiederum nur heißen konnte, dass der Secret Service in echter Erklärungsnot war. Wann hatte er von den Anschlägen erfahren? Dick Cheney sagte fünf Tage nach der Katastrophe im Fernsehen in einem Nebensatz:

„Der Secret Service hat ein Abkommen mit der FAA. Sie hatten offene Leitungen, nachdem das World Trade Center ..."

Vor Beendigung des Satzes hielt Cheney inne. Die FAA bestätigte eineinhalb Jahre später:

„Innerhalb von Minuten nach dem ersten Einschlag im World Trade Center öffnete die FAA mehrere Telefonkonferenzen, die FAA, Verteidigungsministerium, Secret Service und andere Regierungsbehörden zusammenbrachte."

Der Secret Service erfuhr also innerhalb von Minuten vom Angriff auf das höchste Gebäude New Yorks (8:46 Uhr). Und vom Flug 77 Richtung Pentagon? Der Kommissionsbericht gibt Auskunft. Um 9:32 fanden Washingtoner Fluglotsen ein Radarsignal, das sich mit hohem Tempo auf die Hauptstadt zu bewegte. Sie informierten den Flughafen. Die FAA vor Ort alarmierte dann den Secret Service – um 9:33 Uhr.

Kurz nach 8:46 Uhr wußte man dort also von einem Terrorangriff, und war somit in der Lage, die eigene Luftwaffenbasis

Andrews in allerhöchste Alarmbereitschaft zu versetzen. 9:33 Uhr wäre dann – allerspätestens – der Zeitpunkt für den Startbefehl gekommen. Wäre. Die ersten Jäger starteten um 10:38 Uhr – unbewaffnet.

> „Der Präsident und der Vizepräsident deuteten uns gegenüber an, es sei ihnen nicht bewußt gewesen, dass auf Befehl des Secret Service und außerhalb der militärischen Befehlskette Jäger von Andrews aus gestartet seien." *(9/11 Commission Report, S. 61)*

Man konnte es kaum glauben, aber das war das Ende der Debatte. Dem militärischen Oberbefehlshaber und seinem Stellvertreter war es „nicht bewußt gewesen". Augen zu und durch? An dieser Stelle beendete die Kommission jedenfalls – termingerecht – ihre Arbeit.

6. VERDECKTE GESCHÄFTE

Wenn jemand exklusives Wissen über bevorstehende dramatische Ereignisse hat, kann er damit an der Börse viel Geld verdienen. Der Fachbegriff dafür ist „Insider-Handel". Der Insider weiß, was die anderen Händler noch nicht wissen, beispielsweise, daß es einem bestimmten Unternehmen demnächst sehr schlecht gehen wird. Daraufhin verkauft er entweder dessen Aktien, kurz bevor die Kurse abstürzen, oder er wettet einfach auf fallende Kurse.

Solche Wetten kann man seit einiger Zeit an vielen Börsen abschließen. Der Fachbegriff dafür ist „Put-Optionen" und bezeichnet das Anrecht, die Aktien einer Firma zu einem festgelegten Zeitpunkt und zu einem festgelegten Preis verkaufen zu können. Das Gegenteil sind „Call-Optionen", mit denen man zu festen Konditionen kaufen kann. Diese Options-Geschäfte sind sehr beliebt geworden, da mit niedrigem Einsatz (die Aktien müssen erst zum Verkaufs-Stichtag erworben werden) die gleichen Profite möglich sind, wie bei gewöhnlichem Wertpapierhandel.

Meist sind die Mengen der Wetten, die auf fallende bzw. auf steigende Kurse eines Unternehmens setzen, ausgewogen. Gibt es jedoch einmal sehr viel mehr Put- als Call-Optionen oder umgekehrt, so ist das ein starker Hinweis für Insider-Handel. Anders ausgedrückt: da sich in diesem Fall offensichtlich jemand sicher ist, mit seiner Wette zu gewinnen, liegt der Verdacht nahe, dass er mehr weiß, als die anderen Händler.

Genau das geschah in der Woche vor dem 11. September. Nur einen Tag bevor zwei Flugzeuge von „American Airlines" das World Trade Center und das Pentagon trafen, wettete jemand darauf, dass die Kurse der Fluggesellschaft fallen würden. Die Anzahl der gehandelten Optionen betrug ein Vielfaches des üblichen; es wurden zwar 4.500 Put-, aber nur 700 Call-Optionen geordert. Der Fernsehsender CBS zitierte Experten mit der Aussage, dass sie ein solches Ungleichgewicht nie zuvor gesehen hätten. Ähnliches passierte am 6. September mit „United Airlines", deren Maschine ebenfalls im World Trade Center zerschellte.

Die Wetten auf eine Kurs-Talfahrt von „American" und „United" – die in ihrer Branche zugleich die einzigen Unternehmen waren, auf deren Verlust gesetzt wurde – brachten innerhalb weniger Tage allein an der Optionsbörse von Chicago mehrere Millionen Dollar Profit. Doch ein großer Teil davon wurde nicht abgeholt. Der *San Francisco Chronicle* berichtete am 29. September:

> „Investoren müssen noch mehr als 2,5 Millionen Dollar Gewinn einlösen, die sie mit dem Kauf von ‚United Airlines'- Optionen vor den Anschlägen vom 11.9. verdient haben, wie eine Quelle, die mit den Handels- und Marktdaten vertraut ist, berichtet. Der nicht eingelöste Gewinn deutet darauf hin, dass die Investoren – deren Identität und Nationalität nicht öffentlich gemacht worden sind – Vorwissen von den Anschlägen hatten.
>
> ‚Wenn jemand normalerweise einen Profit wie diesen machen kann, dann nimmt er das Geld und verschwindet', sagte die Quelle, die anonym bleiben möchte. ‚Wer immer das auch getan hat, dachte nicht, dass die Börsen vier Tage lang geschlossen bleiben würden. Die Sache stinkt gewaltig.'
>
> Die Quelle – und andere in der Finanzindustrie – spekulieren, dass der oder die Käufer ursprünglich annahmen, das Geld unbemerkt mitnehmen zu können und nun Angst vor Entdeckung haben oder davor, dass die Summe eingefroren wurde. Die Märkte waren nach

den Anschlägen für vier Tage geschlossen, was den Behörden Zeit gab, die verdächtigen Aktionen zu bemerken."

Doch nicht nur Fluggesellschaften waren von den Wett-Geschäften betroffen. Der Handel mit Put-Optionen für Morgan Stanley, eine Bank, die 22 Etagen im World Trade Center belegte, verzehnfachte sich just in den Tagen vor den Anschlägen. Und bei Marsh & McLennan, einem großen Versicherungs-Broker mit 1.700 Angestellten in den Zwillingstürmen verhundertfachte sich am 10.9. gar der Handel mit Wetten auf fallende Kurse, wie Bloomberg berichtete.

Die amerikanische Börsenaufsicht SEC startete umgehend eine Untersuchung. Und auch international schlug der vermutete Insider-Handel Wellen. Bei einem Treffen der europäischen Finanzminister in Belgien Ende September verkündete der Chef der Deutschen Bundesbank Ernst Welteke:

„Es gibt immer klarere Hinweise, dass es auf den internationalen Finanzmärkten Aktivitäten gegeben hat, die mit dem notwendigen Insider-Wissen ausgeführt worden sein müssen."

Die SEC untersuchte derweil den Aktienhandel von drei Dutzend amerikanischen Firmen, darunter „American" und „United", um die Insider-Spekulationen aufzuklären. Ein Experte erklärte dazu auf *CBS*:

„Wir können direkt zurückgehen von einem Handel auf dem Parkett der Optionsbörse von Chicago. Der Händler ist verbunden mit einer Broker-Firma. Die Broker-Firma empfing die Kauforder für die Put-Option entweder von einem Spekulanten innerhalb der Firma oder von einem ihrer Kunden."

Wer also waren die Auftraggeber der Kauforders? Es verging ein halbes Jahr, bis das Magazin *Insight* dazu im Frühjahr 2002 berichten konnte:

„Regierungsbeamte bleiben schmallippig, was die Untersuchung des Justizministeriums zu möglichen Profiten von Terroristen aus dem

> Vorwissen der Anschläge angeht. Da es sich um ein schwebendes Verfahren handelt, äußert sich keine der befassten Behörden – zu denen das FBI, die Börsenaufsicht SEC und das Justizministerium gehört – gegenüber Reportern zu dem angeblichen Insider-Handel."

Der Bericht – der im Übrigen die gesteigerte Handelsaktivität kurz vor dem 11.9. zum größten Teil als Zufall betrachtete – vermerkte erstaunt, dass – obwohl es doch nur um heiße Luft gehe – die Untersuchungen „wie Staatsgeheimnisse" behandelt würden.

Die Presse hatte die Geschichte inzwischen anscheinend vergessen. Erst ein weiteres Jahr später erinnerte das Magazin *Slate* in einem kurzen Bericht seine Leser:

> „Gegen Ende September 2001 hatten die Optionsbörse von Chicago und die SEC Untersuchungen wegen der ungewöhnlichen Handelsaktivitäten begonnen. Seitdem sind sie stumm geblieben. Zwei Jahre später will weder die Optionsbörse noch die SEC ihre Nachforschungen kommentieren. Keine von beiden hat irgendeine Schlussfolgerung veröffentlicht."

Schweigen im Walde also. Und es dauerte noch ein weiteres Jahr, bis sich schließlich der Zipfel einer Erklärung erhaschen ließ. Im Juli 2004 nämlich wurde der Abschlussbericht der Untersuchungskommission zum 11. September veröffentlicht. Im Kapitel zur Finanzierung der Terroristen hieß es, man sei „nicht in der Lage gewesen" herauszufinden, woher das Geld für die Anschläge gekommen sei. Vor dem Satz fand sich eine Nummer, die auf den Anhang verwies. Dort, auf Seite 499, war dann kleingedruckt Folgendes zu lesen:

> „Die häufig erwähnten Vermutungen eines Insider-Handels vor dem 11.9. basieren auf Berichten ungewöhnlicher Handelsaktivitäten vor dem 11.9. in Firmen, deren Kurse nach den Anschlägen abstürzten. Einige ungewöhnliche Aktivitäten fanden tatsächlich statt, aber es stellte sich heraus, dass jede einzelne eine harmlose Erklärung hat."

Zu den konkreten Optionsgeschäften mit United-Airlines-Aktien hieß es:

„Weitere Untersuchungen haben ergeben, dass der Handel keine Verbindung mit dem 11.9. hatte. Ein einzelner institutioneller Investor aus den USA, der keine Verbindungen zu Al-Qaida unterhält, erwarb 95 Prozent der ‚United' Put-Optionen am 6. September als Teil einer Anlagestrategie, die auch den Kauf von 115.000 ‚American Airlines'-Aktien am 10. September enthielt."

Die hohen Wetteinsätze bei „American" am 10.9. wiederum ließen sich mit einer Optionshandel-Zeitung erklären, die Tags zuvor ebendiese Anlage empfohlen hätte. Die gesamten Untersuchungen hätten im Übrigen gezeigt, „dass sich das anscheinend Verdächtige durchgehend als harmlos" erwiesen habe.

Wie schön. Aber warum verzichtete der harmlose Investor, „der keine Verbindungen zu Al-Qaida unterhält", einfach so auf 2,5 Millionen Dollar, die ihm aus dem „United"-Optionsgeschäft rechtmäßig zustanden, wo er doch noch dazu so eine hübsch unverdächtige Anlagestrategie hatte?

Und vor allen Dingen – warum landete diese wichtige Mitteilung im kleingedruckten Anhang eines 600 Seiten schweren Berichts? Wäre es angesichts der Tatsache, dass sich selbst die europäischen Finanzminister mit der Angelegenheit beschäftigt haben, nicht angemessen, diese Erkenntnisse auf einer Pressekonferenz auch den Nachfragen von Reportern anzubieten? Andererseits konnte man von einem interessierten Reporter verlangen, auch ohne Pressekonferenz nachzufragen. Aber war eigentlich noch jemand interessiert? Hatte überhaupt ein Journalist von Seite 499 des Abschlussberichts Notiz genommen?

Offenbar nicht.

7. EIN AGENT VERSCHWINDET

Am Morgen des 11. September 2001 traf sich General Ahmad, der Chef des pakistanischen Geheimdienstes ISI, mit Senator Bob Graham und dem Abgeordneten Porter Goss zum Frühstück in Washington. Graham war zu der Zeit Vorsitzender des Geheimdienstausschusses des US-Senats, Goss Vorsitzender des Geheimdienstausschusses des Repräsentantenhauses. Die zwei waren also in den beiden Kammern des Parlaments für die Kontrolle von CIA und Co. zuständig.

Solche parlamentarischen Kontrollausschüsse gab es überhaupt erst seit den 70er Jahren. Unter dem öffentlichen Druck, der nach Watergate und Nixons unrühmlichem Abgang entstanden war, hatten verschiedene Untersuchungskommissionen die illegalen Geheimoperationen der CIA ans Licht gebracht, zu denen auch Mordanschläge auf ausländische Staatsführer gehört hatten. Folge davon waren nun ein gesetzliches Verbot von geheimdienstlichen Mordanschlägen sowie die Einführung von parlamentarischen Ausschüssen, die die Dienste überwachen sollten, damit dergleichen nicht wieder geschah.

Der Auftrag zur öffentlichen Kontrolle von geheimen Diensten barg natürlich Gefahren. Um die zu begrenzen, ging man dazu über, auch einmal ehemaligen Mitarbeitern der CIA die Überwachung ihres alten Arbeitgebers anzutragen. Diese waren durch ihre praktische Erfahrung ohnehin kompetenter. So verhielt es sich auch bei Porter Goss, der als Vorsitzender eines der beiden Geheimdienstausschüsse deshalb so große Lücken in seinem Lebenslauf hatte, weil einige seiner Stationen als CIA-Agent nach wie vor geheim bleiben mussten.

Das Treffen des pakistanischen Geheimdienstchefs mit Graham und Goss wäre heute jedoch längst vergessen, hätte es nicht unmittelbar darauf eine Reihe von dramatischen Ereignissen gegeben. Zuerst einmal – noch am gleichen Tag – die Anschläge selbst, dann der Rücktritt von Ahmad mit anschließendem Hausarrest, sowie die Ernennung von Graham und Goss zu den Vorsitzenden der ersten Untersuchungskommission zum 11.9. und schließlich – nach drei Jahren – die Ernennung von Goss zum CIA-Chef.

Am Morgen der Terrorattacke also saßen sie zu dritt beieinander. Und frühstückten. Der pakistanischen *Karachi News* schwante allerdings schon zwei Tage vorher nichts gutes:

> „Die wochenlange Anwesenheit des ISI-Chefs in Washington hat Spekulationen über die Agenda dieser geheimnisvollen Treffen im Pen-

tagon und dem Nationalen Sicherheitsrat ausgelöst ... Was seinen Besuch noch interessanter macht, ist die Historie solcher Besuche. Das letzte Mal als Ziauddin Butt, General Ahmads Vorgänger, während der Regierung von Nawaz Sharifs dort weilte, herrschte innerhalb von Tagen eine heillose Unruhe in der Innenpolitik. Dass dies nicht der erste Besuch in den letzten drei Monaten ist, zeigt die Dringlichkeit der laufenden Verhandlungen."

Es ging natürlich um Pakistans Haltung zu den Taliban, die sich gegenüber den amerikanischen Pipeline-Plänen als unkooperativ gezeigt hatten. Es war bekannt, dass der pakistanische Geheimdienst ISI beste Verbindungen zu den Taliban hatte. Über den ISI war schließlich in den 80er Jahren Washingtons Unterstützung der afghanischen Rebellen im Kampf gegen die Sowjets gelaufen. Nun bemühte sich die US-Regierung, Pakistan auf ihre Seite zu ziehen, um die Taliban in die Zange nehmen zu können. Doch Pakistan blieb widerwillig – ISI und Taliban waren zu eng miteinander verwoben.

Zu diesen Überlegungen dürften die drei am 11. September wohl in ihren Kaffeetassen gerührt haben – bis zu den Anschlägen. Diese zwangen Staatschef Musharraf sogleich mit einem Ruck an die Seite der Supermacht, wollte er im neuen „Krieg gegen den Terror" nicht zum ersten Opfer werden.

***

Einer der Topagenten von ISI-Chef Ahmad war ein Mann namens Omar Saeed Sheikh. Aus wohlhabendem Milieu stammend, war er in London aufgewachsen und an den besten Privatschulen ausgebildet worden. Er hatte Mathematik studiert, war Schachmeister, Weltklasse-Ringer und Kampfsport-Experte - eine seltene Kombination von körperlichen und geistigen Fähigkeiten.

Anfang der 90er nahm sein Leben eine entscheidende Wendung. Er ging nach Bosnien, um humanitäre Arbeit zu leisten. Die Eindrücke des Krieges dort, in dem Muslime gegen Serben kämpften, radikalisierten ihn. Er reiste nach Pakistan und kämpfte in einer militanten Gruppe für die Befreiung Kaschmirs von Indien. Dabei geriet er offenbar unter den Einfluss des ISI. Bald unterrichtete er Kämpfer in afghanischen Ausbildungslagern und knüpfte Kontakte mit Bin Laden. 1994 war Omar Saeed an einer Kidnapping-Aktion beteiligt, mit der westliche Touristen gegen kaschmirische Separatisten ausgetauscht werden sollten, als er in Indien festgenommen und zu einer Haftstrafe verurteilt wurde. Mit einer Flugzeugentführung pressten ihn seine Partner 1999 frei, was einiges über seine Bedeutung aussagt. Danach lebte er für einige Zeit als Gast der Taliban in Kandahar und verhandelte mit deren Führer Mullah Omar, sowie mit Osama Bin Laden. Dann brachte ihn ein Oberst des ISI zu einem sicheren Haus in Pakistan.

Bis zum 11.9. blieb Omar Saeed ein vielbeschäftigter Terrorist. Laut *Newsweek* lebte er in Pakistan „offen – und luxuriös – in einem reichen Viertel von Lahore. US-Quellen sagen, dass er wenig tat, um seine Verbindungen zu Terror-Organisationen zu verstekken, ja sogar Partys besuchte, auf denen pakistanische Regierungsmitarbeiter anwesend waren." Die Amerikaner sahen in ihm einen geschützten Agent des ISI.

Zwei Wochen nach den Terroranschlägen jedoch begann die Jagd auf ihn. Die Briten wollten ihn verhören und baten Indien um Amtshilfe. Er schien etwas mit dem 11.9. zu tun zu haben.

Die englische Presse berichtete: „Die Polizei glaubt, dass Omar Sheikh der Brite ist, der die Terroristen in Hijackertechniken trainierte." In den USA wurde anschließend bekannt, dass eine 100.000-Dollar-Spur von Mohammed Atta in Florida zu „Leuten, die mit Osama Bin Laden in Verbindung stehen" führen würde.

Dann wurde es konkreter: Mohammed Atta habe das Geld von jemandem empfangen, der den Aliasnamen „Mustafa Ahmed" trage. Wer sich hinter diesem Pseudonym verbarg, konnte *CNN* schon wenige Tage später, am 6. Oktober, berichten:

> „Ermittler haben herausgefunden, dass Omar Saeed und Mustafa Ahmad dieselbe Person sind. Er steht in Verbindung mit dem finanziellen Netzwerk, das Bin Laden mit Geld versorgt, deshalb ist er ein wichtiger Mann, weil er die Geldtransfers zwischen den verschiedenen Akteuren besorgt und weil er ein Knotenpunkt zwischen al Qaida und den Soldaten an der Front ist. Es ist der entscheidende Hinweis, dass bin Laden der führende Kopf des gesamten Unternehmens des 11.9. war."

Omar Saeed hatte also im Auftrag Bin Ladens 100.000 Dollar an Mohammed Atta überwiesen. Soweit war alles klar. Man hätte Saeed jetzt eigentlich nur noch aufspüren, festnehmen und vor Gericht stellen müssen. Doch es kam anders. Die Inder schossen quer. Offensichtlich fühlten sie sich brüskiert durch die neue Partnerschaft der USA mit ihrem Erzfeind Pakistan. Um wieder ins Spiel zu kommen, lancierten sie vier Wochen nach den Anschlägen folgende Mitteilung an die Presse:

> „Während der ISI behauptete, sein früherer Direktor General Mahmud Ahmad sei auf eigenen Wunsch in den Ruhestand getreten, nachdem er am Montag suspendiert worden war, ist die Wahrheit viel schockierender. Erstklassig informierte Quellen versicherten am Dienstag, er habe seinen Job verloren, weil Indien ‚Beweise' vorliegen würden, die seine Verbindungen zu einem der Selbstmordattentäter zeigten, die das World Trade Center zerstört haben. US-Behörden erbaten seinen Rücktritt, nachdem sie bestätigt hatten, dass der WTC-Hijacker Mohammad Atta von Pakistan durch Omar Saeed 100.000 Dollar auf Veranlassung von General Mahmud erhalten hatte."

Der ISI Top-Agent Saeed hatte also seine Anweisung nicht von Bin Laden, sondern von seinem direkten Vorgesetzten, General Ahmad, erhalten. Indien hatte dafür Belege und setzte damit Pakistan und die USA unter Druck. Letztere zwangen den General zum Rücktritt; dem folgte ein Hausarrest, der Kontakte zur Presse ausschloss.

Die Sache war brenzlig, die Glaubwürdigkeit des amerikanisch-pakistanischen Kampfes gegen den Terror stand auf dem Spiel. Und eine unschöne Verbindung von Mohammed Atta über Omar Saeed zu General Ahmads Washingtoner Gesprächspartnern schimmerte durch. Nicht dass man in Washington Kenntnis von der Überweisung an Atta gehabt haben musste; aber man hatte immerhin mit dem Mann verhandelt, der sie in Auftrag gab und damit definitiv in den 11. September verstrickt war.

Nachdem der Warnschuss gefallen und von Washington verstanden worden war, distanzierte sich die indische Presse umgehend wieder von ihrer Enthüllung. In Amerika erklärte man die plötzliche Entlassung von General Ahmad mit seiner Taliban-Treue. Weder die Geldspur noch die Al-Qaida-Verbindung wurden dort überhaupt erwähnt. Die indischen Zeitungen schrieben nun, das Geld für den 11.9. stamme von einer Entführung. Der beteiligte Gangster konnte das freilich nicht mehr bestätigen, er war ein paar Wochen zuvor erschossen worden.

Omar Saeed verschwand indessen völlig aus der Berichterstattung. Sein Pseudonym „Mustafa Ahmad" übertrug die amerikanischen Presse einem anderen: dem Pakistani Shayk Saiid. Das Spiel mit den ähnlich klingenden Namen kannte man bereits vom Vertuschen bei der Identifizierung der Flugzeugentführer. Auch diesmal waren die Medien nicht willens, Licht in die Sache zu bringen; sie begnügten sich damit, die widersprüchlichen Verlautbarungen der Behörden einfach zu übernehmen.

Top-Agent Saeed, als Verbindungsmann zum ISI-Chef enttarnt, war zum Problem geworden. FBI-Chef Mueller nahm sich diskret dessen an. Er flog im Januar 2002 nach Pakistan und ersuchte um Saeeds Auslieferung – nicht etwa wegen der 100.000 Dollar, die der vor den Anschlägen an Atta überwiesen hatte, sondern wegen der Entführung eines amerikanischen Touristen im Jahr 1994.

Das war reichlich dubios. Aber es wurde noch grotesker. Während Muellers Anwesenheit in Pakistan verschwand auch der amerikanische Journalist Daniel Pearl, dessen spätere Enthauptung weltweit Schlagzeilen machte. Der erfahrene Südasien-Bürochef des *Wall Street Journal* hatte über Pakistans Islamisten und ihre Verbindungen zu Al-Qaida und dem Geheimdienst recherchiert. Seine Frau sagte aus, er habe eine Organisation entdeckt, die sowohl mit Bin Laden als auch mit dem ISI verknüpft war.

Staatschef und Putschgeneral Musharraf kommentierte die Ermordung des Journalisten unbedacht. In einem plötzlichen Ausbruch von Ärger bemerkte er vor der Presse, dass Pearl „überinvolviert" gewesen und „unglücklicherweise in Geheimdienstspiele geraten" sei. „Sein Beruf ist gefährlich", so Musharraf weiter. „Wir müssen vorsichtig sein."

Die Ermittlungen zum Mord wurden vom FBI unterstützt, das schließlich die Beweise lieferte, die zum Täter führten: Omar

Saeed. Da war er wieder. Keine Spur mehr jedoch von seiner Überweisung an Atta im Auftrag des ISI-Chefs. Saeed wurde nun als gewöhnlicher Terrorist, der einen amerikanischen Journalisten auf dem Gewissen hatte, porträtiert.

Musharraf erklärte umgehend, er wünsche für ihn die Todesstrafe. Verständlich – der Beschuldigte wusste zu viel über die Islamisten und ihr Netzwerk im Staats- und Geheimdienstapparat. In seiner labilen Position zwischen Indien und den USA konnte der General keine Schwächung gebrauchen. Aber auch Saeed hatte mächtige Freunde. Es waren die Radikalen, die Musharraf drängten, nicht nach der Pfeife der Amerikaner zu tanzen. Sie wollten Pakistan zu einem islamischen Staat machen. Die Gefahr war greifbar für den General. Immer wieder kam es zu Mordanschlägen auf ihn. Das Tauziehen um den Agenten wurde zur Machtprobe. So kam es, dass Saeed nicht verhaftet wurde, sondern sich aus freien Stücken in die Obhut eines vertrauten ISI-Mannes begab.

Derart im Scheinwerferlicht, erschienen nun wieder Porträts von ihm in den Medien. Interessanterweise wurden aber oft wechselnde Teile seiner Biographie weggelassen. Wahrscheinlich passten sie nicht. So erwähnten einige westliche Magzine zwar, dass er der Zahlmeister des 11.9. war, verloren aber kein Wort zu seiner Verbindung zum ISI. Andere Journalisten wiederum betonten Letzteres, negierten aber völlig die Überweisung an Atta. Zu den 100.000 Dollar hieß es fortan, sie seien über „Hawala-Kanäle" geflossen. Überweisungen mit Hawala, einem informellen Banksystem, dass auf Vertrauen beruht und in den arabischen Ländern verbreitet ist, hinterlassen keine Spuren. Mit dem Verweis auf Hawala versank der Weg des Geldes zu Atta also in heilsamem Nebel.

Doch die Geschichte war noch nicht zu Ende. Im Frühsommer 2002, etwa zur gleichen Zeit, als die Untersuchung des US-Senats zum 11.9. unter dem gemeinsamen Vorsitz von Graham und Goss im Gange war, wurde plötzlich ein neuer Drahtzieher der Anschläge eingeführt. Er hieß Khalid Shaikh Mohamed, und um ihn aus den übrigen, verwirrend ähnlichen arabischen Namen herauszuheben, wurde er bald nur noch bei seinen Initialien KSM genannt.

Die Quelle der Enthüllung war ein „anonymer US-Top-Antiterror-Beamter" – Synonym dafür, dass die Geschichte nicht überprüfbar war. Unter Berufung auf diesen „anonymen Beamten" hieß es nun in einer im Juni verbreiteten Agenturmeldung, KSM sei nicht nur der eigentliche planende Hintermann des 11. September gewesen, sondern darüber hinaus auch noch am ersten Anschlag auf das World Trade Center 1993 beteiligt.

In der Meldung tauchte sodann ein neuer Zahlmeister auf, der jetzt „Shaikh Saiid al-Sharif" hieß, „auch bekannt als Mustafa Ahmed al-Hisawi, der Bin Ladens Finanzchef ist". Keine Erwähnung mehr von Bin Ladens Schwager Shaikh Saiid alias Sa'd al-Sharif, von dem noch vor kurzem berichtet worden war. Stattdessen wurde nun Shaikh Saiid mit al-Sharif zusammengefügt, wodurch man den „Finanzchef" Shaikh Saiid al-Sharif kreiert hatte. Sharifs Namensbestandteil Sa'd fiel unter den Tisch, ebenso wie die Annahme, dass Bin Ladens Schwager irgendetwas mit der Sache zu tun haben könnte.

Dass der Name des neuen Finanzchefs („Mustafa Ahmed") vor einem halben Jahr noch für die Person von Omar Saeed stand, hatte sich sicherlich niemand gemerkt. Zumal der neue Mustafa Ahmed ja den Aliasnamen „Shaikh Saiid" trug, was doch verteufelt wie Omar Saeed Sheikh klang – nur dass es eben komplett verschiedene Personen waren.

Eine neue Form von Hütchenspiel? Vielleicht. Nur wer war hier der Dumme?

FBI-Chef Mueller jedenfalls trug das seine zu der neuen Story bei (die im Übrigen alle großen Zeitungen klaglos schluckten). Zeitgleich zum Erscheinen der Agenturmeldung sagte er vor der Graham/Goss Kommission aus, KSM habe sich eine Kreditkarte mit „Finanzchef" Mustafa Ahmed geteilt. Wodurch Hintermann KSM nun in die Geldspur-Story eingebaut war. Für Omar Saeed hingegen, der die eigentliche Transaktion durchgeführt hatte, interessierte sich niemand mehr. Er schmorte in pakistanischer Haft und wartete auf seinen Prozess.

Auch an dieser Stelle könnte man die Geschichte beenden. Aber es gab noch eine weitere Pointe. Khalid Shaikh Mohamed – KSM

–, der dem Publikum im Juni frisch serviert worden war, musste schließlich (bevor er für lange Zeit verschwinden würde) noch einen öffentlichen Auftritt bekommen. Zum Jahrestag der Anschläge im September 2002 war es soweit. KSM und Co-Verschwörer Binalshibh hatten plötzlich das dringende Bedürfnis, interviewt zu werden und luden den *Al-Jazeera*-Journalisten Yosri Fouda zu einem Gespräch nach Pakistan. Vor laufender Kamera gaben sie sodann alle Anschuldigungen zu.

Leider wurde im Fernsehen davon nur die Tonspur präsentiert. Die beiden hätten das Video nachträglich beschlagnahmt, erläuterte Fouda. Sehr plausibel klang das nicht. Genauso wenig überzeugte die Behauptung, die Terroristen hätten es zugelassen, dass Fouda sein Handy mitbrachte – wodurch das Versteck der beiden geortet werden konnte. Den Leuten, die den 11. September unbemerkt ausgeheckt hatten, war soviel Fahrlässigkeit schwerlich zuzutrauen.

Zwei Tage nach der weltweiten Ausstrahlung der Enthüllungs-Tonspur stürmte die Polizei dann einen Wohnkomplex in Karachi und nahm Ramzi Binalshibh, den bekennenden „Cheflogistiker" fest. Ein schöner Erfolg, und das just ein Jahr nach den Anschlägen. Ein Aufmacher in allen großen Zeitungen und TV-Sendern war dem Thema gewiß.

Fouda jedoch verstrickte sich in Widersprüche. Zuerst hatte er gesagt, das Interview habe im Juni stattgefunden – also zu der Zeit, als KSM auch durch den „anonymen US-Top-Antiterror-Beamten" erstmals einem breiteren Publikum vorgestellt worden war. Diese Gleichzeitigkeit bestärkte misstrauische Geister nun, einen Zusammenhang zu konstruieren – etwa in der Art, man habe einen neuen Sündenbock aufgestellt und gleichzeitig einen Journalisten geschickt, um die Sache glaubwürdiger zu machen. Fouda schien das entkräften zu können. Das Interview habe nicht im Juni, sondern bereits im Mai stattgefunden. Gegenüber Abdallah Schleifer vom *Kamal Adham Center for Journalism* enthüllte er nun:

> „Tatsächlich ist die Frage des Datums aus einem anderen Grund sehr wichtig. All diese islamistischen Webseiten, die mich denunzierten, bezogen sich auf mein Interview, dass im Juni stattgefunden habe. Das

hatte ich sowohl in meinem Artikel im *Sunday Times Magazine* als auch in meiner Dokumentation erwähnt – dass ich sie im Juni getroffen hatte."

Schleifer: „Und?"

Fouda: „Ich log."

Schleifer: „Wirklich?"

Fouda: „Ja."

Schleifer: „Aber Sie werden das erklären?"

Fouda (lacht): „Ja, natürlich. Ich log, weil ich lügen musste. Ich werde Ihnen sagen warum. Weil ich dachte, vielleicht sogar erwartete, dass, falls etwas schief liefe, und ich mit ihnen über eine Webseite oder ein Statement oder ein Fax in Kontakt treten müsste, dann wären sie die Einzigen, die wüssten, dass ich sie einen Monat früher als angegeben getroffen hatte, und so hätte ich also gewusst, dass ich mit den richtigen Leuten sprach. Nach der ersten Denunziationswelle erschien auf der pro-Qaida-Webseite, ‚jehad.net' ein Statement im Namen von Al-Qaida, das mich von allen Beschuldigungen, ich hätte etwas mit Ramzis Festnahme zu tun, freisprach, und ich wusste, dass dies ein authentisches Kommunique war, denn es bezog sich auf den Mai als Interview-Zeitpunkt."

Diese Geschichte war, wenn sie nicht stimmte, zumindest gut ausgedacht, denn anscheinend hatte Fouda auch diesmal gelogen. Im März 2003 nämlich schrieb er im *Guardian*:

> „Es war am späten Nachmittag des 21. April 2002, als ich meine Koffer packte, bevor ich mich mit Khalid Sheikh Mohammed and Ramzi bin al-shibh zu einem letzten Gebet vor meinem Abschied versammelte."

Erst Juni, dann Mai, schließlich April. Die wechselnden Datumsangaben untergruben Foudas Glaubwürdigkeit. Die Zurückverlegung des Interview-Termins legte aber die Lesart nahe, erst der Journalist, also eine unabhängige Partei, habe die Behörden auf die Spur des „Cheflogistikers" gebracht.

Binalshibh jedenfalls wurde nach seiner Festnahme sogleich den Amerikanern übergeben, die ihn seither an einem geheimen Ort festhalten. Im Frühjahr 2003 schnappte man dann auch KSM, dem das gleiche Schicksal blühte: von den USA an einem geheimen Ort inhaftiert. Kein Prozess. Keine Zeugenaussagen an Gerichte.

Doch warum soviel Heimlichkeit? Nun hatte man doch die Drahtzieher gefasst. Oder nicht?

KSM und Binalshibh ersetzten in der öffentlichen Wahrnehmung jedenfalls den 100.000-Dollar-Mann Omar Saeed, der nunmehr vom Geldboten zum Pearl-Mörder geworden war. Doch sogar diese letzte Anschuldigung geriet Ende 2002 ins Wanken. Im Zusammenhang mit der Ermordung des Journalisten Daniel Pearl wurden nun vier andere Männer verhaftet.

> „Pakistanische Sicherheitsbeamte sagten [der Nachrichtenagentur] *UPI*, dass es, um die neuen Verdächtigen anklagen zu können, nötig sei, die Verfahren der vier bereits Verurteilten wiederaufzunehmen, denn die Beweise gegen die neuen Verdächtigen würden die Anklagen gegen Omar und seine Komplizen unterminieren."

Der freie Journalist Chaim Kupferberg, der all diese Merkwürdigkeiten gesichtet hatte, kommentierte das so: „Es war nicht schwer zu erraten, was hier vor sich ging. Kurz gesagt, Omar Saeed wurde – nachdem er in der Zahlmeister-Rolle bereits durch den möglicherweise fiktiven Mustafa Ahmed al-Hisawi ersetzt worden war – nun auch in der weniger spektakulären Rolle des Drahtziehers der Pearl-Entführung durch al-Hisawis angeblichen Geldspur-Komplizen KSM ersetzt. Mit anderen Worten, Omar Saeed war auf dem besten Weg, eine obskure historische Fußnote in beiden Fällen zu werden und im schwarzen Loch des pakistanischen Justizsystems zu verschwinden, während andere an seiner Stelle im Scheinwerferlicht platziert wurden."

8. DIE UNTERSUCHUNGEN

Vom Tag der Anschläge an war klar, dass die Hintergründe dieser Tat Gegenstand einer umfassenden Untersuchung sein mussten. Jedermann stellte sich die augenfälligen Fragen: Wer waren diese

Leute, die einfach so mehrere Flugzeuge in die wichtigsten Gebäude des Staates gelenkt hatten? Und wie war es ihnen überhaupt gelungen, ins Land zu kommen und alle Sicherheitssysteme zu durchbrechen? Reine Polizeiermittlungen konnten diese Fragen kaum lösen. Maßgebliche Teile des Kongresses drängten deshalb darauf, zur Aufklärung eine Kommission einzurichten.

Das Interesse der Regierung daran hielt sich allerdings in Grenzen. Während die Geheimdienstausschüsse in beiden Kammern des Parlaments eine Untersuchung vorbereiteten, erhielt der demokratische Mehrheitsführer im Senat, Tom Daschle, einen Anruf von Vizepräsident Cheney. Dieser bat Daschle darum, besser keine eigenständige Kommission zum 11.9. zu bilden, sondern die Arbeit auf die Geheimdienstausschüsse zu beschränken. Kurze Zeit später kam auch der Präsident informell mit dieser Bitte auf ihn zu. Daschle erinnerte sich später:

> „Der Hintergrund war, dass sie keine Leute vom Krieg gegen den Terror abziehen wollten. Sie machten sich Sorgen um die Aufsplitterung der Kräfte; das wurde mir von beiden als Grund angegeben."

Cheney dementierte umgehend, sich gegen eine Untersuchung ausgesprochen zu haben:

> „Tom irrt sich. Er hat das falsch verstanden. Was ich gesagt habe war, dass wir lieber mit den Geheimdienstausschüssen zusammenarbeiten würden."

Diese Zusammenarbeit begann dann im Februar 2002 mit der Bildung der „Joint Inquiry", der gemeinsamen Untersuchung der Geheimdienstausschüsse von Senat und Repräsentantenhaus. Den Vorsitz übernahmen deren Leiter Bob Graham und (Ex CIA-Agent) Porter Goss.

Auf der Tagesordnung standen sowohl die Durchleuchtung der Geheimdienstfehler im Umfeld der Anschläge, als auch die Erarbeitung von Empfehlungen für einen zukünftigen Organisations-Umbau der Dienste. Welche dieser beiden Aufgaben jedoch den Vorrang haben sollte – der Blick zurück, oder der nach vorn –

darüber herrschte Uneinigkeit. Fest stand nur, dass man bis zum Herbst den Abschlussbericht vorlegen wollte, so dass der Kongress die Ermittlungsergebnisse möglichst noch im selben Jahr in ein Gesetz einfließen lassen könnte.

Doch schon allein die Fülle der zu verarbeitenden Daten bremste die Arbeit der „Joint Inquiry". Die CIA stellte 15 Mitarbeiter für die Zusammenarbeit ab und begann, für die Untersuchung eine Zeitleiste der Terroranschläge seit 1993 zusammenzustellen. Im Mai hatte diese Zeitleiste zwar erst das Jahr 2000 erreicht, enthielt aber bereits 2.600 Einträge, von denen jeder einzelne noch auf Zusatzdokumente verwies. Über 150.000 Seiten an Dokumenten wurden übermittelt. Das FBI lieferte ähnliche Mengen.

Doch die derart kooperative Bundespolizei geriet bald anderweitig unter Druck. Ein landesweites Nachrichtenmagazin veröffentlichte im Frühjahr den Brief einer leitenden FBI-Mitarbeiterin, indem diese ihren Arbeitgeber beschuldigte, absichtlich Maßnahmen verhindert zu haben, die die Angriffe vom 11. September hätten abwehren können.

Ihre Ermittlungen gegen einen Terrorverdächtigen wären vor den Anschlägen stark behindert worden. Außerdem wurde bekannt, dass zur gleichen Zeit – im Sommer 2001 – ein weiteres FBI-Team versucht hatte, seine Zentrale davon zu überzeugen, alle Flugschulen im Land einer genauen Prüfung zu unterziehen. Ein derartiges Memorandum war sogar gleich an vier FBI-Stellen gegangen: die Anti-Fundamentalismus-Abteilung, das Anti-Terror-Büro, die Task Force Bin Laden und das Regionalbüro New York – doch keine hatte reagiert.

Die Veröffentlichung dieser Vorwürfe schlug Wellen, die Mehrheitsführer Daschle im Senat nutzen wollte, um doch noch eine Sonderuntersuchung der Anschläge außerhalb der „Joint Inquiry" der Geheimdienstausschüsse in Gang zu bringen.

Doch republikanische Abgeordnete begannen heftig zu opponieren. Eine Untersuchungskommission mitten im Kriege einzurichten, sei „verantwortungslos". Unterstützt wurde dieses Argument von Warnungen aus Regierungskreisen, namentlich des Vizepräsidenten, dass weitere Terroranschläge gegen die Vereinigten Staaten unmittelbar bevorstünden. Auch Präsident Bush stellte sich öffentlich gegen eine eigenständige Kommission.

Derweil war das FBI offensichtlich nicht bereit, die Rolle des Sündenbocks allein zu übernehmen und lancierte an ein weiteres Nachrichtenmagazin die Enthüllung, dass man die Anschläge hätte verhindern können, wenn die CIA nur rechtzeitig über Mihdhar und Hazmi, die beiden von ihr observierten Attentäter, informiert hätte. Die Mihdhar/Hazmi-Geschichte wurde daraufhin Anfang Juni unter der Schlagzeile: „Die Entführer, die wir entkommen lassen" zur landesweiten Titelstory. Es begann, brenzlig zu werden.

Und just in diesem Moment sah sich die Kommission ausgebremst. Nachdem nämlich Mitte Juni 2002 die Spitzen von FBI, CIA und NSA in geschlossener Sitzung vorgeladen worden waren, berichtete ein großer Nachrichtensender über zwei von der NSA am Tag vor den Anschlägen abgefangene Botschaften, die nicht mehr rechtzeitig übersetzt worden waren. Irgendjemand hatte den Journalisten deren Inhalt gesteckt.

Allein die Tatsache, dass die NSA diese Botschaften abgefangen hatte, war nicht neu – das Weiße Haus selbst hatte den Sachverhalt bereits im September öffentlich gemacht, um zu zeigen, dass die Geheimdienste nicht völlig inkompetent gewesen waren. Doch nun, da auch der – eigentlich unerhebliche – Inhalt der Botschaften durchgesickert war, und zwar nach der geheimen Anhörung des NSA-Chefs, bekam die Regierung Gelegenheit, die Kommission unter Druck zu setzen.

Wieder war es der Vizepräsident, der die Initiative ergriff. Am 20. Juni rief er die Chefs der Geheimdienstausschüsse an und warf ihnen vor, die Informationen seien aus ihrem Kreis durchgesickert. Um dem zu begegnen, stimmte die „Joint Inquiry" schließlich zu, sich selbst vom FBI untersuchen zu lassen. Dies hatte einen unglaublichen Vorgang zur Folge: diejenige Behörde, die vom Kongress untersucht wurde, ermittelte gleichzeitig gegen ihre Untersucher. Und dabei ging das FBI gründlich vor. Notizbücher, Terminkalender und Arbeitsdokumente fast aller Ausschussmitarbeiter wurden geprüft. Mitglieder der Kommission wurden sogar gebeten, sich dem Lügendetektor zu stellen. Zu diesen Behinderungen äußerte sich zum Jahrestag der Anschläge im September 2002 Senator Shelby, ein prominentes Mitglied des Geheimdienstausschusses, sehr deutlich:

> „Wie Sie wissen, wurde uns zugesagt, dass es Kooperation in dieser Untersuchung geben würde, und ich bezweifle das. Ich denke, dass der größte Teil der bedeutenden Informationen, die unser Stab gesammelt hat, Stück für Stück erkämpft werden musste. Die Zeit ist auf der Seite derjenigen, die untersucht werden."

Weitere kritische Stimmen wurden laut, die die unkooperative Haltung der Regierung bemängelten. Unter dem öffentlichen Druck, besonders von Seiten der Familien der Anschlagsopfer, änderte Präsident Bush schließlich seinen Kurs und bekundete nun, eine neue Untersuchungskommission doch zu unterstützen. Diese sollte sich jedoch weniger mit Geheimdienstfehlern, sondern mehr mit Themen wie dem Grenzschutz, der Visa-Vergabe und der Rolle des Kongresses bei der Überwachung der Dienste beschäftigen.

Der Kongress beschloss im November 2002 ihre Einrichtung. Zum Vorsitzenden der „Nationalen Kommission zu den Terroranschlägen auf die Vereinigten Staaten", oder kurz „9/11-Kommission", ernannte der Präsident Henry Kissinger. Der ehemalige Außenminister und Sicherheitsberater genoß zwar hohes Renommee als „Meister der Geheimdiplomatie", hatte aber wachsende Schwierigkeiten bei Auslandsreisen, da ihn Untersuchungsrichter in Spanien, Frankreich, Chile und Argentinien wegen seiner mutmaßlichen Beteiligung an diversen Kriegsverbrechen vernehmen wollten. Die Presse bemerkte, Kissinger sei eher dafür bekannt, „Geheimnisse zu bewahren, als dem amerikanischen Volk die Wahrheit zu sagen."

Doch auf Kissinger, der sich nach dem Ausscheiden aus der Regierung sein politisches Wissen mit zahlreichen Beraterverträgen bei der Industrie vergolden ließ, wartete eine weitere Schwierigkeit. Bevor er den Vorsitz der Kommission antreten durfte, musste er, um Interessenskonflikte zu vermeiden, die Namen seiner Klienten offen legen. Diese Selbstverständlichkeit erschien ihm als zu heikel.

Nach reiflicher Überlegung entschied sich Kissinger, die Namen lieber nicht zu nennen und auf den Vorsitz zu verzichten.

Die „Joint Inquiry", die gemeinsame Untersuchung der parlamentarischen Geheimdienstausschüsse, veröffentlichte derweil im Dezember nach einer Reihe von öffentlichen Anhörungen einen Teil ihres Abschlussberichts. Kernaussage war, dass die Geheimdienste es versäumt hätten, die Bedeutung der vorhandenen Informationen im Vorfeld der Anschläge richtig einzuschätzen. Die Frage, ob der 11.9. hätte verhindert werden können, beantwortete der Co-Vorsitzender Graham mit einem „eingeschränkten Ja" und bemerkte, dass es noch einige „mehr als interessante" Erkenntnisse gebe, die enthüllt werden müssten. Er sei enttäuscht, dass die Regierung diese Dinge geheim halte. Der größte Teil des Abschlussberichts blieb nämlich unter Verschluss.

Derweil begann die neue 9/11-Kommission ihre Arbeit. Anfang 2003 äußerte sich deren Co-Vorsitzender Hamilton zur geplanten Blickrichtung:

> „Der Schwerpunkt der Kommission liegt auf der Zukunft. Wir wollen Empfehlungen geben, die das amerikanische Volk sicherer machen. Wir sind nicht daran interessiert, Schuld zuzuweisen."

Es schien eines der neuen Tabus zu sein, die Verantwortlichen zu benennen. Ein Weiteres betraf das Vorwissen der Regierung. Im März 2003 unterzeichnete der Präsident jedenfalls einen neuen Erlass, der die Veröffentlichung mehrerer Millionen Regierungsdokumente verzögerte und die Möglichkeiten der CIA erweiterte, Material vor der Herausgabe gänzlich zu schützen. Erstmals wurde sogar der Vizepräsident ermächtigt, Informationen als geheim einzuordnen. Die *New York Times* kommentierte dies so:

> „Vizepräsident Dick Cheney – der sich gleichgültig gezeigt hat gegenüber dem Recht der Öffentlichkeit zu erfahren, was in der Regierung vorgeht – so zu ermächtigen, scheint eine besonders beunruhigende Entwicklung."

Gleichzeitig wurde das Budget der neuen Untersuchungskommission zusammengestrichen. Ein republikanisches Kommissionsmitglied bemerkte, dass diese Entscheidung es so aussehen lasse, „als wenn sie etwas zu verbergen haben". In der Presse wurden Vermutungen laut, das Weiße Haus könne, nachdem es ihm nicht gelungen sei, Kissinger an die Spitze der Untersuchung zu setzen, nun versuchen, eine „politisch furchtlose" Kommission „finanziell auszuhungern".

Die bürokratischen Prozeduren der Ausschuss-Arbeit nahmen jedoch ihren Gang. Zwischen Frühjahr 2003 und Sommer 2004 gab es im ganzen zwölf öffentliche Anhörungen, bei denen eine Fülle von Regierungsverantwortlichen und Fachleuten aussagte. Und im Zuge der begleitenden Berichterstattung kamen interessante Fakten ans Licht. Kurz nach der umstrittenen Anhörung von Condoleezza Rice, in der sie behauptet hatte, dass niemand sich die Verwendung von Flugzeugen als Bomben habe vorstellen können, meldete im April 2004 die Nachrichtenagentur *AP*:

> „Wenige Monate vor den Anschlägen vom 11. September haben US-Militärexperten ein Manöver vorgeschlagen, bei dem der Absturz eines entführten Passagierflugzeuges auf das Pentagon simuliert werden sollte."

Und die landesweite Tageszeitung *USA Today* ergänzte:

> „In den zwei Jahren vor den Anschlägen des 11. September führte das Nordamerikanische Luftverteidigungskommando (NORAD) Übungen durch, die das simulierten, was nach Ansicht des Weißen Hauses in jener Zeit unvorstellbar war: Entführte Flugzeuge werden als Waffen gegen Ziele benutzt und verursachen riesige Opferzahlen. Eines der simulierten Ziele war das World Trade Center. In einer weiteren Übung probten Kampfflugzeuge den Abschuss eines mit Chemikalien beladenen Jets, der ein Ziel in den USA ansteuerte, über dem Atlantik. Bei einem dritten Szenario war das Pentagon das Ziel – aber die Übung wurde nicht durchgeführt, nachdem Beamte sie als unrealistisch bezeichnet hatten, sagen Mitarbeiter von NORAD und dem Verteidigungsministerum.
>
> NORAD bestätigte in einer schriftlichen Stellungnahme, dass es solche Flugzeugentführungs-Übungen gegeben habe. Die Szenarien seien aber regionale Aktionen und keine regulären landesweiten

Übungen gewesen. ‚Verschiedenste Arten ziviler und militärischer Flugzeuge wurden als schein-entführte Jets benutzt.' hieß es in der Stellungnahme. ‚Diese Übungen dienten dem Test der Verfolgungs- und Identifizerungsfähigkeiten; dem Abfangen; den Prozeduren bei einer Entführung; der internen und externen Behördenkoordination und der operationellen Sicherheits- und Kommunikationssicherheits-Prozeduren.' Ein Sprecher des Weißen Hauses sagte, dass die Bush-Regierung sich der NORAD-Übungen nicht bewusst gewesen sei."

Andere Journalisten entdeckten noch einen merkwürdigen Bericht vom November 2000. Auf der offiziellen Webseite des „U.S. Army Military District of Washington" hieß es da gut ein Jahr vor den Anschlägen:

„Feuer und Rauch des abgestürzten Passagierflugzeugs ziehen über den Hof des Pentagons. Die Polizei sichert die Absturzstelle. Armee-Sanitäter, Krankenschwestern und Ärzte versuchen, Hilfe zu organisieren. Der Leiter der Arlingtoner Feuerwehr transportiert seine Ausrüstung zu den betroffenen Gebieten. Don Abbott vom Notfall-Trainingskommando läuft zum Pentagon und löscht die Flammen.

Das Pentagon war ein Modell und der „Flugzeugabsturz" simuliert. Die Pentagon-‚Mass Casualty'-Übung, wie der Unfall genannt wurde, war nur eines von mehreren Szenarien, die Notfall-Reaktionsteams vom 24. bis zum 26. Oktober im Konferenzraum des Verteidigungsministers durchspielten."

Sogar Fotos von der Übung waren zu sehen: auf einem Tisch das Modell des Pentagons, in der Mitte die Trümmer eines Flugzeugs – und das ein Jahr vor den Anschlägen. Dass niemand sich so etwas vorstellen konnte, entsprach offensichtlich nicht der Wahrheit.

Im Juni 2004 stellte die 9/11-Kommission dann ein von ihr erarbeitetes Dokument vor, dass die minutiöse Planung der Terroranschläge und die Funktion aller Beteiligten endlich einmal im Zusammenhang präsentierte. Alle kamen sie vor: Bin Laden, KSM, Binalshibh, Atta und die übrigen Araber. Die Darstellung war überaus schlüssig, hatte aber einen Schönheitsfehler, den sogar die Autoren einräumen mussten, denn in der Einleitung hieß es:

„Vieles in diesem Dokument basiert auf Aussagen von inhaftierten

> 9/11-Mitverschwörern und Al-Qaida-Mitgliedern. Wir haben versucht, dieses Material soweit wie möglich zu überprüfen. Ein Teil des Materials ist widersprüchlich. (…) Unsere Informationen zu diesen Aussagen stammen aus schriftlichen Berichten; wir hatten zu keiner der Personen direkten Zugang."

Davon unbeeindruckt wurde im Juli 2004, rechtzeitig vor Beginn der heißen Phase des Präsidentschaftswahlkampfs, der Abschlussbericht der Kommission veröffentlicht. Doch auch in ihm gab es – zur Ehrenrettung der „unabhängigen Kommission" – einen kleinen Absatz zur Quellenlage:

> „Die Kapitel 5 und 7 [die die komplette Anschlagsplanung behandeln] stützen sich zum großen Teil auf Informationen von gefangenen Al-Qaida-Mitgliedern. (…)
>
> Unser Zugang zu ihnen wurde auf das Lesen von Geheimdienstberichten begrenzt (…).
>
> Wir übermittelten Fragen, die bei den Verhören verwendet werden sollten, hatten aber keine Kontrolle darüber, ob, wann und wie Fragen von besonderem Interesse gestellt wurden. Uns wurde auch nicht erlaubt, mit den Vernehmern zu sprechen, um die Glaubwürdigkeit der Gefangenen besser einschätzen und Mehrdeutigkeiten in den Berichten klären zu können. Es wurde uns mitgeteilt, dass unsere Fragen den sensiblen Vernehmungsprozess stören könnten."

Trotzdem wurden die Informationen jedoch verwendet – und damit zur Grundlage der offiziellen Version. In mehreren Gerichtsprozessen gegen mutmaßliche Mitverschwörer in Deutschland führte die Blockade des Zugangs zu den Zeugen zwar zu Freisprüchen. Die offizielle Darstellung des 11.9. blieb dadurch jedoch erstaunlicherweise unangetastet.

Der Abschlussbericht war wuchtig. 567 Seiten, über 100 gefüllt mit kleingedruckten Fußnoten – damit sollte das endlose Kapitel „11. September" wohl abgehakt sein. Die Schlagzeilen wurden ohnehin längst von den täglichen Anschlägen im Irak dominiert. Auch schien mit Präsidentschaftskandidat John Kerry vielen ein Ende der Ära Bush in Sicht. Der Anschlag vor drei Jahren war Schnee von vorgestern.

Doch Ruhe trat nicht ein. Drei Monate nach dem vermeintlichen Schlussstrich war in der *New York Times* nämlich unter der Überschrift „Teil des 9/11-Reports bleibt unveröffentlicht" Folgendes zu lesen:

„Ein letztes Kapitel der Untersuchung des 9/11-Kommission, ein Anhang, der vor über zwei Monaten fertiggestellt wurde, ist vom Justizministerium noch nicht veröffentlicht worden. Beamte sagen, es sei unwahrscheinlich, dass er vor der Präsidentschaftswahl publiziert wird, obwohl das eines der Hauptziele gewesen sei.

Die Kommission hatte in diesem unveröffentlichten Teil der Untersuchung festgestellt, ein Teil der Aussagen verschiedener ziviler und militärischer Beamter zur Verfolgung der entführten Flugzeuge am 11. September sei ungenau oder falsch. Sie hatte das Verteidigungs- und Transportministerium gebeten, die Angaben zu prüfen. David Barnes, ein Sprecher des Transportministeriums, sagte gestern, dass, falls die Prüfung Fehlverhalten ergeben sollte, die Staatsanwaltschaft um Eröffnung eines Ermittlungsverfahrens gebeten werden würde.

In Anhörungen vor der Kommission hatten Beamte die schnelle Reaktion auf die Flugzeugentführungen beschrieben; das Abfangen einiger der Flugzeuge sei nur knapp gescheitert. Doch Mitarbeiter der Kommission stellten später fest, dass keines der Militärflugzeuge je in der Nähe der vier Linienmaschinen gewesen war. Auch hatten Beamte der Flugaufsicht FAA ausgesagt, sie hätten das Militär innerhalb weniger Minuten nach jeder Entführung benachrichtigt, doch die Untersuchung fand Tonbandaufnahmen, die diese Behauptung widerlegten.

Der Anhang wurde dem Justizministerium am 21. August übergeben, am selben Tag, an dem die Kommission ihre Arbeit beendete und damit auch juristisch aufhörte, zu existieren. Ein Ergebnis davon ist, dass dieser Anhang das erste Kommissions-Dokument ist, das vollständig von der Bush-Regierung kontrolliert wird.

Der Anhang hat zwei Teile, einer betrifft Luftfahrtsicherheit und FAA, der andere enthält eine detaillierte Zeitleiste der Bewegungen der entführten Flugzeuge und der Reaktion der zivilen und militärischen Luftfahrtbeamten am Morgen des 11. September."

Was am Morgen des 11.9. also tatsächlich am Himmel über der Ostküste passiert war, blieb auch nach drei Jahren noch ein Geheimnis – festgehalten in einem Dokument, dass nun „vollständig von der Bush-Regierung kontrolliert" wurde.

All dies erinnerte fatal an die Historie einer anderen Untersuchungskommission.

Robert B. Stinnett beschreibt in seinem Buch „Day of Deceit" (die deutsche Ausgabe titelt markant: „Pearl Harbor. Wie die amerikanische Regierung den Angriff provozierte und 2476 ihrer Bürger sterben liess") detailliert nicht nur das Vorwissen von Präsident Roosevelt, sondern auch die auf den Anschlag folgende Arbeit der Kommissionen. Im Folgenden ein längerer Auszug, der zeigt, wie sehr sich Geschichte wiederholen kann:

> „Präsident Roosevelt bekam jedoch ein unterschwelliges Unbehagen zu spüren, das der verheerende Angriff Japans auf Pearl Harbor ausgelöst hatte. Der Krieg war erst zehn Tage im Gang, als einige führende Kongressabgeordnete, in der Mehrzahl Republikaner, die Frage stellten, weshalb Hawaii, die bedeutende militärische Bastion Amerikas im Pazifik, so völlig unvorbereitet gewesen war. Die *Chicago Tribune*, deren Verleger Robert McCormick ein eingeschworener Roosevelt-Hasser war, forderte die Einsetzung einer unabhängigen Untersuchungskommission, ‚die in Washington ermitteln kann'. (...)
>
> Auch ein Senator der Demokraten, Tom Connally aus Texas, erklärte, ohne seine Loyalität zur Regierung in Frage stellen zu wollen, er finde es ‚fast unglaublich', wie reibungslos der japanische Angriffsplan aufgegangen sei. (...)
>
> Alarmiert vor der aufbrandenden Kritik an der Regierung und von der Aussicht auf eine parlamentarische Untersuchung, die, so stand zu befürchten, die Kriegsbereitschaft schwächen und Brisanz in die 1942 anstehenden Kongresswahlen tragen würde, bemühte sich Präsident Roosevelt, Mittel und Wege zu finden, wie er den Regierungskritikern den Wind aus den Segeln nehmen konnte. Er wandte sich um Rat an Felix Frankfurter, Richter am Obersten Gerichtshof der USA. Eine rückhaltlose Untersuchung hätte eine Menge über den amerikanischen Informationsstand vor Pearl Harbor – und über McCollums Acht-Aktionen-Memo – zutage gebracht, Informationen, die die weitere erfolgreiche Arbeit der amerikanischen Codebrecher gefährdet und den Japanern verraten hätten, wie undicht ihre Verschlüsselungssysteme waren. Der Präsident kam daher der geforderten parlamentarischen Untersuchung zuvor, indem er seinerseits eine fünfköpfige Ermittlungskommission unter Leitung von Owen J. Roberts, einem jüngeren Kollegen Frankfurters am Obersten Gerichtshof der USA, ins Leben rief. Frankfurter hatte Roberts als einen

überaus ‚aufrechten' Mann empfohlen. Weil die Enthüllung militärischer Geheimnisse nicht in Frage kam, sah sich die Roberts-Kommission verständlicherweise nicht in der Lage, Informationen, die Rückschlüsse auf die systematische Abschöpfung des japanischen Funkverkehrs durch die amerikanischen Kryptologen zuließen, in der Öffentlichkeit auszubreiten. Keiner der für die US-Marine arbeitenden Horchfunker oder Kryptologen wurde denn auch als Zeuge vor die Kommission gerufen, und auch ihre Arbeitsbücher und Aufzeichnungen blieben außen vor. Niemand erfuhr etwas von deren Existenz.

Präsident Roosevelt erteilte dem Abschlussbericht der Roberts-Kommission am Samstag, dem. 24. Januar 1942, seinen Segen. (...) Im Fazit des 13.000 Seiten umfassenden Berichts hieß es, ein mitentscheidender Grund für das Gelingen des japanischen Angriffs sei ein zu großes Sicherheitsgefühl auf amerikanischer Seite gewesen, resultierend aus ‚der in diplomatischen, militärischen und Marinekreisen wie auch in der Presse vorherrschenden Auffassung, dass, wenn ein japanischer Angriff bevorstünde, er im Fernen Osten erfolgen würde'. (...)

Nach Ende des Zweiten Weltkriegs im August 1945 kündigte der Kongress umfassende Anhörungen an, die den politischen Spekulationen um Pearl Harbor ein für alle Mal ein Ende setzen sollten. Allein, Max Freedman, Herausgeber der Korrespondenz Felix Frankfurters, sah sich noch 1967 zu der Feststellung genötigt: ‚Bis zum heutigen Tag hält sich im Kongress, besonders in den Reihen derer, die in einem der Untersuchungsausschüsse saßen, der hartnäckige Verdacht, dass der Kongress in Sachen Pearl Harbor nie die ganze Wahrheit zu hören bekommen hat.'

Die Unterdrückung wichtiger dokumentarischer Belege für das, was wirklich geschehen war, begann schon am 11. Dezember 1941, vier Tage nach dem japanischen Angriff. Den ersten Befehl zur Retuschierung der Vorgänge erteilte Konteradmiral Leigh Noyes, Kommunikationsdirektor der US-Marine. Er ordnete die 54-jährige Aktensperre an, die bewirkte, dass alle Auswertungen abgehörter Funkbotschaften des japanischen Militärs und der japanischen Diplomatie aus der Zeit vor Pearl Harbor in den Archivkellern der Marine verschwanden. ‚Vernichten Sie alle Aufzeichnungen und alles Schriftliche', befahl Noyes seinen Untergebenen bei einer Besprechung am 11. Dezember. (...)

Noyes erteilte seinen Vernichtungsbefehl wenige Tage bevor die von Präsident Roosevelt eingesetzte und von Richter Roberts geleitete Untersuchungskommission ihre Arbeit aufnahm. Er legte damit den Grundstein für eine Politik, die in der Praxis bewirkte, dass das Material, das auf abgefangenen und ausgewerteten japanischen Funksprüchen beruhte, von allen Pearl-Harbor-Untersuchungsausschüssen ferngehalten wurde. (...)

Zwei Wochen nach der Kapitulation Japans im August 1945 blokkierte die US-Marine jeden möglichen Zugriff der Öffentlichkeit auf Abhörakten aus der Zeit vor Pearl Harbor, indem sie alle diese Dokumente als »streng geheim« deklarierte. Selbst für den Kongress war dieses Material fortan nicht mehr zugänglich. Die Marine machte ganze Arbeit: Sie verpflichtete die Horchfunker und Kryptologen, die im Herbst 1941 an der Abschöpfung und Auswertung des Funkverkehrs der japanischen Marine beteiligt gewesen waren, zum Schweigen. Flottenadmiral Ernest King leitete die Knebeloperation. Er drohte allen Marineangehörigen, die etwas über die erfolgreiche Arbeit der amerikanischen Funkaufklärung ausplaudern würden, mit Gefängnisstrafe und dem Verlust aller ihrer Ansprüche auf Pensionen und Sozialleistungen. (...)

Als am 15. November 1945 der von beiden Häusern des Kongresses eingesetzte gemeinsame Untersuchungsausschuss mit seinen Ermittlungen zu den Hintergründen des Angriffs auf Pearl Harbor begann, glaubte die amerikanische Öffentlichkeit, sie werde nun in allen Einzelheiten erfahren, ob und wie die Funkaufklärer der US-Marine vor dem Angriff auf Pearl Harbor die japanischen Codesysteme geknackt hatten. Immerhin legten einzelne Zeugen Kopien abgehörter japanischer Funksprüche als Beweismittel vor oder lasen den Senatoren und Repräsentanten des gemeinsamen Ausschusses aus entschlüsselten Botschaften vor. Aber das war auch schon alles. Keinerlei Details darüber, wie die amerikanische Funkaufklärung in den Wochen und Monaten vor Pearl Harbor den Funkverkehr der japanischen Marine und Diplomatie abgehört und entschlüsselt und wie sie die daraus gewonnenen Erkenntnisse verbreitet hatte, wurden enthüllt. Ausschließlich abgehörte Botschaften aus dem diplomatischen Funkverkehr wurden offengelegt. Die Republikaner im Ausschuss vermuteten eine Verschwörung des Schweigens, konnten aber die von King ausgegebene Knebelorder nicht dingfest machen. Der republikanische Senator Owen Brewster aus Maine beschwerte sich lautstark, als er daran gehindert wurde, Evaluationsberichte über die Tätigkeit der Horchposten der US-Marine einzusehen. Doch alles, was er erntete, war gutes Zureden; handfeste Aussagen oder gar Unterlagen über die militärische Abhörtätigkeit blieben Fehlanzeige. (...)

Warum war es so schwer, die Wahrheit über Pearl Harbor freizubaggern, dieses ungelöste und beunruhigende Rätsel der amerikanischen Geschichte? Dieses Buch ist sicherlich nicht das Erste, das

Fragen zur Strategie Roosevelts in den Monaten vor Pearl Harbor aufwirft. Seit September 1945 haben zahlreiche Autoren und Historiker die Meinung vertreten, Roosevelt habe von dem bevorstehenden Japanischen Angriff gewusst. Was sie nicht wissen konnten – was aber im Mittelpunkt dieses Buches steht – ist, dass lange vor dem 7. Dezember 1941 ein systematischer Plan angelaufen war, dessen krönenden Abschluss der Überfall auf Pearl Harbor bildete.

So barbarisch es den Veteranen des Zweiten Weltkriegs und den Familien der Gefallenen erscheinen mag – und ich gehöre selbst diesem Personenkreis an –, so zwingend erscheint mir die Schlussfolgerung, dass der Angriff auf Pearl Harbor, aus der Perspektive des Weißen Hauses gesehen, etwas war, das in Kauf genommen werden musste, um einem noch größeren Übel entgegentreten zu können, nämlich den Nazis, die Europa überrannten und begonnen hatten, einen Völkermord in Gang zu setzen, und die auf dem Sprung nach England standen. (...)

Ob es eine kluge und moralisch vertretbare Entscheidung war, Japan zu einem blutigen und schrecklichen Krieg zu provozieren, der letzten Endes Millionen von Menschenleben kostete, darüber werden anständige Leute aus allen politischen Lagern noch viele Jahre streiten.

Dieses Buch erhebt nicht den Anspruch, solche letzten Fragen zu beantworten. Wenn es mir gelungen ist, Wahrheiten aus unserer Vergangenheit ans Tageslicht zu fördern, so führt das hoffentlich zu einem besseren Verständnis einer schwierigen Phase unserer Geschichte."

Soweit das Buch zu Pearl Harbor. 60 Jahre nach dem Anschlag ist es erschienen. Solange hat es gedauert, bis die Fakten ans Licht gekommen sind. Aber selbst dann noch fällt es schwer, sie anzuerkennen. Wie kann es sein, dass eine große und stabile Demokratie exakt so zu handeln vermag – und es dann auch noch 60 Jahre lang verbergen kann – wie es nach allgemeinem Verständnis nur Diktaturen möglich ist; geschlossenen hierarchischen Gesellschaften ohne Freiheit?

Um das zu verstehen, muß man etwas Abstand gewinnen. Im Blickwinkel mehrerer Jahrhunderte sind unsere westlichen Demokratien allesamt noch sehr jung und dem Prinzip der echten Volksherrschaft erst mehr oder weniger angenähert. Noch sind wir erst eine kleine Strecke des Weges gegangen; noch bestimmen die alten

Eliten aus vordemokratischen Machtstrukturen einen großen Teil der Politik. Diesen Einfluß zurückzudrängen, bleibt Aufgabe aller Demokraten.

In den Städten wächst bereits das Unbehagen. Drei Jahre nach dem 11. September sind schon 50 Prozent der Einwohner New Yorks der Meinung, die Regierung sei über die Anschläge informiert gewesen und habe sie bewusst geschehen lassen. Auch die Erkenntnisse der letzten acht Kapitel lassen diesen Schluß möglich erscheinen. Zudem ist die historische Parallele zu Pearl Harbor besorgniserregend.

Trotzdem bleibt dieser Gedanke weiterhin ein Tabu in der öffentlichen Debatte. Zu furchterregend erscheinen manchem die Schlussfolgerungen. Doch von Furcht sollte man sich niemals leiten lassen.

ANHANG

LITERATUR

Für dieses Buch war eine umfangreiche Recherche notwendig. Ohne die Lektüre der im Folgenden aufgelisteten Publikationen wären den Autoren viele Zusammenhänge unbekannt geblieben. Die Ereignisse in Zusammenhang mit dem versuchten Attentat auf den Präsidenten sowie die Beschreibung des Umfeldes von Mohammed Atta in Florida stützen sich beispielsweise vor allen Dingen auf die detaillierte Darstellung von Daniel Hopsicker. Der Bericht zur Identifizierung der Attentäter wiederum basiert auf der Recherche von Frank Levi, und die Geschichte des „Zahlmeisters" Omar Saeed hat als Erster Chaim Kupferberg in allen Details erzählt. Eine unverzichtbare Quelle war außerdem die „Timeline" von Paul Thompson, mit deren Hilfe man im Internet die Fülle der Medienberichte zum 11. 9. nach Unterthemen strukturieren kann.

Zusätzlich zu den folgenden Büchern musste allerdings auch noch eine Unmenge von größtenteils englischsprachigen Artikeln studiert und teilweise übersetzt werden. Viele der im „Fallout" genannten Fakten liegen hiermit zum ersten Mal in deutscher Sprache vor.

Weitere Quellenangaben unter: www.dielegende.info

THE 9/11 COMMISSION REPORT. Final Report of the National Commission on Terrorist Attacks upon the United States, New York 2004

NAFEEZ M. AHMED, GEHEIMSACHE 9/11. Hintergründe über den 11. September und die Logik amerikanischer Machtpolitik, München 2003

PETER L. BERGEN, HEILIGER KRIEG INC. Osama bin Ladens Terrornetz, Berlin 2003

MATHIAS BRÖCKERS / ANDREAS HAUSS, FAKTEN, FÄLSCHUNGEN UND DIE UNTERDRÜCKTEN BEWEISE DES 11.9., Frankfurt am Main 2003

ZBIGNIEW BRZEZINSKI, DIE EINZIGE WELTMACHT. Amerikas Strategie der Vorherrschaft, Frankfurt am Main 1999

Noam Chomsky, The Attack. Hintergründe und Folgen, Hamburg 2002

Richard A. Clarke, Against All Enemies. Der Insiderbericht über Amerikas Krieg gegen den Terror, Hamburg 2004

Thomas Donnelly / Project for the New American Century, Rebuilding America's Defenses. Strategy, Forces and Resources For a New Century, Washington 2000

Jürgen Elsässer, Wie der Dschihad nach Europa kam. Gotteskrieger und Geheimdienste auf dem Balkan, Wien 2005

F. William Engdahl, Mit der Ölwaffe zur Weltmacht. Der Weg zur neuen Weltordnung, Wiesbaden 2002

James DiEugenio / Lisa Pease, The Assassinations. Probe Magazine on JFK, MLK, RFK and Malcolm X, Los Angeles 2003

Yosri Fouda / Nick Fielding, Masterminds of Terror. Die Drahtzieher des 11. September berichten, Hamburg 2003

Senator Bob Graham, Intelligence Matters. The CIA, the FBI, Saudi Arabia, and the Failure of America's War on Terror, New York 2004

James H. Hatfield, Das Bush-Imperium. Wie George W. Bush zum Präsidenten gemacht wurde, Bremen 2002

Daniel Hopsicker, Welcome to Terrorland. Mohammed Atta und seine amerikanischen Helfer, Frankfurt am Main 2004

Kitty Kelley, Der Bush-Clan. Die wahre Geschichte einer amerikanischen Dynastie, München 2004

Claus Kleber, Amerikas Kreuzzüge. Was die Weltmacht treibt, München 2005

Chaim Kupferberg, There's Something about Omar. Truth, Lies, and The Legend of 9/11, Centre for Research on Globalization / Montreal 2003 (veröffentlicht im Internet)

Frank Levi / „John Doe II", The Four Unknown Hijackers, (veröffentlicht 2004 im Forum der Webseite „Democratic Underground")

John Perkins, Bekenntnisse eines Economic Hit Man. Unterwegs im Dienst der Wirtschaftsmafia, München 2005

John Pilger, Verdeckte Ziele. Über den modernen Imperialismus, Frankfurt am Main 2004

Ahmed Rashid, Taliban. Afghanistans Gotteskrieger und der Dschihad, München 2001

Robert von Rimscha, Die Bushs. Weltmacht als Familienerbe, Frankfurt am Main 2004

Michael C. Ruppert, Crossing the Rubicon. The decline of the American empire at the end of the age of oil, Gabriola Island, Canada 2004

Oliver Schröm / Dirk Laabs, Tödliche Fehler. Das Versagen von Politik und Geheimdiensten im Umfeld des 11. September, Berlin 2003

Peter Dale Scott, Die Drogen, das Öl und der Krieg. Zur Tiefenpolitik der USA, Frankfurt am Main 2004

Robert B. Stinnett, Pearl Harbor. Wie die amerikanische Regierung den Angriff provozierte und 2476 ihrer Bürger sterben liess, Frankfurt am Main 2003

Craig Unger, Die Bushs und die Sauds. Öl, Macht und Terror, München 2004

U.S. Department of Justice / Office of the Inspector General, A Review of the FBI's Handling of Intelligence Information Related to the September 11 Attacks, Washington 2005

Bob Woodward, Bush at War. Amerika im Krieg, München 2003

Bob Woodward, Der Angriff. Plan of Attack, München 2004

*Schlüsselroman aus dem Hochschul-
und Literaten-Milieu der DDR*

DER SECHSTE SINN

Was passiert, wenn drei Männer in die gleiche Frau verliebt sind? In Schreyers phantastisch-satirischem Roman erfinden sie ein elektronisches Gerät zur Partnersuche. Durch eine Art Sensor signalisiert es, wenn sich zwei miteinander harmonierende Partner begegnen. Ein idealer Weg zur trauten Zweisamkeit, so scheint es – obwohl Moralisten und Bürokraten natürlich Bedenken hegen. Doch bevor das Gerät in Serie geht, offenbaren sich im Selbstversuch die Tücken des Objekts ...

Mit dem Romanstoff erregte Schreyer in den 80er Jahren die Gemüter der DDR-Kulturverwalter und den Argwohn der Stasi, die eine Publikation des Werks zunächst verhinderte. Im Nachwort schildert der Autor jetzt die aufschlußreiche Geschichte seines autobiographisch gefärbten Romans.

352 S., Paperback, ISBN 3-360-00744-1

Im Verlag Das Neue Berlin
sind von Wolfgang Schreyer erschienen:

GROSSGARAGE SÜDWEST
(1952)

MIT KRÄUTERSCHNAPS UND GOTTVERTRAUEN
(1953)

UNTERNEHMEN THUNDERSTORM
(1954)

DIE BANKNOTE
(1955)

DER TRAUM DES HAUPTMANN LOY
(1956)

DAS GRÜNE UNGEHEUER
(1959)

PRELUDIO 11
(1964)

DER GELBE HAI
(1969)

DIE SUCHE
(1981)

DER FUND
(1987)

UNABWENDBAR
(1988)

NEBEL
(1991)

DAS QUARTETT
(1994)

DER SECHSTE SINN
(1994)

DER ZWEITE MANN
(2000)

DIE LEGENDE
(2006)

DIE AUTOREN

WOLFGANG SCHREYER, Jahrgang 1927, PEN-Mitglied, Heinrich-Mann-Preis, Drehbuchautor; hat seit 1954 zeitgeschichtliche Romane verfaßt – Gesamtauflage 6 Mio. –, zuletzt „Nebel" (Berlin '91), „Das Quartett" (Berlin '94), „Der zweite Mann", Autobiographie (Berlin 2000).

PAUL SCHREYER, Jahrgang 1977, beschäftigt sich seit mehreren Jahren intensiv mit dem 11. September. Seine Recherchen mündeten in Sachbetrachtungen und Essays zu einigen Aspekten der Anschläge, sie führten ihn dann in die Partnerschaft mit seinem Vater bei dem vorliegenden Roman.

LETZTE MELDUNG

New York Times, 5. Oktober 2005

CIA-Chef weigert sich, Beamte in Zusammenhang mit dem 11.9. zu bestrafen

Washington. Die CIA wird keine Disziplinarmaßnahmen ergreifen gegen George J. Tenet, einen früheren Direktor, oder einen der anderen Beamten, die in einem internen Prüfungsbericht für ihre mangelhafte Arbeit im Vorfeld des 11. September gerügt worden sind, ließ die Behörde heute verlauten.

Die Entscheidung des gegenwärtigen Direktors Porter J. Goss markiert das Ende von fast vier Jahren Ermittlungen zur Arbeit des Geheimdienstes im Vorfeld der Anschläge. Sie bedeutet, dass kein jetziger oder ehemaliger Mitarbeiter für seine Arbeit getadelt wird, obwohl der Generalinspekteur John L. Helgerson in seinem Bericht ernsthafte Versäumnisse vor dem 11.9. beanstandet hatte.

Mr. Goss teilte in einer schriftlichen Stellungnahme mit, dass er als „Sache der Beurteilung" entschieden habe, der Empfehlung von Mr. Helgerson nicht zu folgen, eine Arbeitsgruppe zur Prüfung der Verantwortlichkeiten einzuberufen, die die Arbeit einzelner Beamter einschätzen sollte, um später Disziplinarmaßnahmen ergreifen zu können.

Mr. Helgersons Bericht bleibt geheim. Personen, die das Dokument gelesen haben, sagen aber, dass dort 20 jetzige und ehemalige Mitarbeiter einzeln genannt werden, unter ihnen Mr. Tenet, James L. Pavitt, der frühere stellvertretende „director for operations", sowie Cofer Black, ehemaliger Chef des Counterterrorism Center der CIA.

In seiner Stellungnahme sagte Mr. Goss, dass er beschlossen habe, das Aussondern einzelner Beamter zu Disziplinarmaßnahmen sei „das falsche Signal an unsere jüngeren Mitarbeiter".

Mr. Pavitt, der als Leiter des „directorate for operations" im August 2004 in den Ruhestand wechselte, sagte heute, das Mr. Goss sich „richtig entschieden" habe, keinerlei Disziplinarmaßnahmen gegen die im Bericht genannten Personen zu ergreifen.

ISBN-10: 3-360-01289-5
ISBN-13: 978-3-360-01289-0

5. Auflage (2. Auflage dieser Ausgabe)

Neue Grünstraße 18, 10179 Berlin
Umschlaggestaltung: ansichtssache – Büro für Gestaltung, Berlin
unter Verwendung eines Fotos von Eric Draper © Reuters/CORBIS
Satz: Paul Schreyer
Druck und Bindung: Salzland Druck, Staßfurt

Die Bücher des Verlags Das Neue Berlin
erscheinen in der Eulenspiegel Verlagsgruppe.

www.das-neue-berlin.de